主演女優 下

陳彦

菱沼彬晃 訳

原題『主角』

晩成書房

『主演女優』目次

主演女優　下巻

一

あの倒壊事故以来、陝西省秦劇院は不振を極めた。二つの分隊が競うはずが、二つの劇団に分裂したみたいに気勢が上がらなかった。憶秦娥《イチンオー》が支える第二団は公演を派手に打ち続ける一方、第一団は成立以来ぱっとせず、単《ダン》団長が亡くなってからは振り子が止まったみたいになりをひそめている。数人の副団長は老齢で病気がち、残りの任期が半年か一年になってまるでやる気を見せず、背中が丸くなって体が次第に縮んでいく。内勤の男は実務がからきし駄目、政府機関から天下りして肩書きを課長から副処長に昇進するために劇団に入ってきた〝腰かけ〟組だった。俳優たちを前に台本の読み解きや演技指導をやらせると、もっぱらジョークで笑いをとり、漫才やコントの古典的な下《しも》ネタを連発して〝受け〟を狙う。要するにまともに仕事ができるのは丁《ディン》副団長だけだった。しかし、〝副〟はやはり副でしかなかった。上司は部下の尻を叩くだけ叩くが、責任を取ろうとしない。そのくせ、〝おいしい〟ところはちゃっかりいただいて自分の手柄にする。丁《ディン》副団長は大組織の〝見えない天井〟に阻まれ、自分の将来をこれまでと見限った。次第にやる気を失い、毎週月曜日の朝の朝礼に顔を出すと、その後は〝ドロンの術〟、逃げの一手を決めこんだ。

憶秦娥《イチンオー》は事故の夜、観衆たちの手で運び出され、救急車の中で意識を取り戻した。受けた傷はすべて外傷で、首、顔、腹部、背中、太腿に裂傷を残した。太腿は材木の破片で切り裂かれ、骨が見えていた。三人の子どもが死に、団長までが命を落としたと聞いた彼女は、また舞台に戻って芝居を続けようとして、救急車の手術ベッドから転がり落ちた。目の前の事態が信じられないでいる。数人がかりで彼女を取り押さえ、気を静めようとした。しかし、彼女は取り乱したまま、ただ現場に戻ることばかり言い募った。三人の子どもの死体はすでに村に運ばれたが、単《ダン》団長の遺体はまだ舞台袖の板敷きに横たわっていた。舞台の道具を包む汚れたシートにくるまれ、顔には黄金色の緞子《どんす》がかけられていたが、これは舞台で使う皇帝の聖旨《せいし》だった。おびただしい出血で緞子の黄色はすでに黒く変色していた。ここまで聞かされた彼女は、もはや団長の死を信ずるしかなかった。団長を囲み、団員たちは皆泣いた。
若い団員たちはがっくりと膝を落とし、単《ダン》団長の人柄を語った。

全力で体を傾け、頭を大仰に揺すって歩く団長の独特の歩き方に、団員として引け目を感じさせられてはいたが、実際にいなくなられると、その存在感の大きさを改めて思い知らされる。秦腔《チンチアン》の魂を不器用に守り続けた男の無念を思い、劇団の行き先に言い知れぬ不安が募る。団長は団員の悪罵、批判を平気で受け流し、根に持たない。言いたいことを言い終わったら、さあ仕事にかかれと、こんな具合だった。彼は人を掌握する名言を吐いている。「硬い柴は柔らかいひもで背負え」——劇団には硬骨、偏屈と呼ばれる、とげとげした性格の持ち主が多く、柔らかいひもでなければとても結わえない。団長はまた〝強圧的な上役《トップ》はいらない〟と言った。団員を鶏や犬みたいに棒で追い回す団長は演技を萎縮させ、伸びる才能の芽を摘んでしまう。団長は陝西省秦劇院という別世界、楽天地に俳優たちを解き放ち、のびのびと遊ばせた。誰かが団長を〝死跛子《スーボーズ》（くそったれびっこ、死んじまえ）〟と罵ると、彼はこう答える。びっこは事実だ。もし死んだら死跛子《スーボーズ》になるだろうと。まさか本当の死跛子《スーボーズ》になるとは思わなかった。

団長は舞台に立つ俳優の面子《メンツ》、表現者の誇り、倨傲《きょごう》というものを知っており、それ守ろうとした。だから人の前に出ようとしたり、人の先を歩こうともしなかった。彼は言った。

「俺はびっこだからな。どうして人前に立てる？　舞台に立つのは君たちの仕事、俺の仕事は舞台の下、幕の後ろにある。まあ、縁の下の力持ちだ」

しかし、彼の最後の仕事が落ちてくる舞台の重量をまさか我が身を以て支え、押し拉《ひし》がれることになろうとは——誰もが泣きながら団長の思い出を語った。しかし、憶秦娥《イチンオー》はそんな思い出の襞《ひだ》の中で心を潤《ほと》びらせることができなかった。彼女がどれだけ団長から目をかけられ、どれだけ贔屓《ひいき》され、どれだけ引き立てられたか、それは彼女が誰よりも知っている。一方、彼女自身、団長を死跛子《スーボーズ》と罵り、団長の面前で差し出された杯を叩き割っている。それでも団長は陰に陽に自分を立て、持ち上げ、怯《ひる》む自分を先へ先へと押し出してくれた。もし今回、封導《フォンダオ》に代わって自分を支えてくれなかったら、黄河古道の風沙の中に叩きつけられ、埋もれかけた自分はこうして再起できただろうか？　劇団員はめいめいが自発的に持ち寄って、おびただしい数のロウソクを立て、灯した。黄河古道に吹き荒れる砂嵐は砂地の灌木を根こそぎ暗黒の虚空へ運び去るかと思われた。団員たちの泣き声はその風声にも増して人の心を冷やし、震わせた。

西安に帰った後、単《ダン》団長の遺体は火葬に付され、憶秦娥《イチンオー》は九岩溝《ジョウイエンゴウ》に帰った。

彼女は矢も楯もたまらず息子劉憶《リュウイ》の顔を見たかった。このとき、この谷間の村ではひそかに言い交わされていた。憶秦娥《イチンオー》の息子はもしかして「馬鹿」ではないかと。誰かがこんなことを口にしようものなら、彼女の母親の胡秀英《ホーシュウイン》たちどころに牙を剥いて言った。

「馬鹿も休み休み言いな。貴人は言葉が遅いというだろう。うちの孫が馬鹿なら、手前《てめえ》ん家《ち》のは何だい。うすらとんかちだろう」

最後に憶秦娥《イチンオー》の父親易茂財《イマオツァイ》も断を下した。

「この子は少しばかり足りない。見ろ、いつも鼻水足らして、みっともない」

易茂財《イマオツァイ》は今、何も仕事をしていない。以前は羊の群れを追って農家を回り、羊の〝数合わせ〟に加担して小金を稼いでいたが、その読みが外れてしまった。母親は憶秦娥《イチンオー》にこぼして言った。

「とんだ当て外れだよ。十数匹から始めて今は百匹を超えちまった。ツケ買いがたたって自分の首が回らないありさまさ。村長に泣きついて借金を申しこんだら、うちの旦那も悪《わる》だけど、敵も然《さ》る者、うちよりずっと上手《うわて》だね。羊の尻の毛を刈りこんだり、耳たぶに穴を突き通して印《しるし》をつけた。羊は血を流して命からがら逃げ出したけれど、もうどこの農家の数合わせにも紛れこめないね」

羊は囲いでめえめえ啼いているが、羊の飼い葉《ば》だって馬鹿にならない。父親は家でため息をつきながら羊を追い、孫を追い回す毎日だ。

憶秦娥《イチンオー》は百頭以上の羊を連れて山の草原に登った。息子を背負ったり抱いたり、抱えたりしながら羊たちと戯れながら共に歩いた。彼女を苦しめているのは、ぱっと現れてはまた消えるあの倒壊現場の凄惨な記憶だった。彼女は目を上げて山を見、空を見る。そして息子の顔を見る。

息子は本当に知恵遅れなのか？　彼女は友人を介して医者に問い合わせていた。それによると、二歳にならなければ信頼に足る検査ができないということだった。待つしかない。あと数ヵ月、不安に戦《おのの》きながら暮らさなければならない。幸いなことに第二団の「団長」という立場から解放された。なりたくてなったのではなく、単《ダン》団長から有無を言わさず引き受けさせられた職責だが、その団長が有無を言わさず、瞬きするほどの間に帰らぬところへ連れ去られてしまった。彼女が懸命に記憶から振り払おうとしているのは、団長の最後の姿だった。あの脚は打ち砕かれて幾重にも切断されていた。押し拉《ひし》がれた頭部は半分に断ち切った空の瓢箪のようになっていた。ちょうどそのとき、彼女は舞台の中央にいた。単《ダン》団長は百人以上の団員の下敷きになったのだ。団長と三人の子どもたちは自分が間接的に殺したと言われても仕方がないのではないか？　彼らは自分がどうして死なければならないのか分からないまま逝ってしまった。彼女は第二団の団長になりたくてなったのではないと言いつつ、自分が罪あるもののように思えてならない。それは、叔父の胡三元《ホーサンユアン》が全身をがんじがらめに縛りあげられて街を引き回され、晒し者になっている姿を見たときに思った不条理感にも似て、自分を罰することでしか償えぬものだった。

単《ダン》団長の夫人は体が不自由で、娘さんが料理屋の食事を運び、手ずから食べさせている。単《ダン》団長がいなくなった後、この家族はどんな毎日を過ごすのだろうか？　自分の息子にこれからどんな診断が下されるか分からないが、死んだ三人の子どもは〝知恵遅れ〟になることの権利さえ奪われている。子どもたちの両親はどんな思いに耐えているのだろうか？　彼女はもしかしてこの事故を引き起こした元凶なのかもしれない。彼女が無名で、数万人の観客が押し寄せることがなければ、舞台の倒壊が起きることもなく、子どもたちも舞台の下に忍びこむこともなかっただろう。

憶秦娥《イチンオー》はこのところずっと悪夢にうなされている。閻魔大王の前に引き立てられ、厳しい拷問を加えられた後、彼女が自分に問いかけた疑問をまた繰り返し投げかけられる。幾晩も夜中に飛び起きて歔欷《きょき》する。全身冷や汗にまみれ、長いこと母親に背中をさすられながら気の動顛はおさまらない。母親は彼女に尋ねる。一体、どんな悪い夢を見たのか。こんなに人を怯《おび》えさせ、怖《お》じ気づかせる夢とは？　彼女は黙って頭を振るだけだった。母親はこっそり尼僧庵に行って護符と香炉の灰をもらってきた。護符は鉈《なた》の柄で釘を叩き、扉やベットの枕元に突き刺して固定した。香炉の灰は蜂蜜に溶かして無理矢理彼女に飲ませた。その夜、閻魔大王や小鬼たちはおとなしくなるどころか、以前にも増して厳しい責め折檻《せっかん》を加えるのだった。

牛頭《ごず》　お前が憶秦娥《イチンオー》か？

憶秦娥《イチンオー》　さようでございます。

馬頭《めず》　（牛頭《ごず》に手振りして）連れて行け！

牛頭　ちょっと待った。お前は誰に指図している？

馬頭　お前にだ！

牛頭　俺たちの関係をはっきりさせよう。主役は俺だ！

馬頭　俺たちは〝その他大勢〟一、二、三、四の牛頭馬頭《ごずめず》だ。平等の関係だよ。

牛頭　閻魔大王さまがお声をかけなさるのは牛頭馬頭《ごずめず》の順。馬頭牛頭《めずごず》と呼ばれることはない。この業界、名前の順は大事だ。分かったか？　この場は俺が主役、お前は脇役だ。よいか。よく聞け、この者を引っ立てい！

馬頭　（仏頂面で荒々しく）立ちませい！

憶秦娥《イチンオー》　私はどこへ連れて行かれるのでしょうか？

牛頭　お前が行くべきところだ。

憶秦娥《イチンオー》　お願いでございます。私には老いた母、幼い乳飲み子がございます。どうかひと目会わせて下さりませ。

馬頭　つべこべぬかすでない。お前は何の役だと思っているのか？　秦腔《チンチアン》のくそ皇后か、それとも第二団の弼馬温《ひつばおん》（孫悟空がなった馬屋番）団長か？　閻魔大王さまからすれば、そんなもの屁でもない。大王はお前を三《さん》更《こう》（真夜中）にお呼びだ。五更《ごこう》（明け方）まで待てぬとよ。さあ、立て！（憶秦娥《イチンオー》を手荒に引き立てる。よろめ

く憶秦娥《イチンオー》に首かせと手鎖をはめる）

憶秦娥《イチンオー》　（逃れようとして）何で私がこんな目に？

牛頭、馬頭大笑いする。（笑うと天地がぐらぐら揺れる）

牛　頭　（怪しげな笑いを浮かべて）たとえ、相手がどんな美人でもな。大王さまは色を好まれぬ。

牛　頭　何でだと？　何だもかんだもあるか。大王さまの仰せだ。誰の面子《めんつ》もへったくれもない。大王さまがこうとおっしゃったらこうなのだ。

牛頭、馬頭、笑いすぎてふうふう言いながら彼女を引き立てていく。

ひゅーとものすごい風の音が黄河古道のあの夜を思わせる。砂礫を飛ばし、草木を根こそぎ千丈の高さに巻き上げる烈風が吹き荒れる。

突然、狐の悲痛な鳴き声が聞こえる。『狐仙劫《こせんこう》』の狐の一族が住み処を追われ、落ちのびていく哀れさが幾層倍になって聞く者の心を掻きむしる。続いて『遊西湖《ゆうせいこ》（西湖に遊ぶ）』で亡霊と化した李慧娘《りけいじょう》の怨みと悲しみが痛ましい叫びとなって地獄の闇を切り裂く。

場面が一転して、李慧娘《りけいじょう》のような雪白の衣装を身につけた憶秦娥《イチンオー》が牛頭、馬頭によって閻魔庁に引き立てられてくる。ぞっとする地獄の風が彼女のマントに吹きつけ、ひらひらとひるがえさせる。地獄の小鬼たちは情け容赦なく彼女を小鳥のように地面に投げ出し、彼女の口は無念の泥を噛む。

馬頭は牛頭より先に閻魔大王に上奏しようとするが、牛頭ににらみつけられて引き下がる。

牛　頭　申し上げます。憶秦娥《イチンオー》をこれに引き立てましてございます。

閻魔大王　憶秦娥《イチンオー》？　何者だ？
馬　頭　役者、歌歌いにございます。
大　王　役者、歌歌いは一人ではなく一網打尽にして連れて来いと申したではないか。
牛　頭　これは秦腔《チンチアン》の歌歌いにございます。
馬　頭　大王さま、私めにお任せ下さい、役者、歌歌いは京劇、昆曲、川劇、越劇、豫劇、はたまた黄梅劇、評劇に二人転《アルレンチュアン》、数多くございますれば、不肖この馬頭がただちに引き立てて参ります。
大　王　まだある。テレビ、映画、漫才に寸劇、お笑い芸人、あ、それから腰の定まらぬニュースキャスター、コメンテーター、コマーシャルの代弁人、いくらでもおろう。みな引っくくって参れ。
牛　頭　恐れながら申し上げます。ニュースキャスター、コメンテーターは歌歌いとは申しません。口先だけの〝だべりや〟と申すべきかと。
大　王　奴が歌おうがだべろうが、面の皮が厚く、しゃべりたがり、出たがり、目立ちたがり屋どもはみな引っくくって参れ。
牛　頭　御意、仰せの通りに致します。
大　王　さて、これなる秦腔《チンチアン》歌いの名は何と申したか？
馬　頭　憶秦娥《イチンオー》にございます。
大　王　聞くからに、芝居がかった俗悪な名前だ。その方、自分の罪状を心得ておるか？
憶秦娥《イチンオー》　心得ませせぬ。私に何の罪がありましょうや？
大　王　身に覚えがないとは言わせぬぞ。虚栄と売名に現《うつつ》を抜かし、虚名に憧れる凡俗の輩《やから》をたぶらかし、そそのかして偽りの舞台におびき寄せ、あられもない姿で客の目をくらまし、ありもしない物語で劣情をあおり立て、見果てぬ夢を見させた挙げ句、人をうらやみ世を怨み、親に背いて上長を敬わず、道ならぬ恋に走る風潮をば世に広め、極楽へ行くべき無辜《むこ》の民が公序良俗に背き、地獄の針の山、血の池、火の海に追い立てられる責め苦を、さもさも心地よさげに演じ歌ってきたのは、そちたち役者どもであろう。ええい、まだ白《しら》を切るか。よかろう。地獄の業火に焼かれる者どもをとくと見るがよい。その後、地獄の亡者どもがいかに悔い改め、真人間に立ち返ろうとしているかをその目で確かめるのだ。引っ立てい！

牛　頭　かしこまりました。

馬　頭　行け！

牛頭、馬頭は憶秦娥《イチンオー》を地獄めぐりへと引き立てる。

凄まじい絶叫が聞こえてきた。奇岩怪石が聳《そばだ》ち、うねった岨道《そばみち》をたどると、洞窟から金属のかちゃかちゃという音がする。そこは「炮烙《ほうらく》」という火あぶりの刑の現場だった。炭火の上に油を塗った銅の円筒を渡して罪人を歩かせ、火中に落とすという酷刑だ。じゅっという肉の焦げる音と罪人の絶叫を残し、一瞬にして燃え立つ炎の中でのたうつ人の体がそのまま炭化していく。料理の「法楽焼き」はこれに由来するものではないが、こちらかと思えばまたあちら、随所に身の毛もよだつ光景が広がっている。

憶秦娥《イチンオー》は突然発見した。鎖につながれて地獄めぐりをしている面々はほとんどが顔見知りで、テレビや新聞雑誌で何度も見たことのある有名人だった。

第一の参観現場。

空高く四文字が掲げられている。「虚名莫求《ばくちゅう》（虚名を求むるなかれ）」

果てしない暗黒に包まれた断崖の上に、肌脱ぎになった男たちが満身玉の汗にまみれて座っている。その数は数えきれない。彼らは皆、同じ動作を繰り返している。先の尖ったかぶり物を自分の頭に乗せては下ろし、おろしてはまた乗せている。これは清朝の王冠を模した銅器で、金光燦然たる彫刻が施されている。これをかぶっては、また下ろす同じ動作を休むことなく延々と続けている。何の意味もなさそうな行為だが、もしやめようものなら、たちどころに罰が下り、背後の断崖に立てかけた杵《きね》のような石の棍棒でぺちゃんこに叩きのめされる。

牛　頭　よく見ろ。あの帝王の王冠を。みんな見たことがあるはずだ。どれも八十斤（四十キロ）の重さがある。みんな身に覚えがあろう。金色の耀きに目がくらみ、虚名に身を焦がし、芸術祭の大賞ほしさに審査員やその筋の大物に色目を使い、取り入ろうとしなかったか？　また、たらたらとお世辞、おべっかを使い、賄《まいない》、袖の下を贈らなかったか？　欲をかき、身の程を知らぬ者には閻魔大王からこの王冠ならぬ地獄の高帽子《たかぼうし》（市中引き回し罪人にかぶせる帽子）が下される。重さ八十斤だ。どうだ、かぶりごたえがあろう。八十斤では足りぬと申す者には百八十斤の王冠があるぞ。遠慮なく申せ。かぶらぬ者にはそこにある千斤の杵をお見舞いする。お前は一振りで肉の塊、ミンチとなり、肉団子に姿を変えて地獄の獄卒の胃袋におさまるのだ。

馬　頭　（笑いすぎて入れ歯が落ちる。息の抜ける声で）どうじゃ、見ながら歩け。もっと面白い見ものが待っているぞ。

第二の参観現場。

牛　頭　ほら、見たか。あれだ。

一同、牛頭の指さす先を見る。

そそり立つ断崖は頂上がみえない。ひたすら高みを目指そうとする隊伍がこの絶壁をよじ登っている。その先頭ははるか目路《めじ》の彼方に消え、後尾はまだ見えない。その背中には背丈に数倍する品物がぶら下がり、増え続けている。新しい品物を背負う側から地獄の小鬼たちがまた次の品物を背負わせている。

牛　頭　あのけばけばしい表紙は結婚証明書、新居の権利書、表彰状、感謝状、コンクールの賞状、賞杯、トロフィー、カップ、メダル、記念の時計、万年筆、パーティーの引き出物、土産物、リビングの茶器、世界の銘茶、銘酒、高そうな書画骨董、読みもしない本……分かるか？

いずれも距離が遠いためはっきりとは見えない。

馬　頭　お飾りだ。みんながらくただ。お前たちの虚栄心を満足させるその免状、お墨つきだ。

牛　頭　お前たちの好きながらくたばかりだ。喜べ、閻魔大王さまはお前たちのためにほら、金杯、銀杯、銅杯、おまけに陶器磁器、クリスタルの器……許すぞ、好きなだけ背負っていけ。

馬　頭　（陰でせせら笑って）ただし、増やすだけだ、減らすことは許さん。前へ進むだけだ、戻ることは許さん。背負いすぎて身動きができなくなったとき、下を見るがよい。お前たちの足元に飢えて気が立っている猪が舌なめずりし、牙を鳴らし、脚を踏み鳴らして待っている。（さらに狂笑して）さあ、眼ん玉ひん剥いて、前へ進め。

第三の参観現場。

広大な舞台。木材でくみたてられている。

舞台上は人が密集している。

その周辺も舞台へ向かう人、今しも舞台に上がろうとしている人がひしめいている。

牛　頭　見たか？　お前たちはみな一座を背負って立つ花形役者の座を狙っている。閻魔大王さまはお前たちのため、またとない足場を用意した。お前たちはいつも不平不満、疑心暗鬼、羨望嫉妬の腹の虫を抱えている。

せっかくここまで来たのに、いつ足を引っ張られ引きずり下ろされるか分からない。どうだ、図星だろう。そんな鬱憤を晴らして下さるのが閻魔大王さまだ。下を見ろ。そこがお前たちの依って立つところ、みごと主役を射止めた後、お前たちに与えられる立て役者の地位だ。

馬　頭　だが、車酔い、船酔い、飛行機酔いのする奴は用心しろ。ここは一万メートルの上空、眼下にひしめく役者どもを見おろすお前たちの足元は空《くう》の空、何もない。そこがお前たちの依って立つ足場だ。わはははは！

（笑声）

高い空から鐃鈸《にょうはち》の音が響く中、地獄めぐりの者たちは皆、中空に浮遊している。

魂消《たまぎ》る思いの憶秦娥《イチンオー》の目に入ったものは、この高空ですがるものが何一つなく、風に漂いながらもがく無数の肉体だった。

牛　頭　お前たちの魂は永久に中空に漂う。天と地の間《あわい》で、生死を超え、輪廻《りんね》転生《てんしょう》の憂いもない。何と美しく妙なる境地であることか！　お前たちは毎日舞台上でひしめき合い、角突き合わせながら、舞台の何たるかを理解しない。舞台とは本来空《くう》なるもので、お前たち人間が虚空に組み立てたものだ。組み立てたものは必ず崩れる。人は舞台の高さを競い、人の上に出よう、人の上に立とうと足掻《あが》き続ける。そして、とどのつまり、舞台は崩れ落ち、人は宙に舞う。

馬　頭　それ故、閻魔さまはとっておきの場所をご用意なされ、お前たちをこの中空に〝解き放った〟のだ。以後、雲間に漂い、霧の中を彷徨《さまよ》い続けるがよい。（また大口を開けて高笑いする）閻魔さまはお前たちみんなを有名、無名、ベテランも秦人も等《ひと》し並みに拉致、連行して空中高く解き放てとの仰せだ。

牛　頭　見ろ、あの哀れな人間どもを。舞台の上で押し合いへし合い、片脚を舞台に差し入れたものの全身は外にはみ出し、宙にぶら下がっている。

果たして。広大な舞台の縁《へり》にしがみつき、なおもよじ登ろうとしている無数の人間を、すでに登り終えたものが蹴落としにかかった。

牛頭　哀れな者たちよ！　舞台の立ち位置を争い、主役を取ろうと疑心暗鬼の角を突き合わせる。それがそんなに面白いか？

馬頭　こいつは面白い。自分以外はみんな敵。皆殺しにしてしまえ。どうだ、自分の胸に聞いてみろ。身に覚えがあるはずだ。『捉放曹《そくほうそう》』の名舞台を思い出せ。

(注)『捉放曹《そくほうそう》』　馬頭は三国志演義を題材に舞台化された『捉放曹《そくほうそう》(曹操を捕らえたものの逃がしたことの報い)』を引き合いに出している。まだ若く無名の青年だった曹操は奸臣董卓《とうたく》の暗殺を図るが失敗、逃走するも関所で捕らえられる。県令の陳宮《ちんきゅう》は曹操の志に感服し、自分の地位を投げ捨てて曹操と共に逃亡を図る。途中、曹操の父の友人呂伯奢《りょはくしゃ》に出会う。呂伯奢は曹操と陳宮を自宅にかくまい、豚肉料理でもてなそうと、豚を追い回したり、包丁を研いだりの物音をたてる。疑心暗鬼にとらわれた曹操はこれを自分たちを殺すためと思いこみ、呂伯奢の一家を皆殺しにする。「人をだます方が、人にだまされるよりもましだ」と言い放つ曹操。その冷酷無比、残虐無残に気づいた陳宮は「自分は人を見る目がなかった」と曹操を助けたことに後悔のため息をつき、夜通しかかって嘆きの詩を作る。曹操の正体は〝乱世の奸雄《かんゆう》〟であったと。

牛頭　それでは彼らにこの舞台をとっくと見せてやろう。

牛頭が言いながら手で合図を送ると、憶秦娥《イチンオー》が出演した黄河古道の舞台がマジックのようにせり上がり、舞台下の木組みがあらわになる。

馬頭　見たか？　こいつは危ない。木組みがみしみし、今にも崩れそうだ。さあ、どうする？　どうしたい？　ここが思案のしどころだ。主役を張り通すか？　それともすぐさま主役を降り、舞台を降りて倒壊を防ぐか？

牛　頭　よく見ろ。目ん玉ひん剥いてよく見ろ。これがお前たちが命をかけ、そのろくでもない面《つら》をさらそうという舞台だ。

憶秦娥《イチンオー》は舞台の底部を点検する。黄河古道の倒壊した舞台とそっくりだ。彼女はぎょっとした。舞台を支える木組みの下に鵞鳥の卵のような玉石が積まれていると思ったのは、本物の卵だった。卵の上にまた卵を乗せている。それよりもっと恐ろしいのは舞台の下で、子どもたちが芝居ごっこで遊んでいたことだった。彼女の脳裏にあの現場がまざまざと蘇ってきた。彼女は声を限りに叫んだ。

「子どもがいる。早く子どもたちを助け出して……」

しかし、誰も彼女に耳を貸す者はいない。見ると、一つの卵が別の卵に押されて転がり落ちた。続いて別の卵が落ちて砕け、後は止めどがなかった。あの広大な舞台は巨体を揺するように轟然と崩れ落ちた……。

「早く、舞台の下に子どもが……舞台の下に……」

懸命に叫ぶ彼女を母親がしっかりと抱き、悪夢の世界から娘を呼び戻そうとしている。

「娥《オー》、娥《オー》、娥《オー》、しっかりしな。もう大丈夫だよ、ママがついてる、しっかりおし」

憶秦娥《イチンオー》はゆっくりと目を開けた。全身が引きつけを起こしたみたいにぴくぴく震えている。

「もう大丈夫、恐くない、恐くない。お母さんだよ」

「母ちゃん！」

我に返った憶秦娥《イチンオー》が見たものは実家の木造の壁だった。随分長いことうなされていた。突然、彼女の口をついて出た言葉は彼女自身思いもよらぬことだった。

「母ちゃん、私は尼寺に入りたい」

「何を言い出すやら。あそこはお前の行くところではないよ」

「お願いだから行かせて。少しは気が休まるかもしれない。このままだと私、駄目になるかもしれないから」

二

憶秦娥《イチンオー》は思い通り尼僧院に入った。

この僧院はいつ建てられたか誰も知らない。言い伝えによると、最も早く庵《いおり》を結んだ人物は匪賊の情婦だったという。匪賊といっても、当時の読書人で〝文人気取り〟の男だった。世を憂い、詩を書く知識人でもあったが、捕らえられてさらし首になった。その妻は花の如き可憐さで、匪賊討伐隊の隊長は彼女を分捕って役所に連れ去り、〝手生けの花〟とした。彼女はその隊長を嫌悪した。五頭身の短躯《たんく》に加え、振る舞いが横柄で粗暴だったからだ。ところ構わず彼女の首や背中、ズボンの襠《まち》に手を伸ばし、嫌がる彼女を力ずくで扱おうとした。取り調べの机の上で彼女の下着を剥ぎ取ってオンドルに連れこもうとしたりする。彼女は一計を案じて役所から逃げ出し、深山の原生林に身を隠した。そこで茅葺きの小屋を建てて庵《いおり》とし、その傍らに、さらし首になった夫の首を埋めた。夫の首を供養しつつ肉食を断ち、念仏三昧の生活に入ったと伝えられている。

それから何代経ったか分からないが、この草庵は尼僧院として世の認めるところとなり、香華《こうげ》の絶えることなく、最盛時には十数人の尼僧がこもっていたという。〝文化大革命（一九六六―一九七六）〟のときは一人の老尼が住んでいた。〝四旧（旧思想・文化・風俗・習慣）打破〟を叫ぶ紅衛兵たちはこの老尼を〝肉粽《ちまき》〟と称する簀《す》巻きにして高山の崖の上から投げ落とすのを見た人がいる。文革終了後数年経って草堂を修繕する人があり、数間の僧院に二、三人の尼僧が住むようになっていた。

憶秦娥《イチンオー》は事前に母親から庵主《あんじゅ》に話を通してもらっていた。庵主は僧院といっても手狭なこと、すでに二、三人の先住者がいるのを理由に断ったが、母親は引き下がらなかった。娘はどうせ長居しない。数日居士《こじ》のまねごとをして精神修養をやったつもりになればそれで十分と頼みこんだ上で、米、小麦粉、油を運びこみ、十分なお布施を包んだ。庵主は憶秦娥《イチンオー》のために一室を用意し、長期の滞在はできないと念押しした。先住の尼僧も諸国行脚の途上、投宿しているということだった。

尼僧院は九岩溝《ジョウイエンゴウ》の家から十数里のところにあった。憶秦娥《イチンオー》は母親に子どもを預け、簡単な身の回りの品を携えて出かけた。

いくつかの峰が裾を引き、その境を接するところに僧院はちんまりと建っている。遠くから見ると、あたかも蓮《はちす》の台《うてな》の花芯《かしん》に座しているように見えた。山並みのふところ深く盆地を形成し、秦嶺《しんれい》山脈の大山塊と一体になっている。花びらを広げたように周囲の峰々を見晴るかすところから、この地に蓮花岩《リエンホアイエン》の美称が与えられたという。鬼《き》斧神工《ふしんこう》と呼ぶべきか、自然の巧みを凝らしたような地勢は各所に鹿角嶺《ルージャオリン》、三頭怪《サントウグアイ》、五指峰《ウージーフォン》、七子崖《チーズヤー》、九岩溝《ジョウイエンゴウ》など古怪な地名を残している。

憶秦娥《イチンオー》は子どものころ、確かにこの地に来ている。そのときは山の中でぼんやりしている子どもだったから、羊を追い、豚に食わせる草を刈り、柴を刈るのが与えられた仕事だった。どこまで足を伸ばしても、帰り道は草や柴を背負い、籠を肩に掛け、その日の仕事をちゃんと果たしている。大人たちは何をしたかとも、どこへ行ったかとも聞かない。彼女は村の遊び仲間や姉たちとここへ何度も足を運んでいた。そのころ、ここらあたりに何軒かの廃屋を見かけていた。倒れ、草むして、ネズミや四つ足の蛇やヒキガエル、野ウサギが遊んでいた。年上の子は知ったかぶりに昔ここには尼さんが住んでいたと話してくれた。尼さんって何？　と聞かれても答えははっきりしない。紅衛兵の話も出た。紅衛兵って何？　と聞かれても何も知らない。だが、県城からやってきたことは分かっていた。尼さんは親指ほどもある太い荒縄でぐるぐる巻きに縛り上げられ、全身を殴られて〝できもの〟みたいに腫れ上がっていた。その後、大きな籠のようなものに入れられて崖の上に担がれていき、フットボールみたいに蹴り落とされたという。彼女はその崖の下には行っていない。そこには大蛇《おろち》の精がとぐろを巻いていて、親の言うことを聞かない子を呑みこんで、何十里の遠くへ連れて行ってしまうという。

憶秦娥《イチンオー》が僧院を尋ねたとき、入り口には鍵もかけられていなかった。庵主や尼僧たちは座禅を組んで瞑想していた。庵主は憶秦娥《イチンオー》を見たことはなかったが、彼女の名声はよく知っていた。ここ数十里四方、村長や県知事より彼女の名前の方が知れ渡り、カラスの鳴かない日はあっても、彼女が噂にならない日はない。参詣人がやってきて香をたき、庵主にお布施を渡すとき、居室に上げられて相談ごと、願いごといろいろ聞いてもらえる。世間話や四方山話になったとき、最も多く登場するのが憶秦娥《イチンオー》だった。あの真っ黒に日焼けし、行李柳《こりやなぎ》の冠をかぶって羊を追っていた小娘が何とまあ出世したことか。何商売にも名人はいるものだと。これほどの人気者、有名人であっても、庵主は彼女を引き取ることに気乗りがしなかった。というのも、歌歌いの人気役者がけばけばしいなりで現れ、俗世の喧噪と不浄を持ちこまれたら、僧坊の静寂と無雑《むざつ》（純粋なこと）が乱されると危ぶんだからだ。彼女の母親が引き下がらず、米、小麦、油をどさっと持ちこみ、大枚の布施を弾んだこともあって気圧《けお》されてしまい、「数日のことなら」と諾《うべな》ったのだった。ところが、憶秦娥《イチンオー》の姿を現すなり、唖然としてその顔に見入るばかりだった。これまで「見るべきほどの人相は見尽くした」という自負はあったが、これほどの驚きは初めてだった。その美貌、気品、端正、突き抜けるような朗らかさはみごとに俗を離れている。庵主は思わず腰を浮かして身を屈《かが》め、合掌した。その口から漏れ出たのは仏への讃仰にも似た言葉だった。

「阿弥陀仏！」

憶秦娥《イチンオー》は両手の拳を重ねて胸の右下で動かしながら頭を下げて入門の挨拶する。

「法師、万福《ワンフー》！」

芝居の台詞で覚えた言葉が凛と響いた。

庵主は胸に温湯を注がれたように心がほぐれて憶秦娥《イチンオー》に座を賜い、ぽつぽつと話し始めた。

「舞台に立てば、さぞよき眺めも得られようものを、何を好んでこの山奥の破《や》れ寺にお越しなさった？」

「はい、心を清め、静めたいと思いましたゆえに」

庵主は笑って答えた。

「心にそう願えば、かなえられることではないか？」

「心を静める方法があれば、大師からご伝授願いたいのです」

「心を静める法とな。そなたは今この庵室《あんじつ》に入った。背後の山門に耳を澄ましてみよ。山門は閉じられているか？」

「はい、閉じられています」

「ならば、そなたはすでに心の安静を得ておる」

憶秦娥《イチンオー》はぽかんとして、しばらく庵主の顔を見つめた。これが話に聞いた禅問答というものだろうか。自分にも分かるような気がした。彼女は質問を重ねた。

「私はどんなお経を読めばいいのでしょうか？　この身の罪と汚れを払うために」

庵主はゆっくりと噛んで含めるように話した。

「経文はすべて己《おのれ》を救い人を救い、悩み苦しむ者を解脱《げだつ》（悟り）へと導くもの。わずか数日の修行では海に入った泥の牛。溶けてなくなって何も身につかぬ。だが、肝心要《かなめ》の数冊を選ぶことはできる。まずは『帰依法《きえほう》』を読むがよい。仏門に入る戒律を知ることができる。次に『地蔵菩薩本願経』がよかろう。地蔵菩薩は［わが名を唱える者を苦から救う］との誓願を立てられ、梵天、夜叉、狼、閻魔などさまざまの姿をとって衆生《しゅじょう》を導く。大乗仏教の大本《おおもと》がここにある。悪行によって生じた業障《ごうしょう》をはらってくれよう。お施主《せしゅ》の立地《りっち》（直ちに）成仏、功徳円満、阿弥陀仏！」

憶秦娥《イチンオー》は正式に蓮花庵に迎え入れられた。

尼僧院の西の棟は、真ん中に来客用の部屋、その東西南方に小さな部屋四つが配置されていた。その南向きの二間はすでに二人の尼僧が入っており、憶秦娥《イチンオー》は北向きの一室があてがわれた。小さな室内に狭いベッドと仏壇が置かれ、火の消えた線香がさしたままになっていた。最近まで人が住んでいたのだろう。彼女は二人の尼僧と話をしてみたかった。しかし、二人の部屋は鍵こそかけられていないが、しんとして物音一つ聞こえない。彼女は二人の邪魔はしないことにして、庵主から渡された『帰依法《きえほう》』をゆっくりと読み始めた。読めない字がたくさんある。しかし、米蘭《ミーラン》先生から記念に贈られた「新華字典」がいつもバッグにしのばせてある。分からない字はすべて字典にあたった。今回は時間がたっぷりある。一字一字入念に調べ、声に出して読んだ。読み進むうち、倒壊した舞台の鮮烈な記憶が脳裏に浮かんでくる。彼女は努めて経文に集中しようとしたが、カメラのフラッシュのようにいきなり閃光を発し、凄惨な場面を次々と浮かび上がらせる。彼女が最も思い出したくないのは一人の哀れな母親で、夫は炭坑の落盤事故で圧死し、今度は上の娘が舞台の下敷きになって死んだ。彼女の懐に残されたのは生まれてまだ一月に満たない嬰児だった。彼女を感動させたのは、劇団員全員がこの女性のために財布をはたいて義援金としたことだった。憶秦娥《イチンオー》は持ち合わせが少なかったので、結婚指輪、ネックレスなど身につけていたものを全部外して彼女の手の中に押しこんだ。そのときの感触が彼女の手の中にはっきりと残っている。その女性の手の平は焼けるよう熱く、汗でべったりと濡れ、瘧《おこり》がついたように震えていた。その震えは彼女の心の奥底から伝わってくるようだった。彼女は知らなかったが、その女性は一年も経たないうちに二人の家族を失ったということだった。そのとき、彼女はあるかないかの力をふりしぼり、やせ細った二本の足で自分の体を支えていた。それなのに自分は不甲斐なくも劉紅兵《リュウホンビン》の不義、舞台の倒壊事故に続いて自分の息子が多くの人から〝知恵遅れ〟と後ろ指さされただけで、へなへなとその場に頽《くずお》れてしまったのだ……。

部屋の中は静まり返っている。小窓の外は山を渡る微風が僧院の軒端の風鈴を鳴らしている。西安にいたときは家で一人の時間を過ごすのが好きだった。しかし、西安にあったのはこの草庵の清貧、山の気と一体になった清涼の孤居でもなければ、清々《すがすが》しく心満たす独居でもなかった。彼女が求めていたのは秦嶺山脈の奥深く、このような環境の中で自分を突き放し、心静かに自分を見つめることだった。彼女が期待するのは、庵主の語った山門が外界の猥雑な空気の侵入をさまたげ、外界のすべての痛苦、煩悩から守ってくれることだった。

このとき彼女にとって意外だったのは、導かれるまま何の抵抗もなく仏門をくぐれたことだった。幼かったとき、お寺は死んだ人にお経を挙げ、生前悪いことをし、罪を犯した人間を地獄の責め苦から救うところだった。彼女は自分が贖《あがな》うべき罪のあまりにも多い人間だと思う。黄河古道の舞台で死んだ三人の子どもたち、単《ダン》団長、すべて彼女が直接関わっている。重荷を背負うラクダがいくら重量に耐えるといっても、限界を超えると最後の藁《わら》しべ一本、髪の毛一筋で背骨を折ってしまうという。黄河古道で死んだ人たちにとって彼女は最後の一本の藁しべになったのではないか？　それに、息子の劉憶《リュウイ》は自分のどんな罪過によってあのような重荷を背負わされて生まれてきたのか？　彼女の贖罪が死者の親族に慰藉《いしゃ》と安らぎをもたらし、自分の息子の体内には健やかな生命が再び宿ることを祈るしかない。

彼女は『地蔵菩薩本願経』を一遍、また一遍と繰り返し読んだ。庵主は言った。経を読むときは決して中断してはならぬ。中断したら、それまでの功徳が無になってしまうからと。知らなかった字を覚えた後、彼女は懸命に読み通し、それを繰り返すうちに経文が次第に身に添い、行雲流水《こううんりゅうすい》、淡々とそして自在に読み進められるようになった。人が生まれ、また死んでいく世界を「三界《さんがい》」という。欲界《よっかい》、色界《しきかい》、無色界《むしきかい》だ。彼女はいつしか自分がこの三界から身を解き放すように自由になっていくのを感じていた。

ちょうどこのとき、あの劉紅兵《リュウホンビン》が姿を現した。

劉紅兵《リュウホンビン》が蓮花庵を訪ねたのは、彼女が弟子入りを許されてから七、八日後のことだった。まず尼僧の一人が庵主に来客を伝えた。庵主は劉紅兵《リュウホンビン》にじっくりと来意を問い質した後、憶秦娥《イチンオー》を呼びにやらせた。劉紅兵《リュウホンビン》には中庭に控えるよう命じた。

「劉紅兵《リュウホンビン》という男がいると聞いたが、そなたの夫なか？」

憶秦娥《イチンオー》は黙ってうなずいた。

「そなたは家を持ち妻の座を持ち、また子を持つ身。それをいっときの気を逸《はや》らせ、このようなところに身をひそめるとは、そもいかなる料簡か？」

憶秦娥《イチンオー》は仕方なく答えた。

「家と申すものは、もはやございません」

「なら、子は何と致す？」

「ここに参りましたのも、子に対する罪滅ぼしです」

「何が気に入らぬ？　一家離散してまで」

憶秦娥《イチンオー》はしばらく考えこんでから、やっと答えた。

「縁が尽きたのです」

「縁というものは切れたり、尽きたりするものではない。その男もそなたに恥じ入っているようだ」

憶秦娥《イチンオー》は声もなくうなだれた。だが、決然と頭を上げ首を横に振った。

庵主は微かな笑みを浮かべて言った。

「仏は、人を許すことを説いておられる。人を許すことは自分を粗末にすることではない。自分を大切にすることぞ。会《お》うてみるか？　実はそこに来ておる」

「いえ、会いとうありません。法師さま、どうか追い払って下さいませ！」

「人を追い払うなど、仏門にそのような手立てはない。滅相なこと言うまいぞ。やはりそなたが自分の口から申すがよい」

憶秦娥《イチンオー》はうなずいた。

だが、劉紅兵《リュウホンビン》と会うにしても、どこで会えばいいのか。彼女はちらと目を走らせた。僧院の中庭で会えば、劉《リュウ》紅兵《ホンビン》はそこで頭を地べたにこすりつけてくるだろう。僧院の外の麦畑で会えば、そこでも彼は這いつくばってくるだろう。どちらにしても、二人の尼僧が部屋の窓ガラス越しに好奇の目を光らせるだろう。彼女はことさら騒ぎ立てるような真似をしたくなかった。ここは仏門の聖地、禁断の地だ。庵主にしても本心は憶秦娥《イチンオー》を招きたくなかったはず。そこへ男が出たり入ったり、死ぬの生きるのと修羅場を演じるのは憶秦娥《イチンオー》にしても死ぬほど辛い。仕方なく、彼女は劉紅兵《リュウホンビン》を自分の部屋に入れることにした。

狭い空間に妙な緊迫感が張りつめた。だが、劉紅兵《リュウホンビン》は元夫婦のよしみとばかり、たかをくくった。ここはしおらしく出れば、むげにはすまいと心安立《やすだ》てに出した両の手を、憶秦娥《イチンオー》は高々と手を挙げ、「憎し」とばかり、したかに打ちすえた。後ずさりした劉紅兵《リュウホンビン》はうしろにドアがなければ、仰向けにひっくり返っていただろう。

「何しに来たのよ？」

「謝りに来た。秦娥《チンオー》。俺が悪かった。俺は人でなしだ。だが、分かってくれ。お前がいなければ、俺は生きていけない」

「ろくな言い訳もできずに、よく顔を出せたものね。とっとと帰りなさいよ！」

「どうしてそんなに頑なんだ？」

「私は大概のことは許してきた。でも、あれだけは許せない。人の顔を泥足で踏みつけにして、私は思いっきり一生分の恥をかかされた。もうたくさん。あなたにその思いがあるなら、さっさと目の前から消えてよ」

「お前はそんな薄情な女なのか？」

「薄情なのはあなたでしょう。人をこんな思いにさせて……」

「あれは……ほんの出来心だ、そんな気はなかったんだ」

「もう結構。見え透いた言い訳ばかり、吐き気がする。さあ、帰って下さい」

「お前が俺を捨てるんなら、俺はこの世を捨てて出家する、坊主になる」

劉紅兵《リュウホンビン》がいつものはぐらかしに出たと憶秦娥《イチンオー》は見た。

「どうぞ、ご随意に。私には何の関係もありません。お止めしませんから」

「それなら、子どもはどうするんだ。二人の子どもを……」

「卑怯者！　子どもを出すな！　引き合いに出すな……さあ、帰って頂戴。二度とここには顔を出さないで。私を放《ほ》っといて、お願いだから一人にしといてよ！」

憶秦娥《イチンオー》はとうとう劉紅兵《リュウホンビン》をドアの外に押し出した。

劉紅兵《リュウホンビン》は蓮花庵を離れなかった。かといって尼僧院に泊めてもらうわけにはいかず、近所の農家に宿を借りて、夜はそこに眠り、昼間は出ずっぱりで僧院を窺《うかが》っている。だが、憶秦娥《イチンオー》は思い直す素振りさえ見せない。とうとう劉紅兵《リュウホンビン》は僧院に応分のお布施を渡して姿を消した。

彼女は結婚生活とはどんなものかもよく知らず、こんな形で結婚というものが破綻してもなすすべがなかった。かといって、あんなふうな場面を見せつけられた後、また彼と一緒に生活を始める勇気はもはやなかった。彼の浮いた噂、よからぬ風聞を聞かぬでもなかったが、彼女自身、あれほどの辱めを現実に受けてみると、そんな浮き名の一つ二つ、もはやただの風聞、雲をつかむような話でしかない。だが、姦夫《かんぷ》姦婦《かんぷ》の現場に踏みこんでしまった今、彼女を襲ったのはさまざまな連想、妄念だった。彼女が見てしまったのはやはりとてつもない光景で、その記憶の一つ一つがとりとめもなく広がって彼女を苦しめた。あられもない現場で取り乱す自分の姿も含めて、その残像がさまざまに姿を変えて激情となり、妄想となるのを彼女ははっきりと意識した。そうか、これが庵主の言う我執なのだと。彼女はまた『地蔵菩薩本願経』取り出し、木魚を叩きながら念誦《ねんじゅ》した。

　彼女が安堵したのは、僧院に住みこんで半月経っても追い出される気配のないことだった。その上、『帰依法』『地蔵菩薩本願経』について分かり易く掘り下げた講釈を聞かせてくれるようになった。さらにある日、『金剛経』を持ってきて、これと合わせた三部の経典を暗誦するよう勧められた。先の二部はすでに早々と暗誦していた。彼女が言葉の意味を把握し、暗誦する能力はどうやら天性のものらしい。この能力がさらに鍛えられて、一度目を通したものはすぐ記憶し、そのまま口を突いて出てくるようになった。

　憶秦娥《イチンオー》は自分の心が次第に落ち着きを取り戻すのを感じていた。そんな中、普段使っている禅床《ぜんじょう》（座禅をする腰掛け）の使い心地が気になった。ゆらゆら揺れるのは、襲い来る睡魔を防ぐためだが、彼女が用いるとすぐ寝入ってしまい離れられなくなる。そこで一計を案じ、床と椅子の脚の隙間に釘や木楔《きくさび》を填《は》めこんで台を固定して動かなくした。この修理が上手にできて、彼女は誰も真似できない新しい座禅の方式を編み出した。彼女が得意とし、大好きな芝居の型、決め技は「臥魚《がぎょ》（のけぞり）」と股割りだったが、これを座禅に取りこんだのだ。この型を演じながら木魚を叩き、読経するのに不自由はなく、心おきなく精神を集中して経文の暗誦に没入することができた。

　窓の外にツバメの巣が見えた。座禅の合間にツバメの囀《さえず》りに耳を傾け、巣に戯れ、巣を飛び立ち、巣に帰るさまを飽かず眺めることもあった。彼女の心に喜びの力が湧いてきた。

　もし、ガラスの窓に隔てられていなければ、ツバメたちは彼女の笑顔に引き寄せられるように部屋を訪れたかもしれない。

三

陝西省《せんせい》秦劇院は上を下への大騒ぎだった。上級機関からは速やかに劇団の秩序を回復し、正常な公演活動を始めるようにと厳しい指示が下った。これができなければ、劇団総経費の七割に相当する国家の給付金を返上しなければならないという。劇団員の誰かが劇団上層部に疑義を発した。劇団は今、交付金をもらえる状態かと。劇団のあちこちで麻雀卓のご開帳だ。あちこちでポンだのチーだのカンだの鳴き声（他の人が捨てた牌をもらって、自分の手の内を揃えること）が騒々しい。稽古場は閑古鳥、どこからも歌や台詞を浚《さら》う声が聞こえず、武技を修練する姿が見当らない。国の交付金などさっさと返上し、劇団を廃業して雀荘《じゃんそう》でも始めたらよかろうなどと捨て鉢な声も聞かれた。

丁《ディン》新団長は早速会議を招集し、稽古入りの態勢を整えた。

稽古が始まれば、劇団として体面も作れる。

今度の作品は『馬前撥水《ばぜんはっすい》（覆水盆に返らず）』だった。劇的な粗筋だ。貧乏書生の朱買臣《しゅばいしん》は苦学力行《りっこう》の毎日だが、未だ立身出世の道が開けない。妻の崔氏はこの貧乏暮らしに愛想を尽かし、夫から三行半《みくだりはん》の離縁状を脅し取り、成金の戸張三のところに嫁入りする。発奮した朱買臣は科挙の試験に合格し、会稽郡の太守に赴任する。崔氏の新しい夫は手のつけられない乱暴者だった。婚家を逃げ出した崔氏はもの乞いに身を落としていた。故郷に錦を飾った朱買臣の馬前に進み出た崔氏は、ひざまずいて許しを乞い、復縁を迫る。朱買臣は供の者に命じて盆に入った水を持ってこさせ、妻の前で水をこぼして見せる。それは「覆水盆に返らず」のたとえだった。失意の崔氏は自ら命を絶つ。

（注）『馬前撥水《ばぜんはっすい》』　元雑劇《朱太守風雪漁樵記《しゅたいしゅふうせつぎょしょうずき》》、明代伝奇『爛柯山《らんかざん》』などを題材にしている。江蘇省昆劇院はこれを『朱買臣《しゅばいしん》休妻《きゅうさい》』のタイトルで一九八六年五月、東京・三宅坂の国立劇場で日本公演（主催・日本文化財団）を行い、昆曲の名優・張継青が崔氏を演じた。『痴夢（見果てぬ夢）』の場で、崔氏は出世した朱買臣が彼女を正夫人として迎えに来る夢を見て

天にも昇る心地ではしゃぐが、すぐわびしい月影がしのび入る現実に引き戻される。失意の崔氏は爛柯山のふもとで入水して果てる。その歓喜と夢から覚めた凄絶な寂寥感が見る者の胸を締めつけ、話題になった。訳者はこの公演に日本側スタッフとして参加している。


主演の崔氏は楚嘉禾《チュチアホー》が演じる。丁《ディン》団長が彼女のため苦心して選び抜いた作品だった。丁《ディン》団長は言った。

「君の演技は所詮、憶秦娥《イチンオー》にかなわない。まともに勝負しようと思うな。敵の裏をかけ。この作品は立ち回りはないし、派手な所作もない。ただ物語が曲折し、崔氏の性格は複雑に変化し、心理の振幅が大きい。いわば芝居通、玄人受けのする作品だ。誰がやってもそれなりにさまになる。まあ、儲け役といったところだな」

楚嘉禾《チュチアホー》はこの役をもらってもうれしくなかった。前半は花旦《かたん》（放蕩な女役）、後半は正旦《せいたん》（立女形《たておやま》）というが、その実は彩旦《さいたん》（道化、醜女《しこめ》、狡猾な役）ではないか。これで当たりを取ったとして、芝居が終わった後、役者に何の得《とく》があるのか？　憶秦娥《イチンオー》が演じた『白蛇伝』の白娘子《はくじょうし》、『遊西湖《ゆうせいこ》（西湖に遊ぶ）』の李慧娘《りけいじょう》、『狐仙劫《こせんこう》』の胡九妹《こくまい》、どれもとびきりの美形ときている。英雄的で愛の化身、正義の権化だ。竈番《かまどばん》の灰かぶり娘がここまでのし上がってきたのは作品と役に恵まれ、先人のおかげを蒙ってきたからで、憶秦娥《イチンオー》に備わった魅力ではない。もし、憶秦娥《イチンオー》が本物の役者だというなら、蓮花落《れんからく》（竹板を鳴らして歌う乞食の門付け歌、大道芸）を歌わせ、彩旦《さいたん》の道化や醜女《しこめ》の役をやらせてみればいい。それでも人は彼女を放っておかず、相変わらずちやほやするだろうか。丁《ディン》団長はこれまで一緒に仕事をし、いろいろ語らってきたが、一度も折り紙付き、極めつけの作品を持ってきたことがない。秦腔《チンチアン》の世界で生き残り、先頭を走るには一にも二にも作品だ。自分にその役割を与えてくれるなら、きっと期待に応えてみせる。

憶秦娥《イチンオー》が上海へ行ってグランプリを取ってから、楚嘉禾《チュチアホー》は毎日が砂を噛むような味気なさだった。どうあがいたところで憶秦娥《イチンオー》の天下は揺るがない。しかし、その後、秦劇院の分団騒ぎがあって、彼女は意外にも第一団に招かれて主役を演じる機会を与えられた。その時期、彼女は少なからぬ働きをしたにもかかわらず、第一団が『白蛇伝』や『遊西湖』を上演すると、必ず冷笑と侮辱の言葉を投げつけられた。ある観客は楽屋に怒鳴りこんできた。〝換骨奪胎〟〝羊頭狗肉〟とはこのことだ。恥を知れ。省秦劇院で白娘子、李慧娘をやるのは憶秦娥《イチンオー》と相場が決まっているだろう。名前も聞いたことのない、どこの馬の骨か分からない役者が何でしゃしゃり出てくるのかと。その上、舞台に石を投げられたり、上演料を値切られたりする中、かろうじて三、四ステージをこなし、ほうほうの体で西安に逃げ帰ることになった。

しかし、捨てる神あれば拾う神あり、拾う神あれば捨てる神ありだ。憶秦娥《イチンオー》がどつぼにはまった。巡業先で舞台が倒壊する大惨事で人死にまで出して、憶秦娥《イチンオー》は第二団の団長をクビになった挙げ句、何もかもやる気をなくして尼寺に逃げこんだという。おまけにとどめを刺すように彼女の子どもが〝白痴〟だとの噂も伝わってきた。これは憶秦娥《イチンオー》の舞台生活だけでなく人生そのものを根こそぎひっくり返す事態だ。山が倒れ、地面がぽっかりと口を開け、奈落の底へ真っ逆さまに落ちていった。憶秦娥《イチンオー》はもう生きる意欲すら失っているだろう。しかし、楚嘉禾《チュチアホー》はすべてを鵜呑みにはできなかった。もっと事実が明らかにならなければ信用できない。もう一歩突っこんだ証拠がほしい。それを確かめられたら、彼女は持てる力と最大の情熱を思いっきり傾けて『馬前《ばぜん》撥水《はっすい》』の崔氏役の役作りに打ちこめるだろう。

ある夜、彼女は稽古場で一人〝自主練〟をし、暗くなってから劇団の中庭に出ると、すっかりうちしおれた様子の劉紅兵《リュウホンビン》と行き会った。彼女はわざと遠慮しがちに声をかけた。

「紅兵《ホンビン》哥《あに》い、随分ご無沙汰だったけれど、秦娥《チンオー》は大丈夫？　どうしてる？」

劉紅兵《リュウホンビン》は哀れっぽく悲鳴のような声をあげた。

「どうもこうもないよ！」

「一体どうしたのよ、紅兵《ホンビン》哥《あに》いらしくもない」

「お手上げだ。首くくるしかない」

「そんなに思い詰めないで。私を妹と思って話してご覧なさいよ。気が休まるかも」

「君に？　いや、いや」

「随分ね。見限られたものね」

「いや、そんなんじゃない。そんなんじゃないけどさ……いやいや」

「話したくなければ、別にいいわよ」

彼女はそう言い捨て立ち去ろうとしながら、わざと彼女の高く盛り上がった胸を彼の二の腕すれすれにすり寄せた。彼女の見立てでは劉紅兵《リュウホンピン》という盛りのついた雄猫、必ず尻を追ってくるだろうと踏んでいた。果たせるかな、彼はちゃんとついてきた。

「分かった。聞いてくれるか。家に人はいないの？」

「やっぱり、あなたのお家がいいわ」

劉紅兵《リュウホンピン》は突然たじろいだ。

「いや、やっぱり君の家にしよう」

楚嘉禾《チュチアホー》はちらと彼の横顔を見て、うっすらと冷笑を浮かべ、黙ったまますたすたと先に立って歩き、彼女の家に向かった。

楚嘉禾《チュチアホー》にも憶秦娥《イチンオー》と同じ新住宅が割り当てられていた。だが、部屋の条件は憶秦娥《イチンオー》に及ばず、西日の当たる部屋だった。室内は遊園地のようなピンク一色に染められていた。ストリングライトがちかちかと点滅し、クリスマスのイルミネーションのようだった。部屋に入るなり、むっとした熱気に襲われた。空調はどうやら一台だけのようで、それは寝室に装置されているようだった。楚嘉禾《チュチアホー》が寝室のドアを開けると、居間にもかすかな涼気が漂い始めた。椅子に座った劉紅兵《リュウホンピン》は寝室の方へ少しずつ体をずらし、中の様子を窺った。ベッドは赤いライトに照らされ、肉色の上掛けが起きたときのまましゃくしゃくしゃになっている。劉紅兵《リュウホンピン》の視線はその上を落ち着きなくさまよった。

彼女の目の前にいる男はかつて北山《ベイシャン》時代、寧州県劇団の女優たちが憧れてやまない高級幹部の息子だった。しかし、そのとき劉紅兵《リュウホンピン》の目は白娘子《はくじょうし》を演じた憶秦娥《イチンオー》にしか向いていない。いつも白い洋服で身を固め、白いベルト、白い革靴に長髪をなびかせて女優たちのため息を誘う。まさに〝見るは法楽〟の遠い存在だった。劇団員の給料がやっと月二十八元だったとき、彼が取り出す分厚い財布には十元札が百枚以上ぎっしりと詰まっていた。改革・開放政策の中で力を得た〝官僚ブローカー〟やその親族は自ら国営会社を運営したり、新興企業集団と癒着して物資の横流しや転売で大きな利益を得ていたのだ。

今目の前にいるこの男との間に〝もしか〟の関係が生まれるかどうか夢想したりはしなかった。だが、考えてみると、それは一《いち》か八《ばち》、やってみるしかないのではないか。彼はいまだに憶秦娥《イチンオー》に熱を上げ、日夜劇団に刺さりこんでいるが、高級官僚の〝お坊ちゃん〟であることに変わりはない。彼の父親が定年退職しても、その息子がどこかに放逐されたり、生き埋めにされるわけではない。腐ってもタイはタイなのだ。それぐらいは楚嘉禾《チュチアホー》も人から聞いて知っている。憶秦娥《イチンオー》が第二団を率いて農村公演を続けている間に劉紅兵《リュウホンビン》がどこかの女を自宅に連れこんで夜を過ごしたことはすでに劇団中に知れ渡っていた。楚嘉禾《チュチアホー》は当然、この笑い話の結末を知りたいし、見届けたくてたまらない。だが、この取り沙汰は思ったほど広がらず、尻すぼみになりそうだった。というのも、憶秦娥《イチンオー》が熱演、力演中の舞台がその最中に倒壊し、多くの死傷者を出したからだ。この衝撃的なニュースは全西安を震撼させた。ここで劉紅兵《リュウホンビン》との間で〝濡れ場〟があったとしてもほんの〝毛毛雨《マオマオユィ》（こぬか雨）〟か通り雨、ほんのお湿り程度で沙汰止みになるかもしれない。それよりも劇団員たちが熱中している噂話は、事故の夜、憶秦娥《イチンオー》が失禁したらしいということだった。小便だけでなく大便もおもらししたという話もささやかれている。憶秦娥《イチンオー》は病気を理由に休暇届を出し、実家に帰ったということだった。丁《ディン》新団長は楚嘉禾《チュチアホー》に面と向かって話した。

「憶秦娥《イチンオー》は一日も早く復帰し、出勤してもらわなければならないが、いろんな噂が飛び交って、今度は尼寺にこもって念仏修行らしい」

楚嘉禾《チュチアホー》は丁《ディン》団長の夫人の前であからさまな皮肉を言った。

「丁《ディン》団長もどうやら憶秦娥《イチンオー》にご執心のようですね。彼女が帰ってから何日もやさしい言葉をかけていましたからね」

丁《ディン》団長の夫人が途端に怒鳴り出した。

「男どもはみんな腑抜けにされた。だらしないったらないよ。封子《フォンズ》もひたすら入れ上げて、女房からこてんぱんにのされちまったし、単《ダン》団長も負けじと熱を上げ身を捧げて、命まで捧げちまった。そりゃ、立派だよ。だけどねえ、そこまでやることないだろう。おとなしくしてりゃ、陝西省秦劇院の大団長として立派に勤め上げ、晩節を全うできたのに、何を好んで舞台の下までもぐりこみ、閻魔大王とご対面することになったのかねえ」

丁《ディン》団長は黙りこんでしまった。楚嘉禾《チュチアホー》は憶秦娥《イチンオー》が二度と戻らないことを願った。そうなれば、楚嘉禾《チュチアホー》が秦劇院で頭一つ抜きん出て、陽の目を見る日がきっと来るだろう。

楚嘉禾《チュチアホー》は本当のところ、憶秦娥《イチンオー》が今何を考えているのか、そして本当の消息が知りたかった。そうでなければ、劉《リュウ》紅兵《ホンビン》を自室に連れ帰るはずがない。彼女にとって思ってもみなかった、いや、これぞ千載一遇の大展開だ。劉紅兵《リュウホンビン》が何と自分の〝対象〟の男になったのだから。二人はこうして〝ぐる〟になる——ここまで考えたとき、彼女はふと思った。この男はもしかして憶秦娥《イチンオー》と同じように人生に疲れ、生きることに嫌気がさしているのもしれないと。

彼女は彼にお茶を出した。だが、劉紅兵《リュウホンビン》は暑さのせいか、水道の蛇口からじかに水ばかり飲んでいる。彼女は感じた。今日、劉紅兵《リュウホンビン》は猿回しの猿になると。彼女は臥魚《がぎょ》（のけぞり）のポーズを見せつけながら、彼女は尋ねた。

「秦娥《チンオー》は劇団に戻る気がないの？」

「知るもんか。ほとんど病気だ」

「へえ、病気だったのはあなたじゃない。秦娥《チンオー》を追いかけ回して、正気の沙汰じゃなかった。人のこと言えないんじゃない？」

「尼寺に入ったんだ。それこそ正気の沙汰じゃない」

「面白いじゃない。世の中、違って見える。きっと本気なんだ」

「強情なロバに生まれついてるんだ。何を決めるのにも人と相談しない。こうと決めたら、牛九頭で引っ張っても動かない。一目散に突っ走る。はた迷惑とお騒がせの固まりだ」

「でも、どうして尼寺に入ろうとしたのかしら？」

「知るもんか。ただ……、舞台でたくさん人を死なせたからな」

「彼女をそうさせたのは、もしかしてあなただったりして……。そうよ。鉄砲玉に火薬を詰めたのはあなたなのよ」

楚嘉禾《チュチアホー》はわざと思わせぶりな言い方をした。

「俺が？　何でそんなことを？」

「あなたみたいなお調子者で浮気者は、いつ何どき何をしでかすか分からない。あなたはもしかして憶秦娥《イチンオー》に何か尻尾を握られたんじゃない？」

「尻尾ってなんだよ。そんなものない、ない」

「そりゃ、あなたも馬鹿じゃない。小ずるく立ち回ったつもりでも、間が抜けていたりして……。おそらく、ちょっとした出来心だったのね」

楚嘉禾《チュチアホー》は言いながら劉紅兵《リュウホンピン》にねっとりとした流し目をくれた。

劉紅兵《リュウホンピン》はその挑戦的な眼差しを受け止めて立ち上がった。これは何の暗示か。彼は試しに寝室の方へ歩き出して言った。

「こっちの方が涼しい。こっちで話そうか」

劉紅兵《リュウホンピン》は言いながらズボンからシャツを引っ張り上げ、自分の腹をばたばたと扇いだ。

「いい度胸してるわね。そこはレディーの寝室。禁断の花園を乱す者は誰だ？　憶秦娥《イチンオー》に知られたら、ただじゃ済まないわよ。足をへし折られるか生皮を剥がれるか、一刀両断に叩き切られるわよ」

「ああ、やられかねないね」

「ああ、あなたに剣難の相と女難の相があるとは知らなかった。やめときましょう。あなたは平気でも、私はこわいわ」

「大丈夫、ここは天知る、地知る、君が知って、俺が知ってるだけだよ」

「でも、お月様が窓から見てる。この月はあなたの奥様も見てるのよ」

「彼女は月を見ても、ほかに何も見えない。夜だからね、大丈夫さ」

そう言いながら劉紅兵《リュウホンピン》は寝室の外に出てきた。

彼女は〝臥魚《がぎょ》〟のポーズを解き、床に座っていた。彼も座りこみ、彼女の首筋を抱こうとした。だが、楚嘉禾《チュチアホー》はまったく受けつけない。邪険に振り払って言った。

「ちょっと待って。人を安く見ないでよ。私は呼べばすぐ来て、済めばすぐ帰る女じゃないわ」

「俺はずっと前から……君が好きだった」

「月並みな台詞ね。私はね、もう十七、八の女の子じゃないの。もっとましなこと言えないの？」

「君は洗練されてる」

「洗練って？」

「大人の色気さ」

彼は言うが早いか、手を彼女の胸に手を差し入れ、豊満なふくらみの一つを手の中に包んだ。

楚嘉禾《チュチアホー》は彼の腕をつかみ、ねじ上げるようにして言った。

「その悪い手を引っこめて。さもないと大声を出すわよ」

劉紅兵《リュウホンピン》はこういった場面に慣れており、彼なりの〝深読み〟ができる。相手の腕をつかむだけでそれ以上の抵抗をしないのは、黙認あるいは受け入れたという合図だ。ただ、すぐに体を開くのは、はしたないという思いがあるから、やさしく、自然にことを運べばいい……。彼は手をゆるめず、もう片方の手を素早く胸に差し入れ、もう片方の丘を手中に収めた。

憶秦娥《イチンオー》が最盛期にあったとき、楚嘉禾《チュチアホー》はいっそこの男を自分のベッドに引き入れて憶秦娥《イチンオー》を骨の髄まで辱めてやりたいと思った。もう一歩踏み出そうとしたが、劉紅兵《リュウホンピン》は彼女を見向きもしない。彼女は唇を噛んで引き下がった。だが今、彼女は急にその気をなくした。確かに劉紅兵《リュウホンピン》のハンサムでがたいがよく、さっぱりとした気性、振る舞いは女好きのするタイプであることに変わりはない。さっき彼から抱かれた瞬間、全身に電流が走った。しかし、そんなことはもうどうでもよくなった。ましてかつての虚勢を失った男に自分の身を投げ出す気は消え失せていた。

彼女は突然、気がついた。かつて劉紅兵《リュウホンビン》が放っていた異彩、きらきらした存在感は高級官僚の父親のご威光ではなかったのだ。それは憶秦娥《イチンオー》の太陽のような輝きをただ反射していただけではなかったか。憶秦娥《イチンオー》が舞台事故で人死にを出し、一線を退いてからというもの、彼は憶秦娥《イチンオー》から捨てられるのを恐れ、自分の居場所を失う不安にとらわれているのではないか。憶秦娥《イチンオー》が今を盛りとときめいているときなら、彼女は今夜、憶秦娥《イチンオー》に対する怨み、憤懣、屈辱感のをすべてこの男の上にぶちまけただろう。しかし、だからといって、彼女は今ここでこの男とおさらばするつもりはない。もっと見てやろう。この憶秦娥《イチンオー》の情人《いろ》、夫を気取る男、無残に落ちぶれ、しょぼくれた男、そのなれの果てを。彼女は短く言った。

「手を放して」

そうは言いながら彼女は満面に羞じらいの色を見せている。

劉紅兵《リュウホンビン》はさらに自分の欲望をかき立てた。楚嘉禾《チュチアホー》を一気に抱き上げると、寝室のベッドに運んだ。彼女は抵抗する素振りを見せながら、冷め切った目で劉紅兵《リュウホンビン》を見つめていた。彼は彼女をスプリングベッドに横たえると、まず手慣れた動作で自分の衣服を脱ぎ捨て、彼女に挑みかかってきた。そのとき、彼女はサイドテーブルの引き出しから小刀を取り出すと、いきなり彼のいきり立つ逸物に突きつけた。

「劉紅兵《リュウホンビン》、あんた人を何だと思ってるんだ？　誰とでもすぐ寝る憶秦娥《イチンオー》とでも思っているのか？　間違えるな。食堂の飯炊きや老いぼれ老芸人を見境なく腹に乗せて成り上がった〝枕女優〟と一緒にされてたまるか。あんたもとんだ見込み違いをしたもんだ」

劉紅兵《リュウホンビン》は怒りのあまり口ごもりながら言った。

「どういう意味だ？」

「どういう意味が聞いて呆れる」

楚嘉禾《チュチアホー》は彼の股間で逸《はや》り立つものを斜めに見て口角に得意の色を浮かべ、冷笑をもらした。

「俺を侮辱してもいい。だが、憶秦娥《イチンオー》を侮辱するのは許さない。彼女と寧州の料理人とは何もない。俺と結婚するときは処女だった」

楚嘉禾《チュチアホー》はぽかんと口を開き、失笑をもらした。

「へえ、憶秦娥《イチンオー》はあなたのとき、処女だった？　よくも口から出任せ、言いたい放題を言うものね。彼女は料理人と寝ただけでなく、門番や流れ者の老芸人とも寝て稽古をつけてもらい、舞台に立たせてもらった。知らぬは亭主ばかりなりってね。あの老いぼれたちの狙いは何だったと思う？　芸術のため？　笑わせるな。みな憶秦娥《イチンオー》の雌の臭いに群がったエロ爺《じじい》じゃないか。単《ダン》団長までその手に乗ってあの世行きになった。あの臭いに惑わされなかった男はいたかしら？」

劉紅兵《リュウホンビン》はついに我慢しきれずに怒鳴った。

「楚嘉禾《チュチアホー》、そこまで言うか。憶秦娥《イチンオー》は無実だ、潔白だ。お前よりずっと純潔だ。単《ダン》団長まで踏みつけにするのはやめろ。口を慎め。ろくな報いはないぞ」

言いながら劉紅兵《リュウホンビン》はそそくさとズボンをはこうとした。

「待ちなさいよ。どうしてズボンをはくの？　何のために脱いだの？　勝手に脱いだりはいたりしないでよ」

劉紅兵《リュウホンビン》はついその気になって手を止めた。ズボンはまだ足の踝《くるぶし》のところで止まっている。

「どうしろと言うんだ？」

「どうしろって、せっかく脱いだんだから、あなたの立派なお道具を写真に撮って憶秦娥《イチンオー》に見せるのよ。彼女の家庭は何と恵まれているのだろう、奥さまは幸せねってね」

「撮りたけりゃ撮れよ。俺はもう憶秦娥《イチンオー》の夫たる資格がない。これまでは何とか夫でいようと頑張った。夫の座にしがみつこうとした。だが、今夜でお終いだ。憶秦娥《イチンオー》の夫は失格、返上だ。今夜からはこの淫売宿、楚嘉禾《チュチアホー》のひもになる。流連荒亡《りゅうれんこうぼう》（居続けで遊興に耽ること）、火がぼうぼうってね。これで俺もいっぱしのごろつき、悪党、人間のくずだ」

劉紅兵《リュウホンビン》は悪びれず、むき出しの逸物をそそり立てたまま楚嘉禾《チュチアホー》の前へ進んだ。

「来るな、来るな、あっちへ行け。ちょん切っちまうぞ」

「切ってくれよ。こいつが悪い。悪の根源、罪の源だからな、罰を受けて当然だ。こいつのせいで憶秦娥《イチンオー》が侮辱された。罪のない憶秦娥《イチンオー》が侮辱された」

この勢いに呑まれ、楚嘉禾《チュチアホー》は目のやり場にも身の置きどころにも困っている。本来、劉紅兵《リュウホンビン》を侮辱することで憶秦娥《イチンオー》を笑いものにするのが目的だったはずだ。こんな反撃を受けようとは思ってもみなかった。憶秦娥《イチンオー》を侮辱するどころか、自分の引っこみがつかなくなってしまった。こんな見たくもないものをちょん切ったところで引き合わない。しかし、切らないと、この場が収まりそうにない。彼女は小刀を目暗滅法振り回したが、空を切るばかりだった。劉紅兵《リュウホンビン》ははすかさず小刀を奪い取り、逆に彼女の喉元に突きつけた。

「ズボンを脱げよ。脱げったら！」

彼女はおとなしくズボンを脱いだ。

彼はあらわになったそこに向かってぺっと唾を吐いて言った。

「二度と憶秦娥《イチンオー》になめたことを言ったら、お前の命が危ないぞ！」

言い終えると、劉紅兵《リュウホンビン》はゆっくりと衣服を身につけ、小刀をぶすっと洋服ダンスに突き立てると、悠々とこの場を立ち去った。

劉紅兵《リュウホンビン》が去ってからしばらく経って、楚嘉禾《チュチアホー》は、はっと我に返った。負けだ。この取り引きは元本割《がんぽん》れの大損《おおぞん》だと思った。しかし、劉紅兵《リュウホンビン》の口の端々《はしばし》から見えてきたことがある。憶秦娥《イチンオー》の人生は踏んだり蹴ったりのさんざんだ。結婚生活もこれでおじゃん、彼女の役者人生にも二度と出番はめぐってこないだろう。

四

憶秦娥《イチンオー》が尼僧院にひとまずもぐりこんで数ヵ月が経った。はじめは母親が米・麦・油をせっせと運んできたが、憶《イ》秦娥《チンオー》がどうやら〝死ぬ気〟ではないと分かって、ぷっつりとお布施をやめてしまった。庵主《あんじゅ》が早く娘を追い出すよう心待ちにしている。しかし、庵主は彼女を追い出すどころか、この一時滞在者がすっかり気に入ってしまった。早起きなのに夜は寝る間を惜しんで読経三昧、日常の勤めは線香立て、油差し、庭掃き、庫裏の煮炊き、膳の支度など、言われる先にさっさと片づける。

人並みでないのは読経の習熟度だ。当初に与えた『帰依法』『地蔵菩薩本願経』『金剛経』に加え、『般若心経《はんにゃしんぎょう》』『楞《りょう》厳経《ごんきょう》』『大悲呪《だいひじゅ》』などをすらすらと淀みなく読みこなすまでになった。これは剃髪得度《ていはつとくど》して数年の修行を積んだ尼僧でさえ至難の業だ。庵主は舌を巻いた。仏陀は菩提樹下に坐禅して正覚《しょうがく》（仏の悟り）を得たというが、憶秦娥《イチンオー》の精進は本人の悟性だけでなく「仏のご加護」なくしては考えられないことだった。庵主の見るところ、憶秦娥《イチンオー》が特に際立っているのは一意専心、その集中力にある。座禅が始まると、その姿勢は何時間経とうとも微動だにしない。仏道の修行に「五根」と呼ばれるもの①信《しん》（信ずる力）②精進《しょうじん》（努力する力）③念《ねん》（念ずる力）④定《じょう》（集中する力）⑤慧《え》（智慧の力）があり、憶秦娥《イチンオー》はこの中でも慧根《えこん》にすぐれた真の仏徒ではないかと庵主は思う。智慧の力とは煩悩を抑え、悟りを開かせる働きを指す。

庵主は憶秦娥《イチンオー》に「慧霊居士《えれいこじ》」の法名《ほうみょう》を与えた。一人前の出家受戒者として認められたのだ。

憶秦娥《イチンオー》が『地蔵菩薩本願経』を唱えるとき、黄河古道で亡くなった二人の子どもと単《ダン》団長、そして寧州で彼女を教え導いた苟存忠《ゴウツンチョン》老師の霊を供養した。『楞厳経《りょうごんきょう》』と『大悲呪《だいひじゅ》』を念じたときは、息子の劉憶《リュウイ》のために諸仏、菩薩の功徳を願い、息子にかけられた呪いの調伏《ちょうぶく》を祈った。劉憶《リュウイ》の元気な顔を見たい一心だった。彼女は幼いときから貧しい農家の働き手だった。暑さ寒さの中、羊の番や辛い農作業に耐え、我が身を労することに慣れている。朝早くから夜遅くまで仏前の勤行、庫裏の立ち働きや庭の掃き掃除など、どうってことはない。彼女にとって苦行というよりむしろ楽しく遊んでいるようなものだった。順番の当直なども自分から率先してやらせてもらい、もし、法悦というものがあるとするなら、この日常の中にあると思った。

彼女の母親と父親の易茂財《イマオツァイ》、そして姐の易来弟《イライディ》までが次々と波状攻撃をかけてきて、一日も早く蓮花庵から出るよう勧め、それが次第に強圧的になってきた。一家から尼僧を出すのは家の恥、一家の名折れ、世間に顔向けならないという。叔父の胡三元《ホーサンユアン》もやってきて強談判を始め、ほとんど殴りかかりそうな勢いだった。何と情けない、何が悲しくて尼さんにならなければならないのかと。このとき、彼女は初めて自分が出家する意志のないことを人にも伝えることになった。これは世を捨てることではない。罪を償うことなのだ。自分の罪科《つみとが》によって劉憶《リュウイ》を世間から後ろ指指される子どもにだけはしたくない。魔の手にさらわれそうな子どもを自分のこの手に取り戻すために仏前で身を慎み、仏の慈悲を願っているのだと。

蓮花庵は毎年旧暦七月十五日、ずっと法要の儀式を営んできた。以前はそんなに大がかりなものではなかったが、近年は廟堂の建て増しが相次ぎ、参詣客もお布施も増加の一途をたどって近在の名望を集めている。その声に押されて庵主もここ一番盛大な法要をと考えを決めた。各山門の法師、長老を招いて法灯を掲げ、寧州県劇団には奉納公演を要請した。憶秦娥《イチンオー》がこれを知ったとき、劇団から下見と舞台設営、仕込みの要員が来ると分かり、僧院を離れて身を隠そうとした。だが、庵主は彼女を呼び止めて言った。

「実は県の劇団とはもう話がついて、あなたには『白蛇伝』をやってもらいたいんだけれど、どうかしら?」

彼女はこれまで庵主の求めを聞かなかったことはない。だが、今回だけは首を横に振り、黙りこんでしまった。しかし、庵主は微笑みを絶やさずに語った。これは念誦《ねんじゅ》よりはるかに功徳のあるもので、仏門に歌舞を奉納することは古来、自分自身に対する福報《ふくほう》として「天上の果報《かほう》もこれに過ぎず」と言われている。庵主がこれを話しているときに、ちょうど叔父の胡三元《ホーサンユアン》と胡彩香《ホーツァイシアン》先生がひょっこりと顔を出した。寧州県劇団は憶秦娥《イチンオー》が蓮花庵で修行していることをすでに知っていて、団員たちはみな彼女の顔を見たがっていた。

思いがけず、封瀟瀟《フォンシャオシャオ》が最後に顔を出した。

二人は遠くから見つめ合った。封瀟瀟《フォンシャオシャオ》は憶秦娥《イチンオー》の顔を見るなり、目に大粒の涙を光らせて尋ねた。

「どうだ、元気か？」

憶秦娥《イチンオー》もあふれる涙をしたたらせて答えた。

「大丈夫です」

「安心した。だが、どうして出家など？」

「出家したんじゃない。修行しているだけ。ここは静かだから」

「みんな出家したと言っている」

「いいえ、私はそんなこと言ってません」

「出家する気は？」

「ありません」

憶秦娥《イチンオー》は努めて軽く答えた。

「劉紅兵《リュウホンビン》は君にひどいことをしたと聞いたが……」

「いいえ、大丈夫です。あなたは元気？」

「僕はいつだって元気だ。大丈夫」

これ以後、二人は舞台稽古の数日を過ごした。もう演技のこと以外、直接言葉を交わすことはなかった。憶秦娥《イチンオー》は封瀟瀟《フォンシャオシャオ》の心の中が切ないほどよく分かる。『白蛇伝』で白娘子《はくじょうし》と許仙《きょせん》が出会う『遊湖《ゆうこ》』の場、二人が結婚する『締婚《ていこん》』の場、白娘子が蛇の正体を現してしまう『現形《げんけい》』の場、白娘子の正体を見抜いた法海和尚と戦い、そして敗れた彼女が西湖に落ちのびて許仙と再開する『断橋《だんきょう》』の場、許仙との子を隠れ家で産む『合鉢《ごうはち》』の場……それぞれの場で二人の心は言わず語らず通じ合うものがあり、ただ満面の涙が滂沱《ぼうだ》と流れるだけだった。しかし、舞台を離れたら二人は見知らぬ人、関わってはならない。それぞれに家庭を持ち、子どももいる。舞台で生まれ、育まれた感情は永遠に舞台の中に閉じこめておかなければならなかった。

彼女の心を寒くしたのは、寧州県劇団で秦腔《チンチアン》の後継ぎがいなくなってしまったことだ。十数人の若手は全員歌舞劇に配置替えをされ、かつて可憐な「小花旦《シャオホアダン》(少女役)」として人気の出た恵芳齢《ホイファンリン》は『白蛇伝』で憶秦娥《イチンオー》の相手役・青蛇の小青《シャオチン》を演じたというのにいつのまにかヒップホップやディスコのダンサーに回されていた。胡彩香《ホーツァイシアン》先生はその穴を埋めて再び秦腔《チンチアン》の〝大黒柱〟に戻され、今回は『竇娥冤《とうがえん》』(中巻二八五ページ参照)の歌唱と『打金枝《だきんし》(皇女を打つ)』では皇女役を演じた。しかし、寄る年波に演技、メイク共に疲れを隠せず、主役を張り通すには無理があった。

(注)『打金枝《だきんし》』 唐の時代、安史の乱を平定した郭子儀《かくしぎ》は、その功によって汾陽王に封ぜられ、六子郭暖《かくだん》には妻に粛宗皇帝の姫昇平《しょうへい》公主を賜った。子儀の八十歳の誕生日に、宮廷の百官はじめ六人の息子と八人の娘婿はそろって祝賀に参じたが、昇平公主は皇帝の娘という〝金枝玉葉(皇女)〟をかさに参列しなかったため、夫の郭暖《かくだん》は怒って昇平公主を打ちすえる。公主は父皇帝に夫の無礼を涙ながらに訴えるが、粛宗皇帝は逆に娘の非礼を叱責する。一方、郭子儀は息子の郭暖を縛って宮廷に出頭し罪を請うが、皇帝は暖を赦免、逆にその官位を三級昇進させた。そして、皇后とともに夫婦の仲直りを勧める。

叔父の胡三元《ホーサンユアン》は寧州県劇団に帰っていた。蓮花庵の公演で胡彩香《ホーツァイシアン》先生は胡三元《ホーサンユアン》が劇団員に向かって毎晩のように毒づき、罵るのを聞かされていた。

「どいつもこいつも、くたばっちまえ。これが芝居か。猿回しの猿の方がまだましだ。秦腔《チンチアン》の先祖に顔向けならない。恥じて死ね！」

ただ『白蛇伝』は蓮花峰の静寂を破り、尼僧院をかつてない光彩で包んで観客を狂喜させた。庵主の驚きはそれ以上で、ただ呆気《あっけ》にとられるばかりだった。憶秦娥《イチンオー》が舞台に立つことは勿論知っていたが、その演技、その名声がまさかこれほどのものとは思わなかった。立ち姿の気品と美しさ、技の冴え、鍛え上げた芸の極みは鬼気迫るものがあり、特に仙草・霊芝《れいし》を求めて峨眉山に向かう『盗草《とうそう》』の場、水中のすべての生き物を従えて法海和尚と戦う『水闘《すいとう》』の場は身体の極限に挑むその一瞬間、時《とき》を凍りつかせるような完成美を見せていた。舞台を移動するときの「草上飛」、「水上漂」と呼ばれる妙技は体の芯がすっと伸び、顔、肩に微塵《みじん》の揺らぎ、ぶれがなく、それは白鳥が水面下の足の動きを見せないのと同じだった。

庵主の印象では、憶秦娥《イチンオー》は控えめで、もの静かな起居が彼女の普段の人柄を思わせたが、扮装をした途端、がらりと人が変わるのを感じた。筋金が一本通ったような強靭《タフ》さを身に帯び、その歌のしみ入るような美しさは内心の強さから生まれるもので、俳優の演技は内心から生まれて初めて真実となることを庵主は納得した。彼女が舞台にすっくと立ったとき、神仙の威儀を放ち、俗世から隔絶した一つの境地を見る思いだった。庵主は毎年、付近の寺の法要に招かれ、さまざまな歌、芝居、舞踊、見世物芸を見ているが、憶秦娥《イチンオー》の白娘子《はくじょうし》はこれまで夢にも思わないものだった。

観劇後、各山の〝名僧知識〟が庵主に礼を述べる中、その一人が何やら文句をつけた。

「結構なものを見せてもらいましたが、『白蛇伝』は気に入りませんな。白蛇と怪僧の闘いはよいとして、二言目には〝禿《は》げ茶瓶〟だの〝くそ坊主〟と法海和尚を罵るのはいかがなものか。法海和尚はいやしくも仏門に仕える身、いささか不敬に過ぎるのでは……」

庵主は笑って答えた。

「どんな芝居にも、〝禿《は》げ茶瓶〟や〝くそ坊主〟が出てきます。仏門のお慈悲と寛大な御心《みこころ》で笑ってお見逃しいただけませんか。これをお咎めになったら、芝居の見せ場がなくなってしまいますから」

一人の和尚が横から口を挟んだ。

「できれば『思凡』を見せてもらいたいたかった」

『思凡』は尼僧が厳しい戒律に耐えかねて俗界に戻ろうとする作品だから、この僧侶は庵主をあてこする冗談のつもりだろう。庵主はさりげなくかわした。

「劇団の演目に入っていなかったものですから。もし、あれば明日追加公演してもらいましょう。奉納芝居は聞くも法楽、見るも法楽。参詣客に見せるためのもので、お寺に見せるものではありません。白娘子のような作品がお気に召さなかったら、法要で何をやってよいものやら……。それとも、お上人《しょうにん》さまの徳をたたえ、ありがたいお説教を一晩聞かせましょうか？　でも、禿頭《とくとう》の和尚や尼僧やらが声を張り上げたら、舞台はもう大変、観客はたまったものではないでしょう。芝居は男女の情を細やかに語るもの、和尚さまの出番ではないようです」

各地の大徳《だいとく》（高僧）たちは不満ありありの様子だったが、蓮花庵主は大いに気を吐き、長老連を相手に一矢報いた。小庵ながら、この法要の主役にふさわしい役割を果たしたと言える。ある人が算盤をはじくと、今年の蓮花庵のお布施や線香代は、ざっと二、三年分の上がりを超すだろうということだ。

法要は終わった。僧侶も参詣客も潮が引くように去り、門前を賑わした屋台も引き上げ、劇団も姿を消した。俗に「道士が去った後のお札、芝居去った後の糞《くそ》」という。尼僧たちは後片付けと大掃除に丸二日かかり、僧院の内外はこれまで通り塵一つない清浄な空間に戻った。

住みこみの二人の尼僧は目を異様に耀かせて憶秦娥《イチンオー》のところにやってきた。彼女は後片づけの仕方が悪かったのかと思い、つい身構えて何かと尋ねた。二人の尼僧は笑って言った。

「いえ、そんなんじゃなくて、とにかく慧霊居士《えれいこじ》はすごい！　こんな特技を持っていて、こんなところに置いておくのはもったいない。もっと大きな、もっとちゃんとした僧院に住むべきです」

この日の夜、憶秦娥《イチンオー》は山門を洗い終え、湯を沸かし、大小の木桶を洗い始めたところで庵主から声がかかった。庵主は自室に招くのではなく、彼女を山門の脇から裏手の「蓮花潭《れんかたん》」へと導いた。

そこは僧院の奥庭の垣根に囲まれた中にある。谷川の清流が淵となるところだった。広さは三メートル四方に満たない。天空に月がかかり水底まで明るく照らし出している。山あいを駆け下る早瀬が堰《せ》かれ、ところどころで青緑色の静かな水紋を描いていた。憶秦娥《イチンオー》はこのありかを知っていたが、脇門は普段閉じられていて、来たのは初めてだった。庵主はいつもここで座禅を組んでいるということだ。

庵主は言った。

「慧霊《えれい》、ここで水垢離《みずごり》を取りなさい。水は清らかで、冬温かく、夏は冷たい」

憶秦娥《イチンオー》は何のことか分からず、庵主の顔をぼんやりと眺めた。

「どうした、恥ずかしいのか？　それなら私はこちらを向いていよう」

「いえ、私は戻ってから体を洗います」

「ここの水は神の水だ。だが、俗世の者にご利益《りやく》はない。尼僧のみ、剃髪《ていはつ》得度《とくど》したその日に一度だけ霊験に浴することができる。これが蓮花庵の定めだ」

「我が師、私は剃髪しなければならないのですか？」

憶秦娥《イチンオー》は身を固くして尋ねた。

「まずは垢離《こり》を取るがよい。それからゆっくりと話して聞かせよう」

憶秦娥《イチンオー》はどうしてよいか分からなかった。だが、庵主から直々の仰せとあっては従わざるを得ない。庵主はすでに背を向け、座禅を組んで経を唱えている。彼女は恥ずかしさをこらえ、汗をじっとりと含んだ衣服を脱ぎ、潭水《たんすい》に身を浸した。水底の月が一瞬崩れ、ゆらゆらとたゆたった。思ったより深くなく、彼女の腰のあたりをやっと覆っている。水はなめらかでほんのりと温かかった。水を肩にかけると、子どもに接吻されたような感触だった。

庵主は『地蔵菩薩本願経』を誦《ず》している。憶秦娥《イチンオー》も水の中でそれに和して念誦《ねんじゅ》した。水の清らかさが彼女の若い肌を潤し、月の光がつややかさを増した。数度全身に水を浴びせただけで潭水《たんすい》を出た憶秦娥《イチンオー》を制して庵主は言った。

「慧霊《えれい》、『地蔵経』を誦し終えるまで待て」

憶秦娥《イチンオー》はまた水に浸かり、息子の劉憶《リュウイ》、黄河古道で死んだ三人の子ども、単《ダン》団長のことを思い続け、『地蔵経』念じ続けた。彼女の目に涙と泉の水の境が分からなくなった。

『地蔵経』の念誦が終わった。憶秦娥《イチンオー》が水から出ると、庵主は立ち上がり、水を滴らせている彼女の体に袈裟をかぶせて言った。

「慧霊《えれい》、これでお前は戒律を授かり、仏門への帰依が認められた」

憶秦娥《イチンオー》は驚いた。今の今まで自分が仏門にふさわしい人間とは思っていなかった。戒律を受けるには、仏道の妨げとなる罪悪（業障《ごうしょう》）を払わなければならない。自分の罪を贖《あがな》うことによってのみ息子の罪も贖うことができ、息子は正常な魂を持つことができるのだ。その劉憶《リュウイ》が満二歳を迎える日、最後の検査を受けることになっているが、自分の修行はまだ道半ば、志を得ることができない。

「いえ、私はまだまだ……」

「思い悩むことはない。今日、私がこの決断を下したのは、お前が本当に剃髪得度を志し、仏門に入ることを恐れたからだ。そうなれば、この私が罪を犯すことになる」

「何をおっしゃっているのですか？」

「数日前まではお前を仏門に迎えようとしていた。だが、お前の白娘子《はくじょうし》を見てから、これを断念した」

「なぜでしょうか？　お教え下さい」

「お前の才能をここに閉じこめておくことはできない」

「私は舞台に立つ夢を捨てました。私は子どものために贖罪《しょくざい》しなければならないんです」

「お前が舞台に立ち続ければ、もっと多くの人を喜ばせられる。それがお前の贖罪だ。慧霊《えれい》、この草庵には一つの決まりがある。それはまず行く当てのない者を引き受けるということだ。ほかの生き方がある者には出家を勧めない。お前も知っておろうが、崖の上から紅衛兵に突き落とされた老尼がおった。その一生で弟子として引き受けたのはわずか二人だけだった。それは二人の妓女で、人々から卑しまれ、蔑《さげす》まれ、その老尼に引き取られてこの草堂で病死した。私の前身を教えよう。小学校の教師だった。後に夫は銃殺の刑に遭った。その屈辱に耐えきれず、この道を選んだのだ……」

憶秦娥《イチンオー》は十数年前に目撃したあの光景を忘れない。公捕公判《こうほこうはん》大会。公開の場で逮捕し、公開の場で判決を下し、公開の場で刑を執行した。婦女凌辱の不良教育幹部として銃殺された男は庵主の夫だったのだ。叔父の胡三元《ホーサンユアン》はその〝立会人〟として銃殺現場に繋がれていた。パンという銃声と共に男の首が宙に飛び、血柱が天を突いて噴出したとき、憶秦娥《イチンオー》は失禁してズボンを濡らした。当時、彼女はまだ十三歳だったのだ。庵主は自分の夫の死体を引き取るため、あの現場にいた。これを縁というなら、縁というほかない。叔父の胡三元《ホーサンユアン》が二度、蓮花庵を訪れたとき、庵主はこの黒く火薬焼けした顔、鬼歯が飛び出した男を確かに思い出している。夫の死を〝見届け〟たこの太鼓叩きは、公判大会と処刑場の厳粛を無視し、あざ笑うかのように振る舞った。この不遜な男は姪である憶秦娥《イチンオー》のすべてを語っていた。庵主がこの法要の開催を決意したのも叔父胡三元《ホーサンユアン》との二度に渡る出会いが機縁となったのは間違いない。庵主はもともと奉納芝居の勧進元になるのに乗り気でなかった。この小さな草庵の分を超えたことだし、まして高慢な高僧知識の長老たちが幅をきかし、大勢の参拝客、芝居好きでごった返す人気演目の上演など、本来なら引き受けなかっただろう。蓮花庵は数人の尼僧がひっそりと、そこそこ食べていければそれでいい。これまで通り、雑事に煩わされることなく心静かな修行を守っていきたかったのだ。

憶秦娥《イチンオー》は尋ねた。

「あの人を許しているのですか？」

「あの人？」

「ええと、その……銃殺になった」

「死刑になるような罪ではなかった。確かに浮気で性根の定まらない人だったけれども、弁護して証人になろうという人が何人もいた。しかし、強迫されて嘘の証言をさせられた。教育界で夫に取って代わろうと企む人がいて、結果的に陥れられたというわけだ」

憶秦娥《イチンオー》は何と答えたらよいのか分からない。

庵主はしばらく黙りこんでからまた口を開いた。

「夫の魂は今なお苦界《くがい》をさまよい、私はひたすら死者の冥福を祈り続けている。夫には二度と再びこの世の地獄を見せとうはない。しかし、人から陥れられたとはいえ、それは己《おのれ》に落ち度があったからではないか。自ら身を正すことなく、肉欲をほしいままにして己を省みざるは、悪しき病《やまい》としか言いようがない。あの人とてそれを知らないわけではない。ただ、自分の力で抜け出すことができなかった。慧霊《えれい》よ、これが人だ。人の弱さ、哀れさだ」

その日の夜、二人は潭水のほとりで長いこと語らい、また瞑想にふけった。庵主は憶秦娥《イチンオー》が蓮花庵を離れるべきことを説き続けた。今在住の二人の尼僧も近々ここを出るという。なぜなら、その二人は自分で生計を立て、自立する道を見つけたからだと。これが蓮花庵の掟なのだった。

「修行は一生を通して行うもの。食事をし、道を歩き、話をし、仕事をする……すべて修行だ。舞台に立つ、これもまた大修行だ。人を喜ばせ、人を救う。だが、舞台に立つことが人助けだと自惚《うぬぼ》れるな。人を助けるにはまず己《おのれ》を磨け。己を高めよ。これが修行だ。そしてそれが自分に返って、自分を救うことになる。〝己を度《ど》し（救い）、人を度す〟とは修行の道なのだ。この道理が分かれば、剃髪して出家する必要はない。この世間が即ち蓮花庵、修行の場なのだから」

二人は夜を徹して語り合った。

憶秦娥《イチンオー》は蓮花庵を離れる決意をした。

息子の劉憶《リュウイ》も満二歳を迎えた。

憶秦娥《イチンオー》は息子を抱き、『大悲呪《だいひじゅ》』を唱えながら九岩溝《ジョウイエンゴウ》を出た。

五

その日、劉紅兵《リュウホンピン》は楚嘉禾《チュチアホー》の部屋を出て、一種さばさばした気分だったが、同時にがっくり気抜けしていた。それが次第に不満に変わり、激しい自己嫌悪に陥った。俺はどうしてこんな人間になってしまったのか？

彼は北山《ベイシャン》地区の高い塀に囲まれた地区行政公署の所在地に生まれた。土地の子どもたちの憧れの場所だった。多くの家庭の両親が下放労働（農山村や工場での肉体労働）で苦しんだ時代、彼の両親の給料は高級官吏の体面を保って余りあるものだった。鶏、鴨、魚、スッポン、兎は生きたまま現金で買い、菓子、ビスケット、氷砂糖、ドロップなども手を出せばそこにあった。劉紅兵《リュウホンピン》は自宅の前の石段に腰掛け、パンを齧りながら黄金色したパン屑をぽろぽろこぼしていると、近所の子どもたちが幾重にも彼を取り囲み、首をのばしてのぞきこんで喉首をごくごくと鳴らしていた。彼の父は鉄のスクラップでバーベル、木材で段違い平行棒を作った。そして、自宅の庭の木に吊り輪、ブランコ、梯子を取りつけた。

毎朝、父子のトレーニングを見ようと町中の人が集まって、まるで広場の大道芸を見物するみたいに「好《ハオ》！」の喝采を送った。

（注）地区行政公署　中国の地方行政機関。略称は地区行署。かつて専区とも呼ばれたが、現在は「地区」となっている。「地区」の最高行政指導者は「専員（地区長）」で、複数の県、自治県、県級の市を管理する。現在、地級市への再編が進んでいる。

劉紅兵《リュウホンピン》は下放の農村労働から帰っても大学の入学試験を受けようとしなかった。勉強があまり好きでなかったからだ。地区行政公署内部の〝優先枠〟で中国人民解放軍に入隊した。当時、解放軍入隊は大学進学に比して見劣りするものではなかった。軍に入りさえすれば士官学校に推薦入学してキャリアアップできるからだ。彼は部隊勤務の数年間、上司の将校の運転手を務めながらそのお伴をして遊び歩き、士官学校には入らなかった。入れなかったのではなく、もともと目標とか、努力とか、そういうことが性に合わず、拘束されることが大嫌いで、本を読むと頭痛がした。息子を溺愛している母親は息子をしゃにむに退役させた。言われるままに除隊した彼は、することがなく街中を遊び歩いていたが、父の口利きで地区行政公署の幹部の運転手として働き始め、ロシアの高級車「ボルガ」をあてがわれた。運転手は当時、憧れの職業だった。その後、改革開放政策（一九七八年、鄧小平の主導により市場経済への移行が図られた）が始まり、北山《ベイシャン》地区行署の西安駐在所は火がついたように大忙しとなった。彼も西安に移ったが、これは憶秦娥《イチンオー》を追いかける方便だった。行き当たりばったりのように見えるが、彼の行くところ山があれば道が開き、川があれば橋が架かった。人生行くとして可ならざるはなし、意にかなわぬことは何もなかった。彼の父親が地区行署「副専員」を定年退職するまで、彼は何の不足、何の不安もなく、のうのうと高級幹部のお坊ちゃまでいられた。

最近になって彼はようやく気づいた。回りの雲行きがどうも怪しく、風当たりが変だ。これまで当たり前だったことが思うに任せない。水道の蛇口のようにひねれば出た臨時収入が途端に心細くなった。これまでに彼の機嫌を取り、おべっかを使っていたこの上司、あの上司の態度がよそよそしくなり、彼を避けるようになった。彼はすでに北山《ベイシャン》地区行署の部外者になっていたのだ。その上、憶秦娥《イチンオー》との関係が風前の灯火だ。あのいまいましい一件を思い出す度に、彼は自分の横面を思い切り張り飛ばしてやりたくなる。

楚嘉禾《チュチアホー》から小馬鹿にされ、あのようなあしらいを受けたのも、いたたまれない思いだった。彼の目から見た楚嘉禾《チュチアホー》は、そこそこ見られる容姿の小娘でしかなかった。芝居はやらない方がまし、やったら目も当てられない。憶秦娥《イチンオー》とは土台、比べようがない。彼と憶秦娥《イチンオー》の恋愛が進行中から結婚に至るまで、彼に思わせぶりな信号を送ってきたことがある。だが、彼は分かっていた。楚嘉禾《チュチアホー》は陰でさんざん憶秦娥《イチンオー》の悪口を言いふらし、自分を勝手に憶秦娥《イチンオー》のライバルと思いこんでいた。だが、実のところ彼や劇団のプロから見れば、楚嘉禾《チュチアホー》は憶秦娥《イチンオー》の敵ではなく、鳳凰と土鳩《どばと》ほどの開きがあった。加えて、彼の感情は憶秦娥《イチンオー》によって満たされて他人が入りこむ余地はなく、まして楚嘉禾《チュチアホー》ごときがつけ入る隙はない。西安は何が欠けても、可愛い女性に欠けることはないのだ。

そうは言っても、最近は万事思うに任せず、意に逆らうことの方が多い。面白くない夜を一人で過ごしているところに楚嘉禾《チュチアホー》が現れ、汗ばんだ胸をわざとらしく押しつけてきた。ついふらふらとなってしまったが、これまでの彼の経験からすると、それは眠くなったときに枕が現れ、手の中に向こうから小鳥が飛びこんできたようなものだった。それがまさか、醜いメイクのピエロに悪く弄《いじ》られ、手玉に取られたような後味を残した。自分がいかに虚仮《こけ》にされようと、それはいい。自分の蒔いた種だから。しかし、憶秦娥《イチンオー》の顔に泥を投げつける真似は許せなかった。憶《イ》秦娥《チンオー》に明らかな敵意を含む女が、猫なで声で寄ってきて、いきなり張り手を食らわすようなものだ。この世で一番、傷つけてはならないのは憶秦娥《イチンオー》なのだから。

あの日の夜、彼は西安の堀端《ほりばた》を歩きながら、いっそ飛びこんで死んでしまいたいと考えていた。死なないまでもひと思いに去勢していたら、あんな安手な誘惑に乗ることなく、こんな惨めったらしい後悔をせずに済んだだろう。

彼は突然方向感覚を失い、一日中、北山《ベイシャン》地区西安駐在所でとぐろを巻き、酒を飲みながら鬱憤を晴らしていた。所員の誰彼なく捕まえては罵り、北山《ベイシャン》地区トップの地区長（専員）まで罵倒した。その地区長はこの間まで彼の父の秘書を務めていた。這いつくばって父の靴紐を結び、尻を拭くのさえ厭《いと》わない男だった。たまたま麻雀卓を囲んだときもツキから見放されていた。誰も彼に上がり牌《ぱい》を振りこもうとしない。そうか、俺はこいつらをカモにしていたというより、こいつらを食い物にしていたのだ。

しかし、こんな日でも彼が一度も忘れていなかったのは息子の劉憶《リュウイ》が迎える満二歳の誕生日だった。憶秦娥《イチンオー》の母親から聞いた話では、もう九岩溝《ジョウイエンゴウ》の蓮花庵を出ているはずだった。息子を連れて西安に行き、正式に全面的な知能検査を受けるためだ。

彼の心の中は手の平同様、べったりの汗をかいていた。もし、息子の知能に障害が発見されたら、その一因は逃れようもなく自分にある。その時期、憶秦娥《イチンオー》は彼の意のままにならず、彼は酒の力を借りて、夜な夜な紅灯の巷で憂さを晴らしていた。憶秦娥《イチンオー》が劉憶《リュウイ》を宿したのはどう計算しても彼が酒に明け暮れていた日に相当する。劉憶《リュウイ》に障害が見つからないことを祈るしかない。憶秦娥《イチンオー》の半年近い精進潔斎、加持《かじ》祈祷《きとう》の甲斐あって神仏を動かしたとすれば、彼にとってもこんなめでたいことはない。

息子の誕生日の前日、彼は車を運転して九岩溝《ジョウイエンゴウ》へ行った。二人はまったく会話を交わさなかった。翌日、母親と姉が劉憶《リュウイ》の誕生祝いの食卓を用意してくれた。

憶秦娥《イチンオー》はその日の夜、実家に戻っていた。彼は憶秦娥《イチンオー》と劉憶《リュウイ》の二人を乗せて西安へ向かった、劇団の居室に入ったとき、憶秦娥《イチンオー》は彼に向かって部屋を出るようにとは言い出さなかったが、彼は自分から部屋を出た。このとき、彼は汚れた体で憶秦娥《イチンオー》と一緒にいることを恥じ、憚《はばか》ったからだった。しかし、息子の検査には同行し、立ち会うことを伝えた。これは父親としての責任だった。

翌日の早朝、彼は憶秦娥《イチンオー》と息子を車で迎えに来て、西安一といわれる病院へ向かった。検査はまる一日かかった。医師はその結果を話した。この子は言語に障害が認められ、知能にも問題があり、これは先天性のものだと。医師は二人を見て首をかしげて尋ねた。

「この子はお二人のお子さんですか?」

憶秦娥《イチンオー》は茫然として声もない。劉紅兵《リュウホンビン》は慌ててそうだと答えた。

「お二人ともこんなに健康で、お母さまはこんなにお美しくて、お父さんこんなに男前だ。それなのにどうしてこの子が生まれたか? ご懐妊のとき、お父さんは何か薬品を服用していたとか、お酒を過度に召し上がっていたとか、そういうことはありませんでしたか?」

劉紅兵《リュウホンビン》の顔はさっと紅潮し、首の付け根まで赤くなった。憶秦娥《イチンオー》はその様子をちらと見て、その時期の二人の生活を思い出していた。劉紅兵《リュウホンビン》はここへ来るまで多くの医師に同じ質問を繰り返していた。答えは皆同じで、夫婦のどちらにせよ飲酒時の懐妊は子どもの知能障害、奇形などに影響を及ぼしやすいが、しかし、それは宝くじのように確率は微々たるもの、百%ではないと。

劉紅兵《リュウホンビン》はどんなに強くそれを望んだことか。しかし、天はせせら笑うようにそれを的中させた。彼が憶秦娥《イチンオー》を見やると、座っているのがやっとの様子だった、彼は憶秦娥《イチンオー》の背中を支えながら、自分の体の震えを懸命にこらえていた。しかし、彼女は座り直して劉紅兵《リュウホンビン》の手を避け、息子の体をきつく抱き直した。もう診療室を出なければならない。彼女は医師に尋ねた。

「治療の手立てはもうないということでしょうか?」

「子どもに薬物の投与は好ましくなく、効果も期待できません。それより物理療法をお勧めします。愛情をこめて根気よく、言語機能と知力を少しずつ喚起していきます。しかし、期待できるのはあくまでも部分的な回復です」

医師の説明は説得力があった。

病院を出て、劉紅兵《リュウホンビン》は憶秦娥《イチンオー》が取り乱して彼を罵り、あるいは足を蹴ったりするのではないかと不安に思ったが、そんなことはなかった。彼女はただ子どもをしっかり抱きしめて病院の大門を出た。劉紅兵《リュウホンビン》の車にはもう乗ろうとせず、『鬼怨《きおん》』の場の李慧娘《りけいじょう》が大きな失意を抱えながら気丈に、しかし、よろめく足を踏みしめながら前へ前へと歩《ほ》を早めているようだった。彼は車をゆっくりと運転しながら彼女にぴったりと伴走している。しかし、憶秦娥《イチンオー》はもう歩けなかった。そこに立ち止まるとそのままぺたっと尻からへたり込んだ。劉紅兵《リュウホンビン》は駆け寄り、側にしゃがんで彼女の顔色を窺った。彼は痛切に願った。憶秦娥《イチンオー》よ、颯爽と立ち上がれ。李慧娘や白娘子《はくじょうし》となって賈似道《かじどう》や法海和尚を痛快にやっつけろ。今はこの俺に怒りの鉄槌を下せ。気の済むまで打ちのめせ。そしてこの街に世の無情を訴えるんだ! しかし、彼女はおし黙ったまま身を起こし、つんのめるように歩き出す。劉紅兵《リュウホンビン》はついに子どもを奪い取って言った。

「車に乗れよ。歩いて帰れるもんか。一軒の病院がそう言ったからって信じることはない。西安駐在所の誰かの父親が病院を二軒回って二軒とも肝臓癌と診断されたが、三軒目で肝臓嚢腫《のうしゅ》と分かった。今はぴんぴんして働いている。そんなもんなんだ。次を探そう。次が駄目なら三軒目を探そう」

彼の言葉が憶秦娥《イチンオー》を元気づけたのかも知れない。彼が車のドアを開けて促したとき、彼女はもう逆らわなかった。

この後、二人は子どもを連れて病院を回った。北京へ、上海へ、そして広州へも足をのばした。最後の病院でも同じ診断が下されたとき、憶秦娥《イチンオー》は珠江《しゅこう》(香港とマカオの間を流れ南シナ海に注ぐ)のほとりで泣き崩れた。

憶秦娥《イチンオー》は最後の望みを絶たれたとき、珠江に向かって叫んだ。

「飲んだくれ、死んじまえ！　罰が当たった。当然の報いだ！」

広州から帰って、憶秦娥《イチンオー》は劉紅兵《リュウホンピン》を劇団の住宅に入れなかった。

劉紅兵《リュウホンピン》は彼女から無視されたまま長い時間を無為に過ごした。だが、また別な女と面倒を起こした。ダンスホールで知り合い、明るいところではあらしか見えないような女だったが、ただの遊びでは済まなくなった。大きくなった腹を大げさにさすりながら彼の子どもができたと言い、彼の首をつかんで爪を立てて大声を発した。

「ちゃんとけじめをつけなさいよ！」

彼はいよいよ憶秦娥《イチンオー》とのけじめをつけなければならなかった。

これが息子の最終診断が出る前だったら、憶秦娥《イチンオー》ときちんとした離婚話なり何らかの区切りのつけ方があったかもしれない。楚嘉禾《チュチアホー》とのことも含め、ふしだらな生活を洗いざらい打ち明けて、自分が憶秦娥《イチンオー》とは不釣り合い、不似合いな男であることを心底認めることができたかもしれないない。しかし、息子の障害の原因が自分にあることが明らかになった今、自分からこの家を捨てて出られるものだろうか？　もともと憶秦娥《イチンオー》の方から離婚を突きつけられても仕方のないことなのだが、彼女はなぜかその素振りを見せない。この状態がぐずぐずと続いたら一体どうなるのか？　あの女の腹はもう後戻りができない。今はそれほど目立たないが、あの女は人前ではわざと妊婦服を着、がに股で腹を突き出し、そっくり返って歩き、両手を腰に当ててのろのろと愚鈍に振る舞う。そして二言目にはこう言う。

「劇団にお邪魔して、憶秦娥《イチンオー》と差しで勝負してもいいのよ。手札を全部さらしてね」

この女は放っておくと何をしでかすか分からない。しかし、この期《ご》に及んでまた憶秦娥《イチンオー》の顔に泥を塗り、彼女の心に刃《やいば》を突き立てるようなことがどうしてできようか？　八方ふさがりとはこのことだ。万策尽きた。こうなったからには破れかぶれ、当たって砕けるしかない。彼は憶秦娥《イチンオー》の家のドアを叩いた。

息子はぼんやりと床に座っていた。腰には赤い紐が巻かれている。彼の歩行訓練をしているところだった。息子は父親の到来に注意を引かれたようだった。しかし、返事ができない。口に鼻水がたまり、「あああ」としか言えなかった。何を言おうとしているのか、奇妙な声を張り上げた。もう少しで涙がこぼれそうになった。

彼は座席に座ったまま話を切り出せないでいる。彼女も取り合おうとしない。彼は空咳をしてから思い切って口を開いた。

「申しわけない!」

憶秦娥《イチンオー》は返事をしない。劉憶《リュウイ》の「おうおうおう」の声だけがする。

「俺たちがこのままでいるのは、よいことではない」

憶秦娥《イチンオー》は黙りこくっている。

「俺はいろいろ考えた。確かに俺は君を傷つけた。しかし、これ以上傷つけたくはない。考えた末、俺たちは離婚しよう。どうだろうか?」

憶秦娥《イチンオー》は息子の手を取ろうとして、その手が一瞬震えたが、すぐに気を取り直した。彼は言った。

「今こんなことを持ち出すのはどうかと思うが、このままいつまでも引き延ばせない。君には君の生活があり、子どものためにすべてを犠牲にすることはできない。君は舞台に立たなければならない。舞台に立ってこそ憶秦娥《イチンオー》だし、秦腔《チンチアン》の小皇后《プリンセス》だ。俺は知っている。君はもう俺を受け入れられない。この俺でさえつくづく自分がいやになった。俺がいつまでも君の目障り、君の足手まといになっていたら、君の苦痛は増すばかりだ。子どもは俺が連れて行く。どこか施設が受け入れてくれるだろう。俺たちは定期的に会いに行けばいい。子どもの生活費はすべて俺が負担する。ひどいことを言うと君は思うかもしれないが、今はこの一歩を踏み出すしかない。俺は初めて知った。世の中はこうして自分の現実と向き合わなければならないんだ。一時の感情に捕らわれて長い人生を水の泡にしてはならない。人生を大事にしよう。それから、経済的にもできるだけのことをさせてもらう。すべて俺の間違いから起きたことだから、どんな条件でも呑むつもりだ」

憶秦娥《イチンオー》はしばらく何も言わなかった。何を考えているのかも分からなかった。息子の体を揺すっていた手が突然止まり、彼女は言った。

「私が欲しいのは子どもだけです」

抑えた声できっぱりと答えた。彼は言った。

「子どもはやはり俺が引き取ろう。君には芝居というものがある。それに君の生活も」

「私の生活のすべてはこの子です。私の罪の子ですから」

劉紅兵《リュウホンビン》は何かを言い続けようとしたが、もはや言葉が見つからなかった。

沈黙の中、息詰まるような緊張が室内を圧した。

劉《リュウ》憶《イ》は断続的に「おうおうおう」の叫び声を発している。憶秦娥《イチンオー》は突然、言葉を言い継いだ。

「もう行って下さい。私たちは終わったんですから」

劉紅兵《リュウホンビン》はがくんと膝を折り、頭を何度も床にこすりつけながら言った。

「秦娥《チンオー》、俺が悪い、俺を責めてくれ。君の青春を奪い、君の名声を傷つけ、その上……障害児の母親という責任まで押しつけた。俺は人でなしだ。鬼だ、畜生だ。俺は自分の両親や勤め先に何の疚しさもないが、君には一生の責めを負う。罪を償っていく……」

「もう結構です。行って下さい。早く」

ものごとは終わってみると、こんなにあっけないものなのか。償いも拒まれた。恥と自責の念がひりひりと肌にしみた。一人になった自分にうろたえ、ダンスホールの女が手ぐすねを引く修羅場を思うと、彼はぞっとするというより頭が割れそうになる。彼はこの世の最も美しいものから見放されたことを知り、その扉が彼の背後で音立てて閉じられるのを聞いた。先にあるのは地獄の門か。ままよ、足の向かうところへ行くまでだ。

この世に地獄行きの標識があるとすれば、彼は今、その下を通り過ぎたところだ。

六

憶秦娥《イチンオー》も離婚を考えなかったわけではない。劉紅兵《リュウホンビン》とは縁が尽きたと思っていた。彼女はどうしても受け入れることができなかった。別の女を自宅に引き入れ、同じベッドで妻と眠り、同じ痴態を妻と演じる男を許せなかった。しかし、彼女とて世間知らずの女ではない。胡彩香《ホーツァイシアン》は叔父の胡三元《ホーサンユアン》と密会している現場を憶秦娥《イチンオー》に見られてもたじろぐことなく張光栄《チャンゴアンロン》との夫婦生活を続けている。叔父は叔父で配管工の夫と別れようとしない胡彩香《ホーツァイシアン》に腹を立て怨み続けているが、この二人はなお密会をやめないどころが、誰恥じることなくおおっぴらの関係を涼しい顔で楽しんでいるかのようだ。憶秦娥《イチンオー》は胡彩香《ホーツァイシアン》ではないにしても、こういった関係は彼女の理解をはるかに超えていた。二人が一緒に食事し、ベッドに入るところを想像するだけで、彼女の頭はぶーんをうなりをたて、思考は中断する。もし、彼女が自分の目でその場面を目撃していなければ、人の噂を信じるようなことは絶対あり得ない。それというのも、廖耀輝《リャオヤオホイ》との一件が彼女を陥れるためのデマであっても、彼女はその濡れ衣を自分で晴らすことができなかったからだ。しかし、劉紅兵《リュウホンビン》のしでかしたことは、彼女がしっかりと見届け、その目に焼きつけている。

しかし、何がどうであれ、彼女は自分の離婚を当面公表するつもりはない。彼女は〝公人〟であり、その離婚話は天地を覆う暴風となって吹き荒れるだろう。離婚の本当の理由、直接の引き金となった事実、あろうことか劇団の宿舎に女を連れこんだなど、口が裂けても言いたくない。話に尾ひれをつけてあることないこと、奇想天外な憶測記事が書かれることは目に見えている。それに劉紅兵《リュウホンビン》の父親が地区行署「副専員」の職を退いたばかりとあって、憶秦娥《イチンオー》が芸能界でのし上がるため、父親の威光を目当てに馬鹿息子をたらしこんだなど痛くもない腹を探られかねないからだ。別に舅《しゅうと》・姑《しゅうとめ》に義理立てしているのではない。彼女にとって劉紅兵《リュウホンビン》の実家は抑圧感があり、家庭内に真実感がなく、家族が全員が仮面で演技しているような〝うそっぽい〟ものを感じていた。劉紅兵《リュウホンビン》の親たちはこの放蕩息子をまったく信用していなかった。まともな出世街道を歩いてほしい親の期待をことごとく裏切ってまともな人づきあいもできず、正業にも就けず、役者風情に熱を上げ、ひもまがいの暮らしをしている。そんな不満がことあるごとに伝わってきたが、憶秦娥《イチンオー》の劉紅兵《リュウホンビン》に対する見方はまた違った。世の中の裏を見切ったような冷めた目を持っており、奥義《おうぎ》を究めた行者《ぎょうじゃ》のような達観した眼差しを感じることがあったからだ。少なくとも彼の親よりまともで、ちゃんと二本の足で地面に立っていると思った。

蓮花庵を出る前の夜、彼女は庵主と長いこと話し合った。最も印象が深かったのは、庵主に人生を変える災難と恥辱をもたらした男を銃殺後ずっとその菩提を弔い、供養し続けていたことだった。その表情から読み取れたのは、自分を裏切った男に対する人としての同情と許しだった。それは月の光にも似て淡く幽《かそ》けく、心の中からにじみ出る平常心のようにも思われた。このとき彼女はすぐあの始末に負えない劉紅兵《リュウホンビン》のことを思い出していた。これから何年か後、この老庵主のような、しんと静まり返った心境で、かつて自分の心をずたずたに引き裂いた男の記憶を他人に語ることができるだろうか？　もしそれができたらと彼女はひたすら思う。それができるのなら、今離婚することにどんな意味があるのだろうか？

息子の知能検査のため劉紅兵《リュウホンビン》が彼女に付き添って病院回りをしているとき、彼らはほとんど会話を交わさなかった。それでも彼女はつかず離れず一緒に歩いた。妻のように？　彼女はこれでもいいと思った。たとえ夫婦の情愛がなくなっても、劉紅兵《リュウホンビン》が劉憶《リュウイ》の治療のため父親の責任を果たしてくれるのなら、彼を受け入れていいのではないかと。ただ、すぐというわけにはいかない。彼女にはそのための時間が必要だ。どのくらい時間がかかるか分からない。だから、劇団の家に帰ってきたあの夜、夫婦らしく振る舞うことができなかった。

ところが、まるで不意打ちのように、劉紅兵《リュウホンビン》の方から離婚を切りだしてきたのだ。何と返事できるだろうか？いやよ！　と口にでかかったとき彼女は考えた。子どもにとっては、彼女がいれば十分で、別に劉紅兵《リュウホンビン》を必要としていない。

二人が離婚を決意していくらも経たないうちに、劉紅兵《リュウホンビン》にはまた別の女がいて、腹がどんどんせり出しているということが分かった。彼女は合点した。これでは別れざるを得ないわけだ。彼女は突然『地蔵菩薩本願経』の一節を思い出した。

「地蔵菩薩は仏陀に言った。衆生《しゅじょう》は発心《ほっしん》（菩提心《ぼだいしん》）が定まらず、悪に染まりやすい。たとえ善心を起こしても瞬時に消えてしまう。もし悪縁に遭遇したら、ますます悪縁が増長する。汚泥に踏みこみ重荷を背負うたら、ますます深みにはまる……」

劉紅兵《リュウホンビン》に救いはあるのだろうか？

劉紅兵《リュウホンビン》はそれなりの方法を考えた。離婚はひとまず伏せておこうとしたが、その側からどんどん漏れていった。噂は憶秦娥《イチンオー》の思った通りに広まり、まず劉紅兵《リュウホンビン》は「終わった」というものだった。〝親亀こけたら〟子亀の羽振りがきかなくなり、金もなくなり、〝あちらの方〟も駄目になり、憶秦娥《イチンオー》に捨てられたと。もっとえげつないのは、憶《イ》秦娥《チンオー》の息子はおそらく劉紅兵《リュウホンビン》の種ではないだろうという。劉紅兵《リュウホンビン》は憤然として思う。お前ら、俺の鞄持《スポークスマン》ちかよ。一々しゃしゃり出て俺の代弁をしようってか。小うるさい蠅だ。

憶秦娥《イチンオー》は何を言われても取り合う気がない。この手のことについては場数を踏んでいるからまたかと思うだけだ。誰に何を釈明するの？　何を言っても無駄だと思う。それよりも劉憶《リュウイ》の治療に全精力を集中することにした。彼女はもうどの病院の診断も信用する気はない。彼女が内心に見出した一筋の光は奇跡の出現だった。彼女が今、後悔しているのは、当時彼女の母親や知ったかぶりたちに「天才は言葉が遅い」などと言われてその気になって、早期治療を見逃したことだった。

魯迅の短編小説『祝福』に祥林嫂《しょうりんそう》という女乞食が出てくる。明けても暮れても狼に喰われた息子「阿毛《アーマオ》」の名前を呼び続け、悔やみ続ける。「私が馬鹿だったのさ。狼が出るのは冬だとばかり思いこみ、春にも来るとは思わなかった」――彼女の相手をする者はもう誰もいない。働き者で評判だった祥林嫂は村のみんなから疎まれつつ乞食に身を落とす。憶秦娥《イチンオー》もまた「劉憶《リュウイ》」の名を朝から晩まで繰り返し呼び続ける。彼女も次第にその〝怨み女〟に似てきた。しかし、それは他人に聞かせるのではなく、自分を怨み、また〝お馬鹿〟の劉憶《リュウイ》に聞かせる怨み節でもあった。

ある人は子どもが口をきけないのは、憶秦娥《イチンオー》の喉がよすぎ、舞台でしゃべりすぎ、歌いすぎるからだと言った。子どもの分まで〝独り占め〟し、子どもの天分が奪われたのだと。天の神さまは世の中のことを秤にかけて比べているのなら、自分はいっそ聾者になってしまいたい。それならきっと子どもの口が開くだろう。

彼女は読経に打ちこむ一方、知的障害児を持つ親たちと連絡をとり、情報を交換する活動にも手を染めていた。検査と看病の行脚《あんぎゃ》を続ける中で知り合い、世間話をするようになった仲間だった。家に帰るとすぐ電話を入れ、〝ポットライン〟の関係を構築した。少しでも役に立ちそうな情報は聞き逃さず、子どもを抱いて飛んでいく。この一年間で包頭《パオトウ》（内モンゴル自治区）、哈爾浜《ハルビン》（黒竜江省）、邯鄲《かんたん》（河北省）、寧波《ねいは》（浙江省）、長沙《ちょうさ》（湖南省）、鄭州《ていしゅう》（河南省）、開封《かいほう》（河南省）、洛陽（河南省）、少林寺（河南省）、さらに曲阜《きょくふ》（山東省、孔子の生地）、鄒城《すうじょう》（山東省、孟子の出身地）など、名医師がいると聞けばすぐに駆けつけ、障害児に薬効ありと聞けば何をおいても直行した。しかし、喜び勇んで出かけても、帰りは無残な失望に打ちのめされていた。期待と幻想が破られただけでなく、その出費は目を覆うばかりだった。劉紅兵《リュウホンビン》は給料のすべてを定期的に彼女宛に振り込んできたが、焼け石に水だった。たちまち貯えは底をつき、友人知人の誰彼なく借金をして回ることになった。彼女の姿を見ると、物陰に身を隠す人まで現れたが、彼女は必死だった。奇跡を信じて全国を踏破する長《なが》の旅路は果てしなく続いた。

ある日、北山《ベイシャン》の秦八娃《チンバーワー》がやってきた。叔父の胡三元《ホーサンユアン》もついている。

胡三元《ホーサンユアン》はこの姪子にほとほと手を焼いて言った。この息子も馬鹿だが、お前はもっと馬鹿だと。この〝馬鹿〟は、昔から踏んではならない彼女の〝虎の尾〟だった。途端に憶秦娥《イチンオー》は牙をむいて荒れ狂った。

「この子が馬鹿だったら、叔父さんは大馬鹿よ。何よ、出て行って、出てけ！」

この姪は舞台に立たせたら言うことなしだが、舞台を降りたら、ただの親馬鹿、子ゆえの闇の中だ。やはり放っておけなかった。胡三元《ホーサンユアン》は北山《ベイシャン》へ走った。こうなったら、秦八娃《チンバーワー》しか憶秦娥《イチンオー》に意見できる人物はいない。これまでに演出の封子《フォンズ》も何度となくやってきて、彼女に忠告を試みたが、まるで歯が立たず、もはや誰も彼女に立ち向かえないありさまだった。憶秦娥《イチンオー》は劇団に長期の休暇届を出していた。この機に丁《ディン》新団長は楚嘉禾《チュチアホー》に本腰を入れ、看板女優に仕立て上げようとしていた。憶秦娥《イチンオー》の休暇を寛大に認め、これが無期限に続いたら、一挙両得になると踏んだのだ。

秦八娃《チンバーワー》は来たとはいえ、説教がましいことは何一つ言わず、それどころか彼女を大いに持ち上げようとした。念仏三昧、斎戒沐浴、神頼み、願掛け、大いに結構。時代遅れにあらず、この時代にあっては最も文化的な行動だ。心の柔軟さ、性格の善良さ、信じた道を歩むひたむきさ、純朴さ、その愛は極まりなし。この時代の英雄だと。胡三《ホーサン》元《ユアン》はこんなはずではなかったと思った。これでは火に油を注ぐようなものだ。憶秦娥《イチンオー》は何ものかに魅入られ、生気を抜き取られたかのようだ。見るからにみすぼらしい寡婦になり果て、いっぺんに老けこんだ感がある。お白粉《しろい》けのない顔、ぱさぱさの頭髪、着ているものは洗いざらしの稽古着で、縁《へり》がけば立ち、つんつるてんに縮んで、手や足がにょきっと飛び出している。劇団のその大勢組だってこんなひどいなりはしていない。これが時代の英雄だって？　胡三元《ホーサンユアン》の姪子は秦八娃《チンバーワー》の〝ほめ言葉〟をきいた憶秦娥《イチンオー》は子どものように大口をあけて泣き始めた。秦八娃《チンバーワー》はここでこほんと咳をし、ゆっくりと話題を変えた。

「秦娥《チンオー》、もとより私はお前の生活に干渉する権利などない。まして、お前は何も悪くない。何の落ち度もない。だが、お前は自分の子を何だと思っている？　何日経っても何年経っても、小さな障害児から大きな障害児に変わるだけ――まさかそんな目で見ているのではあるまいな？　そんなことでは子を持つ喜びを自ら捨て去るようなものではないか？　喜びが悲しみに、希望が失望に変わるだけではないか？　自分の腹を痛めた子どもが親の期待に応えてくれないから、また、自分の思い通りにならないからと言って腹を立てたり嘆くことはないぞ。お前は十分に努力した！　この世界で障害の子を持つ母親はお前一人ではない。お前は何千万という母親と同じく苦労し、力を尽くした。子どもに心血を注ぎ、その身をすり減らした。人であろうと動物であろうと子を慈《いつく》しむ心に変わりはない。障害児の母親はその上、社会の圧力、嘲笑、差別に耐えるだけでなく、莫大な金銭的負担をも背負い、一つの命を守り抜いてきた。その身を挺して子をかばい、親の責務を全うしてきた。何と尊いことか。だから、私はお前を英雄と呼んだ。私やお前の叔父にも、多くの人にも到底、真似のできないことだ。しかも、お前は名もあり花もある大女優の身で、よくぞここまでやってきた。英雄の名にふさわしい。そうだ、この子はお前の子だが、これに留まるものではない。お前の心の持ちよう、人としての覚悟のほどが私にも伝わってきた。お前がこの子のためにしたことは決して無になってはいない。必ず実を結び、大きな人生の花を咲かせるだろう。もし、お前が舞台に戻ったら、お前の演技に性根《しょうね》が入るだろう。この苦労がお前を磨き、お前は人の悲しみや苦しみ、喜びに通じた俳優になり、お前を単なる演技派から、本当の人の心、人間性を表現できる演技者、芸術家に成長するだろう。私はお前がこれからも子どもの命に寄り添っていくことを見守っていきたい。それはお前が選び、決めることだから、誰にも邪魔できない。それはお前にしかできない貴重な選択だ。だが、もっと大事なことがある。それはお前の愛、お前が理解した愛、お前が自分のものにした愛を舞台から多くの人に伝え、分かち与えることだ。多くの人に心の温もり、人間性、生きることの責任を伝えることが芸術の力であり、舞台人の務めなのだよ。舞台を通して多くの障害児が世の中からもっと多くの愛と援助を受けることができたら、お前も本懐だろう。これが実現できたら、お前の仕事はもっと有意義なものになるだろう。私がここに来たのはお前に説教したり、言うことを聞かせようとするためではない。お前の叔父は何度か私のところにやってきたが、私は決心がつかなくて、来られないでいた。お前がこんなに長い期間、舞台に立たないでいることは知っていた。お前が座長となって地方公演を行い、舞台の崩落事故に遭ったことも知っている。単《ダン》団長がなくなったことも、尼寺で修行したことも、離婚したこともみんな知っている。私はお前の心の中が手に取るようによく分かる。俳優とは一日中、人々の出会いと別れを演じている。それが芝居というものだ。そしてお前の人生行路もすべて芝居の一場面なのだよ！　私がここへ来て、慰めや気休めを言ったり、こんな屁理屈を並べたところで何の役に立つだろうか。いろいろ考えたが、やっぱり来ることにした。私の奥様がせっせと作った豆腐を一千元分担いできても、息子さんの治療代、薬代にもならない。私の役割には何か？　お前を舞台に連れ戻すことしかない。舞台に復帰することは子どもへの愛や子どもの治療を放棄することにはならない。芝居好きが喜んでお前に力と勇気をくれる。そしてその力がこの子たちをもっと広い道に導いて、障害児の置かれている状況を世の中に訴えることができる。もし、お前が舞台に帰ってきてくれるなら、私はお前の体験を元に母親の愛と苦しみを作品にしたいと思う。お前の命の光を舞台に灯し、もっと多くの命の暗がりを明るく照らし出してみたい。私の書く芝居は書けば書くほど自信がなくなってくるが、しかし、今度の芝居はうまくいきそうな気がする。もし書けなかったら、私は死んでも死にきれないだろう」

こう言って秦八娃《チンバーワー》が言葉を結んだとき、胡三元《ホーサンユアン》の目から涙がほとばしった。

この話の途中で封導《フォンダオ》もやってきて、じっと聞き入り、涙を流した。

憶秦娥《イチンオー》は子どもを抱きながら全身を震わせて泣いた。涙のわけは分からずに。

その後、胡三元《ホーサンユアン》は早速、憶秦娥《イチンオー》の母親の胡秀英《ホーシュウイン》を九岩溝《ジョウイエンゴウ》から引っ張り出してきた。

憶秦娥《イチンオー》はついに休暇届を取り下げ、劇団に出勤した。

七

憶秦娥《イチンオー》が出てきた朝、劇団はわっと沸き立った。この日は全劇団員に早朝の招集がかけられ、彼女が現れると誰からともなく拍手が湧き起こり波のように広がった。劇団は憶秦娥《イチンオー》を待ちわびていた。彼女がいないと、団員の家の竃《かまど》の火が消え、「顎が干上がってしまう」からだ。いつまでも引っこんでいるわけにはいかない。公演シーズンを迎えて、陝西省立の劇団、西安市立の劇団はいくつか打って出る構えを見せているというのに、この陝西省秦劇院のみ気勢が上がらない。かろうじて楚嘉禾《チュチアホー》が当たりそうもない芝居の稽古を細々と続けてはいるものの、団員たちのいらいらは内にこもって今にも火がつきそうだった。そこへ憶秦娥《イチンオー》の長期休暇が突然中止になった。団員にとって彼女の再登場はまさに吉報と言ってよかった。

丁《ディン》団長でさえ内心ほっとしている。数日前、丁《ディン》団長はこの決定を楚嘉禾《チュチアホー》に洩らしていた。ことが憶秦娥《イチンオー》の復帰だけに、事前に楚嘉禾《チュチアホー》の耳に入れておかないと、彼女から怨まれると思ったからだ。楚嘉禾《チュチアホー》は一言尋ねただけだった。

「あの馬鹿息子は治ったの?」

「おそらく希望はないだろう」

楚嘉禾《チュチアホー》は自分の気持ちを読まれないように言った。

「おそらく、みんなこの日を待ってたんでしょうね」

丁《ディン》団長、丁至柔《ディンジーロウ》の本心は憶秦娥《イチンオー》の早い復帰を待ち望んでいた。観客というのは不思議な生き物だ。気に入った薬(役者)があると、誰が何と言おうと、とことん飲み続ける。この業界の裏話でよく言われるのが「役者はうんこの匂いが一番よく匂う」——要は「蓼《たで》食う虫も好きずき」ということだが、この言葉が恐ろしいのは、その臭いが一旦鼻につくと、そっぽを向かれるということだ。そうなったら、いくら病みつきになった薬でも、いくら鉦《かね》や太鼓で囃しても誰も見向きもしなくなる。

丁至柔《ディンジーロウ》は努力家だ。何とか自分の手で看板女優を育てたいと思い、楚嘉禾《チュチアホー》を三本続けて大作に主演させた。本番同様のゲネプロ（ドレス・リハーサル）にメディア関係者を大量に招待したりして前宣伝をあおったが、本公演の客足は湿ったままだった。名だたる廟《やしろ》や寺院の奉納芝居を仕切る興行元にも声をかけた。青龍観、白龍廟、黄龍寺、黒龍洞など、十指に余る大手の興行元で、貸し切り公演の売り込みも目論んでいた。招待客は酒を飲みながら舞台を見る。酒だけ飲んで姿を消しても構わない。それぞれ名うての酒豪で、少々の酒では酔わない連中だ。芝居が始まると、みな途端に無口になった。酔ってもいないのに酔ったふりをしている。芝居が終わると「帰って相談してからよい返事を」と言い残し、逃げるように帰ったきり何の音沙汰もない。見巧者《みこうじゃ》を自認する一団は「何だこの舞台は」と丁《ディン》団長に文句をつけてきた。

丁至柔《ディンジーロウ》は一生かけてこの劇団の団長に上りつめた。舞台で主役を張ったことはないが、舞台の裏表に通じ、誰が何を考えているか、どこをどう押せばどんな音色を出すか、みな心得ている。俳優という職業は他人が自分よりうまいとは死んでも思わない。特に主役を張り合う同士は、他人が見ればその差は歴然だが、本人たちはそれが分からないし、分かろうとしない。たとえ誰かが意見しても、納得しないどころか、それは「見方の違いでしょ」と片づけられる。

楚嘉禾《チュチアホー》は憶秦娥《イチンオー》と較べて、そう差があるわけではない。喉もプロとして上の部類だが、演技の爆発力が劣る、オーラがイマイチ、気品、風格に欠ける、要するに〝花〟がない。これは誰が見てもそうなのだが、本人はそう認めない。劇団の推進力が足りない。宣伝力が足りない。憶秦娥《イチンオー》ばかり贔屓《ひいき》にしていると不平たらたらだ。憶秦娥《イチンオー》はネタがなくても毎日、新聞やテレビを賑わしているのに、新団長が彼女に主役を与えた『馬前撥水《ばぜんはっすい》（覆水盆に返らず）』はあまり話題にならず、劇団が記者を招待して飲み食いさせ、〝交通費〟の小遣いを渡しても記事になるスペースは豆腐のかけらぐらい、せいぜい埋め草程度の扱いだ。これが劇団の現在の力を如実に物語っていた。『馬前撥水』も毎日ただ稽古するだけで、舞台はまだ押さえておらず、劇団の一年間の上演ノルマも達成されないままだ。副団長の「副」が取れても、新団長として書き継がれるべき新章はまだ記されていない。

こんな状態でも丁《ディン》団長は表立って憶秦娥《イチンオー》の引っ張り出しに関わらなかった。彼は役者の卑しい根性を知っている。ちやほやされ、おべっかを使われ、持ち上げられ、おだてられ、赤ん坊のようにあやされていればご機嫌なのだ。芝居の制作管理者はそんな、ぽろぽろ崩れるクッキーのようであってはならないし、彼は役者のお守り役でもなければ、役者の盲目的な信者でもない。演劇の制作現場を預かる責任者として、一座の切り盛りにけじめをつけなければならないと考えている。だから、憶秦娥《イチンオー》が自分の方からまた劇団に出勤したいと申し出てきたとき、彼は慌てず騒がず、甘い顔も見せず、かといって冷たくもあしらわず、一言「よろしいでしょう」と答えた。

憶秦娥《イチンオー》はその日、早朝から稽古場に入った。そこでいきなり足元から鳥が飛び立つような拍手に迎えられて面くらい、強風に激しい雨粒を顔に叩きつけられるような数分間を味わった。彼女はあまりの面映《おもは》ゆさに手の甲を口もとに当て、いつもの照れ笑いをして見せた。楚嘉禾《チュチアホー》は顔面が紅潮するのを覚え、また血の気が引いていくのを同時に感じた。拍手するのは癪だったが、しないわけにもいかない。この拍手は劇団員が憶秦娥《イチンオー》の顔をひっぱたき、丁《ディン》団長の横っ面を張り飛ばしているのだと楚嘉禾《チュチアホー》は感じ取った。丁《ディン》団長はしたたかだ。首をすくめ、頭を垂れてこの拍手の嵐をやり過ごし、何食わぬ顔で業務課のスタッフと打合せを始めている。楚嘉禾《チュチアホー》は敵意と皮肉の視線を投げかけ、嫌がらせの拍手で憶秦娥《イチンオー》の出端《でばな》を挫こうとしている。

憶秦娥《イチンオー》が舞台から退いている間、楚嘉禾《チュチアホー》は実質的に省立秦劇院の第一人者であり、その玉座を占めていた。少ないとはいえ続けざま三本の大作で主役を務め、劇団の大黒柱の座を固めてきたはずだ。憶秦娥《イチンオー》が復帰して楚嘉禾《チュチアホー》がすぐ思い浮かべたのは、憶秦娥《イチンオー》が孫悟空の如意棒を振りかざして劇団に殴りこみをかけて大暴れし、大騒動を巻き起こしている図だ。楚嘉禾《チュチアホー》は憶秦娥《イチンオー》に屈したが、同時に屈していない。屈したのは彼女の猛特訓、稽古の虫、芝居馬鹿に対してだが、屈しないのはその悪運、いつも後援者やひいき筋に恵まれているツキのよさに対してだ。本来、飯炊き女、竈番《かまどばん》の灰かぶりで終わっているはずが、いつの間にか〝秦腔《チンチアン》の小皇后《プリンセス》〟に成り上がった。憶秦娥《イチンオー》は本当に金の卵を産む強運の鶏を手に入れたのだ。

憶秦娥《イチンオー》が息子の介護にかかり切りになっていたとき、楚嘉禾《チュチアホー》は何度か見舞いに出かけたが、それはポーズだった。団員たちもみな顔出ししているし、まして楚嘉禾《チュチアホー》は寧州の同郷出身だから見捨てておいては傍目《はため》が悪い。敵情査察のつもりで見る憶秦娥《イチンオー》は平気な顔で、まったく打ちのめされていなかった。またあるときは楚嘉禾《チュチアホー》が劉紅兵《リュウホンビン》を自室に招き入れたことをそれとなくほのめかしたことがある。劉紅兵《リュウホンビン》をさんざんにこき下ろすことで自分の後ろめたさを隠したい気持ちもあった。あんなろくでなし、引き止める価値がない、別れるものならさっさと別れた方いいと切り出すと、憶秦娥《イチンオー》は気にもとめる風がなかった。楚嘉禾《チュチアホー》はさらに、あんな浮気な男、自分の碗だけでなく、人の鍋の中にまで箸を突っこみたがると追い討ちをかけと、話はそこで断ち切られた。劉紅兵《リュウホンビン》の話は二度と聞きたくないと言う。楚嘉禾《チュチアホー》はここで直感した。憶秦娥《イチンオー》はもう舞台のことはどうでもよくなっている。何もかも捨てる気だ。彼女の心の中には息子のことしかないと。それなのに、どの面下《つら》げて舞台に舞い戻ってきたのか？　とんでもないことだ。気まぐれで動かれたらたまったものではない。こと芝居にかけて、この女は束になってかかってもかなう相手ではない。ちょいちょいと弄ばれて返り討ち。こちらは一巻の終わりだ。何かいい方法はないものか？

憶秦娥《イチンオー》が劇団に戻ったという話を聞きつけて早速、白龍廟、黄龍寺、黒龍洞から縁日の奉納芝居に出演の引き合いが飛びこんできた。一日三ステージ、一つの廟で二十一ステージ打ち続けてほしいという。このプログラムに楚《チュ》嘉禾《チアホー》の三作品を加えて構わないが、憶秦娥《イチンオー》主演の舞台には楚嘉禾《チュチアホー》の三倍の出演料を提示してきた。これは楚嘉禾《チュチアホー》の顔をつぶすだけでなく、劇団の皮肉家たちから冷やかしの声が上がった。

「これは楚嘉禾《チュチアホー》の出番を三分の一に減らせということか？」

「じゃ、歌だけの台詞抜きか、台詞だけの歌抜きか、歌だけの仕種《しぐさ》抜き、仕種だけの語り抜きか、三分の一のギャラではとても全部は見せられないなあ」

思い切った意見も出た。

「もしもだよ、楚嘉禾《チュチアホー》の全演目を全幕通しでやり、その前座で憶秦娥《イチンオー》が清唱《チンチャン》（衣装なし、演技なしの一種の素謡《すうたい》、アカペラ）二場やったとしても、出演料丸ごといただけるんだろうか？」

この話が楚嘉禾《チュチアホー》の耳に入り、彼女は心臓を錐《きり》で突き通されたような痛みを感じた。

現実問題として観客が憶秦娥《イチンオー》の舞台に熱狂して舞台に殺到し、境内の仮設舞台を倒してしまいかねないこと、楚《チュ》嘉禾《チアホー》の舞台になると客席が空っぽになり、残った客は舞台の明かりを頼りに女は針仕事、男たちはトランプの車座を作り、客席の〝底が抜け〟かねない、そんな情況になるのを承知の上で、要は奉納芝居の制作者プロデューサーも観客も憶秦娥《イチンオー》の白娘子《はくじょうし》を見たがっているということだった。特に端午の節句の五月五日には、『白蛇伝』の白娘子が雄黄酒《ゆうこうしゅ》を飲んで蛇の正体を現す『端午の酒変』の場が定番になっているからなおさらだった。

廟《やしろ》の縁日の奉納芝居だけでなく、農民の自由市場や市《いち》が立つ日の興業が都市から農村部へと次第に広がり、縁起のいい話、めでたい話、滑稽ものが好まれて、劇団は引っ張りだこだった。来る日も来る日も村から村へどさ回り（旅興行）が続くと、憶秦娥《イチンオー》への怨み節も聞こえてくる。一年中、田んぼのあぜ道を走り回って、関中（渭河《いが》流域）の農民になった気分だ。西安に帰ってもすぐまた出動じゃ、あの村この村荒らし回る鬼子《グイズ》（日本兵）と変わるところがない。若い連中は西安をいつまでも留守にすると、女房が別の男の餌になってしまうと不平を鳴らす。憶秦娥《イチンオー》は人並み外れた鬼だ。人の顔して芝居をやっている。朝から晩までとんぼを切って武技の大立ち回り、疲れているはずなのに、一言の弱音も吐かない。まったくもって、人騒がせ、はた迷惑な芝居の虫、芝居馬鹿だと。

憶秦娥《イチンオー》の息子の劉憶《リュウイ》は母親が預かっていた。最初は旅公演についてこなかったが、長旅になることが多くなると、憶秦娥《イチンオー》に抱かれて一座について回るようになった。彼女は子どもの顔を見るとすぐ元気を取り戻し、舞台にも熱が入る。憶秦娥《イチンオー》の〝こぶつき〟は地方にも知れ渡り、行く先々で彼女のファンや芝居好きがどっと押し寄せて好奇心と同情の涙目で彼女と息子を取り囲み、贈り物を我先にと差し出した。食べ物、飲み物、子どもの頭に効く漢方薬、得体の知れない民間の治療薬……まるで匪賊の一味が地元を襲ってかっさらったような戦利品、略奪品の山が憶秦娥《イチンオー》の母親や劇団員たちの背中、肩に担がれてその地を去ることになった。ときには憶秦娥《イチンオー》の稽古着の〝灯籠パンツ（ブルマー）〟にも贈り物の小物がびっしり詰めこまれたりする。

劇団員たちは驚き呆れ、羨望と同時に嫌悪の眼差しでこれを見やる。憶秦娥《イチンオー》の母親の顔にパイ投げのような嫌みの言葉が投げつけられることもある。これも無理はない。憶秦娥《イチンオー》の母親は時と所をわきまえず、回りに人がいようがいまいが贈り物を広げ、数を数えたり、袋に詰め直したりする。時にはわざと見せびらかし、得意そうに言う。

「馬鹿な子でも、馬鹿には馬鹿の福があるものさ。ほら、見て。この銀の首飾り、惜しげもなく、くれるのさ。この上っ面に彫刻があるだろう。何だか分かるかい？　貔貅《ひきゅう》だよ。魔除けのおまじないさ」

貔貅は金運上昇の神獣だ。口はあるが、尻の穴がない。だから、天下の金銀財宝をいくら呑みこんでも出ることがなく、貯めこまれる。風水では竜、鳳凰、亀、麒麟に並ぶ瑞獣《ずいじゅう》として扱われ、財運の象徴、お守りとして珍重されている。

劇団員は早速、憶秦娥《イチンオー》の母親に「老貔貅《ラオピーシュー》」のあだ名を献上した。これを聞いた楚嘉禾《チュチアホー》はくっくっくと笑いが止まらずに言った。

「秦娥《チンオー》はどしどし稼げばいいさ。金食い虫の馬鹿息子がいても、貯め役の老貔貅《ラオピーシュー》がついているからね。でも、あたしたちは死ぬほどこき使われるだけ。金はいっこう貯まらないわよ」

繁忙期を乗り切った劇団は、突然の発表を行った。創作劇をやるという。これが通常の演目なら、俳優たちが配役《キャスティング》に目の色を変えるところだが、新作の場合は制作スタッフに宣伝、観客動員の重荷がどっとかぶさってくる。だが、強みは作者があの北山《ベイシャン》の巨匠秦八娃《チンバーワー》だった。書けばヒット間違いなしだ。陝西省内外の劇団は秦八娃《チンバーワー》の奪い合いで目の色を変える。楚嘉禾《チュチアホー》はすでに知っていた。秦八娃《チンバーワー》は憶秦娥《イチンオー》の採寸をして、オーダーメードの新作を書き下ろすと聞いていた。楚嘉禾《チュチアホー》はわざと丁至柔《ディンジーロウ》団長に当てこすりを言った。

「みんな憶秦娥《イチンオー》さまさまなのね、丁《ディン》団長。また新作書き下ろしですってね」

「来年は全国コンクールの年だ。我々が参加しないと、省立秦劇院の名が廃《すた》る。全国で忘れられたら、陝西省でも我らの出番がなくなる。君の出番もだ」

「そんなことじゃなく、誰が出るのよ？」

「君と憶秦娥《イチンオー》が候補に上がっている」

「私はどうせB組でしょう」

「これは秦八娃《チンバーワー》が憶秦娥《イチンオー》に書き下ろした芝居だからね。だが、劇団としてはAB制を実行する。稽古だけでなく、本公演でも二人が交代して舞台に立つ。これは我が女房のお達しだ。君のために役を勝ち取れとさ」

丁至柔《ディンジーロウ》は後半の声をひそめて話した。

だが、そんなことはお構いなしに楚嘉禾《チュチアホー》は声を荒げて言った。

「いやよ、いや。B組になんか絶対出ないから。いつまであの人の踏み台にされていればいいの。さんざん馬鹿にされて、もうたくさん。B組はもう卒業よ」

楚嘉禾《チュチアホー》は今さらこう言っても無駄なことは知っている。だが、彼女は腹を決めた。いつまでも弱腰では駄目だ。〝柿は柔らかいものから摘み取られる〟——強気に出ないといつまでもすかを食わされる。これは彼女の母親のお仕込みで、しょっちゅう聞かされていた人生訓だった。

稽古が始まった。

秦八娃《チンバーワー》の台本《ほん》は『同心《どうしん》結び』といった。これは堅く解けない結び方で、親子の堅い絆、または相愛の男女や夫婦の誓いを表している。野暮ったいタイトルだと楚嘉禾《チュチアホー》は思った。秦八娃《チンバーワー》その人さながら、アヒルのがに股歩きで現代に登場したような滑稽感を感じた。

憶秦娥《イチンオー》が舞台を捨てて尼寺にこもっていたころ、楚嘉禾《チュチアホー》と丁至柔《ディンジーロウ》は一緒に北山《ベイシャン》の秦八娃《チンバーワー》を訪ねたことがある。楚《チュ》嘉禾《チアホー》を主役として憶秦娥《イチンオー》のような〝はまり役〟を書き下ろしてもらうためだった。だが、秦八娃《チンバーワー》はまるで相手にせず、妻の豆腐作りを手伝いながら言った。

「いや、もう、とてもとても。長いこと筆を持っていないから勘が鈍くなって、何を書いてもゴミ箱行きですよ」

その日、丁《ディン》団長は劇団の金で上等のタバコと酒を買い、楚嘉禾《チュチアホー》はお茶を持参した。秦八娃《チンバーワー》夫人には化粧品を買った。だが、この老婦はいっかな受け取ろうとしない。秦八娃《チンバーワー》夫人はよほどの一刻者《いっこくもの》か変わり者と見えた。

「この婆さんをその気にさせちゃいけないよ。豆腐作りのしわくちゃ婆《ばばあ》をどう化けさせようってのさ」

秦八娃《チンバーワー》は逆に憶秦娥《イチンオー》のことを尋ね、二人を退散させた。秦八娃《チンバーワー》宅を出て、楚嘉禾《チュチアホー》は丁《ディン》団長に尋ねた。

「あの奥さんはやはり家に女が来るのをいやがっているのかしら？」

丁《ディン》団長は少し笑って、「そうかもな」と答えた。

楚嘉禾《チュチアホー》は泣くも笑うもならず、ただ断られたのが悔しかった。

「あの爺さん、あの顔でよく奥さんから愛想尽かされずにいられるわね。ふん、何さ。こんな田舎にほったらかしにされて、よく憶秦娥《イチンオー》のことまで心配できるわね」

それからしばらく経って、秦八娃《チンバーワー》は書けないはずの原稿を書き、いそいそと憶秦娥《イチンオー》に献呈した。どんな神経をしているのか。いや、どんな神経も持ち合わせていないのかもしれない。この色ぼけ爺め。台本を書いただけでなく、第一日の顔寄せ（関係者の初顔合わせ）にものこのこ顔を出し、自分の作品を「中国一、世界初」などと大きな口を叩き、その上、スタッフ、キャストを前にして感情たっぷりに自作の朗読に及んだ。読みながら喉を詰まらせ、すすり泣きまで始めたではないか。途中何度も台本を置き、トイレに立って涙を拭っている。顔の両端に飛び離れた二つの小さな目から大量の涙がとめどなく、あの干からびた顔を流し去ってしまうのではないかと思われた。憶秦娥《イチンオー》と劇団の制作スタッフたちも盛大な涙を流している。楚嘉禾《チュチアホー》は聞きながら、彼らが泣いているわけが分からなかった。愚かな母親と知恵遅れの息子のよくある、薄っぺらな話ではないか。そんなうそ泣き、誰がだまされるものか。

楚嘉禾《チュチアホー》はB組には参加しないと丁《ディン》団長に大見得を切ったものの、やはりこの機会を逃すのは惜しかった。丁至《ディンジー》柔《ロウ》夫人は彼女に忠告した。

「もし、憶秦娥《イチンオー》にもしものことが起きたらどうする？　天に不測の風雲あり、人に旦夕《たんせき》（朝夕）の禍福ありと言うでしょ。憶秦娥《イチンオー》は今が盛りと勝ち誇っているけれど油断大敵、火がぼうぼうってね。あの息子も居眠りしてしているときにできちゃったんじゃないの？」

憶秦娥《イチンオー》は居眠りすることなく、稽古は順調に進んだ。初日が開くと、一気にブレイクした。見た人は口を揃える。この芝居は泣くために行くようなもの。チケットを忘れてもハンカチを忘れてはいけないと。

この公演によって、丁《ディン》福団長の〝副〟の字がようやく取れた。
この芝居は省立秦劇院を中国の大半の地区を駆けめぐらせることになった。

八

単《ダン》前団長の死後、陝西省秦劇院を仕切ってきた丁至柔《ディンジーロウ》は、自分があの大家、秦八娃《チンバーワー》の台本を入手できるとは夢にも思っていなかった。まさかのことに、それが先方から飛びこんできたのだ。長いこと業務課の畑を歩いてきたが、芸の方はからきし駄目で、名曲のさわりを歌おうとしても五、六句と続かない。しかし、この業界の裏表、どんな迷路、抜け道に至るまですべて諳《そら》んじている。そんな彼が骨身にしみて痛感しているのは台本《ほん》の重要さで、それが公演の死命を制するということだった。どんなに出演者がよくても台本がよくなければ、労多くして功少なし、南轅《なんえん》北轍《ほくてつ》（車の轅《ながえ》と轍《わだち》が逆を向いているたとえ）、その公演は間違いなくこける。業界用語で言えば「芝居を生かすも殺すも台本《ほん》次第」ということになる。秦八娃《チンバーワー》の台本は時として異論が出て、論争さえ引き起こすが、何よりも観客が喜び、作品の生命力が長続きする。『狐仙劫《こせんこう》』がその好例だ。最初は一部の評論家から声高の手厳しい批判が出たが、公演を重ねるにつれて、当初の不協和音はいつの間にか消えていった。実は丁至柔《ディンジーロウ》自身、最初はこの台本に反対の立場で、憶秦娥《イーチンオー》の演技が時代に逆行しているように見えた。しかし、それはこの数年の社会的、政治的雲行きを読み違えており、『狐仙劫《こせんこう》』が描き出した真誠な生活感は金銭への執着、拝金主義の趨勢に対して先見の明を示したと言うことができるのだ。

丁至柔《ディンジーロウ》は十一、二歳で演劇学校に入ったというものの、ろくすっぽ学校に通っていない。自分が台本の善し悪しを論じるのはおこがましいとさえ思っている。そこで陝西省や西安市の専門家を招いてお説を拝聴すると、意見が真っ二つに割れた。一方は実によくできている、金銭万能の世の中に警鐘を鳴らしていると高評価なのに対し、もう片方は新味がまったく感じられない旧態依然の作品と切って捨てた。しかし、双方とも秦八娃《チンバーワー》の作劇術の巧みさ、語彙の豊富さ、修辞法《レトリック》の巧みさに舌を巻き、その美学は馥郁たる古酒の香気にも比すべきと賛辞を惜しまない。ある専門家は言う。この舞台は文化程度の低い層を大泣きさせるだろう。かつての『花売り娘』を思い起こさせる。時代遅れ感はあるが、都市の知識層の意識改造に役立つだろうと。

（注）『花売り娘』 売花姑娘。北朝鮮一九七二年制作の映画。日本の植民地下で辛酸をなめる少女の物語。病気の母の薬代を稼ぐため、昼は地主の家で働き、夜は山で摘んだ花を街で売る少女はある日、監獄に入っていると思っていた兄と再会する。兄は実は抗日パルチザンに入隊していたのだった。文化大革命下の中国で圧倒的な支持を受け、〝一世代の人たちの記憶〟として語り継がれている。

またある専門家はこの作品をあっさりと否定した。今の観客はたとえ文化程度が低くても、お涙頂戴の〝母もの〟を喜ぶとは限らない。みな肩の凝らない娯楽を求めており、腹の皮がよじれるナンセンス喜劇、あるいは当節流行のセレブな別荘生活の女性を描くとか、おしゃれでファッション性の高いドラマが受けるのではないか。『同心結び』の主人公は自分で起業した仕事を捨て、ひたすら知的障害児の介護に専念するが、これは時代精神にそぐわないのではないかと。

意見は出尽くした感があったが、専門家たちが等しく認めたのは秦八娃《チンバーワー》の筆力とドラマ作りの名人技だった。これに加えて、憶秦娥《イチンオー》の集客力の強さを見こみ、現代劇は舞台の仕込みや衣装代に経費がかからないし、まあ、とにかくやってみたらと、あまり気勢の上がらない結論に落ち着いていた。

こうして初日を迎えた『同心結び』は、意外なことに一大センセーションを巻き起こした。とりわけ強烈な反応を示したのはまさかの知識層で、多くの大学教授たちが本気でこの作品を認め、時代と真っ正面から向かい合い、渡り合って現代の格差社会の深部を描き出したと高評価を下したのだ。まるでストレートプレー（歌や踊りのない舞台）を深刻に論じるような重々しい口ぶりだった。拝金主義と人間性のねじれを直視し、貧富の差、価値観の乱れが生命と人格のせめぎ合いとなって、伝統と現代の多次元、多面的な思考を促すものだと位置づけた。一般の観客はそんな議論をよそに、あふれる涙を拭おうともせず「好《ハオ》！」を連呼した。入場者は『狐仙劫《こせんこう》』の記録を軽く突破した。

憶秦娥《イチンオー》はあっという間にカムバックを遂げ、彼女も息子までスターになった。丁至柔《ディンジーロウ》は最初から楚嘉禾《チュチアホー》をスターダムに乗せようと懸命だった。彼は主演俳優の〝独擅場《どくせんじょう》〟とか〝一人舞台〟とか、スター俳優の独走を食い止めようとしていた。かつて業務課長を務め、キャスティングに携わった数十年間、俳優たちの牽制、横槍、難癖、嘲弄にどれだけ悩まされてきたことか。彼は主役の一人一役を避け、ダブルキャスト、トリプルキャストまで主張した。しかし、これは俳優の神経を逆なでする結果を招いた。業務課長の勝手にさせるものかと、業界の顔利き、大御所、有力者、大ボス、小ボスまで動員して彼の邪魔にかかったのだ。

今回のダブルキャストはあてが外れた。楚嘉禾《チュチアホー》は役作りに最後まで抵抗した。稽古のときから芝居に入っていけない。障害児を抱きながら泣き、歌い、語る場面をやりたがらない。「何で私が？」の不満が見え見えだ。観客もそれを見て取って白けてしまう。もはや役の人物造形どころではなく、楚嘉禾《チュチアホー》は舞台だけでなく、稽古場でも浮き上がり、居場所を見失っていた。

『同心結び』と憶秦娥《イチンオー》の人気がさらにうなぎ登りの勢いをつけたとき、楚嘉禾《チュチアホー》は丁至柔《ディンジーロウ》と彼の妻に泣きを入れ、助けを求めた。稽古場に再び集められた俳優たちは彼女との共演を拒み、ボイコット騒ぎにまでなっていた。楚嘉禾《チュチアホー》はついに役を降ろされて合唱隊に回された。出演者から名前が消え、「合唱隊＝本団俳優」だけになった。

『同心結び』は広州で開催された全国コンクールに参加して一発で勝負を決め、全国に名を挙げた。各賞総なめ、文句なしの〝大満貫《グランドスラム》〟だ。最優秀賞に始まって、合唱隊まで受賞することになった。

引き続いて凱旋公演、全国巡演が決まった。

だが、公演隊の編成で、難題が持ち上がった。憶秦娥《イチンオー》がどうしても息子を連れていきたい、一緒でなければ公演を降りるとまで言い張った。

丁至柔《ディンジーロウ》はこれまで憶秦娥《イチンオー》からごねられた覚えはない。息子を産むとき単仰平《ダンヤンピン》前団長に産休届を出そうとして頑張った以外、比較的言うことを聞く子だった。ただ、単仰平《ダンヤンピン》はこの子飼いの俳優を過保護にした。何につけ憶秦娥《イチンオー》が〝いの一番〟、彼女を立て、彼女を担ぎ、彼女を持ち上げ、憶秦娥《イチンオー》でなければ夜が明けず、目に余るものがあった。この点、丁至柔《ディンジーロウ》には一つの信念があった。役者に甘い顔を見せてはならない。甘い顔を見せると、どこまでもつけ上がり、調子に乗る。図に乗ったら団長を団長とも認めなくなる。役者には我慢することを教えなければならない。だが、今回の憶秦娥《イチンオー》は息子の帯同を言い張って一歩も引かず、丁至柔《ディンジーロウ》の机を叩く勢いを見せた。だが、丁《ディン》至柔《ジーロウ》は首を縦に振らない。国の予算が限られており、全国十数の省市を回る公演隊の人員を一人減らし、また一人減らしのやりくりを余儀なくされているところだった。とても憶秦娥《イチンオー》の一家を引きつれる余裕はなかったのだ。

もし、これを認めたら、憶秦娥《イチンオー》の一家四人を背負いこむことになり、〝憶秦娥《イチンオー》軍団〟が乗りこんでくるのは目に見えている。

まず叔父の胡三元《ホーサンユアン》だ。

憶秦娥《イチンオー》が第二団の座長となったとき、胡三元《ホーサンユアン》は丁至柔《ディンジーロウ》に起死回生の猛アタックをかけてきた。この男を劇団で受け入れたなら、挽き臼に手を挟まれるようなもので、団長がすりつぶされてしまうだろう。憶秦娥《イチンオー》はほかの打ち手はミスショットばかり、調子が狂うと言う。確かに胡三元《ホーサンユアン》の撥さばきは凡百《ぼんぴゃく》の才能を下に見て、己《おのれ》一人高みを誇っている。卓絶した名人芸の持ち主であることは誰しも認め、感服するばかりだが、名人気質《かたぎ》の発する臭気は周りの人間をいたたまれなくする。ある人間は言う。彼の演奏が始まると、人工衛星の発射か原爆の製造みたいに息詰まる緊張を強いられ、その撥がいつ自分の頭の上に飛んでくるか分からない恐怖感があり、とても耐えられないと。ひそかに追い出しを図る動きもあったが、憶秦娥《イチンオー》が手放すはずがなく、胡三元《ホーサンユアン》は触らぬ神に祟りなしということになった。

胡三元《ホーサンユアン》が寧州県劇団で臨時雇いをしていたと丁至柔《ディンジーロウ》は聞いた。過去は正団員だったが、一度牢屋に入り、出所してまた返り咲いたという。この男は〝逆毛のチャボ〟の異名を持ち、やたら逆毛を立てて扱い難いが、使わずにおくのもまた惜しい。肉を食わずに骨ばかり食っているから、こんな骨っぽい、ぎすぎすした男になってしまったのだろうが、今度『同心結び』をやることになって、制作担当者たちから期せずして声が上がった。やはり胡三元《ホーサンユアン》を使おうと。

秦八娃《チンバーワー》は「斤《きん》（手斧）を運《めぐ》らし風《かぜ》を成《な》す」と難しいことを言って、憶秦娥《イチンオー》と胡三元《ホーサンユアン》の切っても切れない〝相棒〟の関係であることを説明した。丁至柔《ディンジーロウ》が「何のことですか」と尋ねると次のような答えが返ってきた。

「ある男が鼻の頭にちょっとついた石灰を取ってくれと仲間の左官屋に頼んだ。男は、よしきたと手斧を持ち出し、風が唸るほどの勢いでびゅっと一振り、石灰はきれいに落ちて肌にはかすり傷一つつけず、また、これをやらせた相手は顔色一つ変えなかったという。これを聞いた国王がその左官屋を呼び出し、自分にもやってくれと頼んだ。しかし、左官屋は断った。自分の相棒がずっと前に死に、それ以来、鼻の頭のほこりは落としていない。また、みんな恐ろしがって誰もやらせてくれないと（出典は『荘子・徐無鬼』）」

丁至柔《ディンジーロウ》は秦八娃《チンバーワー》の話を〝眉唾〟だと思った。胡三元《ホーサンユアン》と憶秦娥《イチンオー》が、どちらが欠けてもその技が絶えてしまう相棒と言えるかどうか疑問だが、いずれにせよ『同心結び』は省立秦劇院の最重点プロジェクトとして走り出した。必要な人材は引き抜いてでも補充しなければならない。こうして、胡三元《ホーサンユアン》のメンバー入りが当然の如く決まった。

「憶秦娥《イチンオー》軍団」の筆頭が憶秦娥《イチンオー》なら、二番手は胡三元《ホーサンユアン》、そして、三番手を挙げるなら、憶秦娥《イチンオー》の母親胡秀英《ホーシュウイン》ということになる。

胡秀英《ホーシュウイン》、やがて異彩を放つことになる。孫を連れて初めて公演団に同行したときはひたすら畏《かしこ》まり、身を縮め、消え入るばかりの風情だったが、自分の娘が各地で歓迎され、愛されているのを見て意を強くする。多くの土地を回りながら、月の仙女常娥《じょうが》が初めて地上に降り立ったみたいに見るもの聞く珍しく驚いていた彼女自身が、やがてファンに取り囲まれ、いっぱしの人気者になっているの気がついた。当初、娘が秦腔《チンチアン》の小皇后《プリンセス》などと呼ばれるわけが分からなかったが、それもなるほどと納得した。して見ると、娘が〝皇后〟なら自分は〝皇太后〟ではないかと意を強くした。障害者の孫を抱いていると世の中に申しわけない気がしていたが、慣れてくると何の引け目もなく、孫と自分を大威張りで世の中の目にさらすようになった。口数を控え、目立たないようにしていた彼女が何でも質問し、何にでも口を挟むようになった。勿論、娘の憶秦娥《イチンオー》に関することで、食事、水、宿舎の日当たり、トイレの場所、公演手当てや加算金、その不公平のこと等々、憶秦娥《イチンオー》からは劇団のことには口出ししないよう堅く言われていたが、〝皇太后〟の立場として誰に何の遠慮がいるものか。劇団員は彼女に〝憶秦娥《イチンオー》担当〟〝胡秀英《ホーシュウイン》主任〟〝胡《ホー》秘書長〟〝胡《ホー》太后〟などの異名を奉った。人からそう呼ばれると、ほくほくとうれしく、胸が潤った。呼ばれたくないあだ名は何でも腹の中にためこむ怪獣「老貔貅《ラオピーシュー》」だった。彼女がちょっとした役得、実入り、土産が大好きなのはみんなに知れ渡っている。劇団が行くと各地で果物などの接待があるが、同行者が気づく間もなく彼女が残り全部を持ち帰ったりする。あるときは憶秦娥《イチンオー》の〝灯籠パンツ（ブルマー）〟を下穿きにしてその中に戦利品を全部詰めこんでいこうとした。当然重い。手枷《てかせ》足枷をされて歩くようなもので、足を引きずりながら手の中には「ああ、ああ」と叫ぶ孫をしっかりと抱いている。その様子は世の重荷をすべて一身に背負う悲壮感さえ漂っている。すべて憎めない笑い話になっており、みんなが小説『紅楼夢』の劉姥姥《ばあや》の大観園初訪問の図だと。

（注）劉姥姥《ばあや》　大観園は『紅楼夢』の舞台となった豪壮な中国庭園と殿閣群。主人公賈宝玉《かほうぎょく》の家が巨万の富を傾けて造営した栄華の象徴。北京と上海にこれを再現した施設があり、『紅楼夢』ファンの人気を集めている。農村で貧しい寡婦の暮らしをしていた劉姥姥《ばあや》は善良な正直者。世知に長け、意志堅固なやり手だが、見識が狭く短慮。初めて大観園に案内されたとき、その豪華さに驚く。

憶秦娥《イチンオー》軍団の四番手は自ずと障害児の息子だ。丁至柔《ディンジーロウ》としては、旅公演のときは彼女の母親が預かって自宅に留まってくれるのが一番世話がないと思うのだが、憶秦娥《イチンオー》は頑《がえん》として肯じない。子どもがいないと夜も眠れず、安心して舞台をつとめられない。それに息子が病気になったときは、行く先々、各省に専門の名医がいるから安心だと言い張る。丁至柔《ディンジーロウ》はそんな心配、したところで始まらないと思うのだが、結局口には出さなかった。中国中の名医から匙を投げられても、憶秦娥《イチンオー》はこの子の治療をまだ諦めていない。何を言っても、彼女はもはや聞く耳を持たない。彼としてもこれ以上彼女の心をかき乱すようなことはしたくなかった。

団長はあからさまに言うより淡々と水を向け、意を察してもらおうと考えた。省を代表する光栄ある公演団が指導部を引き連《つ》れてご当地に参上し、地元挙げて盛大な出迎えを受けたとき、君がその子を連れていたとしたらどうだろうか、あちらもこちらも格好がつかないのではないだろうか……しかし、彼女は翻意しなかった。憶秦娥《イチンオー》は話を断ち切るように言い切った。

「費用はみんな私が負担します。劇団は私の母親の切符を手配してくれれば、その代金は私が払います。ホテル代も食費も何もかも私持ちで、何がいけないんですか？　私が子どもを抱え、母親を連れて旅公演に出たらいけないという決まりでもあるんですか？」

話はいつもここで終わる。丁至柔《ディンジーロウ》はついに折れ、彼らの同行を認めた。

一路、〝胡《ホー》秘書長〟〝胡《ホー》太后〟〝老貔貅《ラオピーシュー》〟の語りぐさは尽きない。

丁至柔《ディンジーロウ》を時として不快にさせるのは憶秦娥《イチンオー》の存在感だ。その不在でさえその存在を際立たせる。憶秦娥《イチンオー》の威光たるや、草木もなびき伏すものだとは全団員が改めて思い知らされた。どの演目も彼女が出さえすれば絶賛の嵐、観客はひたすら崇め奉る。だが、彼女は現地の歓迎行事や交流活動に出たがらない。舞台が終わると、部屋に引きこもって「臥魚」か「股割き」か、最近は「座禅」が加わり、そして子どもの知力開発に余念がない。子どもと一緒によちよち歩きし、「マーマ」「バーバ」とやっている。どうしても顔を出さなければならない宴席は、再三再四の催促を受け、相手にしびれを切らせてから渋々やってくる。だが、来た途端、満座の注目を攫《さら》い、団長は雲に隠れた月になる。

勿論、団長が出しゃばる席ではないが、彼が時々不快になるのは、誰も彼が団長だと気づかないことだ。誰も彼に関心を払わず、憶秦娥《イチンオー》が彼の上司だと思っている。宴席には彼女が主人役と並んで必ず上席に座る。食べるときも飲むときも回りに気を遣わせ、記念品も贈り物も飛びっきりの品が用意されている。彼はいつも末席にくすぶり、メインテーブルから無視されている。これは憶秦娥《イチンオー》が馬鹿で気が利かないというか、気が回らないからだと彼は不満を胸にたたむ。彼女がさっと身を起こして、先方の要路の誰彼に返礼の頭を下げて回り、自分の団長を紹介しながら「どうぞよろしく」の一言がどうして言えないのか？　団長に敬酒《ジンジョウ》の一献、お茶の一杯をどうして勧められないのか？　ただ、ぼけっと座り、勧められるまま食べ、勧められるまま飲んでいる。笑うとむき出しの八重歯がつや消しになるから手の甲で口もとを隠している。彼女は自分の団長を〝立てる〟ことを知らずに年老い、歯が黄ばみ、顔がむくんでいくだろう。彼は何度も腹を立て、何度も席を蹴って立ち去ろうと思った。このような部下を持つと、上司の気が晴れない。これもあの単《ダン》前団長がご機嫌をとり、甘やかし、つけ上がらせたからだ。いつも役者を先に立て歩かせ、自分はひょこひょこと後を追いかけた。しかし、自分の五体は満足だ。役者の後を追いかけるような真似は金輪際しないだろう。団長であるからには団長の尊厳と体面を守らなければならない。天の高さ、地の厚さを教え、人を空気か塵芥《ちり》みたいに眼中に置かない手合いには灸を据えなければならない。劇団事務局には憶《イ》秦娥《チンオー》の目を覚まそうとする者もいて、こんな場面に出会ったら、必ず団長の面子を守ろうとするだろう。しかし、彼女は人に指図されるのが嫌いだ。無理に言いつけられると、途端に目の力を失い、視線が宙をさまよう。寧州県劇団にいたとき、〝主席〟の座に祭り上げられてから脳に湿気が入ったままカビが生えてしまったのだろう。困ったことがあるとすぐ、笑いえくぼでごまかそうとする。

憶秦娥《イチンオー》はさらにもう一つ大きな問題があった。全国公演の途上、『同心結び』の取材攻勢を受けているとき、彼女は丁《ディン》団長の制作意図について一言も話そうとしなかった。秦八娃《チンバーワー》はなぜこの作品を書いたのか、彼女はこの役どころをどう理解しているのかなどについては、彼女の馬鹿息子や老貔貅《ラオピーシュー》のことまで引き合いに出し、おまけにあの火薬焼けの叔父まで引っ張り出してとくとくと話しているのに、団長である丁至柔《ディンジーロウ》が現代劇としてこのテーマを取り上げた意図、識見と勇気と胆力について言及しようとしなかった。彼は何紙もの地元新聞を劇団に持ち帰っては内容をチェックし、その都度びりびりに引き裂いてゴミ箱に投げ捨てた。事務局の主任が彼女を呼び出して、詰問したところ。自分の頭をぽんと叩いて言った。

「あら、丁《ディン》団長は私たちの団長なのに、私たちがああだ、こうだ言わなくちゃいけないの？」

さすがの彼女もその後の取材には忘れずに「現代の生活と社会情勢の深部を描いた」作品の制作に踏み切った団長の勇断について大いに語ったが、これを紙面化する媒体はどこもなかった。丁《ディン》団長はこれを憶秦娥《イチンオー》の個人的な性癖のせいだと考えた。

実のところ、憶秦娥《イチンオー》は取材されるのが苦手だった。一に口下手、二に寝る時間が奪われて迷惑、三にテレビの取材はメイクが面倒。四に息子のことはあまりしゃべりたくない。だが、メディアは舞台と実生活の関係をやたら知りたがるので、むげにできない、だからまた一の理由に戻る。劇団の事務局はまたいつものことで、どこへ行っても彼女がしでかすへまだと慣れているが、丁《ディン》団長は余計いらいらを増し、彼女はますます気が進まないことになる。丁至柔《ディンジーロウ》は彼女が偉くなりすぎて、誰の言うことも聞かなくなったと洩らすようになった。

巡演の途中、人事課から丁《ディン》団長に電話が入った。中国人民政治協商会議（中国共産党・各民主党派・各団体・各界の代表で構成される全国統一戦線組織）委員に劇団員を推挙する件で、憶秦娥《イチンオー》が第一候補だが団長の意向はどうか、異存がなければ彼女でいくが、ほかに意中の人物があれば出してもらいたいというものだった。丁至柔《ディンジーロウ》はちょっと考えてから答えた。

「ここはやはり楚嘉禾《チュチアホー》にしよう。黙々と人知れず努力して三本の大作を着実にこなし、劇団のレパートリーの基礎固めに貢献した。出演作に恵まれなかったが、倦《う》まず弛《たゆ》まず、個人的な名利《みょうり》を求めず、脇を固めて主役を引き立て、人のために身を挺してその階《きざはし》となり、また炎天に緑陰を供して仲間を支え、激励する得難い同志だ。憶秦娥《イチンオー》についてはもとよりその実力、人気、劇団に対する貢献度は計り知れないものがある。ただ、遺憾ながら周りから囃《はや》され、持ち上げられて自分を見失い、ともすると周囲に対する配慮を欠き、独断に走る懸念なしとしない。今回の公演実施に際しては劇団に対して有利な立場を意識して過大な要求を繰り返した。数人の家族を公演団に同行させるというかつてない特例を押し通すなど、今後に憂いを残したと言わざるを得ない。彼女を政治協商会議委員に推挙することについては急ぐことなく、将来への期待をこめて見送ることにしたい。ここで一言付け加えるなら、栄誉ある職責は一人の人物のためにあるものではなく、有為な人材成長のために大所高所《たいしょこうしょ》に立って考えなければならないということだ」

丁至柔《ディンジーロウ》は楚嘉禾《チュチアホー》を呼んで内々にこの情報を伝え、彼女は巡演半ばで休暇を取って西安に戻り、政協委員に就任した。だが、この手の情報はすぐ漏れる。ある団員は憶秦娥《イチンオー》の肩を持ち、〝天地の大義〟に照らして政協委員は憶秦娥《イチンオー》がふさわしいと主張した。だが、彼女の反応はいつもの通り手の甲で口もとを隠し、照れ笑いしながら言った。

「よかったわ。私は会議が大嫌いで、すぐ眠っちゃうんだから。寧州県の政協会議に出たときは主席の席で居眠りして、〝眠り虫〟と笑われたことがあったのよ」

丁至柔《ディンジーロウ》団長の話の真偽は別にして、もし憶秦娥《イチンオー》がその場にいたら、「ってやんだい」と〝尻《けつ》をまくり〟、団長の机をひっくり返していただろう。

『同心結び』の全国公演は三回に分けて一年以上続いた。省立秦劇院の最も華やかな一時期だったが、劇団員の気勢は上がらず、一種消極的な気分が澱《おり》のように沈殿し、静かに蔓延していった。死にもの狂いで働いているのに疲れだけが残り、なぜか劇団員の〝実入り〟はさっぱりだ。巡業先は中国でも富裕の土地が多いのに、やればやるほど欠乏感が増え、不満が内攻していく。特に上海・江蘇(省都は南京)・浙江(省都は杭州)などの沿海地区を回ったとき、街の明るさ、人々の溌溂とした動きに、ここは別の人種の別の国で、自分たちはもしかして昔ながらの哀愁を秘めた〝乞食の一座〟ではないかと思うほどだった。

人はなまじ見聞を広めると、扱い難くなる。

丁至柔《ディンジーロウ》団長は省立秦劇院に迫る危機を感じていた。

九

長い旅公演を終えて、劇団はくたっとしおれた肉塊のようだった。勿論疲れもあるが、それよりもみんなの心がばらばらになっていた。これは規律の乱れとかいうものではなく、一人一人の心の問題で、自分たちの業界が置かれた現状に対する不信、絶望、救われない思いといってよかった。

みんなが背嚢を背負い、真っ黒に日焼けし、げっそりやつれた顔で劇団の中庭に入ったとき、まず目に止まったのが黒く、全長の長い車だった。誰もこの車種を知らない。劇団の留守組がみんなに教えた。この車はあのロールスロイスだと。

持ち主はかつて憶秦娥《イチンオー》と『遊《ゆう》西湖《せいこ》（西湖に遊ぶ）』の李慧娘《りけいじょう》でダブルキャストのＡＢを争った龔麗麗《ゴンリーリー》だった。その闘いに敗れた龔麗麗《ゴンリーリー》は夫の皮亮《ピーリアン》と一緒に照明器具、音響家電の販売店を立ち上げた。最初は「ロバ市」の露天のようなところから身を起こし、瞬く間に西安一帯を占める総代理店にまで手を広げた。今、龔麗麗《ゴンリーリー》は深圳、広州、香港を飛び回り、西安にはめったに戻らない。今年は突然ロールスロイスに大化けして劇団に姿を現した。皮《ピー》亮《リアン》もとっくに舞台美術の苦行から足を洗っていた。二人は六、七年なりをひそめていたが、人が変わったみたいに猟銃を大砲に換え、いや猟銃をミサイルに換えて劇団に乗りこみ、意気の上がらない団員たちを徹底的に打ちのめしたのだ。その日、憶秦娥《イチンオー》は息子を抱いていた。しかも彼女の母親は娘の稽古着の灯籠パンツ（ブルマー）をはき、その中には劇団員が汽車の中で食べ残した瓜や果物、鴨の首ヤーボーズなどをぎっしり詰めこんでいた。

部屋に帰って母親が尋ねた。

「あんたの劇団が買った車かい？」

「劇団は売りこそすれ、買ったりしない。何百万元もするんだから」

「すごい人がいるもんだ」

「ここの女優だったのよ。私が来たとき、李慧娘《りけいじょう》の役を取りっこしてた」

「それが分かってりゃ、あんな役、あの子にくれてやって、あんたは金儲けすればよかったんだ」

「それが運命なのよ。私が芝居をやめても、あんな金儲けはできっこない。あんたの娘は飯炊き上がりの幸せ薄い女なんだから、見捨てないでね」

「冗談だよ。お前を見捨てるものかね。この一年全国回って、わが娘がこれほど引っ張りだこの人気者とは思わなかった。私も孫もおかげを蒙っていい思いをさせてもらったよ」

母親は言いながらブルマーを脱ぎ、劇団員たちからせしめた菓子や果物類をばらばらと床にこぼした。憶秦娥《イチンオー》は少し不機嫌になっていった。

「母ちゃん、何度も言ったでしょ。みんなの要らなくなったもの、せっせと拾い集めて、みっともないったらありゃしない。娘の身にもなってよ」

「みっともないものかね。ものを無駄にしちゃいけないよ。九岩溝《ジョウイエンゴウ》じゃ、ものを粗末にすると雷に打たれるというからね。あんたの母ちゃんも随分長いこと旅をして、そろそろ九岩溝《ジョウイエンゴウ》が恋しくなった。今度帰るとき、お前が孫の看病にお金を使って、すっからかんなのを知っているから、お金は一銭ももらわないよ。ほら、その代わり、隣近所や親戚に配るものはもう十分集めたからね」

憶秦娥《イチンオー》は黙ってしまった。自分の母親が老貔貅《ラオピーシュー》と笑いものになっている。何でも呑みこんで、呑みこんだものを出す肛門がない。彼女は聞いて切なくなったが、それが自分の母親なのだ。貧しく苦しい暮らしに慣らされてしまった。たとえ地面に一粒の米が落ちていても、やはり拾うだろう。拾わなければ、居ても立ってもいられない、それでいいではないか。

彼女の母親はせっせと集めた品物を大きな包みからちまちました小物に至るまで九岩溝《ジョウイエンゴウ》に持ち帰った。

母親がいなくなった後、劇団の話題は芝居のことを忘れ、もっぱら金儲けのことばかりだった。レストランを始めようとか、屋台村を作ろうとか、「芸は身を助けず」とか「起《た》て、飢えたる者よ（革命歌『インターナショナル』の歌い出し）」とか、そんな話で盛り上がっていた。

こんな話をさんざん聞かされて、憶秦娥《イチンオー》はこの世に神も仏もいないと思うが、さりとてどんな思案も浮かばなかった。当面の仕事は家を守ることだ。もっぱら劉憶《リュウイ》の世話にかまけてどこにも行かず、また、どこにも行きたくない。体が鈍《なま》らないよう鍛錬に励み、秦八娃《チンバーワー》からもらった詩集や元曲（一二七一～一三六八、元代に盛行した劇種。元曲最大の悲劇『竇娥冤《とうがえん》』『西廂記《せいそうき》』『琵琶記』などがある）の台本の暗誦に励み、息子と遊びながらの知力の刺激に努めた。見ると、彼女が暗誦を始めると、彼は頭を持ち上げて聞き入る素振りをする。台詞に感情表現の所作を入れると、彼は薄ぼんやりとした笑みを向けてくれる。それがいとおしく、切なく、またうれしくて一層の励みになった。日々の修練は息子に見せるためのもの、息子に真似をさせるためのものだった。台詞を聞かせるのが息子の知能の刺激に役立てばどんなにありがたいことだろう。さらに洗濯をし、食事を作る。毎日毎日がこの日課で埋まり、過ぎていく。窓の外で起きていることにはまったく関心が向かなかった。

劇団単独の公演はまるで少なくなった。顔見知りのプロデューサーから「清唱《チンチャン》（素謡《すうたい》）の夕べ」など小さな催しに出演の誘いがしょっちゅうかかる。しかし、子どもを連れていけない。そこで考えた。乳母を雇ってたまには自分を解放し、清唱《チンチャン》などで小銭を稼ぐのも悪くないと。すると、また母親が九岩溝《ジョウイエンゴウ》から喜び勇んでいそいそと駆けつけてきた。

しかし、今度は一人ではなかった。易《イ》家の父親易茂財《イマオツァイ》が留守宅を守るほか、一族総出のお出ましとなった。姉の易来弟《イライディ》（弟を呼び寄せる意）、その夫高五福《ガオウーフー》、弟の易存根《イツンゲン》ら全員が長期戦覚悟の生活用品を担いで西安目指し、まっしぐらにやってきた。

母親は言った。九岩溝《ジョウイエンゴウ》の人間はみな出稼ぎに出た。家に残っているのは老人と子ども、それ以外で家に残り、谷間でくすぶっていると、みんなの笑いものにされる。西安で暮らしている人間は、コネや手づるにと鵜の目鷹の目で狙われ、みんな藁をもつかむ思いで寄ってくる。もし、劇団の人間を紹介したら、それだけで口利き料が転がりこみ、ロールスロイスだって買えないこともないだろうと。

憶秦娥《イチンオー》の母親は九岩溝《ジョウイエンゴウ》へ帰ると、谷間の村はその自慢話で持ちきりになった。娘と一緒に中国のほとんどの有名都市を漫遊したと、まるで政府高官か大財閥のような話に、村人はただ驚き、呆れるばかりだった。西安に伝手《つて》のない者は、せめて話に聞く西安を一目見て、憶秦娥《イチンオー》から一宿一飯、いや一食だけでもいいから恵んでもらいたい、聞かされた者はみなそう願わずにいられなかった。だが、憶秦娥《イチンオー》の父易茂財《イマオツァイ》は怒り、妻を叱った。

「馬鹿も休み休み言え。人の目はごまかせても、お前がしてきたのは早い話、娘の肉を食らい、娘の生き血をすすることだ。昔から〝芸は身を助けず〟と言うだろう。秦娥《チンオー》の芸で一村全部の人間を養えるか？　ほいほいいい顔して、安請け合いは後悔の元だな。いいか。金を稼ぐのは糞を食らうより辛いことだ。できもしないことで人を煽り、その気にさせるのは、お前の骨を囓らせ、お前の肉を煮て食わせることだと思え。憶秦娥《イチンオー》は自分の息子を養うのでさえ容易でない。そこへお前がちょっかい出してどうする？　そのろくでもない口をさっさと閉じるんだ」

母親は憶秦娥《イチンオー》の出世話をぴたりとやめた。

しかし、他人や親戚とは別に家族の者たちは必死で九岩溝《ジョウイエンゴウ》に駆けつけてきた。憶秦娥《イチンオー》を頼りに何とか西安に打って出られないか。特に娘婿の高五福《ガオウーフー》はかねてから野心を抱いていた。以前は憶秦娥《イチンオー》の前夫劉紅兵《リュウホンビン》を当てにしていたが、期待はずれに終わった。彼はただの遊び人で、何でも気前よく請け合ったが、いざというとき、ひらりと身をかわす。田舎の人間には得体の知れない人種だった。彼はずっと薬材、薬品の卸しと販売を手がけてきたが、当たり外れが多く、ほかの仲買人の口車に乗って元手をすることもしばしばだった。ほとほと疲れ果て、ここで心機一転、そこそこの蓄えを元手に西安で一旗揚げようと企んだ。以前は妻の来弟《ライディ》の反対もあって出そびれたが、今はどこもかしこも「それ行け」の出稼ぎブームだ。来弟《ライディ》は九岩溝《ジョウイエンゴウ》で代用教員（農村の民営小学校の臨時雇い）をしている。七、八人のできの悪い生徒相手にして嫌気がさしており、今度は夫の誘いに乗ることにした。

憶秦娥《イチンオー》の弟の易存根《イツンゲン》は今年二十歳になろうとしていた。中学校もろくすっぽ終えずに九岩溝《ジョウイエンゴウ》に舞い戻り、いっぱしの不良風を吹かしていた。中古のおんぼろ木蘭《ムーラン》スクーター（軽騎《チンチー》・鈴木《すずき》ブランド）を乗り回し、半端仕事で小金を稼いでいると言うが、稼ぐどころか、実家に二、三千元の弁償金を払わせている。ちょっと前、木蘭《ムーラン》スクーターもろとも九岩溝《ジョウイエンゴウ》の谷底に転落し、命に別状はなかったが、切断した片腕をつないで数日も経たないうち、母親は彼を連れて西安に現れ、彼の生計を図ろうとした。

母親は憶秦娥《イチンオー》に会うなり、易存根《イツンゲン》の鼻先で彼への不満をまくし立てた。

「この子を連れて来ないと、九岩溝《ジョウイエンゴウ》の谷底で野垂れ死にするのが関の山さ。父親もこの子を見放した。父子《おやこ》がそっぽを向き合って、私がいないと取っ組み合いの喧嘩だよ。この恩知らずめが。お前の父ちゃんは今ごろ泣いているだろう」

九岩溝《ジョウイエンゴウ》の嵐が西安に押し寄せてきた。憶秦娥《イチンオー》となす術《すべ》がない。まずは彼らを住まわせてから考えることにした。

この日の夜、母と娘は遅くまで話しこんだ。母親は言った。

「九岩溝《ジョウイエンゴウ》のどでかい山は宝の山だったよ。ちょっと掘れば、お宝がざっくざくさ。ヤマイモや火藤根《かとうこん》（漢方の薬材）、何代にもわたって大事に守り育ててきたが、今は根こそぎ掘り尽くされた。タケノコもササタケも死んだ。木の皮もみんな剥がれて薬の材料になっちまった。可愛らしかった山鳩や地火鳥《ディフオニャオ》（キジの一種）も一網打尽、姿を消した。ただ一つ残っているのは麻雀の〝スズメ〟だが、チイチイいってやかましいだけだ。もうお山に頼って生きていけなくなっちまった。お前の父ちゃんが守り抜いたのはあのぼろ屋だけさ。お前に残せるものは墓場と見慣れた山の景色しかない。こんなもの、もらってもしょうがないだろうがね」

母親が言いたいことは何が何でも彼女の姉とその夫、そしてろくでなしの弟の易存根《イツンゲン》を助けたいということだった。弟の話になると、母親はまた収まらない怒りを露わにした。

「学校に通わせるため、縄で縛って連れて行ったよ。縛っても無駄さ。自分で縄を切って教室の窓から飛び出して逃げていくんだから。こんな子に学問させても無駄だろう？　家に帰ると、でっかいことを言う。全国をまたにかけて商売するとさ。金を儲けて〝万元戸《まんげんこ》（百万長者）〟になり、夢はふるさとに家を建て、トラクターを買うことだと。あの役立たずが木蘭《ムーラン》のぼろスクーターに乗って人の家の鶏や犬を盗み、挙げ句の果ては金持ちの爺さんにスクーターをぶつけて足と手に大けがをさせた。治療代だけでも一千元払わされ、あの爺さんは今でも家に飯を食いに来る。傷の養生だとさ。このまま九岩溝《ジョウイエンゴウ》に置いたら、お前の父ちゃんの命だって危ない。秦娥《チンオー》、お前が大変なのはよく分かる。でも、もっと大変なのは、あの子をほったらかして、心配させられることだよ。何とかして独り立ちできるまで面倒を見てはもらえないだろうか。何もあの子が金儲けするのを待つんじゃない。せめて自分でそここ食べていければ、それでいい。野良犬がここに迷いこんでくるようなものだから、甘い顔を見せちゃ駄目だ。とにかく、あのろくでなしの恩知らずを篭の中に閉じこめる方法を考えておくれよ」

一夜にして憶秦娥《イチンオー》の肩に重責がのしかかった。母親を責めるのは簡単だが、その心中はよく分かる。かと言って、憶秦娥《イチンオー》とて〝山を動かす〟万馬力の力を持っているわけではない。それでもここでひと頑張りするしかない。これが彼女の立場だ。幸い、姉と姉の夫はすぐにも外で部屋を借りるという。彼女も劇団や芝居仲間、ファンや後援者の伝手《つて》をたどって薬の商売の糸口を探ってみることにした。義兄《あに》もすでに自分から行動を起こしている。弟のことはすぐには名案が浮かばないが、まずはここに住まわせてみよう。母親が劉憶《リュウイ》の世話をしてくれるし、自分はできるだけ自分の時間を作り出し、「清唱《チンチャン》（素謡《すうたい》）の夕べ」の出稼ぎ仕事で臨時の収入を心がけよう。

秦腔《チンチアン》をはじめ伝統劇、地方劇の世界は新しい〝エンタメ〟の攻勢で日増しに凋落《ちょうらく》の色が濃い。特に大都市では秦腔《チンチアン》の声を聞くことが少なくなった。憶秦娥《イチンオー》は都市の「清唱《チンチャン》の夕べ」でも農村の縁日の蓆《むしろ》がけ舞台でも労を厭わずせっせと駆け回った。時には深夜に及ぶこともある。一回で数曲を歌うと三百元の稼ぎになった。やはり憶秦娥《イチンオー》のネームバリューがものを言って高いギャラで優遇された。十分家計を補い、やりくりに苦労することはなかった。

このとき、省立秦劇院はその活動を支えきれなくなっていた。丁至柔《ディンジーロウ》団長は多くの伝統劇（地方劇）劇団が歌舞団やミュージカルの劇団に衣替えしているのを見習って「西北風」軽音楽団の看板を掲げた。モデルを養成し、ファッションショーを主催し、服飾誌の取材にも応じた。

（注）西北風　西北は中国の西北地区、陝西・甘粛・青海・寧夏・新疆などの省・自治区を含む。西北風はその地区の民謡など独自の味わいを強調したもの。「西北風」に吹かれるというと、冬に吹く冷たい風で、「ろくな目にあわない」というニュ

アンスも含まれる。

ある人は憶秦娥《イチンオー》に忠告し、大衆的な民謡歌手に転向してはどうかと勧めた。「西北風」の路線だ。モデルになっても彼女の体形なら十分やっていけるとも言ってくれた。憶秦娥《イチンオー》は家で数日間〝大衆的民謡〟のレッスンを受け、また鏡を見ながらモデルの腰をひねる歩き方の練習もした。だが、ある日、訪ねてきたきた叔父の胡三元《ホーサンユアン》に見られてしまった。叔父は火がついたように怒り出した。

「このろくでなし、恥知らずの恩知らず！　秦腔《チンチアン》の先祖の名を辱めるつもりか！　全国に名を馳せた秦腔《チンチアン》の名優が尻を振り振りモデル稼業に身を落とすのか！　いっそのこと死んじまえ！」

憶秦娥《イチンオー》の母親もこの剣幕に恐れをなし、ほぼ半日、落ちこんでいたが、なぜこの弟がこんなに血相変えて怒るのか腑に落ちないでいる。憶秦娥《イチンオー》はさすがにこれ以上モデルのレッスンを続ける気がなくなった。軽音楽団は楚嘉禾《チュチアホー》を重宝した。彼女は開放的で明朗、肌の露出も平気だし、歌やバレエ、モダンダンスも器用にこなす。

憶秦娥《イチンオー》は一人、武旦《ウーダン》（武技）の〝旧風〟を守り、その歌唱と立ち回り芸の鍛錬に専念した。その身ごなしは、歩き方や身のひねり方一つとって見ても、もはや時代遅れの場違い感を否めないものだった。

彼女は「伝統劇班」に残留し、〝旧弊〟の秦腔《チンチアン》を歌い続けた。

十

胡三元《ホーサンユアン》は救いのない毎日を送っていた。寧州県劇団でぐずぐず、うかうかと数十年、最後は正式な身分さえ失った。身分が欲しいわけではなく、ただ太鼓を叩いていればそれで満足だった。しかし、その太鼓を叩く劇団が落ち目になり、次々と歌舞団などに看板替えしていった。今、寧州県劇団の打ち手は少女役を専門に演じていた恵芳齢《ホイファンリン》だ。座って叩くのではなく、歩きながら叩く、飛び跳ねながら叩く、宙返りをしながら叩く。胡三元《ホーサンユアン》には及びもつかぬ芸当だ。幸いなことに、姪の憶秦娥《イチンオー》の座長公演で思わぬ出番が転がりこみ、〝一飯の恩〟にあずかった。ところが、その陝西省秦劇院が今や音楽バラエティーや歌謡ショー、ファッションショーにまで手を出している。女優たちは太腿も露わに舞台を闊歩し、胡三元《ホーサンユアン》ら老人組は余剰人員になり下がった。

憶秦娥《イチンオー》まで出番を失い、彼女をこの業界に誘いこんだ自分を責めたくなる。かつて中国の大半をまたにかけ、二百人からの人間を養って〝飛ぶ鳥落とす〟とまでいわれた彼女が尾羽うち枯らし、待機人員に挙げられている。みな偉そうに彼女を見下し、まるでお情けで生かされているかのようだ。これまでものの数に入らなかったような人間が何と彼女に歌を教え、歩き方まで指図している。

胡三元《ホーサンユアン》はこれまで世の中に望みをなくすようなことはなかった。牢に入ったときも、けろっとして出てきた。銃殺にでもされない限り、しぶとく自分の欲望に忠実に生き抜こうとしただろう。彼は四六時中、太鼓の猛訓練で自分に苦行を課すことが喜びだった。それは偏愛といわれようと抜き難い習慣であり、天性としか言いようがなかった。それはまた、自分の魂の渇望であり、信念でもある。太鼓を離れて自分の生きる意味はない。

姉の胡秀英《ホーシュウイン》は口癖のように、彼を「なり損ないの不出来《ふでき》者」と責めた。その通りだ。何かになろうとしてなり損ない、どうにかできると思ってでき損なった。姉のいう通りふがいない男だ。人生の半ばに達してまだ自分の家を持てず、まともな働き口も、ちゃんとした女房も、だから子もいない。あるのはたった二本の剥げちょろけた太鼓の撥《ばち》だけだというが、彼は腹の中でつぶやく。たった二本ではないし、丹精こめて作りあげた自慢の名品が数十対ありますよと。

女性のことを突かれると弱い。えらい女に入れ揚げてしまったと自分でも思う。その女が胡彩香《ホーツァイシアン》でなければ、とっくに結婚していただろう。この女が彼の調子を狂わせ、手を焼かせ、手間取らせ、一生、ほかの女には目を向けさせなくしてしまった。彼女の夫で配管工の張光栄《チャンゴアンロン》は年に一回、里帰りと称して帰ってくる。その間も胡三《ホーサン》元《ユアン》は胡彩香《ホーツァイシアン》と一緒に芝居の稽古をし、舞台に立ち、地方公演に出かけ、会議にも出る。彼女は太鼓師としての彼の絶対的信奉者であり、一番よき理解者であり、また、彼を恋の相手として、くじ運よく引き当てた〝とびきり〟の景品だと思っている。だから彼を手放せないわけだ。おまけに住み家も目と鼻の先ときている。行ったり来たり、ちょっと目配せするだけですぐに電流が通じる。

彼は胡彩香《ホーツァイシアン》の大きな目が大好きだった。人がいないとき、彼女はその長い睫毛《まつげ》をぱちくりさせる。まるで彼を挟みこみ、きゅっと締めつけるようななまめかしさで、挑戦的ですらある。公演時は舞台でも舞台裏ですれ違うときも機会を用いてこの通信方法を用いた。『鋳掛け屋の彼氏』を上演したときだ。

（注）『鋳掛け屋の彼氏』　湖南花鼓戯の演目『補鍋』。生産隊きっての働き者劉おばさんは娘の蘭英のよき結婚相手を探している。蘭英にはすでに鍋釜を修理する鋳掛け屋の恋人がいたが、母親は、顔を真っ黒にして働くこの仕事を嫌い、低く見ている。ある日、豚の餌を煮る大鍋が壊れてしまう。劉おばさんは大慌てで鋳掛け屋を呼び、修理を依頼する。蘭英は恋人と一緒に知恵を働かせ、母親の〝思想教育〟を始める……。

劉おばさんの娘蘭英は恋人のためにせっせとふいごの風を送っている。ところが、蘭英に扮した胡彩香《ホーツァイシアン》は空気ポンプの風を起こしながら相手役を忘れて胡三元《ホーサンユアン》に目配せを送り、胡三元《ホーサンユアン》の太鼓はこれに応えて一層の情をこめ電流を送り返す。胡彩香《ホーツァイシアン》は劇団員からどんな陰口をきかれようがたじろがず、悪びれない。これが彼女なりの情義の尽くし方なのだと思うと、胡三元《ホーサンユアン》はほかの女にはますます目が行かなくなる。彼が事件を起こして服役したときもそうだった。たとえ彼が犯罪者の烙印を押されてもけろっとして北山《ベイシャン》の刑務所へやってきて、飲み物や食べ物を差し入れ、小遣い銭まで送ってきた。出所して一文なし、体中ノミやシラミをわかし、異臭を発していても彼を見捨てることなく〝女の一分《いちぶん》〟を通した。彼女は黒く火薬焼けした彼の顔半分に何度も接吻しながら言った。

「あなたが全身黒焦げの熊さんになっても可愛がってあげる！」

胡三元《ホーサンユアン》は、胡彩香《ホーツァイシアン》が生んだ子の父親は自分だと確信している。しかし、彼女は張光栄《チャンゴアンロン》の子だと言い張る。血液検査をするよう彼女に迫る胡三元《ホーサンユアン》に、彼女はぴしゃりと言い返した。

「がたがた騒がないの！　私たちはこのままでいい。子どもには子どもの面子《メンツ》があるんだから」

胡三元《ホーサンユアン》はそれでも、この子にひそかな関心を寄せている。

彼がもう一つ彼女に恩義を感じているのは、姪の憶秦娥《イチンオー》のことだ。彼が刑務所入りしている間、胡彩香《ホーツァイシアン》が面倒を見てくれた。飲み食いの世話だけでなく、憶秦娥《イチンオー》が主役の座に一歩一歩上り詰める後ろ盾になってくれた。これだけでも易《イ》家の人間は一生、彼女に足を向けて寝られない。その上、この女は自分によくしてくれるというか、惚れているというか、変則的な関係を続けている。それでいて、張光栄《チャンゴアンロン》とは決して離婚しようとはせず、彼には分かり難い女の意地を張り通そうとする。張光栄《チャンゴアンロン》が鼻にかけていた国営工場を失職し、水道会社の配管工に転職してから、胡彩香《ホーツァイシアン》は二度と離婚のことを口にしなくなった。こうして数十年にわたって翻弄され続けた胡三元《ホーサンユアン》は正直疲れ果て、心に深傷《ふかで》を負っている。傷を見せろと言われれば開いて見せたいぐらいだ。彼が寧州を離れたのは、二人の人間の視線から逃れたいためだった。一人は胡彩香《ホーツァイシアン》、もう一人はその夫の張光栄《チャンゴアンロン》だった。彼の目は怪しげな光を発し、火を吹けば、胡三元《ホーサンユアン》の顔の残り半分を黒焦げにしかねなかった。

胡三元《ホーサンユアン》は省立秦劇院の廃屋のような小屋を住居として与えられていた。憶秦娥《イチンオー》が西安に出てきたときに住んだ小屋だ。一度失火を出し、牛毛フェルトの覆いが石綿スレートに変わった。外で部屋を借りるよう憶秦娥《イチンオー》から勧められたが、それも億劫だった。ベッドがあり、太鼓をおけるスペースがありさえすればそれでよかったのだ。そこは劇団の中庭続きだし、それなりに雰囲気はよく、何かと便利だった。何よりも水道代や電気代も払わなくて済む。憶《イ》秦娥《チンオー》がしょっちゅう顔を出して衣類や食事を届け、細々《こまごま》とうるさいぐらいに世話を焼いてくれる。一生ここに住むのも悪くないと彼は考え始めていた。そのうち出番も増えるだろうと思っていたら、あてが外れた。こんなに早く秦腔《チンチアン》に落日が訪れようとは思いもしなかった。暗く長い夜が始まりそうだった。

彼には変えられない習慣があった。朝から夜遅くまで、のべつ幕なしに撥を振り回し、空爆のような大音響をたてる。人の迷惑を恐れて本や座布団を叩くのでは、やらない方がましというものだが、それでは彼は生きていけない。このところ彼は生きた心地がしない。陝西省秦劇院の中庭は〝西北〟の寒風が吹き荒れ、ムーンウォークとかモデルウォークとかが我がもの顔で幅をきかし、正統派はもはや見る影なく亀の子のように首をすくめている。秦腔《チンチアン》は大時代《おおじだい》、陳腐、荒唐無稽、前世紀の遺物、消えゆく運命と見なされている。幸い農村部では節句の行事や結婚式、長寿祝いなどに秦腔《チンチアン》の出番が残されており、お呼びがかかる。灯点《ひと》しごろ幽霊のようにさまよい出た胡三元《ホーサンユアン》と彼の姪は迎えの車にこっそりと乗りこんで西安を出る。旅芸人のように秦腔《チンチアン》を歌い、暮らしを立てるのだ。

胡三元《ホーサンユアン》は姉の胡秀英《ホーシュウイン》には困ったものだと思う。一家全員を西安に呼び寄せ、憶秦娥《イチンオー》に難儀をかけようとしている。離婚、子どもの世話に加えて劇団は〝火の車〟となって迷走中。その上、親兄弟がみな彼女の腕にぶら下がろうというのだ。彼は何度も憶秦娥《イチンオー》に言い聞かせている。子どもばかりにかまけていては親子共倒れになる。西京には障害児の収容施設がいくつもあるから、そこに預けて自分は定期的に見舞いに行けばよいではないか。自分の生活と生き方をもっと考えろと。しかし、憶秦娥《イチンオー》はすぐかっとなり、目を吊り上げて聞く耳を持たない。医者や薬の評判を聞き伝えると、すぐに子どもを連れて駆けつけ、散財を惜しまない。彼としてもお手上げだ。

劉紅兵《リュウホンピン》と離婚のごたごた後も、少なからぬ男が彼女に言い寄っていることを胡三元《ホーサンユアン》は知っているが、彼女は相手にしないようだ。胡三元《ホーサンユアン》は離婚のいきさつや彼女の本音を何度も聞き出そうとしたが、彼女の答えはいっこうに要を得ず、何を言っているのか分からなかった。彼の見るところ、離婚の一件はもうどこか遠くに置き忘れたかのようだ。彼としては姪を泣かせ、簡単に別れるような男はただではすまさない。必ず〝落とし前〟をつけさせるつもりだ。そもそも親の威を借る馬鹿息子は最初から気に入らなかったが、憶秦娥《イチンオー》は情にもろく、押しに弱い。つきまとわれたら、ヒルに足をからまれた白鷺のように身を竦《すく》ませるだけだ。大体しつこくつきまと男は軽薄で性根が入っておらず、逃げ足も速い。どうせろくなものではなかったのだ。

事態は切迫している。胡三元《ホーサンユアン》に言わせれば、憶秦娥《イチンオー》は根がぼんやりだから、放っておいたら飯の食い上げ、首をくくるしかない。彼女には家族を養うために仕事を増やし、伝手《つて》を当たろうという才覚がそもそも働かない。ここ一番、胡三元《ホーサンユアン》が腹をくくり、出張《でば》って仕事を取ってくるしかなかった。冠婚葬祭に秦腔《チンチアン》の出番を探すには、やはり口利き役、仲立ち人が必要だ。探してみると、これが意外に手応えがあり、自称プロモーターが次々と名乗りを上げてきた。早速、携帯電話を買って、あちこちに連絡をつけた。何と言っても、ものを言ったのは「憶秦娥《イチンオー》」の金看板だ。たちまち少なからぬ〝興業先〟が見つかった。特に慶事の引き合いが多かった。老人の誕生祝い、息子の結婚式、みんなから喜ばれ、感謝され、盛り上がる。請負人たちは競って仕事を取ってきた。しかし、〝不祝儀〟となると、みな途端には尻込みする。

葬儀の場合は霊廟に柩を安置し、霊廟の外に仮舞台を設営するところから始まる。『祭霊《さいれい》』『吊孝《ちょうこう》（喪服を着る）』『上墳《じょうふん》（埋葬）』といった演目中の定番を楽人たちと一緒に演じればよい。請負人がやりたがらないのは、何も金儲けが嫌いなわけではなく、誰よりも役者、楽隊が来たがらないからだった。喪家《そうけ》の孝子賢孫になり代わって演じ、芝居の筋書き通り、時には「泣き女」のように跪いたり、腹ばったりしなければならず、これが辛気くさく、うんざりだというのだ。

憶秦娥《イチンオー》も最初嫌がった。特に祖父母、両親、夫を送る葬儀、また、子が親に先立つ逆縁のときはいたたまれずに歌えなくなり、一周忌、三周忌は死体が側にないだけまだましだと言った。だが、こういった不祝儀はやり手が数ない分、実入りが多い。胡三元《ホーサンユアン》のような社交術、交友関係ゼロの人間でも多くの請負人を獲得できた。仕事が入る度、胡三元《ホーサンユアン》は憶秦娥《イチンオー》にやらせた。彼は言う。芝居は生きた人間に見せるものだが、人間は死ねば誰でも大芝居《おおしばい》の鳴り物入りで送ってくれる。これも故郷の父祖に対する感謝、報恩だと思え。老人の葬儀に集まる弔問客はやはり七、八十歳以上の老人が多いから、たとえ土下座しようが腹ばおうが、陰徳を積む（人知れずよいことをする）と思え。きっと孫子の代によい報いがあるだろうと。憶秦娥《イチンオー》は素直に言うことを聞いた。

胡三元《ホーサンユアン》は知っている。こういった〝裏営業〟はいつか憶秦娥《イチンオー》の名声に傷をつけることになるだろうと。現に西安の秦腔《チンチアン》界ではささやかれている。憶秦娥《イチンオー》は金のため墓に跪いている、秦腔《チンチアン》界の面汚しだと。しかし、憶秦娥《イチンオー》はこの手の雑音は意に介さない。別に墓に膝まずいているわけではない、舞台でひざまずいて『祭霊《さいれい》』の曲を歌っているだけだ。彼女が本当にひざまずいたのは、一人の九十七歳になる老婆の前だった。彼女は一生の間で数人の子どもを育てた。そのすべては障害児で、その一人一人をみな看取ってからこの人の世を離れたのだった。これを聞いた憶秦娥《イチンオー》は一銭の礼金を受け取ることなく、その霊前に彼女の〝心の誠〟を捧げた。数曲の『祭霊歌』を歌いながら涙のために立てなくなり、とうとう村の婦人連中が数人掛かりでやっと立ち上げたのだった。たとえどんな辛い葬儀でも憶秦娥《イチンオー》は歌わないわけにはいかない。彼女の一家数人が口を開けて彼女の稼ぎを待っているのだから。だが、彼女の水揚げの中の七割を家に入れても一家の生計をまかなうのは容易なことではなかった。

仕事のないとき、胡三元《ホーサンユアン》は太鼓の練習に復した。彼の考えは秦腔《チンチアン》がこれで終わるはずがないという思いだった。秦腔《チンチアン》はすでに千年以上の命脈を永らえている。それが簡単にぽしゃってたまるか。しかし、一日また一日と敗色が濃い。これが時の流れというものか。猛獣みたいな口を開けて劇団を呑みこもうとしている。いや、すでに呑みこまれており、断末魔の叫びをあげているのかもしれない。劇団では捨て鉢な議論が横行している。「戯曲《シーチュイ》（伝統演劇）消滅論」とか「戯曲《シーチュイ》斜陽論」だ。彼は腹立ちまぎれに罵る。

「手前《てめえ》らこそさっさとくたばりやがれ！」

しかし、大方の議論は悲観的で、この手の芸能は博物館行きを免れないだろうと、したり顔の解説がついてくる。彼は想像する。俺と姪っ子の憶秦娥《イチンオー》がガラスのウインドーの中に入って見物人のご来館を待つ。俺が太鼓を叩き、姪っ子が歌う。太鼓の伴奏があれば、歌はどこでだって歌える。博物館のショーウインドーであろうとどこであろうと、声がかかれば出かけていく。俺たちの稼業は所詮、こうやって糊口《ここう》を凌《しの》ぐしかないのだと。

こんな気分にのめりこんで数年、ある日突然、西安市内に「秦腔《チンチアン》茶屋」が出現した。「茶屋」は「ティーサロン」的な命名だ。一軒だけではなく、秦腔《チンチアン》の故地をもって任ずる中国西北地区の蘭州、寧夏、青海、新疆各地に数十軒が一度に旗揚げした。百人ほどを収容する大ホールの中央に小さな舞台が二つ並ぶ。秦腔《チンチアン》芸術家とヘビーな愛好家たちが濃密に接する一大巣窟になろうとしていた。果たして秦腔《チンチアン》茶屋がポップス・ロックの向こうを張って起死回生の救世主になるか？

胡三元《ホーサンユアン》の周辺は一夜にして活況を帯びた。彼に多くの茶屋から出演依頼が相次いだ。彼の盛名はなぜかつとに知れ渡っていた。彼の太鼓はそれ自体が見もので、たっぷり楽しませてくれる。真っ黒に火薬焼けした顔半分と八重歯がにょっきり現れるのはご愛敬だが、演奏が始まると「繻子《しゅす》と緞子《どんす》がきらめく」ような派手な撥さばきは文句なし、聞く者を唸らせる。固定ファンがつき、口コミで評判が広がると、彼の技はますます冴え渡った。彼は我ながらうっとりし、自分を誉めてやりたい気分だった。

胡三元《ホーサンユアン》が撥を一振りすると小金の雨が降る——さながら箕《み》で金を掬《すく》うような鼻息の荒さだ。茶屋の数はさらに増え、俳優と楽隊は引く手数多《あまた》となった。ここ数年、秦腔《チンチアン》界の荒廃、人材の流失は目を覆うばかりだったが、一人が先頭切って華麗なカムバックぶりを見せると、後続の者に広い道が開けていった。憶秦娥《イチンオー》も昔日の〝秦腔《チンチアン》の小皇后《プリンセス》〟ぶりを発揮し、彼女のスケジュールを押さえるためには何日も前から予約を入れなければならなくなった。

胡三元《ホーサンユアン》の思いはすぐ胡彩香《ホーツァイシアン》の上に飛んだ。彼女ほどの喉を持っていれば、どれだけ稼げるか。寧州歌舞団の炊飯係をやっているときか。彼は自分の成功をとくとくと語り、西安に出てくれば、俺みたいに歌わない者でさえ金が天から降り、地からざくざく湧いて出る。まして歌舞団が来たらどれほどの稼ぎになるかと大いに吹いた。彼は何とかして胡彩香《ホーツァイシアン》を呼び寄せたかったのだ。すると、本当に寧州県劇団が挙げて秦腔《チンチアン》茶屋の公演隊を組んで乗りこんできた。

胡彩香《ホーツァイシアン》は来た。しかし、彼女の夫の張光栄《チャンゴアンロン》までついて来た。彼の仕事を探すため、憶秦娥《イチンオー》まで動かなければならなかった。

おまけに張光栄《チャンゴアンロン》は長い一メートル以上あるあの鉄パイプも担いでいた。

胡三元《ホーサンユアン》は腹を立てたが、これは自分の軽薄な口が招いた災いだった。

十一

秦腔《チンチアン》茶屋のめざましい勃興は後々まで専門家や研究家たちの恰好な話題となり、研究テーマともなった。〝黄昏の芸術〟〝日没の芸術〟がなぜ突然不死鳥のように灰の中から復活を遂げたのか？　この新手の文化現象について、〝農村が都市を包囲〟とか〝農村のリベンジ（復讐）〟とか〝農村文明のＤＮＡ（遺伝子）〟などと論点が多岐に分かれ、整理がついていない。それもそのはず、秦腔《チンチアン》茶屋に集まってきた客種は何も農村の成り上がり者や小金持ち、農村から出稼ぎの〝新移民〟たちだけではなかった。西安城の城壁に塵溜《ごみた》めのように吹き寄せられた横丁、小路、そこに巣食い、たむろする有象無象《うぞうむぞう》、〝城壁のかけら〟とか〝マンホールのふた〟とか〝割れ茶瓶〟とか呼ばれている人々、そして、大学教授、国家機関の幹部、エリートの職員たち、文人、演劇人、映画人とピンからキリまで、ありとあらゆる人種、職種の寄せ集めだった。総じて言えば、秦腔《チンチアン》茶屋はナイトクラブやダンスホール、ディスコ、バー、キャバレー、コーヒーショップ、足裏マッサージ、爪切り、サウナバスなど夜の街でいかがわしさを競い、濃厚なスープの分け前にあずかろうとする新しい業種だったのだ。

この時期、北山《ベイシャン》などの地区や県のプロ劇団、農村の素人劇団、喉が自慢の愛好者、板胡《ばんこ》などの弦楽器奏者や太鼓叩きの腕に覚えのある者たちが次々と西安に押しかけて大通りや裏道をほっつき歩き、秦腔《チンチアン》のあの響き、甲高い節回しと急迫のリズムを聞きつけようとする。秦腔《チンチアン》茶屋を探し当てると、〝押しかけ〟の売りこみをかける。舞台に割り込み、掛け持ちの出番をこなしながら腕一本でのし上がるしかない。座主に認められたら、赤い絹布の「搭紅《ダーホン》」にありつき、出演料として賞金の分け前にあずかれるのだ。

(注) 搭紅《ダーホン》　もとは陝西省の農村に伝わる習慣。亡くなった老人の葬儀が行われる日、孝養を尽くした息子や孫に赤い絹布の襷《たすき》が授けられ、「長患いの老人に孝子なし」と言われる世の中で、よくぞ孝行に励んだと誉めたたえる報奨の儀式だった。

秦腔《チンチアン》茶屋の搭紅《ダーホン》は客の一声で決まる。赤い絹布一本の賞金は客の腹次第で、十元から百元まで差がつき、客同士が贔屓《ひいき》の役者をめぐって競り合い、値を上げたり本数が増える。一公演で百本の大盤振る舞いもあれば、一本も出ないこともある。これは座元の収入と役者への報酬に関わることだから、座元は馬の競り市さながら声を涸らしてあおり立て、競争意識をかき立てる。役者への報奨金は赤い絹布の本数を数えて按分され、これが出演料となる。一夜で百本以上を獲得する演者もいれば、一本も得られない者もいて明暗をはっきりと分ける。搭紅《ダーホン》から見放された演者は泣く泣く郷里へ帰るか、別な売りこみ先を探すしかない。

　これが搭紅《ダーホン》の残酷なところだが、一夜で数万元の報償を得る俳優は秦腔《チンチアン》茶屋にとって秦腔《チンチアン》の命を先につなぐ〝希望の星〟の存在となった。

　秦腔《チンチアン》茶屋は確かに秦腔《チンチアン》界に新しい才能を呼びこみ、雑多な中から新しい生命力を育《はぐく》んだと言えるかもしれない。憶秦娥《イチンオー》は自分の芝居をする以外、秦腔《チンチアン》の〝生命力〟の何たるかを知らない。だが、彼女もここでも突然、重宝され、引っ張りだこになった。これまでの全幕通し公演は望むべくもないが、一晩に数十曲歌い、大喝采を浴びたのは彼女にとっても喜び、満足すべきことであった。

　だが、こうした状況も長くは続かなかった。人々の好みは移ろうものだ。ただ歌や太鼓や演奏が巧みなだけではもの足りなく、飽きられていく。搭紅《ダーホン》を一身に集めた者も、これに取って代わる新しい力が求められるようになった。少々荒削りでも若い方がいい、ただ美人であれば、可愛ければと、移り気な搭紅《ダーホン》の赤い絹布が乱舞した。胡三元《ホーサンユアン》も秦腔《チンチアン》茶屋初期のころはわずか一晩で数十本の搭紅《ダーホン》を独占し、雇い主たちはこの金運の運び手に目を細めて喜んでいたが、やがて一晩に一本の搭紅《ダーホン》さえ飛ばぬようになった。搭紅《ダーホン》の数がこの世界の身の証しであってみれば、それを人に奪われる恥辱は〝一糸まとわぬ〟裸を世にさらすに等しかった。

　寧州県劇団から来た応援隊のうち、男たちは一人去りまた一人去り寧州へ帰っていった。彼らが来たとき、憶秦娥《イチンオー》は封瀟瀟《フォンシャオシャオ》が一緒だとばかり思っていた。なぜ彼に声をかけなかったのかと胡彩香《ホーツァイシアン》に尋ねると、胡彩香《ホーツァイシアン》はもう彼のことは口にするなと答えた。一日中酔ってくだ巻き、歩くのさえ覚束《おぼつか》ない。文字通り蕭条《しょうじょう》として〝しょぼくれて〟いると。もう歌えないのかしら？　憶秦娥《イチンオー》は聞きながら胸が激しく騒ぎ立ち、鬱々と数日間を過ごした。もしかして、来なくてよかったのかもしれない。来たらかえって辛い思いをして、身の置き場をなくしたかもしれない。

だが、胡彩香《ホーツァイシアン》は強い。彼女のオールドファンは去る者は去ったが、残る者は今なお健在で、彼女の〝追いかけ〟をしている。彼女はふざけて言う。ファンはみな前立腺炎のお年ごろ、彼女に捧げられる搭紅《ダーホン》はみな前立腺炎に見えてきたと。胡彩香《ホーツァイシアン》の歌も健在だった。四十歳を過ぎて容貌、声量とも衰えを知らず、かえって玄人《くろうと》好みのお色気、一種知的な洗練の美を加えていた。そうでなければ、張光栄《チャンゴアンロン》がわざわざ鉄パイプを担いでついてくるまでもなかっただろう。憶秦娥《イチンオー》は彼のために下水道の修理など半端《はんぱ》仕事を探し出し、紹介している。彼は昼間働き、夜はどんなに疲れていても、またどんなに眠くても、胡彩香《ホーツァイシアン》の舞台を見るために秦腔《チンチアン》茶屋に足を運ぶ。会場の隅に腰を下ろし、居眠りしながら目を見開き、胡三元《ホーサンユアン》という危険な中老の男に対する監視を怠らない。

世の中には不思議なめぐり合わせがあって、ある晩、胡彩香《ホーツァイシアン》が『白蛇伝』の『断橋』の場（金山寺の法海和尚との闘いに敗れた白娘子《はくじょうし》が夫の許仙と再会する場）を歌っているところへ、一人の女性が上手《かみて》に入ってきた。誰も注意を払わなかったが、やがて、それが米蘭《ミーラン》と知れた。かつて寧州県劇団で胡彩香《ホーツァイシアン》と主役を争った仲だ。

米蘭《ミーラン》はわざわざ胡彩香《ホーツァイシアン》を見に来たのではなかった。彼女は夫と住んでいたロサンゼルスから西安に帰り、街中秦腔《チンチアン》茶屋の看板が目立ち、突然、この故郷の旋律が脳裏に高鳴るのを感じた。まして、十二歳で秦腔《チンチアン》を学び、二十歳を過ぎて間もなく結婚した。自分より二十歳も年上の男と一緒に寧州を離れ、西安に出たのだった。夫は英語が堪能だったので、アメリカに派遣され、貿易の仕事に従事した。米蘭《ミーラン》もすぐアメリカで同居し、現在は帰国して「華僑（在外同胞）」の身分を得ている。西安には彼女が懐かしがる何ものもない。彼女は芝居の道に入って寧州に根を下ろし、秦腔《チンチアン》を歌った。どれだけ寧州に帰りたかったことか。寧州県劇団はすでに昔日の面影はなく、人は四散したと聞いた。帰っても自分を見せびらかしに来たと思われかねない。寧州行きは諦めても、秦腔《チンチアン》の舞台は見ずにいられなかった。彼女は観光客のような気分で街を歩き回っているうち、至るところに秦腔《チンチアン》茶屋の看板が氾濫しているのに驚いた。中から響くあの悲壮激烈、胸をかきむしるような曲調は秦腔《チンチアン》ならではのものだ。西安旧市街のたたずまいを残す小路を歩いていると突然、渋い門構えの茶屋から『白蛇伝』の白娘子《はくじょうし》の歌声が聞こえた。その曲は忘れもしない。まるで昨日のことのように耳に蘇る。彼女は憑《つ》かれたように中に入った。
茶屋の間口は意外に狭く、入ると両側は衣類雑貨の店がぎっしりと並び、長い通路の突き当たりに階段があって二階へ導かれる。見ると、広いホールに小さな舞台があり、派手な原色に彩られている。南側を背にして、楽隊が着座して、舞台ではあの白娘子が歌っている。客席は十数卓のテーブルが並び、前列は満員だった。後列に空き席を見つけて座り、舞台を見るいとまもなくお茶くみの服務員が来て注文を聞く。何のお茶を飲み、お茶うけは何にするかと。そうだった。入ったからには頼まなければならない。紅茶とヒマワリの種を言いつけた。このとき、彼女は電流に打たれるように思い当たった。この白娘子は紛れもない胡彩香《ホーツァイシアン》だ。

西湖の山水　ありしまま
敗残の身にしむ　満目の秋
紅葉《もみじば》は霜に末枯《すが》れて　寒林《かんりん》痩せ
思うて詮なし　曽遊《そうゆう》の地

胡彩香《ホーツァイシアン》だ。目くるめく照明、ダンスホールのような色彩感を凝らした舞台の中で、くっきりと彼女の姿が浮かび上がってくる。司鼓《スーグー》の席に陣取るのは胡三元《ホーサンユアン》だ。ほの暗い灯りの下で黒く沈む火薬焼けの顔半分、米蘭《ミーラン》はこれを見ただけで胡彩香《ホーツァイシアン》の存在感と劇団内の位置の確かさを感じ取った。そしてすぐ米蘭《ミーラン》は気づいた。袖舞台に控えているのはみんな寧州県劇団の団員たちだった。彼女は席を離れようとした。しかし、胡彩香《ホーツァイシアン》の歌を聴き終えるまで身動きするなと胡彩香《ホーツァイシアン》が命じているような気がした。この声がどれほど彼女を苦しめ、悩ませ、引いては憎ませたことか。しかし、今すべてが時の流れと共に流れ去り、あのわだかまりがきれいに晴れていた。彼女は認める。胡彩香《ホーツァイシアン》の力はやはり自分より上だった。声の質は甘く潤いがあり、しかも味わいを増している。これは秦腔《チンチアン》の正統とされる李正敏が編み出した「敏腔《ミンチアン》」の方式《メソッド》とされているものだ。

（注）李正敏　秦腔《チンチアン》の女形《おんながた》。陝西省長安県の貧しい農家に生まれ、一九二六年、十一歳で西安に出て生計を立て、正俗社に入り、演劇を学ぶ。中巻六五ページ参照。

敏腔《ミンチアン》は胡彩香《ホーツァイシアン》と米蘭《ミーラン》が共に通った陝西省の芸術学校の正規科目に取り入れられており、それが今も忠実に再現されているのに米蘭《ミーラン》は驚き、亡霊を見る思いがした。寧州時代、米蘭《ミーラン》はどうしても胡彩香《ホーツァイシアン》に勝てなかった。彼女は人に隠れて寧州県の河原で練習したこともあるが、劇団員の評価は「声の質が細く、潤いに欠ける」だった。それでも彼女は負けん気を出し、主役の座をめぐってどれほど胡彩香《ホーツァイシアン》と争い、衝突したことか！　その場面場面が突然浮かび上がり、彼女の口もとにうっすらと笑みが浮かんだ。もし、彼女の喉が天性に恵まれていたなら、二十歳以上の年も開きのある男と結婚し、故郷を離れることはなかっただろう。あのとき、彼女は自分を変えたい一心であがき続け、寧州県劇団に別れを告げた。以後、彼女は自分の意のままに生き続け、思いを達した。自分の父親のような夫も彼女に優しく接し、まるで自分の子どもいたわるように十数年を共に過ごしてきた。今も彼女をいとおしむように「米《ミー》」と呼び、何につけ「米《ミー》」で、口論するときも「僕の米《ミー》ちゃん」、「可愛い米《ミー》ちゃん」だ。彼女は今にして思う。青春の彷徨《ほうこう》と転身は何と華麗なものだったろう。彼女は今も夢の中で寧州の舞台に立ち、懸命に歌い、演技している。胡三元《ホーサンユアン》が太鼓を叩き、胡彩香《ホーツァイシアン》が舞台裏で物を投げて壊し、怒鳴り散らしている。今にして現実に返ってみると、我ながらよく決然と故郷を離れたものだと改めて自分を誉め、祝福したくなる。寧州を旅立ったときは辛く、悲しく、生きていたくないとさえ思った。西安で暮らし始めても劇団で慣れ親しんだすべてのものから離れることに身を切られるような痛みを感じ続けていた。やがて彼女は英語の訓練班に入り、来る日も来る日も英語漬けになって次第に歌うことを忘れ、秦腔《チンチアン》も忘却の袋に閉じこめ、さらにその後出国し、訪米することになった。

胡彩香《ホーツァイシアン》の演技が終わったとき、スピーカーが雑音混じりに放送した。搭紅《ダーホン》、懸賞金の報告だ。

「一号テーブル劉《リュウ》社長搭紅《ダーホン》二本、三号テーブル朱《チュ》社長搭紅《ダーホン》二本、七号テーブル烏《ウー》社長搭紅《ダーホン》三本」

すぐさま盛大な拍手が沸き起こった。

米蘭《ミーラン》はこっそり近くの服務員を呼び寄せ、搭紅《ダーホン》とは何かと尋ねた。服務員も声をひそめて説明した。搭紅《ダーホン》の「紅《ホン》（赤い絹布）」は一本十元という。彼女は、胡彩香《ホーツァイシアン》の紅《ホン》は百本に値すると思い、口に出かかったが、かろうじて思いとどまった。今こんな風に搭紅《ダーホン》したら、かえって胡彩香《ホーツァイシアン》を傷つけると思ったのだ。この秦腔《チンチアン》茶屋を出るときにこっそり紅《ホン》を出し直していこう、そう思ったのだが、まだ立ち上がれないでいるとき、一人の男が彼女のところに寄ってきて、じろじろと彼女を睨《ね》め回した。それは胡彩香《ホーツァイシアン》の夫張光栄《チャンゴアンロン》だった。

「米蘭《ミーラン》、米蘭《ミーラン》じゃないか？　最初分からなかったが、俺が誰か分かるか？」

「光栄《ゴアンロン》……哥《あに》さん」

「よく俺さまを忘れないでいてくれたな！　外国へ行ったと聞いたが、外国人になったのか？」

米蘭《ミーラン》は笑いながら答えた。

「海外在留の中国人よ」

「まだ秦腔《チンチアン》を覚えているか？」

「十年以上やってきたのよ。忘れるはずがない」

米蘭《ミーラン》は立つもならず、座るもならず、まして帰ることもならなかった。この場面にどう対応したらいいのか考えあぐねていると、急に回りが騒がしくなった。どうしたのかと張光栄《チャンゴアンロン》に尋ね、彼が答えた。

「憶秦娥《イチンオー》が来た」

憶秦娥《イチンオー》と前の芸名易青娥《イチンオー》は発音が同じではないが、近い。しかし、米蘭《ミーラン》はすぐぴんときた。彼女は寧州のあの女の子、可愛くて可哀想な易青娥《イチンオー》だと。張光栄《チャンゴアンロン》は慌てて説明した。

「ほら、寧州出身の易青娥《イチンオー》だよ。今は憶秦娥《イチンオー》に改名した。すごい人気だ。何てったって秦腔《チンチアン》の皇后《エンプレス》だからね」

張光栄《チャンゴアンロン》はわざと小皇后《プリンセス》の「小」の字を省略した。

米蘭《ミーラン》はアメリカにいたとき、西安に行った人から秦腔《チンチアン》の評判を聞いていた。やはり気にかけていたからだ。憶《イ》秦娥《チンオー》の人気は何度も耳にし、その都度この憶秦娥《イチンオー》は易青娥《イチンオー》ではないかと思っていた。しかし、ほとんどの人は「さあ？」と首をかしげた。みな新聞やテレビの受け売りで、全国コンクールでグランプリを取ったとか、人気がうなぎ登りだとか、それ以上のことは何も知らなかった。今分かった。彼女の推測が当たっていたのだ。

会場に現れたのはやはり易青娥《イチンオー》、今の憶秦娥《イチンオー》だ。

十二

米蘭《ミーラン》は突然自分を襲った激情に揺さぶられていた。あんなに苦しみ、悲しんでいたいたいけな少女が今、西安で堂々と主役を張り、押しも押されもせぬ貫禄を見せている。

会場の歓声、どよめきはしばらく続き、会場のすべての視線が舞台の登り口に向かう憶秦娥《イチンオー》に注がれている。スポットライトが階段あたりで円月を描いて主人公を待ち受け、その登場を促すようにせわしなく飛び跳ねている。そこへやっと案内人が現れ、大仰な身振りで憶秦娥《イチンオー》を迎えると、腕をさっと前方に伸ばして通路を広げた。すかさずスポットライトが彼女を捕らえた。

にっこりと笑みを浮かべた憶秦娥《イチンオー》の表情をスポットライトが追う。

開演を知らせるラッパが高鳴る。

「秦腔《チンチアン》の小皇后《プリンセス》憶秦娥《イチンオー》登場！」

会場から一斉に拍手が沸き起こった。

米蘭《ミーラン》は一目でこの少女を見分けた。今はすっかり大人ぶって、いや、こんなに大きくなって、大女優の凛とした気品と押し出しで客席にほほえみかけている。

米蘭《ミーラン》の目から涙がほとばしり、スポットライトの輪郭がにじんで崩れた。

この子は当時から心の中に静まったものを持っていた。この穏やかさ、落ち着いた雰囲気、蓮の茎のようにすっと伸び、余分な物を身からそぎ落としている。秦腔茶屋《チンチアン》が売らんがために奉った〝秦腔《チンチアン》の小皇后《プリンセス》〟のブランド効果以外に、見落としそうな〝大物〟の片鱗を漂わせている。

張光栄《チャンゴアンロン》は立て続けに聞いてくる。

「あの子、変わっただろう？　まるで変わっちまっただろう。どうだ、すごいだろう？」

米蘭《ミーラン》はただうなずくだけだった。懸命に記憶をたどり、ひたむきさを秘めたあの幼顔の一つ一つを思い浮かべようとしている。

張光栄《チャンゴアンロン》はなおも言う。

「胡彩香《ホーツァイシアン》やほかの連中は、みんな前座の引き立て役さ。憶秦娥《イチンオー》がきたら真打ちの極めつき、〝お後がよろしいようで〟というわけだ。憶秦娥《イチンオー》はこの後いくつも掛け持ちの出番を抱えている。誰も真似できない。一晩でがっぽり、秦腔茶屋《チンチアン》一番の稼ぎ頭なんだよ」

米蘭《ミーラン》は最後までじっくり座って見ようと思った。あのころの竃番《かまどばん》の灰かぶり娘が一体どんな風に西安一の歌姫、舞姫、大女優に育ったのかを。

五色の照明が憶秦娥《イチンオー》に集中したかと思うと、強烈なストロボスコープの明滅に変わった。そしてスポットライトが彼女を迎える。群星は月を抱きつつ光を失い、憶秦娥《イチンオー》は舞台中央に導かれた。米蘭《ミーラン》の全身に震えが走った。憶秦娥《イチンオー》はいつの間にか舞台を圧する大女優に変身していた。ちょっと見にはオードリー・ヘップバーンに似ている。しなやかに伸びた背丈、すっきりとした顔立ち、深い眼窩《がんか》、何よりも大らかな自然美とふところの深さを感じさせる。久しぶりに帰国した米蘭《ミーラン》が、西安で見かけなくなった表情だ。今の西安で幅をきかしているのは、成り上がりの、にわか成金の、人を人とも思わない傲慢さ、貪欲と卑しさの表れた顔だ。特に彼女の胸を熱くしたのは、憶秦娥《イチンオー》のはにかみ、羞じらいの表情だった。彼女が舞台のどの向きに立っても客席から拍手が潮鳴りのように沸き起こる。すると、微笑みの中から八重歯からこぼれ出るのを隠そうとして、手の甲で口もとを覆う。その単純で素朴な仕種が何とも愛らしい。

「ありがとうございます。盛大な拍手に感謝します。今夜は『遊西湖《ゆうせいこ》（西湖に遊ぶ）』から『鬼怨《きおん》』の場を歌わせていただきます。拙い芸ですが、最後までお聴き下さい。では！」

彼女は組み合わせた両手を高く上げ、またおろしながら深々とお辞儀する長揖《チャンイー》の礼をした。

「苦哇《クーワー》！」——亡霊になった李慧娘《りけいじょう》の無念の叫びがその口からほとばしった。

怨み晴らさで　おくべきか
身に覚えなき　罪科《つみとが》で
花の命を　散らせしぞ
悔いて余りある　我が命

……………………

ただ蒼天の　蒼《あお》きを見る
などて身に沁《し》む　世の憂い

……………………

一縷《いちる》の煙に似た命
月の光りか　袖の露

……………………

一場二十六句の長丁場、秦腔《チンチアン》は「ホトトギスが啼いて血を吐く」歌だ。米蘭《ミーラン》はその真髄を心ゆくまで味わった。米蘭《ミーラン》は堰《せ》いても堰いても堰きあえぬ涙を流しつづけた。このいたいけな少女が寧州県劇団で竃《かまど》の灰をかぶり、煙にむせながら調理場の下働きに耐えた日々、そのセピア色した場面が走馬燈のように浮かんでは消える。彼女の涙が何の涙なのか、それは彼女にも分からない。これまでの月日の何もかも押し包んで流すような涙だった。涙は嵩《かさ》を増し、嗚咽《おえつ》となって溢れ出るのを彼女は懸命にこらえた。

ほんの一瞬、彼女は歌いたい欲望に駆られた。このように美しく、そして繊細に人の心を歌えたらどんなに素晴らしいことだろう。これほど心満たす人生、心にかなう職業はほかにあるだろうか。それは彼女にとって抑えがたいものに思われた。しかし、彼女はそれをあわてて打ち消した。自分はその夢を追い続け、途中で引き返した人間なのだ。彼女の憧れは夜空の蛍のように消え去ったのだ。

オークションの司会のような男が出てきて、搭紅《ダーホン》の絹布の本数を報告し始めた。

一号卓 劉《リュウ》社長二十本
二号卓殷《イン》社長二十本
三号卓朱《チュ》社長三十本
四号卓牛《ニュー》社長二十本
五号卓左《ツォ》社長四十本
六号卓郭《クオ》社長二十本
七号卓烏《ウー》社長百本
……

張光栄《チャンゴアンロン》は彼女の耳もとでささやいた。

「これはまだ始まったばかり。憶秦娥《イチンオー》は鉄の喉を持っている。一晩で七、八軒の掛け持ちはざら。搭紅《ダーホン》が千本、いや数千本いく夜もある。何万元どころじゃないぞ！ もっともショバ代をさっ引かれるが、秦腔《チンチアン》茶屋は普通四割、相手によっては五割持っていくが、憶秦娥《イチンオー》は格別でたったの一割だよ。丸儲けと思うだろうが、そうはいかない。楽隊に分け、相方《あいかた》に分け、憶秦娥《イチンオー》の手元はざるだ。寧州の親類縁者、同郷者たちが寄ってたかってむしり取っていく。本人には半分も残らないんじゃないか。みんな憶秦娥《イチンオー》の稼ぎにかかっている。さもないと。みんなの口が干上がってしまうからね。まあ、見ていな。面白い見ものはこれからだ」

彼女の出場《でば》が後半に向かって、搭紅《ダーホン》はさらに熱を帯びた。数人の社長、後援者連が後に引かず、二百本の声がかかれば三百本、三百本の声が飛べば五百本、強気と負けん気の勝負だ。米蘭《ミーラン》の計算に寄れば、八カ所の出演で赤い絹布がざっと五千本、張光栄《チャンゴアンロン》の言う通り四割を茶屋に持っていかれたとしても三万元の実入りになるだろう。彼女の心中は複雑だった。彼女は張光栄《チャンゴアンロン》に尋ねた。

「毎晩こうなの？」

「そうでもない。社長連中の少ない日はこんな見せ場はない。今日は日がいいんだ。あんたもいいところに来合わせた。憶秦娥《イチンオー》が出ると、途端に盛り上がるんだ」

収入の多寡は別にして、こんな風な〝山分け〟は米蘭《ミーラン》としてどうも納得がいかない。一人の俳優が駆け出しから一本立ちするまでの労苦は、米蘭《ミーラン》は誰よりもよく知っている。特に憶秦娥《イチンオー》がなめた辛酸は筆舌に尽くしがたい。少女時代のすべてをあの劣悪、過酷な環境で過ごし、むごい苛めにも耐え抜いた。常人には想像もできない対価を支払って、今日の地位、高度の技と芸術的な達成度、舞台芸術家として押しも押されぬ名声を手に入れたのだ。その報酬が一晩で十万元、いや二十万元あってもそれだけの価値はある。しかし、ここは彼女の来るべき場所ではない。彼女が立つべきもっとふさわしい舞台がある。芸術家の誇りをもって歌い、観客も敬意を払って聴くべき舞台があるはずだ。それなのに、ここの観客はくわえタバコをくゆらしながら、だらしなく足を組み、まるで芸妓《げいぎ》を張り合い、花代《はなだい》を競うような態度が見え透いている。芸術家に対するこのような労働報酬の与え方は、大道芸の投げ銭にも等しい。憶秦娥《イチンオー》に対する侮辱で、米蘭《ミーラン》にとっても屈辱的なものに思われた。

米蘭《ミーラン》は最後まで見ることなく席を立ち、張光栄《チャンゴアンロン》に言った。

「光栄哥《ゴアンロンにい》さん、今夜の舞台が終わったら、再会を祝して夜食の一席設けさせて下さい。場所は私の泊まっているホテルでどうかしら」

言い終わると米蘭《ミーラン》はホテルの住所を書いて張光栄《チャンゴアンロン》に渡し、足早に立ち去った。

米蘭《ミーラン》の後ろで憶秦娥《イチンオー》の歌う『五更の鳥』の声がした。

宵の五つ（午後八時ごろ）は月の兎がお宮に帰る
蚊の鳴く声が騒がしい
蚊の鳴く声は私の哥《あに》さん

蚊の鳴く真似で合図する
窓の外でブンブンブン　ブンブンブン
私は部屋の中　ふんふんふんと聞いている
聞けば聞くほど　悲しいの
聞けば聞くほど　涙がほろり
ブンブンブン　ふんふんふん
………

この歌は眉戸節《メイホーぶし》（秦嶺山脈の太白山一帯で流行した秧歌《ヤンゴー》の一種）で、軽快なテンポで親しまれている。元はチャルメラや太鼓で囃したが、秦腔《チンチアン》茶屋は胡三元《ホーサンユアン》が調子を取り、テーブルを叩いたり、茶碗や杯を打ち鳴らして座を盛り上げる。

寧州にも近い故郷の歌だ。だが、秦腔《チンチアン》に茶碗やテーブルのお囃子なんかいるものか。米蘭《ミーラン》は悔しくなった。彼女の顔は紅潮し、心の昂ぶりが抑えきれない。彼女はさらに歩を早めた。

十三

憶秦娥《イチンオー》が歌い終えるとすぐ、張光栄《チャンゴアンロン》が寄ってきて、思わせぶりに口を開いた。

「誰に会ったと思う？　当ててみろ」

胡彩香《ホーツァイシアン》がぶっきらぼうに言った。

「お化けでも見たの？」

「本当にお化けかと思った。米蘭《ミーラン》だ。米蘭《ミーラン》が来た。覚えているか？　俺は十五、六年見てなかったが、人は変わっていないが、洋風になった。アメリカから帰ったばかりらしい。お前たちを食事に誘いたいとよ」

寧州から来た俳優たちは途端にはしゃぎだした。

憶秦娥《イチンオー》は西安に移ってきたときから米蘭《ミーラン》に会いたいと思っていた。米蘭《ミーラン》の知人に聞くと、外国へ行ったと言う。その後、二度三度尋ねたが、まだ帰っておらず、そのうちアメリカに定住したらしいと聞かされた。彼女はまだはっきりと覚えている。あのころ米蘭《ミーラン》と胡彩香《ホーツァイシアン》老師の間はさながら仇敵のようで、彼女と叔父は間に挟まれて随分とやりにくい思いをさせられていた。胡彩香《ホーツァイシアン》老師と胡三元《ホーサンユアン》の仲は寧州県劇団で知らない者はなく、手に取るように知れ渡っていた。普通に考えると、胡三元《ホーサンユアン》の姪である憶秦娥《イチンオー》は胡彩香《ホーツァイシアン》老師側の立場だから、米蘭《ミーラン》と胡彩香《ホーツァイシアン》老師が再び険悪になると、みんなが易青娥《イチンオー》に対してよそよそしく冷たくなった。だが、叔父の胡三元《ホーサンユアン》が監獄に入ると、独りぼっちになった彼女のために米《ミー》老師と胡《ホー》老師は暫時休戦し一致協力して彼女の面倒を見ることになったのだ。米《ミー》老師が寧州を離れる日のことは憶秦娥《イチンオー》の心に焼きついて離れない。寄る辺ない身の上となった彼女は満足な着るものとてなく、着た切り雀の稽古着を継《つ》ぎ接《は》ぎだらけにして着ていたが、米《ミー》老師はこれを見かねて、彼女のよそ行き着、おしゃれ着のほとんどを憶秦娥《イチンオー》に残してくれた。着てみると、自分が山出しの女の子に見えなくなった。子供心に米《ミー》老師を「いい人なんだ」と思い、九岩溝《ジョウイエンゴウ》の蓮花庵で経を読んだときは必ず米《ミー》老師のためにその一節を捧げ、また感謝の香を焚《た》いた。その米《ミー》老師が帰ってきたと聞いて、彼女の心は昂《たか》ぶり、少女のように飛び跳ねたい気持ちだった。矢も楯もたまらず、どこにいるのかと尋ね、すぐにも飛んでいきたかった。

だが、胡彩香《ホーツァイシアン》は素っ気なく言った。

「あの女《ひと》が私たちに会いたがっているのを見て、あんたが無理に食事に誘わせたんじゃないの？」

張光栄《チャンゴアンロン》はむきになって言い返した。

「無理に誘わせただと？　どこの犬の糞がそんなことをする？　お前は俺を乞食だと思っているのか？　いくら窮してもその日の飯にこと欠くことはないぞ」

憶秦娥《イチンオー》はどうしても行くと言い張り、みんなもそうだそうだと応じ、米蘭《ミーラン》の泊まっているホテルへみんなして押しかけることになった。

米蘭《ミーラン》は早々とロビーで一行を待ち受けていた。

寧州勢が到着し、不意の再会に双方の悲鳴に近い歓声が入り乱れ、抱擁が繰り返された。この円陣にロビー客の胡散《うさん》臭そうな視線が一斉に集まった。米蘭《ミーラン》はあわてて「しっ」と制し、やっと静まった一行は西洋料理のレストランに向かった。

憶秦娥《イチンオー》は近年、いわゆる高級ホテルに慣れており、胡三元《ホーサンユアン》もそれなりに世間を見ている。しかし、胡彩香《ホーツァイシアン》や張光栄《チャンゴアンロン》はぴかぴかに磨きこまれた大理石の通路に足を取られそうになっていた。張光栄《チャンゴアンロン》がさっそく冗談を飛ばす。

「こんなに滑るんじゃ、ノミだって飛べないな」

胡彩香《ホーツァイシアン》は彼をにらみつけ、胡三元《ホーサンユアン》は口をすぼめて笑いをこらえ、そっとつぶやく。

「おのぼりさんのご一行だ」

彼らは長いテーブルに座を占めた。レストランの照明は暗く、白いテーブルクロスの食卓にローソクが灯されていた。

憶秦娥《イチンオー》はやっと心を静め、米蘭《ミーラン》老師の顔を見つめた。

張光栄《チャンゴアンロン》は米蘭《ミーラン》がそんなに変わっていないと言う。昔は素っぴんを堂々とさらし、まるで化粧っ気がなかったが、今はさりげなく手のこんだ薄化粧で、昔のイメージに品が出てきた。寧州県劇団の時代は米蘭《ミーラン》と胡彩香《ホーツァイシアン》は一対の姉妹の花で、寧州の街に欠かせない風景の一部になっていた。二人が街を歩くと、人々は足を止めて道を開け、羨望の眼差しでふり返ったものだ。今は米蘭《ミーラン》と胡彩香《ホーツァイシアン》は天と地の開きができてしまった。胡彩香《ホーツァイシアン》老師はすっかり福々しくなって首のお肉が折り重なってひしめいている。カラスの足跡、法令線《ほうれい》（豊麗線）がしっかり見えるのに、米蘭《ミーラン》老師は寧州時代のスリムでぷりぷりした体形を維持し、顔には皺一つなく、きりっと引きしまった面差しだ……。

米蘭《ミーラン》と胡彩香《ホーツァイシアン》は今二人とも化粧をしている。胡彩香《ホーツァイシアン》は舞台のメイクに近く、濃いめの赤、白、黒がくっきり浮き立っている。特にピンクの口紅が濡れたようになまめかしい。細く吊った眉は世間をにらみ返すような強さをもっている。これにひきかえ、米蘭《ミーラン》は地味で自然な感じが勝《まさ》っている。眉はくっきりと意志的に描かれている。口紅は唇より広めに塗っているところがやはりセクシーで、当時の美貌は失われていない。二人が並んで座ると、人は信じられないかもしれないが、十数年前、一つの舞台で娟《けん》を競い、今は等しく秋色を帯びた名花なのだ。

憶秦娥《イチンオー》の叔父の胡三元《ホーサンユアン》と張光栄《チャンゴアンロン》はどちらかというと、セルフサービスの料理の方に関心が移っていた。胡三元《ホーサンユアン》は張光栄《チャンゴアンロン》にナイフとフォークの使い方、料理を取る順序、取り分ける分量、食べ方などを教えている。米蘭《ミーラン》は憶《イ》秦娥《チンオー》が気になってならない。美しいものを楽しみ、惜しみつつ眺め、そして幾分値踏みするような眼差しだ。そんな視線を憶秦娥《イチンオー》はかつて寧州で感じたことがある。ただそのときはもっと同情と憐れみ、そして保護者のような気遣いと親しみがあった。今は少女の成長ぶりを愛《め》で、賛嘆し、そして当然ながら、いじらしいものを見つめる愛《いと》おしさと傷《いた》ましさ、そしてこれまでの年月を痛惜する悲しみに近い感情でもあったろう。米蘭《ミーラン》は言った。

「秦娥《チンオー》、あなたがここまで成長するとは思わなかった。秦腔《チンチアン》の皇后《エンプレス》と言われているそうね。すごい」

憶秦娥《イチンオー》はあわてて手の甲で口もとを隠しながら言った。

「そんなこと、成長したとすれば、胡《ホー》老師、米《ミー》老師のおかげです」

「まあ、言うわね」

米蘭《ミーラン》は突然、相手の年齢を忘れたかのように両手の中に憶秦娥《イチンオー》の顔を包み、もみくちゃにしてぱんぱんと叩いた。彼女は胡彩香《ホーツァイシアン》に尋ねた。

「どう、うまくいってる？」

「どうもこうもないわよ。身過ぎ世過ぎ。食べるのに精いっぱいなんだから。あなたは成功者よ。いい相手見つけて寧州を離れて、外国にまで行って、羨ましい限り。私たちとは比べものにならないわ」

「故郷を出るのは生やさしいことじゃない。外国語を習って神経をやられて、ビルから飛び降りそうになったこともある。寧州を出て何年もなるけれど、未だに慣れない。寧州に帰りたい、そればかり考えて暮らしてた。外国へ行くと、頼るのは自分しかいない。親戚や知人が手取り足取り教えてくれるわけじゃないからね。すべてゼロからスタートして一つ一つ学びながら這い上がっていくしかない。今、国際貿易のことをやっているけれど、毎日が学習よ。油断するとすぐふるい落とされる」

張光栄《チャンゴアンロン》がまた口を挟んだ。

「また学校へ通っているのかね？」

「アメリカは移民の国、死ぬまで競争の国、死ぬまで何かを学び取らなければ負けてしまう国、私のように年食っても新しい知識と考え方を身につけないと、生きてはいけない……」

みんな食べて飲んでおしゃべりして、いよいよお開きとなったとき、米蘭《ミーラン》は憶秦娥《イチンオー》と胡彩香《ホーツァイシアン》を呼び止めた。今夜語り明かそうと。

憶秦娥《イチンオー》と胡彩香《ホーツァイシアン》は残った。

その夜、彼女たちは一睡もしなかった。米蘭《ミーラン》はワインのボトルを開け、三人はゆっくりと味わった。寧州県劇団の結団以来の興味津々たる話が夜の明けるまで語られた。

米蘭《ミーラン》の部屋は大きなダブルベッドが置かれ、ソファでの語らいがベッドの上に移り、米蘭《ミーラン》と胡彩香《ホーツァイシアン》は枕に頭を乗せ、憶秦娥《イチンオー》はその傍らで〝臥魚〟のように連なった。彼女たちは笑い、泣き、また泣き、また笑った。深夜の語らいは彼女たちの思いをさらけ出し、心の奥底に秘めていた疑惑と真実をあらためて引っ張り出した。当時は秘密とされたことが「今だから話せる」と、憶秦娥《イチンオー》にとっては初めて聞くことばかりだった。長い時間が経ってみれば、当事者たちの状況もがらりと変わり、真相は大胆に解明された。まず胡彩香《ホーツァイシアン》が矢を放った。

「米蘭《ミーラン》、本当のことを言って。当時の黄正大《ホアンチョンダー》主任は何を考えていたの？　あなたを引っ張り上げて、私を「お払い箱にしようとしたの？」

米蘭《ミーラン》は憶秦娥《イチンオー》を見ながら言った。

「憶秦娥《イチンオー》にも聞いてもらいたいから、何も隠さず分かり易く話すね。黄《ホアン》主任は胡三元《ホーサンユアン》が邪魔だったの。胡三元《ホーサンユアン》と張り合って意固地になって、彼を陥れようとしたのよ。あなたも本当のことを言って。胡三元《ホーサンユアン》とはどんな関係だったの？」

米蘭《ミーラン》は話し終えると、自分からくすりと笑った。

舞台が繋いだ二人の老姉妹は突然、青春時代に返ったような昂ぶりを感じた。胡彩香《ホーツァイシアン》は答えた。

「そう、笑って頂戴、できてたわよ。あいつは私を好いていた。私は舞台でどれだけ助けられたか。あいつは作品の深いところを理解し、歌の善し悪しを聞き分ける音感、耳のよさを持っていた。歌い手の能力を引き出す天才でもあった。あいつの伴奏は隅々まで伏線を張りめぐらせて私を絡め取り、自在に操った。私は伴奏に身をあずけながら、私の歌が翼を広げるのを感じていた。それに張光栄《チャンゴアンロン》は年に一度しか帰ってこないし、私も女、泥人形じゃない。気がついたら、あいつのものになっていた」

米蘭《ミーラン》は胡彩香《ホーツァイシアン》の腋の下をくすぐって言った。

「白状しなさい。あの男のどこがよかったのか。あの出っ歯が好きだったのか、あの黒い顔が好きだったのか。それともほかのところか、一体、何があなたをそうさせたのよ。言いなさい！」

「みんな好きよ。どう、これでいい？　あいつは太鼓を叩くために生きている人。簡単明瞭。私を愛するのも簡単明瞭。私も彼を愛して、あいつの姪っ子に笑われても平気。あの馬鹿胡三元《ホーサンユアン》は死ぬほど私を愛して、影壁《えいへき》（中国建築の南面に設けられた魔除けの門）に頭をぶつけても直進する男よ」

「それじゃどうして張光栄《チャンゴアンロン》と離婚しないの？」

米蘭《ミーラン》は追及の手をゆるめない。

「張光栄《チャンゴアンロン》はいい人よ。私に身も心も捧げてる。私は離婚も考えた。だけど、国営企業をリストラされた。私は彼の傷口にこれ以上塩を塗りこむようなことはしたくなかった。私は彼に多くのことを負っている。彼を足蹴《あしげ》にするようなことはできない」

米蘭《ミーラン》が尋ねた。

「あなたの旦那は、あなたと胡三元《ホーサンユアン》のこと、知ってるの？」

「知らないわけないでしょ。知らなかったら、あんな鉄パイプ、これ見よがしに持って歩かないでしょ」

「これからどうするのよ？」

「胡三元《ホーサンユアン》には、はっきり言ってある。このこと、これからはなしにしましょうって。うまい具合に、憶秦娥《イチンオー》があいつを省の秦腔《チンチアン》劇団に引っ張り出してくれた。遠く離れたら、段々過去のことになっていくでしょう。それに、私たちもいつまでも惚《ほ》れた腫《は》れたを言ってる年じゃないし」

米蘭《ミーラン》は憶秦娥《イチンオー》に尋ねた。

「あなたが移籍させたの？」

「不正規の採用なんです。あの年、牢屋入りしてから、本採用の道が断たれました」

「あんたの叔父さん、太鼓にかけては天下一！　並ぶ者なし。人間も悪くないんだけれど、太鼓の腕前を取ったら、何の取り柄もない。だからあの事件以来、誰もかばう人がいなくなった。いろんな人を巻き添えにしたからね」

胡彩香《ホーツァイシアン》が話をそらした。

「おい、米蘭《ミーラン》。答えろ。寧州を出るとき、本当にその気だったのか？」

米蘭《ミーラン》はゆっくりとワインをすすってから言った。

「本当は辛かった。あの人に満足していたわけじゃなかったから。あのとき、私は二十四、五歳、彼は四十六、七歳、私の父親より二ヵ月年上だった。だけど、私はみんなに年齢をごまかしていた。彼は私より十歳とちょっと年上だとね。考えてもみて。私がどんな気持ちだったか。あのとき、自慢じゃないけど寧州県では何人もの男が私にプロポーズしていた。でも、私は寧州を出たかった。出なくちゃいけなかった。私が一番好きで一番やりたくて飛びこんだ世界なのに、私の心はぼろぼろ、体はくたくた、こんなにしてまでこの仕事を続けなくちゃいけないのかって長いこと考えに考えた。一体、女優ってどんな職業なんだろう？　魔法にかけられたみたいに、舞台のセンターを取らなきゃ生きていけない職業なんだわ。そのためにいつ来るか分からないチャンスを待つのが仕事なのよ。アメリカにいる長い間、ずっと寧州の舞台に立っている夢を見続けた。夢に胡彩香《ホーツァイシアン》、あなたが出てきて、私の胖大海《パンダーハイ》（喉の水薬）に何か薬を混ぜて飲ませた。舞台の真ん中に出た私は、声が出なくなり、一言も歌えずに立ち往生、観客は私めがけて臭い靴を投げつけたり、大ブーイング……」

胡彩香《ホーツァイシアン》は米蘭《ミーラン》を拳でごつんとやって言った。

「おい、米蘭《ミーラン》。良心に誓って言う。この私胡彩香《ホーツァイシアン》をそんな人間だと思うか？　役を奪い合ったのは事実、私が陰であなたの悪口をさんざん言いふらしたのも事実、だけど、いくら何でも毒を飲ませるかよ？　私はいくら何でもそこまで悪くない。どうなんだ？　さあ、言え、言え、言え！」

言いながら胡彩香《ホーツァイシアン》は米蘭《ミーラン》の脇の下をくすぐった。

彼女たちが十一、二歳で劇団に入り、芝居の修行に入ったとき、仲間内でじゃれ合い、組《く》んずほぐれつしているとき、最高のお仕置きは一番のくすぐったがり屋の脇の下をこちょこちょして、笑い死にさせることだった。

米蘭《ミーラン》は身をもみながら、満面を笑いと涙でくしゃくしゃにして叫んだ。

「彩香《ツァイシアン》、彩香《ツァイシアン》。私が悪かった、許して。あれは夢なんだから。あなたはたとえ私を打ち殺しても、毒を盛ったりする人じゃない。そういうことでしょ。あなたはカミソリのような切れる口を持っていても、心は豆腐のように柔らかい、そういうことでしょ。きゃあ、許してお姉さま、許して、お姉さま！」

「日々の思い、夜ごとの夢、ついぞ思わなんだ。そなたがこの姉をかくも腹黒き者と思うとは。許してなるものか。笑え、笑え、笑って、笑って、死んでも笑い続けるのだ」

二人は組み合って転げ回っている。まるで犬ころか子どものようにじゃれ合っている。

憶秦娥《イチンオー》も笑いながら満面の涙、また感動して満面の涙だ。彼女にとって姉と頼み、師と仰ぐ二人の姉妹がこうして心の行き違いを乗り越えている。童心に返り、くすぐり合って無邪気に遊ぶ中で、すべてのわだかまりが解けていく。しかし、憶秦娥《イチンオー》は自分の心の中をのぞきこむ。自分にはこういう子ども時代がなかった。十一歳で劇団に入り、十二歳になったばかりで劇団の厨房に入れられ、灰神楽にまみれていた。ほかの子どもたちが戯れているのを見るのは好きだった。彼女たちがはしゃいでくすぐり合っているのを見るのも好きだった。しかし、誰も彼女をくすぐってくれなかった。彼女が人をくすぐったりするのは許されなかった。みんなが言った。彼女は台所の臭いがすると。近づくと残飯の臭い、下水の臭いがすると……。

この夜、米蘭《ミーラン》はもう一つの気がかりを語り出した。秦腔《チンチアン》茶屋の無体《むたい》を見て、これでいいのかと思ったと。胡彩香《ホーツァイシアン》はなぜかと尋ねた。米蘭《ミーラン》は答えた。

「私たちは十一、二歳でこの道に入り、芸一筋に命を捧げてきた。まさか秦腔《チンチアン》茶屋のこんな舞台がその報いとは思わなかった。私は子どものときから主役に憧れていた。舞台は芝居の神さまの領域だ。銅鑼を合図に音楽が一斉に高鳴り、俳優は舞台できりりと見得《みえ》を切る。これは神さまとの約束ごと、人の世の掟だ。だから舞台でのできごとは、幕が上がってから下りるまですべて主役が厳かに執り行わなければならない。これが本当の芸術であり、本当の芸術家だった。観客はこれを見る喜びに溢れ、芸術の神さまに謙《へりくだ》り、清らの高嶺《たかね》を仰ぎ見るかのように恭《うやうや》しく振る舞った。それなのに秦腔《チンチアン》茶屋の観客は傲慢にふんぞり返り、金の力でそっくり返って舞台を侮《あなど》り、弄《もてあそ》んでいる。これが芝居を見る態度なのか？　憶秦娥《イチンオー》、お前は芝居のために多くの代価を支払い、十数年の艱難辛苦を乗り越え、至高の芸で人々の心を揺さぶってきた。それは今夜の観客を勝ち取るためだったのか？　一晩で百本、千本の搭紅《ダーホン》、赤い布きれを手に入れるためだったのか？」

憶秦娥《イチンオー》の口もとが思わず引きしまった。どう答えていいか分からなかった。胡彩香《ホーツァイシアン》は言った。

「米蘭《ミーラン》、そんな大演説をぶって、腰痛を起こすわよ。あなたはお金持ち、セレブな暮らしを送ってる。だけど、私たちには生活ってものがある。分かる？　生きていかなきゃならないのよ。秦娥《チンオー》にはその上、病気の子どもがいて看病しなければならない。一家あげて西安に出てきて、暮らしはこの子の肩にかかっているのよ」

米蘭《ミーラン》は子どもの病気の具合を聞き、それきり黙ってしまった。

このとき、空は明るみ、魚の腹の白さを見せていた。

ホテルに近い城壁から突然、板胡《ばんこ》（二弦の楽器で秦腔《チンチアン》の主要楽器）が天をつんざくように鳴り渡り、黒頭（黒の隈取りをした英雄）が歌う『斬単童《ざんぜんどう》（単童《ぜんどう》を斬る）』の悲壮な声が響いた。人はこれを「脳天を突き破る声」だと言う。

（注）『斬単童《ざんぜんどう》』　秦腔《チンチアン》の有名な伝統演目で、清初の小説『隋唐演義』の一こま。隋末唐初の動乱を背景に、瓦崗寨《がこうさい》農民一揆（六一一〜六一八）の快男子、英雄たちの活躍が描かれる。共に戦って義兄弟の契りを結んだ三十六人の同志は新興帝国・唐の軍門に降り、帰順するが、一人単童《ぜんどう》（単雄信《ぜんゆうしん》）は拒絶する。かつて唐童・李世民《りせいみん》（唐第二代皇帝）の父・李淵《りえん》（唐第初代皇帝）に一族を殺された怨みからだった。しかし、決戦に敗れ、捕らえられるも、平然として李世民を罵り返し、敢然と首をはねられる。秦腔《チンチアン》の黒頭（花臉）が歌う悲憤慷慨の絶唱は今も歌い継がれている。

呼喚一声綁帳外　　囚われの帷幕《いばく》に　首切り役人の呼び出しの声
不由得豪傑笑開懐　　もとより死は覚悟　にっこと笑って胸を張る
某単人独馬把唐営踹　　にっくき李世民　唐軍営に単騎乗り入れて
只殺的児郎痛悲哀　　いさぎよき散り際　見るがよい

…………

米蘭《ミーラン》が尋ねた。

「西安はどこへ行っても、寝ても覚めても秦腔《チンチアン》の声。ちゃんとした舞台はないのかしら？」

「あることはある。でも、少ない」

胡彩香《ホーツァイシアン》の答えに米蘭《ミーラン》がさらに尋ねる。

「すぐにも見たいのよ。憶秦娥《イチンオー》、あなたの舞台が」

憶秦娥《イチンオー》が答えた。

「一度だけある。外国人が見に来るのよ。外国公演の演目を決めるんだって」

「何をやるの？」

「『楊排風《ようはいふう》』の『打焦賛《だしょうさん》』、『白蛇伝』の『盗仙草』、『遊西湖《ゆうせいこ》』の『鬼怨《きおん》』と『殺生《せっしょう》』、どれも私がやる」

「分かった。必ず行く」

米蘭《ミーラン》はその日の予定を決めた。

同席した胡彩香《ホーツァイシアン》は観劇後、憶秦娥《イチンオー》に話した。

「米蘭《ミーラン》は秦娥《チンオー》に征服された。幕ごとに震えが来てたわよ。もう、めろめろ。二言目には、神さま！　何て子だ。すごすぎる。神さま！　これほどの役者はいない。神さま！　演じてよし、唱ってよし、立ち姿はオーラ全開……。彩香《ツァイシアン》、私たちがあの子を調理場から引っ張り出し、芝居を習わせたのは大正解だった。料理を習わせ、手に職をつけた方があの子の身のため、幸せかなとも思ったけれど、あの子ときたら、ああ神さま、あの、頑張りは半端なかった！　シャッポを脱いだ！　舞台にお花を捧げましょ！　あなた、飛びっきりの花束を買ってきて！」

カーテンコールのとき、米蘭《ミーラン》はまっしぐらに舞台に飛び上がり、いともうやうやしく花束を憶秦娥《イチンオー》に捧げた。そして人々の見守る中、深々と頭を下げて憶秦娥《イチンオー》に言った。

「秦娥《チンオー》、あなたはニューヨークのブロードウェーに立つべき女優よ。世界のトップに立つべき芸術家なのよ！」

米蘭《ミーラン》が西安を離れる日、憶秦娥《イチンオー》と胡彩香《ホーツァイシアン》は彼女を空港に見送った。三人は抱き合って別れを惜しんだ後、米蘭《ミーラン》は突然、思いを決したように言った。

「私には一つ夢がある。アメリカで秦腔《チンチアン》をやることよ。憶秦娥《イチンオー》が主役を演じる秦腔《チンチアン》をね」

十四

米蘭《ミーラン》は秦腔《チンチアン》茶屋に対して確かに一つの見解を持っているが、憶秦娥《イチンオー》に対して二度と足を踏み入れるなと言っているわけではない。寧州から来ている者の多くが憶秦娥《イチンオー》に依存して茶屋の出演を続けている上、省立秦劇院の公式公演も減り続けて一年間にやっと十ステージという惨憺たるありさまだった。

憶秦娥《イチンオー》は秦腔《チンチアン》茶屋の舞台を以前通り続けている。しかし、彼女は感じていた。ここの空気は日増しに悪くなっている。ある出演者は終演後に座元から酒席に誘われている話も耳に入ってくるし、憶秦娥《イチンオー》自身、茶屋で歌って座元の〝丸抱え〟になっていると白い目で見られてもいる。茶屋の経営者、後援者気取りの社長連中はこれ見よがしに札びらを切り、憶秦娥《イチンオー》に暗示をかけてくる。彼女は舞台がはねてから〝業界〟の人と無駄話をすることもなく、高ぶることもへつらうこともない。車を横着けされ、自宅まで送ろうと誘われてもやんわりと断り、口さがない業界の口の端《は》に上《のぼ》らないよう用心していた。

これに加えて、搭紅《ダーホン》のシステムは衆人の注目下で行われている。この安心感は個人的な感情、打算、情実の入りこむ余地はないからだ。ある記者は「蓮は泥より出でて泥に染まらず」の一句を教えてくれた。蓮の花は「その身を水に濯《そそ》いで清らか、その茎は筒抜けで邪心なく、まっすぐ、しゃきっと立つ。蔓《つる》もなく枝もなく、しがらみを断ち、その清香は遠くから香り立ち、人から離れて花開くから、猥《みだ》りに手折られることもない」というものだ（宋・周《しゅう》敦頤《とんい》『愛蓮説』）。

しかし、ある日、とんでもない経営者が現れ、西安を引っかき回すことになる。

実はこの人物、初登場ではない。

読者諸兄は覚えておられようか。

当時、憶秦娥《イチンオー》に稽古をつけ、演技開眼させた老いたる演出家古存孝《グーツンシャオ》とその付き人四団児《スートアル》のことを。外套をずり落とし、その都度その背中にかけ直していた律儀な若者を。

人呼んで四団児《スートアル》、姓は劉《リュウ》、名は団児《トアル》。古存孝《グーツンシャオ》の甥子だった。

古存孝《グーツンシャオ》はこの甥子を生家から連れ出して寧州へ行き、また、西安へと同道させた。その後、古存孝《グーツンシャオ》は省立秦劇院団の現場と揉め、憤然として西安を去ったとき、甥子も影のように付き従って姿を消した。それから十数年経って、劉団児《リュウトアル》と名乗る人物がいきなり姿を現した。しかし今、彼を四団児《スートアル》、四団児《スートアル》と気安く呼ぶ人はおらず、劉《リュウ》社長、劉《リュウ》旦那または劉哥《リュウあに》いと敬意をもって呼ばれている。現在、シェラトンホテルに投宿し、大統領用のスイートルームの客になっているという。出かけるときはベントレーかキャデラックかベンツ、あるいは一般人の口が回らない不思議な名前の車もある。劉《リュウ》社長は高級車を四、五両いや、七、八両乗り回しているといい、どの車も西安の街を走ると人々は目礼で見送るという。劉《リュウ》社長が乗り降りするときは、お付きの者が先にさっとドアを開け、手をかざして社長の頭を守る。劉《リュウ》社長は三十七、八歳に見える。服装はテレビドラマ『上海灘《バンド》』から抜け出した周潤発《チョーユンファー》(香港の人気俳優)そっくりのスーツ姿を決めている。西安ではどうもしっくりこないが、本人は周潤発《チョーユンファー》になりきったつもりでいる。

ときは五月一日のメーデーの季節、女性はスカート姿、男性は半袖に衣替えしていたが、彼は劉《リュウ》社長のときも、劉《リュウ》座元あるいは劉哥《リュウあに》いのときもやはり判で押したようにスーツと革靴のスタイルで身を固め、その上に黒いスプリングコートを着ていた。人の多いところでも、まずこれを羽織り、肩からずり落ちたときは後ろに控えた従者がすかさずこれを受け止める役を演じていた。

この劉《リュウ》社長、劉哥《リュウあに》い、劉《リュウ》旦那あるいは昔の四団児《スートアル》が西安に来てまずしたことは、秦腔《チンチアン》の憶秦娥《イチンオー》が今何をしているか人に尋ねることだった。

秦腔《チンチアン》の話になって、憶秦娥《イチンオー》を知らない人はいない。彼女が秦腔《チンチアン》茶屋に出演していることはすぐ彼の耳に入った。誰かが彼に尋ねた。今夜憶秦娥《イチンオー》をホテルに連れてきて夜の無聊《ぶりょう》をお慰めいたしましょうかと。

劉団児《リュウトアル》はいやいやと手を振って答えた。

「今夜は秦腔《チンチアン》茶屋で芝居を見よう」

この日の夜、劉四団児《リュウスートアル》は随行者を先発隊に出し、手を打っていた。座元と話をつけ、全席貸し切りにして、一般客は誰一人入れてはならぬと言い含めた。その席料は座元があんぐりと口を開けるほど過大な額だった。劉四団児《リュウスートアル》が来たとき、会場はしんと静まりかえっていた。茶屋の座員や「好《ハオ》！」の請負人、常連の批評家たちはなりをひそめて首をかしげている。芝居小屋がこんな火の消えたストーブでいいものか？　ここぞというとき手を叩き柝《き》を打ち、卓を打ち鳴らす。役者を生かすも殺すも「好《ハオ》！」の声次第と座員たちは座元をけしかけ、仲間を集めに走らせた。こんなとき待ってましたと駆けつける閑人たちがこの世界にはたんといる。会場はたちまち常連たちで満員になった。座員は劉《リュウ》旦那の顔を立てようと最前列中央のメインテーブルに席を設けたが、今夜の劉《リュウ》旦那はいつもと違い、後列中央にひっそりと座り、おまけにサングラスまでかけ、前の席は空けておけと言う。ここは劉《リュウ》旦那の思し召しに従うしかなかった。

開幕の演目はまず寧州県劇団の団員たちが登場した。この顔ぶれを劉団児《リュウトアル》はみんな見知っているが、寧州の俳優たちは誰も劉《リュウ》社長、劉《リュウ》旦那を覚えていない。小さな町の小さな劇団だったというのに、胡三元《ホーサンユアン》や胡彩香《ホーツァイシアン》は勿論、ほかの団員、楽隊員たちですら彼の顔をろくに見ていない。寧州にいたとき、彼にちらと目を走らせたのは、古存孝《グーツンシャオ》があの嘲笑の的となった黄色い外套をずり落とし、それを慌てて拾って着せかける場面ぐらいで、それ以外は黙殺する価値もなかったのだ。彼は劇団には所属せず、古存孝《グーツンシャオ》が個人的に食事の果てまで甥子の面倒を見ていた。劇団は彼に対して一銭の金も支出せず、誰も彼を劇団員と見なさなかったせいもある。それにしても、誰一人、彼を見覚えていないとはあまりのことではないか。劉四団児《リュウスートアル》はそう思う。今夜のこの会場はどこに座ろうと、どこからでも彼の顔は手に取るように見えるはずだ。しかし、彼らの目には大旦那風を吹かす劉四団児《リュウスートアル》の偉そうな態度しか映らなかったのかもしれない。誰かのつぶやく声が耳に入った。

「だっせーの。周潤発《チョーユンファー》のふりこいてよ」

開幕の場面の終わりを告げるチャルメラが奏されるころ、憶秦娥《イチンオー》が顔を出した。

憶秦娥《イチンオー》が表れたその瞬間、劉四団児《リュウスートアル》は不覚にも口をぽかんと開けた。これは古存孝《グーツンシャオ》老師の後ろでいつもぽかんとしていたころの表情で、なぜとも知らず癖になっていたのだ。だが、ここ数年、彼は周潤発《チョーユンファー》の仕種《しぐさ》や表情を見習って彼になりきり、奥歯を噛みしめて口元を引きしめ、考え深く毅然とし、ときに果敢で冷酷《クール》に見えるよう振舞っていた。だが、今夜に限って、憶秦娥《イチンオー》を見た途端、十数年前の魔抜けな表情が出てしまった。

彼が伯父の古存孝《グーツンシャオ》に連れられて寧州に行き、初めて憶秦娥《イチンオー》（当時は易青娥《イチンオー》）に出会ったとき、特別な印象を受けていない。ただ、栄養の悪そうな色黒の痩せた子どもだった。顔の大きさは手の平に入りそうだった。普段話をするときはいつも手の甲で口もとを隠し、利口そうには見えなかった。貧しい生い立ちの子が劇団で苦労を重ね、着た切り雀の稽古着をいつも汗で濡らし、絞ると汗が滴りそうだった——こんな記憶しかなかったが、伯父の古存孝《グーツンシャオ》早くも彼女の才能を見抜いて、本人にも言い聞かせていた。

「四、五十人の訓練生の中で、将来ものになりそうなのは易青娥《イチンオー》ただ一人だ。苦労を惜しむようではこの商売、泡となって消えるのみ。技を身につけなければ、二、三流の役者で人生はお終いだ。一流になりたければ、一声歌えば山をも揺り動かす気迫を持たねばならん。もし、易青娥《イチンオー》が竃番《かまどばん》、飯炊きの辛酸をなめ、辛抱を身につけていなければ、今日の才能は発揮できなかっただろう」

この後、易青娥《イチンオー》は四人の老芸人の引き回しよろしきを得て、サナギが蝶になり、小魚が竜に大化《おおば》けした。数本の大作をこなした後、なぜか目元、眉根が涼《すず》やか、のびやかになり、胸がふくらみ、腰はしなやかに、扁平だった尻はつんと上を向いた。何の縛《いまし》めもなく解き放たれた健康な体躯は、バレーボールの選手が空中高く飛躍して猛スパイクを打ちこむような強靭さを秘めていた。特に彼女が髪型を変えたとき、急にオードリー・ヘップバーンに似ているとか騒がれるようになった。劉四団児《リュウスートアル》は伯父の古存孝《グーツンシャオ》にこっそりと、それとなくほのめかして言った。

「伯父さん、僕も二十歳を過ぎた。母ちゃんが言った。伯父さんについていけば、嫁さんの心配もしてくれるって」

「なかなかいいのが見つからない。誰か気に入ったのがいるのか？」

彼は口の中でもごもご言い淀んでいたが、ついに意を決して言った。

「易青娥《イチンオー》は駄目だろうか？」

伯父は甥の顔をしばらく見つめてから言った。

「おい、こいつはちょっと手強《てごわ》いぞ」

「どうして？　伯父さんが稽古をつけなければ、元の飯炊きのままだ。伯父さんがこう言えば、言うことを聞くだろう」

「お前がそんな大望《たいもう》を持っていたとは伯父さんも知らなかった。そりゃ、易青娥《イチンオー》が飯炊きのままだったら、是非とも嫁にもらいたい。だがな、もう手遅れだ。今は寧州県劇団の看板女優、大黒柱になっちまった！　人気が一人歩きして、北山《ベイシャン》地区としても、もうあの子を放っておけない。もうお前に手の届く女じゃなくなった。人とはこうしたものさ。芽の出ないうちはどうにでもなる。だが、ひとたび陽の目を見たら、くしゃみをしても屁をひっても人はありがたがる。もうお前の出る幕はない。ほら、あの男、封瀟瀟《フォンシャオシャオ》といったな。あいつが易青娥《イチンオー》を狙って夜な夜な狼みたいにうろついている。易青娥《イチンオー》は誰にもいい顔を見せない。伯父としてはお前の飯碗《めしわん》の中にえいっとばかりに入れてやりたいところだが、こいつを食ってみろ。途端に消化不良を起こすのは間違いない。遅かれ早かれ災いの元になるだろう。そういえばほら、北山《ベイシャン》地区行署のお偉方の何とか言う馬鹿息子がえらくご執心だというじゃないか。お前はどこのご大家《たいけ》のお血筋だ？　どこの権門勢家《せいか》のお生まれだ？　悪いことは言わない。悪い夢を見たと思って諦めろ。お前の嫁さんはこの伯父さんが必ず見つけてやる。大丈夫、任せておけって」

それ以来、劉四団児《リュウスートアル》は易青娥《イチンオー》を思う度、心の奥深くで血を流し続けた。その後、彼は伯父について省立秦劇院に移った。易青娥《イチンオー》は遠い人になり、彼の心の傷も癒えてきた。だが、まさかのことに、伯父は易青娥《イチンオー》を焚きつけて西安に呼び寄せたのだ。彼の心にまたいくつもの幻想が生まれた。だが、ほどなくして彼が突きつけられたのは、北山《ベイシャン》地区行署副地区長の御曹司劉紅兵《リュウホンビン》の出現だった。彼は粘っこい飴のように易青娥《イチンオー》にまつわりついて離れないのだ。

劉四団児《リュウスートアル》は暗いところで劉紅兵《リュウホンビン》を襲い、レンガ片を何発かお見舞いしてやろうと何度も思ったが、結局その度胸はなかった。そうこうしているうちに、伯父は稽古中に劇団員と衝突して失職の憂き目を見た。おまけに伯父の二人の妻たちとも大騒動を引き起こし、知らない人が聞いたら大笑いしそうな大騒動を引き起こし、にっちもさっちもいかなくなった。伯父はまた劉四団児《リュウスートアル》を引きつれ、甘粛省隴南《ろうなん》、天水、平涼、定西一帯（蘭州の東南、北の寧夏と南の四川省に夾まれた一帯）を流浪する芸人の身の上となった。これ以来、彼は憶秦娥《イチンオー》本人を見ることはなかったが、彼女の舞台は甘粛省のテレビでいつも放映されており、日増しに高まる彼女の人気と名声をわびしい旅路の空に思うばかりだった。今回彼が西安に帰ってきたのは、この十数年、結ぼれて解けない胸中の思いを精算するためだったのだ。

　憶秦娥《イチンオー》が客席の隅に姿を現した途端、会場は沸き立った。それ以上に劉四団児《リュウスートアル》はこの世ならぬものを見る思いだった。彼女は一瞬にして観客をオーラの磁場に封じこめてしまった。大仰な身振りは何もない。それどころか、頭をじっと垂れている。舞台では胡彩香《ホーツァイシアン》が『酒売り』を歌っているところだったから、憶秦娥《イチンオー》は小さくなって自分の存在を消そうとしているかのようだった。だが、登場と同時に会場は割れるような反響で、胡彩香《ホーツァイシアン》の舞台を〝食って〟しまっていた。

　劉四団児《リュウスートアル》は憶秦娥《イチンオー》が三十を過ぎていることを知っている。だが、彼が西安を出たときの、あのはち切れそうな青春の息吹きと若さの驕《おご》りを眼前に見た。ただ、老練の度と落ち着きを加え、その自信は観客を安らぎと満足感で包みこむ。彼は息をこらして待つ。あの火薬焼けの顔した胡三元《ホーサンユアン》の手が一閃、彼女が歌い出すのを。彼の高まる動悸は胡三元《ホーサンユアン》の太鼓が刻むリズムよりもっと急切で、もっと力がこもり、そしてもっときらきらしく「真珠の粒のように玉盤に乱れ散る（白居易『琵琶行』）」。

　まず歌い出しは『白蛇伝』の『断橋』の場、「西湖の山水はありしまま……」

　劉四団児《リュウスートアル》は伯父の古存孝《グーツンシャオ》と行動を共にしているうち、芸の直伝《じきでん》を受けたかのように秦腔《チンチアン》の情趣に通じていた。もはや生得《しょうとく》の感覚にも似て、趣味人の玄人《くろうと》気取りでは断じてない。それは憶秦娥《イチンオー》への片恋《かたこい》に通じる幽《かそけ》き思い、暗く激しい情熱で、彼が秦腔《チンチアン》のさまざまな場面に見出すのは、雄勁で悲愴感に満ち、深く沈潜した心情が解き放たれる瞬間だった。そんなとき、自分の恋は知らず知らず魂を離れ、さまよい出る憧れなのだと彼は思う。
古存孝《グーツンシャオ》との流転の旅で出会ったのは当時「石炭長者」と呼ばれた桁外れの富豪だった。

（注）石炭長者（中国語・煤老板）　中国の石炭生産は中国自然資源部が発表された『中国鉱産資源報告２０２２』によれば、二〇二一年中国の石炭の産量は四十一・三億トンで、世界第一位。二〇〇八年当時は四千万トン程度だったが、投機ブームが重なって二〇一二年には二億九千万トンとなり、石炭価格も急上昇、山西省を中心に巨万の富をなす石炭成金が続出した。だが、二〇一一年から石炭業界は過剰在庫を抱え始め、やがて鉱山の閉山閉鉱が続く。

気がつくと、劉四団児《リュウスートアル》はいっぱしの石炭成金に名を連ねていた。彼は現代の流行歌も歌うが、彼の体と魂は秦腔《チンチアン》でできている。俺には金があるんだと思ったとき、西安の呼び声を聞いたと思った。憶秦娥《イチンオー》に会うときが来たと。憧れが体を離れ、さまよい出るように。しかし、彼も実業家の端くれだ。両脇をやり手の部下でしっかりと固めて一隊を組み、西安に乗りこんだ。名目は西安への投資だった。石炭を掘る以外の商機を見つけよう。しかし、すべて憶秦娥《イチンオー》のために活動を開始、展開する。毎朝目覚めれば、枕元に百万の銀がうなっている。元手は尽きることはない。地下の鉱脈に無限の富が眠っている。西安で新しいビジネス・チャンスを掘り起こすのも一興だ。時代の風をはらみ、時代の波に乗り、ままよ、風雲に身を任せ、なればなる、ならねばそれまで一朝の夢、豪気にあだ花を咲かせて見せよう。

さまざまな思いはあるが、彼は所詮、秦腔《チンチアン》の専門家ではない。憶秦娥《イチンオー》の技がどれほどのものか、自分の耳をそばだて、専門家の意見も聞いてみた。しかし、聞くまでもなかった。今、舞台を前にして、十数年ぶりの彼女を見るだけで十分だった。目を凝らすと、照明の下の彼女の顔は十数年前よりくっきりとした輪郭を見せているが、彼女の場合、女優としての洗練が加わって意志的な線の強さを上手にやわらげている。このよさが分かるのは俺だけかもしれない。彼は自分の見る目を信じ、今回の決断が間違っていないことを確信した。作戦は正確に、行動は果断に、さあ、やるぞ。彼は身震いと共に興奮を禁じ得なかった。

憶秦娥《イチンオー》は一曲目を歌い終えた。

配下の男が寄ってきて搭紅《ダーホン》の額をどうするか、劉四団児《リュウスートアル》の指示を仰いだ。彼らは別な茶屋で偵察を終えていた。「大西北」秦腔《チンチアン》茶屋のやり方はみな同じだった。劉四団児《リュウスートアル》は指一本挙げた。男は思わず問いを重ねた。

「一万本ですね、そして一曲ごとに追加を一万本ですね？」

彼は答えた。

「そうだ、抜かるな」

男は答えた。

「御意《ぎょい》」

歌は金山寺の法海和尚に敗れた白蛇と青蛇が西湖まで逃げ、白蛇が妹分の青蛇を助けながら橋のたもとにたどり着いた『断橋《だんきょう》』の場。最後の一句、最後の一文字を思うさま長く引き、まだ歌い終わらないうちに拍手が爆ぜるように沸き起こり、聞こえるのは搭紅《ダーホン》の額を報じる座元の声、息せき切って震えを帯びた声だった。

「劉《リュウ》社長、搭紅《ダーホン》一―万―本！」

同時に会場からわっと歓声が上がった。劉《リュウ》社長？　どこのどいつだ？　好奇の視線がきょろきょろと行き交う。一万本と言えば十万元だ（約二百万円）！　西安の茶屋でまだ聞いたことのない額だった。これが確かだと分かったとき、茶屋の天井がまくれ上がるかのような大歓声に揺らいだ。

二曲目は『狐仙劫《こせんこう》』の姉を助ける場。歌が終わりにさしかかると、お付きの男が寄ってきて劉四団児《リュウスートアル》に小声で指示を仰いだ。劉四団児《リュウスートアル》は黙って指を二本挙げた。このとき、観客の興味はすでに歌を離れ、劉《リュウ》社長の反応はいかにと息をひそめて見守っている。さりげなく二本の指が上がったのを見て、会場はまたもやどっと沸き立った。近くのテーブルで言い交わす驚きの声が劉四団児《リュウスートアル》の耳をくすぐる。

「おいおい、二万本（約二十万元）だとよ」

「確かに今夜のできはいい」

「神さまが降りてきた」

あわてて搭紅《ダーホン》の報告が前回の驚きに輪をかけた声を発した。

「劉《リュウ》、劉《リュウ》社長、二―万―本！」

観客は呆気にとられて奇異の目を見交わし、拍手も忘れ、驚きの声を呑みこんでいる。劉《リュウ》社長を一目見ようとテーブルの位置を動かし、身を乗り出して見返った。これに茶碗や茶壺でテーブルを乱打する音が加わった。

茶屋の座元があわてて舞台に駆け上がり座員のマイクを奪って叫んだ。

「ご来場の皆々さま、日ごろのご愛顧、誠にありがとうございます。座元とは名ばかりの駆け出し者でございますが、本日は僭越を省みず、この場をお借り致しまして一言ご挨拶申し上げます。今宵、この茅屋《ぼうおく》にご来駕の栄を賜りましたのは劉《リュウ》社長、劉《リュウ》社長でいらっしゃいます！　目も覚めるばかりのご快挙、秦腔《チンチアン》振興のご篤志にただ感謝感激、感涙にむせび、世の中はかくも広きものかなと、目から鱗が落ちる心地にてございます。ここで不肖私も一大決心、本日の勘定はすべて私どもにお任せあれ。今宵はどうか時の氏神、福の神、吉星高照《きっせいこうしょう》の劉《リュウ》社長と共に心ゆくまで杯《はい》を重ね、一夜の歓をお尽くし下さい！」

ちょうどこのとき、観客は憶秦娥《イチンオー》が舞台を降りて立ち去ろうとしているのに気づいた。楽隊の何人かは茫然としてなすところなく彼女を見守っている。彼女に取りすがり、止めにかかった茶屋の座員もいた。どうか舞台にお戻りを。座元が搭紅《ダーホン》をお渡し致しますので、どうか一言、お言葉をおかけ下さい。これだけの数をお渡しするのですから、どうか、どうかお戻り下さい……。

憶秦娥《イチンオー》が一曲目を歌い終え、一万本（十万元）の搭紅《ダーホン》が出たのを見て、どう応対したものか分からないまま一言も発せず、二曲目に入った。二曲目が終わり、さらにその倍の搭紅《ダーホン》が出た。これを注意深く観察する観客がいたら気づいたことだろう。彼女は表情を歪ませ、やっと決心がついたかのように舞台を降りようとしていたことを。これと似たようなできごとはあった。座元が搭紅《ダーホン》を出し惜しんだのを見た俳優たちが前もって示し合わせたかのように舞台を放棄したのだ。水を飲んだり、汗を拭いたりした後、楽隊から呼び戻された形にして舞台を続けたものの、誰が見てもひどいできだった。

しかし、今夜はそれとは明らかに違う。憶秦娥《イチンオー》が舞台を降りた後、何人もの座員に繰り返し懇願され、観客が待っているとうながされ、最後は座元から再三再四、泣かんばかりの哀願に押し戻されるかように舞台に上がった。座元はさらに挨拶の言葉を補った。

「憶秦娥《イチンオー》先生、ありがとうございました。搭紅《ダーホン》の多さに戸惑われたのかもしれませんが、私は秦腔《チンチアン》愛好家を代表して申し上げたいと思います。憶秦娥《イチンオー》先生の舞台はたとえ百万元の搭紅《ダーホン》が出たとしても、私は驚きません。この不世出の大芸術家にふさわしい額ではありませんか。（拍手が起きる）これは私が申しているのではありません。とある世界の芸術を知り尽くした華僑の女性が断言しているのであります。その方がおっしゃるには、秦腔《チンチアン》芸術は憶《イ》秦娥《チンオー》先生の心の中にある。その価値は一晩百万元であったとしても不思議はないと（拍手と歓声はさらに高まる）」

憶秦娥《イチンオー》は慌てて座元からマイクを受け取って話した。

「身に余るお話をいただいて恐縮です。どうかこのような話はこれきりにして下さい。もう一言言わせていただければ、本当に申しわけなく思っています。私は一介の秦腔《チンチアン》俳優です。私には私に見合った報酬の額があります。私の一家を養うことができればそれで満足です。私は身のほどを知っています。これを超える額は受け取ることができません。皆さま、どうか私の勝手をお許し下さい。ありがとうございます。座元のご好意に感謝します。秦腔《チンチアン》の仲間の皆さん、次に『遊西湖《ゆうせいこ》』の『鬼怨《きおん》』の場を歌わせていただきます」

怨み晴らさで　おくべきか
身に覚えなき　罪科《つみとが》で
花の命を　散らせしぞ
悔いて余りある　我が命……

憶秦娥《イチンオー》がこの大曲を歌い始めてからも、劉四団児《リュウスートアル》はずっと考え続けていた。ここでどうして搭紅《ダーホン》が問題になったのか。一体いくら払えばいいのか？　座元もはっきりとした話をしなかった。そこで四団児《スートアル》は最後の曲に百万元をつけることにした。今夜彼が乗ってきた高級車のトランクルームには数百万元の現金を用意してある。彼は一曲ごとに十万元ずつ上積みしていく腹づもりだった。現に座元は事前の打ち合わせで盛大に気球《アドバルーン》を上げてくれと焚きつけたばかりではないか。そのつもりでいたのに、憶秦娥《イチンオー》のさっきの様子を見ると、次の場でもし三十万元をつけたりしたら舞台を飛び出してしまいそうだ。彼女は何を考えているのか？　一晩の芝居で一場ごとに十万元ずつ増やしたとしても、たかが数百万元、せいぜい数千万元で済む話ではないのか。茶屋という場所は鍋をぐらぐら煮立て、人を呼びこみ、人を煽り立てて搭紅《ダーホン》の呼びかけをする。そして、最後は人を取って食うのだ。座元という商売は、人を焚きつけ、人をその気にさせ、自分はすたこらさっさと逃げ出して、後は野となれ山となれというわけか。座元こそ、煮ても焼いても食えない奴、箸にも棒にもかからない男だ。今の世の中、この手の男は掃いて捨てるほどいる。危ない、危ない。茶屋の商法にうかつに乗せられてはならない。

　ここで大事なのは、憶秦娥《イチンオー》に〝ことの真実〟をどう知ってもらうかだ。敵がそう出るなら、こちらはどう出るか。策はある。茶屋を通さず、直《じか》にやればいい。一足飛びに目的を達成する。つまり、百万元は直接憶秦娥《イチンオー》に手渡すということだ。

　劉四団児《リュウスートアル》はここ数年の経験から一つの金銭哲学を得ている。曰《いわ》く、金を使って欲を出せ。情けをかけるな。降参するな。白旗を掲げるな。武器を捨てるな。裏切りを許すな。目上に逆らうな。善悪のけじめを忘れるな。敵に利を与えるな。毒を盛るな。殺すな。今夜はこれぐらいにしておくが、これからはもっと手早くことを運ばなければなるまい。『遊《ゆう》西湖《せいこ》・鬼怨《きおん》』の場はいよいよ大詰めにかかっていた。劉四団児《リュウスートアル》はやおら立ち上がった。すると、お付きの者がすかさず黒いスプリングコートを彼の肩に着せかけた。彼は最前列に自分のために用意された主賓のテーブルに向かった。

　席に座るなり、彼はお付きの者にちょっと指を振る素振りをした。これは〝あるもの〟を持ってくるようにとの合図だった。

テーブルの回りは慌ただしさを増したが、憶秦娥《イチンオー》は最後の二句を歌い終えるところだった。

一縷《いちる》の煙に似た命

月の光りか　袖の露……

ここは李慧娘《りけいじょう》が運命の無情を嘆く場面だったが、搭紅《ダーホン》の景気を煽る声がけたたましく響いた。

「百万元！　劉《リュウ》社長が何と現金をお出しになった！　百万元！　百万元ですぞ！　明日の新聞の一面トップ、大見出しはこれで決まり！」

沸き立つはずの場内は、水を打ったように静まり返った。

この奇妙な静けさは、針一本落としても、大皿を割ったぐらいに響くだろう。

このとき、一人の男が劉《リュウ》社長の前に歩み寄り、ぽんと彼の肩を叩いた。

「四団児《スートアル》、四団児《スートアル》じゃないか？　寧州以来だな。あの古何《グー》とかいった爺さんの腰巾着《こしぎんちゃく》をやってたな。爺さんが落としたコートを拾っては着せ、着せてはまた拾っていたな。あのときの小僧だろう。違うか？　なつかしいな。俺だよ。胡彩香《ホーツァイシアン》の亭主の張光栄《チャンゴアンロン》。覚えてるか？」

劉四団児《リュウスートアル》はぼんやりと覚えていた。あの一メートルもの鉄パイプを振り回し、太鼓打ちの胡三元《ホーサンユアン》をつけ狙い、つけいにぼこぼこに打ちのめしたあの親爺だ。

劉四団児《リュウスートアル》を覚えている人間がやっと現れた。

十五

降って湧いたような今夜のできごとに面食らった憶秦娥《イチンオー》だったが、最近、搭紅《ダーホン》をやたらと奮発して、彼女の〝相場〟を引き上げようとする社長連中が現れているのも確かだった。中には露骨にホテルへ誘ったり、搭紅《ダーホン》を何本出せば憶秦娥《イチンオー》を外に連れ出せるか、こっそり打診してくる者さえいる。彼女がぎこちなく、しかし頑なに予防線を張り、かろうじてぎりぎりの距離を保っていても、危険水域に入っていることに間違いはない。どう対応し、どう切り抜けるかにいつも頭を悩ましていた。秦腔《チンチアン》茶屋は俳優にとってすでに〝悪の巣窟〟と化していた。真面目に働いて正当な対価を得ることは難しくなっている。彼女はこんなことに巻きこまれたくなかったが、現実に彼女が茶屋に出入りしていることを悪しざまに言いふらす声も聞こえてくる。陝西省、西安市の秦腔《チンチアン》界にはそんな〝悪所《あくしょ》〟に足を踏み入れず高潔を保っている俳優がいるのに、憶秦娥《イチンオー》は節操がないと。しかし、寧州から来ている俳優たちにしてみれば、彼女にやめてほしくない。彼女が身を引けば、みんなが巻き添えを食う。寧州に帰れば、食べていくあてがなくなるのだ。憶秦娥《イチンオー》が決めるに決められないでいたとき、あの劉《リュウ》四《スー》団児《トアル》が現れたのだった。

実のところ、憶秦娥《イチンオー》は搭紅《ダーホン》に破格の額を出して欲しくなかった。これが出たとき、彼女は自分が金縛りに遭ったような、身の自由がきかなくなるのを感じていた。これまで搭紅《ダーホン》の競り合いで会場が沸き、熱を帯びたとき、憶秦娥《イチンオー》は何度か喉の具合が悪いと口実を設け白熱化に水をさしてきた。舞台に立って報酬を得、家族を養うことは青天白日、天下の正道、人から後ろ指を指される覚えはない。だが、今夜は『上海灘《バンド》』の許《シュイ》文強《ウェンチアン》みたいな恰好をした男が現れ、十万元の搭紅《ダーホン》を出して会場に暴風を吹かせた。彼女は不意打ちを食らって応戦ならず、退場しようとしたものの引き戻されてまた一曲歌う羽目になった。こんなことは以前になかった。搭紅《ダーホン》の十本や二十本なら、せいぜい数百元、彼女は腰を屈めて謝意を述べる。しかし、十万元の赤い絹布を投げつけられてどんな礼を言えと言うのか？　言うべき言葉はない。観衆は度肝を抜かれてその場に凍りつき、しんと静まり返った。彼女は何とか返礼の二曲目を歌い、歌い終わったとき劉四団児《リュウスートアル》はさらに二十万元をぶつけてきた。もはや、これまで。彼女は会場が蜂の巣をつついたように混乱する中、舞台を降りた。叔父の胡三元《ホーサンユアン》は彼女が満面の不興をたたえているのを見た。胡彩香《ホーツァイシアン》は慌てて彼女の後を追い、その前に立ちふさがったが、憶秦娥《イチンオー》は聞く耳を持たず、ただ叫ぶだけだった。

「これって何？　何なのよ？　それでも歌わなくちゃならないの？　歌えというの？」

憶秦娥《イチンオー》がこんな癇癪を爆発させるのを誰も見たことがなく、何のことが分からずに見守っている人も多かった。いかれた金持ちの気まぐれだ、もらっとけ。金はいくらあっても手に噛みついたりしない、もらっとけ。もし茶屋の座員が数人がかりで止めなければ、彼女はこのまま外に飛び出していただろう。このとき、劉四団児《リュウスートアル》のご機嫌を取り結んでいた座元が舞台を飛び降り、彼女に追いすがって地面にひれ伏し、頭を床にすりつけるばかりにして引き止めにかかった。

「後もう一曲だけ、何とか歌っていただき、何とか丸く収めてもらえませんか？」

憶秦娥《イチンオー》がこの三曲目を歌い終わったとき、秦腔《チンチアン》茶屋未曾有の最高値、まさかの百万元の記録を叩き出したのだった。

憶秦娥《イチンオー》はこの百三十万円を受け取ろうとしなかった。叔父の胡三元《ホーサンユアン》、寧州県劇団の誰も受け取らないでほしいと訴えた。胡三元《ホーサンユアン》はこれに応じた。

「秦娥《チンオー》の言うことがもっともだ。こいつはもらえない。正当な代価《ギャラ》とはいえないからな。後が恐い、地獄を見るぞ」

団員たちは舞台の片づけに取りかかり、引き上げようとしたとき、張光栄《チャンゴアンロン》が突然、その中に割って入り止めにかかった。

「ちょっと待った。この劉《リュウ》社長を誰だと思ってるんだ？　ぼんくら頭ど突かれても思い出せないだろうな。あのとき、古《グー》老師と一緒にいた付き人だよ。覚えてるか？　古《グー》爺さんの外套を拾っては着せ、着せてはまた拾っていたあの小僧だよ！」

みんなはぽかんとしてその場に立ちつくした。

張光栄《チャンゴアンロン》が話し終える前に劉《リュウ》社長が憶秦娥《イチンオー》の前に立った。彼はサングラスを外し、羽織っていた黒いスプリングコートを揺すって落とし、これをお付きの者がすかさず受け止め、またその肩に着せかけた。みんな、はっと思い当たり、あのとき古存孝《グーツンシャオ》老師の後ろにしおらしく控え、そのコートをひたすら受けに回っていた場面がありありと脳裏に浮かんできた。

「お久しぶりです。まだ覚えていていらっしゃいましたか？」

誰もが黙りこんでいた。まるでマジックの種明かしをされたみたいに首をかしげたまま話す言葉を失っている。

「憶秦娥《イチンオー》さん、こんなにご立派になられて。伯父の古存孝《グーツンシャオ》が稽古をつけていたとき、私も及ばずながらお手助けしてましたよ！　覚えておいででしょうか？」

話を呑みこむと、憶秦娥《イチンオー》に急に懐かしさがこみ上げてきた。

「古《グー》老師は？　古《グー》老師はどちらに？」

「行ってしまいました。何年も前に」

「え？　行った？　行ったって……どういうこと？」

「村の素人劇団に入って旅公演をしているとき、乗っていたトラクターがひっくり返って、みんな飛び降りたんだけれども、伯父はもう年で動けなく、トラクターと一緒に溝に落ちて、その下敷きになりました」

みんな言葉を失っている。憶秦娥《イチンオー》は耐えきれず、一声「古《グー》老師！」と叫んで泣き伏した。ここ数年、古《グー》老師の話を聞くことがめっきり少なくなっていたが、まさかこの世の人でなくなっていたとは……。

茶屋の座元は搭紅《ダーホン》の精算と受け取りを憶秦娥《イチンオー》に頼みこんだが、彼女は頑として受けつけず、双方にらみ合いになったとき、劉四団児《リュウスートアル》が言った。

「憶秦娥《イチンオー》、その金をもしかして、汚い金だと思っているのか？」

「そういう意味ではないんです。四団児《スートアル》哥《あに》さん」

憶秦娥《イチンオー》は昔の彼の呼び方を覚えていたが。急に口調を改めて言い直した。

「ご免なさい、劉《リュウ》社長とお呼びしなければいけないのね」

「いやいや、社長だなんてとんでもない。四団児《スートアル》哥《あに》いで結構です、この方が昔の親しみが感じられてうれしい。それと、この金はどうか受け取って下さい。私にとってどうってことのない、まあ、毛毛雨《マオマオユイ》（通り雨）、ほんのお湿り程度のものですから」

彼の口もとに軽やかな笑みが浮かんですぐ消えた。

劉四団児《リュウスートアル》の随行者の一人が口を挟んだ。

「劉《リュウ》社長は炭鉱のオーナーです。それもかなり手広くやってます。。この程度の額はさしたるものではありません。どうぞお気遣いなく」

劉四団児《リュウスートアル》はその男を睨みつけて黙らせてから言った。

「いや、ただの石炭掘り、しがない炭団《たどん》屋です。社長と呼ばれる柄じゃありません。それよりも憶秦娥《イチンオー》の方が押すに押されぬビッグスター、全国に名が響いています」

劉四団児《リュウスートアル》と座元がいくら押しても引いても憶秦娥《イチンオー》はびくともせず、搭紅《ダーホン》の分け前を受け取ろうとしなかった。これまでの慣習によれば百三十万元の六割が憶秦娥《イチンオー》の取り分になるが、彼女がうんと言わなければ座元の分け前も発生しない。座元は汗だくになって、それを七割、いや八割にまで引き上げると誘いかけたが、彼女は拒み続け、五万元だけ受け取ることにした。その全額を叔父の胡三元《ホーサンユアン》に頼んで寧州の同郷者に分けてもらうことにした。その上で座元に提案して言った。

「あなたにも五万元受け取っていいただけないでしょうか。決して少ない額ではないと思います。残りはすべて劉《リュウ》社長にお返し願えないかしら」

劉四団児《リュウスートアル》とて出した金をおめおめと受け取れない。だが、憶秦娥《イチンオー》はさっと身を翻して茶屋を出て、階下の通りへ出て行った。劉四団児《リュウスートアル》はすぐその後を追い、自分の車で送らせてくれと頼みこんだ。このとき、彼の高級車の回りは物見高い見物人がぎっしりとり囲んでいた。憶秦娥《イチンオー》は顔をこわばらせ、彼の車には乗らなかったが、翌日、寧州の同郷者たちと一緒に食事することを持ちかけた。彼女は古《グー》老師が西安を離れてから何が起きたのか、劉四団児《リュウスートアル》の口からじかに聞きたかったのだ。

　翌日の昼、劉四団児《リュウスートアル》は五つ星の高級ホテルに一席設けた。憶秦娥《イチンオー》は寧州県劇団の全員を引きつれて出かけた。宴席は劉四団児《リュウスートアル》の一人舞台となり、彼のご託宣をありがたく拝聴することになった。古《グー》老師の付き人をしおらしく務めていた男がこんなおおぼら吹きだったとは誰も思わなかった。同じほらを吹くなら、もっとまともなほらを吹けとみな内心で思った。憶秦娥《イチンオー》は古存孝《グーツンシャオ》老師の話をもっと聞きたがったが、劉四団児《リュウスートアル》はろくに話さないうちにすぐ炭鉱に話を切り換える。炭鉱をどうして手に入れたか、大物炭鉱屋の誰それをどうしてちょろまかしたか、タイで性転換した人物と記念写真をとったとか、さらにマカオの賭博場での武勇伝、果ては彼の携帯電話はいくらしたか、腕時計は、革靴は、革ベルトは……喜々と自慢話が続いた。さらに一万元以上するというピストル式のライターを取り出し、ぱんと一発張光栄《チャンゴアンロン》目がけて撃ち、またぽんと張光栄《チャンゴアンロン》の前に放り出して、持っていけと言った。張《チャン》光栄《ゴアンロン》は死んでも受け取らない素振りだ。すると劉四団児《リュウスートアル》はそれを窓から外へ放り投げた。彼は言う。人がものをやろうというのに、喜ばないのは人を馬鹿にしているのかと。憶秦娥《イチンオー》はこれ以上彼とは話をできないと見切りをつけ、午後は用があるからと言ってさっさと退出した。

　これで一応、彼の顔は立てたと憶秦娥《イチンオー》は思った。搭紅《ダーホン》の五万円を受け取り、食事にも同席した。人に高ぶらず、かといってへりくだるわけでもない彼女の気性からすると、ここが限界だった。しかし、それは甘かった。これはほんの序の口で、彼女はこれから彼の死にもの狂いの猛攻を受けることになる。

　彼を一目見たときから、腹に一物あるような印象だった。あの気取った表情、尊大な眼差しから隠しきれない何かがのぞいている。ただ分からないのは、昔のおどおどして、おとなしげだが人の顔をまともに見ていられない気弱さのある人物が、ある日突然、あのような高飛車な物言い、尊大な物腰に変わるのか。平然と相手を呑んでかかり、世の中に恐いものなし、できないことはないと開き直った自信が、一体どこから出て来るのか。彼の随行者が得意気に彼女に繰り返した。

「劉《リュウ》社長は恐ろしい人です。あちこちの大物、実力者はみな劉《リュウ》社長を中心に回っています。社長が電話を一本入れたらたとえ千里の道でも駆けつけて、夕方には一緒に雀卓《じゃんたく》を囲んでいます。メンツにワンカケ（一人足りない）何てことはあり得ません」

彼が何を言おうと、憶秦娥《イチンオー》が知りたかったのは、古存孝《グーツンシャオ》老師が西安を離れてからどんな暮らしをし、どんな難儀をしていたかだった。だが、彼はそんな話はそっちのけ、ひたすら自分の武勇伝を得々と語り、金と物をひけらかすだけだった。以来、彼女は彼を避け、ときには身を隠して何日も秦腔《チンチアン》茶屋の出番さえすっぽかすこともあった。

劉四団児《リュウスートアル》はしかし、彼女に約束を迫り、待ち伏せしたり、つけ回したりを続けた。

ある日、劉四団児《リュウスートアル》はついに彼女の家に姿を現した。

おそらく何日も監視させたのだろう。彼女の家の動静を探り出していた。この日、母親は劉憶《リュウイ》を連れて姉の家に遊びに行っていた。彼女は洗濯を済ませたばかりで、玄関のブザーが鳴ったので母親が帰って来たと思いこみ、ドアアイをのぞきもせずにドアを開けた。そこに立っていたのは劉四団児《リュウスートアル》だった。彼女はパジャマのまま、夏もので透けて見える。劉四団児《リュウスートアル》も彼女も一瞬きょとんとなった。

「どうして？」

彼女は慌てて胸を隠し、寝室に飛びこんだ。着替えを済ませて、客間へ戻ると、運送業者が新品の冷蔵庫、テレビ、洗濯機、革のソファーなどを運びこんでいた。

「……何をしてるんですか？」

「この時代遅れの古物、私に買い換えさせて下さい」

「余計なお世話です。結婚したとき買ったものですから、大事に使っています」

「それならなおさら、処分した方がいい」

劉四団児《リュウスートアル》は新しい主人面をして言った。

「テレビはたったの二十四インチ、しかも国産だ。冷蔵庫は旧式の片開きときた。今度は日本現地生産の輸入物（同じ日本製でも海外産ではなく日本本国製の評判がよい）に切り替えましょう。最高のブランド品ですよ。洗濯機はドイツ製、ドラム式の乾燥機がついています。手間も暇もかかりませんよ。ソファーはイタリアの本革製です……」

「お節介はやめて下さい。要らないと言ったら、要らないんだ」

憶秦娥《イチンオー》はわざと芝居がかった大仰な言い回しをした。

十年前、劉紅兵《リュウホンビン》は同じやり口で一歩一歩、彼女の命の生活圏を占領し、気がついたら我がもの顔で振る舞うようになっていた。こんな手口を二度と許してはならない。

配達人はこれまでのテレビ、冷蔵庫、ソファを運びだそうとしている。彼女は形相を変えて叫んだ。

「やめろってんだ！　ここは私の家だ。私が駄目だと言ったら駄目なんだ。あなたたちが持ちこんだものは、たった今、持ち帰ってもらおうか！　こんなやり方が通ると思ったら大間違いだ。劉四団児《リュウスートアル》、劉《リュウ》社長、人を見くびっちゃいけないよ。私を何だと思ってるんだい？　とっととしっぽを巻いて退《の》きゃがれ！」

劉四団児《リュウスートアル》は動きを止め、配送人に荷物の持ち出しを手真似で命じた。

彼女がいないとき見計らって、劉四団児《リュウスートアル》はこの家を下見していた。彼女の母親がいた。彼は家の中をぐるっと見渡し、買い換えるべきものを見定めていた。突然の贈り物で彼女を大喜びさせてやろうという腹づもりだったけに、こんなやり方で追い返されるとはまさかのことで、耐えられない思いだった。彼は言った。

「秦娥《チンオー》、やっぱり俺を馬鹿にしているのか？」

「そんなつもりじゃない。みんないい品物だし、手に馴染んでいるから、ゴミみたいに持っていかれるのはもったいないからよ」

「いい品物ってなんだ？　君みたいな大スターは豪華な別荘に住んで、庭にはプールや屋内のトレーニングルームもあって、近くにはゴルフ場がなければならない」

憶秦娥《イチンオー》は体を折り曲げて大笑いし、言った。

「四団児《スートアル》の哥《あに》さん、お酒も飲まずに、馬鹿も休み休み言いなさい。あなただって劇団で何年も飯を食ってきて、役者が〝なんぼのものか〟まだ分からないの？　別荘に住むですって？　こんなバス・トイレ付きの部屋に住めるだけでも御《おん》の字、多くの劇団員はまだ長屋住まい（廊下を挟んで部屋が並び、共同トイレ、炊事は廊下の共同住宅）をしているというのに」

「君は天下の憶秦娥《イチンオー》、じゃないか！　秦腔《チンチアン》の小皇后《プリンセス》」

彼女はまだ笑い続けている。

「そんなおだて文句で私が喜ぶとでも思っているの？」

「笑うことはない。君は小皇后《プリンセス》ところか皇太后、太皇太后さまだ」

憶秦娥《イチンオー》はなおも笑いが止まらず、脇腹を抱えた。

「え、太皇太后さま？　私はそんな年寄りなの？」

「いや、要するに位《くらい》の問題だよ」

「馬鹿なことは言わないで。人に聞かれたら、気が狂ったと思われるわ。秦腔《チンチアン》の世界にはまだまだ皇太后クラスの名人、達人がごまんといる。私みたいな吹けば飛ぶような皇太后はまだまだお呼びじゃない。そんなこと言ってると、ぶっ飛ばされちゃうわよ」

「誰が何と言おうと、君は皇后さまだ。皇后さまらしいイメージ作り、宣伝が必要だ。金ならある。この哥《あに》いに任せてくれ。昔は貧乏のどん底だった。人がアイスキャンデー囓っているのを見ながら水を飲んでいた。今も貧乏しているが、金だけは余っている」

「それ、ユーモアのつもり？」

「いや、ユーモアじゃない。相変わらずの貧乏人だが、君を見たら、金があまっているのに気がついたんだ」

「悪い冗談はやめて。聞きたくもない」

「いや、冗談でなく、この部屋に入ってずっと立ちっぱなしだ。よかったら、座らせてもらえないかな？」

「なら、どうぞ、お座り下さい！」

劉四団児《リュウスートアル》はソファの端にちょこんと座って言った。

「お水を一杯いただけませんか？」

「あら。私としたことが、忘れてた」

彼女は手早くお茶を淹れてきた。

「秦娥《チンオー》、確かに君は変わった。洋風になり、大物になり、女っぽくなった。しかし、三十歳を超えても寧州で『白蛇伝』の白娘子《はくじょうし》を演じたときのまま人をとりこにし、人を迷わせる。俺もその一人で、今も君に夢中だ」

憶秦娥《イチンオー》はまた笑った。

「十何年ぶりに会って、まるで見違えた。冗談一つ言えなかった人がこんなに変わるとはね」

「これは冗談ではありませんよ。あのとき本当にあなたに熱を上げて叔父に打ち明け、結婚を申しこんでくれと頼んだんです。叔父は何と言ったと思いますか？」

「古《グー》老師は何と？」

「ヒキガエルが白鳥に恋するようなものだと」

憶秦娥《イチンオー》は笑いながら手の甲で口もとをきつく覆った。劉四団児《リュウスートアル》はさらに言った。

「叔父は言いました。憶秦娥《イチンオー》はまだ世に出たばかり。これから大化けする。とてもお前に釣り合う相手ではない。悪いことは言わない。さっさと尻尾を巻いて退散した方が身のためだ。たとえ一緒になれたとしても、この先辛い思いが待っている。お前には耐えられないと」

「古《グー》老師は冗談を言ったのよ」

「あのとき、私の出る幕はなくなったと思いました。でも、やっとこの日がめぐってきた」

「何のこと？」

「この機会を待っていたということです」

「劉四団児《リュウスートアル》、また変なことを言い出すんなら、帰ってもらいます」

「秦娥《チンオー》、俺は真面目だ、真剣なんだ」

「何が真面目なの？」

「俺が西安に出てきたのは商売のためじゃない。石炭は掘る前から片っ端から売れていく。今日ここへ来たのは、長年の夢を果たすためさ」

「その話はそこまで。話すんなら、古《グー》老師のことが聞きたい。それ以外はお断り」

憶秦娥《イチンオー》はきっぱりと言い、劉四団児《リュウスートアル》も従った。

「分かった。何が聞きたいの？」

「古《グー》老師が西安を離れてからのことをみんな」

「何もかも叔父が自らまいた種ですよ。偏屈で一本気、人と折れ合うことができない。芸人にとって芝居とはその日の飯の種、そうでしょ。ところが、あの老人は二言目には芸術、芸術、自ら身の不幸を呼び寄せて、死ぬまで芸術を貫き通しましたよ。西安を出てから渭水《いすい》に沿って宝鶏《ほうけい》、天水《てんすい》は一本道、多くの劇団を渡り歩きました。旅から旅、国営もあれば、明日をも知れぬ旅の一座もありました。どこも長続きしなかった。伯父が芸術にこだわって、どんな芝居も自分が納得するまで稽古を続けて幕を上げようとしない。ろくな修業をしていない役者相手に稽古、稽古で締め上げて、先に音を上げたのは座元です。〝豆腐を肉の値段で売る気か〟ってね。一本の芝居に三、四ヵ月の稽古、ときには半年以上もかけて、これじゃ誰が見たって採算は合わず劇団は大赤字。ある劇団では〝時間の無駄〟〝ただ飯食い〟とまで言われて、伯父は叔父でお決まりの向かっ腹を立て、黄色い外套の肩を震わせて、私はそれを拾っては着せ、着せてはまた拾い、伯父はある日ぷいと劇団をおん出て、腹の中では止めてくれ、止めるなら今だと叫んでいるのに誰も止めてくれない。そりゃそうです。伯父は自分の芝居しか作りたくない芝居の虫、いくら劇団のためだと言っても、相手は伯父を疫病神としか見ず、伯父もいつか捨て鉢になっていきました。恥ずかしながら道中の食事にもこと欠く始末で、人にせびって食べさせてもらうこともありました。そんな旅の空でたまたま出会ったのが、秦腔《チンチアン》が三度の飯より好きという石炭成金のおやじさんでした。秦腔《チンチアン》狂いが昂じて、自分の劇団まで作っていました。伯父が芝居を書き、演出もすると聞いて、私たちを拾ってくれました。私は叔父に口を酸っぱくして言って聞かせました。今度の金づるをしくじったら、もう後がない。上手に親方のご機嫌を取り結んでどうか長続きしてくれと。伯父は分かっていると言いながら、一旦稽古が始まると、また元の木阿弥で、自分の気が済むまで猛稽古を繰り返し、石炭長者お気に入りの女優、とはいっても自分の情婦を役者にしたような女でしたが、そんな女たちを相手に癇癪を爆発させ、〝能なし、芸なし、売るのは色だけか〟と怒鳴りあげ、罵り倒す毎日でした。それによせばいいのに、親方のこきおろしまで始まった。お前の旦那は目がない。お前のような女に入れ揚げて役者にして、お前はお前で好きでもない歌を歌わせられて、聞かされる客の身になって見ろ、たまったものではない……。こんな悪口が回り回って親方の耳に入りました。いくら芝居が好きで芝居小屋を本業にしたとは言え、堪忍袋の緒を切って伯父はとうとう追い出される羽目になりました。伯父が今度行ったところは、団員二十人足らずの素人劇団で、そこで手取り足取り芝居の稽古をつけることになりました。どさ回りに出かける途中、乗っていたトラクターが谷底に転げ落ち、その下敷きになってとうとう……」

憶秦娥《イチンオー》は尋ねた。

「あなたはその場にいなかったの？」

「ええ、石炭長者のところを追い出されたとき、私はもう伯父とは一緒にやれないと思ったんです。実はその日伯父と大喧嘩して、どこへでも行っちまえと怒鳴られて、おさらばすることにしました。〝役者乞食〟のような暮らしはもう限界、もうご免です。私だって二十歳を過ぎ、自分で自分の暮らしを立てなければなりません。伯父が村の一座に転がりこんだのを見届けて、私は炭鉱の一座に戻って親方に泣きつきました。伯父がやり残した芝居の演出を私が引き継ぐことになったんです」

「演出って、あなたが？　できるの？」

「できますとも。芸の目利きはいっぱしのものですよ。伯父と十数年、一緒にやってきたんですからね。芝居の作り方はしっかり頭に入ってます。炭鉱では稽古をつけるというより、親方を喜ばせ、歓心を買うといった方がいいかもしれません。何しろ炭鉱は札束がうなってる。親方がご機嫌になれば、ぽんと祝儀をはずんでくれますからね。伯父から仕込まれた芝居の下地は玄人はだしで、田舎劇団の演出家におさまって余裕綽々《しゃくしゃく》でした。親方にはすっかり気に入ってもらえて、娘を嫁にやると……」

最後の一言はきっと彼が話の勢いでつい洩らしてしまったのだろうと憶秦娥《イチンオー》は思った。まだ隠していることあるのかもしれない。劉四団児《リュウスートアル》は話を続けた。

「……でも、これは喜んでいいのか」

「どうして?」

「その娘というのは小児麻痺なんです」

「お大尽のところに入り婿、いい話じゃない」

「そうかもしれません。今、炭鉱はすべて私のものになりました。親方は昨年、突然心臓発作で倒れたんです。親方は支払いの金を数えながら、ばたんと机の上に突っ伏してそれっきり……」

「あなたの大恩人じゃない。娘さんにやさしくしてやらないと、罰が当たりますよ」

憶秦娥《イチンオー》はどうしてこんな話をしてしまったのか自分でも分からなかった。ただ、自然に自分の口を突いて出て、これがこの場に一番ふさわしく、何よりも大事なことに思われたからだった。

「そうです。その通りです」

今日の話はこれでお開きとなるはずだったが、そうはいかなかった。劉四団児《リュウスートアル》が立ち上がってドアを出ようとしたとき、いきなりふりかえり、ひざまずいて言った。

「秦娥《チンオー》、僕は君を愛している。ずっと君を愛していた。もし、君を得られなかったら、たとえ億の財産があったところで何の意味もない。僕を好いてくれさえしたら、どんな条件にでも応えるつもりだ。たった今、離婚してでも」

憶秦娥《イチンオー》は、なおも言い募ろうとする劉四団児《リュウスートアル》を抑えた。

「もう止めて下さい。劉《リュウ》社長。そんなこと、考えるだけで罪ですよ。できるわけがないでしょう」

「どうして、僕に妻があるからですか？」

「奥さんがいなくても、あなたと一緒になるつもりはありません」

「なぜ、なぜなんですか？」

「それは、なぜかではなく、できないからよ」

「何ができないんですか？」

「分からないわ。でも、できないことはできない。私も三十を過ぎて、人生に自分なりの考えを持っています。お願いだから、今すぐ帰ってちょうだい。私たちはこれからも友人として親しくやっていける。なぜって、あなたの伯父さまは私の恩人だから。私を教え導いて、今の私があるのは、あなたの伯父さまのおかげ。私の親とも頼む人だから」

「それとこれとは関係ない」

「それよりも何よりも、あなたが今の奥さんと別れて、申しわけが立ちますか？」

「もともと愛なんかなかったんだ」

「打算だったというわけ？　でも、世の中には、してはならないことがあるのよ」

「君は伯父と同じ石頭だ。舞台に立ったら百年に一人の天才がこの程度だなんて信じられない。阿弥陀の光も金次第と言うでしょう。いや、持って回った言い方ではなく、単刀直入に言います。僕が離婚しない場合、僕の……愛人になってもらえませんか？　西安で最高級の別荘と車をプレゼントして、ご家族の皆さんには贅沢三昧していただきましょう。知ってますよ。みなさん、西安で暮らしていて、あなた一人の稼ぎに頼っている。もう一人知恵遅れの子がいて、その子には何やらかにやらがお金がかかる……」

「その口を閉じなさい。私の子どもについてあれこれ言われる覚えはありません。あの子も人です。私と血肉を分けた子どもです……」

彼女は怒りで両手が震えた。

「帰りなさい。たった今！」

劉四団児《リュウスートアル》はとうとう無頼の相をむき出しにしていった。

「結婚はいや、愛人もいや、それならご自分で値をつけたらどうですか？　私と外国旅行一ヵ月、一千万元差し上げます。一ヵ月経ったら右と左に分かれて、見知らぬ人に戻るというのは？　あなたは秦腔《チンチアン》の小皇后《プリンセス》を続け、白《はく》娘子《じょうし》でも黒娘子でもやればいい。僕はおんぼろ炭鉱と足弱の女房を守って生きていきます。数字にご不満があれば、いくらでも上乗せしますが……」

憶秦娥《イチンオー》はついに歯を食いしばって言った。

「劉四団児《リュウスートアル》、しばらく見ないうちに変わったと思っていたら、こんなに悪くなっているとは思わなかった。あなたから百億、千億いただくぐらいなら、街に立って歌を歌い、投げ銭を稼いだ方がまだましです。出て行きなさい。たった今、出て行きなさい！　二度と顔を見せないで。そして、二度と憶秦娥《イチンオー》の三文字を口にしないで。その声を聞いただけで、私の身が汚される。出て行け！」

憶秦娥《イチンオー》は劉四団児《リュウスートアル》をドアの外に押し出し、ばたんと閉めた。

十六

楚嘉禾《チュチアホー》は双子を産んだ。男の子と女の子の二人だった。

一年以上前、軽音楽団の一行と地方公演に出た楚嘉禾《チュチアホー》は、戻って間もなく男の子と女の子の双子を産む。相手の男は海南省（海南島）で知り合った会社経営者だった。西安市を出て海南島で成功し、一大巨歩を固めていた。滞在公演が始まって半年経ったころ、この男と出会ってほどなく妊娠し、結婚したが、すでに妊娠三ヵ月以上になっていた。

秦腔《チンチアン》の専門劇団から歌舞団、ファッションショーへの衣替えはかなりの年数、大いにもてはやされた。新来の猛ダッシュで国を挙げてのブームに乗り、至るところ少女歌劇のような舞台、ビキニ姿で闊歩するモデルは、まさに「長安の水辺、麗人多し（杜甫『麗人行』）だ。

しかし、新規参入者、後続組が相次いで玉石混淆、似たもの同士の共食いとなって、ばたばたと店じまいが始まった。省立秦劇院がファッションショーに進出したときは、いわば放物線の頂点の時期だった。ジェットコースターに乗って人気の山を登り詰め、風を切って急降下、そのまま登ることはなく、息切れとなった。最初の一年間はそこそこに実入りはあったが、劇団内に「こんなはずでは」の声が上がった。まず公演団の維持、管理が大変だった。多くの歌い手、モデルたちは時ならぬブームでちやほやされ、男たちの誘惑にさらされる。この熱病に免疫を持たない彼女たちは手もなく虜《とりこ》となって高熱を発し、貴重な戦力が一《いち》抜け二抜けの戦線離脱、次々と〝鳶《とんび》に油揚げをさらわれる〟恰好となった。手間暇かけて養成した歌い手、モデルたちの補充は、おいそれとできるものではない。たちまち人材不足に陥り、質量共に惨たる状態になった。モデルの身長、体形、プロポーションの劣化は否めず、公演団はみるみる競争力を失っていった。いわば自分が自分に攻められ、打ち負かされて内部崩壊するに等しい。こうして歌舞団、ファッションショー公演隊の前線は撤退に次ぐ撤退を重ね、憶秦娥《イチンオー》の「秦腔《チンチアン》隊」同様、自宅待機を余儀なくされることになった。

しかし、一度世の中に打って出てそれなりに〝いい思い〟をし、見るべきほどのものを見てきた目からすると、憶《イ》秦娥《チンオー》のように自宅に閉じこもりながら秦腔《チンチアン》茶屋でほまち稼ぎ(臨時収入)している連中は〝守旧派〟の見本のようで軽蔑の対象だった。この両者は着ているもの、話しぶりまで自ずと一線が画されるようになった。片や洋風でおしゃれ、片や旧弊で野暮ったく田舎臭い。片や話す言葉に英語、韓国語、日本語から香港・マカオのイントネーションまで混ざるのに対し、片や永遠に馬鹿の一つ覚えの秦腔《チンチアン》一本槍、標準語(北京語を標準とした現代口語)さえろくに喋れず、二言目には搭紅《ダーホン》の実入りの噂話だ。これは昔ながらの投げ銭、お捻《ひね》り、袖の下の世界ではないか。呆れて笑うしかない。

こうした中、旧弊を脱した最大の成功者は楚嘉禾《チュチアホー》だった。愛情を得て結婚し、双子まで授かった上、莫大な財産まで手に入れた。彼女の舞台収入は〝ご身分〟が変わってからの化粧品代、衣装代をまかなえるものではないが、夫の不動産業、高級車、別荘すべて自分の家産となったのだ。夫は彼女より二歳年下だった。初めて彼女に会ったとき、その〝大姉御《おおあねご》の気《き》っ風《ぷ》〟に惚れてしまったと、夫自身が彼女に告白したという。毎日海南島のビーチで泳ぎ、家に帰って淡水のプールで海の潮気を流してから、全身を映す姿見に向かう。我が領土たるこの身体。どの一部分も見惚れて飽きないどころか、輝きが増している。幼稚園、小学校のときから彼女は自分の美貌を知っており、未だ誰にも負けていない。寧州県劇団の訓練班に入ったときも同期生たちの評価は〝首席合格〟だった。ところが、憶《イ》秦娥《チンオー》が来てからは「天王《てんおう》、地の虎を制す」「(寺の)宝塔《ほうとう》、河妖《かよう》(河の妖怪)を鎮《しず》む(押さえこむ)」に変わった。つまり、憶秦娥《イチンオー》が天王や宝塔の位置を楚嘉禾《チュチアホー》から奪ったのだ。

役柄の美しさとは何なのか、彼女は何度も考えた。劇中の人物が美しいのか、それとも俳優自身が美しいのか？ そして出した答えは、俳優が役柄と人物を結び合わせて一つにしたとき、その美しさは俳優自身を超え、さらに真実を超えて一種の魔力を得、神性さえ帯びると。

憶秦娥《イチンオー》は、だから寧州県劇団と陝西省秦劇院でトップの座についたのだと楚嘉禾《チュチアホー》は思った。彼女が憶秦娥《イチンオー》にライバル意識を超えた敵愾心を燃やすのは、幼稚園に上がったとき、街で会った人、顔を合わせた人がみな口を揃えて〝街一番〟いや〝天下一〟とほめそやし、それが当たり前と頭の中に刷りこまれていたからだ。別の人物がいきなりぬっと顔を出したり、自分の前をふさがれたりすると、幼稚園生の彼女は「ちょっと待って」と叫び、「何さ」と反撥した。

しかし、すべては過去になった。「これでよし」と彼女は思う。憶秦娥《イチンオー》は舞台も私生活も彼女に後れを取り、はるかに引き離されている。北山《ベイシャン》地区行政公署専門官の息子は離婚し、彼女は海南島の不動産王の〝正室〟に収まった。憶秦娥《イチンオー》は知恵遅れの子を産み、自分は五体満足な双子を産んだ。憶秦娥《イチンオー》は生計を立てるため葬儀に呼ばれて〝泣き女〟に扮し、秦腔《チンチアン》茶屋では尻尾を振って媚《こび》を売り、旦那方のお情けの搭紅《ダーホン》をせびり取っている。自分はゴルフ漬けの毎日で、高級リゾートのビーチでサーフィンしたり、温泉の泡風呂でダイエットを楽しんでいる。ブランド店では洋服、靴、帽子を包ませ、美容院では美顔パック、ネイルサロン……、毎日スケジュールがいっぱいだ。彼女はこの忙しさの中で毎日生き返っている。

しかし、彼女は今、西安にいる。子どもが生まれたら、海南島で育てるつもりだった。南方の暑さが嫌いなせいもあったが、西安に戻った本当の理由は秦劇院の連中を見返したかったからだ。特に憶秦娥《イチンオー》に見せつけ、当てつけてやりたかった。子どもだって黄身が二つの「二黄卵」だ。勿論、事前のエコー検査で双子を確認していたが、彼女は黙っていた。ぎりぎりまで隠して、劇団のみんなを驚かせ、うらやましがらせたかったのだ。

憶秦娥《イチンオー》との主役争いではみんなから白い目で見られ、嘲笑され、また侮辱も受けた。彼女の歌や演技を誰一人認めようとせず、憶秦娥《イチンオー》の爪の垢を煎じて飲んでも、楚嘉禾《チュチアホー》には効かないだろうと陰でさんざんにこき下ろすのも聞いている。こんな屈辱ももう終わりだ。演劇は衰退産業になり、黄昏から暗夜に移ろうとしている。憶秦娥《イチンオー》も得意の絶頂から失意のどん底へ真っ逆さまだ。せいぜい『夕陽晩唱』でも歌っているがいい。

楚嘉禾《チュチアホー》は西安の秦腔《チンチアン》茶屋で起きた事件も聞いている。〝石炭成金〟が百万元の搭紅《ダーホン》をつけ、憶秦娥《イチンオー》が激怒した一件はすでに「秦腔《チンチアン》茶屋神話」として語り継がれ、広められている。楚嘉禾《チュチアホー》は百万元くらいの金ではもはや驚かない。

茶屋で酔客のご機嫌をとり、搭紅《ダーホン》を競うという下賤な行為は売笑婦にも似て見るもおぞましい。果たしてそれが劉《リュウ》四団児《スートアル》の本気なのか虚言なのか、それとも双方馴れ合いの芝居なのか、永久に謎のままだ。

憶秦娥《イチンオー》は楚嘉禾《チュチアホー》の視界から完全に消え去った。要するに楚嘉禾《チュチアホー》と憶秦娥《イチンオー》は住む世界が違う。もはやライバルでも何でもない。

一方、ライバルを失うということは生きる張り合いをなくすことでもあり、何やら手持ちぶさたで、味気ない気もする。毎日、二人の子どもを保母に預け、二台のベビーカーが中庭を散歩するのを見ながら、彼女と母親は大声でとめどなくおしゃべりを続ける。粉ミルクはどこの国のものがいいか、ビスケットはどの国か、ベビー服はどの国か、たくさん持ちこまれる天才教育、知能開発のあれこれなど話は尽きない。いつも目の前を歩いているような気がしていた憶秦娥《イチンオー》はふっと姿を消した。しかし、憶秦娥《イチンオー》が毎日稽古場で汗を絞っているという話を聞いたとき、彼女は矢も楯もたまらず乳母に命じ、二台のベビーカーを引きつれて劇団の稽古場に乗りこんだ。

憶秦娥《イチンオー》は果たして稽古場にいた。一心不乱、「槍をかざして馬を駆る」——勝ちに乗じて敵を追撃し、舞台から戦場へと押し出していくシーンをおさらい中だった。集中しているせいか、楚嘉禾《チュチアホー》たちの訪問に目もくれず、立て続けに荒技を繰り出している。刀馬旦《ダオマーダン》（立ち回りの女形《おんながた》）の鎧を着け、目にも止まらぬ超高速の回転、これを一気に二十一回続け、五竜絞柱《ごりゅうこうちゅう》の体勢へ。三叉の槍が打ちかかるのをぱっと飛んでかわす大技だ。背中から着地し、続けざまに転がってら槍の突きを受け流し、次の瞬間には頭をついて立ち上がる。と見るや、刀をがらりと捨てて骨碌毛《こつろくもう》の体勢に移る。体をすっと沈ませると、両手を前に投げ出して足を抱き、頭を縮めて車輪のように転がり出す。反撃に出て、両足で跳躍すると跳び蹴りを連打する（二踢脚《アルティージャオ》）。二打目は足の甲を手で叩きつける早業だ。次は撃剣《げっけん》の場。背中に負った刀を鞘から引き抜くが速いか、宙に振り回し、振り下ろし、左右に払い、敵の急所をえぐり、とどめを刺す。見どころは抜いた刀を鞘に戻すとき。振り向きもしないで刀がさっと鞘に収まる美技を披露する。劇場だったら、やんやの喝采が起こるところで、見得を切り、舞台を一周する（圓場《ユアンチャン》）。歩き方はアダージョ（ゆるやかに）からアレグロ（速く）、そしてプレスティッシモ（極めて速く）まで足さばきに乱れはなく、頭、顎、肩、腰は小揺るぎもせず体幹を一直線に進ませる。これは水面《みなも》を滑る白鳥にも例えられようか。白鳥は波も立てずに進むように見えるが、水面下で激しい水かきを続けているのだ。しかも憶秦娥《イチンオー》は手に刀を持ち、群がる敵を拝み切りからなで切りにして突き進む。次は埋頭刀《まいとうとう》の技を見せる。半身になって刀身を下向け、刃を上向きに下段の構え、柄《つか》を持つ右上腕を高く、左手を切っ先近く添える。わざと左側に隙《すき》を見せ、敵の刀を誘うのだ。その一瞬、彼女の重心が右足に移ったかと思うと、刀が一閃して敵は屠《ほふ》られている……花と開く刀さばきを見せながら人馬一体の手綱さばきも盛りこまれている。彼女は胸を反らし、頭を高々と挙げて観客の視線を一身に集め、観客の期待を次の場へつなぐ。この場は大詰め、憶秦娥《イチンオー》は刀を振りかざし、愛馬に鞭を入れ、一気に戦場へと押し出していくのだ。

この一連の型は、実は憶秦娥《イチンオー》が十七、八歳で『楊排風《ようはいふう》』を演じたとき、遼の敵将・邦韓昌《ほうかんしょう》を破り、勢いに乗って追撃する場面を再現したものだった。高難度の武戯が連続し、どんなに泣かされたことか。十数年経って少しはやりよくなったかと思ったが、当時未熟さゆえに気づかずにやり過ごしたところもあり、かえって手強くなっていた。当時の楚嘉禾《チュチアホー》はこれを「竜を屠《ほふ》る技《わざ》」とあざ笑った。鶏を屠る技ならすぐにも役に立つのに、ありもしない竜を屠《ほふ》ってどうするのか？　要するに使い道のない無用の長物だとこき下ろしたのだ。しかし、と憶秦娥《イチンオー》は思う。この絶技は泡沫《うたかた》か夢幻《ゆめまぼろし》のように消えていくものではないと楚嘉禾《チュチアホー》がもし知ったなら、彼女は目を逆立て、体中から煙を吹き出すほど悔しがり、自分一人取り残されたような無念を感じるに違いない。確かに今の世の中は、美しきもの、はかなきものに目もくれず滅びるに任せている。この技を持つ者は後継者とてなく、落莫の悲哀をかこっている。だからこそと、憶秦娥《イチンオー》は思い立った。悲壮がることはない。自分は自分のやり方で淡々とやればいい。自分にはこの道しかないのだから、開き直ってやるまでのことだ。

稽古場はがらんとしている。時々邪魔が入る。

「あら、また練習？　色っぽいね、仇っぽいね、粋だよ。だけど、誰に見せるのさ？」

憶秦娥《イチンオー》は膝をつき、肩で息をしながら喘ぐように答える。

「どうってことない。ひまだから。やることないし」

見ると楚嘉禾《チュチアホー》の母親で、楚嘉禾《チュチアホー》も一緒だ。憶秦娥《イチンオー》は挨拶する。

「おばさん、お久しぶり！」

「秦娥《チンオー》、元気だね！　しかし、まあ、何と飽きもせず孤軍奮闘、粉骨砕身、あきれたね」

楚嘉禾《チュチアホー》が言った。

「ひまなら麻雀するとか、街をぶらつくとか、旅行に行くとか気のきいたことはいくらもあるのに、何を好き好んでこんなところにくすぶっているのよ。十一、二歳からさんざん苦労させられて、まだ苦労がしたりないの。辛気臭いと思わない？」

楚嘉禾《チュチアホー》の母親は彼女をちょっとつついて制した。

「何を言うの」

憶秦娥《イチンオー》は歯を見せて笑った。

「体がなまっているのよ。鍛えなくちゃ」

「なら、フィットネスクラブへ行ったら？　腹筋を鍛えたり、ヒップアップしたり、マーメイドラインを鍛えたり、やることはいっぱいあるわ。これまで私たちがやらされてきたのは非科学的で原始的な方法だった。役者だって五頭身はざら、お尻が垂れ下がってさ。秦娥《チンオー》、言いたいんでしょ。私の練習嫌いは有名だから、このままいくとペンギンか、ラクダか、ジャイアント・パンダになっちゃうって。あなたはくそ真面目にやってるからパンダにはなりそうにないわね」

憶秦娥《イチンオー》は笑うだけで、口を挟まなかった。楚嘉禾《チュチアホー》の母親は話に割りこんできた。

「ほら、秦娥《チンオー》の体を見てご覧なさい。こんなに引きしまって。稽古の賜物よ。あなたも始めなさい。フィットネスクラブでもプールでも、どこでも行って早速始めなさいよ！」

楚嘉禾《チュチアホー》は言った。

「冬になったら、海南島へ行って始めるわ。ママは西安のプールを見たことがないから言うのよ。汚くてばい菌がうじゃうじゃ、とても入れたものじゃない。おーいやだ。それより、ねえ。今回西安に来たのはあなたのベビーをどうしても見たかったからよ」

憶秦娥《イチンオー》の顔に少し赤みがさした。しかし、快活で平静な口調で答えた。

「家にいるわ」

「お祖母《ばあ》ちゃんに見てもらってるの？」

憶秦娥《イチンオー》はうなずいた。

「今は何かしゃべれるの？」

「マーマ、バーバ、おっちゃんぐらいね」

楚嘉禾《チュチアホー》は言った。

「パパは言えないの？」

彼女の母親は楚嘉禾《チュチアホー》の肘をつついて話題を変えた。

「秦娥《チンオー》、昨日、あなたのお母さんに会ったわ。若いのねえ」

「若いもんですか。村の仕事はきついし、こちらへ来たら来たで、こき使われて悲鳴をあげてる……」

「人間、働けるうちが花なのよ。私を見てよ。職場でひま持て余してぶらぶらしてるだけ。嘉禾《チアホー》の家で孫の世話もいいけれど、すぐ腰は痛くなる、肩は凝る、夜は眠れなくなる……」

楚嘉禾《チュチアホー》はまた母親の話の腰を折った。

「子どもは歩けるの？」

憶秦娥《イチンオー》は平静に答えた。

「歩けるわよ。でも、危なっかしくて」

「もう医者には診てもらわないの？」と楚嘉禾《チュチアホー》。

「いい医者がいればね、診てもらいたいわ」

「惜しかったね。せっかく息子を産んだのに……。いい医者にめぐり会って先の道が開けるかどうか……」

このとき、ベビーカーで急に子どもの泣き声がした。一人が泣くと、また一人がつられて泣き出した。楚嘉禾《チュチアホー》と彼女の母親は腰を屈めて子どもをあやしにかかった。憶秦娥《イチンオー》は子どもの泣くのには慣れている。行ってあやしてやろうと思った。だが、楚嘉禾《チュチアホー》は母親と乳母を急かして、子どもを稽古場から連れ出した。

稽古場を出た楚嘉禾《チュチアホー》は一種、大きな満足感にひたっていた。いろいろな話を仕掛けて、彼女の中にたまっていたわだかまりをこれでもかとばかりに吐き出し、ぶつけてやった。中途半端に終わったところもあるが、これで十分としよう。双子を何もいわずに見せつけてやり、これも目的を果たした。

しかし、ものごとは必ずしも人の思惑通りには運ばない。彼女の夫の不動産業は彼女との恋愛の間に内憂を抱えており、氷河期を迎えようとしていた。分譲や賃貸のマンションは一棟また一棟と売れ残りや空室が目立ち、工期遅れや工事が中断したまま放置されたゴースト・マンションも出始めていた。あっぷあっぷの状態が気づいたら一気に水面下に引きずりこまれていたというのが現地の業界、監督官庁の実感だった。冬になったら氷に鎖された西安を離れ、陽光降り注ぐ海南島のリゾートビーチで優雅な楽園生活を送ろうとしていた楚嘉禾《チュチアホー》の心づもりとは別に、彼女の夫は資本を海南島から西安に撤退させ、再起を図ろうとしていた。ゴースト・マンションはすでに彼を破産状態に追いこんでいたのだ。

楚嘉禾《チュチアホー》を襲ったもう一つの当て外れは、舶来の歌舞ショー、ファッションショーが日増しに衰退の色を見せ、逆に絶滅寸前と思われていた秦腔《チンチアン》が起死回生の勢いを見せ始めたことだった。陝西省秦劇院に外省から視察団が相次ぎ、秦腔《チンチアン》の本格的な全場通し上演のリクエストが相次いだ。「秦腔《チンチアン》復活、経済は秦腔《チンチアン》で回る」などとマスコミも囃したてた。全国規模の伝統劇演劇祭、コンクールが頻繁に開かれ、逼塞していた秦腔《チンチアン》関係者も生色を取り戻し、喜々として活動を始めた。

楚嘉禾《チュチアホー》にとって踏んだり蹴ったりの事態がさらに重なった。この緊急時に劇団の上層部に異変が生じ、団長の座が選挙によって争われたのだ。楚嘉禾《チュチアホー》をかばい、引き立ててくれた丁至柔《ディンジーロウ》団長は第一回の投票で敗退し、局外に追い払われた。丁《ディン》団長への支持票は三分の一にも満たなかったという。事情通によると、丁至柔《ディンジーロウ》に投票したのは、歌舞ショーとファッションショー公演団のメンバーに過ぎず、しかもその連中の大半は劇団から離れてしまっていた。

劇団の監督機関は憶秦娥《イチンオー》ら「秦腔《チンチアン》公演隊」のメンバーに対して、この苦境をよく耐えよく凌いだとして慰撫する一方、丁至柔《ディンジーロウ》に対する処分は苛烈なものだった。彼が数年の在任期間中に「省立秦劇院を分裂の淵に追いやり」、「目先の私欲に走って快楽に淫し恬《てん》として顧みず」、「劇団運営の方向を見誤って劇団の存続を危殆《きたい》に瀕せしめた」とする見解を明らかにした。もはや丁至柔《ディンジーロウ》に団長職を継続させるかどうかの問題ではなく、「団長の職責及び省立秦劇院の職を解く」もので、「死を以て大衆の怒りに応える」にも等しい処分だった。

次期団長に高得票で当選したのは〝薛姐《シュエねえ》さん〟の薛桂生《シュエグイション》だった。

〝男女《おとこおんな》〟呼ばわりされていた薛桂生《シュエグイション》は、陝西省秦劇院に配属されたときに『白蛇伝』で憶秦娥《イチンオー》と共演し、白《はく》娘子《じょうし》の夫・許仙《きょせん》を演じていた。その後、上海で学び直し、さらに北京で研修を続けた。彼はずっと演技者から演出家への転身を志して専門の研鑽を怠らず、劇団が不振に喘いだ数年間を経て華麗なる変身を遂げた。彼の演技・演出論は歴戦の勇士の風貌さえ漂わせて筋金入りの説得力を持ち、聞いた人間は自分の耳を疑うほどだった。団長選挙の対立候補はもはや彼の敵ではなかった。彼らは丁至柔《ディンジーロウ》が業務課長時代の議論を蒸し返して「労働点数」制の励行を訴え、大組織に安住した事なかれ主義を排しよう、罰金システムを強く推進しようなど、今さら聞きたくもない主張で団員をげんなりさせ、支持を失った。

しかし、〝男女《おとこおんな》〟は演劇人の好みとプライドをくすぐった。アメリカ演劇からドイツ演劇へ、さらにドイツ演劇からロシア演劇へ、究極はロシア演劇から元雑劇への回帰と円転滑脱《えんてんかつだつ》、融通無碍《ゆうずうむげ》の論陣を張った。聞き手は省立秦劇院と共にはるか九万里の高みへと運ばれる。「学ぶは学ばざるに勝る」と喝破《かっぱ》し、知的・文化的レベルの高い陝西省秦劇院が先頭切って演劇界を牽引しなければならないと呼びかけた。狙いは明快で、彼が打ち出した〝牌《パイ》〟は伝統演劇復活の宣言だった。秦腔《チンチアン》の未来を金箔貼りで描き出すことによって省立秦劇院の行く手を示し、〝世界の秦腔《チンチアン》〟を目指すものとなった。不運続きに見舞われて意気消沈していた団員たちは黄土を黄金に換える時節到来を夢見ていた。薛桂生《シュエグイション》が企んだのは、眠りたがっている聞き手に枕を提供することだったとも言えようか。その功あってか、三回目の投票で彼は全団百七十八票のうち百三十四票を得たのだった。

立候補の演壇に立った薛桂生《シュエグイション》は女形の役者らしく、なよっとした蘭花指《らんかし》（梅蘭芳《メイランファン》によって始められた指のジェスチャー）を用いて聴衆への尊敬、聴衆への批判、聴衆への賛美などをその都度表した。聴衆はそれをうっとりと見守った。

陝西省秦劇院は〝王朝〟の交代へと歩み出した。

十七

憶秦娥《イチンオー》は劉四団児《リュウスートアル》の強襲を受けた後、秦腔《チンチアン》茶屋への出入りをきっぱりとやめた。あの場所はやはり足を向けてはならないところだった。「劉四団児《リュウスートアル》百万元騒動」は、彼女がその場で突き返したにもかかわらず、これが尾ひれをつけて世上取り沙汰され、賛否、毀誉褒貶《きよほうへん》が相半ばした。それだけでなく、廖耀輝《リャオヤオホイ》のあの忌まわしい一件がまたぞろささやかれることになった。「大根を抜くと泥も一緒についてくる」喩《たと》え通りだ。役者稼業は一度世の中か見放されると、二度目がない。寄ってたかって袋叩き、滅多打ちにされる。孤立無援、この世に守ってくれる人は誰もいないと体感させられる。あれほどもて囃され、ちやほやされていたのが手の平を返すように中傷、嘲弄、悪ふざけの集中砲火を浴びるのだ。こんなときに限って、また新手の事件が持ち上がり、これを機に彼女は茶屋の出演をやめる決心を固めたのだった。

劉四団児《リュウスートアル》騒動のほぼ半月後、叔父の胡三元《ホーサンユアン》は太鼓の撥《ばち》で茶屋の座元の前歯を二本叩き折り、派出所に連行された。胡三元《ホーサンユアン》の恋人胡彩香《ホーツァイシアン》老師をめぐるいざこざがそもそもの発端だった。ある土建業請け負いの親方が夜な夜な秦腔《チンチアン》茶屋を梯子《はしご》して地方で荒稼ぎした金を入れ揚げ、芝居漬けの毎日を送っていた。工事の打合せも「若さま命と頼み参らせる……（『三滴の血・虎口の縁』）」などと芝居がかるのはご愛敬だが、この人物、至って衛生観念が乏しかった。ひっきりなしに葉巻を吹かし、ぜろぜろと喉を鳴らして、かー、かー、ぺっところ構わず痰を吐く。鼻水をテーブルナプキンになすりつけ、貧乏揺すりを一晩中続ける。誰も彼と同席したがらなかった。搭紅《ダーホン》のつけかたもしみったれていて、せいぜい一本、二本、時折、十本つけることもあるが、二十本を超えることはまずない。いや、あり得ない。茶屋が流行《はや》っていたころはみんなの鼻つまみ者だったが、景気が落ちこんで常連の足が遠のくと、この人物にもあちこちの座元からお誘いの電話がかかるようになった。

事件がどういうめぐり合わせで起こったのか、どうもはっきりしない。そのころ、この人物は別の茶屋にいるはずだった。胡彩香《ホーツァイシアン》の舞台も見たことはあったが、それほどの印象を残していない。だが、この夜、この人物がこの茶屋に来た。客はほんのぱらぱらとしかいなく、会場は冷えきっていた。その中で胡彩香《ホーツァイシアン》は若さにはない円熟の舞台、通好みの濃艶さを見せ、「さすが」と客を唸らせた。彼女の最初の一曲が終わったとき、客席から感極まった声がかかった。

「すんばらしい！」

工事現場に吹く黄砂の風に鍛えられたかのような胴間声だ。ある客は驚いて飛び上がったほどだ。胡彩香《ホーツァイシアン》が三曲目を歌い終えるのを待ちかねて、彼は手下《てか》に命じて「搭紅《ダーホン》二十五本」入れさせた。彼が見せたことのない豪儀さに、座元は肝をつぶし、「さ、もう一声！」と煽《あお》りにかかった。その男は酔っ払ったみたいに三十本、三十五本、ケチで小心なこの男が三十五本、三十八本、四十本、四十二本と小刻みに上げていき、さらに四十五本、四十八本、ついに五十本の大台に乗せた。もはやケチでも小心でもない、何と太っ腹なことか、自分の限界を乗り越え、記録を更新したのだ。このときの会場の盛り上がり、興奮は劉四団児《リュウスートアル》のあの夜を越えてはるかに〝感動もの〟の熱狂を呼んだ。その夜の興業を終え、みんなが搭紅《ダーホン》の実入りにほくほくしているとき、座元が胡彩香《ホーツァイシアン》を呼びに来た。今夜の大立て者廖《リャオ》の旦那が胡彩香《ホーツァイシアン》師匠にお目にかかりたいとの仰せだった。

居合わせたものが驚いたのは、胡彩香《ホーツァイシアン》の夫張光栄《チャンゴアンロン》の一言だった。

「会うことはない。俺たちは歌を歌うだけだ。誰かに会う義理はない」

座元はむっとして言い返した。

「お会いになった方がよござんすよ。これは胡《ホー》師匠へのご祝儀だ。野暮は言いっこなし。金主《きんしゅ》の顔を立てるのも、この世の習わし、金主を袖にしちゃ罰が当たるってなもんだ。我らがこうしておまんまいただけるのも、金主あっての世の中じゃござんせんか」

座元はお辞儀を繰り返し、泣き落としの構えだ。胡彩香《ホーツァイシアン》は座元に「行きましょう」と応じ、張光栄《チャンゴアンロン》は彼女について行こうとした。

「おっと、いけねえ」

座元は張光栄《チャンゴアンロン》を押しとどめて言った。

「お天道様の空の下、誰が好き好んであんたの女房に飯を食わせるんだ？　無粋《ぶすい》な邪魔だてはならねえ。そうだ、ちょうど便所が水漏れしてる。ちょっと行って見てもらえないか」

張光栄《チャンゴアンロン》は本当にスパンを持ってトイレへ向かった。

胡彩香《ホーツァイシアン》はすでに廖《リャオ》の旦那の行跡を知っており、それを人にも話していた。この男は女を連れ出そうとしている。今夜茶屋で〝大出血〟したのは何のためか。自宅に連れ帰って歌わせ、その埋め合わせをさせる魂胆なのだ。廖《リャオ》の手下《てか》が胡彩香《ホーツァイシアン》に手をかけ、連れ去ろうとしているのが憶秦娥《イチンオー》の叔父胡三元《ホーサンユアン》の目に入った。彼は何も言わずに太鼓の撥《ばち》をつかむと、廖《リャオ》につかつかと歩み寄り、その口もと目がけてしたたかに打ち下ろした。出っ歯の歯槽膿漏を病んだ二本がぽろりと落ちた。現場は大騒ぎになりすぐにパトカーが警報を鳴らして駆けつけて胡三元《ホーサンユアン》を連れ去った。

これを知った憶秦娥《イチンオー》はすぐ喬《チャオ》署長に電話した。

憶秦娥《イチンオー》の熱烈なファンを以て任ずる喬《チャオ》署長は、秦腔《チンチアン》茶屋の舞台にも治安維持の名目で度々出入りし、その数曲を聴いていた。喬《チャオ》署長はまだ署長のままだった。ある人が言うには、その能力からすれば、西安市分局の局長に昇進してもおかしくないのに、この芝居見物がたたってある失態をしでかし、処分を受け、現状に甘んじているらしい。憶秦娥《イチンオー》はその処分の理由を知っている。彼女が『狐仙劫《こせんこう》』を演じたとき、喬《チャオ》署長は五晩通して見物し、その「美しさ、勇気、智慧、自己犠牲」の精神を併せ持つ胡九妹《こくまい》に感動し、六日目には派出所の十数人の巡査を引きつれ、ちゃんとチケットを買って団体観賞に及んだのだった。署長に言わせれば、これは署員たちに「キツネの自己犠牲の精神、勇敢な戦闘精神」を学ばせるまたとない観劇の機会だった。しかし、その夜、派出所に拘留していた二人のこそ泥が脱走した。取るに足らないチンピラだったが、派出所から堂々の逃亡犯を出したということは看過し得ない失態、重大事件と見なされた。署長がこれまでに数々の手柄を立てていなければ、降格、追放の処分もあり得たという。西安市分局の局長は彼に訓戒を与えるとき、それとなくほのめかした。いやしくも重責にある者が秦腔《チンチアン》の名優に現《うつ》を抜かすとはもってのほか、「腐敗と堕落防止の精神」を堅持するようにと。

局長はある同志からの〝たれ込み〟を聞いていた。署長が芝居見物に行くときは決まっていそいそと靴をぴかぴかに磨き上げていた。そのくせ、頭髪はぼさぼさで、相変わらず「風に吹き上げられる波」のようだったという。署長は怒りを顔にみなぎらせて局長に噛みついた。

「靴磨きは私の子ども時代からの習慣です、え！　外国映画の警察をご覧なさい。ぼろ靴履いて出動してますか、え！　みんなぴかぴかですよ。私の髪の毛は天然パーマで、風が吹かなくても逆巻いていますよ、え！　ついでにもう一つ申し上げますと、私が劇場へ行くときは外国のように背広でネクタイをきちんと締めてます、え！　それにあのこそ泥は釈放するばかりになっていたんです。これが凶悪犯だったら、たとえ局長から芝居に行けと命じられても、決して行ったりしませんよ、え！」

署長は受けた処分を決して憶秦娥《イチンオー》には明かさなかった。局内のある人物が署長に冗談口を叩いた。

「これはキツネの精のたたりですよ。強い人ほど脇が甘い。油断大敵火がぼうぼうというでしょう」

署長は憶秦娥《イチンオー》のファンとして彼女の芝居は見るが、彼女からの頼まれごとについては身びいきしたり、甘い顔を見せることは決してなかった。憶秦娥《イチンオー》の弟の易存根《イツンゲン》が西安にできてから、彼女は署長に少なからず相談していた。彼女の弟は得体の知れないところをうろつき、危ない目にもあっているようだった。表向きは市内の地理に慣れながら仕事を探しているということだったが、要は悪所をほっつき歩き、遊びほうけているだけだった。彼は姉を〝秦腔《チンチアン》の小皇后《プリンセス》〟として崇め、その威光がどこでも通用すると思っていた。その名前を出せば、欲しいものは何でも、仕事だって向こうから飛びこんでくるはずだと。だが、実際にやってみると、知らないというのならまだしも「憶《イ》秦娥《チンオー》？　そんなへっぽこ歌歌いで人が恐れ入るとでも思っているのか」と逆にいなされるの落ちだった。憶秦娥《イチンオー》はそんな弟が腹立たしかったが、まさか頭をぽかりとやるわけにもいかない。母親に話すと、逆にたしなめられた。

「名前を出して何が悪い？　お前の弟がお前の名前を出さなくて誰の名前を出すのさ？」

彼女もいくつかの心当たりを当たってみた。だが弟は給料が安いの、社長が気に食わないの、「田舎者」と馬鹿にされただの、軒並み蹴飛ばして帰ってきた。とうとう探しあぐねて喬《チャオ》署長に相談すると、ガードマンの口を紹介された。警官そっくりの制帽と制服を与えられ、弟は一度袖を通したが、鼻で笑って帰ってきた。その理由は腰の拳銃がないからというものだった。今度はさすがの母親も怒った。

「このろくでなしの死に損ないが。鉄砲が欲しいだと？　お前に鉄砲を持たせる前に、お前の脳みそをぶち抜いてやる。その方が世の中のためになるし、私も安心だ。お前のような奴は生きてててもしょうがない。さっさとくたばっちまえ！」

　この弟のけりがつかないうちに、今度は彼女の叔父胡三元《ホーサンユアン》が警察に引っ張られた。憶秦娥《イチンオー》はまた喬《チャオ》署長に泣いて訴えた。叔父は親とも頼む一家の柱で、彼女の今日があるのも叔父の引き回しのおかげだし、何としても助けて欲しい。叔父は可哀想な人で、人はいいんだけれども、一本気で怺《こら》え性がなく、いつも損をしている。喬《チャオ》署長の仕事はまず憶秦娥《イチンオー》に泣きやめさせることだった。すべては取り調べが済んで事実が明らかになった時点から始まると言い聞かせた。

　その夜遅くなって、胡彩香《ホーツァイシアン》老師、張光栄《チャンゴアンロン》おじさんらが憶秦娥《イチンオー》の家に集まり、喬《チャオ》署長からの知らせを待った。そこへ喬《チャオ》署長長直々《じきじき》の起こしとなった。あの廖《リャオ》社長はやはり意外な大物で、県の代表大会の議員にも選出されていた。どうなだめすかしても、五郎幕《ごろまき》（大暴れ）がおさまらない。下手に騒ぎを大きくしたら、後々までたたるだろう。喬《チャオ》署長は言った。

「お前の叔父さんは別な派出所へ移した。一本気な性格はよく知っている。廖《リャオ》社長は鼻つまみ者だが、ここは穏便に済ますしかない。え！　そうだろう。前歯二本叩き折ったんだから、立派な傷害罪だ。え！　こういう場合、二つのやり方がある。一つは民事の調停だ。双方が和解して一件落着だが、ただじゃ済まん。和解金つまり賠償金で勘弁してもらうんだ。調停が不調に終われば、裁判で争うしかない。え！　この状況だと、二年か三年の実刑をくらうだろう。え！」

　憶秦娥《イチンオー》の母親はわっと泣き崩れ、喬《チャオ》署長の前にひざまずいた。署長はあわてて抱き起こしにかかったが、彼女はびくともしなかった。彼女は身も世もなく喬《チャオ》署長に取りすがり、訴えた。

「署長さん、署長さんしか頼る人がおりません。駄目な弟で面目次第もありません。どうか見捨てないで下さい。情けない弟ですが、哀れな人間です。幼いときに母親を亡くして、この駄目な姉が引き取って育てました。十一、二歳になったとき、県の劇団の試験を受けさせ、何とか通りました、そのときはまだあどけなく、まさかこんな醜男《ぶおとこ》になるとは思ってなかったんですよ。やはりこの顔では俳優には向かないと、立ち回りの小太鼓を叩き、いつしか認められて銅鑼を叩き、叩き続けてやっと太鼓打ちの席を与えられました。本当に運のない子なんです。まさかの事故で一度牢屋に入り、また入って〝二進宮《アルジンゴン》（二度のお勤め）〟になってしまっては二度と世間に顔向けできません。もう五十になろうというのに嫁の来手もなく、今度しくじったら、一生は終わりです。喬《チャオ》署長、お願いですから、助けると思って、どうかお力をお貸し下さい！」

喬《チャオ》署長、胡彩香《ホーツァイシアン》、憶秦娥《イチンオー》は三人がかりでこの母親を助け起こそうとしたが、母親は根を生やしたように動かない。その涙と鼻水は喬《チャオ》署長のズボンを濡らしただけでなく、ぴかぴかに磨かれた靴に滴ってにじみ、光の痕跡を残した。

「分かった、分かった」

喬《チャオ》署長はそう繰り返しながら、ティッシュペーパーを取り出した。こっそりと靴とズボンの鼻水を拭いながら調停案について話した。

胡彩香《ホーツァイシアン》は勇気を奮って自分から廖《リャオ》社長に会いに行くと言い出した。虎に羊を差し出すようなものだと、夫の張《チャン》光栄《ゴアンロン》は承知しない。絶対駄目だと憶秦娥《イチンオー》も反対し、自分が行くと言い張った。喬《チャオ》署長は二人をなだめて、ここは弁護士の出番だと言い聞かせ、弁護士に任せることになった。だが、相手の弁護士は顔を出さず、廖《リャオ》社長の言い分だけが伝わってきた。〝犬叩き棒〟で太鼓打ちの〝グロスケ〟の反《そ》っ歯を全部叩き折らせろ、さもなくば牢屋に叩きこめ、調停案など聞く耳持たぬと。話し合いは暗礁に乗り上げた。

（注）犬叩き棒（打狗棒）　中国の大衆小説である武侠（剣豪）小説に登場する乞食集団の頭目が用いる竹の棒。頭目は代々、犬叩き棒術（打狗棒術）という武術を受け継ぐ。この集団は構成員の生活共同体、互助組織であると同時に独自の武術を

身につけ、義侠の行いを旨として武術界で大きな勢力をなしている。

とうとう喬《チャオ》署長の出番となった。そんな得手勝手が世の中通るものか。自分も相手も共に生きるのが人の道だと言ってはみたものの、やはり賠償と調停の方途を探るのが一番ふさわしかろうと廖《リャオ》社長を説得にかかったが、にべもなくあしらわれ、歯一本に百万元ふっかけられ、太鼓打ちに出せるものなら出して見ろと開き直られた。喬《チャオ》署長は言った。

「そんな意地を張ってどうする。え？　前歯一本、いくら廖《リャオ》社長の前歯でも百万元はなかろう。え？　たとえ百万元するとしても、鬼の目にも涙というだろう。ここは人情と男気の見せどころだ。お互いこの後また顔を合わせることもあるだろう。え？」

廖《リャオ》社長の腹はまだ煮えたぎっている。横たわったベッドから飛び上がりそうな勢いで言い返した。

「また顔を合わせるだと？　二度と顔を合わせてたまるか。ふざけんな！」

なくなった前歯か息が漏れて、よく聞き取れなかったが、もはや賠償額の話どころではなくなった。喬《チャオ》署長の腹づもりでは、二本の前歯は慰謝料こみで四、五万元が妥当な額だろうと踏んでいたが、廖《リャオ》社長は人前で大恥をかかされた上、世間的にも面子《めんつ》をつぶされ、仕事先の信用も台なしだ。四、五十万元もらっても引き合わないと息巻いた。これが留置所の胡三元《ホーサンユアン》に伝わると、あのごろつきやくざに払う金はびた一文ない、払うぐらいなら刑務所の臭い飯を食った方がまだましだ。もし、誰かが余計なことをして賠償金を払い、出所させられたら、俺はそいつの臭い歯を叩き折ってやる、俺は言ったことは必ずやると、これまた手がつけられない強情ぶり。憶秦娥《イチンオー》の母は胸を叩き、地団駄踏んで怒り狂った。

「馬鹿につける薬はないというのはこのことだ。お前の叔父のあの気性は死んでも直らないよ。牢屋の底が抜けるまで、気の済むまで食らいこむがいい。子どものころ、易者にも言われた。この子の人相には刑務所の陰がさしている。用心に越したことはない。この悪相は一生、ついて回るだろうってね。やっぱり当たったよ！」

当の本人がこの態度なのだから、裁判所に判決を委ねるしかなかった。

胡三元《ホーサンユアン》には一年の刑が下された。

判決の日、裁判所には憶秦娥《イチンオー》、彼女の母親、姉とその夫、弟の易存根《イツンゲン》、そして胡彩香《ホーツァイシアン》とその夫張光栄《チャンゴアンロン》が傍聴した。秦腔《チンチアン》茶屋で起きた事件は一が十、十が百にも話の尾ひれがついて、傍聴人はさらにふくれあがり、その日居合わせた俳優、演奏者たちも多かった。

叔父は寧州で受けた公開裁判のときのように傲然と肩をそびやかし、周囲を見下すような顔には微笑さえ浮かべている。だが、黒く火薬焼けした顔半分の微笑はどう見ても滑稽の感を否めない。しょっちゅう口をもごもごさせて犬歯を隠そうとしているのは、自分の顔の欠点を知っているからだろう。この方がややましに見えるのは確かだった。

彼は自分の犯罪行為を否認することなく、全面的に認め、自供した。廖《リャオ》社長の二本の前歯を破損したのはまさしく自分であり、しかも故意であったことを認め、繰り返し強調した。秦腔《チンチアン》を見る人たちに分かってほしいこと、肝に銘じてほしいことがある。それは出演者たちに然るべき敬意を払ってもらいたいことだ。俳優たちは一家を養い、暮らしを立てるために働いている。そこに身分の高低、貴賤の別はないはずだと。彼は歌の文句を引用して言った。

「友が来たれば美酒でもてなし、狼来たれば鉄砲ぶっぱなす」

胡三元《ホーサンユアン》の最後の陳述は満場の喝采を博した。胡彩香《ホーツァイシアン》の夫張光栄《チャンゴアンロン》は立ち上がって三度「好《ハオ》、好《ハオ》、好《ハオ》」を連呼し、警備員に拉致されて退場した。張光栄《チャンゴアンロン》の掛け声は彼と叔父胡三元《ホーサンユアン》との長年に渡る確執、わだかまりを瞬時に氷解させるものだと憶秦娥《イチンオー》は思った。

裁判官は何度も木槌を叩いて、傍聴席の静粛を求めたが、拍手と歓声は高まりこそすれ、しばらくの間静まることはなかった。

彼女の叔父が判決を言い渡され、護送された後、胡彩香《ホーツァイシアン》と張光栄《チャンゴアンロン》、そして寧州から来た茶屋の出演者たちはそれぞれ郷里へ引き上げていった。

憶秦娥《イチンオー》は二度と茶屋の舞台に立たないことを誓った。

だが、このことは憶秦娥《イチンオー》と姉夫婦との間で一悶着起こすことになる。

十八

憶秦娥《イチンオー》の姉易来弟《イライディ》、その夫高五福《ガオウーフー》は西安に出てきてからずっと商機を探していた。高五福《ガオウーフー》は寧州で薬や薬材の卸をしてそこそこの貯えをしていた。引き続き西安でこの方面の仕事を考えていたところ、憶秦娥《イチンオー》が自分の後援者を数人紹介してくれた。みんな「お任せあれ」とばかり盛大な花火を打ち上げてくれたが、どれも憶秦娥《イチンオー》の顔色をうかがう、その場しのぎでしかなかった。西安の薬材業界は田舎出の業者が簡単に割りこめるほど甘くはない。秦腔《チンチアン》茶屋の盛況を見るにつけ、姉の力を見せつけられていた。この姉の後ろ盾があれば「鬼に金棒」と、西安市の第二環状道路の近くに手ごろな空き物件を見つけ、こっそりと改修を加えて「春来茶屋」を開業することにした。憶秦娥《イチンオー》にはすでにそれとなくほのめかしていたから、姉の了解を得たつもりになっていた。だが、憶秦娥《イチンオー》は何も聞いておらず、何も知らなかった。彼女の母親も寝耳に水で、来弟《ライディ》夫婦に計画を思い直すように話した。母親は憶秦娥《イチンオー》の悩みと嘆きをしょっちゅう聞かされていたから、茶屋商売の先行きを危ぶみつつも、新しい商売はいくらでもほかにあるだろうと、のんびり構えていた。憶秦娥《イチンオー》が秦腔《チンチアン》茶屋と縁を切る決意をしたとき、来弟《ライディ》夫婦は「春来茶屋」オープンの日取りをすでに決めていたのだった。

これを知った憶秦娥《イチンオー》はさすがに怒った。秦腔《チンチアン》茶屋に深入りしたばかりに、叔父や仲間を巻き添えにして見たくもない場面を見ることになった。そこへ素人がうかうかと入りこむのはどういう料簡か。汚れた金が飛び交う中、どんな金稼ぎをしようというのか？　だが、姉の来弟《ライディ》はそんなことを知る由もない。

「お前が出てくれたら、毎日大入り満員じゃないか」

「そんなことじゃないの。私はもう出ないと決めたんだから」

姉の来弟《ライディ》が茶屋を開くことは、実はかつて母親もそのかしたことがある。しかし、実の弟が牢屋入りする羽目になって、この業界の後ろ暗さ、剣呑《けんのん》さを思い知らされることになった。だが、来弟《ライディ》夫婦にしてみれば、持ち金のほとんどをこれに注ぎこんでしまっている。憶秦娥《イチンオー》が出てくれなかったら、何のためにこの事業を始めたか分からなくなるし、憶秦娥《イチンオー》自身もさぞ寝覚めの悪い思いをすることだろう。生活は芝居のように楽しいのに、芝居は運命のように厳しい。来弟《ライディ》夫婦をどう助けるか。一家の話し合いは袋小路に入りこみ、来弟《ライディ》がいくら怒っても憶《イ》秦娥《チンオー》は「うん」と言えない。最後に来弟《ライディ》は泣き、母親も泣く。憶秦娥《イチンオー》はとうとうオープン当日、一度だけの出演を引き受けた。それはやはり一度だけだった。その後、憶秦娥《イチンオー》は二度と茶屋に足を踏み入れることはなく、姉の来弟《ライディ》とその夫高五福《ガオウーフー》にしこりを残すことになった。

茶屋と縁を切ってからの憶秦娥《イチンオー》は、業界で言うところの〝穴探し（走穴《ソウシュエ》）〟、いわゆる裏口商売の道を選ぶしかなかった。仕事はあったり、なかったり、まさに〝水もの〟の世界だった。この仕事は一家を養うこともままならないのか。彼女は今さらながら暗然としたが、しかし、そんなことを嘆いても始まらない。彼女は毎日稽古場に通い、決めた練習メニュー」だけはきちんとこなした。これが生活様式になっている。これを怠ると、全身が自在感を失い、不調を訴える。街を歩くとき、話をするとき、食事するとき、何をしても楽しくなく、ぱさぱさと味気ない。毎日稽古をしたところで、どうなるものでもないことは十分承知している。それでも彼女は稽古場通いをやめなかった。長靴《ちょうか》を履き、鎧をまとい、翎子《リンズ》（雉の尾羽を翻《ひるがえ》す武将のかぶりもの）を頭に戴《いただ》き、槍や剣を構え、「突撃と敵陣攻略」を数時間、休みなしに続ける。

ある日、『狐仙劫《こせんこう》』の絶技――「キツネの壁抜け（体を縮めて壁を抜ける）」をやっていると、後ろから拍手の音が聞こえた。ふり返ると、北山《ベイシャン》からやってきた秦八娃《チンバーワー》とその妻「豆腐西施《せいし》（越の国の美女）」だった。

「まあ、秦《チン》老師、奥さま、どうして西安へ？」

「わが家の豆腐西施さまが豆腐を売りまくって〝豆腐長者〟になったので、左うちわの毎日だ。まだ西安にお越しになったことがないとおっしゃるので、無理にお誘いしたという次第。商売は当分お休みだ」

「ようこそ、ようこそ。どこへなりと、私がご案内します。どこかお目当てはありますか？」

「それがね、わが細君はなかなか気難しくて、鐘楼はどうかというと、いやだ。城壁は？　レンガの残骸を見てどうする。碑林の石碑は？　見たくない、兵馬俑坑は？　墓場をのぞいて何が面白い、縁起が悪い。それじゃ動物園に決まりということで、尻をひっぱたいてやってきた。ご苦労だが、連れて行って、お猿さん、虎さん、カバさんを見せてやってくれないか。きっと河馬さんより大きい口を開けて喜ぶだろう」

秦八娃《チンバーワー》の妻は夫の肘を思いっきりつねり、秦八娃《チンバーワー》は悲鳴を上げた。

「これは家庭内暴力だ。勝てない暴力でもある。私が家でどんな目にあっているか分かるだろう」

憶秦娥《イチンオー》は数日間、秦八娃《チンバーワー》と豆腐西施を案内して動物園へ行き、城壁に登り、鐘楼から大雁塔へ脚を伸ばし、昔の街並みも散歩して、二人のためにプレゼントの買い物をした。さらに数日かけて宝鶏市にある法門寺（世界で唯一本物の仏舎利がある寺として知られ、法門寺の塔の地下宮殿から大量の宝物が発見されている）に参詣する予定だったが、奥さまが突然夢を見たという。北山《ベイシャン》の家の前に一夜のうちに何人もの豆腐西施が豆腐店を出し、奥様の店をつぶそうとしている。奥さまは特に夢見を信じる人だったので、こうしてはいられない。商売というものは一旦、下火になると、もう盛り返しがきかないものだという。やむなく憶秦娥《イチンオー》は二人を送り出した。別れしなに秦《チン》老師は今回はいい舞台を見る機会がなかったと残念がった。憶秦娥《イチンオー》は落胆を隠さずに言った。

「これから全幕通し公演はもう見られなくなるでしょう」

ところが秦《チン》老師は確信のある口調で言い切った。

「秦娥《チンオー》、私の話を信ずるかどうかだが、私たちの芝居は必ず盛り返す。それも早いうちに」

「どうしてですか？」

「新しいもの、刺激の強いものはやがて飽きられる。世の中はこうしたものだ。見るべきものは一渡り見る。見たらそれでお終い。刺激はもうたくさん。そこで人はふり返る。見るに耐えるものは何か、私たちの舞台が必ず見直されるだろう」

「私たちの舞台はまた盛り返すのでしょうか？」

「ま、見ててご覧。お前が身につけた技を大事に守り育てていくことだ。季節が回り回っていくように、素晴らしいめぐり合わせがまたやって来るだろう」

バスターミナルで別れの挨拶を交わしたとき、老師はいくつかの言葉を残した。

「秦娥《チンオー》、私が今回出て来たのは、一つはわが細君と西京漫遊のため、もう一つはお前の顔を見るためだ。私はみんな聞いて知っている。茶屋で起きた事件もだよ。よくやった。人は多くを求めてはならん。私を見てご覧。わが細君と一緒に一日二回豆腐を仕込む。その日はよく眠れ、翌朝笑って目を覚ます。人は、ここが肝心だが、〝度〟というものを超えてはならん。〝過度〟は滅びの道だ。これをわきまえておれば、たとえ天が落ち、地が裂けようが、お前は生き残る。なぜなら、お前はお前だから！」

最後に秦《チン》老師は一枚の紙片を取り出して言った。

「秦娥《チンオー》、お前が茶屋で百万元の搭紅《ダーホン》を成り上がりの社長に突き返したと聞いたとき、私はうれしさのあまり〝これあるかな〟と膝を叩き、詩が一首浮かんだ。お前に読んで聞かせよう」

憶秦娥《イチンオー》・茶屋の一場
茶屋の賑わい　赤襷《あかだすき》
今日の誉れを　競いつつ
明日また人は　入れ替わる
茶の味わいは　うわの空
徒《あだ》し心《ごころ》に　聴くは誰《た》が曲《うた》
佳人に垂らす　釣り糸に
くくりつけたる　百万元
魚鱗《うろこ》逆立つ　歌姫の
まなじり決した　清音《せいおん》は

曲《うた》の都に　響きけり

秦《チン》老師は知らない。彼女が実際に拒絶した金は一千万元だったことを。今にして思い起こすと、どうしてそんな勇気があったのか、自分でもよく分からない。一千万元。望んでも得られるはずのない大金だ。それを一言のもとにはねつけた。今思い出しても胸がどきどきする。なぜ、どきどきするのか？　自分でも分からない。彼女が一生涯、いや何回生き直しても稼げる額ではないし、それだけの金があったら、一家は窮乏の淵から救われた。いわば喉から手が出るほど、当時彼女は金に困っていたのだ！　しかし、その金はもらってはならない。なぜもらえないのか、彼女はよく分からない。しかし、もらってはならないものは、もらってはならない。してはならないことは、してはならないのだ。この一点だけははっきりしている。たとえ門付《かどづ》けの芸を売り歩いても、汚れた金をもらってはならないのだ。

秦《チン》老師は詩を念じ終わって、またつけ加えた。

「私の話をしっかり胸に刻んでおくんだ。何よりも曲《うた》が大事、それ以外はただの暇つぶしだ。かつての賑わいは雲霞の如く消え去った。みんな消えてなくなった。だが、芝居はなくならない。むっくり起き上がって、必ず目の前に立つ。嘘だと思うんなら、まあ、見ててご覧」

秦《チン》老師は占いでもしているのだろうか？　確かに秦《チン》老師が来てから間もなく、歌舞ショーやファッションショーの公演団は解散となった。ブームの上で踊りを踊った丁至柔《ディンジーロウ》団長もみごとにひっくり返って団長の地位を失った。団長選挙に勝利した薛桂生《シュエグイション》は着任早々、秦腔《チンチアン》の大作に取り組み、『狐仙劫《こせんこう》』の再演から始めることを明言した。彼はこの作品が十年前に初演されたとき、その価値を見抜けなかったが、今日、その演劇的価値を見直すことが必要だと力説した。

『狐仙劫《こせんこう》』に出馬の号砲が鳴らされた。

十九

陝西省秦劇院は過去十数年の間に二度の苦難を乗り越えている。最初は〝単仰平《ダンヤンピン》時代〟で、上層部から「座長公演制」を指示されて二つの公演隊を結成し、憶秦娥《イチンオー》はその一隊の座長に祭り上げられたが、〝百九十四日天下〟とからかわれた〝在位〟期間で〝崩壊〟し、〝退位〟を余儀なくされた。劇団には内部のできごとを歴史上の重大事件になぞらえ、もっともらしく茶化す達人がいる。それによると、単仰平《ダンヤンピン》時代の終焉後丁至柔《ディンジーロウ》時代を迎える。新しく組織された二つの公演隊は単《ダン》時代二隊とも伝統劇路線を踏襲したが、丁《ディン》時代になって二隊とも脇道に逸れて本道を踏み外した。憶秦娥《イチンオー》の伝統劇は旧時代の遺物視されて裏屋《うらだな》の侘《わ》び住まいに追いやられる。劇団は〝三国志演義〟のような離合を繰り返すが、いずれも短命に終わった。歌謡ショー、ファッションショー、旧劇、行き場のないはみ出し組を加えると、情勢は四分五裂して天下は〝麻の如く〟乱れている。

こんな中、薛桂生《シュエグイション》が高得票で団長に当選できたのは、必ずしも彼の口先ばかりではない。劇団に復帰した時期が遅かったことに加えて、来てからもしょっちゅう外部に出て修行と称する鍛錬を続けていたことによる。劇団の各勢力と衝突したり、取りこまれたりのいざこざに巻きこまれず〝等距離〟を保ったからだ。そうでなければ、各派の思惑が入り乱れる中で政治的優位に立つことはできなかっただろう。いわば、シギとハマグリが争い乗じた〝漁夫の利〟を得たようなものだ。これは棚からぼた餅、僥倖による〝即位〟といえるだろう。

薛《シュエ》体制が発足して、まず始まったのはまず集団の身体訓練だった。長い荒廃の期間を経て、団員たちの体はだらけ、カナテコのように固くなっていた。背中を押すと悲鳴が上がり、蹴りの型も決まらない。俳優が舞台上で円を描く圓場《ユアンチャン》をやらせると、頭や、顎、肩が揺れることなく、すっと一直線に進むはずが、上下にぶれてまるで、でこぼこ道を行くようなぶざまをさらし、教練が声をからして叫ぶ。

「気をつけろ、舌を噛むな」

稽古場はクスクス笑いが伝わり、大爆笑が広がる。憶秦娥《イチンオー》の伝統劇隊は二年近く稽古場に入らなかった者もいて、ファッションショーのモデル隊から〝肉厚・くびれなし〟と嘲笑されていたが、今度は逆にファッションモデル隊は伝統劇の歩行がまるでできない。頭に皿を乗せても落ちることのない伝統劇の歩行法と違って、ファッションモデルの猫歩き（キャットウォーク）はわざと体を斜めに揺らしながら肩で風を切るように歩く。伝統劇隊から〝瘋癲《ふうてん》歩き〟とからかわれた。

別格はやはり憶秦娥《イチンオー》だった。身ごなしはツバメの如く、跳躍はバネのように弾んだ。特に足を自在に開くことができ、朝天蹬《ちょうてんとう》の脚技《あしわざ》は立ったまま手の勢いを借りることなく、脚の爪先が肩を超え、耳をかすめて後頭部へと伸びる。趙馬《とうば》は馬に鞭打ち疾走する舞踊表現だが、憶秦娥《イチンオー》が演じると、目や全身の動きでその場、そのときの空気感、心のありようまで彷彿とさせるのだ。一連の武戯は若さの俊敏さに芸の磨きがかかっていた。期せずして稽古場に拍手が沸き起こった。団員たちは見とれながら、はっと気づく。自分たちが受け継いだ芸はこんな超難度の凄みと美しさを持っていたのかと。猫歩きと流行のダンスを誇っていたモデルたちは自分の足元がおびやかされる思いだった。

憶秦娥《イチンオー》は武戯の一つ一つを団員たちに演じて見せた。

この日は楚嘉禾《チュチアホー》も稽古場に姿を見せていた。本当なら、劇団ときれいさっぱり。おさらばするところだった。だが、世の中はままならないというべきか、彼女の生活設計は根本から崩された。夫の資産はすべて海南島の不動産に投じられており、さらに少なからぬ負債も負っていた。この場は撤退し、新天地で再起を図ろうと夫は言うが、その実、債鬼から逃れるために西安にやってきたのだった。劇団から給料が出るとはいっても、生活の足しにもならないが、固定収入であることに違いはない。彼女の母親は繰り返し言い聞かせた。

「事業の失敗を人に言うことないよ。こっちはこっちで、ぎりぎり食べていけるんだから。劇団は国営の劇団だ。つぶれようがどうしようが食いっぱぐれはない。お婿さんはお婿さん。いくら負債を抱えていようが、私たちは巻き添えになっちゃならない。まずは様子を見て、お前は劇団にしっかり食らいついていけばいい」

楚嘉禾《チュチアホー》の悩みは丁至柔《ディンジーロウ》が劇団を追われ、頼みの綱を失ったことだった。何をするにも思うに任せない。母親は言った。

「あては外れるもの、帽子と上司は取り替えがきくもの、人生は挽回がきくものさ。嘘だと思ったら、あの薛姐《シュエねえ》さんでさえ返り咲いて今や団長さまだ。『海瑞《かいずい》の罷免《ひめん》』をご覧よ。世の中には見ている人がきっといる、だってまた陽の目を見ただろう」

（注）『海瑞《かいずい》の罷免《ひめん》（海瑞罷官）』　明代に実在した高潔な宮廷人・海瑞をモデルにした歴史劇。悪逆非道を働く大官の息子を死刑にし、自分は辞職して故郷に帰るという粗筋。作者は北京市元副市長の呉晗《ごがん》。一九六〇年に北京京劇院が初演、四人組の一人姚文元《ようぶんげん》が六五年、これを毛沢東批判の悪書として攻撃、文革の口火が切られたが、四人組失脚後の七八年に光明日報が再評価して七九年に北京で再演され、作者の呉晗《ごがん》は不遇のうちに死去するが、七九年に名誉回復した。

楚嘉禾《チュチアホー》は稽古場の集団訓練に参加した。憶秦娥《イチンオー》の模範演技を見て、わざと見せびらかしているのかと思ったが、武戯の本領は全劇団員を震撼させるものだった。彼女は頭の中がぶーんと唸り、遠く過ぎ去った日々が当時のまま蘇るのを感じた。

薛桂生《シュエグイション》新団長は三ヵ月の集団訓練の後、『狐仙劫《こせんこう》』の稽古入りを宣言した。演出は薛桂生《シュエグイション》が自ら担当した。低迷する劇界再興のためにはどの方面から考えても陝西省《せんせい》秦劇院がまず名乗りを上げ、旗を振らなければならないという使命感があった。全劇団員を奮い立たせるためには何よりもいい作品を出すしかない。一発で「鼻血ぶー」の作品をぶちかますことだ。てんでばらばら、荒《すさ》みきった劇団員の表情がみるみる生色を帯びてくるのを当の劇団員たちが一番よく感じていた。

薛桂生《シュエグイション》が受け継いだ劇団は確かにぼろ小屋と化していた。特に丁至柔《ディンジーロウ》の分団策によって、三年もの間半身不随のまま放置されていた。勿論、すべての責めを丁至柔《ディンジーロウ》一人に帰するわけにはいかない。全国的な風潮が猫も杓子もキャットウオークで肩を揺すり、わがもの顔で舞台を闊歩した。不毛の熱狂が収まってみると、これまで見えなかったさまざまな矛盾が一挙に噴出した。見放され、うち捨てられた者たちがうめき声と共に救いを求め、新団長の目に矛盾はさらに深まり、混迷するかに見えた。劇団という大世帯を動かすにはどうすればいいのか。さまざまな思い入れはひとまず置いて、〝仕事〟としてやり遂げるしかないだろう。仕事として牛の鼻に縄を通し、仕事として牛の鼻面《はなづら》を引き回し、仕事として才能があり、やる気のある人間を引き立てていかなければならない。だが、劇団という組織には仕事としてその才能を見抜き、ブラッシュアップするシステムがない。厳しい訓練が必要だ。俳優は猿回しの猿のようにしごかれ、鞭を加えられなければ、才能に目覚めさせることができない。だが、劇団は専門性、趣味性、そして恣意性が高く、こだわりの強い組織だから、小は服装一つ、帽子一つに至るまで口角泡を飛ばす大激論が湧き起こる。しかも一人一人が猛獣のように馴致《じゅんち》の難しい、小難しい気性の持ち主ばかりだ。〝こいつら〟を手なずけ、服従させるプロの調教師はどこにいるのか？　いた。一人いた。憶秦娥《イチンオー》だ。彼女を副団長にしよう。

薛桂生《シュエグイション》が俳優としてこの劇団に配属されてからずっと憶秦娥《イチンオー》を相手役としてきた。最初の役は『白蛇伝』で白《はく》娘子《じょうし》の夫許仙《きょせん》だった。思い出すと微苦笑を禁じ得ないのは、彼女の前夫劉紅兵《リュウホンビン》がまるで魔の手から彼女を守るみたいに彼を警戒していたことだった。毎夜、舞台の袖から、あるいは客席で角度を変えながら憶秦娥《イチンオー》との親密の度合いを監視していたようだった。薛桂生《シュエグイション》は確かに憶秦娥《イチンオー》という俳優と共演した喜びを大事に胸にしまっていた。しかし、それは劉紅兵《リュウホンビン》の邪推を招くようなことではなく、彼女を〝神聖にして犯すべからざる〟存在だと感じていたからだ。この子――実際、彼女は薛桂生《シュエグイション》より八、九歳しか年下でなかったが、彼はこう呼ぶのを好んでいた――この子に男女の情の機微が分かるはずないと思っていた。演技は演技として、演技以外はまるで〝お馬鹿な子〟に見えたからだ。彼女自身、人からそう呼ばれるのを気にし、その度、食ってかかる。だが、彼女が障害のある子を産んでからは、彼女に面と向かってそう呼ぶ者はいなくなった。憶秦娥《イチンオー》との共演を続けるうち、彼は何度か劉紅兵《リュウホンビン》の鉄拳を食らい、ときには股の急所に蹴りを入れられたこともあった。どこからともなくレンガの破片が飛んできて、誰の仕業か分からなかったが、どう考えても彼以外に思い当たる人物はいなかった。後に劉紅兵《リュウホンビン》が憶秦娥《イチンオー》と離婚したと知って、彼は何の意外も感じなかった。どう見てもこの二人が一緒になることは木に竹を接ぐようにちぐはぐなことだと思っていたからだ。しかし、どこがちぐはぐなのか、それは薛桂生《シュエグイション》にも定かではない。たとえ劉《リュウ》紅兵《ホンビン》の憶秦娥《イチンオー》に寄せた愛が一途で命をかけたものであったとしても、彼は憶秦娥《イチンオー》と劉紅兵《リュウホンビン》に通い合うものがあるとは思ってもみないし、認めたくもないからだ。一言でいうと、彼にとって憶秦娥《イチンオー》は舞台芸術に生きているまっとうな演技者だった。薛桂生《シュエグイション》は数々の省クラスの劇団を渡り歩いてきたが、憶秦娥《イチンオー》のように四功《しこう》（唱＝歌唱、念＝台詞、做＝所作《しぐさ》、打＝立ち回りと舞踊）に長《た》けた女優はその希少価値においてまさに「鳳凰の羽根か麒麟の角《つの》」としか言いようがない。

薛桂生《シュエグイション》は何とか彼女を引っ張り出そうとした。特に何を頼むというのではなく、測量ポールのように、あるいは灯台のように、要は芸の手本としてそこに立っていてくれさえすればよい。何度も説得を重ねたが、彼女は頑として聞き入れなかった。副団長といっても何もすることはなく、これまで通り演技だけしていればよいと言っても答えは「人さまの面倒は見られない」だった。確かに彼女は一旦稽古に入れば芝居以外のことは何も眼中にない〝お馬鹿〟だから、逆に人から世話を焼かれている。その上、繁多な家事を抱えこんでいて、障害のある子どもの世話だけでも大変なことだろう。薛桂生《シュエグイション》は彼女の態度が固いのを見て説得を諦めた。しかし、副団長はどうしても必要だ。そして、思いがけないところにいた。

楚嘉禾《チュチアホー》で、しかもやる気満々だった。

薛桂生《シュエグイション》はずっと楚嘉禾《チュチアホー》によい印象は持っていなかった。確かに美人だし、体形もよく、俳優の素材として申し分ない。だが、稽古が嫌いで依頼心が強い。こつこつやることができず、辛いことは後回しだ。そのくせ、役の取り合いに目の色を変え、仲間と理非を争い、やたらと悶着を起こす。この劇団でよくあるタイプの一つに過ぎなかったが、彼にとって意外だったのは、今回は主役ではなく副団長の争いに割りこんできたのだ。

ある夜、楚嘉禾《チュチアホー》は薛桂生《シュエグイション》の家を訪ねた。彼は独り者だった。妻がいなかったのではなく、新疆で結婚したものの別れていた。彼の〝男らしさ〟のない点が嫌われたらしい。からっと陽気で強そうなところがない。子どものときに演劇学校に入った彼はどうしてか女形《おんながた》を好んだ。女の子のような整った顔立ちだったからお嬢さま役、召使い役の指導を受け、実際の女生徒がやるよりキュートで見栄えがした。女形として重宝して起用されていたが、十六、七歳で変声期を迎え、〝アヒルのガアガア声〟に変わる。やむなく武生《ぶせい》（武戯の二枚目役）に転じたが、そのなよっとした体形に鎧をつけ、底の厚い靴を履き、長い武器を持って戦う武将の役は明らかに不向きだった。次いで文戯《ぶんぎ》の小生《しょうせい》（書生や若さま、貴公子役など）をもっぱらとした。芸歴として実に多くの役柄を演じ、こなしたことになる。最も〝はまり役〟とされたのは憶秦娥《イチンオー》と演じた『白蛇伝』の許仙《きょせん》だった。彼の性格は引っ込み思案とか愚図《ぐず》とかいろいろ言われるが、逆に武張《ぶば》ったところがなく、繊細な人物表現、人物造形に深みと陰影を与えた。西安に来て秦腔《チンチアン》劇団の舞台に立ち、すぐに許仙役で頭角を現したのも、こうした芸の仕込み、下地が役立っていたからだった。

　独り者の気楽さで自分のための時間はたっぷりあり、これに加えて彼は自分の人生に対してひそかに期するところがあった。俳優としてだけでなく演出家として打って出ようとしていたのだ。ここ数年で演劇大学の大学院で研究生としてのキャリアを積み、もし、秦腔《チンチアン》劇団で団長職に就かなければ、もっと腕試しの諸国漫遊を続けていただろう。外部の劇団や劇場の演出を自由に請け負い、結構な収入も得ていた。問題があるとすれば、それが経歴に残るのではなく、ただのアルバイトで終わることだった。彼としては無能な制作者、劇団長を見たら放っておけなくなり、金銭を度外視して助っ人に駆けつけたに過ぎない。そんな目先のことは彼本来の目的ではなかった。彼の演劇にかける夢はもっと大きく、それを集約すると、自分一人で劇団という自由の天地を持ち、それ意のままに動かすこと、それが今回の団長就任で図らずも実現したのだった。

　楚嘉禾《チュチアホー》が腕時計（ローレックスの数万元もするもの）を茶托に置いたとき、薛桂生《シュエグイション》は驚きの蘭花指《らんかし》をぴんと立てて尋ねた。

「これは何？　何かしら？」

楚嘉禾《チュチアホー》は答えた。

「何でもありません。団長就任のお祝いです」

「これって、お祝いって言うかしら？　お祝いならせいぜい飴かお菓子でしょう」

「最近は飴やお菓子は流行りません。何、これってもんでしょう」

「私はそれで十分。こんな立派なものを戴いてもはめるところがないわ。私は知っての通り、稽古場ではしょっちゅう癇癪を起こし、机をどんとやるでしょう。一発でふたも針も歯車もみんなぶっ飛んじゃうわよ。私には一個数十元の時計で間に合ってる。だって、時間を見るだけなんですもの」

薛桂生《シュエグイション》は彼女が役を取りに来たと思っていた。だが、おいそれとくれてやるわけにはいかない。彼女のお荷物になるだけだし、背伸びしてやったとしても、舞台を安売りに出すようなものだ。ところが、意外にも薛桂生《シュエグイション》の補佐役をしたいと言い出した。芝居作りではなく、団長の手伝いをしたいという。これを彼女が遠回しにほのめかしたとき、薛桂生《シュエグイション》はとんだ「毛遂《もうすい》（戦国時代、趙《ちょう》の平原君の食客・毛遂が自分から名乗り出て楚に赴き、国家の危機を救った）」が現れたと驚いた。

「薛《シュエ》団長、私は軽音楽舞踊団に数年間所属して、最初は公演隊の隊長、後期には丁《ディン》団長から副団長を命じられました。劇団の業務を一手に引き受けて切り回し、劇団のことは目をつぶっても人事の隅々、抜け道、裏道まで覚えています。私をお嫌いかも知れませんが、どうかお側で働かせて下さい。助手として業務の全般をお任せいただけたなら、団長は雑務に煩わされることなく、安心して芝居作りにご専念いただけます。万事大吉に仕切って見せます。私を女と思わないで下さい。新しい事業を立ち上げるときは何が起こるか分かりません。でも、私は海南島で公演中の劇団がつぶれるという体験をしました。私は団員に甘い顔を見せることなく、心を鬼にして残務整理に体当たりしました。ときには違法すれすれの荒療治、危ない橋も渡りましたが、難局を切り抜け、公演団の面目を保ちながら撤収にこぎ着けることができました」

薛桂生《シュエグイション》は聞いていて寒気がした。彼が劇団経営の要《かなめ》としているのは、芸術家《アーチスト》に対して「甘い顔を見せるな」とか「心を鬼にして」とか、ましてや「違法すれすれ」とかでは断じてない。芸術家に対する管理があるとするなら、それは「尊重」の二文字、相手をとことん「立てる」ことだ。彼はすぐ憶秦娥《イチンオー》と楚嘉禾《チュチアホー》の関係を思い浮かべた。もし、楚嘉禾《チュチアホー》が劇団の権力を握ったら、憶秦娥《イチンオー》のような、ぼんやりの〝お馬鹿さん〟はたちまち蹴散らされてしまい、息の根を止められてしまうだろう。憶秦娥《イチンオー》のようなすぐれた演技者が「違法すれすれ」の荒療治で失われたら、秦腔《チンチアン》に対して取り返しのつかない犯罪を犯すことになる。それにこの女は一度権力の味をしめている。二度と彼女に権力という凶器を与えてはならない。それに彼女は権力を預かる者の度量と適性が基本的に欠けている、それは「徳行」という基本的な素養なのだ。

なおもまくし立てようとする楚嘉禾《チュチアホー》を、薛桂生《シュエグイション》はローレックスの腕時計と一緒に門前払いにした。最終的に副団長をやめて助手とし、若手の中から真面目な一人を選ぶことにした。楚嘉禾《チュチアホー》はこの後、彼を見る目が変わった。『鬼怨《きおん》』と『殺生《せっしょう》』さながらの憤怒の形相で彼を睨みつけるようになったのだ。

彼は就任早々、矢継ぎ早に手を打った。恨みを買ったのは楚嘉禾《チュチアホー》一人だけではない。『狐仙劫《こせんこう》』の再演を打ち出したとき、初演を演出した封導《フォンダオ》との間に確執が生じていた。薛桂生《シュエグイション》は『狐仙劫《こせんこう》』に対して自らの腹案を持っており、自ら「総演出」を名乗ったのだった。封導《フォンダオ》はやるかたない憤懣を鬱積させている。

憶秦娥《イチンオー》の座長公演で舞台の倒壊事件が起きたとき、封導《フォンダオ》は一晩で頭髪が真っ白になる衝撃を受け、単仰平《ダンヤンピン》団長は自分の身代わりになって死んだのだと周囲に洩らしていた。その夜、封導《フォンダオ》が現場にいなかったのは彼の妻が大荒れに荒れて夫を外に出さなかったせいで、本来、舞台の下敷きになるべきは自分の方で単《ダン》団長ではないと自分を責め続けていた。以来、彼は自宅に閉じこもりがちになり、劇団の運営にも口を挟むことが少なくなった。一つには彼の妻に厳しく見張られ、外に出て女優と話したり、女優に演技をつけたりを一切、許さなかったからだ。女を舞台に出さない演劇など、どこの世界にあるのだろうか？　かといって、男優を中心とする公公戯《ゴンゴンシ》（公公《ゴンゴン》は旧社会の宦官を指し、男性が女役を演ずること）にはまるで興味がない。二つ目に、五十七、八歳になった封導《フォンダオ》がめっきり老けこんだせいもある。

団長に選ばれた薛桂生《シュエグイション》が封導《フォンダオ》に現場復帰を促して業務担当団長の席を用意し、若手の育成を持ちかけたが、彼は再三固辞し、受けようとはしなかった。理由は「身動きできない」からという。彼の妻が彼を金縛りにしているということだ。彼女は体が衰え、床に伏すことが多くなったが、家政婦や看護師は家に入れようとしない。男は役に立たないし、女は気が許せない。家の中のすべてを封導《フォンダオ》一人が切り盛りしなければならなかった。

薛桂生《シュエグイション》が一度封導《フォンダオ》の家を訪ねたとき、彼女は確かに寝たきりになっていた。しかし、頭も口もよく回り、夫を

芝居の現場にはもう出せないと言い張った。特にしつこいほど繰り返したのは、

「あなたも団長になったからには女優に十分ご用心なさいませ。そのためには自分の身を正すことです。べたべたしたり、いやらしい目で睨《ね》め回したり、やたら手を出したり、残業や休日出勤などもってのほか。ろくでもない話でたらしこもうったって、下心はとっくにお見通しですからね。家の封子《フォンズ》も私がこれまでずっと見張ってなければ、女たちに勝手な隈取りをされて、へらへらやに下がり、弄ばれていたでしょうよ。ときには女から言い寄られる先に、自分からふらふら手を出したりしてましたからね。封子《フォンズ》に聞いてご覧なさい。美人の巣窟に何年もいて、志操堅固でいられたかどうか。問題を起こさなかったかどうか。私が口うるさく言わなければ、重大な間違いを犯したでしょうよ。特にあの女、ええと、憶秦娥《イチンオー》とかいったかしら？　あの悪い噂の女よ。封子《フォンズ》ときたら手もなくしてやられて、やたら稽古をつけたがって、私がきつく言わなければ、あの女狐に取りつかれて身の破滅になっていたでしょう。単仰平《ダンヤンピン》団長が舞台の下敷きになったことだって、私がもっと注意してやればよかったのかしら？　あなたも団長におなりだから、老婆心ながら申し上げますが、よい作品を作る決め手の中の決め手は職場の規律です。正常な同志関係を打ち建てなければなりません。特に女優に対して、何とかちゃんなんて馴れ馴れしい呼びかけはもってのほかです。相手を敬って〝同志〟と呼びなさい。憶秦娥《イチンオー》同志！　こうですよ。分かりましたか？」

封導《フォンダオ》は側で一切口を挟まず、苦笑しながらじっと聞いている。彼の妻は最後に封導《フォンダオ》に向かって言った。

「私の家の情況は、宅を劇団に出すどころじゃございませんの。これが私に対する最大の罪滅ぼしだとお思い遊ばせ」

薛桂生《シュエグイション》は『狐仙劫《こせんこう》』の件を切り出した。封導《フォンダオ》が答えるには、

「再演といっても、単なる復活上演では意味がない。心おきなく、大胆にやって下さい。私の態度は三つです。一つ、反対しない。一つ、介入しない。一つ、関与しない。以上です」

薛桂生《シュエグイション》はさらに懇請した。いやいや、どうかお見捨てなく、芸術監督のお立場で何とかご指導いただけませんかと。封導《フォンダオ》はいやいや、とてもとても首を振りながら言った。

「芸術監督なんて、私はそんな虚名がほしいわけではありません」

封導《フォンダオ》は三つの〝しない〟を盾に固辞を押し通し、あくまでも下手《したて》に振る舞った。こうして封導《フォンダオ》の〝認可〟を得た薛桂生《シュエグイション》は、独自の構想を大胆なまでに打ち出すことになる。

彼は『狐仙劫《こせんこう》』に対する解釈を一新した。その立ち位置は明確で、ファンタスティックな神話劇にありがちなもっともらしい寓意、教訓仕立ての作劇術を徹底的に批判し、否定し去った。全編を通して登場人物はキツネの身分を飛び越えて、世の中が性懲りもなく繰り返す愚行、醜行を指弾する役割りを担う。現実感を濃厚に盛りこんだだけではなく、メルヘンチックな色彩もふんだんに施されている。舞台には合唱隊、ダンシングチームが配置され、流行のディスコ、ムーンウォーク、ブレイクダンスをふんだんに取り入れ、ファッションショーのモデルまで登場、これでもかとばかりに詰めこまれた。舞台美術、音響、照明、衣装に至るまで全国から人気の大家、巨匠を集め、ゲネプロ（本番同様の通し稽古。中国ではこの時点で演劇関係者のほか一般客も入れることもある）までにすでに三百万元の資金を投入して、陝西省秦劇院始まって以来の超大作となった。西安の文芸界では秦腔《チンチアン》劇団が「ワルター（一九七三年中国で大ヒットしたユーゴスラビア映画『ワルターはサラエボを守った』でドイツ軍と戦い大活躍した主人公の名前。ブラボーや好《ハオ》！のかけ声代わりに用いられた）」を狙ったのだろうともっぱらの噂だ。薛桂生《シュエグイション》自身、満々の自信を持ち、「勝算あり」と会心の笑みを浮かべていた。だが、ゲネプロが終わった途端、客席に逆巻いたのは囂々《ごうごう》たる非難の渦だった。打ちのめされた思いの薛桂生《シュエグイション》は団長室に閉じこもり、特製の椅子にうずくまったまま立ち上がることができなかった。

その日は十二月も押し迫った二十八日で、折から大雪が飛散する悪天候だったが、客席は超満員の熱気が溢れていた。ゲネプロはまだ試演の段階だから一般客の入場を制限しようという一部の声を退け、薛桂生《シュエグイション》は客入れを強行した。観客の口コミの威力はどんな広告や宣伝にも勝るとあくまでも強気の読みだった。だが、上演半ばで客席から不満が漏れ、議論の声が騒がしくなり始めた。これは演劇か、それとも雑技《ざつぎ》（サーカス）か、歌謡ショーか、それともファッションショーなのかと。

この日は劇団から北山《ベイシャン》に人を出し、秦八娃《チンバーワー》を招待席に迎え入れていた。秦八娃《チンバーワー》は最初上機嫌で、はしゃいでいたが、次第に気難しい表情になり、ついにはがっくりと頭を垂れて座席にうずくまり、自分の中に閉じこもってしまった。

封導《フォンダオ》はこの舞台に「関与しない」と明言したものの、稽古の進展を「どうかね」と薛桂生《シュエグイション》にも尋ね、ゲネプロの夜、招待状をもっていそいそとやってきた。中盤になってブレイクダンスが始まったとき、音楽が大き過ぎたのか、客席の床がびりびりと震え始めた。招待席のあたりだ。封導《フォンダオ》が前列の椅子の下へずるっと滑り落ち、もがいている。招待客が数人がかりで彼を引き上げようとした。封導《フォンダオ》は青ざめた唇を震わせながら懸命に訴えた。

「心臓が、心臓が……。芸術監督から私の名前を外してくれと薛《シュエ》先生に伝えてくれ。私にはこの作品の芸術監督は務まらない。とてもついていけない。勘弁、もう勘弁だ」

彼は胸を押さえながら両脇を抱えられ、客席を逃れ出た。

終演後、薛桂生《シュエグイション》は秦八娃《チンバーワー》の感想を乞うた。秦八娃《チンバーワー》は劇場休憩室のソファに座り、じっと口をつぐみ、彼の不対称の二つの目はさらに平衡を失い、きょろきょろと宙をさまよっている。たまりかねた薛桂生《シュエグイション》は口を開いた。

「まず秦八娃《チンバーワー》先生のご意見をうかがわせて下さい。よかれ悪《あ》しかれ、それに基づいて演出を改め、年始めにはもっとましなものにしますから」

秦八娃《チンバーワー》は長いため息をつき、やっと口を開いた。

「私はやはり初演の方がよかったように思います」

薛桂生《シュエグイション》の頭の中で何かがぱちんと音を立てて弾《はじ》けた。

劇場休憩室には主だった制作メンバーが主演の憶秦娥《イチンオー》を真ん中に夾んで座を占めていた。秦八娃《チンバーワー》の不興にみんな息を呑み、秦八娃《チンバーワー》と薛桂生《シュエグイション》を気がかりそうに見守っている。

薛桂生《シュエグイション》がさっきから尋ねたかったのは「なぜ？」の一言だった。だが、どうしても言い出せない。その心中は、こうして北山《ベイシャン》から西安の劇場にお迎えできるのも、この私が秦八娃《チンバーワー》先生のお作を再演に持ちこんだからですよ。お喜びいただき、「よくやった」とお褒めの言葉の一つもいただけると思っておりましたのに、まさか開口一番、こんなあしらいを受けるとは……。秦八娃《チンバーワー》は憶秦娥《イチンオー》に尋ねた。

「秦娥《チンオー》、どうだった、新演出に乗れたか？　芝居になったか？　やりにくくはなかったか？」

憶秦娥《イチンオー》は衣装の鎧を脱ぎ、兜を外し、キツネのメイクもそのままに髪も梳きあえず、休憩室に駆けつけた。秦《チン》老師の意見を聞きたい一心で来たのに、まさか逆に尋ねられるとは思ってもいなかった。彼女は慌てて手の甲を口もとに当てた。照れ笑いを隠そうとしたのだ。薛桂生《シュエグイション》は追い討ちをかけた。

「それそれ、またいつものずるい手を使ったな。そんな風に口もとを隠すのは、何かまずいことがあるからだ」

憶秦娥《イチンオー》はまだ照れ笑いをしている。秦八娃《チンバーワー》は言った。

「この俳優は、この扮装でこんなにも緻密な演技をし、絶妙の技を見せてくれた。だが、惜しいことに、それが照明や背景に邪魔されて隠されてしまった。この芝居は最後まで憶秦娥《イチンオー》の顔が見えず終《じま》いだった。山や崖の背景がせわしなく行ったり来たり、舞台と客席にミストやらスモークやらがやたらにたちこめ、オーケストラは大音響でがなり立て、耳をふさぎたくなった。こんな中でどんな演技をさせる気だ？　それより先にこれが演劇と呼べるのか？」

薛桂生《シュエグイション》の顔にぱっと朱が注がれた。しかし、口には出さず、心の中でつぶやく。

「ど素人《しろうと》の爺さんに何を言っても始まらないが、北山《ベイシャン》の山の中でこうも老いぼれてしまうとはな。この芝居を見せても、牛に琴の音を聴かせるようなものだった」

秦八娃《チンバーワー》は話し出すと止まらなく、薛桂生《シュエグイション》の頭の中がこんがらがった。

「私は北山《ベイシャン》の田舎者だから、皆さんの芸術的な革新、新機軸を見せられてもよく分からないが、これだけは言える。どんな芸術も変えようとして変えられない核のようなもの、本来の面目を持っている。これを変えたら、もはや芸術ではない。秦腔《チンチアン》をはじめとする伝統劇は詮ずるところ、俳優の四功《しこう》（唱＝歌唱、念＝台詞、做＝所作、打＝立ち回りと舞踊）が命だ。舞台が俳優の四功を邪魔したら、それは本末転倒というものだ。豪華な背景、目もくらむ照明、目先が変わって珍しがられるかも知れないが、それはいっときだけのこと、すぐ飽きられる。ただ俳優の演技と、演技を通して伝わる精神《こころ》と情感、そして思想《イデア》が限りない美の世界、想像力の空間へと導いてくれるのだ。ムーンウォーク、ブレイクダンス、キャットウォークが悪いと言っているのではない。私だって嫌いではないぞ。老人の心臓にはいささか負担が重いが、若い人たちが共に歌い、踊るのは好ましいことだと思っている。だが、これを秦腔《チンチアン》の中に持ちこむと、何とも得体の知れない珍妙なものになってしまう。伝統芸能はいわば千年の齢《よわい》を経た老人だ。もはやバレリーナのように空高く飛べず、急旋回もできず、美女の誘惑にも体がついていかない。まあ、地球の引力には勝てないということだ。だが、体は重く動かなくとも、千里、千年、宇宙の彼方に思いを凝らし、一瞬のうちに気を飛ばすことができる。人の運命を小さな舞台空間から宇宙の大に映し出すことができる。静の中に動あり、動の中に静あり。これが千年の間に培《つちか》った秦腔《チンチアン》の型と様式、そしてその美しさだ。外来の流行を一概に真似るだけでは秦腔《チンチアン》の衰退を早めるだけではないか。『狐仙劫《こせんこう》』の再演に踏み切ったのは伝統芸能を衰退から救い、滅亡の加速度を抑えようという試みだと思っている。お聞き苦しい点は重々お詫びする。どうか真意をお汲み取りいただき、ご賢察願いたい。私は山出しの粗野な田夫《でんぷ》。狭い見聞で長談義をしては芸術家の皆さまの貴重な時間を無駄にする。老いの繰り言、世迷い言として一応お耳に入れ、頭の片隅にとどめていただければありがたい。妄言多謝！」

秦八娃《チンバーワー》はしゃべり終えたが、誰も口を挟もうとしなかった。みんな頭から冷や水、いや、氷水を浴びせかけられたような気分だった。みんなが楽屋に引き上げるとき、薛桂生《シュエグイション》は憶秦娥《イチンオー》を呼び止めて話しかけた。

「あなたはどう思いましたか？」

「私は秦《チン》先生のおっしゃる通りだと思いました。芝居はそんな派手なものではないような……、何だか芝居でなくなるような気がします」

薛桂生《シュエグイション》の年の瀬はさんざんなものになってしまった。外に吹き荒れる吹雪よりも重く冷たく彼の心は鎖された。満を持して打ち上げた花火だった。思い切った外装《パッキング》と仕掛けで観客の度肝を抜こうとした彼の試みは、たった一回のゲネプロでこんな酷評が下されるとは思ってもいなかった。後は観客の反応を待つしかなかった。

二十

憶秦娥《イチンオー》は稽古中、薛桂生《シュエグイション》が芝居の外装《パッキング》にこだわったという意味を考えていた。彼女はあえて口を挟まなかった。薛桂生《シュエグイション》は大学で勉強しているし、見識も豊富だ。家柄もきっといいのだろう。秦《チン》老師の思い切った〝駄目出し（相手に注意、指導を行う演劇用語）〟を聞かされてから、彼女はずっと考え続けている。戯曲《シーチュイ》（秦腔《チンチアン》など中国の地方劇、伝統劇を指す）とは一体何だろう？　正月六日間に見た観客の反応は、一部は手放しで「素晴らしい」を連発したが、多くは手厳しく、省立秦劇院は秦腔《チンチアン》を駄目にしたという声が上がった。公演は一週間で打ち切られた。制作費がかさんだことに加え、一回ごとの劇場費、光熱費、外注のアルバイト要員の人件費などが三万元を超えたのに対し、入場料収入は平均三千元にも満たなかった。やればやるほど赤字を出すことになり、やむを得ぬ上演中止だった。憶《イ》秦娥《チンオー》の見るところ、薛桂生《シュエグイション》の受けた打撃は大きかった。陰では嘲笑の声が上がる。

「〝お姐《ねえ》〟も年貢の納めどきだ。得意の蘭花指《らんかし》がさっぱり出なくなった」

封導《フォンダオ》は憶秦娥《イチンオー》に話した。

「薛桂生《シュエグイション》は一体、何を学んできたんだか。なまじ演出に手を出したばかりに秦腔《チンチアン》を滅茶苦茶にしてしまった」

封導《フォンダオ》はその上で口調を改め、憶秦娥《イチンオー》にしっかりと言って聞かせた。

「誰が何をしようが、君は伝統劇をやるしかない。私も伝統を軽く見ていた。古存孝《グーツンシャオ》と一緒に『白蛇伝』をやったとき、とにかく新味を出したかった。骨董屋のカビが生え、ほこりがたまったようなやり方に我慢がならなかった。結果的に古《グー》老師を怒らせ、追い出すことに手を貸してしまった。最近、当時のことが思い出されてならない。やっと気がついたことだが、伝統はあの老芸人たちの手で受け継がれてきたんだ。伝統の改革だ、新機軸だと叫んだところで、それは伝統をしっかり受け継いだ上での小さな突破口に過ぎない。これ以外は単に奇をてらうだけのものか、猿回しの芸でしかない」

憶秦娥《イチンオー》は『狐仙劫《こせんこう》』再演のときから多くの啓示を得、稽古の重心をかつて学んだ老芸人の模倣に移すことにした。このときになって、存命の老芸人はもう数えるほどしかいないことにやっと気づいた。生きていたとしてもすでに、六、七十歳の坂を越え、今も声望があり、生きた芸を伝えようとしている芸人はみな七、八十歳を過ぎていた。かつて憶秦娥《イチンオー》に棒術、槍術を仕込み、数年前に彼女が北山《ベイシャン》に行ったときに会った周存仁《チョウツンレン》老師は、北山《ベイシャン》演劇学校の教場で教えていた。それは秦腔《チンチアン》の人気がまだ盛りのころで、その後、演劇学校は閉鎖になり給料も半額に減らされて、彼女はカンパの資金、手編みのセーターや毛の股引《ももひき》を送ったりしていた。だが、それからあっという間に彼女の耳に飛びこんできたのは、周《チョウ》老師が肺癌になり、この世を去ったという知らせだった。寧州県劇団で調理場の下働きをしていた憶秦娥《イチンオー》の才能を認めて一歩一歩舞台へと引き寄せ、手取り足取り芸の基礎を叩きこんだ四人の老芸人のうち、すでに三人が鬼籍に入り、残りの裘存義《チュウツンイ》は病気で寝たり起きたりとなって家を出られない。

憶秦娥《イチンオー》は西北部の甘粛、新疆、寧夏方面へ脚を伸ばそうと思い立った。芝居の現場に立てる老芸人を訪ねて筋萎縮の秦腔《チンチアン》に〝カルシウム〟を補給する旅だ。始めて早々、この旅の前途多難を思い知らされた。秦腔《チンチアン》を教え、伝えようとする熱気や勢い、そして時間さえももはや昔日の比ではなく、その上、彼女の家族の身辺にも焦眉の急が迫っていた。

まず、叔父の胡三元《ホーサンユアン》のことだ。叔父は出所してからまるで毒気が抜けたみたいに茫洋としていた。頭髪に突然、白いものが混じった。憶秦娥《イチンオー》は何度、薛桂生《シュエグイション》団長に叔父を劇団に引き取ってもらうよう頼みこもうと思ったか分からない。だが、ここで無理押しはならないと思いとどまった。彼女のファンの一人に口をきいてもらい、西安近郊の劇団に太鼓叩きの居場所を見つけてもらった。まずはそこへ行ってもらい、後のことは後で考えればいいと考えた。彼女は叔父に向かって噛んで含めるように言って聞かせた。短気を起こすな、向かっ腹を立てるな、何ごとも辛抱、ならぬ堪忍、するが堪忍。腹の虫の居所が悪いときは、愛用の太鼓の撥《ばち》を見ればよい。その撥で人の顔を殴ったりしたら、撥が汚《けが》れるでしょうが。撥を大事にするように自分を大事にしなさいと。叔父は何も言わず、火薬焼けの顔の口をもごもごさせ、犬歯を隠そうとしながら何度もうなずいて見せた。こうして叔父は愛用の撥を懐に、新しい職場へと赴いた。

叔父の一年に渡る服役中、喬《チャオ》署長は憶秦娥《イチンオー》を伴って何度も面接に出かけた。彼女は刑務所慰安のボランティア活動を思い立ち、服役者のために秦腔《チンチアン》の歌を歌った。叔父を担当する刑務官は言った。

「あなたの伯父さんは叩くのがよほどお好きな方ですな。見るもの片っ端から叩く。指で叩いて、箸で叩く。ベッドの縁《ふち》、ドアの框《かまち》、水道のパイプ、服役者の頭、肩、背中、尻まで、叩けるものは何でも叩く。自分の持ち物はほとんど没収されているから、臭い靴の裏まで叩いている。獄舎の便器を掃除させたら、これも叩く。ほとんど病気ですな」

彼女は知っている。叔父は太鼓を叩くほか念頭に何もなく、また何の能力もない。それなのに、生きていけばいくほど、世の中から逸《そ》れていく、外れていく。彼女はそんな叔父が哀れでならない。母親は叔父を罵るだけだ。

「ロバはヒーホ、ヒーホ鳴くしか能がなく、犬は糞を食うしか能がなく、ラバは後ろ足で蹴るしか能がない。お前の叔父さんもこれで一生を終えるのさ」

そうかもしれないと彼女は思う。誰も叔父の目の中のほこりを取ってやれず、叔父の両手が勝手に動くのを叔父自身が止められないのだから。

姉の易来弟《イライディ》夫婦は憶秦娥《イチンオー》の出演をあてにして茶屋を開こうとして彼女と揉めて決定的に仲違《なかたが》いをし、しばらく行き来が途絶えていた。憶秦娥《イチンオー》の耳に入った噂では、茶屋がつぶれて西安風味のファーストフードの店に改装したがこれもうまくいかず、結局、元手を食いつぶした挙げ句、かなりの借財を残すことになったという。どうにもならなくなった姉は憶秦娥《イチンオー》に泣きついてきた。憶秦娥《イチンオー》には秦腔《チンチアン》茶屋で数年間歌い続けたそこそこの貯えがある。十数万元を姉のために用立て、欠損の穴埋めをさせた。最近は流行の結婚式の記念写真スタジオを開くと聞いて、その資金を拠出し、やっと開業にこぎ着けた。憶秦娥《イチンオー》には姉たちの苦労が分かる。九岩溝《ジョウイエンゴウ》から出てきて西安の片隅に居場所を得ようと骨惜しみなく働き、不運続きに耐えているのだ。少々の出費は〝授業料〟だと思えば腹も立たない。希望はまだある。

弟の易存根《イツンゲン》にはさんざん手を焼かされていたが、やっとのことで警備会社に職を得、〝制帽〟をかぶる身分になれたのに、点呼がうっとうしい、整列、敬礼、阿保らしい。独立して自分の店を持ちたいと言い出して、母親からこっぴどく怒鳴られた。何をやらしても性根が入らないのに独立が聞いて呆れる。世の中を面白おかしく渡り、後で姉ちゃんを泣かせる気かと。母親の怒りがなければ、警備会社をやめてしまっただろう。

息子の劉憶《リュウイ》は治療の望みが絶たれた。もう十歳を越え、何とか自立して自分の身の回りのことを自分でできるようしつけている。母親は相変わらず愚痴をこぼしていた。お前には余計な心配をさせずに、芝居のことだけを考えさせてやりたかった。あんな山の中から出てきて芝居一筋、ここまでのし上がり、今や押しも押されもせぬ大スターだ。こんなありがたいことはない。ただ、娘の離婚問題を片づけてやれやれと思ったら四十の坂が見えてきた。もう結婚相手を見つけるのは望み薄だ。母親はそう言いながら劉紅兵《リュウホンピン》に腹を立てる。彼が行方不明になっているのを知っているかと憶秦娥《イチンオー》に尋ねる。今度会ったらあいつのめん玉をえぐり出してやる。人の娘をこんな目にあわせて、三十にもならないうちに後家さんにしちまったと、めそめそ泣き出すのだ。

劉紅兵《リュウホンピン》とは離婚以来、一度も顔を合わせていない。だが、人の話だと、彼は何度か彼女の舞台をのぞきに来ているという。ただ、マスクをし、頭を垂れて背筋を丸くしているのは人に気づかれないためだろうと笑い話になっている。彼は息子の養育費をきちんと送り続け、遅れることはあっても一度も欠かしたことはない。離婚後になって彼の噂話を頻繁に聞くようになった。話し手は必ずつけ加える。離婚してよかった、離婚していなければ、あの身持ちの悪さからすれば、きっと悪い病気も持ちこんだに違いない。彼はどこかの女のところに入り浸って自堕落な生活をしているという。もっと聞くに耐えなかったのは、彼は一晩に何人もの女と寝た後電話をよこし、いずれ憶《イ》秦娥《チンオー》や息子の顔を見たいと言ったそうだ。憶秦娥《イチンオー》は気持ち悪くなって電話番号を変えた。声も聞きたくなかったのだ。

劉紅兵《リュウホンピン》は彼女の気持ちを踏みつけにしていた。

離婚後、憶秦娥《イチンオー》のところには縁談がひっきりなし、ほとんど毎日のように飛びこんでくるが、彼女は一切、取り合わない。男というものに興味がなくなっていた。だが、わざわざ彼女の自宅を訪ね、自己紹介と売り込みを図る男、仲人を立てた申し込みが後を絶たない。彼女はにっこり笑って拒絶する。この中には各界の知名人、実力者も含まれる。何とか省の幹部、何とか局の局長クラス、解放軍の将軍、将校クラス、企業集団の会長、社長、上級管理者《エグゼクティブ》、大学、大学院の教授クラス、配偶者を亡くした者、離婚した者、離婚手続き中の者、自薦、他薦が引きも切らない。みな彼女の舞台に魅せられたというが、彼女がオードリー・ヘップバーンに似ているからと言う男はいない。秦腔《チンチアン》は好きではないが、ヘップバーンの映画は好きだと言い、『ローマの休日』の歯の浮くような台詞を聞かせようとする男もいる。ただ、どの男も彼女と年の差が開きすぎていた。そうでなければ、ナツメの実が裂けたようなひどいご面相、熊の腰、象の足、豚の顔だ。彼女は嘆く。女は離婚すると、格が落ち、値が下がるのか？　離婚したとき彼女はまだ二十九歳だったというのに！　もっとも、年齢の差がなくても、会ってみようという気にはならない。確かに劉紅兵《リュウホンビン》が彼女の結婚に対する幻想を失わせていた。この半生は何と多くの誹謗、中傷、悪罵、ゴシップがついて回ったことだろう。そんな面倒は二度とご免だと思った。だが、彼女の母親は言う。女のアラサー、アラフォーは「逃げるように過ぎていく」という。逃げるなら勝手に逃げて行けと思うが、これを聞いて焦る女が多分、いるのだろう。

実は、最近、彼女に猛アタックをかけてきた男がいる。彼女はいつもの通り相手にしない。うっかりすると脚を深みに奪われかねないことはこれまでの経験が教えている。

その男は石懐玉《シーホアイユイ》といった

画家で、顔中ヒゲの男だ。話をすると満座を笑い転げさせる特技があった。ただ、自分はにこりともしない。人の笑う顔を見て「何がそんなに面白いの？」と疑わしそうな表情を浮かべている。憶秦娥《イチンオー》は笑わない男の顔を見たことがある。劉紅兵《リュウホンビン》の父親だ。笑うと損をすると思っているような高級官僚の顔だった。彼女はこの顔が好きではなかった。食事のとき、テレビを見ているとき、世間話をしているとき、側にいるだけで、つまらなく、気詰まりで、圧迫感を感じさせられていた。だが、石懐玉《シーホアイユイ》はこれとはまったくタイプが違った。憶秦娥《イチンオー》はこの人物の話が気に入っている。やむことのないおしゃべりが続くが、いやではない。いつものように手の甲で口もと隠し、楽しく笑っていられる。笑ってばかりいると、また人から「お馬鹿」呼ばわりされるので、トイレへ行ってひとしきり笑い、涙を拭き、顔を整えてまた席に戻る。彼女は一緒にいるのが楽しくなった。

この怪人は『狐仙劫《こせんこう》』再演のときに出現した。舞台がはね、楽屋で鏡に向かってメイクを落としている最中、『三国志』の張飛のようなひげ面が鏡の中にいきなり顔を出した。驚いた彼女はふり返りざま、きっと睨みつけると、この男は満面の笑みで彼女に話しかけた。

「憶《イ》先生でいらっしゃいますか？　五百年の修行を積んだキツネの精でも、このひげ面が恐ろしいと見えますね」

あっけらかんと悪意のなさそうな表情だった。毛むくじゃらの真ん中にぽっかりと開いた口が何とも滑稽に見えた。側に立っていた薛桂生《シュエグイション》が慌てて彼を紹介した。

「こちら、石懐玉老師《シーホアイユイラオシー》、書画の大家です。秦嶺《しんれい》山脈の奥地にこもって修行なされ、絵画と書道の作風を確立なさいました。私たちは新疆《しんきょう》で知り合った仲です。『狐仙劫《こせんこう》』には特にお運びいただきまして、あなたの演技に高い評価をいただきました。あなたにぜひお会いしたいということで」

「ありがとうございます。石老師《シーラオシー》！」

憶秦娥《イチンオー》はメイクを落とす手を止めて腰を浮かし、会釈した。石懐玉《シーホアイユイ》は慌てて挨拶を返した。

「とてもとても、老師《ラオシー》と呼ばれる柄ではありません。この西安であなたから老師《ラオシー》と呼ばれるにふさわしい人物はいくらもいません。もし、私がそう呼ばれたら、彼らの立つ瀬はありませんよ」

「それは謙遜のつもりですか？　そうは聞こえませんね」

薛桂生《シュエグイション》団長は笑って混ぜ返した。

「桂生《グイション》、それは違う。私は這《は》い這いもできない赤ん坊だ。そりゃ謙虚だよ。誰かが私を誉めたら、私は泣いて手足をばたつかせて拒否する。なぜなら、それはお世辞だとわかっているから」

みんな思わず笑った。

憶秦娥《イチンオー》が笑う沸点は低い。思わず笑って、メイク落としのクリームを首に塗ってしまった。

秦八娃《チンバーワー》と封導《フォンダオ》の手厳しい〝駄目出し〟を受けて、薛桂生《シュエグイション》団長は演出の手直しを始めていた。だが、石懐玉《シーホアイユイ》はこの舞台を激賞し、舞台芸術の美の極地、大傑作だと断言した。特に憶秦娥《イチンオー》の演技は真珠の首飾りだと誉めちぎった。その一粒一粒がきらきらと粒立って、どれもが精美な絵画の作品になっているという。

「この舞台を見たら、私は絵筆を折って商売替えをしたくなりました」

薛《シュエ》団長はからかって尋ねる。

「絵筆を折って何の商売を始めるんですか？」

「憶老師《イラオシー》に入門して、犬になります」

「芸を習うんですか？」

「憶老師《イラオシー》の前でどうして芸ができますか」

「憶老師《イラオシー》に喜んでいただけるようにペットのポチになるんです」

これ以来、石懐玉《シーホアイユイ》は蓬髪《ほうはつ》を振り立てて秦腔《チンチアン》劇団に入り浸るようになった。

彼はほとんど毎日、一直線に稽古場を目指す。憶秦娥《イチンオー》が明けても暮れても稽古漬けになっているのを知っているからだ。来る度にバラを一枝持参し、憶秦娥《イチンオー》の胸の前にうやうやしく捧げる。バラと毛むくじゃらの石懐玉《シーホアイユイ》は何とも珍妙な取り合わせで、見る人を笑わせた。

これは瞬く間に鍋をひっくり返したような大騒ぎになって劇団に広まった。あの〝張飛頭〟が憶秦娥《イチンオー》に首ったけでまつわりついている。そのスタイルはかつての劉紅兵《リュウホンビン》に較べたら、ずっと洒落て、あか抜けて余裕綽々《しゃくしゃく》だと。

このニュースは夕刊芸能面の派手な飾り罫のついたコラム（囲み記事）となって西安中に知れ渡った。

二十一

陝西省秦劇院を率いた薛桂生《シュエグイション》の第一弾は不発に終わった。彼は〝薛《シュエ》お姐《ねえ》〟が劇団のもの笑いになっているのを知っている。歩いていると、後ろから男がついてくる。彼の頭の上に手をかざして指をおっ立て、彼の蘭花指《らんかし》の真《ま》似《ね》をしながらぴょこぴょこピエロのように追ってくる。少年時代、女形《おんながた》の修行を始めたときに習い覚えた梅蘭芳《メイランファン》創始のジェスチャーだ。この習慣を改めようとしているが、どうにも改まらない。手が勝手に動き、体が喜々として従う。ままよ、なるに任せよう。彼は身も心も軽くなる。

団長選挙を争った〝政敵〟は、薛桂生《シュエグイション》が団長の座を追われる日は近いとデマを流している。『狐仙劫《こせんこう》』は一部の支持を得たものの、団長として演出も兼ね、満を持して世に問うた作品がことさらな物議を醸し、台本をめぐっても原作の改竄《かいざん》か〝第二の創作〟か、いたずらな論争を招いていた。上層部では制作プロセスの検証が始まったと聞き、彼はその重圧に耐えきれない思いでいる。

そんな中、彼ははたと思い当たった。舞台の成否は別にして、憶秦娥《イチンオー》の演技は大いに受けている。なぜだ？

彼女は劇界の変化に対し、変わらないことで対応してきた。終始、戯曲《シーチュイ》(伝統演劇)の型と様式を守り続けている。今回の公演で彼女が一般の好評を博したのは、彼女がその一点を頑ななまでに守り抜いたからだと思う。彼女はかまびすしい論議をよそに突然、古存孝老師《グーツンシャオラオシー》が命の果てに流浪した西北の地を旅し、雲水の行脚《あんぎゃ》さながらに老芸人たちを尋ね歩いていた。「一招一式《いっしょういっしき》(作法と動作の型)」がおびただしい芸の集積となり、その一つ一つを貫くものが年少時に課された厳しい訓練にあるとしたら、憶秦娥《イチンオー》は老芸人の体に刻まれた芸の記憶、痕跡を自分の体に移そうとしたのではないか。それがどんなに時代遅れの古ぼけたものであっても、そこに感じ取るものがあったからではないか。

「春江の水暖《ぬる》むをまず鴨《かも》が知る」という。憶秦娥《イチンオー》はその鴨なのだ。表面的にはぼうっとしたただの「お馬鹿さん」

だが、蘇軾が杭州の春景をうたった「春江の水と空」のように季節を呼吸している。彼女の生き方は最も遅鈍《ちどん》で最も不器用で、時勢の変化に対して最も下手《へた》な生き方をする見本のようなものかもしれない。

（注）「春江水暖」『恵崇《えすう》の春江暁景《ぎょうけい》』から。暁景を晩景にするテキストもある。竹むらの向こうに桃の花が開き、川の水が暖《ぬる》むのを最初に知るの鴨の群れだ。ヤマヨモギが岸辺に満ち、ぽつぽつアシが芽生え始めた。ちょうど河豚《ふぐ》が川をのぼってくるころだと歌う。

薛桂生《シュエグイション》が憶秦娥《イチンオー》の〝古典回帰〟をひそかに支持しているのは、これをよりどころに省立秦劇院の〝反転攻勢〟の微調整を練っているからだった。ここ十数年、秦腔《チンチアン》劇団本来の立ち位置が封殺され、伝統から汲み取るべき活力もまた圧殺されていた。依って立つべき自分の足元を自分から崩してきたのだ。歌謡ショーやファッションショーの公演隊は自制心のない猿が餌に群がるようなものだった。古典劇の冬の時代が去ろうとしている今、憶秦娥《イチンオー》の〝古典回帰〟の足取りはとりもなおさず秦劇院が進むべき〝古典再生〟の道筋になるはずだった。

とすると、画家の石懐玉《シーホアイユイ》を憶秦娥《イチンオー》に引き合わせたのは大失策、大誤算だったと薛桂生《シュエグイション》は自ら認めざるを得ない。

彼が石懐玉《シーホアイユイ》に出会ったのは演劇学校に通っているころだった。石懐玉《シーホアイユイ》は毎日イーゼル（画架）を背負って演劇学校にやってきては訓練風景、俳優たちの姿態、表情をスケッチしていた。石懐玉《シーホアイユイ》は聡明な男で、ウィットに富んだ話術が人気だった。美術学院に入ったが、数日で見切りをつけ、自ら退学したという。わけを聞かれると、八大山人《はちだいさんじん》（明末清初の画家。奇矯な行動でも知られる）や斉白石《さいはくせき》（清末生まれ。画家・書家・篆刻家。現代中国画の巨匠と評される）は美大に入って画家になったかと煙《けむ》に巻く。以来、彼は世界を放浪する自由画家になった。サハラ砂漠からシベリア北端のチェリュスキン岬、南アフリカの喜望峰、南米最南端のフロワード岬をさすらった後、一転して秦嶺山脈の奥地にこもり、人界と交渉を断ったと思ったら、今度出てきたのは個展を開くためだという。この結果、『狐仙劫《こせんこう》』を見ることになるのだが、憶秦娥《イチンオー》と出会ったばかりに、肝心の個展の方はどうでもよくなり、薛桂生《シュエグイション》団長に強談判《こわだんぱん》に及んだ。自分の手助けをすることは「世のため人のため」だと。もし、憶秦娥《イチンオー》の心を得られなければ、自分の一生は終わりになり、画業において一事もなすことなく、これから生きていく勇気もなくしてしまうだろうと駄々をこねた。

薛桂生《シュエグイション》はとんでもない言いがかりをつけられたみたいにむっときた。多情多感もいいが、そこまでいくと、はた迷惑だ。四十をいくつも越えた人間が憶秦娥《イチンオー》、憶秦娥《イチンオー》と身も世もなく涙と鼻水で顔をくしゃくしゃにして、それを手の平でこするものだから、ヒゲも眉毛もあっち向いたり、こっち向いたりヘチマの棚のように乱雑を極める。何でもこの一ヵ月で七、八キロも痩せ、腕時計もゆるゆるになった。この世界で憶秦娥《イチンオー》ほど卓越した表現者がいるだろうか。それを知らずに、この数年間を無駄に過ごしてしまった。薛桂生《シュエグイション》が何とかしてくれなければ、自分は秦劇院の最上階から身投げすると、これは強迫のつもりだろう。

薛桂生《シュエグイション》がどう考えても、これは滑稽を通り越して不条理だ。たとえ憶秦娥《イチンオー》をめぐって競争相手が「千万人といえども吾《われ》往《い》かん」とばかりに思い詰めている。それにもかかわらず、石懐玉《シーホアイユイ》が卓絶した画家であり、書道家であり、芸術家であることは疑いを入れない。その作品は脱俗超凡《ちょうぼん》の極みだ。山水画にこれまでにない霊性と躍動する自然美を吹きこんだというにとどまらず、天性の自在さ、率直さがある。しかも巨匠ぶらず、銅臭味《どうしゅうみ》（金銭の臭い）がまったくない。落款を見なくても、それが彼の作品であることは一目で分かる。それが同時代の作品であることに、見る人はほとんど信じられない思いをするだろう。しかも東洋画であることの気韻が生動している。ある絵画通に言わせれば、彼の作品は間違いなく時代を超えて生き残るだろうが、世俗におもねることのない画風は画壇の主流とはなり得ず、孤立を免れない。それでも彼の登場は驚きと賛嘆の声で迎えられ、仙人のようなヒゲが画家らしい風格を与えて多くの人に親しまれるところとなった。

一方の憶秦娥《イチンオー》は名実ともに西安で存在感を高め、今の孤閨を誰が埋めるかでも好奇の目を集め、取り沙汰がかまびすしい。薛桂生《シュエグイション》の見るところ、石懐玉《シーホアイユイ》は根っからの放浪児で、根なしのコスモポリタンだ。彼を憶秦娥《イチンオー》に引き合わせて、かえって彼女の妨げとならないだろうか？　石懐玉《シーホアイユイ》は憶秦娥《イチンオー》という女優の実生活を支え、助ける能力を持っているだろうか？　憶秦娥《イチンオー》は芝居以外何の取り柄もない〝お馬鹿〟だ。二人の生活はとんでもない不協和音を奏でるのではなかろうか？　二人の芸術家が一時の激情に駆られても先が思いやられる。とてもやっていけそうにないのは目に見えている。ところが石懐玉《シーホアイユイ》の考え方は違った。もし、彼女と一緒になれるなら、彼は憶秦娥《イチンオー》に想像力の羽根をはばたかせ、無限の高みに誘《いざ》なって、そのキャリアに華麗な一章を書き加えることができるだろうと言ってのけるのだ。

薛桂生《シュエグイション》と石懐玉《シーホアイユイ》は少年期から友人で、裏表、分け隔てのない仲だった。もし、薛桂生《シュエグイション》が彼女との橋渡しを断れば、彼はそのもじゃもじゃのヒゲで彼の顔を〝ずりすり〟し、彼を窒息、悶絶させるだろう。薛桂生《シュエグイション》は仕方なく彼に返答した。全劇団員がそろって習字や〝お絵かき〟の練習を始めるのは差し支えないだろう。それは芸術的な修養にもなるだろうしと。憶秦娥《イチンオー》も劇団員たちと一緒に石懐玉《シーホアイユイ》の講習を受けることになった。これは石懐玉《シーホアイユイ》の陽動作戦であることは明白だ。

憶秦娥《イチンオー》は以前、絵を習ったことがあるが、いろいろ支障があって中断していた。今は劇団が奨励し、お膳立てまでしてくれている。俳優たるもの、一通りの芸ごとはできなければというのが彼女の考えだった。梅蘭芳は斉白石について絵画を学んだ。彼女は古琴（七弦琴）も習いたかった。幸いなことに、石懐玉《シーホアイユイ》も古琴の達人でもあるという。彼女は喜んでこの多芸多才な講師の指導を受けることにした。だが、困ったことに石懐玉《シーホアイユイ》は秦腔劇団に来る度にバラの花を一本持参する。それを衆人の前で彼女にうやうやしく差し出した上、彼の心の中の最も偉大な芸術家に進呈するのだと言う。やめて下さいと何度か言ったが、彼は人界から隔絶した秦嶺山脈の奥地でおそらく霞を食べて修行していたのだろう、時代離れして人の気持ちにも疎いところがある。回を追うにつれてバラを高々と掲げるが、彼女は受け取ろうとせず、講壇の上に置きっぱなしになる。劇団員たちが彼の下心を読めないはずはない。それでも「面白いおじさん」と受け流し、彼一流のユーモアと解している。しかし、しかし、彼の心が見え透いてくると、ユーモアとばかり言っていられない。今にも告白されそうになったとき、彼女はここがやめどきだと思った。だが、やめられそうにない。

彼女は最初、石懐玉《シーホアイユイ》を才智に溢れた芸術家だと思い、その絵画については一も二もなく心服あるのみだった。特にその画題は文字が素晴らしいだけでなく、頓知と風趣に富み、思わずくすりと笑わせられる。受講生たちが一回目に仕上げた作品のうち、憶秦娥《イチンオー》は故郷のヤギを描いた。難しいのは四本の脚で、かろうじて立ってはいるものの、ヤギなのか犬なのか見分けがつかなかった。みんなこれを見て大笑いし、笑うついでに彼女の肩をしたたかに叩きながら「憶秦娥《イチンオー》の犬」だと囃したてた。ここで石懐玉老師《シーホアイユイラオシー》が毛筆を持って立ち上がり、この絵の片隅に画題の文句をすらすらと書き入れた。

「座せば犬、臥《が》せばヤギ、どっちつかずの緬羊《めんよう》」

みんな拍手して石懐玉《シーホアイユイ》の才気を讃えたが、劇団員の一部は「もはやこれまで」と講習に来なくなった。山水画を学ぶ最初の物珍しさがなくなったころだった。残りの何人かも石懐玉《シーホアイユイ》の〝力点〟を見抜き、些細な口実を設けて退会を申し出て、最後に残ったのは憶秦娥《イチンオー》一人となった。石懐玉《シーホアイユイ》は言った。

「邪魔者はいなくなり、やっと目的を果たしました。私は幼稚園の保母さんになったつもりで指導に当たります。一緒に仲よくお絵かきしましょうね」

このころ、憶秦娥《イチンオー》の耳に噂話が飛びこんできた。石懐玉《シーホアイユイ》は彼女に恋していると。彼女はびっくりして飛び上がった。どうして自分が石懐玉《シーホアイユイ》と結びつけられて噂になるのか？　自分はただ石懐玉《シーホアイユイ》のユーモア、機知、才気、話の面白さを楽しんでいただけなのに、まさか結婚相手にされようとは心外としか言いようがない。自分と石懐玉《シーホアイユイ》を当事者に仕立てて何が面白いのか、それが理解できない。彼女は石懐玉《シーホアイユイ》にはっきりと告げた。講習会はこれまでにしていただきたい。自分も絵を習う時間がなくなった。近々、秦腔《チンチアン》の老芸人を招いて「秦腔《チンチアン》の会」を開くことになったからと。

これは本当だった。一人の老芸人が演じる『子を負うて府中に入る（背娃進府）』を西安に招こうとしていた。この作品は清代、秦腔《チンチアン》女形《おんながた》の名優とされる魏長生当たり芸の一つだが、台本はすでに散逸している。現在は漢劇（陝西省漢中市、湖北省を中心とする伝統劇）の「桄桄《ゴアンゴアン》」にかろうじて命脈を保っていると聞いた。

（注）『子を負うて府中に入る』　魏長生は一八〇二年、この作品を北京を上演中に楽屋で死亡したと伝えられる。粗筋は、張元秀は貧しいとき、いとこの家に養われ、柴刈りをしていた山中で珍宝を拾い朝廷に献上して官職を得る。栄達を果たし

た張元秀は都にいとこ夫婦を招く。夫婦は幼児を背負い、慶賀に赴く。夫婦の天真純朴で和気溢れるやり取り、〝雅〟と〝野〟の対比が生む滑稽劇。

（注）桄桄《ゴアンゴアン》　中国無形文化遺産の地方伝統劇。漢調秦腔、南路秦腔《チンチアン》とも呼ばれ、明代後期に漢中地方に伝えられた。地元の方言や民俗音楽を組み合わせて形成され、漢中市で最も人気がある。

憶秦娥《イチンオー》は漢中市出身の老芸人が口伝で桄桄《ゴアンゴアン》の教授をしていると聞くと、矢も楯もたまらず駆けつけて教えを乞うた。これには高脚《たかあし》踊りの技が欠かせないとされ、彼女は高さ二十センチほどの木蹺《もっきょう》（竹馬状のもの）を脚にくくりつけて自宅と稽古場を往復し、その習得に懸命だった。

薛桂生《シュエグイション》団長は集団訓練活性化のため、一つの実行プランを提示した。古劇界のしかるべき技能の持ち主を招き、その伝授を受け、作品化して試演、できればアトリエ（稽古場）公演しようとするものだった。しかし、早朝に集合して稽古を始め、午後いっぱい、ときには深更及ぶ。さらに意欲的なのは、これに併せて劇団員の子弟を集め、憶《イ》秦娥《チンオー》を講師に伝統劇の基礎を学ばせようというものだった。しかし、劇団員の父親たちは逃げ腰だった。学校の成績が悪い子を持つ親は家で勉強を教えることができず塾に通わせるだけで手いっぱいだった。それに、何とか大学に進学できたとしても卒業後に省立秦劇院のような名門劇団に入れてもらえるかどうかは保証の限りではない。みんな口を揃えて従来通り「父子相伝」のやり方がよろしかろうと、憶秦娥《イチンオー》に学ぶ計画はあっさりご破算になった。

これに対して、薛《シュエ》団長は具体例をいくつか引き合いにして説得に乗り出した。省立秦劇院でも新しい実習生を募集しなければならない時期に来ているが、新人とベテランの年齢ギャップに悩まされている。それならいっそのこと早めに修行入りさせた方が将来の劇団受験に有利に働くではないか。「先に月を見るのは水辺の楼台」というではないか。つまり、先に有利な位置を占めよということだ。現に子どもをこの道に進ませようとしている家庭は、憶《イ》秦娥《チンオー》を模範として神のように崇め、憶秦娥《イチンオー》に弟子入りさせたがっている。目をかけてもらえたなら、将来の引き立ては間違いなく、引き回しのよろしきを得たら、大成の道が開かれるのではないかとささやかれていると。

劇団員たちはこの話に一も二もなく乗せられた。憶秦娥《イチンオー》は子どもが好きだし、扱いにも慣れている。薛《シュエ》団長はすでに彼女の内諾を得ていた。憶秦娥《イチンオー》は自分の稽古時間に合わせて、子どもたちの訓練を始めた。稽古場に子どもたちの姿と歓声が溢れ、たちまち活気づいた。

石懐玉《シーホアイユイ》はかつての劉紅兵《リュウホンビン》のように、憶秦娥《イチンオー》からどんなに避けられ、そっぽを向かれ、冷たくあしらわれても、めげることなく、しきりにまつわりついた。たまりかねた憶秦娥《イチンオー》は薛《シュエ》団長に手紙を書いて〝善処〟を要求した。薛《シュエ》団長も石懐玉《シーホアイユイ》にはお手上げだ。憶秦娥《イチンオー》の言葉を伝えた上で、妙策を授けた。君の行動は子どもたちの邪魔になり、憶秦娥《イチンオー》の邪魔にもなっている。彼女はいたくご立腹だ。それなら、こうしたらどうだ。つまり、君は画家だろう。イーゼルを背負って行け。画家なら画家らしく、演劇芸術の創作に役立つ素材を提供するのだ。石懐玉《シーホアイユイ》はたちどころにこれを実行に移した。子どもたちの中に飛びこんで、たちまち仲間に引き入れてしまった。子どもは漫画が大好きだ。描いてほしい漫画を彼は即座に描き上げた。彼のデッサン力は凡百の漫画家を上回る。あるときは力強く、あるときは軽妙な線描画はあっという間に子どもたちを魅了し、人気者になるのに時間はかからなかった。あるときは数本の筆を使い分け、子どもたちの動態、天真爛漫な表情をまさに生けるが如く瞬時に描き上げた。子どもたちは歓声を上げて見入った。彼の来ない日があると、憶秦娥《イチンオー》は子どもたちの質問攻めにあう。あのヒゲのおじさんはどうしてこないの？

石懐玉《シーホアイユイ》は子どもたちの心を虜にし、自分の見方につけた。子どもたちの親たちも当然のことながら石懐玉《シーホアイユイ》が来るのを喜ぶようになった。食事時が過ぎると、何人かの親が自宅に帰り、彼のために食事を作り、飲み物まで添えて運んでくる。憶秦娥《イチンオー》は心の中で罵る。あの厚顔無恥、鉄面皮のお邪魔虫がまたぞろ這い出してきた。口では子どもたちに絵を描いてやると言いながら、その目はいやらしく人の顔をなめ回している。馬鹿の一つ覚えのようにバラの花を持ってきて、子どもたちの中で師匠の教えを一番よく聞く子にプレゼントすると見え透いた嘘をつく。その忙しく回る口は表面上は子どもをあやし、親たちを喜ばせるためと言いながら、すべて憶秦娥《イチンオー》に対する暗示を秘め、彼女に対する猛アタックとなって彼女の心の中にずかずかと入ってくる。それにしても何というおびただしい言葉、言葉、言葉。女を喜ばす言葉が速射砲のように彼女の前に煙幕を張り、目をくらませる。

彼女は心の中で毒づきながら、次第に自分が楽しんでいることに気づかされる。もしかして、こんな〝極楽とんぼ〟と一緒にいたら、自分も極楽とんぼになり、一緒につながって空を飛べるのかと思ったりもする。こんなことがふと浮かんだりすると、彼女はあわてて頭《かぶり》を振って打ち消しにかかる。いや、そんなことは絶対あり得ない。不可能だ。こんなヒゲのお化けと一緒になるはずがない。まったく笑ってしまう。一瞬でも一緒に生活するなんて、思うだけで馬鹿げている。

だが、間もなく大事件が起きて、石懐玉《シーホアイユイ》と彼女をぐんと近づけてしまうのだ。

二十二

憶秦娥《イチンオー》の指導クラスに毛娃《マオワー》という男の子がいた。息子の劉憶《リュウイ》と同じ年格好だった。生まれ月もほとんど変わらない。彼女はこの子に特別な親しみを感じていた。

毛娃《マオワー》は秦腔《チンチアン》の家系に生まれた。彼の祖父母は解放前から続いた秦腔《チンチアン》一座当主の三代目に当たるという。一九五〇年代の初頭（新中国は一九四九年成立）、「公私合営」の政策によって国営の劇団となった。彼の祖父はかつて立ち回りの立て役者として大成し、「趙子龍《ちょうしりゅう》」の名を三秦《さんしん》（陝西省）に轟かせた。公私合営後は教練として後進の指導に当たり、彼の祖母は刀馬旦《とうまたん》（女性の武将役）として陝西省から甘粛省にまで人気を博し、かつては『佘塘関《しゃとうかん》』の佘賽花《しゃさいか》を演じた。

（注）佘賽花《しゃさいか》　北宋を守る重臣楊一族の家長楊業《ようぎょう》の妻。息子たちが討死しても、楊家の女たちを束ねて遼と戦い、楊家の将軍たちのシンボル的存在となる。若き日の佘賽花は父と兄の仇を討つために楊業と戦う運命だった。賽花は楊業の先妻死亡の後、彼の妻となり、百歳になってなお出陣し、西夏征伐の活躍をする。

毛娃《マオワー》の父親の世代は文革期（一九六六～一九七六）と重なるが、彼は秦劇院への入団を認められ活動を続けた。毛娃《マオワー》の母親も外県から招かれた学生だった。毛娃《マオワー》の父親は『杜鵑山《とけんざん》』の敵役《かたきやく》・毒蛇胆《どくじゃたん》を演じ、毛娃《マオワー》の母親は老け役（老旦）として『龍江頌（賛歌）』で雨乞いの女（盼水《はんすい》の母）を演じている。毛娃《マオワー》は高年齢の出産だった。憶秦娥《イチンオー》は今もはっきり覚えている。彼女が劉憶《リュウイ》を生んだとき、劇団でも一人の男子が産まれたが、難産で危うく母親の命が失われるところだった。それがこの毛娃《マオワー》だった。

（注）『杜鵑山』　一九二七年、毛沢東の部隊が井岡山に入って農村革命の根拠地を築いたとき、その東南に近接する杜鵑山では農民の雷剛たちが組織した農民自衛軍が土地の軍閥・毒蛇胆の武装勢力と国民革命軍に包囲されていた。かつて鉱山労働者のゼネストを指導した柯湘とその夫がこの自衛軍に参加する途中、毒蛇胆《どくじゃたん》に見つけられ、夫は殺される。捕らわれた

柯湘は自衛軍に救出されてその党代表に就任し、毒蛇胆の武装勢力を破る。やがて中国工農紅軍に改編された自衛軍は井岡山の隊伍に加わる。（上巻八二ページ参照）

（注）『龍江頌（賛歌）』一九六三年、福建省龍海で大干ばつが起こり、龍江党支部の書記・江水英は県の会議に出席して災害の状況を報告し、県委員会の指示を伝える。その指示とは、九龍江は地形が低く、干ばつ地は逆に高い。そこに巨大な堤防を作って水を堰き止め、河道を変えたら、干ばつ地に水を流すことができるというものだった。

毛娃《マオワー》が六、七歳になると、彼の父親は早速息子に訓練を施した。息子の背中を無理矢理力づく押して手脚の屈伸、股割《さ》き、仰《の》け反《ぞ》り、さらに朝天蹬《ちょうてんとう》（片脚を蹴り上げて一直線に上へ伸ばす運動）など、毛娃《マオワー》は涙と鼻水にまみれて泣き叫び、許しを乞う。これを聞かされる劇団員たちは身をすくめ、耳を覆いたくなったという。しかし、父親はいっかな耳を貸さず、麻の花のようにか細い毛娃《マオワー》の両足に容赦なく藤づるのムチを入れた。見かねた団員の何人かはこっそりと毛娃《マオワー》に入れ知恵をした。お前の父ちゃんは鬼だ。「毒蛇胆《どくじゃたん》」と言ってやれ。お前の父ちゃんが演じた『杜鵑山』の悪者《わるもの》の名前だと。しかし、それにひるむ父親ではなかった。訓練はさらに苛烈さを増し、「三九《サンジョウ》（酷寒の三～四十日）」も「三伏《サンフー》（猛暑の三～四十日）」も毛娃《マオワー》は着た切り雀の稽古着一枚と腰には幅広の稽古帯一本、やせ細った尻は、その両っぺたを大人の手でつかめるほどだった。逆立ち、股割き、馬歩《ばほ》（馬の背中にしゃがむ姿勢で歩き、そして走り、呼吸を整えつつ臓器と腹筋と脚の筋肉を鍛える運動）など、稽古が始まると鼻水が長く垂れ、それが鼻水なのか涙なのか。それとも汗なのか分からなくなり、ついたあだ名が「鼻たらし」だった。

憶秦娥《イチンオー》はこの虐待のようなやり方を見ているのが辛くなって毛娃《マオワー》の父親に言った。この子はいやいやながらやっている。嫌がる子どもの襟首をつかみ、それほどまでしてこの道に入れなければならないのかと。毛娃《マオワー》の父親は答えた。

「わが家のような家からどんな子どもを世の中に出せるんですか？　あなたは自分の子どもを政財界のエリートコースに乗せ、一族の誉れと触れて回るそんな力を持っていますか？　そんな後ろ盾を持っていますか？　そんな親戚友人、同窓生はいますか？　わが家は先祖代々のしがない歌歌い、知り合いはこの狭い世界だけ。この世に伝っ手《て》もなく引きも推しもなく、手ぶらで渡っていくしかない。そんな人間に与えられた手立ては自分の体をいじめることだけです。あなたは人もうらやむ成功を収め、先祖の墓に胸張ってお参りし、線香を供えることができるまでに身を立てた。いい舞台を踏み、この人ありと知られるためには子どものときから人一倍の苦労、汗と涙と血の滲むような修行しかないんです。憶秦娥《イチンオー》という俳優はその下地があったからこそ、今日の栄華があるのではないですか？　私と妻は〝文革〟のおかげで時間を無駄に過ごし、半端な役しかこなせません。その他大勢の役をいただいて、舞台をうろちょろ走り回り、その日のおまんまをいただいているだけです。あの子にはこんな思いをさせたくない。今日流す涙が明日の笑いになるんです」

憶秦娥《イチンオー》は何も言えなくなった。

毛娃《マオワー》は六、七歳から十三、四歳になるまで相変わらずやる気のない、ふて腐れたような様子で稽古を続けていた。ヒョウタンのような坊主頭をてかてかさせていたが、いつの間にか耳までかぶさる長髪を伸ばし、むすっと不機嫌な顔をしてのそっと歩いている。顔の面積は狭まり、額はわずか指を二本当てるほどの広さしかない。嫌々ながらの稽古とはいえ、幼児期の修練は見るべき成果を収めていた。子どもが出る芝居には〝特別出演〟となり、立ち回りのときは名指しの声がかかった。三、四十回連続のとんぼ返りには驚嘆の声と共に割れるような拍手が送られた。ときにはキャスティングの字幕に「毛娃《マオワー》」の名が出たりする。彼は子役として堂々のデビューを果たしたのだった。

毛娃《マオワー》は憶秦娥《イチンオー》と一緒に稽古を始めてすでに数年経っていた。相変わらず涙を流し、鼻水を垂らしはするが、自分から人と交わろうとしない。いつも稽古場の薄暗い片隅に身をひそめるかのように、静かに股割きをし、静かに馬歩《ばほ》をし、静かに仰《の》け反《ぞ》りをしている。舞台をぐるり一周する「圓場《ユアンチャン》」でさえ、空いた隙を縫うように身をすくめながらやっている。

だが、最近になって、毛娃《マオワー》の様子が変わり、口数が突然多くなった。憶秦娥《イチンオー》は特に気にも止めず、この子なりの成長をして、性格も外向きになったのだろうと思っていた。ところが、思いもよらないことに、この子はどん詰まりの袋小路に頭を突っこんでいたのだ。

久しぶりに劇団に出てきた毛娃《マオワー》の父親は毛娃《マオワー》に『哪吒《なた》東海で大暴れ』の稽古をつけていた。

（注）『哪吒《なた》東海で大暴れ』　世界各国でアニメやコミックのスターとなっている哪吒はいくつもの呼び名を持っている。インド神話に生まれ、中国では仏教神、道教神となって『封神演義《ほうしんえんぎ》』『西遊記』でも活躍の場を与えられている。生まれてすぐ東海で水浴して東海龍王の水晶殿を倒したり宝塔宮に登ったりの大暴れをする。少年神の姿をしている哪吒は蓮をモチーフにした衣装を着け、火尖槍《かせんそう》（火を放つ槍）、乾坤圏《けんこんけん》（円環状をしたブーメランのような武器）、混天綾《こんてんりょう》（魔力を秘めた布）という三種の宝物を持ち、風火二輪（火と風を車輪とした戦車）に乗って戦う。

毛娃《マオワー》が「乾坤圏」を背負い、「風火二輪」に乗って演じる場面は、ローラースケートに乗って疾駆する立ち回り芸が求められた。特に「風火二輪」の難度はローラースケートよりはるかに高く、スケボー（スケートボーディング）国際競技のレベルだ。岩石の上を滑り落ち、壁のような崖を下り、断崖から断崖へ滑空する。その危険性に憶秦娥《イチンオー》は目を見張るばかりだった。毛娃《マオワー》がミスをしたり、跳躍をためらって止まったりすると、間髪入れず藤づるのムチで毛娃《マオワー》の痛々しく痩せ細った尻や、か細い脚をしたたかに打ちすえる。毛娃《マオワー》も十三、四歳にもなれば、おとなしく打たれてはいない。もともと強情な子だったから、父親を「毒蛇胆《どくじゃたん》！」と罵る。毒蛇胆も毒蛇胆だけのことがあり、その返礼は稽古場の人間が思わず目を背けるほどだった。父親のお説教はそれなりに筋が通っていると憶秦娥《イチンオー》は思った。

「いいか、誰にもできないことをやるから、人は〝絶技〟という。危険は、その中に飛びこめば危険でなくなる」

毛娃《マオワー》の祖父はさすが打ったりはしないが、その厳しさは毒蛇胆並みだ。その口癖は、

「舞台に立つのは難行苦行の連続だ。それに耐えられなければ、人の上に立てない。憶秦娥《イチンオー》おばさんは苦行の中から生まれた。これだけ有名になり、もうすぐ四十になろうというのに毎日、稽古場に入り浸りだ。今も屈伸、股割きを欠かさない。人のやらないことをやれ。そうしたら、結果はついてくる。私の孫なら必ずできるはずだ。憶秦娥《イチンオー》老師《ラオシー》について学べる幸せを思え。それがいやなら、山西省へ行って石炭を掘れ。学校の成績は箸二本に卵一個（テストは零点）、お前にはほかの道はない。この道しかないんだ」

毛娃《マオワー》の祖父から引き合いに出されて、憶秦娥《イチンオー》は面はゆい気がした。毛娃《マオワー》は稽古が嫌いなのではなく、憶秦娥《イチンオー》とい

う〝生きたお手本〟が毎日のしかかってくるのがうっとうしいのではないか？　自分に修行を課すのは確かに苦しいことだ。だが、ほかの子どもが同じ苦しみをしているのを見ると、とてもたまらない気持ちになる。なぜだろうか？　ある日、彼女が「高脚」の練習をしているとき突然、転倒してしまった。毛娃《マオワー》が片隅から突進してきて、高脚の紐を解き、彼女の足首を揉んだ。毛娃《マオワー》は彼女に尋ねる。

「おばさん、どうしてこんなに練習するの？　疲れない？」

「疲れるわよ。でも、芝居は稽古と練習でできているの。やらないといけないのよ」

「でも、誰も練習していない。それでもいいの？」

「『子を負うて府中に入る』は私の出る芝居だから、それでいいのよ」

「おばさん、芝居やってて面白いの？」

彼女を射すくめるような問いだった。言葉に詰まりながら彼女は答えた。

「人はみな、ご飯を食べる仕事を見つけなければならない。おばさんにはこの仕事しかなかった。だからなのよ」

「でも、おばさんは飯炊きをしていたって聞いたよ。本当？」

「本当よ」

憶秦娥《イチンオー》は知っている。彼女の過去を人はみな輪をかけて大きく話し、話だけが独り歩きして広まっていく。だから彼女の過去を知らない子どもたちはいない。

「飯炊きはいいなあ。やってればよかったのに、どうしてこんな、いやなことを始めたの？　僕は山西省へ行って石炭掘りをやりたい。その方がよっぽどましだ。何で芝居なんかやらなきゃいけないんだよ。くそ！　芝居なんか糞だ、毒蛇胆《どくじゃたん》なんか、死んじまえ！」

毛娃《マオワー》がこれほど芝居を恨みに思い、自分の父親をほとんど憎んでいることを憶秦娥《イチンオー》はまるで知らずにいた。考えてみれば、子どもにとっては自分が生きている時間のすべてを芝居に奪われている。今、彼が『哪吒《なた》東海で大暴れ』の主役を射止めても、それが何なのか分からないし、今の苦しみから抜け出る日を想像することができないでいる。

彼は言った。

「おばさん、みんなおばさんはすごい、素晴らしいと言うけれど、高脚で転んで、痛くないと言っても痛いよね。どうして我慢しなくちゃいけないの？　そうやって生きてて悲しくないの？　生きているのは練習するため、舞台に出るため、有名になるためと言うけれど、みんな麻雀したり、街で遊んだり、ゲームしたり、映画を見たり、テレビを見たり、好き勝手している。でも、おばさんは高脚をしたり、臥魚《がぎょ》をしたり、圓場《ユアンチャン》の練習したり、槍や刀を投げたりして何が面白いの？　生きる意味があるの？　それしかすることがないの？」

毛娃《マオワー》の問いかけに、彼女はぐっと詰まり、立ち往生した。彼女はこれまでそんなことを考えてこともないし、稽古して舞台に立つことが生活であり、日常の一部だった。しかし、この子はそのことを理解しないし、受け入れようとしない。彼女は毛娃《マオワー》にとって悪い見本だった。それなのに、彼の親も祖父も彼の質問を一切封じ、後戻りのできない道へ押し出そうとしている。

こうしてある日の早朝、憶秦娥《イチンオー》は毛娃《マオワー》が稽古場の中空にぶら下がっているの発見する。

毛娃《マオワー》は毎朝、稽古場に一番乗りをしていた。というのも、劇団員が集まると、彼は稽古場を出なければならない。絨毯もスポンジのクッションも跳躍板も稽古場の設備を使うことができない。劇団はまだ彼を訓練生として採用していなく、陝西省秦劇院の正式な一員でなかったからだ。

稽古場に毎朝二番目にやってくるのは憶秦娥《イチンオー》だった。稽古場のドアを開けると、一人の人影がみえた。長く伸びて体操用の吊り輪にぶら下がっている。彼女の最初の反応は、「あ、毛娃《マオワー》」だった。だが、彼の背丈はこんなに高くない。それでも痩せた尻、ひょろっと伸びた脚は毛娃《マオワー》に間違いない。それに、いつも背負っていた乾坤圏や風火二輪が足元に放り出してある。彼女はすぐ毛娃《マオワー》だと断定し、大声で叫んだ。

「毛娃《マオワー》！」

彼女は毛娃《マオワー》の両足にしがみついた。だが、長く伸びた項《うなじ》を締めつけるロープまで、彼女の背丈は届かなかった。彼女は稽古場を飛び出し、大声で助けを求めた。人が駆けつけ、数人がかりでロープを解き、毛娃《マオワー》を床に横たえたとき、彼の全身は氷のように冷たかった。彼の舌は口から長くはみ出して、まるで地獄の小鬼のような形相だった。毛娃《マオワー》は死んでからほぼ一、二時間経っていた。

毛娃《マオワー》の母親はこれを知るとすぐ、服毒自殺を図ったが、命は助けられた。

彼の父親は「むう」とだけ声を発し、数日間、意識不明となった。このときになって、人々は毛娃《マオワー》の家庭の窮状を初めて知った。往年の「武神趙子龍《ちょうしりゅう》（祖父）」も佘賽花《しゃさいか》（祖母）」も、「毒蛇胆（父）」も「雨乞いの女（盼水《はんすい》の母）」も家計は惨憺《さんたん》たる状況にあり、おまけに祖母と母は入院生活を送っていた。一家はたった一つ残された希望の灯りが消え、〝ずっからかんのからっけつ〟になった。全劇団員は言葉もなく息を呑んだ。

その後、劇団は毛娃《マオワー》の父親に一定の助成を行ったほか、薛桂生《シュエグイション》は老芸術家のためにチャリティー公演を行い、憶《イ》秦娥《チンオー》は十八番の『鬼怨《きおん》』と『殺生《せっしょう》』を歌った。このとき石懐玉《シーホアイユイ》がとった行動は憶秦娥《イチンオー》を刮目《かつもく》させるに十分だった。

石懐玉《シーホアイユイ》は自分の作品を売りに出したこともなければ人に贈ったこともないという評判だった。偉ぶった相手はなおさらのことで、口をきくのさえ潔しとしない。何で生計を立てているかというと、イラストや漫画、似顔絵を売って糊口を凌いでいる。試しに似顔を描かせたなら、相手を一瞥しただけで筆をさっと走らせ、その精緻、迫真の描画に誰もが舌を巻き、拍手を惜しまない。だが今回、彼は八尺の創作画『太白積雪』をオークションに出品した。

（注）『太白積雪』　太白山は秦嶺山脈主峰の名山。海抜三、七六七メートル。山頂には氷河期の雪が消えずに残り、盛夏の白雪は「天際に銀光を四射する（『録異記』）」景観が画家の心を捕らえ、『太白積雪』は関中八景の一つに数えられている。

『太白積雪』は、秦嶺山中で修行した懐玉《ホアイユイ》が最も得手《えて》とするテーマで、よく友人たちに見せびらかしていた。これが十二万元の超高値をつけ、そっくり毛娃《マオワー》の祖父と父に手渡された。

この快挙で石懐玉《シーホアイユイ》の株は秦劇院の中で大いに上がった。

二十三

憶秦娥《イチンオー》の石懐玉《シーホアイユイ》に対する好感は、縦横自在のおしゃべりに眩惑されている面もある。これまでにこんな愉快な大人に出会ったことがなかった。才気煥発、当意即妙、書や絵画の名手であるだけでなく古琴を弾かせたら玄人はだしの腕前を見せる。彼女にとって〝奇人〟に属するタイプの男だった。だが、油断がならない。彼女の心をよぎったのは、石懐玉《シーホアイユイ》は思ったほど〝いい人〟ではないのかもしれないという思いだった。石懐玉《シーホアイユイ》は至るところで言いふらしているらしい。

「憶秦娥《イチンオー》は近々、私のものになる。嘘だと思うなら、まあ、見ててご覧」

憶秦娥《イチンオー》はむっときた。笑わせるな。私がどうしてあなたのものにならなければならないのか。あなたこそ今に見ているがいい。彼女はこの〝変なおじさん〟の相手をしないことに決めた。そうは言っても、毛娃《マオワー》の一件以来、石《シー》懐玉《ホアイユイ》に対する見方が一変したの事実だ。彼に感じたのは大きな慈悲の心だった。彼女は尼寺に住みこんだことがあるから、「ものの哀れ」を感じる人に一目置くことにしている。というのも、彼女はいつもこのような心で人に接し、このような目で見ることによって多くの生きる力を得てきたからだ。

毛娃《マオワー》が首を吊る前、石懐玉《シーホアイユイ》は毛娃《マオワー》に漫画の絵を何枚か描き与えていた。その後、彼女は、はっと思い当たった。毛娃《マオワー》は心を病んでいると、石懐玉《シーホアイユイ》は彼女に話したことがあったのだ。そのときは、彼がまた突飛な話で彼女に言い寄ろうとしているのだと思い、にべもなく言い返した。

「馬鹿なこと言わないで。あの子は素直ないい子です。心の病だなんて、とんでもない。役者はみんなヘンなところがあるんです。だから役者なんです」

石懐玉《シーホアイユイ》はその後二度と毛娃《マオワー》のことを彼女に言い出さなかったが、自分では二度ばかり毛娃《マオワー》を遊びに連れ出している。毛娃《マオワー》が彼女にちゃんと報告してきたのだ。

「ヒゲのおじさんはいい人だ。僕をゲームセンターとディスコに連れて行ってくれた。もっと気楽に、気を抜いてやれ、楽してやれと言ってくれた」

しかし、次の稽古のとき、毒蛇胆は毛娃《マオワー》を藤づるのムチで打ちのめして言った。

「二度とあんなろくでなしとろくでもないところへ行くんじゃない。あのヒゲを見ろ。あれはまともな人間のすることじゃない」

憶秦娥《イチンオー》は側からつけ加えた。

「お父さんの言う通りよ。ゲームだのディスコだの、いい子の行くところじゃない。お父さんの言いつけ通り、ヒゲのおじさんとはもう遊ばない方がいい」

この後、毛娃《マオワー》は二度と石懐玉《シーホアイユイ》と一緒に出かけることはなかった。

それからしばらくして、毛娃《マオワー》がことを起こした。

そのときの石懐玉《シーホアイユイ》の第一の反応は、突然吊り輪の下でどすんという音がして彼がそこにひざまずき、声を押し殺して全身で泣き始めたことだった。自分にも責任がある。ことの重要性、重大さを見過ごしていた。薄々感じてはいたが、この子は何かを伝えたかった、訴えたかったのだ。しかし、そこまで思い至らなかった。こんなに早く、こんな取り返しのつかないことをするなんて。誰も石懐玉《シーホアイユイ》の涙を疑わず、憶秦娥《イチンオー》でさえ石懐玉《シーホアイユイ》の行動が彼女に見せるための演技ではなく、心からの懺悔と慈悲の心だと認めざるを得なかった。

その後、チャリティー公演のとき、石懐玉《シーホアイユイ》は最良の作品を拠出したが、そのとき自分で自作を誇ることをしなかった。これは近影のつもりで描いた心ばかりの作品です。とても多くの皆さまにお見せするほどのものではありませんと。

これまで石懐玉《シーホアイユイ》を悪くいっていた人たちは、ぴたりとその口を閉じ、今度は黙って親指を立てる（「いい男だ」の合図）。書画に嗜みのある人からは、彼に接近を図る動きが出た。投資する価値のある〝優良株〟、あるいは〝バリュー株（割安株）〟、今がお買い得の先物買いの対象として語られている。省立秦劇院の「書画研究班」でも彼の人気が沸騰しているが、憶秦娥《イチンオー》は参加していない。ある日、石懐玉《シーホアイユイ》が彼女にかまをかけてきた。

「やるの、やらないの？　もし、やらないんだったら、書画研究班は店じまいだ。この活動は金銭が目当てじゃない。絵は芸の肥やし、秦腔《チンチアン》の梅蘭芳《メイランファン》を育てるためなんだよ。ただ、君が来ないと退屈で退屈で、あくびが出る」

憶秦娥《イチンオー》は手の甲を口もとに当てて笑い、絵画の勉強を再開した。

石懐玉《シーホアイユイ》は感情を一片の紙幅の中に収めきれない男だ。焼きつくような視線——ある人に言わせれば〝いやらしい視線〟で憶秦娥《イチンオー》をみつめる。たとえ彼女が下手くそな絵を描いても、何とかして誉めようとする。そしてすぐ話を切り替え、人生、仕事、愛情について論じ始め、あるときは長々と彼女に対する感情を吐露するのだ。

「この懐玉《ホアイユイ》は人生のありとあらゆる場面を見てきた。ただ一つ欠けているのは、疾風怒濤のような愛情だ。さあ行こう。生命の熱き乳《ちち》を飲み干して、山林深く分け入り風となり、永遠《とわ》の静寂《しじま》に身を委ねるのだ」

会場に爆笑の渦が巻き起こった。みんな後ろを振り返り、憶秦娥《イチンオー》の反応を窺《うかが》っている。彼女の顔に豚の肝臓の色がさす（羞恥の意）。いっそのこと、その厚顔無恥な顔に得意の横っ飛び回し蹴りを一発お見舞いしようかと考えた。

憶秦娥《イチンオー》は石懐玉《シーホアイユイ》が嫌いだと言ったら嘘になる。ただ、彼とは一定の距離を保とうとしているだけだ。そしてこの時期、彼女は重要な仕事にとりかかっていた。それは伝承の途絶えた秦腔《チンチアン》の名場面の数々を復活させる試みだった。老芸人の体に刻まれた遠い記憶をもう一度若い生身の体で呼びさまし、集大成して舞台化する。その地方公演も予定されていた。石懐玉《シーホアイユイ》は稽古場に日参して、芸人たちの所作の一つ一つをスケッチしていた。

ただ、その地方公演には石懐玉《シーホアイユイ》を同行させまいと彼女は考えを固めている。劇団にいるときは稽古場に出入りする人間はそう多くはない。だが、地方公演に出ると、移動班、地元スタッフ、業者、関係者百人以上が劇場に入り乱れ、共同の空間でいわば生活を共にする。彼女に好奇の目が注がれ、話はすべて筒抜けだ。そこへ石懐玉《シーホアイユイ》が紛れこむとどうなるか。人一倍感情が豊かだから、じっとしていられず、また黙ってもいられない。誰彼なく捕まえて、自説の売り込みが始まるだろう。彼の心に火がつくと、同時に彼の口の快楽が目覚め、後は止めどない奔流となる。この世にないことまで芸術的な意匠を凝らして憶秦娥《イチンオー》に向かう。彼女の時間はすべて彼の饒舌で埋め尽くされるだろう。

だが、自分と石懐玉《シーホアイユイ》の関係は一体、何だろうか？　彼は何の権利があって、人の後を追い回すのか。いろいろ考えて、彼女の方から口うるさく言うのは止めにした。饒舌に饒舌で立ち向かうのは得策ではない。自然解消、このまま立ち消えにするのが賢明ではないか。だが、これが彼女と石懐玉《シーホアイユイ》の物語に新しいページを開き、劇的な展開を見ることになる。

石懐玉《シーホアイユイ》の〝手法〟は劉紅兵《リュウホンピン》に似ているが、石懐玉《シーホアイユイ》は断じて劉紅兵《リュウホンピン》ではない。劉紅兵《リュウホンピン》も省立秦劇院の旅公演の同行して憶秦娥《イチンオー》の陰に見え隠れし、ときには女優たちの楽屋に闖入して、賈宝玉《かほうぎょく》を気取っていた。

（注）賈宝玉《かほうぎょく》　曹雪芹の小説『紅楼夢』の主人公で、長安の大貴族・賈家の貴公子。科挙に合格しても、名声や富を疎んじ、豪邸に同居する美少女たちと風流生活を送っている。

旅先の劉紅兵《リュウホンピン》はいつも憶秦娥《イチンオー》のために土地のうまいものを探し歩いた。農家から鶏を手に入れたり、ハトを盗み出してスープに煮出したり、湖岸でドジョウやタニシ、フナを求めて彼女に滋養を取らせた。何をするにも彼女のことしか念頭になく、いつも彼女の宿舎の回りをうろつくか、舞台と楽屋にへばりついていた。

もし、石懐玉《シーホアイユイ》に同じような真似をされ、せっせと尽くされたら、彼女はいたたまれなかっただろう。しかし、この男は風変わりな行動を見せ、公演団とはむしろ別行動を取っていた。劇団のホテルではなく農家に宿を取り、劇場に姿を見せたと思ったら、ロビーや客席で観客が見せる種々相のスケッチに余念がない。彼は秦嶺山脈をテーマにした連作を構想しているようだった。彼の持論によると、秦腔《チンチアン》こそ大秦嶺の魂だった。秦嶺と秦腔《チンチアン》の関係の最深部に芸術魂を揺さぶる生命の力学が働いているという。

彼は触発された場面、光景があると、そこで朝から晩までイーゼルを据えた。最初に仕上げたのは村の老爺、老婆の肖像画だった。そこには確かに村の生活、生き抜いた歳月が息づき、それは大秦嶺の霊気と呼べるものなのかもしれない。その数点が急ごしらえの楽屋の幕に掛けられたとき、見たものは身震いを禁じ得なかった。

その中で最大の一幅は憶秦娥《イチンオー》が村に入ったとき、村民が総出で出迎えた画面だった。握手する者、道具や衣装運びを手伝う者、まるで久しぶりに里帰りした娘を迎えるような懐かしさと親しみがこめられており、この沸き立つような光景が村の宿舎まで続いた。

この場面は行く先々で繰り広げられた。憶秦娥《イチンオー》が姿を現すと、村人は家から飛び出し、回りに知らせて歩いた。

「憶秦娥《イチンオー》が来た！」

「憶秦娥《イチンオー》が来た！」

「憶秦娥《イチンオー》だ、本物《なま》の憶秦娥《イチンオー》だ！」

秦劇院のメンバーにとっては見慣れた光景だったが、石懐玉《シーホアイユイ》の目はみるみるうちに潤んで、その視野を滲ませた。彼が霊感を得たのは恐らくその一瞬だったろう。それから十数日かけて数十枚の草稿を描き上げ、最後に七番目の公演地で幅六尺の大作に仕上げた。これが楽屋で披露されたとき、期せずして熱烈な拍手が沸き起こった。

このとき憶秦娥《イチンオー》はメイクの最中だったが、拍手の音にふり返って驚いた。石懐玉《シーホアイユイ》はどうしてその場面場面の真実をつかみ取り、画布の上に生き生きと再現することができたのだろうか？　憶秦娥《イチンオー》はそのとき「写真のような」という言葉しか浮かばなかったが、写真よりも強く迫り、写真より強く心を打つものがある。この衝撃が絵画の持つ魅力だと思った。誰かがこの作品のタイトルを読んだ。

「おいらの秦娥《チンオー》！」

憶秦娥《イチンオー》の目からこらえきれない涙がほとばしり、メイクの白粉を花模様に濡らした。これは農村公演の度に彼女の耳にこだました呼び声だった。

石懐玉《シーホアイユイ》がみんなに解説を加えていた。

「このタイトルは、本当は〝農民の指導者憶秦娥《イチンオー》〟とやりたかったんです。関中（陝西の渭河流域一帯）では秦腔《チンチアン》のスターはまさに指導者並みの人気だし、そう呼んでいる人もいるぐらいです。でも、〝指導者〟じゃ、ちょっと抵抗がある。何だか〝陳勝《ちんしょう》・呉広《ごこう》の乱（秦末に起きた中国史上初の農民反乱）〟の指導者みたいだ。私としてはもうちょっと可愛くいきたい。それで農民が普段使っている言葉に改めました」

憶秦娥《イチンオー》は内心、〝農民の指導者憶秦娥《イチンオー》〟でなくてよかったと、ほっとした。こんな呼ばれ方をしたら、歌いにくいし、聴かされる方も大変だろうと思ったからだ。

二番目の絵は『赤い絹襷《きぬだすき》』で、襷とはいっても、実生活のもので代用されていた。掛け布団の表生地《おもてきじ》、赤い掛布《かけふ》だ。

公演地で歌う度、最後の聴かせどころ、最高潮の場面で必ずこの祝祭行事が賑々しく行われる。突然、爆竹の音が観客を驚かし、ときには農民手作りの爆竹が鳴らされる。続いて土地の実力者が盛大な破裂音の中、舞台に上がり、掛布の赤い生地が彼女の体に掛けられる。肩を巻き、首をくるみ、その数は観客の熱狂の度合いによる。ある村で行われた趣向が評判になり、いつしか各地の定例となっていた。今回の公演では十数場面通しの大作が演じられ、このうち憶秦娥《イチンオー》は九場面の主役を熱演して、観客の〝憶秦娥《イチンオー》愛〟を満たした。ある土地では何と百枚の赤い掛布がかぶせられ、憶秦娥《イチンオー》はその重さに耐えられず、舞台に倒れそうになった。石懐玉《シーホアイユイ》はこの一瞬を写し取り、観客の歓呼の声、激励、熱狂、感奮《かんぷん》が場面にみなぎっている。それはマグマのようなエネルギーだった。

石懐玉《シーホアイユイ》は憶秦娥《イチンオー》にふり返って言った。

「その掛布五十枚と取り替えっこだ。そうでないと、何のために頑張ったか分からない」

名画に掛布五十枚の値をつけるとは。みんなはどっと笑った。誰かが言った。掛布はもう、憶秦娥《イチンオー》がみんなに配っちまったよ。それでも石懐玉《シーホアイユイ》はあきらめない。

「いやだ、いやだ、どうしても五十枚でなくちゃいやだ、みんなから取り返しておくれよ」

憶秦娥《イチンオー》はおかしくてたまらない。布団の生地なのに、まるで高価な玩具をねだる子どもみたいに駄々をこね、すねる。画家とは現実離れした人種なのだ。

三番目の絵は『紅《べに》をさす』だった。憶秦娥《イチンオー》が楽屋の化粧台の前に座り、回りに子ども連れのおばさん、嫁さん連中が集まって顔を寄せ合う中、憶秦娥《イチンオー》が女の子の唇に紅を塗ってやっている。女の子は目をぱちくりしながらうれしそうだ。

これは西北地区の農村で行われている大事な風習だった。小さな子どもは芝居を見るのが恐ろしい。見ると必ず夜中に鬼が出るからだ。開演前に子どもを抱いた母親が楽屋にやってきて、土地の訛りで「役者さんよ」と頼みこむ。〝魔除け〟の紅をこの子に塗ってもらえないかと。

多くの女優はこの役割を喜ばない。第一に面倒で煩わしいこと。第二に〝役者〟呼ばわりされるのが癪に障るからだ。憶秦娥《イチンオー》はいつもメークの手を止め、「よく来たわね」と楽しそうに子どもを引き寄せ、芝居のメークのようにきれいに塗ってやる。「ほうら、できた」と子どもの小さな顔にちゅっとキスしてやることもある。憶秦娥《イチンオー》は子どもの顔を見ると、途端に相好《そうごう》を崩してうれしがる。障害を持つ子どもはなおさらだった。今回出会ったのは口唇裂の子だった。親たちはおどおどして申しわけなさそうに入ってきた。彼女はその子をきゅっと抱き、いつもの通り念入りに可愛く塗ってやる。親たちは信じられない光景を見るかのように目を見張る。そして村のみんなに吹いて回った。何と、どえらいお人だろうか。偉ぶったところがまるでない。よほどの徳行、修練を積んだお方に違いない。憶《イ》秦娥《チンオー》の舞台には神さまがついていなさると。

石懐玉《シーホアイユイ》はこういった情景の細部《ディテール》を見逃さず、丹念に描きこむ。すると、画面にくまなく天の光が射しこむような清明の気が満ちるのだ。作品紹介が終わった後、石懐玉《シーホアイユイ》は気前よく憶秦娥《イチンオー》に言った。

「この『紅《べに》をさす』は君に進呈します。ほかの二点はまず個展を開いてから、最終的に落ち着く先は、まあ当然ながら国家美術館に決まるでしょうね。世界の美術館から展覧会に出品の引き合いが殺到しますよ。千年後、そのとき私にはもう決定権はありませんがね、ここ西安でも巡回展示がきっと行われるでしょう。何せ作品が作品ですから、作者の僕が参っちゃうほど滅茶苦茶すごい作品が揃ってますからね。この『紅《べに》をさす』はとにかく君のものです。どうか受け取ってあなたのコレクションに加えて下さい。先に言っておきますが、美術館で展示するときは僕が借用書を書きますから、貸し出しをよろしくお願いします。決して売り飛ばしてベンツやＢＭＷを買ったりしないで下さいよ」

憶秦娥《イチンオー》はにっこり笑って、『紅《べに》をさす』をありがたくいただくことにした。

この三幅の絵はどれも彼女の気に入った。見ているだけで心の底がほかほかと温まる。このヒゲのおじさんは彼の絵と同じように彼女の心の中で値を上げた。

この農村公演の中で、憶秦娥《イチンオー》の子どもに対する愛情は『紅《べに》をさす』の絵のような天の曙光に包まれ、それが彼女に一つの決意を促した。

養子を持とう。

自分が養母になる。これまでに考えたこともなかった。自分が母性に目覚めたとき、心の中はすべて息子の劉憶《リュウィ》に占められていた。それが今回突然、ある女の子が目の前に現れたとき、抑えきれない衝動に駆り立てられた。ああ、いっそのこと、この子を攫《さら》って逃げたい。この子に自分より美しく満ち足りた幼年時代、この子の目にきらきらとした光が宿り、幼心《おさなごころ》に日々の夢がふくらむ、そんな時間を過ごさせてやりたい。何不自由なく遊ばせてやりたい。今の自分ならそれができると。

それは今回の巡業の最後の日だった。

彼女は楽屋で聞くともなしに人の話を聞いていた。公演団の賄《まかな》いのために八、九歳の可愛い女の子が来ているという。母親に連れられて竃番《かまどばん》と飯炊きの手伝いをさせられているらしい。竃番と飯炊き。憶秦娥《イチンオー》の胸がごとんと音立てて鳴った。何を置いてもその子の顔を見てみたいと思った。

行くと、村の野っ原に臨時の厨房が設営され、火吹き竹を吹いている女の子がいた。力いっぱい頬をふくらませ、顔を真っ赤にしている。憶秦娥《イチンオー》はその側にさりげなく立ち、じっと見ていた。女の子は気づかずに火吹き竹を吹くのに忙しい。

それは自分だ。彼女は寧州県劇団の厨房で働く自分の姿がまざまざと浮かんできた。毎朝、誰よりも早起きして火吹き竹を吹き、懸命になって竃の火種を熾《おこ》していた。そのとき、自分は十二、三歳だった。この子はまだ八、九歳だという。

憶秦娥《イチンオー》はその場にゆっくりとしゃがんだ。女の子は彼女に気づくと、あわてて火吹き竹を口から離した。憶秦娥《イチンオー》はそれを持って自分の口に当て、勢いよく拭き始めた。

女の子は歯を見せて笑った。憶秦娥《イチンオー》は声をかけた。

「私が分かる？」

女の子は口もとを隠しながら答えた。

「芝居に出ていたおばさんだ」

その動作の何と自分に似ていることか。

「何歳？」

「九歳」

「学校は？」

女の子は首を振って答えた
「行ってない」

「どうして？」

女の子は恥ずかしそうに口もとを押さえた。

「誰と来たの？」

「婆ちゃんと」

「どこにいるの？」

「ネギを剥いてる」

白い手ぬぐいをかぶった女性が剥き終わった葱を篭に入れ、こちらに向かってきた。彼女は憶秦娥《イチンオー》に気づいて言った。

「まあ、憶秦娥《イチンオー》さんではないですか？　お歌がとても素晴らしかった。ご覧なさい。みんな何十里の道をはるばるやってきて胸弾ませている。憶秦娥《イチンオー》を見ないことには人生無駄に生きたことになると話してたところです。私も本物の憶秦娥《イチンオー》を生で見られるとは、いい冥途の土産《みやげ》ができました。本当に仙女のようにお優しく、お美しい。私のようなものを飯炊きに雇っていただいて本当にありがたいことです」

「本当にお疲れさまです。この子はお孫さんですか？」

「そうです。どうしてお分かりになりましたか？」

「だってこんな小さな子がどうして一人で来られますか」

「私は賄い仕事できてますが、この子の弟は学校へ行き、この子を一人で家に置いておくわけにもいかず連れてきてるんです」

「名前は何と？」

「普段は丑女児《チョウニュル》（みったくなし＝醜い）と」

女の子はすぐさまその名前に抵抗を示した。

「私はみったくなしのみそっかすじゃない。宋雨《ソンユイ》よ」

「〝雨女〟なんて、縁起でもない名前だよ。だから、生まれてきてろくな目にあわないんだ」

「この子はどうして学校に行かないの？」

「お恥ずかしい話、笑わないで聞いて下さい。父親は南方へ出稼ぎに行き、家を捨てて別な女とできちまった。母親は腹を立てて他の男と駆け落ちして、残った姉と弟を私が引き取ったというわけですが、この子の学校は諦めさせました。二人の子どもをとても学校に通わせられませんからね。私と一緒に動いていれば食費がかからない。だって、私はこれでもこのあたりではちょっとは名の知れた料理人ですからね。結婚式や葬式の賄い方を任される。この子を連れて火の番をさせれば、厨房で食事もいただけるし、農村で働いていれば、贅沢な料理だって口にできます。火を熾し、湯を沸かすのが上手になれば、蒸篭《せいろ》蒸しのマントウにもありつけますからね」

憶秦娥《イチンオー》はちょっと切なくなってその場を離れた。

それから何日も憶秦娥《イチンオー》はその子のことを考え続けた。きっと表情を硬くして「丑女児《チョウニュル》なんて呼ばないで」と言った表情も忘れられない。少しも「丑《チョウ》」ではない。当時の憶秦娥《イチンオー》よりも面立ちが整っている。

意外なことに、この子を気にかけている人物がほかにもいた。石懐玉《シーホアイユイ》だ。彼も宋雨《ソンユイ》のスケッチを残していた。まさに頬をふくらませ、火吹き竹を吹いている場面だった。それを見た者は誰しも心を締めつけられる。憶秦娥《イチンオー》も見た途端にあふれる涙を隠しきれず、楽屋を飛び出した。石懐玉《シーホアイユイ》が彼女の後ろについてきて、声をかけた。

「君もあの子が好きなの？」

彼女はうなずきながら答えた。

「ええ、とっても」

「ほしい？」

「え、何と言った？」

「ほしい？」

「人のうちの子ども、どうしてもらえるの？」

「ものは試しだ」

その日の夕方、石懐玉《シーホアイユイ》は彼女に伝えた。

「大丈夫。あの婆さん、くれるって。女の子も来たいってさ」

全公演を打ち上げ、憶秦娥《イチンオー》は宋雨《ソンユイ》を連れて帰った。

宋雨《ソンユイ》は家を出たことがない。車にも乗ったことがない。走り出した途端、車酔いで苦しみだした。石懐玉《シーホアイユイ》は西安まで宋雨《ソンユイ》を抱き続けた。

二十四

海南島でセレブな日々を過ごしたのは束の間のこと、西安に戻った楚嘉禾《チュチアホー》に失意の日が続いた。憎たらしいのは「薛《シュエ》お姐《ねえ》」で、彼女の売り込みに耳を貸さず、憶秦娥《イチンオー》の尻を追いかけている。何よりも心が折れそうなのは夫の破産だった。せっかく見つけた資産家の夫は彼女より二歳若くてイケメンで、洗ったようにこざっぱりと〝じゅっと〟して、双子までもうけたのに、一夜にしてすべてを失ってしまった。西安に帰ってからも債権者から身を隠し、二人が顔を合わせるのは数週間に一回もままならない。追っ手の目をくらますため変装までして、あるときは女装して家に帰ってきた。夜が明けないうちに起き出し、窓から通りの様子を見定めてから足音を忍ばせて階下に降り、また逃避行を続ける。債鬼が家に居座ったこともある。生きているなら顔を出せ、死んでいるなら骸《むくろ》を出せとすごまれた。

彼女の母親はついに音を上げた。離婚しかない。離婚して楽になろう。巻き添えをくっては一生が台なしになる。これが子どものためにもなると。夫も情理をわきまえた男だった。子どもを一人だけ渡してもらえれば、後は彼女の気の済むようにと折れ合った。

身一つ、そして子どもを一人残された楚嘉禾《チュチアホー》の生きる道は省立秦劇院しかなかった。だが、立つべき舞台も演ずるべき主役もなく、ただぶらぶらしているだけだった。だが、それでは彼女の気が済まなかった。憶秦娥《イチンオー》を見る度に腹の中に収まりきれないものがむらむらと群がり立ってくる。とにかく舞台に立つことだ。舞台に立って彼女を見返そう。そう思った。

〝薛《シュエ》お姐《ねえ》〟が団長になってから団員たちは新しい活動に駆り立てられていた。集団訓練のほか新演目の創出に力が入り、『狐仙劫《こせんこう》』も作り直《リメイク》しされ、楚嘉禾《チュチアホー》は「虚栄心と金銭欲の強い姉」を演じた。これは〝反面（否定的）教師〟として笑いものにされ、批判される役だった。大金持ちの老いたキツネに取り入ろうと連夜猛アタックをかけ、与えられたのは妻の座ではなく、妾《めかけ》として囲われる日陰の住処《すみか》だった。それに飽き足らなく手を尽くして老人の気を引き、正妻の座を得ようとするが、かえってからかわれ、辱めを受けるだけだった。見かねた妹の胡九妹《こくまい》（憶秦娥《イチンオー》が演じる）に助け出されるが、もう山奥の貧しい暮らし、厳しい日々の修行には耐えられなかった。またこっそりと逃げ出して老キツネに泣きついて許しを乞い、もとの卑しい身分に戻してもらう。だが、心の安住は得られず、ついに縊《くび》れて死ぬ。演劇的には意味があり、演じ甲斐のある役かもしれないが、要するに〝チャリ（道化役）〟だった。憶秦娥《イチンオー》のようなきらきらしく見栄えのする役、模範労働者のような〝正面（肯定的）〟人物の役はやりたくても回ってこない。やらされるのはみんなから虚仮《こけ》にされる〝反面〟人物ばかり、彼女はもうあきあき、うんざりだった。

彼女にとって幸いなことに、『狐仙劫《こせんこう》』の再演はさんざんな悪評で、薛《シュエ》お姐《ねえ》の団長デビューは出端を挫かれた。巻き添えをくらった作者の秦八娃《チンバーワー》も、あの支離滅裂な目の玉の配置、その上にちょこんと乗った眉毛もみな泣きべそをかいている。劇団はてんやわんやで、封導《フォンダオ》は怒りのあまり心筋梗塞を起こしそうだった。外部の批判も手厳しく、新団長は秦腔《チンチアン》に活を入れるどころか引導を渡しにやってきた、一日も早い退場を願うのみと四面楚歌のありさまだ。主演の憶秦娥《イチンオー》も連帯責任で息の根を止められると思ったら、これが大違いだった。憶秦娥《イチンオー》が時流に抗して伝統の重みを支えたのに対し、省立秦劇院は時流に溺れて先祖の名を辱め、秦腔《チンチアン》を滅亡の淵に追いやったと風向きが変わってしまったのだ。

このときから省立秦劇院は伝統の継承に舵《かじ》を切ったが、楚嘉禾《チュチアホー》はここまでやるかと首をかしげた。劇団の中庭には十数人の老芸人がうろうろし始めた。みんな憶秦娥《イチンオー》が西北地区の片田舎から埃《ほこり》を払って引っ張り出してきたがらくたばかりだ。中には昔さながらに弟子なのか、付き人なのか、従者や家族を伴っている者もいる。清代の水晶眼鏡を麻紐でかけ、羊の毛皮を裏地にした袷《あわせ》を着、煙管《きせる》を吹かして、まるで映画のセットに出てくるような田舎町の風情だ。同じ区画にある作家協会、映画協会などの顔馴染みは憫笑をもらして言った。

「秦劇院は民俗村でも開設する気ですか？　そうか、旅行業を始めて、団体客を呼びこもうという魂胆なんだ！」

楚嘉禾《チュチアホー》にとっては、こんな骨董品がぞろぞろ這い出してくる「伝統劇の復活」など胡散臭いもののように思われたし、その公演について是非を論ずるより先に、老人たちがぜいぜいと喉を鳴らし、かーかー、ぺっと痰や唾を吐き散らし、ところかまわず立ち小便をしたりするのが気色悪く、嫌悪感を覚えていた。この芸術のかけらもない連中がその口で二言目には「芸術、芸術」と口走るのも奇妙で笑止《しょうし》だった。

彼女にとってもっと意外だったのは、憶秦娥《イチンオー》がここ数年、どこをこそこそ画策して回ったのか、断片化し散逸していた秦腔《チンチアン》の旧作を全幕通しの大作に仕立て直し、十数本もの本格舞台としてラインナップし、レパートリー化していたことだった。それだけではない。地方の興行主を動かして巡業のルートに乗せ、しかも興行主の要請と見せかけて、すべての主役を自分のものにしてしまったのだ。まさに彼女の一人舞台だ。プロデューサーそこのけのしたたかなやり手というしかない。気がついたら、彼女は鷹のようにさっと舞い降り、その凶暴な爪であぶらげをさらって空高く飛んで行ってしまったのだ。表面は〝お馬鹿〟に見せかけて、何と陰険で狡猾な〝鶏泥棒〟か。

（注）鶏泥棒　すぐ騒ぎ立てる鶏は、盗むのが最も難しい動物とされている。ここではずるく、こざかしくトリッキー、ケチな計算をするという意味に用いられている。

このような女の手にかかると、男はみな飛んで火に入る夏の虫だ。忠・孝・仁・義（苟存忠《ゴウツンチョン》・古存孝《グーツンシャオ》・周存仁《チョウツンレン》・裘《チュウ》存義《ツンイ》）の老芸人は忠も孝も仁も義も振り捨て、秦八娃《チンバーワー》は名前が俗悪なだけでなく、あの顔で老醜をさらした。そして、封子《フォンズ》、単《ダン》団長、秦腔《チンチアン》の玄人づらしているど素人の薛《シュエ》お姐《ねえ》たち劇団幹部は、みな列をなして犠牲の祭壇に祭り上げられた。まだいる。女たらしのやさ男劉紅兵《リュウホンビン》。劉紅兵《リュウホンビン》がいなくなったと思ったら、すぐ石懐玉《シーホアイユイ》が現れた。どいつもこいつも憶秦娥《イチンオー》にめろめろになって骨抜きにされてしまった。

特にひどいのは、ひげもじゃの石懐玉《シーホアイユイ》だ。初めて現れたときは、劇団の玩具《おもちゃ》だった。怪しげな風体《ふうてい》は劇団員たちを棍棒でなぎ倒しそうな剣呑《けんのん》さだったが、憶秦娥《イチンオー》にころりと参り、彼女のポチになり下がった。そのとき、楚嘉禾《チュチアホー》は憶秦娥《イチンオー》が彼に抱かれることを待ち望んだ。またお騒がせな噂で笑い話の薬味にはなるだろう。だが、ほどなく石《シー》懐玉《ホアイユイ》は底抜けのユーモアと異能、異才ぶりで人気者になり、邪気のない正義感、善良さの代名詞にもなった。特にその絵が十二万元もの値をつけたと聞いて、この〝打ち出の小槌〟が憶秦娥《イチンオー》と一緒になることをどんなに願ったことか。やっぱりねえと楚嘉禾《チュチアホー》は手を打って喜んだだろう。果たせるかな、農村公演で石懐玉《シーホアイユイ》はあのいやみったらしい作品で憶秦娥《イチンオー》を手なずけ、憶秦娥《イチンオー》は憶秦娥《イチンオー》で自分の息子に絶望して、他人の子どもを貰い受けて帰ってきた。何でも、その女の子は憶秦娥《イチンオー》が石懐玉《シーホアイユイ》にそのかされたということだ。帰ってきたとき、憶秦娥《イチンオー》と石懐玉《シーホアイユイ》は片時も離れられないといった様子で、その女の子を抱きしめてキスしたり、これから一つの家族を作るつもりのように見えたという。

憶秦娥《イチンオー》と石懐玉《シーホアイユイ》が一つの家族を作る。それが一体どんな絵になり、どんな景色を見せてくれるのか、楚嘉禾《チュチアホー》には想像しにくいが、考える価値はある。楚嘉禾《チュチアホー》にはその時間はたっぷりあり、興味をそそられた。その日、友人の周《チョウ》玉枝《ユイジー》を呼び出し、憶秦娥《イチンオー》はこの再婚を喜んでいるのかどうか、じっくり検討することにした。

周玉枝《チョウユイジー》はこの同窓生と話したり、何かをするのが次第に気乗りしなくなっていた。特に憶秦娥《イチンオー》のことになると、楚嘉禾《チュチアホー》はむきになって形相が変わり、とてもついていけそうにない。楚嘉禾《チュチアホー》が歌舞ショーとファッションショーに血道を上げていたとき、周玉枝《チョウユイジー》は家で静かに育児に専念していた。彼女はいち早く女優というものの本質を見抜いていたのかもしれない。それは「残酷」の二文字に尽きる。主役をやらない舞台俳優は、外部の目からは劇団の寄食者、無駄飯食いと大差がない。しかし、主役を張るということは何と苦渋に満ちた言葉か。一つの芝居で主役と呼べるのは一人か二人しかいない。もし、ほかの連中を〝主役〟と呼んだなら、それはその人間を無駄に喜ばせるか〝おちょくる〟ためだけだ。餡かけ料理の主役は餡に決まっている。餡の下の具がぶつぶついっても駄目だ。具は具でしかない。主役の座を占めるには「天のとき、地の利、人の和」の三拍子揃わなければならないとよくいわれる通り、どれか一つ欠けただけでも、主役は袖さえ触れ合うことなくさっと通り過ぎていく。ただ、一つの劇団の中で競い合っているとき、自分が人に劣っているとは夢にも考えない。ただ、機会に恵まれなかった、機会がほしい、「不美人も美人のうち」と気負っている。

周玉枝《チョウユイジー》も最初のうちはそう考えていた。自分と憶秦娥《イチンオー》にどれだけの差があるというのか。若さの驕りでそう思っているうちに、憶秦娥《イチンオー》はいつの間にか出る作品出る作品、主役を張るために生まれたかのように羽振りをきかせ、楚《チュ》嘉禾《チアホー》も負けじとばかりにタイマン（一対一の喧嘩）を張り、そこそこにいい思いもしている。しかし、自分は万年添え物、付け足し、バイプレーヤーの位置に甘んじていた。寧州から来た同期の仲間は、もどかしそうに彼女を責める。

「こら周玉枝《チョウユィジー》、しっかりしろ。負けるな。コネが何だ、血筋が何だ。前を向いて突っ走れ」

彼女がその気になったのも束の間だった。彼女の目には新しい現実が別な様相を帯びて見えてきた。その景色の中に憶秦娥《イチンオー》は骨を刻むような苦闘、投げつけられる悪罵、屈辱をものともせずに立っている。楚嘉禾《チュチアホー》も突っ走りながら、ずっこけ続きだがめげることを知らない。何が悲しくてそこまでしなければならないのか。何ともの悲しいことか。

「栄誉の代価が屈辱なら、とても引き合わない」——これが彼女の得た処世訓で、彼女の旧友、二人の同期生に対する基本的な評価ともなり、彼女を現実に引き戻した。

しかし、よく見ると、自分の客観的条件、置かれている立場はそんなに悪くない。国の機関に属し、劇団のひまな男たちから省立秦劇院「八大貴妃」の一人に選ばれている。彼女に持ちこまれた縁談は決して少なくない。人が主役争いに角突き合わせ、公演に目の色を変えているとき、彼女は深く静かに婿選びの佳境に浸っていた。一年ちょっとの間に三十数人の男が篩《ふるい》にかけられ、自分がこんな〝降るような縁談〟に恵まれようとは思ってもみなかった。中には〝リピーター〟も混じっていたが、彼女とて劇団で揉まれ、世間の風に当たっているうち、自分の定位置を見出していたのだ。それは、なまじ才走った男より、自分に従い、ついてくる素直な男、これが決め手だ。金持ちの男は実がなく、頼りにならない。社会的地位のある男は情がなく、たとえ一目惚れでも「八大貴妃」の色香に目を奪われた一時の心逸《はや》りで、若いときが過ぎたら自分の学のなさ、教養のなさがばれてしまい、やがて夫婦の間のすきま風になるだろうと覚めた目で見ている。このような悲劇は陝西省秦劇院で毎年、繰り返し上演されてきたからだ。最終的に周玉枝《チョウユィジー》は重点中学（エリート育成の進学校）の教師を選んだ。温厚朴訥《ぼくとつ》で、教職を天職と考えていた。年齢は彼女よりやや上だが、やさしく思いやりがある。彼女が理想としたタイプだった。彼女は劇団から住宅の分配を得られなかったが、夫は学校から百四十平米、四居室の住居が与えられた。彼女の給与は夫の六、七割で、とても口にできる額ではないが、夫は毎月、七、八千元の基本給の上にいくつかの補習クラスを持ち、特別手当てだけでも年間十数万元になった。家庭環境も申し分ない。舅《しゅうと》・姑《しゅうとめ》は共に小学校の退職教師で身体壮健、彼女に何の気苦労もなかった。さらに昨年、子どもが生まれ、出産時の体重は三・五キロを超え、健康そのもの、満一歳で十数メートル歩いた。まだ二歳にならないのに三十種の唐詩、『弟子規』（儒教道徳を韻文形式で記した中国の伝統的な教材）をすらすら暗誦して爺婆《じじばば》を驚喜させた。この満ち足りた生活にこれ以上望むことがあるだろうか？　望んだら罰が当たるというものだ。欲を言えば、できるだけ舞台の出番を抑え、地方公演も減らして、肌を荒らすメークも少なくしたいというところか。舞台に立つとしたら、合唱隊が気楽でいい。それもリード役でないことが一番望ましい。これなら風邪をひいても〝口パク〟の定員合わせでごまかしがきくからだ。出演料は憶秦娥《イチンオー》に較べたら多少は安いが、二倍以上の差はない。周玉枝《チョウユイジー》が五十取ったら、憶秦娥《イチンオー》はせいぜい百だ。それにしても、憶秦娥《イチンオー》のあの力《りき》は一体どこから出てくるのか？　鶏より早く起き、犬より遅く眠り、牛より重たいものを担ぎ、ロバよりフットワークが軽い。自分の体を死ぬほどいじめ抜いて、一体、何が楽しいのか？

しかし、本音を言えば、周玉枝《チョウユイジー》は憶秦娥《イチンオー》に心服している。人が何を言おうが、憶秦娥《イチンオー》は〝いい人〟だと思う。まず悪気《わるぎ》がない。人に悪さを働かない。世の中に疎《うと》いところがあって、ときどき馬鹿丸出しの醜態をさらす。四十になろうというのに、朝から晩まで稽古場に入り浸っている。今どき、ここまでやる俳優はまずいない。憶秦娥《イチンオー》がどんな主役を取ろうが、どんな賞を取ろうが、どんな熱狂的な拍手をとろうが、周玉枝《チョウユイジー》はそれが当たり前だと思っている。

　これに対して楚嘉禾《チュチアホー》は目から鼻へ抜ける賢さ、抜け目なさを持っている。彼女の母親も楚嘉禾《チュチアホー》に輪をかけた似たもの親子で、二人が向かうところ、いろいろな問題をややこしくし、いかなる快刀をもってしても断つことのできない乱麻状態にする。昔は楚嘉禾《チュチアホー》とつるんで憶秦娥《イチンオー》を仲間外れにしたこともあったが、結局、寧州から西安に出てきたのはこの三人だけになってしまった。憶秦娥《イチンオー》は稽古に打ちこみ、公演に追われつつ子どもの世話に明け暮れている。三人でおしゃべりする時間はほとんどなく、顔を合わせても憶秦娥《イチンオー》はただぼんやり座っている。話すのは相手に任せ、自分はもっぱら聞き手に回っている。たまに口を開くと、息子が上手に便器を使えるようになったとかの自慢話で、聞いていて少しも楽しくない。楚嘉禾《チュチアホー》は口がよく回り、人をあげつらって口さがない。思いこみが激しく、風を捕らえ、雲をつかむような論陣を張って相手をやり込めようとする。だから周玉枝《チョウユィジー》は楚嘉禾《チュチアホー》とはできるだけ関わらず、面倒な話に巻きこまれないようにしていた。

今回も何度も呼び出しを受け、しぶしぶやってきた。大した話ではあるまいと思っていたが、案の定、石懐玉《シーホアイユイ》が憶秦娥《イチンオー》を追い回している話に終始した。楚嘉禾《チュチアホー》が周玉枝《チョウユィジー》に尋ねた。

「あの二人はうまくいくと思う？」

「そんなの、どうでもいいじゃない。うまく行こうが行くまいが屁でもない」

「冷たいこと言うのね。秦娥《チンオー》は私たちの妹よ。こんな大事なこと、放っておけないわ。私が心配なのは、劉紅兵《リュウホンビン》がまた出てきて邪魔だてしないか、腹いせをしないかってこと。最後に割を食うのは、あのお馬鹿な秦娥《チンオー》なんだから」

「そんなことより自分の心配をしたら？　ねえ、本当に秦娥《チンオー》を馬鹿だと思っているの？」

「あなたの言う通りよ。秦娥《チンオー》は馬鹿に見せかけているけれど、なかなかどうして。その実、私たちの誰よりもしたたかで、はしっこいんだから」

「したたかで、はしっこいって、何のこと？」

「何のことって、憶秦娥《イチンオー》が劉紅兵《リュウホンビン》と結婚したのは馬鹿じゃできないわよ。狙いは劉紅兵《リュウホンビン》の父親なんだから。その財産を搾り取ろうとしたら、定年であてが外れ、劉紅兵《リュウホンビン》も家を叩き出されたってわけ。そこへあのヒゲ面が現れた。最初は嫌がっていたけれど、あの画家が金を稼げると知ったら、手の平を返して仏の笑顔よ。いつのまにか一緒になっちゃった。うまくいくと思う？　怪しいもんだわ。考えただけで笑っちゃう」

周玉枝《チョウユィジー》は思わず笑って言った。

「あなたの心配ってそんなことだったの？　それを余計なお世話っていうのよ。皺が増えるわよ。美容院へ行って、鏡の中のぞいてみたら？」

楚嘉禾《チュチアホー》は濃いコーヒーを入れてきた。周玉枝《チョウユイジー》は一口飲むなり、お湯を足し、砂糖を入れた。楚嘉禾《チュチアホー》はコーヒーをうまそうにすすりながら言った。

「ねえ、玉枝《ユイジー》。あなた、それでいいの？　満足してるの？　コーラス隊に落ちぶれて、オーケストラボックスの暗がりで、アアアー、イイイー、こんなはずじゃなかったわね。そんなところにくすぶってていいの？」

「大いに結構よ！」

「まじ？」

「まじも何もないわよ。私はこれで満足なんだから。毎晩メークする必要ないし、劇団の人ともうまくいってるし、こんないいことないわ！」

「半生を芝居にかけて、舞台のセンター取ってみたいと思わないの？　意気地なし」

「センターがどうなの？　私は立とうなんて思わない。立つもんですか。絶対に！　今のままでいいの。私には憶《イ》秦娥《チンオー》の真似はできない。あんな苦労はとてもできない。舞台の端っこで結構よ。そこが私の居場所なんだから」

「憶秦娥《イチンオー》は苦労だけであそこまでのし上がったと思っているの？」

楚嘉禾《チュチアホー》が出し抜けに突飛なことを言い出した。周玉枝《チョウユイジー》が反問した。

「憶秦娥《イチンオー》が何をしたっていうの？　彼女の努力は半端じゃない」

「あなたもおめでたい人ね。何も分かっていない。家でのほほんと過ごしているからそうなったのよ。あの単《ダン》団長がいなかったら、昨日の憶秦娥《イチンオー》はなかった。薛《シュエ》お姐《ねえ》がいなかったら、今日の憶秦娥《イチンオー》もない」

楚嘉禾《チュチアホー》がこの言葉にこめた意味に、周玉枝《チョウユイジー》が気づかないはずはない。

周玉枝《チョウユイジー》は言ってやろうと思った。それでは、あなたの昨日があったのは丁至柔《ディンジーロウ》のお陰じゃなかったのかと。だが、彼女はその言葉を呑みこんだ。楚嘉禾《チュチアホー》はさらに言葉を続けた。

「あの子のやりそうなことだわ。単《ダン》団長の手の平の上で踊って、五、六本の主役を取り、国の予算、数百万元を使わせた。取りたかった賞も取った。薛《シュエ》お姐《ねえ》の手の中で可愛がられて十本以上の主役をかっさらった。人のスープを横取りしてるのよ、陝西省秦劇院は昔の旅の一座と同じなの？　座長一人のものなの？　憶秦娥《イチンオー》がお馬鹿なんて、誰が言ったの？　彼女は金と権勢、男と名誉、みんな独り占めした。これでも彼女がお馬鹿なの？　玉枝姐《ユイジーねえ》さん、しっかりしなさいよ。私たちこそ馬鹿、大《おお》馬鹿なのよ。こんな馬鹿、世界のどこにもいないわ」

周玉枝《チョウユイジー》は楚嘉禾《チュチアホー》のせわしない目の動き、喘《あえ》ぐような語気がひりひりとした痛みとなって伝わってきた。ああ、この子は独りぼっちなんだ。これまでに辛いことがたくさんあったんだ。挫折、ショック、誰にも言えないことがあったんだ。それでも今の生き方をやめられないんだと。

周玉枝《チョウユイジー》は一種の予感のようなものを感じた。楚嘉禾《チュチアホー》はすべての怒り、憤懣すべてを同郷の憶秦娥《イチンオー》の上にぶちまけようとしている。なぜなら、それ以外に彼女の能力はなく、気散じの手立てがないからだ。周玉枝《チョウユイジー》はこの旧友をじっと見つめた。

二十五

ヒゲの石懐玉《シーホアイユイ》と憶秦娥《イチンオー》はついに結婚した。

これが世間に伝わったとき、誰もが信じられず、「石懐玉《シーホアイユイ》？　誰？」と自分の耳を疑った。たとえ書画の世界で知る人ぞ知る存在であったとしても、世間とは没交渉だ。まして「国際書画協会副会長」などという肩書きで人の目を止めることができるはずもない。長年秦嶺《しんれい》山脈の奥地で世捨て人同然の暮らしを送っていたが、遊行僧あるいは道教の修行僧の禁欲的な風貌というより、むしろアウトローの〝侠客〟のような印象が強い。憶秦娥《イチンオー》のような超有名人がなぜ海のものとも山のものとも知れぬ人物と一緒になったのか？　書画界の大物が憶秦娥《イチンオー》によからぬ思いを寄せ、値の張る大作を贈って目をくらましたのではないかと取り沙汰された。なぜなら、憶秦娥《イチンオー》は公私とも自分を律することの厳しさで知られていたからだ！

憶秦娥《イチンオー》が意外に思ったのは、二人が知り合ってまだ一年にも満たないのに、彼が終南山（西安市の南約八十キロ、秦嶺山脈の名峰の一つで史跡と景勝の地）の緑したたる竹林に新婚の居を構えていたことだった。何と早手回しのことか。

稽古場で気塞《きぶ》っせいな毎日を送っている彼女には陽気な仲間が必要だというわけか、石懐玉《シーホアイユイ》にとって彼女の扱いは心得たものだった。見てきた人の話によると、彼女は毎日ころころ笑い転げて、お腹の皮が痛い、お願いだからもう笑わせないでと言っているということだ。石懐玉《シーホアイユイ》はもしかして異星人なのかもしれない。彼女の友人たちはまったく別の証言をしてしているからだ。石懐玉《シーホアイユイ》は絵に描いたような実直と熱誠のかたまりで、隠し立てするところがない。愛の表現も単刀直入だ。普通の人なら結婚後も花を妻に贈るなど気恥ずかしくてできることではないが、彼は毎日一枝のバラをもって妻に見《まみ》える。この習慣は二人が互いに不満を抱え、ついに袂《たもと》を分かつまで続く。だが、これは後の話だ。

それはさておき、二人の結婚話が持ち上がったとき、憶秦娥《イチンオー》の母親は猛反対だった。娘をここまでに育て上げて売れっ子街道を驀進中、母親の顔も売り出し中というときに、よりによって山賊の親玉のようなヒゲの男と一緒にならなければならないのか？　身分のある役人ならまだしも、今をときめく社長でも会長でもない、行方定まらぬただの風来坊だ。絵をちょっとばかり描くといっても、結局役立たずのお遊びだ。劉紅兵《リュウホンビン》は出来そこないのろくでなしだったが、それでもれっきとしたお役人の御曹司だった。結婚にもちゃんとした名分が立った。あのヒゲ面にくれてやるぐらいなら、豚の子を産んだ方がましだった。一族の落ち目の始まりだ。あのヒゲ面から「お義母《かあ》さん」などと呼ばれると思ったら、鳥肌が立つ。ここまで考えて、彼女はぶるっと身震いした。あの男が娘をもらいに近々やってくる。自分はこれまで一心不乱に孫劉憶《リュウイ》の世話をし続けてきた。娘がそれをわきまえているなら、母親の同意なしに勝手に話を進められるはずがない。

憶秦娥《イチンオー》がこの件を石懐玉《シーホアイユイ》に話すと、彼はこともなげに答えた。

「難しく考えることはない。お義母《かあ》さんにはお義母さんのお考えがあるから、それを聞けばいい。すぐにも結納だ、挙式だの段取りになるだろう」

「また、調子のいいことを言って」

「今夜にもご裁断が下るだろうよ。まあ、ゆるりとお待ちあれ」

果たせるかな、その日の午後一番、母親に対する思想工作はみごとな成功を収めた。

その日の夜、憶秦娥《イチンオー》が家に帰ると、母親は口もとがゆるみっぱなしで、彼女の顔を見てあわてて口をふさいだ。何がおかしいのかと尋ねると、あの男はいつもあんな風に人を笑わせ、人に取り入るのかと母親が逆に尋ね返す。一体、何を話したのかと聞くと、一言も話らしい話はしなかったという。漫談、無駄口、ほら話、のべつ幕なしのおしゃべりで、こっちは腹を抱えて大笑い、いや、はや、もう止めてと言うのが精いっぱいだったよ。憶秦娥《イチンオー》はじりじりして聞く。彼は一体何を話したのかと。

「いや、別に何も。よくもまあ、あることないことぺらぺらと、よく口が回るもんだ」

憶秦娥《イチンオー》はがっかりした。これで話はぶち壊し、お終いだと思った。

「口から先に生まれてきたような男だけれど、私は気に入ったね。こんな男が家に一人ぐらいいてもいい。一日中話して笑わせてくれれば顔の皺が伸びて、寿命も延びるというものだ」

「母ちゃんらしくもない。キツネにでも騙されたの？」

「そうかも。私もよく覚えていないんだから。午後いっぱい、とにかく笑わされっぱなしだったからね。でも、最初はいい顔を見せなかったよ。つんけんして、座れとも言わなかった。そしたら、相手は言ったね。今日お母上にお目通りいただきましたが、ご不興のご様子。秦娥《チンオー》の奴が何かお気に障るようことを申しましたかというから、私は劉憶《リュウイ》が遊んでいた麺棒を取り上げて、ばんとテーブルを叩いて言った。お母上って誰のことですか？　そしたらあの男、いけしゃあしゃあと答えたよ。お母上、あなたです、とさ。本日はめでたいお話をこの易《イ》家に持って参じましたが、まだお耳に入っていないと見えますね。あの秦娥《チンオー》も本当にうっかり屋で困ります。お母上にもご相談してなかったことは申しわけありません。それでは勝手ながら事後報告ということで恐縮ですが、私から申し上げますって。私は言った。冗談もほどほどに、馬鹿も休み休みに言って下さいよ、誰があなたのお母上なんですか？あの男は、そうですか。秦娥《チンオー》の奴が言いそびれていたんですね。私はこの家にまだ片脚も入っていませんが、お入れいただけないのであれば、今日のところは出直すことにしましょう。ですが、お母上、お言葉を返すようですが、秦娥《チンオー》が帰ってきたらお母上に説明するでしょう。それなら、明日の夜改めて〝お母上〟と申し上げても遅くはない。そうですよね。早いか遅いかの違いで、お母上はすでに私のお母上であることに変わりはないということではないでしょうかとか何とか、頭がくらくらするような屁理屈を並べて、劉憶《リュウイ》にキスして出て行こうとするから、私は言った。ちょっと待ちなさいよ！　あの男は立ち止まったね。私は言ってやった。あなたは何をなさってる方ですか？ってね。あの男は、秦娥《チンオー》がまだ言っていませんでしたかって。私はそらっとぼけてわざと聞いた。どちらにお勤めでいらっしゃいますのってね。そうだろう、まともな勤めも持っていない男が、娘を寄こせとは図々しいにもほどがある、そう言いたかったのさ。そしたらあの男、何と答えたと思う？　言うにこと欠いて〝胡秀英《ホーシュウイン》有限会社〟でございますと！　最初、何のことか分からなかったので聞き直したよ。はあ？　何のことでございましょうか？

そしたら、すました顔で〝胡秀英《ホーシュウイン》有限会社〟でございますと！　私は言った。胡秀英《ホーシュウイン》何とかいう会社は聞いたことがあるような、ないような会社ですが、一体何をする会社でしょうかって。そしたら、家事、育児、家政全般を取り仕切る会社ですと。私は聞いた。あなたの会社の社長さんは何とお呼びするんですか？　すると、はい、胡秀英《ホーシュウイン》と申しますだと。私は頭がこんがらがって聞いた。男ですか。女ですか？　彼は答えた。はい、女です。私はしばらく考えこんでまた聞いた。あなたはその会社でどんなお仕事をなさっていらっしゃるんですか？　すると、いえ、まだ正式に入社していないんですが、副社長に任命されるはずですと。私は言った。こんな大ぼらは聞いたことがない。入社してすぐ副社長ですって？　彼は、それは胡《ホー》社長の人を見る目で決まると思います、ですと。私はまた、くらくらっとなって聞いた。お宅の社長はおいくつでいらっしゃいますの？　はい、六十二歳と二ヵ月でございます。え？　いくつですって？　六十二歳と二ヵ月です。生まれ月は？　はい、二月二日の青龍節、春の田起こしが始まる日ですとさ。私は昼日中、お化けを見たような気がしたね。私は言った。人を騙してどうするのさ！　お宅の社長が年齢から生まれ月まで私と同じのはずがない。彼は言った。それは、私の会社の社長があなただからです！　私は言った。人をからかうものじゃない。どこの社長が火の番、飯炊き、子どものお守り、おさんどんできりきり舞いをしているものか。彼は言った。いいえ、この家にいる限り、あなたはこの家の社長です。私が社員として入社すれば、この会社は正式に成立するんです。それぞれが肩書きを持ちます。あなたが会長、娘さんが社長、そして私を副社長にしていただけませんか？　私はここで初めてこのヒゲの男からくすっと笑わされた。すると堰を切ったみたいに後から後から笑いがこみ上げて、爆《は》ぜて飛び回る爆竹か、早打ちの花火みたいにもう笑いが止まらない。あの男は得意の絵を描いてくれたよ。私によく似てはいるけれど、口が一升枡《いっしょます》みたいにでかくて、四角四面なのさ。いくら何でもあんまりだと言ったら、秦嶺《しんれい》山脈には古い言い伝えがあって、口は四方を呑みこむんだと。胡秀英《ホーシュウイン》社長のお口も四方を呑みこむお口ではありませんかと、こうだよ。四方だけでなく、九岩溝《ジョウイエンゴウ》から西安までぺろり一呑みにして、その娘は全中国どころか全世界を呑みこむ勢いです。ですから口は一升枡、いや一斗枡《いっとます》でなければなりません。長女の来弟《ライディ》さん、婿殿の高五福《ガオウーフー》さん、息子さんの易存根《イツンゲン》さん、皆さんが胡秀英《ホーシュウイン》社長に福を運ぶ一升枡の持ち主です。そして、胡秀英《ホーシュウイン》社長のお口こそ易《イ》家を代表する一斗枡、易《イ》家の象徴なのです。お分かりですね？　口は大きく四角でなければなりません。これからやってくる運とツキと幸せ、福の神を一口で呑みこむんですからね、だとさ。私は笑いながら、胸のつかえがすっと消えた。溜飲《りゅういん》が下がるってのはこのことだね。胸がほかほか暖かくなった。あのおしゃべり男、それでもまだ私を笑わせ足りないと見えて、こうだよ。本日、お母上、胡《ホー》社長に晴れてお目見えがかなった上、副社長にとご下命をいただきましたからには、今度は不肖私めから、父祖の地三秦《さんしん》（陝西省）を代表致しまして、お母上に委任状を進呈し、秦腔《チンチアン》の皇太后《クイーンマザー》に任命致します！　なぜかと申しますに、わが秦娥《チンオー》は十数年前秦腔《チンチアン》の小皇后《プリンセス》に委任され、その後、小皇后《プリンセス》の〝小〟の字が取れ、皇后《エンプレス》に昇格しました。天の配剤というか、まさになるべくしてなったものです。違いますか？　これこそ人民大衆の意志であり、人民大衆の信任なのです。分かりますか？　人民大衆は口伝えで信任を広めます。口コミが人民大衆の真実なのです。分かりますか？　わが秦娥《チンオー》が皇后となったからには、わが母上は自ずと皇太后におなり遊ばします。不肖石懐玉《シーホアイユイ》がここに臣下の礼を取らせていただきます。こう言ってほら、こうやって芝居と同じ、叩頭《こうとう》の礼だよ。私は死ぬほどくすぐりを入れられて、笑って笑って息も絶え絶え、生まれてからこんなに笑ったことはない。また一つ、しこりがすっと降りていったよ。しかし、私は甘い顔ばかりじゃない。聞くべきことは聞いた。大の男がなぜ、堅気の仕事につかないのかねと。字を書いたり、絵を描いたりで食べていけるのかね？　妻子を養っていけるのかね？　あの男、何と答えたと思う？　皇太后さま、陛下はこの駙馬《ふば》（貴人の娘婿）の価値をまだご存じない。私の書く字は一字で九岩溝《ジョウイエンゴウ》に羊でも牛でも大群を送り届けることができます。これを堅気の仕事と言わずして何でありましょう。堅気、堅気とおっしゃいますが、皇帝は堅気の仕事、真面目な世渡りと言えるでしょうかと聞いてきた。私は応えた。言えるとも、職業としてこれ以上のものはないとね。そしたらあの男、それでは、あの岳飛《がくひ》（南宋の武将。女真族・金との戦いの主戦派。政争に敗れて獄死したが後に民族的英雄になった）の仕えた皇帝の名前は何といいましたかだと。そんなこと聞かれたって、芝居で見たことはあるが、大して知られた皇帝ではなかった。彼が言うには、あの皇帝は書家、画家としては大層な人物で、今もその名は世界に鳴り響いているそうだ。だが、皇帝としての本業はさっぱりで、早々に忘れられてしまった。書家、画家としてすぐれた作品を世に残せるものなら、何もわざわざ皇帝になる必要はない。早朝の謁見なんかやって廷臣どもから欠伸《あくび》されることもないし、ヒゲを禁止されることもない。歴代、ヒゲもじゃの皇帝は見たことがないでしょうって。うーん、確かにそうだ。彼が言うには、私は皇帝になるという回り道をしないで直接書家、画家になる道を選びました。自分が思ったように生きるわけですから、どうして辛いことなどあるでしょうか？　まして、すでに妻が皇后、義母が皇太后なんですから、私がわざわざ皇帝になるまでもない。まあ〝名誉皇帝〟なら考えてもいいでしょう。いかがですか。これでも私に堅気の仕事をお求めになりますか、とこうだよ。お前の母さんは三回目の溜飲を下げた。心がさっぱりしたよ。それからもあの男は私を笑わせようとしゃべり続けた。うれしかったのは、私が笑うと劉憶《リュウイ》もつられて笑うんだよ。あの男は私だけでなく劉憶《リュウイ》のご機嫌も取っていたんだ。劉憶《リュウイ》はもう長いこと笑ったことがなかった。お前も悪い子ではないが、何でもきちっときちっとやり過ぎる。劉憶《リュウイ》を叱って一日三回は尻を打っているが、あの男を見習って、もう少し気を抜き、手を抜いて、のんびりやれないものかねえ。まあ、それはそうと、私はあの男にもう一つ要求を出した。あのヒゲを剃れないものかねと。あの男、何と答えたと思う？　皇太后さま、私を午門《ごもん》（故宮、南面の正門）の外に連れ出して首を切ろうとするご所存ですか。私が欲得に走ることなく正業を営めるのは、このヒゲのお陰なんです。私にとってヒゲを落とすのは首を落とすのと同じです。ヒゲをお認めいただけなかったら、この首、ここに乗せているわけにはいきません、とこうだよ。ここで私が何を言ったと思う？　ここであいつにぽかりと一発お見舞いして追い払わないと、私の顎が、顎がね、笑いすぎて外れそうなんだよ。分かった、分かった、もう笑わないよ。お前のことはお前に任せた。もううるさいことは言わないよ。ただ、石懐玉《シーホアイユイ》がここへ来る回数を減らしてくれないか。さもないと、私は笑い死にしそうだよ」

母親という関門はこれで通過した。

終南山のコテージは石懐玉《シーホアイユイ》が地元の村民から賃貸したものだった。西安市内のマンションを買った村民が彼のために安く提供してくれたという。外観はほとんど変わっていないが、竹林の中に静まる草葺きの家といった趣きが加味されている。室内の調度には文人好みの穏やかさと温《ぬく》みが感じられた。憶秦娥《イチンオー》は初めて連れられて来たときからここが気に入っている。文字通り山紫水明、鳥がさえずる好環境だった。庭のブドウ棚の下で古琴や書画の手習い、王羲之《おうぎし》（東晋の書家、〝書聖〟として崇められている）の臨書など、静寂幽邃《ゆうすい》の境地が楽しめる。憶秦娥《イチンオー》が石懐玉《シーホアイユイ》らしさを感じ取れたのはまさにこの庭の雰囲気だった。彼女は突然感じた。夫婦仲睦まじい琴瑟《きんしつ》の交わりというものがあるのなら、それはもしかして、この書家にして画家の男と自分の仲が最もふさわしいのではないかと。石懐玉《シーホアイユイ》はその純な性格が好ましい。率直でユーモアがある。何をするにもこせつかず、陽気で気が置けない。彼女に書道、絵画、古琴の手ほどきをしながら秦腔《チンチアン》をこよなく愛し、秦腔《チンチアン》に携わる彼女の仕事を大事に思う気持ちが伝わってくる。それがしみじみうれしい。これから先、これ以上の男は望めないのではないかとも思う。何よりも彼女の心をほぐし、「楽にしていいんだよ」と言ってくれているかのようで、それが一番ありがたい。そうだ、私はこの男と結婚したのだ。このひとときを彼と共に過ごす満足感を、彼女は今さらながら噛みしめた。

石懐玉《シーホアイユイ》がこの手習いで素人の彼女にできそうもないことを要求してもできるはずがない。それでも彼は身を乗り出して手取り足取り、声を励まして教えこもうとする。彼女はいぶかしく思う。変な人、一体私に何をやらせようとしているのか？　しかし、彼はそれを言い出せないでいる。はやり立つ心を抑えて懸命に暗示するが、彼女は「無理、無理」とにべもない。この場に最もふさわしいと思われる次の展開は、こうしてお預けとなった。

石懐玉《シーホアイユイ》が寝室の照明をピンク色に染め上げたとき、彼女はどうしても受け入れられなかった。この浮ついた色は断じて彼女ではない。それは彼女の頑なまでの思いこみで、一種の強迫観念に近かった。自分はそんな浮ついた女であってはならないのだ。十四、五歳のとき、彼女は人から辱めを受けた。自分は悪くない。しかし、人は彼女の落ち度だと責め立て、彼女はただ、顔を耳まで紅潮させてうなだれ、高まる動悸と苦しみに耐えるだけだった。石《シー》懐玉《ホアイユイ》を君子、あるいは紳士と言うべきだろう。彼は身を固くして怯えている彼女をいたわるかのように、部屋の窓を開け放った。終南山の緑の山風がさっと庭を渡り、部屋を吹き抜けた。すべての屈託は陰をひそめ、透明体になって外光に溶け出した。石懐玉《シーホアイユイ》は自由になった。彼女も心の縛めを解き放った。

憶秦娥《イチンオー》の西安市内の家は息子の劉憶《リュウイ》と養女の宋雨《ソンユイ》、母親と弟の易存根《イツンゲン》が住んでいる。憶秦娥《イチンオー》夫婦にとって新婚の住み家とはならず、終南山のふもとに居を求めることになった。劇団まで確かに遠く、出勤に影響が出た。車を飛ばしても四、五十分かかり、石懐玉《シーホアイユイ》はこのためにオフロード用のジープを買った。すべては結婚のため、愛の巣を構えるためだった。

確かにこの新居は温もりと安らぎと熟寝《うまい》を約束してくれたが、髪を逆立ててジープを駆る石懐玉《シーホアイユイ》は、これまでの温順さとは打って変わって猛り立つ〝野人〟の相貌を見せた。剛毛が全身に密生し、特にびっしりと覆う胸や腹部はヒゲよりも稠密《ちゅうみつ》で、どさりと投げ出された熊の毛皮か、黒くすべすべの絨毯にも見えた。頭頂部に始まって、わずかな肌をのぞかせる顔、ぽっかりと開いた口を除いて全身に生え広がる中、二本の脚はさながら焚き火から引っ張り出した燃えさしの丸太《まるた》、背中に白い背筋を残してべったりと貼りついた体毛は禍々《まがまが》しく凶暴な獣毛のようにも見えた。憶秦娥《イチンオー》は不思議な生き物を見る思いがして、この毛むくじゃらのヒョウタンがこの世にいることに腹がよじれるほどおかしく、ときに怖気《おぞけ》を震うほど奇怪だった。

石懐玉《シーホアイユイ》は弁解する。秦嶺《しんれい》山脈に雌伏して長年、人界と交わりと立ち、野人さながら身に一糸も帯びずに山野を跋渉《ばっしょう》し、藤づるで編んだ箕《み》を両腕に縛りつけて羽根とし、巌頭《がんとう》から何度も身を翻して飛行を試みた。脚を折ったこともあるという。憶秦娥《イチンオー》はたちまち毛むくじゃらの怪人が出没するお伽《とぎ》の世界に連れ去られる。見ると、その額から足の裏まで傷痕のないところがない。彼女は幸せな思いで手の甲を口に当てて笑った。しかし、石懐玉《シーホアイユイ》は彼女の手が恐ろしい。その手が本気を出すと、腕力でかなう相手はこの世にいないのだ。彼は練習着の帯で彼女の両の手を後ろ手に縛り上げ、身動きできないようにしようとする。彼女は叫ぶ。野人、野人、野人が来た……。彼女はこの野人の暴走が嫌いではなかった。

しかし、蜜のように甘い時間は長く続かない。稽古時間に連続して遅れ、薛桂生《シュエグイション》団長から注意を受けた。母親からは劉憶《リュウイ》が独り寝ができずむずかると言ってきた。ある夜はバルコニーから身を乗り出し、母親が公演から帰るのを迎えようとした。母親からこの話を聞かされた彼女は自分を責め、石懐玉《シーホアイユイ》に相談した。夜、息子を終南山へ連れて帰れないかと。彼は特段の反対はしなかった。しかし、終南山へ行った劉憶《リュウイ》は神経質で胄っ張りな子になっていた。母子以外の人がいると興奮して寝つこうとしない。長い間母親に添い寝してもらえなかったからなおさらだった。劉憶《リュウイ》に一室あてがい、そちらで寝かせよとしたが、死んでも動かない。劉憶《リュウイ》は夫婦の間で「川」の字になって寝ることになった。石懐玉《シーホアイユイ》が彼女を抱き寄せようとすると、劉憶《リュウイ》は泣き叫んで必死の邪魔をし、ついには彼の手に噛みつき、本気の歯形をつけた。彼はスズメバチに刺された熊のようにベッドから転げ落ち、部屋から飛び出してうなり声をあげた。一晩か二晩ならまだしも。これが連夜続くと、石懐玉《シーホアイユイ》は部屋の端の補助ベッドで眠り、夜中、老いた牛のようなうなり声を発した。

母親からの報告にも彼女は頭を抱えた。宋雨《ソンユイ》が家になつかず、学校へ送っていこうにも行きたがらない。祖母を恋しがって家に帰りたいと言い出した。憶秦娥《イチンオー》は考えて、宋雨《ソンユイ》も終南山のふもとへ連れて行こうとしたが、今度は石懐玉《シーホアイユイ》が頑として首を縦に振らない。彼らが初めて直面した家庭内の綻びだった。

二十六

薛桂生《シュエグイション》団長は機嫌が悪い。憶秦娥《イチンオー》が石懐玉《シーホアイユイ》と一緒になってから稽古場に遅刻、早退が目立つようになり、稽古にも身が入らない。以前は〝稽古の虫〟で、朝から晩まで稽古場に入り浸っていたが、今は毎日、業務課の職員が中庭を呼ばわって歩いている。

「憶秦娥《イチンオー》さん、まだ来てませんか?」

これはわざと団長の耳に入れようとしているらしい。

団長の注意に憶秦娥《イチンオー》は手の甲を口に当て、照れ笑いを隠し、敢えて抗弁しようとはしなかった。しかし、出勤状況はいっこうに改まらない。腹を立てた薛桂生《シュエグイション》団長はついに石懐玉《シーホアイユイ》を呼び出した。

石懐玉《シーホアイユイ》はけろっとしている。彼がしゃべり出すと、もう誰も口を挟めない。顔を覆うヒゲはみんな上を向き、そのヒゲでさえ、大きく開けた口をふさぐことはできない。その口を閉じるスイッチも上機嫌の高電流で焼き切れたのか、開きっぱなしだ。石懐玉《シーホアイユイ》は団長室に入るなり、机に向き合って座るのではなく、団長の椅子の隣に身を寄せ、耳打ちするような姿勢でしゃべり始めた。しかし、耳打ちどころか団長室の外の廊下まで響き渡るような大声だった。そっと話すつもりだったのだろうが、聞いた方が恥ずかしくなるような内容だった。

「桂生《グイション》、君は何が幸福か知っているか? 幸せの形を見たことがあるか? 俺はなあ、こん畜生、幸せなんだよ! 幸せの形を見たければ、俺を見ればいい。ざまみろ。幸せとはな、全身の毛で表すものだ。分かるか?」

石懐玉《シーホアイユイ》の、ものに憑かれたよう様子に、薛桂生《シュエグイション》団長は泣くも笑うもならず、

「分かったから、まあ、そっちへ行ってくれ、そっちへ」

石懐玉《シーホアイユイ》は薛桂生《シュエグイション》の肩をもみながら話し続けた。

「団長、俺の幸せは君のおかげだ。共に分かち合おう。分かるか? 分かち合わねば、俺の気が済まない。分かる

か？　俺はとにかく幸せなんだ！　俺は街に出てみんなに触れて回りたい。俺は幸せなんだ！　羽根を生やして空に舞い上がりたい」

「飛ぶのは勝手だが、憶秦娥《イチンオー》の邪魔をしないでくれ。みんな稽古が遅れて困っている」

「大丈夫、備えあれば憂いなし。遅刻だ、早退だ、そんなことに一喜一憂することはない。彼女の血色を見ろ、気迫を見ろ、若返ったと思わないか？　女は愛情を芸の肥やしにするんだ。分かるか？　愛情がなければ女も枯れる、芸も枯れる。そうだろう。芸術は愛情によって花開く。芸術を大成させるのは愛情の力しかない。違うか。俺は秦腔《チンチアン》の巨匠《マエストロ》を育てている。任せておけって。目先の得失にとらわれず、大局を見給え！　人の才能は長い目でみなければいかん。秦娥《チンオー》の遅刻だ、早退だは束の間のこと、やがて大きく飛躍し、永遠の金字塔を打ち建てるだろう。なあ、しっかり頼むぞ、団長さん！」

「分かった、分かった。大演説はいい加減にしてくれ。そんな高邁な話ではなく、秦娥《チンオー》の住んでいるところが遠すぎる、それだけの話だ。賢明な君のことだ、抜かりはないと思うが、とにかく彼女を市内に戻してくれ。彼女の双肩には省立秦劇院の責任がかかっているんだ！　市内の貸し切り公演、地方巡演、彼女がいればこそ、どこも彼女の主役で売れている。言ってみろ、君は彼女の何を愛しているんだ？」

「そりゃ、もう。その美貌、そのスタイル……」

彼は突然、毛むくじゃらの口を薛桂生《シュエグイション》の耳に寄せ、ふっと息を吹きかけた。

「とても口では言えない。俺はもう腑抜けだ。分かってくれ。しかし、これだけは言える。秦腔《チンチアン》だ、秦腔《チンチアン》をやらせたら、神だ、神《かみ》ってる！」

興奮した石懐玉《シーホアイユイ》は飛び上がらんばかりの勢いだ。薛桂生《シュエグイション》が制した。

「まあ、落ち着けよ」

「俺は幸せの垂れ流しだ」

「俺だって同じ思いだ。憶秦娥《イチンオー》を秦腔《チンチアン》の神座に着けてやりたい。これは彼女のためだけではないぞ。秦腔《チンチアン》の復活だ。陝西省秦劇院を業界一に押し上げ、中国の演劇界を制圧する大事業だ。だが、君は彼女を独り占めしようと、彼女の足を引っ張っている。稽古の時間をすっぽかし、秦腔《チンチアン》の神座が泣いているぞ」

「心配するな、今は密月《ハネムーン》だ。これが過ぎたら大丈夫、ちゃんと出勤させる。だが、ちょっと延びるかもな。半年か一年か、あっはっは。俺たちは今真っ盛り、幸せの絶頂だ。誰にも止められない。今死んでも悔いはない。あっはっは……」

薛桂生《シュエグイション》は絶句した。何を言っても、つけ上がらせるだけだ。この男はもはや聞く耳を持たない。今死んでも悔いはないだと？　こっちは悔いだらけだ。こんなクズを劇団に引き入れたこと。何よりも憶秦娥《イチンオー》に紹介したことだ。放っておくとまた小才《こさい》をひけらかし、悪だくみを働かせて劇団の業務に重大な支障をきたしかねない。

『狐仙劫《こせんこう》』の再演で薛桂生《シュエグイション》の新演出が物議をかもして以来、彼はずっと巻き返しの方策をめぐらせていた。彼を深いところで動かしたのは作者秦八娃《チンバーワー》の話だった。

「秦腔《チンチアン》はその生い立ちからして草の根の芸術だ。民間に生まれ、民間で育つ、この根っこを離れてはならない。演劇市場というのは、作物に水や肥料を与え陽《ひ》の光を当てる畑仕事、あるいは牛や羊に子を産ませ養い育てる仕事と変わりがない。いわば自然の生態系《エコシステム》の営みのようなものだろう。ここから抜け出そうとして我々は何をしてきたか？　結果として大衆の支持も芸術性も失ってしまった。虻蜂《あぶはち》取らずだ。流行に乗って客を集めようとしたばかりに、民間に生まれ、この地で育ったという根っこ《ルーツ》を見失った報いがこれなのだ。このまま行けば、博物館の陳列棚へ一直線だ。昔は一座を率いて諸国をさすらったが、今は制作者プロデューサーが管理するシステムに変わった。まさに君が今やっていることだ。だが一体、君は何がやりたかったのだ？　君の立ち位置は未だに定まらない。あっちふらふら、こっちふらふら、木を見て森を見ないとはこのことだ。最後に君が作った舞台は鵺《ぬえ》（頭は猿、胴は狸、尾は蛇、手足は虎、声はトラツグミの怪獣）を絵に描いたようなものだった……」

（注）鵺《ぬえ》　原文は「四不像《しふぞう》」。「蹄《ひづめ》は牛に似て牛にあらず、頭は馬に似て馬にあらず、身は驢《ろば》に似て驢にあらず、角は鹿に似て鹿にあらず」という動物。個々は確かに何かに似ているが、全体として見ると、何にも似ていない絵空事と、薛桂生《シュエグイション》

の舞台を痛烈に批判している。

この言葉に打ちのめされた薛桂生《シュエグイション》は、劇団が生き残りをかけた競争を繰り広げる中、省立秦劇院の定位置を見出したように思った。それは地下資源の実地調査のように伝統演劇のルーツを探る作業だった。人が弊履《へいり》のように捨てたものを一つ一つ拾い直して洗い、磨きをかけることだった。それはすぐに効果を現した。秦劇院は国内市場に火をつけ、今年は香港、マカオ、台湾で二十数公演を打ち抜き、外国からプロモーターが頻繁にやってきて商談を進め、ヨーロッパ七ヵ国巡演の契約も交わした。しかし、多くの演目についてプロモーターたちの要求は苛烈だった。外国の観客の嗜好、理解度に合わせて大幅な手直し、書き直しを余儀なくされただけでなく、契約の一方的な破棄も平気で行われ、十中八、九は空契約で終わった。実際に飛行機に乗るまで騙される可能性を疑わざるを得なかった。

舞台の手直しが長引くにつれ、団員たちも落ち着きをなくし、不満が鬱積してくる。ここに憶秦娥《イチンオー》の新婚生活が重なった。彼女は石懐玉《シーホアイユイ》に拉致されて終南山のふもとに引っこみ、稽古に身が入らない。新作の進行はあちこちで手詰まり感をきたし、立ち往生の薛桂生《シュエグイション》は焦慮に苛《さいな》まれていた。彼の耳に冷やかしの言葉が入る。

「薛《シュエ》お姐《ねえ》は〝旦那作り〟の名人だ。どの作品にも旦那がでんと居座っている。特に〝憶《イ》旦那〟の増長ぶりが目に余る。自分を何さまと心得ているのか。この〝お馬鹿〟の目を覚ますには、お尻ぺんぺんのお仕置きしかない」

薛桂生《シュエグイション》はついに堪忍袋の緒を切った。

業務課はここ二ヵ月の勤務表を提出した。憶秦娥《イチンオー》に遅刻、早退のない日は一日もなかった。事務局は団長の出方をじっと見ている。薛桂生《シュエグイション》はどんと机を叩いて立ち上がった。

「どうしてくれようか？　油炒めか、煎り殺しか、釜の生ゆでか」

彼は勤務制度を盾にして彼女を厳罰に処し「一罰百戒」の効果を狙った。まず、給与から数千元を差し引き、さらに加重を検討するというものだった。即ち、改悛の態度を見せればよし、さもなければ停職処分として、すべての職務を停止させる。つまり、とことん〝干し上げる〟ということだった。

この処分が掲示された昼休み、何人もの女優が団長室の前に集まり、入り口に垂れ下がった短冊状のカーテンに何本もの手が差しこまれ、開いた手をひらひらと振って見せた。何も言わず、また手を引っこめて走り去った。

次に姿を見せたのは楚嘉禾《チュチアホー》で、中には入らずに声だけかけた。

「薛《シュエ》お姐《ねえ》、やったわねえ。きつい一発をぶちこんだ。さすが、男だねえ」

この処置はたちどころに功を奏し、憶秦娥《イチンオー》はその日のうちに終南山を引き払い、西安市内に移り住んだ。

この知らせは石懐玉《シーホアイユイ》の口から憶秦娥《イチンオー》に告げられた。

その日の早朝、石懐玉《シーホアイユイ》は団長室に入り、団長と向き合って神妙に座り、二度と腰を浮かしたり、飛び上がったりしなかった。

薛桂生《シュエグイション》はわざと尋ねた。

「どうした、血相変えて。お山のナスに霜でも降ったか？」

「おい、答えろ。憶秦娥《イチンオー》にこんな処分はないだろう？」

「どうした。数千元の金が惜しいのか？」

「金の問題ではない」

「なら、何だ？」

「面子《めんつ》だ。秦腔《チンチアン》の名誉を守るためだ」

「厳しいとでも言いたいのか？」

「違うか？　憶秦娥《イチンオー》を何だと思っている。こんな制裁を受けるいわれがない。薛桂生《シュエグイション》、君に何の道理があって力ずくで人を脅し、惜しむべき才能を迫害するんだ」

「迫害がどうだと言うんだ？　彼女は秦劇院の職員だ。職務規程には当然従わなければならない。特別扱いは許されない」

「まさか……憶秦娥《イチンオー》は、ただの職員だというのか？」

「特別扱いしたら、ほかの人間はどうなる？」

「憶秦娥《イチンオー》のような大黒柱は劇団に何人いる？　秦腔界《チンチアン》に何人いる？　君らは憶秦娥《イチンオー》を守らない、大事にしない。こき使うだけ使って、ろくに寝る間も与えずに搾り取ろうとする。過労で倒れたら、どうする気だ？」

「君は憶秦娥《イチンオー》の寝る時間を心配してくれているようだが、彼女は寝る以外にすることはないのか？」

ここで石懐玉《シーホアイユイ》はぐっと詰まってしまった。薛桂生《シュエグイション》はさらに続けた。

「君は憶秦娥《イチンオー》を守らない、大事にしないと言うが、一体どう守り、どう大事にすればいいんだ？　劇団は一人の主演女優を育てるためにどれだけの投資をしていると思う？　ここで手をゆるめたら劇団は成り立たないし、公演の活動自体を続けられなくなる」

「それは君たちの問題だろう。別な人間を使えばいい。憶秦娥《イチンオー》にいつまでもしがみついていることはない。彼女には彼女の生活がある」

「石懐玉《シーホアイユイ》、憶秦娥《イチンオー》が君の後をついていったら、待っているのは間違いなく下り坂だろう。君はどこまで彼女を引き回せば気が済むんだ？」

「俺は彼女に休息時間を与えたいだけだ。いつまでも芝居の虫を続けられない。芝居を食って飲んで、芝居の糞をたれて、芝居以外にすることもまた芝居だ」

薛桂生《シュエグイション》は静かな怒りをこめて言った。

「分かった。別な人間を充てればいいんだな」

「そうしたいんならそうすればいいだろう。彼女には陽の光、うまい空気、人間らしい生活を存分に味わわせてやる」

「君はいつから憶秦娥《イチンオー》の主人になった？　彼女に言うことを聞かせられるのか？」

「大丈夫」

石懐玉《シーホアイユイ》が話し終わる前に、憶秦娥《イチンオー》が団長室に入ってきた。

「団長さん、私のことは私が決めます。私はもう二度と遅刻も早退も致しません。処分は処分として受け、改めてお詫びします。私が悪うございました」

言い終わると、くるりと身を翻して石懐玉《シーホアイユイ》には目もくれなかった。

このときになってやっと、薛桂生《シュエグイション》は二人の間に何かあることに気づいた。

椅子にぐったりと、死んだロバのように蹲っている石懐玉《シーホアイユイ》に薛桂生《シュエグイション》が尋ねた。

「どうした？　何があったんだ？」

「どうしたもこうしたもあるか。みんな君のせいだ。この処罰で終南山の夢が破れ、また市内に逆戻りだよ。僕がこねた愛の餅は鴛鴦《おしどり》の巣と一緒にぺちゃんこだ」

「西安に戻ったら、愛の巣は空っぽか？」

「君が追い払ったんだよ。こうなったからには僕は君の家に引っ越す。君の家で食わせてもらう。折角手に入れた幸せが、君のおかげでふいになったんだからな。違うか？」

「好きにし給え」

薛桂生《シュエグイション》はやっと石懐玉《シーホアイユイ》の恐怖から解放された。

後になって気がついたことだが、憶秦娥《イチンオー》と石懐玉《シーホアイユイ》はすでに口もきかない関係になっていた。石懐玉《シーホアイユイ》が稽古場に彼女を訪ねてきても、人に追い返させている。このことはかえって薛桂生《シュエグイション》を不安にさせた。憶秦娥《イチンオー》はこれでバツ二になり、一回目のときも大騒ぎになったが、二回目もあっという間の破局となって、また厄介なゴシップを撒き散らすことになりかねない。何せ芸能界の大物だから、好奇の目は避けられず、口さがない人の口に戸は立てられない。まして憶秦娥《イチンオー》がらみのとかくの噂はこれまで絶えたことがなく、メディアの好餌になる前に薛桂生《シュエグイション》は彼女をつかまえて問い質した。

二人の仲が始まってから薛桂生《シュエグイション》は石懐玉《シーホアイユイ》について感じていたことがある。石懐玉《シーホアイユイ》はつき合って愉快だし、情も深く、趣味も広い。だが、夫とするには〝イマイチ〟と言わざるを得ない。だが、彼がこれを今さら言うわけにもいかず、黙っているしかない。憶秦娥《イチンオー》は心が深いと言うべきか、石懐玉《シーホアイユイ》について口をつぐんだまま何も語らなかった。彼女の家庭の中は今どうなっているのか、起きているのは悲劇なのか喜劇なのか、これについても彼女はいつもの通り手の甲で口もとを覆ってうっすらと笑い、何でもありませんと言うだけだ。とにかく稽古再開。後は彼女の精進を待つしかなかった。

ややあって、薛桂生《シュエグイション》の耳に入ったのは、憶秦娥《イチンオー》は終南山で石懐玉《シーホアイユイ》と大変な殺陣《たて》を演じたということだが、これは後の話。

二十七

終南山のコテージは確かに風趣に富んだ隠れ家だが、二人の息づかいしか聞こえない密室でもあった。憶秦娥《イチンオー》は次第に息苦しさを覚え、世間から隔絶した暮らしに耐えられなくなってきた。何よりも歌えない、体を動かせない、稽古が進まない、芝居の見通しが立たない、世の中から取り残されたような味気なさに焦りさえ感じていた。石《シー》懐玉《ホアイユイ》の生活習慣は夜っぴて魔王の饗宴のような狂騒状態になり、昼間は死んだように眠りこける。朝は憶秦娥《イチンオー》がやっとのことで揺り起こしたときは、すでに出勤時間に間に合わず、稽古場に入るのは十時を回っていた。団員たちは待ちきれず、めいめい勝手に帰宅して、彼女一人が放っておかれる。彼女は体が段々鈍《なま》ってくるのを感じる。ここ一番の踏ん張りがきかない。段取りに合わせて身体を動かしているだけで、しなやかさがなくなり、撓《たわ》めた体から弾性が失われている。もはや以前の彼女ではなくなった。いや、自分のことより気がかりなのは、二人の子どもたちの生活のリズムが滅茶苦茶になっていたことだ。

まず、宋雨《ソンユイ》のこと。

農村から連れて来て、まず母親と摩擦が起きた。母親は言う。どうしても子どもが欲しいと言うなら、たとえ養子であっても、男の子の方がよかっただろう。女の子は諸事物入りな上、苦労して育てても嫁に出さなければならない。身一つで出すわけにもいかず、嫁入り道具一式買い揃えなければならない。これが金食い虫でなければ何だろう。憶秦娥《イチンオー》は頬をふくらませて言い返す。

「私も女の子だったわね。いつ母ちゃんに養ってもらったかね？　嫁入りで母ちゃんに物入りかけたことあったかね？」

母親は黙りこみ、しばらく考えてから言った。

「お前は特別だよ。この世でわが娘ほどの才能を持った者はいない。お前の叔父さんは五百年に一度の天才だと言っている」

憶秦娥《イチンオー》は思わず笑って言った。

「わが家が天才の家系なら、あの宋雨《ソンユイ》だって見込み大ありだわ。母ちゃんは娘を育てられず、幼い私を劇団に入れ、飯炊きの修行をさせた。あの子も飯炊きしているところを私に拾われた。同じじゃない。見こみがないとは言わせない」

「なら、先祖の墓を見ればいい。ちゃんとした場所にあって、由緒正しい家系でなければ、たとえ九歳で飯炊きになろうと九十歳になっても水汲み、薪割りをやっているだろうよ。それにあの子を見てご覧。鶏ガラみたいに痩せて、頭でっかちのちんちくりんじゃ、どうせ先が知れてるよ」

ところが、宋雨《ソンユイ》が家に来て数日も経たないうちに母親がすっかり気に入ってしまった。すぐにきびきびと働き出し、返事も早く気持ちがいい。何ていい子だろうと母親は喜んでいる。それよりも、宋雨《ソンユイ》が来たことに劉憶《リュウイ》が大喜びしたことが彼女をほっとさせ、ほくほくするほどうれしかった。二人は子犬のようにじゃれ合って遊んでいる。すぐ「唯唯《ウェイウェイ》（妹）」という言葉を覚え、朝から晩まで楽しげに宋雨《ソンユイ》の後を追い回している。母親は彼女の耳にこっそりとささやいた。

「あの子を劉憶《リュウイ》の嫁にどうだろうか？」

憶秦娥《イチンオー》は顔色を変えて怒りだした。

「母ちゃん、何てこと考えるのよ！」

この後、憶秦娥《イチンオー》は宋雨《ソンユイ》を学校に入れることにして、喬《チャオ》署長に手続きを依頼し、署長は喜んで引き受けてくれた。しかし、宋雨《ソンユイ》の学力は同学年の子にまるで遅れをとっている。その上、田舎訛りの重い発音が教室で笑われ、次第に学校へ行きたがらなくなった。ある日、宋雨《ソンユイ》が彼女の稽古をこっそり盗み見て真似ているのに気づいた。足や腰がいつの間にか柔らかくこなれ、「臥魚《がぎょ》」でさえそれらしくこなしている。彼女は尋ねた。

「雨《ユイ》、何してるの？」

宋雨《ソンユイ》は手の甲を口もとに当てたまま黙りこんでいる。憶秦娥《イチンオー》は言った。

「責めてるんじゃない。遊びでやるのもいいんだけれど、あなたの仕事は学校へ行くことでしょう。分かる？　芝居の稽古は苦しくて辛い。ママも大変なんだけど、雨《ユイ》にまで辛い思いをさせたくない。ママのお願いは、うちの子が学校へ通って勉強するいい子になってくれること。分かる？」

宋雨《ソンユイ》はやはり何も言わず、手の甲を口に当てている。憶秦娥《イチンオー》は宋雨《ソンユイ》のしていることに反対でもなく、叱っているのでもない。ただ学校へ行ってほしかっただけだ。

宋雨《ソンユイ》を西安に連れ帰って以来、憶秦娥《イチンオー》は頭に血が上っている。どうしてここまで育った生きた人間を、家族からもぎ取るようにしてつれて来たのか？　別に深い考えがあったわけではない。その子が「飯炊きの子」だったからだ。飯炊きの子——この言葉が彼女の心を鷲づかみにして彼女の自由を奪った。どうにもならない出会いだったのだ。その瞬間、一つの想念が彼女の心からほとばしった。この子の運命を変えてやろう。自分が竈の灰をかぶって飯炊きをしていたとき、どれほど天に願ったか。神さまが降りてきて彼女を攫《さら》い、どこか、厨房以外のところへ連れて行ってくれる。それがかなうなら、九岩溝《ジョウイエンゴウ》の山で羊飼いをしてもいい。しかし、天の答えはなく、地の返事もなかった。しかし今なら、彼女には力がある。一人の飯炊きの少女の運命を変えられる。

しかし、今改めて思い知らされたのは、当時彼女があまりにも衝動的だったということだった。当たり前のことだが、一人の人間を養い育てることが楽なはずがない。単に食べさせ、着せるだけなら、仕事はアルバイトでも〝裏営業〟でも金を稼ぐ手立てはいくらでもある。だが、子どもを学校に通わせるだけで、彼女は精根尽き果てようとしていた。彼女はあらゆる伝手《つて》をたぐり、裏口の戸を叩いて宋雨《ソンユイ》を名門・交通大学の附属小学校へ入れた。しかし、宋雨《ソンユイ》の成績は学校を慌てさせ、親を呼び出して何度も会議を開くことになった。宋雨《ソンユイ》は授業に出ると、「目が点になる」「白目を剥く」「反応が途絶する」など、教師をほとほと困らせている。何を聞いてもきょとんとし、返事に困ると指で鼻をほじくり、手の甲で口を隠して黙りこむ。何を聞いても石の地蔵さんで応答なし、この子は知能に問題があるのではないかと言われたとき、憶秦娥《イチンオー》は顔を紅潮させて抗弁した。

「この子の知能は正常です。ただ、農村から急に出てきて、都会の生活に適応できないでいるんです。一定の段階が必要なんだと思います」

しかし、数ヵ月が過ぎて、宋雨《ソンユイ》は相変わらず教師の手を焼かせ、憶秦娥《イチンオー》は居ても立ってもいられない毎日だった。特に石懐玉《シーホアイユイ》と結婚してから子どもたちと住居を別にしていたという負い目が彼女を苦しめ、宋雨《ソンユイ》の学業は彼女の心と生活にのしかかる大きな問題になっていた。子どもたちを終南山に引き取ろうとしても、宋雨《ソンユイ》は西安市内の学校に通わせなければならなかったからだ。

劉憶《リュウイ》を終南山に引き取ってから、この子が石懐玉《シーホアイユイ》のお荷物になりかけていた。石懐玉《シーホアイユイ》は別に劉憶《リュウイ》を邪魔にしたり嫌ったりしたわけでなく、障害児に偏見があったわけでもない。ただ、劉憶《リュウイ》の気分が「躁状態」になると手がつけられず、一晩中寝ずに騒いだりして石懐玉《シーホアイユイ》の〝夜の生活〟に影響を及ぼす。そんなぼやきを聞かされて、憶《イ》秦娥《チンオー》は最初の一、二回は笑って聞き流していた。だが、石懐玉《シーホアイユイ》が睡眠薬を五粒、劉憶《リュウイ》に飲ませたと知った。劉憶《リュウイ》はぐっすり寝入ってしまったが、彼女は石懐玉《シーホアイユイ》に怒りをぶつけ、二人の間に亀裂が入ってしまった。

それはある日の日曜日で、劇団の稽古も休みだった。二人が床を離れたのは正午に近かった。空はからりと晴れ上がり、太陽が金色に光っていた。西安市内にいたら、クーラーをつけずに室内にいられなかっただろう。ここは山風が心地よく吹き過ぎていく。特に庭のブドウ棚の下は深山の仙境、別天地の趣きだった。昨夜は劉憶《リュウイ》が一人ではしゃぎ、夜中過ぎにやっと寝てくれた。彼女はここ何日もまともな稽古をしていない。全身がかったるく、起きてすぐ庭でウォーミングアップを始め、足腰の鍛錬から蹴りの練習で一汗かいた。石のベンチに腰掛けるとひんやりした感触が心地よく、「臥魚《がぎょ》」のポーズを取った。そこへ突然、寝室の窓が開き、石懐玉《シーホアイユイ》が毛むくじゃらの全身を乗り出し、さらに張飛のような身軽さでひらりと窓枠を飛び越えてきた。彼は堰を切ったような大声で語りかける。霊感が降りてきた、すぐに描かなければと、とめどがない。彼は鷹が鳩をつかむように彼女を抱き抱え軽々とブランコに乗せた。揺らしながらもどかしそうに話す。

「ねえ、相談なんだけど」

言いながら毛むくじゃらの顔を彼女の首、耳たぶ、目、鼻にこすりつける。

「やめて。くすぐったい。何なのよ？」

「描かせてほしい。芸神《ミューズ》が舞い降りた」

「私にモデルになれと？」

「そうだよ」

「いいわよ、なったげる。でも、条件を一つ聞いてくれたらね。ここに来るのは土曜日だけにして、ほかの日は家から劇団に通って稽古する、どうかしら？」

「君は何でも条件をつけたがる。先に答えてよ」

「あなたが先よ」

「分かった。仰せの通りに致します。さあ、そうと決まったら、とりかかろう」

言うが早いか、石懐玉《シーホアイユイ》は彼女の着衣を脱がせにかかった。

「何するのよ？」

「さ、さ、まずはここに横たわって。ゆっくりとポーズをつけるから」

彼はまた彼女の高い鼻梁に口づけし、稽古着の短パンを脱がせようとした。

彼女はその手を遮って言った。

「どうかしてる。ここは庭よ」

「誰も来ない。門も閉まってる。世界は我々二人きりだ」

「子どもがいるでしょう」

「子どもちは寝てる」

「目を覚ますでしょ。朝ご飯を作らなきゃ」

「慌てない、慌てない。僕は今、強烈な創作意欲に駆られている。この嵐が過ぎないうちに」

言いながら彼はまた彼女の着衣を脱がせようとする。

憶秦娥《イチンオー》は身をかわして起き上がり、言った。

「何を描こうというの？」

「陽《ひ》の光、緑の木陰、ブドウ棚とバラの茂み、燃え立つ命が君を包んでいる！　秦嶺《しんれい》の山々で長年暮らした僕が、こんな強烈な美の喜びと衝動を感じたことはない。お願いだ、僕に絵筆を取らせてくれ」

「どうぞ、描いて下さい」

石懐玉《シーホアイユイ》はまた彼女の稽古着を脱がせにかかった。

「何するのよ？」

「君の裸体《ヌード》だ。ブドウ棚とバラの茂みも君がいなければ凋《しお》れてしまう。君の裸体が画面の中心で美と命の司祭者となるんだ」

「あなた、どうかしてるわよ」

「僕は正気だ。僕は画家として今日のこの日、命の知覚を得た。これを記録しないでどうして画家を名乗れようか。これは人類と世界の美術史に対する僕の責任なんだ」

「やめて、もうたくさん。行ってちょうだい。ほかを探してよ。私は何といわれようと、金輪際ご免だわ」

石懐玉《シーホアイユイ》は身を投げ出すように彼女の前にひれ伏した。

「秦娥《チンオー》、頼むから描かせてくれよ！　この日差しの下で花や草木が命を讃えている。僕の創作意欲もこの中で生まれ、今日のこのときを逃せば、もう二度と現れない。この束の間の霊感を失ったら、僕は一生悔やみ続けるだろう！　君もきっと後悔する！」

憶秦娥《イチンオー》は彼を突き放すように行った。

「独りよがりはもうたくさん。私はもう若くないの。モデルにはなれないし、なりたくもない」

「君はほかの女とは違う。君の体は厳しい修練の賜物だ。その伸びやかさ、しなやかさは二十代の女の子に劣らない。活力と弾力に満ちている」

「これまでにしましょう。私たちには子どもがいるのよ。目を覚ましたらどうするの」

「分かった。起きてくるまでだ」

憶秦娥《イチンオー》は分かったような分からないような気分のまま、石懐玉《シーホアイユイ》の手で長ネギのように皮をむかれ、石のベンチに横たわっていた。彼は彼女の姿勢を矯《た》め《め》つ眇《すが》めつ眺め、またちょっと手を加えてポーズをつけ、長い時間をキャンバスと向き合った。憶秦娥《イチンオー》は身を隠す何かがほしいと言った。彼はブドウの葉、まだ青いブドウの実をもぎり、彼女の秘所の上に置いた。隠すのか、それとも人の視線を促すのか、画家の企みは分からない。数年後、石懐玉《シーホアイユイ》の個展が西安市内で開かれたとき、この作品がスキャンダラスな騒動となった。勿論、作品の素晴らしさを讃える声が多かったのは言うまでもないが、これは後で話す。

この日憶秦娥《イチンオー》は結局、石懐玉《シーホアイユイ》のスケッチに身を委ね、午後を過ぎてしばらくしても息子劉憶《リュウイ》の声が聞こえないのを不審に思った。スケッチを遮って二度ばかり寝室をのぞいた。劉憶《リュウイ》はずっと大きないびきをかいて眠っていた。きっと昨夜は遊び過ぎ、騒ぎ過ぎて疲れ、よく眠っているんだわと石懐玉《シーホアイユイ》に報告した。しかし、五、六時間経って行ってみると、まだ眠り続けて人事不省になっていた。変だなと思って、ふと目に止まったのが石懐玉《シーホアイユイ》の置いた薬瓶だった。説明書が破ってゴミ箱に捨てられていた。この紙片を拾い上げると、睡眠導入剤の注意書きだった。彼女はかっとなって部屋を飛び出し、石懐玉《シーホアイユイ》のキャンバスを蹴飛ばした。石懐玉《シーホアイユイ》は何が起きたのかを察したかように、ぼんやりとした笑顔を浮かべ、ただ見ているだけだった。彼女は彼の毛だらけの耳たぶを引っ張り、問い詰めた。

「何をしたの？　言いなさいよ」

「いや別に……何も」

「石懐玉《シーホアイユイ》、恐ろしい人ね。自分のしたことが分かっているの？　子どもに何を飲ませた？」

「睡眠……薬、この子に騒がれてずっと睡眠不足だったから買ってきた。自分が飲もうと思って」

「何錠飲ませた？」

「五、五粒」

「適正量は？」

「一回に……四粒」

憶秦娥《イチンオー》は怒りで体が震えるのを感じた。

「石懐玉《シーホアイユイ》、あなたは子どもに毒を飲ませた！　これは犯罪なのよ！　殺人も同じじゃない！　私の子どもを不慮の事故に見せかけて殺そうというの？　思い知りなさい」

憶秦娥《イチンオー》の脚が横ざまに宙を斬り、石懐玉《シーホアイユイ》の下顎にしたたかな蹴りが入った。続けて、『楊排風《ようはいふう》』の『打焦賛《だしょうさん》』でみせた鉄拳と蹴りの連打を繰り出した。しかも手加減をしない。受け身のできない石懐玉《シーホアイユイ》は『楊排風』の舞台よりさんざんに打ちのめされた。石懐玉《シーホアイユイ》が息も絶え絶え、血だらけになって地面に這いつくばったのを見届けた憶秦娥《イチンオー》は劉憶《リュウイ》を抱き上げ、憤然としてこの場を立ち去った。

鬱蒼とした竹林の中にひっそりと静まる田舎屋を後にしたとき、憶秦娥《イチンオー》は鳥かごを逃げ出した小鳥のような気持ちだった。

この石懐玉《シーホアイユイ》という人物、考えると何ともおかしな男だった。数日前、やはりブドウ棚の下で突然、旧時代の挿絵入り『金瓶梅』を取り出し、潘金蓮《はんきんれん》と西門慶《せいもんけい》の濡れ場を細密描写した春画《しゅんが》を指さした。これに倣って憶秦娥《イチンオー》の脚を縄で縛り、実践に及ぼうというのだ。このとき彼女は空中回し蹴りの二連打と足払いを矢継ぎ早にお見舞いし、「ろくでなし！」と罵った。今日は芸神《ミューズ》のためとかの口車に乗せられて、心ならず意のままになってしまった。考えてみると、このために劉憶《リュウイ》が邪魔にされ、石懐玉《シーホアイユイ》の寝不足の意趣返しをされてしまった。それにしても、幼児に対して命の危険さえあるこんな小細工を弄するとは。「許せない」と彼女は思った。石懐玉《シーホアイユイ》はしてはならないことをしてしまったのだ。彼女は彼に殺意さえ覚えた。こんなことを繰り返しているうちに、劉憶《リュウイ》は本当に殺されてしまうかもしれない。コテージから遠く離れてなお、彼女は改めて身震いを感じた。

憶秦娥《イチンオー》が家に帰り着くと、母親は、ははーんと察しをつけ、それ見たことかとまくし立てた。

「お前が好きでしたことじゃないか。男と添いたさに家族を放り出し、西安を逃げ出して終南山に雲隠れしたんだろう。何かい、母親を捨ててまでしても、結局、男をつなぎ止められなかったのかい」

憶秦娥《イチンオー》は口答えせず、宋雨《ソンユイ》の練習ノートを開いた。宋雨《ソンユイ》はうなだれて手の甲で口もとを押さえたまま黙りこんでいる。どの練習ノートにも大きなバツ印《じるし》がつけられ、そのいくつかは恐らく教師が腹立ちまぎれに朱筆を走らせたのだろう。数ページが引き破られたようになっているのは宋雨《ソンユイ》の仕わざだろう。

「何これ？」憶秦娥《イチンオー》は宋雨《ソンユイ》を叱ろうとしたが、彼女は片方の足の甲ともう片方の足の甲をすり合わせ、一言も言葉を返さない。憶秦娥《イチンオー》は叱る言葉を失った。この子は何と幼いころの自分に似ていることか。不憫さに胸が締めつけられ、涙がこぼれた。宋雨《ソンユイ》の足は冷えきっていた。風邪をひかせないようにと、憶秦娥《イチンオー》は何も言わずにスリッパを履かせようとした。劉憶《リュウイ》は憶秦娥《イチンオー》の意を素早く察し、宋雨《ソンユイ》のスリッパの片方を頭に乗せ、もう片方を口にくわえ、床に腹ばいになって運んできた。「唯唯《ウェイウェイ》（妹）」にスリッパを履かせてやろうと一生懸命だ。

母親は憶秦娥《イチンオー》を近くに呼び寄せてささやいた。

「この子は勉強に向いていない。ほかに気が向いている」

「え、何？」

「芝居だよ。お前が出かけると、すぐ部屋にこもって何をしているかと思ったら、逆立ちに仰《の》け反《ぞ》り、蹴り上げときた。本を読め、宿題をしろといったら、婆ちゃんの家に帰りたいと駄々こねるんだよ」

憶秦娥《イチンオー》はしばらく言葉がなかった。母親はなおも言った。

「駄目なら駄目で仕方がないが、もしかしたらまた秦腔《チンチアン》の小皇后《プリンセス》が生まれないでもないだろう」

「駄目。学校の勉強しなきゃ駄目なの」

憶秦娥《イチンオー》は母親にきっぱりと言い切った。

その夜、憶秦娥《イチンオー》は劉憶《リュウイ》と宋雨《ソンユイ》を両側に抱いて、いろいろなことを話した。宋雨《ソンユイ》は学校の勉強が大切なこと、芝居の修行が辛くて苦しいこと、それは体が疲れるだけでなく、心を苦しめることを諄々《じゅんじゅん》と説いて聞かせた。しかし、宋雨《ソンユイ》は返事をしない。憶秦娥《イチンオー》は、はっきりと言い渡した。これからは隠れて芝居の稽古や真似はしないこと、もし、これを守れたら、田舎からお祖母ちゃんを呼んで会わせてあげる。守れなかったら、お祖母ちゃんはきっと悲しむだろうと。宋雨《ソンユイ》は何も言わず、布団をかぶってむせび泣いた。劉憶《リュウイ》はいつも母親と二つの乳房を独占しているので、今夜だけは泣いている宋雨《ソンユイ》のために母親の乳房の一つを譲ることにした。憶秦娥《イチンオー》は二人の子どもをひしと抱き寄せながら、もしかしてこれが人の世で生きるということなのかしらと考えた。

憶秦娥《イチンオー》が正常通り出勤するようになってからも石懐玉《シーホアイユイ》は相変わらず彼女につきまとった。彼女は取り合おうとせず、外国公演の準備に追われる毎日だった。だが、石懐玉《シーホアイユイ》も引き下がる様子を見せない。堪りかねた薛桂生《シュエグイション》団長が乗り出してきた。

「秦娥《チンオー》、今の二人の状況がどうであれ、誤解を招いてはいかん。君はバツイチの身だ。世間から注目され、その見方は厳しい。対応を誤ったら、ここぞとばかりに寄ってたかってバッシングを受ける。僕の考え方は仲直りだ。仲直りしてことを穏便に収めよう。じっとなりをひそめていたら、周囲も自ずと静まる。いいか、君の立場は普通と違うんだ。ここでことを起こしたら、傷つくのは自分なんだ。分かってくれ、秦娥《チンオー》!」

薛桂生《シュエグイション》団長の言うことはもっともだと思った。香港、マカオ、台湾公演を終えた憶秦娥《イチンオー》は何も考えずに終南山へ向かった。だが、十数日を過ごしただけで、今度は劉憶《リュウイ》がとんでもない、問題を起こすことになる。

二十八

劉憶《リュウイ》は感じていた。ヒゲの男が来てからこの家は以前とはまるで違ってしまったと。最初は愛してくれているように思えた。家へ来るなり、もじゃもじゃのヒゲで頬ずりし、抱きしめてくれたが、なぜか喜べなかった。ママやお祖母《ばあ》ちゃんとはどこか違う。いや、まるで違う。ヒゲ面《づら》の唇が厚すぎる。歯が黄色い。時々口が匂う。タバコを吸うから口づけされると吐きそうになる。笑い話、冗談口が大好きで、ママはぷっと吹き出した口に手の甲を当ててうれしそうだ。お祖母ちゃんは最初、気に食わぬ顔をしていたが、すぐ話に吊られて笑い転げ、ソファから転げ落ちたりする。男はすぐ駆け寄って背中を叩いて撫でさする。お祖母ちゃんは一息ついて「笑い死にするところだったよ」と言い、劉憶《リュウイ》は男と一緒にお祖母ちゃんを助け起こす。一体何の話にみんなが興じ笑い転げているのか、劉憶《リュウイ》には分からない。ただ、赤くぬめった唇が刷毛《はけ》よりも硬いヒゲの茂みに囲まれて、とめどなく動き続けている。言葉、言葉、言葉が多すぎる。一家の人間はその唇に見惚れ、あるいはひたすら笑い続けている。ぼってりと厚い上下の唇が一日中開いては閉じ、閉じてはまた開き、屁でもない話が一体どこから湧いて出るのか。そういえば、お祖母ちゃんが叔父さん（易存根《イツンゲン》）のおしゃべりは「糞より多い」と悪口を言った。このヒゲ面も同じだ。あの口がぱっくりと割れて糞の垂れ流しをしているのだ。

この家はこの男をちやほやし過ぎている。お祖母ちゃんが手打ちの臊子麺《サオズミエン》（陝西人が好物とする麺）を作ったとき、どんぶりの底に目玉焼きをしのばせた特製の一品をほいほいとあの男に振る舞ってしまった。これは劉憶《リュウイ》だけに与えられる〝裏メニュー〟だというのに。しかも、あの男の食べ方の汚いこと。半熟の黄身が口の周りのヒゲにべったりとからみついて気持ちが悪くなった。ママもママだ。ただ喜んで笑っているだけでなく、男に何か目配せしている。あるときは、お祖母ちゃんが台所で仕事をしている隙を狙って、ソファーの上でママに口づけしようとした。劉憶《リュウイ》が早めに気づいてモップの先でヒゲ面の尖った尻を思い切り叩いたからいいようなものの、もし気づかなければば、ママはあの男にいじめられていただろう。ママの唇は劉憶《リュウイ》が子どものときから彼一人のものだ。ママがかみ砕いた食べ物を口移しで食べさせてくれ、風邪をひいて熱が出たときはママが口に含んだ水を飲ませてくれた。苦い飲み薬を嫌がったときはママが先にちょっとすすり、「甘い、甘い」と言って劉憶《リュウイ》を安心させてくれた。ヒゲ面が来るまでは誰一人ママの唇にキスする人はいなかった。ママもお祖母ちゃんにキスしない。しかし、ヒゲ面は豹《ひょう》の胆でも食べたみたいに勇気を出してママに口づけするのだ。もっと腹が立つのは、劉憶《リュウイ》がモップの先でヒゲ面を叩いているとき、ママが手伝おうとせず、ただ手の甲を口に当てて笑っていることだった。ママだってヒゲ面のキスに困らされていないのだろうか。

劉憶《リュウイ》が一番悲しかったのは、ヒゲ面がママと一緒に住む日が来たことだった。お祖母ちゃんは、これは「結婚」というもので、これからはヒゲ面を「パパ」と呼ばなければならないと言う。お祖母ちゃんはこの二文字を繰り返し劉憶《リュウイ》に教えこもうとしたが、彼は言えないふりをした。本当のところ「パパ」は簡単で言い易い言葉だったが、わざと「アウアウ」とか「ラーラー」とか無茶苦茶な言い方をした。彼は「パパ」と呼びたくなかったのだ。しかし、こんなひどいことになるとは思っていなかった。ママがヒゲ面と一緒に暮らすということは、劉憶《リュウイ》に対して「あっちへ行け」ということで、ママとヒゲ面は終南山のふもとの家に行き、彼はお祖母ちゃんのところに取り残されてしまった。お祖母ちゃんは自分をママと思いなさいと言い、夜寝るときはおっぱいに触っていいと言った。でも、どうしてそれがおっぱいだろうか！　しなびてふにゃふにゃで、空っぽの米袋のようだ。触っていても眠くならず、ママがいないと、うんとむずかり、泣いて騒いでやった。お祖母ちゃんは言った。お前のママは結婚したの。結婚すると、その人と一緒に住まなければならないのと説明した。劉憶《リュウイ》は思った。じゃ、僕はどうなるのか？　ママはどうして僕と結婚しないで、ヒゲ面のあいつと結婚したのか？　あいつは口が臭いし、食事するときは劉憶《リュウイ》よりお行儀が悪い。劉憶《リュウイ》は口の周りと鼻の頭にちょっと着くぐらいだが、あいつは食べ物をヒゲに食べさせている。ヒゲは食べ物のかすだらけ、動物園の猿のお尻よりもっと汚い。

唯唯《ウェイウェイ》（妹）はどこから連れて来られたのか知らないが、可愛らしいし、劉憶《リュウイ》より聞き分けがいい。劉憶《リュウイ》と分け隔てなく可愛がられ、二人は兄妹《きょうだい》のようにすぐ馴染んだ。彼が座ろうとすると、宋雨《ソンユイ》が腰掛けを運んでくる。彼がベッドに上がろうとすると、彼女が後押しをしてくれる。いいことはいいのだけれど、宋雨《ソンユイ》が来てから彼が食べる焼き餅が薄っぺらくなった。なぜなら、彼女にも分けてあげなければならないからだ。

眠るとき、三人が同じベッドに入り、宋雨《ソンユイ》が眠れないときはママが自分のおっぱいを触らせて寝かせてやる。しかし、これはいやだ、絶対いやだ、ママのおっぱいを奪い合うなんていやだ。ご飯なら一緒に食べる。ベッドなら一緒に眠る。テレビなら一緒に見る。玩具なら一緒に遊ぶ。電動のミニカーなら座らせてあげる。しかし、ママのおっぱいは誰にも触らせたくない。劉憶《リュウイ》一人のものだ。宋雨《ソンユイ》はちゃんと聞き分けてくれた。彼が駄目だというと、彼女はもう触らなくなった。夜中に目が覚めると、宋雨《ソンユイ》がママのおっぱいに触っていたりする。彼は彼女の指を思い切りつねって引き離す。気分のいいときは少しだけ許してやる。それもほんのちょっとの間だけ、すぐ手を放さなければならない。放さないときは、ぴしゃりと手を打つ。

宋雨《ソンユイ》はいい遊び友だちだった。ママがいない日は、お祖母ちゃんと遊ぶことが多かった。宋雨《ソンユイ》はママの得意な逆立ち、股割き、蹴り上げ、仰け反り、臥魚《がぎょ》、朝天蹬《ちょうてんとう》(片脚の爪先を跳ね上げて足の裏を天に向け、さらにその足先を肩を越え耳をかすめて後頭部へ一直線に伸ばす難技)などを上手に真似て見せてくれた。お祖母ちゃんも劉憶《リュウイ》も手を打って喜ぶ。とても面白いが、ママのいない寂しさは募るばかりだった。劉憶《リュウイ》は次第に眠れなくなり、夜っぴて起きていることもあった。ママは玄関のドアにのぞき穴を作っていた。劉憶《リュウイ》が来客を見るためだったが、ママがいなくなってから、彼は毎日何度も目をこすりつけてのぞきこんで両目の眉毛がすり減ってしまった。ママはこの穴をふさいでしまったので、ママの帰宅を見る場所はバルコニーしかなくなっていた。しかし、ママがヒゲの男と終南山へ行ってからは、その姿を見ることがほとんどなくなった。彼は不眠に加えて、食事も喉を通らなくなった。ある夜、劉《リュウ》憶《イ》はバルコニーに椅子を持ち出し、その上に立って身を乗り出し、ママの帰りを待つことにした。それからすぐ、お祖母ちゃんはママを迎えに来させ、劉憶《リュウイ》を終南山へ連れて行ったのだった。

終南山のふもとは素晴らしい遊び場所だった。空はどこまでも高く、山の稜線は果てしなく続いていた。広い庭にはブランコもあった。庭を出ると、棉花の白い花が満開の中、自在に走り回った。ママはこの花から私たちの着る衣服を作るのよと説明した。彼は夢中になって遊んだ

だが、一日経ち、二日経つと、最初の興奮はもうなくなっていた。その訳はあのヒゲの大男のせいだった。人のよさそうなふりをしているが、ママを彼の手から奪い取ろうとする凶暴な男だ。全身毛むくじゃらの図体は動物園から逃げ出してきた猪かと思ったら、何とママの隣で寝ているのだった。人の顔を見ると「寝なさい」と言う。ママにも同じことを繰り返し、子どもは大きくなったら、親と同じベッドで寝るのではなく、自分の部屋を持って自立心を養うべきだとか言って説き伏せようとした。子どもは大人の言うことをおとなしく聞くものだと思っている。その実、ママを独り占めしようとする企みだ。だが、こんな見え透いた罠にかかるような劉憶《リュウイ》ではない。

ヒゲ男は劉憶《リュウイ》のために一室用意した。部屋の中は玩具、甘いお菓子、飲み物がいっぱい詰まっていた。だが、劉《リュウ》憶《イ》はその部屋で眠ろうとせず、ママの隣で寝ると言い張った。ヒゲ男がどこで寝ようが追いかけてヒゲ男とママの間に割りこんでヒゲ男の全身の毛を引っ張ったり毛だらけの肌に噛みついたり、さらに尻でヒゲ男を遠くへ押しやったり蹴飛ばしたりした。それでもヒゲ男はベッドを降りようとしない。劉憶《リュウイ》は孫悟空顔負けの大暴れをし、ついにヒゲ男は音を上げ、腹立たしげに逃げ出した。ママはいつものように手の甲で口もとを押さえ笑い、劉憶《リュウイ》の鼻をつつきながら言った。

「悪い子ね」

ヒゲ男は最初、劉憶《リュウイ》から何をされようとじっと我慢していたが、急に厳しい顔つきになり、ママに背を向けて劉《リュウ》憶《イ》を脅かすように言い始めた。

「今夜もし、お前が自分のベッドで寝られないと言うなら、こちらにも考えがある。もう狼《ラン》さんに食わせるしかない。外には腹を減らした狼《ラン》さんがうようよいる。前の晩からうろついて、悪い子はいないか、親の言うことを聞かない悪い子は子はいないかと探し回っているんだ。どうする？　狼《ラン》の餌になりたいか？　言うことを聞くか聞かないか、お前次第だ」

ヒゲ男の話が終わる前に、ママの懐に飛びこんだ。

「羊《ヤン》、羊《ヤン》……」

劉憶《リュウイ》は狼《ラン》の正しい発音ができない。ママは言った。

「羊《ヤン》はここにはいない。九岩溝《ジョウイエンゴウ》のお爺ちゃんの家に帰ったら、いくらでもいるわよ」

劉憶《リュウイ》はこの夜、ママの懐で寝ることにした。ヒゲ男も一緒に寝るという。劉憶《リュウイ》はまた男に蹴りを食らわした。彼は狼《ラン》だろうが羊《ヤン》だろうがもう恐くない。ママの懐にいれば何が来ても恐くない。その翌日、ママがトイレに行っている隙に男がまた劉憶《リュウイ》を脅しにかかった。

「さあ、どうする？　今夜もママと一緒のベッドに入りたいか？　もしも、またママのところに来たら、夜中にお前の股ぐら捕まえて裏の窓から放り出してやる。夕べ、狼《ラン》さんと相談したんだ。お前が放り出されたら、狼《ラン》さんはすぐお前を咥《くわ》えて走って逃げる。誰も追いつけない。足の速いママだって追いつけない。狼《ラン》さんたちはみんな一緒にお前をむしゃむしゃ食べちゃうとさ。そしたら、お前はもう二度とママに会えない。さあ、どうする！　今夜もまたママと一緒寝るか？　さあ、言ってご覧」

劉憶《リュウイ》はさっとその場を飛び出した。まっしぐらにトイレへ走り、ママの背中に猿のように飛び乗り、かじりついた。夜、ママがどこへ行っても一緒について歩いた。ママがベッドに入ったら、彼も一緒に入った。みんなが眠っても彼は一人目を開けたまま眠らない。外には〝狼《ラン》〟がいるからだ。ヒゲ男はまだしつこくママの側にいる。ママがいる限り、ヒゲ男の一匹や二匹恐くも何ともない。劉憶《リュウイ》はヒゲ男がベッドに上がることを二度と許さない。男がベッドの向こうの端から上がろうとすれば、劉憶《リュウイ》は枕を振りかざし、向こうの端へ打ちかかる。こっちに来たらこっちから。男は豚みたいに鼻をふんふん鳴らして逃げ回る。ついに男は力尽きて床の夏茣蓙《ござ》の上にへたりこみ、ごろんとひっくり返った。

劉憶《リュウイ》の本当の気持ちはヒゲの男がやはり恐かった。もしかして、夜中に裏の窓から放り出されると思ったのだ。だから、彼はまんじりともしないで目を開き続けた。夜が明けてママに抱かれ、劇団へ向かうバスの中でやっと眠りについた。西安の家に帰っても眠り続けた。だが、午後になってママに連れられ終南山のふもとへ帰ると、もう眠らない。一晩中、彼は眠ったふりをした。ヒゲ男が裏の窓から彼をいつ放り出そうとするか分からないからだ。まさか男が彼にお仕置きする代わりにママをいじめるとは思ってもいなかった。ベッドの中でがさごそママに近寄ってママの上にのしかかり、ママは泣き声を上げている。劉憶《リユウイ》はむっくりと起き上がると、枕元の棚に立てかけてあった護身用のデレッキ（石炭ストーブなどに用いる火掻き用の鋏み）を手に取った。このあたりは物騒でいつ泥棒が入るか分からないとヒゲ男が自分で用意したものだった。泥棒はこのヒゲ男だったのだ。劉憶《リユウイ》はデレッキを振りかざし、男が振り立てている黒い尻目がけ、力任せに三回打ち下ろした。ママがデレッキを押さえつけなかったら、四発目も行っただろう。ヒゲ男は豚のような悲鳴を上げ、ママはと見ると、体を折りながら笑ってまた笑って、ベッドから落ちてしまった。彼がどうしたのと聞くと、笑いにむせながら答えた。

「大丈夫、可愛い子だこと」

この日から、石懐玉《シーホアイユイ》は僕に対して次第に遠慮がなくなった。睡眠薬がどんなものか知らなかったが、後で聞いた話によると、石懐玉《シーホアイユイ》が料理の中にこっそり仕込んだらしい。眠りこけた十数時間、僕は何も覚えていない。この騒ぎがあってから、ママは終南山から自分の荷物を全部引き払った。彼が覚えているのはママが彼を抱きしめて大泣きに泣き、彼に「ご免ね」を繰り返していたことだけだった。これがどういうことなのか、僕は知らない。

終南山のふもとから引き上げた後、すべて元通り正常に戻った。ママは毎日稽古に励んでいる。夕食後も劇団の稽古場へ自主トレに行くときは僕を連れて行き、スポンジの絨毯の上でとんぼ返りなどをさせている。唯唯《ウェイウェイ》（妹）もたまに連れて行き、僕と一緒に遊ばせた。石懐玉《シーホアイユイ》が数回、稽古場に顔を出したが、ママは取り合わない。劉憶《リユウイ》は稽古場の刀や槍を持ち出してヒゲ男と戦い、彼の太腿や尻を突き刺した。ヒゲ男の尻は本当に気持ちが悪かった。

それからしばらく経って、ママは香港公演に出かけ、帰ってくると彼のために新しい洋服やチョコレートを買ってきた。彼はチョコレートが大好きで、お祖母ちゃんがどこかに隠さない限り、毎回チョコレートにありつき、彼は一度にぺろりと平らげた。

ママが出かける度、伯母さんの来弟《ライディ》と連れ合いがやってきた。出る話は決まって、仕事と暮らしの泣き言だった。ママが二人を援助してくれないことも不満のようだった。お祖母ちゃんは二人に言って聞かす。秦娥《チンオー》も〝ゆるくない〟。馬鹿な息子を養い、貰い子まで抱えて、その上この婆さんや弟（胡三元《ホーサンユアン》）まで、みんなひな鳥のように口を開けてあの子の稼ぎを待っている。〝馬鹿な息子〟とは自分のことらしい。僕は「馬鹿」と言われるのが一番嫌いだった。だが、お祖母ちゃんはわざと言うことがある。そんなときはすぐ蹴りを入れる。するとお祖母ちゃんは慌てて口調を改め、「私の孫は馬鹿ではない、馬鹿なのはこの婆《ばばあ》だ」と言ってみんなを静まらせてから、いつもの口癖をつけ加える。みんな、秦娥《チンオー》の身になっておやりよ。この大家族が秦娥《チンオー》の腕一本にぶら下がっているんだ。実の姉妹《きょうだい》、助けられるものならとっくに助けているさと。

来弟《ライディ》伯母さんが今回来た目的は、最近ローンで家を買い、その返済に四苦八苦、夜逃げ寸前だということだった。話がここまで来ると、お祖母ちゃんは決まって幾ばくかのお金を持たして帰すことになっている。これは秦娥《チンオー》から貰った小遣いを、爪に火を灯《とも》すようにへそくった金だとつけ加えるのを忘れない。お祖母ちゃんはこの金を渡すとき、僕の目を恐れてびくびくしているようだ。このときだけ、僕は「馬鹿」ではないらしい。

叔父さんの易存根《イツンゲン》は本当の出来そこないらしい。何をやらせても、ものにならないという。しょっちゅう家に帰ってはお祖母ちゃんに金をせびる。腹を立てたお祖母ちゃんは手近にあったものを振り上げて叔父さんに打ちかかる。料理を炒める鉄のお玉で叔父さんの頭を打《ぶ》つことが多かった。この子はあの馬鹿叔父（胡三元《ホーサンユアン》）と同じでいつか牢屋に入るだろうなどとさんざんに言われても、相変わらずの生活——オートバイで何かの仕事をし、そこそこの金を稼いで人の目をごまかそうとしている。お祖母ちゃんはいつもの悪態をつく。

「人の金をせびり取って、オートバイを乗り回して。私が知らないとでも思っているのかい。秦娥《チンオー》に四、五千元も出させて、その上、パソコンまで欲しいだと図々しいにもほどがある。お前の頭にパソコンは無理だ。ロバの頭を買ってお前の頭と付け替えたらどうだい。この穀潰しめ！」

唯唯《ウェイウェイ》（妹）はママがいない日はまるで勉強をしない。お祖母ちゃんもうるさく言わなくなった。何か言うとすぐ、田舎のお祖母ちゃんのところに帰ると駄々をこねるからだ。だが、ママが香港から帰る日を待ってお祖母ちゃんは告げ口した。毎日勉強をほったらかしにして、芝居の稽古ばかりしていたと聞かされたママは、ぴしゃりと唯唯《ウェイウェイ》の頬を打った。泣きだした唯唯《ウェイウェイ》はお土産の新しい洋服も着ず、チョコレートも食べなかった。僕がチョコレートを横取りしようとしたら、お祖母ちゃんは無理矢理取り上げてどこかに隠してしまった。

ママがいないとき。ヒゲ男は何度もやってきた。お祖母ちゃんは家に入れず、二回だけ玄関口で一言二言、言葉を交わして追い返した。僕はトイレからモップを持ち出し、ヒゲ男の顔目がけて突き出した。お祖母ちゃんが止めなければ、本当に怪我をさせただろう。ヒゲ男はまたチョコレートをお土産に持ってきた。僕は数日間、食べずにちらちらと見ては「ふん」と目を背けていたが、とうとう我慢しきれずに箱の半分だけ平らげた。チョコレートは確かにおいしく、特にウイスキーボンボンが大好きで、今回ヒゲ男が持ってきたのがまさにそれだったから。

その日、ママが帰ったばかりのとき、ヒゲ男が見計らったように顔を出した。僕はまたモップを取りに行ったが、ママに連れ戻されて奥の部屋に入れられた。二人は部屋の外で何やら話している。ドアの隙間からのぞくと、ママが笑っている。僕はこれが気に食わない。ママがヒゲ男に笑いかけると、ろくなことがない。その夜、お祖母ちゃんはヒゲ男に得意の麵を打ち、またどんぶりの底に目玉焼きを入れた。僕はこれが面白くなく、ヒゲ男を睨みつけ、またお祖母ちゃんを睨みつけ、ママを睨みつけた。ヒゲ男は帰りしなにわざと僕の前に立ち、僕を抱いてキスしようとした。僕はぺっと唾を吐いたが、口の中はからからで唾は一滴も残っていなかった。僕は胃の中をひっくり返してでも、あいつの顔に吐きかけてやりたかったのに。

しばらくして、ママはまた終南山で住むことになった。

ママは数日したらまた帰ってくると言った。僕を一緒に連れて行くとは言わなかった。僕も行きたくなかった。また、毒を盛られるのが恐かったからだ。ママは僕にお祖母ちゃんの言うことをよく聞き、唯唯《ウェイウェイ》（妹）と仲よく遊ぶよう何度も言って聞かせ、大きな荷物を持って出かけていった。

劉憶《リュウィ》はバルコニーからママが石懐玉《シーホアイユイ》のぼろジープに乗り、去っていくのを見送った。

ママが行ってから数日経った。僕は毎日、ママがいないと泣きわめいた。お祖母ちゃんはすぐ帰ってくるからと僕を懸命になだめにかかった。僕は毎日バルコニーに立ち、遠くを眺めたが、ママの姿を見ることはできなかった。普段、バルコニーはガラスの開き窓で外部と仕切られ、しっかりと鍵がかけられていた。お祖母ちゃんは彼がバルコニーへ上ったのを見て、窓枠の鍵を何度も確認しに上がってきた。

その日の夜、お祖母ちゃんは洗濯していた。唯唯《ウェイウェイ》（妹）は股割きの練習に打ちこんでいる。僕はまたバルコニーに上り、遠くを眺めた。外は霧が垂れこめて何も見えず、木の梢が視界を邪魔しているので、僕は椅子を持ってきた。遠くに目を凝らすと、ママが見えた。どんどん近づいてくる。彼は歓声を上げて飛び跳ねた。

僕は窓枠の留め金の一つを外して体半分、窓の外に乗り出し、声を限り叫んだ。「ママ、ママ、ママ……」椅子がぐらりと揺れて、僕はそのまま窓の外に放り出された。

空を飛んでいるようだと僕は思った。でも、どうもうまく飛べない。両腕の翼を羽ばたかせようとするのだが、翼は開かない。ああ、落ちているのだなと思った。お祖母ちゃんは一度、冬瓜《トウガン》を持つ手が滑ってバルコニーから落としたことがある。その冬瓜は九岩溝《ジョウイエンゴウ》から持ってきたもので、二十五キロ以上もあると聞いた。九岩溝《ジョウイエンゴウ》の人たちは言った。これは「お化け冬瓜」だ。精霊が宿っているから、畑の〝主〟になった。早く食べちまわないと人間に祟《たた》り、悪さを働くと。僕の家族は六階に住んでいる。地面に落ちた冬瓜はぽんという音を立てて砕け、どろどろの液状に変わった。僕が下に降りて見たとき、白いお粥のようなものがあたり一面に飛び散っていた。

墜落感の中で僕は思った。自分の体は回転せず、一直線に落ちていく。頭が地面に叩きつけられると、あの冬瓜のようになるだろう。だが、白いどろどろのお粥ではなく、赤い色に染まるだろう。赤は白より美しく見える。ママは赤い下着が好きだった。きっと素敵に見える。ママの赤い唇のように、美しく、甘く……。

二十九

香港・マカオ・台湾公演から戻った憶秦娥《イチンオー》は、石懐玉《シーホアイユイ》との破局を隠すよう劇団当局の思惑やさまざまな圧力に押され、とりあえず終南山ふもとのコテージに身を避けて石懐玉《シーホアイユイ》と一緒に住むことになった。

勿論、石懐玉《シーホアイユイ》の熱誠に偽りはなく、彼女が心打たれたこともある。しかし、彼女は自分の意志をはっきりと彼に伝えた。劇団が外国公演から帰って休養する期間中は終南山に滞在するが、稽古が始まったらまた西安に戻ることも了承させた。もっともこの時期、彼は何を言われようと異論はなく、とにかく「鳳凰が巣に帰る」ことを喜んでいる。息子を連れて行くことで石懐玉《シーホアイユイ》がいやな顔を見せるはずもなかったが、彼女の方で危ぶむ気持ちが強かった。やはり睡眠薬の一件は一過性のものではなく、彼女の心の中でしこりとなって残っていた。石懐玉《シーホアイユイ》は平謝りに謝り続け、これは劉憶《リュウイ》を愛するがゆえの結果であって、彼を害する意図などあろうはずがなく、ただ劉憶《リュウイ》の心を静めて眠らせてやりたい一心からだと繰り返した。確かに劉憶《リュウイ》は夜の夜中でも目をフクロウのように見開き、一瞬たりとも石懐玉《シーホアイユイ》に隙を与えなかった。石懐玉《シーホアイユイ》は泣き言を重ねる。

「考えてもくれよ。新婚の夜、妻に指一本触れることも許されず、悶々としてまるで包子《バオズ》の蒸し焼きか北京ダックの焙《あぶ》り焼きに遭うようなものだ！」

苦しまぎれの言い逃れに聞こえるが、憶秦娥《イチンオー》としても彼に対する防御の一手を考えることにした。劉憶《リュウイ》は三、四歳の知能しかない。石懐玉《シーホアイユイ》がその気になれば防ぎようがない。彼女は息子を石懐玉《シーホアイユイ》から引き離すことにした。

確かに彼女に対して石懐玉《シーホアイユイ》は誠意を尽くし、仲違いしてからも間断なく詫びを入れ、心中を縷々《るる》訴えた。香港・マカオ・台湾公演のときも日に何度も電話を入れ、現地メディアの過熱ぶり、それが中国国内にどう伝えられているか、憶秦娥《イチンオー》がいかに観客を熱狂させ、秦腔《チンチアン》公演がいかに空前の成果を得ているかを逐一報告した。こんな情報を入手できるのも、石懐玉《シーホアイユイ》が陝西省秦劇院内に伝手《つて》や協力者を持っているからにほかならない。憶秦娥《イチンオー》が帰国の三日後に終南山へ行くことを決意させたのもこんな理由からだった。

彼女はすでに一度離婚している。母親から、女は一度離婚すると値打ちが下がる。それでも性懲りなく二度目の苦労を買って出るのかと言われたが、それに臆する彼女ではなく、むしろ望むところだった。そんなことより、石《シー》懐玉《ホアイユイ》にここまで尽くされたら、彼女として彼の気持ちを受け入れるしかない。これが女気《おんなぎ》の見せどころだ。もう一度彼とやり直そうと考えたのだった。

そうは言っても、この男と生活を共にするのは楽ではない。石懐玉《シーホアイユイ》はいつも〝もの狂い〟している。性衝動の激しさでも何かが天から舞い降りてきたような奇癖を発揮する。憶秦娥《イチンオー》には到底受け入れられない。その一つが〝野人〟の生活様式だった。彼に言わせれば、都市の生活は虚飾に満ちている。みんな表面だけをとり繕い、偽装を凝らし、ファンデーションが剥げかかっている。口紅、豊胸、隆鼻、植皮、植毛、頬骨や腮《えら》削り、二重まぶたの切開、話し方教室の〝ざあます言葉〟——彼が憶秦娥《イチンオー》を愛しているのは、その純朴と天に恥じない素顔の美しさで、彼がこの家庭で実現しようとしているのは、すべての扮飾を剥ぎ取り、一糸まとわぬ質朴の美、あるがままの自分らしさ、平明暢意《ちょうい》の境地だ。

石懐玉《シーホアイユイ》がかつて秦嶺《しんれい》の奥地で画業に精進していたときは、日々生まれたままの姿で過ごしていたという。終南山のコテージでブランコに乗るときも、花束の王冠と下腹部に数枚散らした木の葉しか身につけない。だが、憶秦娥《イチンオー》は断固、同席を拒絶する。彼が一糸まとわず、家の中を徘徊することを禁止した。家の中で出会《でくわ》しても、猪か熊が直立して歩いているとしか見なさず、無視を決めこんだ。特に裸のままブランコに乗ったり、庭をうろつかないよう言い渡した。しかし、秦嶺《しんれい》おろしの嵐が吹き荒ぶ日、石懐玉《シーホアイユイ》は憶秦娥《イチンオー》を誘い出し、共に田野をさまよって雨と風に身を打たせながら、屈原『楚辞《そじ》・天問』の一節を音吐朗々と口ずさみ、『ハムレット』の「生きるべきか死すべきか」を朗唱する。また、雷鳴の中、『リア王』の狂気を演じて見せ、「すべてを〝不可知の力に〟ゆだねるのだ」と絶叫する。

(注)『天問《てんもん》』 秦の始皇帝が天下統一をなし遂げる前、楚の国の重臣で憂国の詩人・屈原《くつげん》の作品と後人の作品十七篇を編んだ

『楚辞《そじ》』の中の一篇。屈原は〝戦国の七雄〟に数えられる楚の国で内政・外交に敏腕を振るうが、讒言《ざんげん》によって放逐され、放浪の果て汨羅《べきら》の淵に身を投じる。中国最初の大詩人と呼ばれ、今なお心酔者が多い。『天問』は屈原が世に入れられぬ憂愁、戦国時代の政治の不条理を天に訴えるだけでなく、天そのものへの懐疑と不信、絶望を露わにしている。行い正しい者がなぜ苦しみを受けるのか――「地の始まりはそもそも虚無と混沌。この世にまだ形がなく、光と闇はまだ分かれず、陰と陽はまだ生成していない。これをあたかも見てきたように描いたのは一体、誰だ」――人間実存の危機が美しい詩句で綴られる『天問』冒頭の言葉が後の人々に大きな衝撃を与えた。前漢時代の歴史家・司馬遷は『史記・伯夷《はくい》列伝』の中で「天道是か非か（この世に正しい道理があるのか）」と悲痛な問いかけを行っている。

石懐玉《シーホアイユイ》は自分だけの〝もの狂い〟では収まらず、憶秦娥《イチンオー》を巻き添えにして、天地が慟哭《どうこく》する嵐の中、『遊西湖《ゆうせいこ》・鬼怨《きおん》』の場を喉も裂けよと歌わせようとする。舞台装置は整った。鬼哭《きこく》啾々《しゅうしゅう》、亡霊たちの泣き声に耳を澄ませ。浮かばれない者たちの魂を呼び覚ませ。これまでの舞台では得られなかった感覚を研ぎ澄ませ。これまでに舞台では見られなかった新しい光景を現前させるんだ……。だが、憶秦娥《イチンオー》はどうしても『鬼怨』をそんな風には歌えない。石《シー》懐玉《ホアイユイ》が裸になりたければなればよい。走りたければ走ればよい。叫びたければ叫べばよい。誰も止めやしない。しかし、私はご免だ。自分とは表現の世界が違う。自分は窓の中から外の嵐を眺めるように彼を見るだけで十分だ。彼のもの狂いを、彼の命の狂奔を面白がって見ているだけだ。

　これに留まらず、彼がしでかすことは常軌を逸している。憶秦娥《イチンオー》の理解が及ばないと言うより、到底受け入れられないことばかりだ。保守的、伝統的、旧習墨守、引っ込み思案と言われても仕方がない。夫婦の生活でも人に見せたくないことがあるが、彼はわざと下品で不潔、卑猥で粗暴に振る舞いたがる。昼となく夜となく興奮する。太陽が上がったから、あるいは満月が美しいから、彼の内側からさまよい出るものがあり、秦嶺《しんれい》の内懐へ駆り立てる。彼は詩を吟じ、酒を飲み、ところ構わず憶秦娥《イチンオー》を抱きたがる。彼女にはそれが美的な行動とは思えないし、女を喜ばすやり方にはほど遠いものがある。これが劉紅兵《リュウホンビン》なら、いなし、はぐらかし、ときに剣突《けんつく》を食わしただろう。そのころは確かに稽古で疲れ果てていたこともあるが、彼女は考える。これはもしかして寧州県劇団の厨房で働いていた十代のころ、廖耀輝《リャオヤオホイ》から受けた辱めの影響があるのではないかと。

香港・マカオ・台湾公演から帰り〝元の鞘に収まった〟二人だが、憶秦娥《イチンオー》にとってはめでたいことばかりではなかった。この石懐玉《シーホアイユイ》という男は劉紅兵《リュウホンビン》と比べると頑丈《タフ》にできており、調教しにくいタイプの一人だ。全身に野性味を漂わせ、押し出しが強い。憶秦娥《イチンオー》も負けておらず、しょっちゅう彼と角突き合わせてきた。今回も同居を始めてからわずか数日で憶秦娥《イチンオー》は子どもが恋しくなって矢も楯もたまらず、石懐玉《シーホアイユイ》と大揉めに揉めた。石懐玉《シーホアイユイ》は彼女を西安に帰したくない。劉憶《リュウイ》がいたころはことごとに邪魔だてをされ、彼の手加減のない乱暴にほとほと困り抜いた。それから数ヵ月も引き離され、今やっと手に入れたこの時期は、失われた蜜月《ハネムーン》を補うものとして何ものにも代えがたいと頑強に反対したのだ。憶秦娥《イチンオー》は一度こっそりとコテージを抜け出そうと図ったが、石懐玉《シーホアイユイ》に見つけられ、表門と裏門に鍵をかけられてしまった。

石懐玉《シーホアイユイ》は彼女を愛していないのではない。ただ、愛し方が一方的で過剰だ。マッチョな男が欲望を発動させ、ときに粗野で不作法なのが憶秦娥《イチンオー》の機嫌を損ねる。しかし、石懐玉《シーホアイユイ》はただ者ではない。ちゃんと「風雅の道」もちゃんと心得ている。憶秦娥《イチンオー》は彼から古琴（七弦琴）の手ほどきを受け、『鳳求凰《ほうきゅうおう》（前漢の文人司馬相如の作。情熱的な求愛、崇高な愛に殉ずる曲とされる）』と『老翁操《ろうおうそう》』をマスターした後、さらに今『梅花三弄（唐朝初期、笛の曲から改編したとされる）』に進んだ。書道と山水画も長足の進歩を見せている。彼女の特徴は、がむしゃらな特訓を自らに課すことだ。北山《ベイシャン》の秦八娃《チンバーワー》から与えられた古典の教材を自己流で読み砕き、鵜呑みにしたのと同じやり方だ。もっとも、彼女はこれで五、六百首の詩を丸暗記している。

これは石懐玉《シーホアイユイ》に言わせると「ロバにも等しい知恵のないやり方」だ。芸術の会得《えとく》に必要な「体得《たいとく》・妙悟《みょうご》（深く悟る）・率性《そっせい》（自然に従う）」の三原則に反し、「他山の石で玉を磨くべし（よその山から出た粗悪な石でも、自分を磨くのに役立つ。我流の戒め）」の心得がないということになる。彼に言わせると、現に古琴を習っている連中の多くは揃って〝豚の軍団《ビッグメイト》〟で、『高山流水』や『漁樵問答』の風情を解しないと決めつける。それでは石懐玉《シーホアイユイ》自身は何が分かっているかと問われると、こう答えた。「死中《しちゅう》に活《かつ》を求めることだ」と。ある雷鳴の轟く夜半、彼はがばと跳ね起き、古琴の『広陵散』を弾き始めた。弾きながら満面に涙を注ぎ、雷鳴に打たれかの如く極意を会得したと。

（注）『高山流水』・『漁樵問答』・『高山流水』・『広陵散』『高山流水』は琴の名手とその真意をくむ最良の聴き手の故事（列子・湯問）。素晴らしい音楽の演奏と親友のたとえ。『漁樵問答』は魚籠《びく》を脇に魚を釣る漁師と薪を求めて山を彷徨《さまよ》う木樵《きこり》が互いの生き方にについて語り合う。俗世間を離れ大自然を友に生きる姿は理想世界の住人としてよく画題に用いられている。『広陵散』は七絃琴曲幻の名曲。竹林の七賢の一人が刑死に臨んでこの曲を弾き、後に葬儀の曲としても使われる。日本にも伝わって『源氏物語』の光源氏がこれを弾じた。「散」は曲の意。

いずれも憶秦娥《イチンオー》にとっては半信半疑の話だが、石懐玉《シーホアイユイ》に芸術家の魂が宿っていることを認めないわけにはいかない。彼は単に弁が立つだけではなく、何をやらせてもその手並みは凡百の才能の及ぶところではない。彼と共に過ごした者なら、もはや贅言《ぜいげん》を費やすまでもないが、共に過ごす身になったら、たまったものではないだろう。この天下無双の風来坊、世界を放浪して勝手気ままを決めこんで自ら親兄弟などの係累を語ることはない。それにひきかえ憶秦娥《イチンオー》は老母をはじめ二人の子ども、姉夫婦、弟の手枷足枷に絡め取られ、やりくり算段の毎日で身動きが取れない。一方は毎日のほほんと手綱を放れた馬、行雲流水、芸術家になるために生まれてきたような男だが、彼女にその真似はできない。大家族を養うだけでなく、劇団の仕事も手抜きにはできない。昔は舞台に立つのがいやで逃げてばかりいたこともあったが、今はやればやるほどこの仕事にのめりこんでいく。農村へ行けば、村人に囲まれ、担がれ、西安では戯迷《シーミー》たちに崇《あが》められて女王然と振る舞い、香港やマカオではメディアの取材陣と花束に取り巻かれ、カーテンコールの拍手は十数分間鳴り止まない。舞台人として悔いはなく、女優冥利に尽きる毎日だ。

しかし、石懐玉《シーホアイユイ》と終南山で二人きりの生活に入ってから、彼は女優としての彼女を愛していながら劇団への〝出勤〟を気遣うでもなく、促すでもなく、天から降ってきた休暇か〝充電期間〟のような、結局、どうでもいいようなことで日を過ごしている。時折、彼が今の画境を切り開いた秦嶺《しんれい》山脈の奥地へ彼女を連れ出したい素振りを見せるが、彼女は応じない。一度出かけたら数日は帰ってこられないからだ。勿論、彼は毎日絵をせっせと描いており、彼女はそのモデルに仕立てられ、再び彼の芸術的感興を満たす扮装、ポーズを求められている。

しかし、彼女はこのようなことでいつまでも日を送っていることはできない。やはり西安へ帰り、演劇と子育ての現場に復帰しなければならない。最後の数日間、二人は激しい言い争いをした。彼女の終南山を降りる決意は固かった。やはり息子の劉憶《リュウイ》を思う気持ちが強かったのだ。

石懐玉《シーホアイユイ》はついに最後の要求を切り出した。『白蛇伝』の白娘子《はくじょうし》の舞台姿を描きたいと言う。

彼女はいやだと言った。

石懐玉《シーホアイユイ》はひざまずかんばかりに哀願する。

白娘子の衣装は終南山に持参していた。というのも、今度の春節に『白蛇伝』のヨーロッパ公演が予定されており、稽古を始めなければならなかったからだ。だが、ここに来てから衣装に一度も袖を通していない。化粧品も持参していた。いつ何時、〝裏営業（劇団以外の仕事）〟が飛びこんでくるか分からなかったからだ。彼女には家族を養う義務がある。プロダクションのマネジャーから電話があり次第、迎えの車を待つ手はずになっていた。彼女ははたと思いついた。白娘子のモデルになるのと引き換えに終南山を抜け出そう。

石懐玉《シーホアイユイ》は喜んで一も二もなく承知し、彼女は支度を始めた。

だが、事態は間違っても、白娘子のメイクなどしている場合ではなかった。こんなことで時間を費やしている間に、彼女の息の根を止めるような悲劇が進行していたのだ。

その日は正午ごろメイクを終え、石懐玉《シーホアイユイ》は彼女を中庭に連れ出して立ち位置を決め、あれこれポーズをつけた。照明のセッティングをしてから六、七時間、作品はやっと輪郭を表した。左見右見《とみこうみ》して、どうも納得がいかないようだ。彼の心中の白娘子がまだ姿を現さない。このときはすでに夜の十時を回っていた。彼の足がしびれを切らし、彼女もあくびが連発する。石懐玉《シーホアイユイ》が言った。

「もう、明日にしよう」

しかし、今夜中に西安に帰り着くことは彼女が何度も念押しし、石懐玉《シーホアイユイ》も承知していたはずだ。彼女はポーズをつけられながら、劉憶《リュウイ》が何度も母親を呼ぶ声を聞いたように思った。その都度、何度も中庭を出て、西安の空に向かって背伸びした。彼女の辛抱はもう限界だった。だが、石懐玉《シーホアイユイ》はいきなり絵筆を投げ捨てたかと思うと、彼女を抱えてベッドに運ぼうとした。彼女は懸命に抗《あらが》ったが、彼の豪腕から抜け出せない。それに顔のメイクがベッドを汚すのも気がかりだった。ベッドに押し倒されたとき彼女は言った。

「メイクをまだ落としていない。やめて」

石懐玉《シーホアイユイ》は、にやっと笑って言った。

「僕はね。メイクした白娘子《はくじょうし》に欲情するわけ。だって僕が許仙《きょせん》になれるから」

憶秦娥《イチンオー》は頭を支点にとんぼを切り、ひらりとベッドから床に着地するが早いか、石懐玉《シーホアイユイ》の股目がけて蹴りを入れた。こらえきらない怒りがこみ上げている。

「石懐玉《シーホアイユイ》、似非《えせ》芸術家。下手な芝居だねえ。お前に白娘子は似つかない。二度と描こうと思うな。白娘子は私だ。たとえ誰であろうと二度と汚されてたまるか！」

言いながら憶秦娥《イチンオー》はメーク落としの油を塗り始めた。白娘子の顔はみるみる残忍な鬼の形相に変わった。彼女は歯をむき出しにして叫んだ。

「とっとと失せろ！」

彼女がゆっくりとメーク落としにかかったとき、弟の易存根《イツンゲン》から電話が入り、彼女の体にさっと緊張が走った。もしや劉憶《リュウイ》に？

言いよどむ弟に何があったのと問いかける声が裏返った。

弟は多くを語らず、とにかく早く帰れとだけ答えた。

弟の沈黙の中、母親の声を限りの泣き声が聞こえた。

彼女の全身に震えが来た。

メイクを落とす手ももどかしく、彼女は外に飛び出した。その後ろには彼女の回し蹴りで飛び散った椅子が何脚も倒れていた。

三十

石懐玉《シーホアイユイ》は憶秦娥《イチンオー》が血相を変え、メーク落としもそこそこに飛び出していったのを見て、ただならぬ気配を感じ取った。股間に受けた一撃は普段だったら、悶絶して起き上がれなかっただろう。しかし、彼女の錯乱ぶりは、さっき彼を蹴り倒した比ではない。彼はふらふらと足を引きずり、ジープを起動させて彼女の後を追った。彼女は目を泳がせながら、つんのめるように歩いている。どうしたんだ、何が起きたんだ、何度尋ねてもただ涙を流し、石懐玉《シーホアイユイ》を罵るだけだった。劉憶《リュウイ》に何かあったら、あんたを殺してやる……。彼はやっと劉憶《リュウイ》の身に何か起きたのを悟り、運転しながら考えた。劉憶《リュウイ》はほとんど家に閉じこめられ、彼の祖母から見張られている。せいぜい病気か火傷《やけど》、転んだぐらいのところだろう。まさか、六階のベランダから落ちたとは考えようがない。

ジープが西安市内に入ったとき、薛桂生《シュエグイション》団長から彼に電話が入った。話を聞くだけ聞いてくれ、憶秦娥《イチンオー》には話すなと念押しされた。

「劉憶《リュウイ》が六階のベランダから落ちた。何ともひどい……。すぐ救急病院に運んだが、駄目だった。秦娥《チンオー》には黙って、とにかく病院へ連れて来てくれ」

石懐玉《シーホアイユイ》は声を呑んだ。最悪だ。

憶秦娥《イチンオー》は彼を人殺しと責めるだろう。

何と呼ばれようと言い逃れができない。ここ数日、彼女は不安と焦燥に駆られていた。夜中に飛び起きて劉憶《リュウイ》が呼んでいると言い出し、夜着を羽織って懐中電灯を持ち、中庭を探し回ったりした。まさかこんな事態になろうとは。こうと分かればすぐにでも送り届けたものを。

憶秦娥《イチンオー》は異変を知らされたが、こんな大事とはまだ知らない。子どもが死んだと分かれば、身も世もなく車の窓から身を投げ出してしまうだろう。

彼が憶秦娥《イチンオー》を知ってから、彼女の心のほとんどを占めているのがこの子だということを思い知らされている。暇さえあればこの子の口に食事を運び、顔を拭き、下《しも》の始末をせっせとしていた。子どもも母親以外に誰も寄せつけない。母親がいないとき、祖母が彼の面倒を見ようとするが、彼は決まっていたずらや悪さを働き、飯茶碗を床にぶちまけたりする。尻も人に拭かせず、わざと汚れた尻を丸出しにして、これ見よがしに部屋中を駆けめぐる。子どもに尽くす母親の気持ちを、この子が分からないはずがない。いや、それどころか一心同体で共有していたに違いない。憶秦娥《イチンオー》の母親が一度、彼にもらした言葉があり、感動した彼はそれを今もはっきりと覚えている。

「たとえ犬でも猫でも、生きものは共に暮らせば情が湧く。まして人はなおさらだ」

子どもの世話をするだけでなく、ありとあらゆる手を尽くし、その出費は恐らく百万元を超えている。地方公演でも子どもを手放さず、十数省市に渡ろうとも着ききりだった。母親を恋う劉憶《リュウイ》の思いは、普通の子をはるかに超えていた。劉憶《リュウイ》は来る日も来る日もドアののぞき穴から外をのぞき続け、バルコニーから母親の姿を求め続けた。たとえ何時間でも身じろぎもせず、母親が帰ってくるや否や、全身全霊母親にぶつけ、顔と言わず、首と言わず、手と言わず、むしゃぶりつく。それは子羊、小牛、子豚と同じように、いやそれ以上に母親の命を貪り、しゃぶり尽くそうとするかのようだった。ただ「ママ、ママママ……」と繰り返し、それは歌っているようにも聞こえる。確かにそれは叫び声ではなく、歌声だ。いつも息もつかずにひたすら歌い続ける中に、憶秦娥《イチンオー》はすべてのしがらみ、ストレスから解放され、体内を幸福感、充足感が駆けめぐる。劉憶《リュウイ》は疲れている母親のため、床にしゃがみこんで靴を脱がせてやり、その足に口づけし、足を揉んでやる。どこの家にこのような〝生きもの〟がいるだろうか？　心の赴くまま、何の雑念もない。

憶秦娥《イチンオー》が西安の病院に着いて、息子がすでにこの世にいないことを知ったとき、自分を見失ってどんな取り乱し方をするのか、石懐玉《シーホアイユイ》には想像もつかない。自分は人より弁が立ち、どんな場面でも口一つで言い抜け、切り抜けられる自信を持っていたが、今彼女を慰め、力づける言葉が一言も見つからない。ただハンドルを握りしめ、目の前を流れ去る道路に目を凝らし、彼女を無事病院に送り届けることしか念頭になかった。

ジープが西安市内に入り、病院の地下駐車場に着いたとき、薛桂生《シュエグイション》団長から呼ばれた数人が待ち受けて車を取り囲んだ。薛桂生《シュエグイション》は憶秦娥《イチンオー》を車から降ろさず、彼女の姉と弟、そして周玉枝《チョウユィジー》たちを素早く車に乗りこませ、憶秦娥《イチンオー》を見張らせた。また、薛桂生《シュエグイション》は石懐玉《シーホアイユイ》を先に車から降ろして善後策の相談を持ちかけた。

「子どもは六階のバルコニーから転落して亡くなった。ご遺体は生きた姿をとどめていない。頭蓋が割れて中身が飛び散り、顔もつぶれて血と肉のかたまりになってしまった」

これを憶秦娥《イチンオー》に見せていいものかどうか考えあぐねた薛桂生《シュエグイション》は、彼女の夫として石懐玉《シーホアイユイ》の判断を求めたのだった。石懐玉《シーホアイユイ》は考えながら答えた。

「見せないわけにはいかないでしょう。もし、見せなかったら、彼女は一生、息子の死を受け入れられず、乗り越えることができなくなってしまう……」

現に車の中では悲鳴と共に騒動が起きていた。憶秦娥《イチンオー》は車から飛び出そうとし、周りは懸命に押しとどめようとしている。薛桂生《シュエグイション》は言った。

「あの人たちには言ってある。子どもは今、集中治療室で診てもらっていることにして、これから少しずつ話していこうということにした。一度にすべてを話したら彼女は受け止められずに心が壊れてしまうかもしれない。まずは集中治療室で危篤状態にあることにして彼女の様子を見よう。正式に伝えるのはそれからにして、彼女の心の準備に時間を取ろう」

石懐玉《シーホアイユイ》は普段なら考える前にしゃべり出し、しゃべりながら次の言葉が湧いてくるところだが、頭の中は真っ白だった。薛桂生《シュエグイション》はさらに続けた。

「葬儀場の化粧師《けわいし》に頼んで今、ご遺体の修復、整形をしているところだ。一、二時間はかかるだろう。これを待って憶秦娥《イチンオー》に見せられるかどうか、また相談しよう」

石懐玉《シーホアイユイ》は薛桂生《シュエグイション》の手を固く握って言った。

「ありがとう。そこまで考えて手を打ってくれていたのか。その通りお願いする」

薛桂生《シュエグイション》の考えた手順に従って姉たちは代わる代わる憶秦娥《イチンオー》の慰撫《いぶ》に努めた。

しかし、憶秦娥《イチンオー》はどうしても救急治療室に行くと言い張り、薛桂生《シュエグイション》団長が割って入った。

「救急室に一般の人は入れないんだ。どんなばい菌を持っているか分からないし、治療の妨げになるからね」

そこへ劇団の事務局員が来て、遺体の整形が済んだと団長に耳打ちした。団長は石懐玉《シーホアイユイ》の手を引っ張って連れ出し、そっとささやいた。

「我々が先に見て、それから決めよう。彼女に見せられるかどうか」

石懐玉《シーホアイユイ》は促されるまま人心地なく連れ出された。秦嶺《しんれい》の山中にいたころ、人死《ひとじに》はいくつも見てきた。登山にやってきて転落死した大学生の遺体を担ぎ、数十キロの山道を運んだこともある。だが、今度は人ごとではない。我が身の不幸なのだ。歩く足が覚束《おぼつか》なく、ふわふわと雲の上を歩いているような感じだった。

薛桂生《シュエグイション》はどんな切羽詰まった場でも、蘭花指《らんかし》の指遣いはますます冴えてぴんと反り、ためらいもなく霊安室の中へずんと踏みこんだ。

石懐玉《シーホアイユイ》は引きずられるように後を追った。

中には白いシーツで覆われた遺体がいくつも並んでいた。

劉憶《リュウイ》の小さな遺体は霊安室の入り口近く安置されていた。

石懐玉《シーホアイユイ》は定まらぬ視線を走らせ、視野の片隅に劉憶《リュウイ》の姿をとらえた。化粧師が写真をもとに整形したという顔は、確かに縫合されて白粉《おしろい》をはたき、口紅まで引かれているが、劉憶《リュウイ》とは似ても似つかない顔だった。

石懐玉《シーホアイユイ》は死体の側に立って、思案に暮れている。化粧師が弁解した。

「これ以上はとてもできません。この子は顔から地面に叩きつけられ、ぐちゃぐちゃにつぶれていたんです。この顔は尻や太腿の皮膚を剥いで移植したものですが、やっぱりどうも……。ただ、一つだけ方法があります。写真の顔を拡大して、ここに貼りつけるんです。ここは照明も暗いし、この子のお母さんをお連れしたら、一目見るか見ないかでさっと連れ出していただくことです。これなら何とかしのげるでしょう。以前にも交通事故で頭をなくした人の顔をこのやり方で復元したことがあります。ご家族の方の気慰みにはなるでしょう」

　薛桂生《シュエグイション》は石懐玉《シーホアイユイ》の考えを求めた。

　石懐玉《シーホアイユイ》の頭の中はやはり空っぽだった。

「ここは団長の言う通りに……」

　薛桂生《シュエグイション》は顔写真の拡大を選び、できるだけ似せてほしいと頼んだ。家族を連れて来たら、見るか見ないかで引っ張り出すことを約束した。

　こうして段取りをつけた後、薛桂生《シュエグイション》は自ら待機中の車に乗りこみ、憶秦娥《イチンオー》に最後の報告をした。救急室は最善の治療をしたが、力が及ばなかった。ひと目だけでも最後の対面をしてほしいと。

　憶秦娥《イチンオー》はわっとその場に泣き崩れ、意識を失った。

　彼女の姉と弟は懸命に彼女の人中《にんちゅう》（鼻の下）のツボを押し、周玉枝《チョウユイジー》は彼女の胸元をさすり続けた。

　やっと意識を取り戻した憶秦娥《イチンオー》を、みんな総がかりで車から降ろした。

　このときすでに劇団の若手が動員され、その一団が霊安室に待ち受けていた。

　憶秦娥《イチンオー》はこんな手はずを知る由もなく、七、八人の若手にぐるりと囲まれ、支えられて霊安室に案内され、憶秦娥《イチンオー》は視線を投げかけるが早いか、わざと彼女の目を遮る者もいて、あっという間に連れ出された。

　憶秦娥《イチンオー》は叫び続けた。

「劉憶《リュウイ》はあんなきれいな顔をして、駆けっこしているみたい。お願いだから助けてあげて、あの子の命を助けてあげて……」

　薛桂生《シュエグイション》と石懐玉《シーホアイユイ》は顔を見合わせて短いため息をつき、霊安室の灯りのせいでそう見えたのだと説明した。

　憶秦娥《イチンオー》が身悶えし、抗《あらが》うに任せながら、彼女を取り囲んだ劇団の若手たちは彼女を車に担ぎ上げた。

　石懐玉《シーホアイユイ》は劉憶《リュウイ》に付き添い、彼を荼毘に付した後、自分の行き場がどこにもないのに気づいた。

　憶秦娥《イチンオー》が車の中でまだ劉憶《リュウイ》の死亡を知らされておらず、救急室の治療に希望を持たされていたとき、石懐玉《シーホアイユイ》は彼女に近づき慰めの言葉をかけようとした。だが、彼女は激しい怒りの形相を露《あら》わにして彼に足蹴りを浴びせて追い払った。衆人環視の中、好奇の目にさらされたできごとだったが、彼は辱めを噛みしめるしかなかった。彼の気性からすれば、このような仕打ちを受けたなら、たちどころに反撃に出て口八丁手八丁、相手を完膚なきまで打ちのめしただろう。秦嶺《しんれい》山中にいたときは、土地の猟師に負けない膂力《りょりょく》と胆力を持ち、棍棒一本で何頭もの猪を仕留めた腕前の持ち主だった。しかし、憶秦娥《イチンオー》の前ではただ途方に暮れたような表情を浮かべ、罪人のように小さくなってこそこそとその場を逃げ去ったと、人々の笑い話となり、「ヒゲの薄のろ」と嘲弄された。

彼女の弟の易存根《イツンゲン》、姉の易来弟《イライディ》、姉の夫の高五福《ガオウーフー》たちはもともとこの〝野人〟を内心嫌っていただけに石懐玉《シーホアイユイ》に対する態度を一変させた。秦腔《チンチアン》振興の後押しをする陝西省長、西安市長、国家機関の総裁、国営企業の代表たちと憶秦娥《イチンオー》を重ね合わせ、石懐玉《シーホアイユイ》はいかがわしい「ヒゲの薄のろ」になり、かつて彼らをあれほど抱腹絶倒させた冗談口ももはやただの与太話に過ぎない。彼らの口さがないこきおろしが始まった。書道、絵画の名人も化けの皮が剥がれ、〝何とか協会〟の会長、理事も間違いで、〝長〟と名のつく肩書きもとんだ水増しのいかさまになった……。石懐玉《シーホアイユイ》には彼らの心底が見え透いている。憶秦娥《イチンオー》の彼に対するむき出しの敵意を見て取り、みな彼女の側に立った。一家の柱である憶秦娥《イチンオー》を奪ったのも彼、窮地にある家族を助けようとしないのも彼、劉憶《リュウイ》の死のすべても彼のせいにして彼に腹いせしているのだ。特に義弟の易存根《イツンゲン》に至っては身持ちが修まらず、最近も憶秦娥《イチンオー》から〝一家の恥〟と罵られていた。そんな不満のはけ口が自分に向かっているのだ。憶秦娥《イチンオー》の言う通り喬《チャオ》署長の後ろ盾がなければ、叔父の胡三元《ホーサンユアン》のように〝二度のお勤め〟になっていただろう。

劉憶《リュウイ》の葬儀を済ませてから、石懐玉《シーホアイユイ》は憶秦娥《イチンオー》の家を訪ねた。だが、易存根《イツンゲン》が入り口で仁王立ちに立ちはだかり、中に入れようとしなかった。中で物音を聞きつけた憶秦娥《イチンオー》は飛び出して来て、彼を「人殺し、薄情者」と罵った。易《イ》存根《ツンゲン》の目の中で凶悪な火の色がちらちらと燃え、彼を威嚇した。母親の目配せで石懐玉《シーホアイユイ》は憤懣やるかたなく立ち去るしかなかった。

その日の夜、石懐玉《シーホアイユイ》は一人で西安古城に登った。

管理人の目を盗み、十三・七四キロの道のりを二周した。

彼は一晩中歩き通して自分の生き方を整理し直し、自分が重大な岐路に立っていることを自覚した。

三十一

石懐玉《シーホアイユイ》は甘粛省嘉峪関《かよくかん》の生まれだった。両親は小学校の教師で、父親は体育を教え、空手の達人でもあり、運動場に入ってきた雌豚を一撃のもと打ち殺した怪力の持ち主だった。石懐玉《シーホアイユイ》は幼いころから父親の鉄拳でいやというほど鍛えられ、怯えながら育った。両親の期待は彼が大学に入り、理系に進むことで、軟弱な文系への進学は〝不良〟になるだけと禁じられた。結果として彼は親の期待をみごとに裏切り、腕白坊主の将来が約束された。小学校では悪童を率いて喧嘩に明け暮れ、〝箸にも棒にもかからない〟子に育った。三年生のときは仲間をそそのかして長距離列車に身をひそめ、数百キロ離れた敦煌《とんこう》まで無賃乗車したことがある。行方不明で大騒ぎとなり、警察まで出動して連れ戻された。父親の鉄拳はより苛烈さを増し、子どもの反抗はさらに手がつけられなくなった。両親はついに音を上げ、息子に尋ねた。将来何になりたいのかと。彼は答えた。画家になりたい。敦煌の莫高窟《ばっこうくつ》で壁画を見て衝撃を受け、自分の進路を見出したと。母親は父親を説得した。好きこそものの上手なれ、大成するかもしれない。両親は大金を投じて息子を美術の補習クラスに入れて二年間通わせ、さらに現地の高名な画家に師事させたとき、一家の貯えはあらかた底をついていた。

　美術大学の入試を受けて帰った息子に父親は出来具合を尋ね、息子は二百五十点ぐらいと答えた。親の欲目で低めに見積もっていると見た両親は、ほっと安堵の胸をなで下ろした。見術大学の合格ラインは軽く超えている。しかし、実際の総得点は百三十点で、数学は零点だった。彼自身、ぽかんとしている。穴埋め式の問題なのに正解が一つもないのはおかしい、やまかんでも半分は当たるはずだと腑に落ちない顔だ。彼の頭の中に浮かんだのは、父親に一撃で撲殺された雌豚の顔だった。今度その運命をたどるのは自分だと察した彼は家を逃げ出し、数日かけて新疆のウルムチにたどり着いて出会ったのが薛桂生《シュエグイション》だった。当時の薛桂生《シュエグイション》は二枚目の男役を当たり芸として、稽古と舞台の合間に絵を描くのを楽しみとしていた。彼は劇団の巡業を追いかけて〝青春の彷徨〟をしながら劇団員のスケッチをしたり、舞台の仕込み作業、背景幕や小道具の運搬、舞台のばらし（撤去）を手伝ったり、こまめに働いた。食べるのには困らなかったが、長い時間を持て余し、段々つまらなくなった。そこで思いついた身の振り方が西安に出て独り立ちしようということだった。

西安は甘粛生まれの彼にとって巨大な都市だった。甘粛や新疆、寧夏の人間はみな西安を目指し、一旗揚げようとやってくる。特に絵を学ぶ者にとっては目のくらむような都市だった。しかし、実際に暮らし始めると、どうもしっくり来ない。融けこめない何かがあった。最初、書画の表具・表装店、個人経営の画塾などで下働きや助手をしながらひそかに画業の多くを学び取り、西安美術学院の臨時雇いをしながら書画の保管庫の整理を手伝って歴代の真筆に触れたり、骨董店では外国人相手に書画の実演をして見せたりした。腹を満たすには十分な稼ぎだったが、どこか意に満たぬものがある。家を出てから数年経って、彼は両親に詫び状を書き、志を遂げるまで故郷の土は踏まないと決意を告げた。しかし、心が逸《はや》るばかりで思い屈する日が続き、このままでは老いた両親に合わせる顔がない。

西安は人があり余っている。書画をたしなむ人間は掃いて捨てるほど、貨車で運んでも運びきれない。ある日、彼は陝西省戯曲劇院（中国伝統劇の専門大学）で秦腔《チンチアン》の舞台を見た。『大樹西遷す（この本の作者・陳彦《ちんげん》自身の劇作）』という作品で、ある大学教授の台詞にのけぞるほど笑った。

「西安では自分を書家だ、画家だと決して名乗ってはならない。城壁の下の公衆便所へ行って見給え。そこでしゃがんでいる十人の八、九人まで書家か画家の類《たぐい》だ。老いさらばえて孤独死する者がいたら、それも有名な画家だ。みんな黙って死んでいく」

戯《ざ》れ句に過ぎないが、彼に与えた衝撃は大きかった。この街で書画を生業《なりわい》として食べていくのは至難の業なのだ。自分の依《よ》って立つ場所を探そう。そこでじっくりと腰を落ち着け、やるべきことを見出そう。西安は軽佻《けいちょう》浮薄《ふはく》の街だ。どこにもぐりこんで、いっぱしの顔をしていれば、それなりに通ってしまう。手づるを拝み倒せば、どこかにぶら下がって生きていける。だが、それが何だというのだ。目端《めはし》の利く人間は自分で自分に肩書きを与える。「国際書画協会会長」などはお手のもの、みんな現代美術界の巨匠ぶっている。しかし、ことをなし遂げようとするなら、この喧噪の巷《ちまた》を抜け出して心を静め、画業に沈潜しなければ駄目だ。それができなければ、西安の〝閑人《ひまじん》〟を気取るしかない。西安には労働を卑しいものとして手を染めず、無用の趣味に血道を上げ、閑雅を装う〝閑人〟が山ほどいる。ご大層な肩書きをありがたがり、その実、中身は空っぽのくせに、目先の賑やかし、仲間ぼめとおひゃらかし、それで一生が安楽に過ぎていく。しかし、このぬるま湯の中で眠りこけるのではなく、ぬるま湯の中で〝溶けない氷〟で居続けるにはどうしたらいいか。心に期すものがあるなら、自分を変えるしかない。

彼は中国美術史、書道史の傑作を網羅した作品集を買いこんだ。さらに文学と歴史、哲学の名著を二、三百冊担いで秦嶺《しんれい》山脈の奥地へと分け入り、とある古刹《こさつ》で旅装を解いた。寺の和尚とは西安市内の骨董店で一面識を得ただけの縁だった。静寂の地を得た彼はひたすら本を読み、書道と画業に没頭し、三年が経った。彼はこの古寺に別れを告げ、さらに秦嶺の奥地を目指した。この先に新しい突破口が開けるのを確信したからだ。後は黙々と、そして着々とやるしかない。やるからには、都市の虚飾を排す。過度を排す。外連《けれん》（奇をてらうこと）を排す。そして何よりも新しがりを排す。まず農家に住みこんで休息を得た後、標高千七、八百メートルの高地へと居を移した。人煙が絶え、「天井海」と呼ばれる土地だった。雨露を凌ぐだけの小屋を作り、アメリカの作家ヘンリー・デイヴィッド・ソローの『ウォールデン森の生活』を読みながら秦嶺山脈の風物を描き続け、トウモロコシや大豆や馬鈴薯を植え、秦嶺おろしの山風に舞い上がり、空を覆うタンポポの綿毛を見て過ごした。

（注）ヘンリー・デイヴィッド・ソロー（一八一七～一八六二）　作家・思想家・詩人・博物学者。一八四五年からマサチューセッツ州コンコードにあるウォールデン湖畔に丸太小屋を建てて自給自足の生活を二年二ヵ月間送り、代表作『ウォールデン森の生活』（一八五四年）を著し、後の時代の詩人や作家に大きな影響を与えた。現在の生態学に通じる考え方が表明されており、アメリカにおける環境保護運動の先駆者として評価されている。日本語の訳書多数。日本でもアウトドア活動愛好者に多く読まれている。

山を下りて初めての個展を開こうとしたとき、現在の〝野人〟さながらの風貌となって西安に姿を現した。だが、彼は西安の美術市場が著名画家、いわゆる大家の作品が幅をきかしているのに初めて気づかされた。石懐玉《シーホアイユイ》は「何とか書道協会」の会員でもなければ「何とか美術協会」の会員でもなく、ましてや役所方面にはまったく顔が利かない。書道を美術的な芸術作品として仕上げる手法も知らなければ、修練も積んでいない。文字通りの〝山出し〟で、〝野戦中の八路軍兵士〟だった。彼の初心はことさらに奇をてらうものではなく、ましてや人々の理解を拒む孤高の境地を切り開くものでもなかったが、どうやら俗受け、大衆受けの期待は持てそうになかった。もう一つ思い知らされたのは、たとえ個展であろうとも、しかるべき正規の筋の覚えがめでたくなければ、画廊一つ探すにもおいそれとことが運ばないことだった。

しかし、西安に出てきたのは無駄ではなかった。というより来た甲斐があり、それが無上の幸せ、喜びにつながったのは憶秦娥《イチンオー》に出会ったことだった。『狐仙劫《こせんこう》』を初めて見たとき、彼は興奮のあまり、心臓が口から飛び出しそうになった。さらに幸いだったのは薛桂生《シュエグイション》団長とは知らぬ仲ではなかったことだ。地獄に仏とはこのことだった。薛桂生《シュエグイション》の顔が菩薩に見え、秦腔《チンチアン》の皇后《エンプレス》にお目見えがかなったときは天にも昇る心地だった。しかも彼はこの大芸術家に五体投地のように身を投げ出して大接近を図り、ついに身も心も獲得したのだった。

彼の見るところ、憶秦娥《イチンオー》は世界で一番の美質を備えた女性だった。その美しさは表面から内面へ、彼の分析では「現象から本質へ」と及ぶ。最初は想像さえできなかったが、自分はもしかしたら彼女と一緒になれるかもしれない、そう思ったとき、彼女を手中にできなかったら、自分は山へ引き上げ、藤づるを引っこ抜いて太白山《たいはくさん》（秦嶺《しんれい》山脈の主峰、三、七六七メートル）山頂の老樹でくびれ死のうと決意した。彼女の表現力、その創造的世界を前にすると、彼が十数年に渡って深山で打ちこんだ作品のすべてが土器《かわらけ》のように光を失うのを感じた。憶秦娥《イチンオー》は秦嶺山脈の持つ寂寞《じゃくまく》、荒涼、質朴、雄大、朴訥《ぼくとつ》、壮美を一身に体している。彼は憶秦娥《イチンオー》の全幕通しの舞台十数本をすべて見た。舞台の奥から吹いてくる風がある。秦嶺《しんれい》の山気のように客席に押し出してくる。彼は個展の開催をすっぱりと諦めた。自分の作品こそ〝大秦嶺の申し子〟のはずなのに、火の焼き入れがまだまだ足りず、秦嶺の精魂がこもっていない。がらくたの山だ。一から出直すしかない。憶秦娥《イチンオー》は秦嶺の霊気を空気のように身にまとって自由自在、圧倒的な存在感を見せつける。青く透き通って燃え立つ火。それが不老不死の煉丹焼き入れの火の色なのだ。彼は憶秦娥《イチンオー》を愛することによって彼女の力の源を探った。その力を借りて、彼自身の中に広がる大秦嶺の風景を組み立てた。当然、彼もまた余りある野生と鬱勃《うつぼつ》たる野心で、この混沌と不可測の女性憶秦娥《イチンオー》を占有し、支配したかった。彼女を騙して秦嶺の原生林の奥に誘いこんで終生共に過ごすことを夢見た。

だが、憶秦娥《イチンオー》は舞台に立った途端、青い光を放つ異形《いぎょう》の存在に変身するが、舞台を降りて俗世に交わると、途端にただの俗物に変わり果てる。彼女の心を占めるのは息子の劉憶《リュウイ》と母親、姉、弟、そして叔父の係累と巡業先で竈番、飯炊きの少女をかつての自分に重ね合わせ、憐憫の情を発揮して養女に貰い受けた宋雨《ソンユイ》、これが生活のすべてだった。偉大な芸術家だから感情は豊富、生活もさぞかし浪漫的色彩に富んでいるかと思ったらこれが大違いだった。封建的で保守的、頭の固い村の女と変わるところがない。彼女は自分の体の美しさ、また愛情生活の妙をまったく知らず、知ろうともしない。まったく未開発の暗黒大陸だ。彼がベッドでいきなり灯りをつけたとする。彼女は慌てて手近のもので身を隠し、最も神秘的な部分も頑なに見せようとせず、どんなに懇願しても盗み見さえ拒み通す。まったく宝の持ち腐れとしか言いようがない。

最近、彼は感じていた。憶秦娥《イチンオー》は日に日に彼に対して不満を募らせている。婚姻届の受理証明書がなければ、今にも逃げ出したい素振りだった。確かに子どもの死は彼に責任がある。彼女はその数日前から西安に帰りたがっていた。彼は帰すに忍びなく、ありとあらゆる策を凝らし、思いつく限りの手立てを講じて邪魔をした。まさかそんな大事が起ころうとは思いもしない。分かっていたら、たとえ自宮《じきゅう》（去勢）であろうと自死であろうと、自分を罰しただろう。

彼は山へ帰ろうとした。

この大きな都会の中で彼は一人きりだった。

しかし、今ここを立ち去って、自分の責任はどうなる？　憶秦娥《イチンオー》は身も世もなく嘆き悲しみ、立ち直れないでいる。そんな彼女を置き去りにしていいのか？

彼は西安城壁の遊歩道を終夜歩き通し、翌日、劇団へ行って薛桂生《シュエグイション》団長に尋ねた。自分はどうしたらいいのか？薛桂生《シュエグイション》は答えた。

「やはり冷却期間を置いた方がいい。今会えば、いたずらに刺激するだけだ。時を待って感情の溝を少しずつ埋めていけばいいだろう」

彼はまた憶秦娥《イチンオー》の母親に会って話した。母親は言った。

「ここはやはり顔を見せない方がいい。あの子はあんたが劉憶《リュウイ》を殺したとばかり言っているから、見ると何をしでかすか分からない」

その日、義弟の易存根《イツンゲン》にもばったり出会った。義弟は何も言わず彼に殴りかかった。拳を数発浴びせ、彼は顔中血まみれになったが、殴るに任せた。左の頬を打たれたら右の頬を出す気持ちだった。見かねた母親が存根《ツンゲン》を一喝し、彼はそこで手を止めた。

憶秦娥《イチンオー》の家を出た石懐玉《シーホアイユイ》は終南山のコテージに行き、一枚の絵を持って西安を離れた。

それは憶秦娥《イチンオー》の裸体を描いた一幅で、彼の一生で唯一、彼の命をこの世につなぎ止める作品となった。彼は再び〝野人〟となって秦嶺山脈の奥深く身をひそめた。

三十二

憶秦娥《イチンオー》は息子の死によって打ちのめされていた。いくら悔いても悔やみきれない。石懐玉《シーホアイユイ》の口車、手管《てくだ》に乗せられ、まるで妖魔に魅入られたみたいに、彼女も同じ魔類に引き入れられるところだった。金縛りに遭ったみたいに体の自由がきかず、まるで乳母車に乗せられて急坂《きゅうはん》を転がり落ちるようなものだ。それが石懐玉《シーホアイユイ》の愛なのかもしれないが、彼女自身の命も危なかったと思った。

息子の劉憶《リュウイ》は彼女をひたすら思い、帰りを待ち焦がれていた。彼女が会おうと思えばいつでも会えたはずなのに、なぜそれができなかったのか？　石懐玉《シーホアイユイ》は自分の性衝動を満たすためにすべての出入り口や窓をチェーンでふさぎ、自ら刃物を振り回すことなく、自分の手を労してベランダから投げ落とすことなく、息子の命を奪った。もし、一日でも早く彼女を解放し家へ帰していれば、こんな惨事は起きるはずがなかったのではないか？　石懐玉《シーホアイユイ》を殺人者と呼ばずに何と呼べばいいのか？　まして早くから息子に対して殺意を抱き、毒まで飲ませていたのだ。彼女は日が経つにつれ腹立たしさが増す自分を感じていた。もし、彼が破廉恥にも顔を出すようなことがあれば、彼女は命をかけて息子を返せと叫ぶだろう。『鬼怨《きおん》』の台詞ではないが、「募る怨みは三千丈」だ。

劉憶《リュウイ》の死亡事案は喬《チャオ》署長が自ら乗り出し、係員を伴って詳細な聞き取りと取り調べを行って出した結論は明快だった。子どもは足を滑らせてベランダから落下したと。

劉憶《リュウイ》を火葬するとき、劉紅兵《リュウホンビン》に知らせるかどうかについて団長は憶秦娥《イチンオー》の意見を求めた。彼が実の父親であることに変わりはなく、ずっと養育費を送り続けてきたことも勘案してのことだった。

確かに何年か前までは、まるでタイムカードを押すようにきちんきちんと送金があった。だが、この一年以上は通帳の記載が滞りがちになり、ひと月にわずか数十元のときもあった。もしかして劉紅兵《リュウホンビン》の身の上に仕事の失敗か何かがあったのかもしれないと憶秦娥《イチンオー》は思っていた。こういった面では律儀な彼らしくないやり方だったからだ。幸い、彼女には劇団以外の仕事で臨時の収入がそれなりにあった。一家が暮らしに困るようなことはなく、彼女としては今さら腹を立てるのも億劫だったし催促するのはなおさら業腹《ごうはら》で、彼の良心に任せておけばよいと放置していたのだった。だが、実の父親に知らせることの必要は薛桂生《シュエグイション》団長も同じ考えだったことを知り、彼らの意見に同意した。

劉紅兵《リュウホンビン》への知らせには喬《チャオ》署長のほか劇団の保安課の職員が同行することになったが、喬《チャオ》署長から誰か家族も顔を出すよう求められ、弟の易存根《イツンゲン》も同行することになった。かつて劉紅兵《リュウホンビン》の父親が実権を持っていた北山《ベイシャン》地区西安出張所近くの裏道を難儀しながらやっと彼が入院中の病院を探し当てた。彼はベッドに横たわっていた。見ると、片方の足がなくなっていた。

喬《チャオ》署長はかつて劉紅兵《リュウホンビン》にさんざ手を焼かされた〝旧知〟の間柄だ。「どうした？」と聞くと、青海湖へ車で遊びに行き、酒を飲んだ挙げ句、谷底に転落したという。翌日の朝発見されて救助されたが、片脚を切り落とされる羽目になった。脊髄《せきずい》もチタンで接合され、ベッドから降りることも難しそうだった。冷静でいるようにも見えたが話し方に力がなく、まるで人ごとのようにも聞こえた。

前妻の弟易存根《イツンゲン》のことはよく知っており、易存根《イツンゲン》も劉紅兵《リュウホンビン》によくなついていた。劉紅兵《リュウホンビン》は易存根《イツンゲン》に尋ねた。

「姉さんは元気か？」

易存根《イツンゲン》は黙ってうなずいた。

「君の姉さんには悪いことをした。俺は結局、君の姉さんを苦しめるばかりだった。何と言ったらいいか……」

劉紅兵《リュウホンビン》は頭を振りながら言葉を継いだ。

「子どもの養育費はいつも通りに行かなくなって申しわけない。君の姉さんに謝っておいてくれ。こんな残疾《かたわ》になっちまった。今は手元不如意だが、そのうち必ずまた送るからと」

劉紅兵《リュウホンビン》の目から光るものが流れ落ちた。

喬《チャオ》署長は迷っていた。劉憶《リュウイ》のことを伝えるべきかどうか決断がつかないでいたが、やはり話すことにした。劉《リュウ》紅兵《ホンビン》はシーツを頭までかぶり、動揺を懸命に抑えていたが、鼻水をすすり上げる音に続いて泣き声が洩れてきた。

北山《ベイシャン》西安出張所のさる筋の話では、劉紅兵《リュウホンビン》の立場は哀れな状態らしい。北山《ベイシャン》の西安出張所自体がいつ閉鎖になるか分からないというとき、彼の両親はすでに息子を一家の面汚しと見放していた。彼もまた生家に戻るつもりはない。憶秦娥《イチンオー》と離婚してから、彼は二人の女と怪しげな関係を持った。いずれも結婚には至らず、一人は彼の先行きを見限って大喧嘩の末、出ていったきりになり、もう一人は彼が交通事故で片脚をなくしたのを見て腰を抜かし、逃げていった。

劉紅兵《リュウホンビン》は今、下《しも》の世話を必要としており、西安出張所から人を雇ってぎりぎりの生活を余儀なくされている。息子劉憶《リュウイ》への送金は、ときには借金でまかなっていた。西安出張所から誰彼なく金を借りまくって、もう彼に金を貸す人間はいない。金を出すとすれば、それは憐れみから八元とか十元とか捨て金のようなもので、誰も返してもらおうと思っていない。

寝たきりの劉紅兵《リュウホンビン》はベッドを離れられず、息子の火葬にも立ち会えない。自分の食事と下《しも》の世話に給金を払いながら、また無理算段をして新たに百元の借金をした。息子のために紙銭《かみぜに》を買い、三途の川の渡し銭とする最後の親心だった。罪作り、罰当たりの父親だが、息子の野辺送りに一言「許せ」と言わせてもらいたいと話し、またシーツを頭までかぶった。

喬《チャオ》署長と易存根《イツンゲン》は一部始終を憶秦娥《イチンオー》に報告した。憶秦娥《イチンオー》はわっとその場に泣き崩れ、後は切れ切れの言葉しか聞こえなかった。

「何で死んじまわなかったのよ。死んだ方がどんなに楽だったか」

劉憶《リュウイ》の死の噂は流れ流れて、叔父の胡三元《ホーサンユアン》の耳にも入り、彼は動顛《どうてん》して葬儀に駆けつけてきた。憶秦娥《イチンオー》が就職の口をきいた劇団で、胡三元《ホーサンユアン》はまた騒動を起こしたらしい。その手打ち金の借金取りに追われ、この葬儀にまでつけ馬（取り立て屋）につきまとわれていた。叔父は憶秦娥《イチンオー》に多くを語らず、ぽつぽつとそんなに嘆くな、嘆きが過ぎると体に毒だ、喉も痛めるからな、子どもは先に行った、これもお前の〝福運〟だと姪っ子を慰めた。憶秦娥《イチンオー》は叔父の話をろくに聞かず、さっさと寝室に引き上げ、寝についた。彼女の母親は弟を罵った。この出来そこない、利《き》いた風な口を叩くでない。屁でもこいて、とっとと失《う》せろと。この後、憶秦娥《イチンオー》は初めて母親から聞かされた。叔父はまた揉めごとを起こし、その原因はやはり太鼓にあった。

その劇団で胡三元《ホーサンユアン》の癇に障ったのは、団員たちにまるでやる気がないことだった。指導部はことあるごとに劇団は企業だ、企業感覚を持てなどと声高に叫ぶが、団員はどこ吹く風、毎日がのほほんと天気眺めで過ぎていく。胡《ホー》三元《サンユアン》の目には演劇制作《プロデュース》とマネジメントに定見がなく、素人劇団並みのお粗末さだった。団員たちの会話も単なる〝受け狙い〟の自慢話になっている。彼に言わせたら、演劇人の風上に置けない手合いだった。勿論、姪っ子から口を酸っぱくして念押しされた言い付けを忘れたわけではない。最初はおとなしく猫をかぶってみんなに調子を合わせていたが、やがて地金が出た。ほかのことはともかく、こと稽古の場面では司鼓《しこ》（指揮者的立場）にもの言わせ、これまでの調子でずばずばと駄目を出すようになった。勿論、それなりに気を遣って助手の太鼓打ちに〝ご苦労賃〟として一碗の麺を食べさせることもした。だが、臨時雇いである彼の賃金はひと月に二千元、自分の口さえろくに満たすことをできずに長続きしなかった。

劇団員たちの不満と反感が次第に昂じて胡三元《ホーサンユアン》は総スカン、逆《さか》ねじを食わされることになる。当節、ご大層な口をきいてくれるが、一体どこの何さま？　こんな男に食べさせてもらっているわけじゃなし、たかが臨時雇い、身を持ち崩した流れの太鼓打ち風情に大きな顔をされてたまるか。胡三元《ホーサンユアン》め、身のほどを知れ……入団したてのころ、彼は「胡老師《ホーラオシー》」呼ばれた。年齢《とし》もくっているし、あの憶秦娥《イチンオー》の叔父という触れこみもあった。だが、ほどなく、彼が口うるさい偏屈者ということが知れ渡り、どうでもいいことに口を挟み、何にでもケチをつけるあら探しの名人、相手構わず喧嘩を売る〝旧悪〟がほじくり出され、陝西方言の「皮干《ピーガン》」に相当する小うるさい、小憎らしい、小ざかしいの三拍子が揃って余計憎まれたようだ。彼に対する呼び方も最初の「胡老師《ホーラオシー》」が「老胡《ラオホー》」、「三元《サンユアン》」の呼び捨てになり、さらに顔の黒さに「鍋底」、「黒クマ」などと揶揄《やゆ》された。胡三元《ホーサンユアン》は内心、面白いはずがないが、憶秦娥《イチンオー》の気持ちを慮《おもんぱか》って、耐えるところは耐えた。これが他人の飯を食うということだと。

だが、彼はついに堪忍袋の緒を切ってしまった。太鼓の撥《ばち》で彼の助手の前歯を叩き折るといういつか起こした事件をまたもや再現する事態を引き起こしてしまったのだ。これは彼が故意にやったことではなかった。彼の助手は鐃鈸《にょうばち》を打つリズムときっかけをいくつか外し、主演の俳優は舞台で立ち往生となった。胡三元《ホーサンユアン》は舞台の俳優の動きを注視しながら、ここぞというところで小太鼓の撥で助手に合図を送ったのだ。ところが、助手は携帯電話のメールに見入っているではないか。助手の体が前のめりになっていたのは、舞台上方の照明を避けるためだったのだろう。結果として、彼の撥が助手のむき出しの前歯を叩くことになってしまった。助手は口に溢れる血と共に前歯を一本ぷっと吐き出した。舞台の演技は続いていたが、胡三元《ホーサンユアン》は二尺はある銅鑼を引っつかむと、つかつかと助手に歩み寄り、彼の頭でがらーんと派手な音を立てた。舞台は立ち回りと台詞の激しい応酬が行われている場面だったが、たちまち大混乱に陥った。緞帳がこの場を引き取って、さっと降りなければ、野外劇場を埋めた観客は舞台袖で行われた本物の〝武闘〟を目撃することになっただろう。

幸いにもこの劇団の団長は憶秦娥《イチンオー》の知り合いだったから、この一件は刑事事件にはならず、示談で手打ちとすることができた。団長が間に入って調停を重ね、助手に三万元の慰謝料を支払うことで落着した。胡三元《ホーサンユアン》にはこの時点で一万数千元の貯えがあったから、残りの一万数千元は後の分割払いとなった。胡三元《ホーサンユアン》はさすがに憶秦娥《イチンオー》には言い出せず、こっそり彼女の姉の易来弟《イライディ》に借金を申しこんだ。しかし、来弟《ライディ》はローンで購入した新居の返済に追われている上、商売も振るわないことから三千元しか用立てられず、胡三元《ホーサンユアン》もそれ以上は言えなかった。胡三元《ホーサンユアン》の姉の胡秀英《ホーシュウイン》には借金を切り出す前に諦めた。あの苛烈な口で猛爆を受けることは分かっていた。お前に渡す金はない。お前の甥の易存根《イツンゲン》は未だに独り立ちできず、姉に寄食している。そのための資金に手をつけるわけにはいかないよと。

胡三元《ホーサンユアン》がひそかに考えていたのは、自分の親族から借りられなかったら寧州の恋人胡彩香《ホーツァイシアン》から借りるつもりだったが、これも猛烈な剣幕でまくし立てられ、とりつくしまもなく断られていた。彼の〝債鬼〟は待ちきれずに憶秦娥《イチンオー》の家に押しかけ、でんと座りこんで梃子《てこ》でも動かない構えだ。胡三元《ホーサンユアン》の姉の胡秀英《ホーシュウイン》が彼を怒鳴り始めたとき、その大声は寝室で眠っていた憶秦娥《イチンオー》の耳にも入った。起き出してきた憶秦娥《イチンオー》は胡三元《ホーサンユアン》を呼び、どういうことかと問い詰めた。もう隠しおおせないと観念した胡三元《ホーサンユアン》はすべてを打ち明けた。憶秦娥《イチンオー》は悲鳴のような泣き声を上げた。

「もう、叔父ちゃん、私はもう何て言っていいのか分からない！」

憶秦娥《イチンオー》は即座に一万数千元を取り出し、歯を欠いた〝債鬼〟にお引き取りを願った。

叔父の胡三元《ホーサンユアン》は見る影もなくうちしおれ、うなだれたまま憶秦娥《イチンオー》の顔も見られないでいる。彼女はしみじみと叔父の頭を見た。短く刈りこまれた頭髪は黒いものをほとんど残していない。かさかさになった顔の皮膚は黒ずんだまま深い皺を刻み、垂れ下がっている。こんなに老いるまで、叔父は太鼓の撥を放そうとしない。いくら星回りが悪いにしても、行く先々、この太鼓がもとで不運がついて回る。人並みの生活はついにできそうにない。この叔父をどう助けたらいいのか、彼女には考えがつかない。叔父が先に話し始めた。

「秦娥《チンオー》、面目ない。俺としたことがここまで迷惑をかけちまって。許せ。だが、誓って金輪際、二度とお前に辛い思いはさせない。俺は今日、旅に出る。お前もいつまでも悲しむな。死んだ者は生き返らない。お前は息子に十分尽くした。申しわけが立つというものだ。息子もきっと分かってくれるだろう。お前はこれから生きた者に尽くせ。家にはまだ何人もの家族が口を開けてお前の稼ぎを待っている。歌え、歌うんだ。俺たちは歌の命を繋ぐのが仕事だ。ありがたいことに、お前は歌で身を立てられた。多くの者は一生歌い続け、名もなく消えていく定めだが、お前には歌の神さまのお導きがある。歌い続けるんだ！」

言いながら叔父は目に大粒の涙を潤ませた。

叔父は強い男だ。滅多に涙を見せたことがない。彼女は尋ねた。

「どこへ行くの？」

「宝鶏《ほうけい》、天水《てんすい》あたりを流してみるつもりだ。あの辺は素人劇団が多いと聞いた。飯の種にありつければそれでいい」

（注）宝鶏、天水　宝鶏は陝西省渭河《いが》平原の西部。天水は甘粛省東部、渭河の南岸。甘粛・陝西・四川三省間の交通の要地。

西安からそんなに遠いところではない。

「もうすぐ六十になるのに、そんな遠いところへ行って……」

「遠いもんか。行かせてくれ。太鼓さえ叩いていれば、ご機嫌なんだから」

叔父は言い終えると立ち上がった。憶秦娥《イチンオー》は引き止める代わりに、叔父のポケットに五千元を押しこみ、言い聞かせるように繰り返した。

「叔父さん、もう騒ぎは起こさないで」

「大丈夫だ。二度と起こさない。今度やったら、この手を叩っ切る」

憶秦娥《イチンオー》の母親が部屋に入ってきて弟を叱りつけた。

「叩っ切るだけかい。今度やってみろ。地獄の底に真っ逆さまだ」

言い終わると千元を胡三元《ホーサンユアン》の手の中にねじこみ、初めて涙を見せて送り出した。

息子の劉憶《リュウイ》が死んだ後、憶秦娥《イチンオー》は一ヵ月近く寝込んだ。息子を思い出す度に差し込みが起きたように痛みと痙攣《けいれん》が全身を貫いた。この子に対しては五体満足に生まれた子より愛着が強いのかもしれない。愛着、それは人に懸ける思いの強さだ。彼女はこの子のためにどれほどの思いを懸けてきたことだろうか。この子が母に寄せる思いも普通の母子の感情をはるかに超えていた。母子相互の依頼感、依存感は臍の緒が切れてもなお続く血の紐帯《ちゅうたい》なのかもしれない。この子のいない部屋の喪失感はまるで心をもぎ取られたような痛みに似ていた。こんな毎日を送る彼女の心にもう一つ重くのしかかってきたのは、劉紅兵《リュウホンビン》の消息だった。彼がこんな境遇に身を落とし、その上片足まで失っているとは想像さえつかなかった。それでも息子のために振り込んできた香典は彼女の心を大きく揺さぶった。

ベッドになすことなく身を横たえていた一ヵ月間、彼女は改めて人生の一こま一こまを呼び戻していた。劉紅兵《リュウホンビン》はどこからどう見ても彼女に対して男気を発揮した男だった。ある一幕を思い起こすと瞼が熱くなり、涙が溢れてくる。それは数年前のこと、ある人物が彼女に腹いせをしようと、演出家封子《フォンズ》の妻を焚きつけ、長年引きこもり生活を続けていた部屋から突然引っ張り出し、稽古場に乗りこませ、彼女に悪口雑言の限りを浴びせかけたことがある。その上、思い出すさえ厭わしい汚水、汚物を彼女の上に撒き散らしたのだった。あまりの辱めに茫然自失する彼女に救いの〝騎士〟を演じたのが劉紅兵《リュウホンビン》だった。彼は汚物の中に身を挺し、彼女を〝お姫さま抱っこ〟すると、単《ダン》団長の前に進み、衆人注視の中、叫んだ。

「憶秦娥《イチンオー》がこんなことで汚されると思うか？　俺の女房はどこの誰よりも純粋無垢、清浄潔白だ。こんな汚い手を使っても、彼女の純潔は汚されない。彼女はこの劇団に身を捧げた芝居の虫、芝居が好きで好きでたまらない芝居馬鹿なんだ。彼女を卑しめるのはやめてくれ！　俺ははっきり言う。彼女は世界で誰よりも純真だ。俺にはもったいない女だ……」

この場面を思い出す度に彼女は感涙にむせぶ。それは今でも変わらない。どうしても会いに行こう。彼女はそう思った。境遇は変わっても彼女の前夫であることに違いはなく、人は誰でも苦境に堕ちるものなのだから。

彼女が病床を畳んだ第一日、弟に命じて彼女を案内させ、劉紅兵《リュウホンビン》のもとへひた走った。二人が劉紅兵《リュウホンビン》のほの暗い小部屋に近づいたとき、彼女は劉紅兵《リュウホンビン》の悲鳴を聞いた。誰かが彼に暴力を振るっている。姉と弟は歩を速めた。

ドアを押し開けて入ると、一人の男が脱いだ靴を振りかざし、靴底で劉紅兵《リュウホンビン》の尻を力任せに叩いている。がりがりに痩せた劉紅兵《リュウホンビン》の尻は、しなびた皮に包まれた骨のようだった。その男は靴を打ち下ろしながら怒鳴っている。

「このろくでなし。垂れ流しの畜生め。このざまさらして、生きている甲斐があるのかよ。とっとくたばっちまうのが身のためだ」

人が入ってきたのをみて、男は靴を放り出し、シーツを荒々しく劉紅兵《リュウホンビン》の上にかぶせた。彼女の弟は男に尋ねた。

「何てことをしているんですか？」

「文句があるんなら、この締まりのない尻に言ってくれ。一日四、五回、糞と小便の大洪水だよ」

弟は言った。

「あなたは北山《ベイシャン》の西安出張所に雇われているんですよね。これが病人に対する扱いですか？　虐待ではないですか」

「なら、出張所に聞いてくれ。いくらの手間賃をはらっているか。ひと月、たったの一千元。これっぽっちで生きていけってか」

「それがいやなら、断ればいいでしょう」

「ああ、いつでも断ってやるよ。だがな。俺がこいつに貸した金を誰が返してくれるんだ？　こいつに脳たりんの息子がいて、毎月金がかかるんだと。俺もつい仏心を出したばっかりに毎月金をせびられて、未だにびた一文返しやがらねえ。どうしてくれるんだよ。やめるにやめられないんだよ」

憶秦娥《イチンオー》は目いっぱいにためた涙の堰が一度に切れ、はらはらと滴らせた。そっと汚れたベッドの側に歩み寄ると劉紅兵《リュウホンビン》の痩せた手を取った。

　劉紅兵《リュウホンビン》はただ涙を流し続けている。それが何か意思ある涙なのか誰にも分からなかった。

　彼の頭髪はのび放題で尺をなし、顔は棒のようにやせ細っている。唇のひび割れは明らかに水分の不足だった。彼女はポットの水を注いで彼に数口飲ませ、バッグから化粧用の綿棒を取り出すと、彼の唇を湿してやった。彼女は彼に何か言いかけたが、何を言ってもはや詮ないことに気づかされた。

　彼女は出張所の雇い人に尋ねた。

「この人はいくらお借りしているんですか？」

「二千七百元」

　彼女はバッグから二千七百元を出して男に渡し、部屋を出ようとしてまた男に尋ねた。

「この人の付き添いを続ける気持ちがありますか？　もしなければ、出張所に頼んで人を探してもらいます。もし、おありになるのなら、もっと大事に扱って下さい。障害者なんですから、哀れな病人じゃありませんか」

　男は言った。

「哀れも何も、もとはと言えば、ご大家《たいけ》のお坊ちゃまでしたからね。金は湯水の如く遣い放題、車で事故を起こしたときは女を二人侍《はべ》らせていたというからいい気なものだ。父親はどっかのお偉いお役人だったというが、ご存じでしたか？　私はおやじさんを呼べと何度も言ったんですが、いやだと。みんな言ってますよ。父親からも母親からも見放された道楽息子なんですと。そう言えば、これはご存じでしたか？　この男に弄ばれた女は数知れず、あの秦腔《チンチアン》の小皇后《プリンセス》憶秦娥《イチンオー》もさんざ遊ばれて捨てられたそうですから、いやはや、たいしたもんだ」

弟の易存根《イツンゲン》は男に殴りかかろうとしたが、憶秦娥《イチンオー》に止められた。憶秦娥《イチンオー》は言った。

「もし、付き添いを続けて下さるなら、私は毎月一千元を上乗せして支払いましょう。ただし、条件は一つ、病人にもっとやさしくして下さることです。毎月、あなたのカードに振り込みましょう」

その男は驚いたが、弟はもっと驚いた。彼女は男に返事を催促した。

「どうなんですか？」

「分かりました。やってみましょう」

弟は声を荒げた。

「やってみましょうじゃねえんだよ、この野郎。今度、この人をいじめたり、手荒なことをしたら、俺がただじゃおかない。あんたの足をへし折るぐらい朝飯前だ。何せもとはガードマンなものでね、腕が鳴ってしょうがない」

男は慌てて何度もうなずいた。

「分かりました、やります。やらせて下さい」

路地を出て弟の易存根《イツンゲン》は悔しそうに言った。

「劉紅兵《リュウホンビン》はあれだけ好き勝手、姉ちゃんにひどいことをしていたのに、一ヵ月に一千元？　泥棒に追い銭《せん》だ」

「私は今、お経の文句を唱えている。〝衆生《しゅじょう》憐れむべし〟ってね。本当に、人って、悲しいものだわ」

劉憶《リュウイ》の死後間もなく、薛桂生《シュエグイション》団長は陝西省秦劇院の研究生百人を新規募集する要項を発表した。

憶秦娥《イチンオー》は何がどうであれ、宋雨《ソンユイ》を芝居の道に引き入れたくなかった。しかし、多くの人が彼女の説得にかかった。

宋雨は将来必ず "小憶秦娥" になると。誰よりも宋雨本人がこの道に入りたがってうずうずしている。憶秦娥の許しを得るために、宋雨《ソンユィ》は何日も拗《す》ね、駄々をこねた。学校に行かずに部屋に閉じこもり、また、婆ちゃんのいる田舎に帰ると、彼女を強迫した。

ヨーロッパ公演が間もなく始まろうとしていた。七ヵ国、三ヵ月にも及ぶ巡演だった。宋雨《ソンユィ》のたっての願いを憶《イ》秦娥《チンオー》が承知しないことには、一人残される母親には手に負えない事態となる。やむなく憶秦娥《イチンオー》はこれを認め、宋雨《ソンユィ》は喜々として研究班に入所した。

三十三

宋雨《ソンユイ》の願いは果たされた。まさか自分が芝居を学ぶという晴れがましい身分になれるとは夢にも思ってもいなかった。

幼いころ、歌の好きな女の子だった。村で草舞台の芝居がかかると、楽屋をのぞきに押しかけて俳優たちがメイクしているのをうっとりと眺め、特に女優が花簪をつけたり、きらびやかな衣装を身に当てる動作に自分の姿を重ね合わせていた。衣装に縫い取りされているのは龍や鳳凰、〝百花の女王〟牡丹の花だ。七夕の夜に天の川に翼を並べ男女の橋渡しをするという鵲《かささぎ》の物語も知っていた。しかし、そんな至福のひとときはあっという間に過ぎ去り、わびしい現実が待っていた。父と母は不仲でいつも口汚く罵り合い、ときに双方負けじと暴力沙汰に及ぶ。父は出稼ぎに町に出て、ほかの女と仲良くなり、母を捨てたと聞かされた。母親はその日から突然、芝居の歌歌いと同じ厚化粧を始め、眉毛は二匹の死んだ蚕が横たわっているようだった。その後、今度は彼女と弟が母親から捨てられるときがきた。村に出入りしていた廃品回収の男――すり減った馬繋ぎの杭、すり減った挽き臼、すり減った門扉の土台石を集めていた男と駆け落ちし、残された彼女と弟は祖母《おばあ》に引き取られた。弟は学問させて出世させ、宋《ソン》家の墓を継がせようとしたが、女の子は嫁入り支度の〝金食い虫〟、嫁に出したら他家のもの、苦労して育てる甲斐がないと邪険にされた。祖母の口の悪さは、二人の子どもをとても養いきれないというのが実のところだった。祖母は自分の店を持たない料理人というと聞こえはいいが、紅白《ホンバイ》（結婚式と葬儀）の施主から声がかかると孫娘を伴って出かけ、厨房の下働きをする臨時雇いだった。この仕事の利点は厨房の賄い料理にあずかれることだった。

祖母の口癖は、

「婚礼の披露宴、法事のお斎《とき》はどんな家だって七、八日、豪勢な家は十日も続く。ひと月に一回でもお呼びがあれば、この婆さんと孫娘、飲み食いに不自由はないのさ。ましてどこの家も腕によりをかけたご馳走だよ。贅沢させてもらって、口の法楽が味わえるというものさ」

また祖母《おばあ》の口癖は、

「女の子を学校に通わせても、嫁に行ったら、どうせその家の飯炊きさ。それなら学校へやるより早めに料理を仕込んでおけば、将来、名料理人になれるってものだろう」

また祖母《おばあ》の口癖は、

「人に生老病死《しょうろうびょうし》がある限り、宴会の種は尽きないね。結婚して子どもが生まれたら出産祝い、入学祝いに入社、昇進、退職祝い、年を取ったら還暦、古希、喜寿、米寿の祝いに、夏祭りに秋祭り、この世が平和でありさえすれば人生は祭りの連続だ。だから、こんな古い村では女の子は村長の嫁になるより、料理人になった方が人生ましに暮らせるのさ」

また祖母《おばあ》の口癖は、

「この世で一番大事なのは何か？　口だよ。分かるか？　万事、口なんだよ。役人になって千里の道を遠しとせずに任官するのは結局食うため、人間、食うことが一番大事なんだ。現にこの村でも市や県から来た役人はみな食うことで忙しい。食うことが出世の道なんだよ。何を食うか、何を食わせるか。以前はまず豚だろう、犬に牛《ぎゅう》に鶏に鴨に魚の順だった。今は猟師気取りで山へ取りに行く。スポーツなんだとさ。運動になるし、腹も減るからね。飛ぶ鳥を落とし、河にもぐり、洞窟をつついて捕ってきたものを煮たり、焼いたり、蒸かしたり、料理するのは料理人、味つけしながらたらふく食べられるのも料理人、鳥や魚や鴨など丸ごと出せと言われない限り、手羽先、腿肉を味見して、こっそり持ち帰れるのも料理人の役得さ。人は腹が満ち足りて。やっと幸せになれる。私の言うこと、違っているかね？」

また祖母《おばあ》の口癖は、

「この世の七十二業種の中で一番でかい顔をして、一番肥っているのは誰か。料理人だよ。料理しながら食べるせいだ」

宋雨《ソンユイ》が祖母と一緒に火の番、飯炊きで日を過ごしているとき、祖母《おばあ》は彼女にやさしくしてくれた。調理場に人がいないときを見計らって、肉のいいところをさっと取り出して、彼女の口にぽんと入れてくれる。このとき、彼女は人から見られないように腰を屈めて火の番をしているふりをしなければならなかった。一緒に出かけてよほどのことがない限り、彼女は炒肉《チャオロウ》、扣肉《コウロウ》（豚の脂身をとろとろに蒸したもの）、鶏の心臓《ハツ》、フォアグラ（鴨の肝臓）、豚の尻尾など大概の美味・珍味はまんまと口にすることができた。弟が学校から帰って調理場に顔を出したとき、祖母は立て続けに上肉を焼き、片っ端から弟の腹に詰めこませると、学校の宿題をちゃんとやるよう言いつけて素早く帰らせた。

宋雨《ソンユイ》はこの後、「秦娥《チンオー》ママ」の舞台に初めて出会うことになる。みんな興奮気味で秦娥《チンオー》ママはすごい、秦腔《チンチアン》の小皇后《プリンセス》だ、もうすぐ皇后さまだ、いやまだ早いなど口々に言い交わしている。その口ぶりにはまるで自分たちの親戚か仲間のような親しみと誇りがこめられているようだった。「憶秦娥来る《イチンオーきた》！」の知らせに、村中が沸き立ち、宋雨《ソンユイ》も一目見ようと押し合いへし合いの人波にもぐりこんだが、本人の姿は見えず、自分の靴の片方をなくしただけだった。調理場の竈《かまど》に戻ると、さっそく祖母《おばあ》の拳骨が彼女の頭にごつんと振り下ろされ、栗のイガを押しつけられたような痛みに涙がじわっと湧いてきた。祖母《おばあ》は怒鳴った。

「どこをほっつき歩いているんだよ。役者が着いたら、まず飯《めし》だ。浮かれている閑《ひま》はないんだよ」

祖母《おばあ》は言いながら豚の心臓《ハツ》をひとつまみ、彼女の口に押しこみ、そのついでに用意した油紙に心臓《ハツ》を包み、彼女に隠し持たせた。家に持ち帰って弟の夕飯に食べさせるのだと。

秦娥《チンオー》ママの舞台は数日続くという。祖母《おばあ》が宋雨《ソンユイ》を連れて楽屋に洗面用の水を運び、彼女は初めてまじまじと憶秦娥《イチンオー》の顔を見た。舞台の袖からせわしなく目を走らせるだけだったたから、もっと見ていたいと思った。祖母《おばあ》は言った。

「芝居が終わったら、化粧を落としてすぐ飯だ。うかうか芝居を見ている閑はないよ。だがね、こうして間近に役者を見て、ご馳走にもありつけて、こんなありがたい仕事はない。村長が親戚の手づるでこの仕事を回してくれたのさ。お前もしっかりやるんだよ。芝居の筋は祖母《おばあ》が教えてやる。今日の舞台は『白蛇伝』ってのさ。憶秦娥《イチンオー》がやる白娘子《はくじょうし》は妖怪だよ。妖怪といっても、いい妖怪、白蛇の精だよ。蛇が絶世の美女に化けて出た。西湖見物をしていたら、許仙という本読みの、これまたいい男に出会った。お前の父ちゃんよりずっといい男だから、一目惚れさ……」

祖母《おばあ》の説明はとても面白そうで、祖母は自分が作ったみたいに話した。後に宋雨《ソンユイ》が正式に憶秦娥《イチンオー》の『白蛇伝』を見たとき、祖母の話とほとんど同じだったのに気づいた。祖母《おばあ》はこのほか『遊西湖《ゆうせいこ》(西湖に遊ぶ)』の『鬼怨《きおん》』と『殺生《せっしょう》』の場、『鍘美案《さつびあん》』、『竇娥冤《とうがえん》』の話もしてくれた。

（注）『鍘美案《さつびあん》』　北宋の名判事包拯《ほうじょう》の活躍を描いたドラマの一篇。夫の陳世美は科挙受験のため上京中、残された妻秦香蓮《しんこうれん》は夫の両親が死んだのを機に、二人の子を連れて都開封《かいほう》を訪ねる。だが、夫は彼女を捨て、何と王女の夫になっていた。秦香蓮は清廉な裁判官として名高い包拯を紹介され、助けを求める。一方、栄華を手放したくない陳世美は、武官の韓琪に命じ秦香蓮と子供たちを殺そうと画策する……。

祖母《おばあ》の話はどれもきちんと物語の内容を伝えていた。祖母《おばあ》は言った。

「どの話も村の爺さん、婆さんから繰り返し語り継がれ、聞かされてきた。いい芝居はもう何十回も見ているし、目をつぶっても話ができる」

「何十回も見ているんなら、もう見ることないじゃない？」

「それが芝居の面白いところさ。村の年寄りたちは気に入った芝居を繰り返し見て、この役はあの役者に限るとか、歌はどの役者がいいとか悪いとか、演技はどの役者が気に入ったとか、それぞれに贔屓《ひいき》があって、話に熱が入るんだよ。本当に芝居の分かる者なら、目を開けて見る必要はない。目を半眼《はんがん》に、ただじっと聴く。芝居は見るものじゃない、聴くものだからね。すると分かるのさ。誰の芸が本物か。名人と呼べるのは誰なのか。目をつぶっているからといって眠ってはいない。聴きながらぱちっと目を開けたら、それは聴くのを邪魔されたとき、その芸は聞くに耐えないへぼだということだ。聴きながらいい気持ちなって手にした煙管《きせる》が自然に動き、頭がこっくり、こっくり、拍子を取り始めたら、それが本当の芝居好き、芝居の〝通〟と呼べるのさ」

調理場は舞台のすぐ近くにあり、憶秦娥《イチンオー》の声が耳元に聞こえてくる。祖母《おばあ》は食材を切ったり炒めたりしている間、ときには耳を傾けて聞き入って感嘆の声を発した。

「こいつはただ者ではない。秦腔《チンチアン》にとんでもない大物が現れた」

その後、「秦娥《チンオー》ママ」が宋雨《ソンユイ》をえらく気に入っていると聞かされた。その理由は随分後になって知らされることになるのだが、宋雨《ソンユイ》が調理場の火の番をしていたことにあるらしく、秦娥《チンオー》ママも昔、どこかの劇団で飯炊きの下働きをしていたからという。ヒゲの男が顔を出して、この男が後に彼女が「パパ」と呼ぶことになるのだが、祖母《おばあ》と何度も話しこんでいた。二人が何を相談していたか、彼女は知らない。ただ分かっているのは、今住んでいるぼろ屋をヒゲのパパが建て直すお金を出してくれるということだった。祖母《おばあ》と弟には新しい服、それから弟には通学用の新しい靴も買ってくれる。ほかにもいろいろあるらしいが、彼女には知らされていない。祖母《おばあ》は彼女に言った。

「お前の行くところは西安、花の都だ。行ったら、いい日が待っている。宋《ソン》家の先祖がよい行いをしたから、お前が秦腔《チンチアン》の小皇后《プリンセス》の目に止まり気に入られたのさ。何しろ、実の娘として育てたいと言うんだから、これからは好きな芝居を好きなだけ見て、一生何不自由ない暮らしができるんだ」

彼女は行かない、といった。祖母《おばあ》の側を離れたくなかった。祖母《おばあ》は言った。

「馬鹿な子だねえ。せっかく飛びこんできた福の神をドブに捨てるようなものだ。行かない道理があるものか。ここにいたら、ろくでもない男とろくでもない人生を送ることになる。せいぜい出稼ぎに行ってみみっちい小銭を稼ぐがいいさ。下手すりゃ、一生牛の尻を叩いて畑をほっくり返し、ミミズと喧嘩して一生を送るんだよ。やっぱり町へ行った方がいい。女の子が田舎にいたってゴマ粒やインゲン豆ほどの値打ちもない。いくら気張ったところで、屁の突っ張りにもなりゃしない。町へ出たら、世の中が変わる。そこはテレビで見るような夢の世界だよ。町の男は結婚を申しこむとき、女にひざまずくんだ。本当だよ。女にどえらい値がつくんだ。嘘だと思ったら、憶秦娥《イチンオー》を見ればいい。ここらの県長なんて、しけたものだ。県長がこの村に来たとき、お付きの者はせいぜい十数人が取り囲むだけだが、憶秦娥《イチンオー》が来たら、村が総出で蜂の巣をつついたような大騒ぎになる。何十里四方、人の山だ。悪いことは言わない。町へ行くんだ。お父《とう》もお母《かあ》もなくしたお前を、この祖母《おばあ》が見つけてやれる一番いい生きる道だ。行けば分かる。祖母《おばあ》は間違ったことを言っていなかったとな。行ってもし、意地悪されたり辛いことがあったなら、すぐ逃げて来い。祖母《おばあ》がまだ生きていたら、飯の一膳も食わせてやるから」

宋雨《ソンユイ》は祖母《おばあ》に抱きついてしばらく泣きじゃくった。とうとうヒゲのパパが用意してくれたスターが乗るような大型乗用車に乗って西安に入った。

秦娥《チンオー》ママの家に来て、宋雨《ソンユイ》は初めて知った。新しいママにはもう一人男の子がいたのだ。しかも知恵遅れの子だった。村にも何人かこんな子がいた。みんなほったらかしで勝手に走り回り、あちこちで殴られたり、ひどい家では門口に鎖で繋がれていたりする。しかし、この家でこの子はまるで宝物みたいに大事にされていた。帰ってくるなり、ママはこの子を抱き上げて長いこと頬ずりし、彼女は羨ましく、少しねたましい思いがした。彼女は子どものころからこんな扱いを受けたことが一度もない。両親はいつも喧嘩ばかりで、子どもに当たり散らし、父親は娘を殴ることで母親への面当てにしていた。こんな穀潰しのくそがき生んで、宋《ソン》家はお先真っ暗だと、耳をふさぎたくなる雑言をいつも聞かされていた。自分が女の子に生まれたのが父親の気に入らないのだと思った。ときに父親は彼女をつかみあげて床に放り投げ、祖母《おばあ》が止めなければ、彼女は投げ殺されていたかもしれない。後に男の子が生まれて、両親の仲は少しよくなったかと思ったが、やっぱり駄目だった。父も母もそれぞれ別な相手と一緒になって、自分と弟を捨ててどこかへ行ってしまった。

秦娥《チンオー》ママに連れられ、西安に来て最初に感じたのは、ママのママは自分を「おばあちゃん」と呼ばせたけれど、あまりやさしくしてくれなかったことだった。この家のおばあちゃんは言った。

「人の子を貰って育てるのもいいが、どうせなら男の子にしてほしかったね。女の子は割に合わないよ」

それからおばあちゃんは考え直していった。

「女の子でもよしとしよう。この子を育てて孫の嫁にしたらいい」

秦娥《チンオー》ママは途端に怒り出した。

「何てこと言うの！　この子は劉憶《リュウイ》の妹として育てるのよ。馬鹿もほどほどにして！　今度言ったら、私、本当に怒るわよ。」

「分かった、分かった。冗談だよ。もう二度と言わない」

「たとえ冗談でも、言っていいことと悪いことがある。こんなこと考えるだけでも、仏の罰が当たる。人さまの子を預かる資格がなくなるのよ」

秦娥《チンオー》ママがいないとき、来弟《ライディ》伯母《おば》さんとその旦那さん、存根《ツンゲン》叔父《おじ》さんが集まってよく話をする。伯母さんが言った。

「秦娥《チンオー》が女の子を育てるのは、大きくなったら劉憶《リュウイ》の嫁にするつもりかしら」

おばあちゃんが慌ててその口をふさいだ。

「駄目駄目、そんなこと言ったら、秦娥《チンオー》は怒りまくる。せっかく積んだ〝陰徳〟が台なしになるんだと」

そのとき、宋雨《ソンユイ》は思った。将来、もし劉憶《リュウイ》の嫁になるよう強制されたら、すぐ祖母《おばあ》のところへ逃げよう。あの子の嫁になるなんて真っ平だ。

この家に長く暮らして宋雨《ソンユイ》は気がついた。秦娥《チンオー》ママは一家のいろんなものを背負っているということだ。ときに家族からもよく言われない。来弟《ライディ》伯母さんがぷりぷりしながら愚痴った。

「人の子を育てるぐらいなら、もっと私たちの面倒を見てもらいたいもんだわね」

母親はきっとなって言い返した。

「お前、そんなこと言えた義理じゃないだろう？　一家あげて九岩溝《ジョウイエンゴウ》から出てきて、何からかにまでお前の妹の世話になっていないことはない。お前たちが始めた事業の借金をどれだけ尻ぬぐいしてもらったか。少なくとも四、五十万元を超えるだろう。それに私がこっそりとお前に用立てたお金だって、もとはといえば秦娥《チンオー》が親孝行にと私の手許に置いてくれた金だ。お前の弟がしでかした不始末の後始末、穴埋めをせっせとしているのもお前の妹だろう。私がここで暮らせるのも、お前の父親が酒だ、煙草だ、新しい着物だと何不自由なく過ごせるのもあの子のお陰だ。あの子の稼ぎがどこから来ていると思う？　劇団の給料は月五、六千元、一回舞台に立って、たったの百八十元足らず、それから大きな声では言えないが、裏口の営業だよ。裏口って分かるか？　劇団の稼ぎが正規だとすれば、抜け道の個人営業だよ。いくら遠くても、午後の三時か四時に迎えの車に乗って、帰りは明け方の三時か四時、あるときは日が昇ってからくたくたになって朝帰りだよ。帰ったらすぐ、劇団にご出勤だ。夏のうちはまだいいが、冬の夜の寒さは歯の根が合わず、がたがた震えているよ。またあるときは、帰ってくるなり、ばったり倒れて、床の上で昏々と眠る始末さ。金を稼ぐのは容易なことじゃない。自分の体を苛めて苛めて、やっと手に入れた金も、あっちからもこっちからも手が伸びてむしり取っていく。お前の妹は金のなる木じゃない。我が身を細らせて卵を産む鶏だ。一個また一個貯めた卵も、この業界で主役を張り、座長を務め、八方丸く世渡りするのは気骨が折れるだけでなく何かと物入りだ。人づきあいにも不義理はできないからね。そこを妹や弟にちょくちょく啄《ついば》まれてちゃ、体がいくつあっても足りない。まあ、人のことは言えないがね。あのろくでなしの叔父さんはお前にまで金の無心をしたというじゃないか。で、結局は秦娥《チンオー》がまたかぶっちまった。容易なこっちゃない。田舎の農民だって秦娥《チンオー》ほど苦しいやりくりはしていない。まあ、あまりうるさいことは言いたくないけれど、舞台女優という商売は華やかな面ばかりじゃない。言うに言えないことがあるのさ。歯を食いしばって前へ進むしかない。ちっとはあの子の身にもなって見てごらんよ。それとも、お前、あの子と入れ替わってみるかい？　根性なしのお前はすぐ首をくくるか、河に身投げするだろう。お前の商売だって今は苦しくても、段々と花を咲かせ、実をつけていくだろうよ。立派なマンションも買って、中に卓球台まであるそうじゃないか。村の人間が聞いたら、それだけで肝をつぶすだろう。ちっとはありがたいと思え。これ以上不足を言ったら、罰が当たるぞ」

「ヒゲのパパ」と結婚したことについては、一家の人の怒りは収まらず、顔を合わせる度、猛烈なこき下ろしが始まる。ママは男を見る目がなく、あんな毛むくじゃらの言うがままになってしまった。家のためにはまったくならず、ママを拐《かどわ》かし、山賊の巣窟のような終南山の隠れ家《が》に閉じこめた。ママは山賊の頭目の〝姐御《あねご》〟になって、家にも帰らず、とうとう劉憶《リュウイ》をベランダから落とし、見殺しにしてしまった。来弟《ライディ》伯母さんの話はいつも決まった結論になる。私たちの言うことを聞いて早く改心していれば、劉憶《リュウイ》がベランダから落ちて死ぬこともなく、一家の恥さらしにならなかったのにと。

宋雨《ソンユイ》は秦娥《チンオー》ママの家に来てからずっと自分も芝居の道に入りたいと思い続けていた。まず、壁に掛けられたママの舞台写真が素敵にきれいだったからだ。ママと同じような生き方をして、美しいメイクをし、素敵な衣装を着たいと思った。ママが舞台できりりと見得《みえ》を切り、観客が熱狂して拍手と歓声を送るのを見る度、彼女は決心を固め、こっそりとママが稽古に使う幅広の腰帯を締めてママのやり方を真似てみた。ママは最初から大反対で、彼女が真面目に学校に通うことを哀願し、この家から学問のできる人間が出ることをひたすら願っていた。しかし、彼女は教書書さえ開こうとせず、稽古に熱中すればするほどママの反対も強硬になった。劉憶《リュウイ》兄さんが亡くなってから、ママはすっかり気落ちして彼女のことを構わなくなった。ちょうどこのころ、陝西省秦劇院で俳優養成所の新規募集が発表され、彼女はこっそり試験を受けた。審査員たちは一様に驚いた。この子はまたとない素質を持っている。近い将来〝小憶秦娥《シャオイチンオー》〟に育つかもしれないと。だが、彼女はずっとママには内緒にしていたが、とうとう薛桂生《シュエグイション》団長が自ら乗り出してきた。再三再四憶秦娥《イチンオー》の説得を試みて、ついに憶秦娥《イチンオー》は根負けして宋雨《ソンユイ》の養成所入りを認めることになった。

ママは劉憶《リュウイ》の死後ほどなく、ヨーロッパ公演に旅立ち、三ヵ月家を空けた。彼女はママの気が変わるのをひたすら恐れていた。ママは出発前のせわしない日々の中、無理矢理同意させられたのを見ていたからだ。ママはなぜか彼女を芝居の世界に入れさせまいとするのか？　これはもしかして、自分が実の子ではないから芝居という素晴らしい世界、演技というとてつもない技《わざ》を彼女に教えたくないのに違いないと考えた。

ママのヨーロッパ公演旅行のニュースは毎日のように国内に伝えられ、数日して西安の新聞にどこかの国の公演風景、観客の反応が写真入りで大々的に報じられ、街中で秦腔《チンチアン》談義が熱く交わされた。ママが舞台に立てばこんな風にみんなを夢中にさせるのに、どうして自分にはやらせようとしないのか？　彼女は意地になって稽古に打ちこみ、ママがいない数ヵ月、ひたすら自分の体を苛《いじ》め抜いた。昼も夜も、また他人の稽古も盗み見て、技に工夫を加えた。彼女は自分の精進ぶりをママに見せて驚かせ、喜ばせてやりたかった。ママの今の考えを変えさせ、あれこれ迷わせないためには自分の上達を見せるしかない。劇団の竈で灰をかぶっていたママが秦腔《チンチアン》の小皇后《プリンセス》になったように、自分も負けずにそうなって見返してやる。

これまでの稽古はただママの見よう見まねだったが、正規の訓練を受けてみると、まねだけでは済まない難しさがあり、確かに苦しく疲れる。だが、彼女は恐れなかった。数日ぶっ通しの練習で血尿が出たが、誰にも言わなかった。こうして体がこなれてくると、ある時期から稽古の型が面白いように決まり、それぞれの所作が教練の教師からみんなの前で誉められ、模範演技をさせられるまでになった。

しかし、ことは彼女の思ったようには運ばなかった。練習時の大跳躍で着地に失敗し、踝《くるぶし》の骨を折ってしまったのだ。ママは帰国してすぐ赤十字病院に駆けつけ、彼女を抱いて半日泣いた後、きっぱりと言った。

「もう稽古はこれまで。学校へ通いなさい。ママが優秀な家庭教師をつけてあげる。今度は猛勉強で学校の授業に追いつくのよ。あなたならできる」

彼女は頭《かぶり》を振った。

断固としていやだと言った。

ママも負けずに厳しかった。

芝居の道を続けるか、祖母《おばあ》の家に逃げ帰るか。

三十四

憶秦娥《イチンオー》は呆れた。宋雨《ソンユイ》がこんな意固地な子だとは思ってもいなかった。そう言えば、幼いときからこうと思いこんだら口を一文字に結んで黙りこみ、押しても引いてもびくともしない。二言目には「祖母《おばあ》の家に帰る」と人を脅《おど》す。まるで『西遊記』の猪八戒だ。弱音を吐くときは必ず「高老荘《こうろうそう》（猪八戒が三蔵法師に出会う前に婿入りしていたところ）に帰る」とぼやきが出る。おかしくて笑ってしまうが、いとしくて泣かされてしまう。

欧州公演から帰って長いこと、憶秦娥《イチンオー》は新聞・雑誌の取材、テレビ出演に引っ張り回された。どの記者、キャスターも口を開けば、「秦腔《チンチアン》がどうしてこんなに受けるのか」と馬鹿の一つ覚えだ。彼女に言わせれば、ヨーロッパの観客が喜んだのは、その演劇性というよりむしろ、立ち回りの荒技、凄技の連続に目を見張ったのだった。七ヵ国、五十数ステージはいずれも大入りで、興行主、プロモーターは有卦《うけ》に入《い》っていたが、三十八人の公演団は疲労の極み、体調不良や故障が相次ぎ、身も心もぼろぼろになっていた。残った評価は「中国俳優のめくるめく演技」と持ち上げられたが、一俳優として彼女は不満足、むしろ腹に据えかねるものがあった。彼女たちが受けた評価は舞台芸術家というより、サーカスのアクロバット要員に近かった。上演される場面も、たっぷり歌い、たっぷり聴かせる部分はカットされ、分かり易い立ち回りの場面に絞られた。ふらふらになってカーテンコールの拍手を浴びながらやっと立っているありさまで、緞帳が降りる前に倒れないのがむしろ不思議だった。強心剤、栄養剤の助けを借りる俳優も続出して、演劇の国際交流とは何かを考えさせられる一幕もあった。宋雨《ソンユイ》の俳優修業に諸手を挙げて喜べない自分がそこにいて、帰国後もその気持ちが尾を引いていたのだった。俳優とは何か。心身を〝鋼鉄の長城〟に鍛え直さないと勤まらない職業だった。

これまでの憶秦娥《イチンオー》は口数の多い女優ではなかった。劇団の決定通り、文句も言わずに従ってきた。へとへとに疲れていてもふて腐れず、まして夜尿や吐血など人に知られたくもなく、黙って自分の中で解決してきた。だが今回、憶秦娥《イチンオー》は自ら薛桂生《シュエグイション》団長に申し入れた。

「これからの外国公演は劇団の考え方、明確な方針を打ち出してもらいたい。プロモーターの言いなりになるのではなく、演目の選択、プログラム作りは戯曲《シーチュイ》（中国伝統戯劇）の四功《しこう》（唱《チャン》＝歌唱、念《ニエン》＝台詞、做《ツォ》＝所作、打《ダー》＝立ち回りと舞踊）の特色を発揮する観点から行ってもらいたい。これが入れられなければ、契約を断る気概を持ってもらいたい。外国公演の主旨は必ずしもユーロやポンドやドルを稼ぐことだけではないはずだ。経費節約が現地プロモーターの要請とはいえ、七ヵ国十数都市移動中、無理な車中泊、劇場のロビーや楽屋裏で即席麺をすすりこみ、メイクもそこそこに開幕を迎えるようなハードスケジュールは避けてもらいたい。ヨーロッパの観客の印象が「中国俳優の超絶技巧」であったとしたら、俳優の体調や健康を無視した強行軍こそ大立《おお》ち回りの超絶技巧かアクロバットであり、中国戯曲《シーチュイ》の外国公演にはふさわしくない。以後は契約に際してプロモーターに押し切られない交渉術を身につけてもらいたい。外国公演に行くからには全幕通しの本格ものの大芝居《おおしばい》が望ましい。一幕見切り（見取《みど》り）の折子戯《ジャーズシー》の場合は、観客のために物語の理解を助ける工夫が必要だ。なぜなら、登場人物の喜怒哀楽、善悪理非の感覚は外国人にも共通するものがあるはずだ。我々が『ああ無情《レ・ミゼラブル》』、『ゴースト／ニューヨークの幻（一九九〇年のアメリカ映画）』を理解できるように、彼らも『遊西湖《ゆうせいこ》（西湖に遊ぶ）』の『鬼怨《きおん》』『殺生《せっしょう》』の場、『白蛇伝』や『狐仙劫《こせんこう》』に共感するだろう……」

とは言え、薛桂生《シュエグイション》団長は、打てば響く上司ではなかった。団長になって数年、当時の流行歌をもじって『霧の中の花（一九九五年、中央電視台三・一五晩会で発表の『霧里看花』）』と呼ばれ、何を考えているのか分かり難い。その歌詞を団長室でいつもの蘭花指つきで口ずさむ。「はっきりしてよ　ぐずぐずしないで　何考えてるの……」

しかし、劇団を率いる道筋はそこから見えてこない。一時《いっとき》は「伝統回帰」、一時は「アンチ伝統」、一時は「何も足さない」、一時は「何も引かない」、一時は映像・音響、マルチメディアのオン・パレード、一時は外国のミュージカルの全パクリ、マスコミ総動員で鳴り物入りの宣伝を繰り広げた。「傑作選」「渾身の力作」、「新時代を切り開く」と時代の寵児を気取った連中が得意満面の花火を打ち上げたが、日ならずして上演中止、昼を欺く夜空は一瞬にして漆黒の闇に包まれた。

時代の流行は繰り返し現れるものだ。新しもの好きなメディアはその都度お先棒を担ぎ、「全都震撼！」とか派手な惹句を競う。だが、「震撼」の中身はせいぜい、三回公演か五回公演で、次は「世界が待っていた！」公演に変わる。舞台芸術《パフォーミングアーツ》は所詮、夜空を飾る仕掛け花火に終り、〝水もの〟と言われる業界の習わしなのかもしれない。

　これまではどの劇団も一つのオリジナル作品を発表するまで三年から五年、じっくりと仕込みの時間をかけて生みの苦しみを味わったが、今は一年に一本、あるいは一年に数本、台本は子どもっぽい自己満足のまま人物像は立ち上がらず、それでも数百万元、一千万元以上の予算をかけて〝超弩級〟〝大制作〟〝渾身の雄篇〟の音頭を取って「何とか賞」の受賞を広言し、それが本当に受賞したりすると、評論家たちは鬼の首を取ったように絶賛する。

　薛桂生《シュエグイション》団長の蘭花指は動揺を来たし、両手を机の上に押しつけて動きを封じようとするが、それでも心乱れるまま両手は宙に舞い上がろうとする。彼は知っている。彼が歩くその後ろで団員たちが蘭花指を真似、彼を〝おちょくって〟いるのを。彼が団長の講話をしているとき、会場の片隅から嘲笑のような笑い声が起こる。すると、それが波のように広がって、会場はわけの分からない笑いの渦に包まれる。彼は知っている。誰かがまたどこかで自分の蘭花指を真似、笑いを取っているのだと。

　彼が陝西《せんせい》省秦劇院の団長に選任されて取り組んだ『狐仙劫《こせんこう》』の再演が大転《こ》けにこけ、その悲運は麦城《ばくじょう》で敗死した『三国志』の英雄・関羽に比して語り口面白おかしくささやき交わされた。以後威勢振るわず、劇団の企画会議でも沈黙を余儀なくされていたが、その救いの手となったのが憶秦娥《イチンオー》だった。彼女がここ数年取り組んでいた秦腔《チンチアン》の老芸人行脚の旅が実を結び、散逸していた古劇の数十作品が復元、補綴《ほてい》され、彼女自身と劇団に大きな収穫をもたらそうとしていた。これにも陰口がついて回り、天下の省立秦劇院がどさ回りの田舎劇団に身を落としたとこき下ろされた。しかし、薛桂生《シュエグイション》団長は歯を食いしばり、この一大レパートリーを完結させた。中にはただの模倣、焼き直し、粗雑、粗野の誹《そし》りを招かれないものも多々あったが、古拙の味わいに芸の裏打ちを添えたのは憶秦娥《イチンオー》だった。秦劇院がこの鉱脈を掘り当て、保存と振興、大胆な事業化に踏み切っていなければ、薛桂生《シュエグイション》は団長として肩身の狭い思いを続けなければならなかっただろう。

彼は全団の集会で再三強調した。

「当劇団は構造的な衰退の中、給与水準一つを例にとっても長く沈滞を続けてきました。このまま行けば、劇団は早晩、廃業の瀬戸際に追いこまれ、解散の憂き目を見るのは火を見るより明らかでありました。しかし、私たちは関中（渭河《いが》流域一帯）の農村で驚くべき光景を目の辺りにしました。数万の観客が秦腔《チンチアン》の舞台を見ようと劇場を十重《とえ》二十重《はたえ》に取り囲んでいたのです。風に吹かれ、雨に降られても帰ろうとしない。これを見た私は感涙を禁じ得なかったのであります。秦腔《チンチアン》こそ私たちが一生かけて追い求め、その味わいを天下に広める大目標であります。皆さまのお力添えで団長に選ばれたからには、不肖薛桂生《シュエグイション》、この劇団に何を残すことができるかとずっと考えて参りました。中国大西北の地に埋もれた秦腔《チンチアン》の老芸人を訪ね歩き、その口から作品数十本掘り起こし、その老躯から消滅寸前の絶技を蘇らせることができました。私たちの原点、依って立つべき芸の基本を次代に伝えるためにはこれに勝る方法はなく、私たちは最後の機会を逃すことなく捕らえたのです。今こそ二百年前の秦腔《チンチアン》中興の祖・魏長生《ぎちょうせい》を思い起こすべきときであります……」

（注）魏長生の生きた時代と京劇の中の秦腔《チンチアン》　今や中国を代表する舞台芸術「京劇」がまだ形をなさない清・乾隆年間（一七三六～一七九六年）、北京の演劇界は新生への大きな胎動を始めていた。それまで昆曲だけが王者の風格で「雅部《がぶ》」の雅称を独占して劇壇に君臨し、その他、秦腔《チンチアン》を含む多数の有力地方劇種は、女形《おんながた》が派手なメークで媚を競う滑稽劇、いかがわしい演劇として十把一からげに「花部《かぶ》」として貶《おとし》められていた。日本の中国文学研究家青木正児《まさる》が『支那近世戯曲史』で乾隆末期以降の中国演劇史は「花雅両部興亡の歴史」と指摘する通り、昆曲の王座が揺らぎ始め、やがて花部を出自とする「京劇」が中国全土を支配するに至る。

　秦腔《チンチアン》の女形《おんながた》・魏長生《ぎちょうせい》が初めて北京入りしたのは一七七四年（乾隆三九年）、北京はその美しさに騒然となった。魏長生の一生は数奇な運命に導かれ、不思議な彩りに包まれている。一七四四年四川省金堂県に生まれ、家貧しく父親は早世、十歳のとき母親を亡くして流浪の身となる。川劇《せんげき》の一座に拾われたのが先か、それとも下層流民の秘密結社（四川省に起こった哥老会《かろうかい》早期の組織）に身を投じたのが先か、いずれにせよ、芸の修行だけでなく拳法や刀槍など実践の武術を身につけることになる。結社の根城は陝西省秦嶺《しんれい》山脈の南、漢中盆地と四川盆地の境で、四川、甘粛、陝西、湖北四省の境界にまたがる大巴山《だいはさん》の大山塊。魏長生の旅回りは四川、甘粛から陝西省西部に至って秦腔《チンチアン》との出会いを果たす。

この道筋を乾隆末に書かれた『燕蘭小譜』（清乾隆五十年、呉長元著）の記述に重ねると、「蜀（四川省）の俳優が胡琴（胡弓）を用いて甘粛の調べを歌い、西秦腔《シーチンチアン》と名づける」とあり、魏長生が陝西に来て「西秦腔《シーチンチアン》」の一派を起こしたとする論拠となっている。また、西秦腔《シーチンチアン》が世上、西皮《シーピー》とも呼ばれているのは、湖北省では「唱《チャン》」を「皮《ピー》」と呼びならわしていることから、西秦腔《シーチンチアン》と西皮《シーピー》は同義語であると青木正児は断じている。

北京入りした魏長生について青木正児は「その芸風は妖冶《ようや》（妖艶）、女方の演技に新紀元を画した天才にして、写実の妙を得ている」と評している。それは都人の見たことのない舞台で、〝全都震撼〟し、王侯貴族からお堅い翰林院の役人まで殺到して舞台には祝儀の〝おひねり〟が乱舞した。当時軍機大臣として専横の限りを尽くし、乾隆帝の没後自尽した和坤《わこん》（ヘシェン）の寵愛をも得て、北の劇都・北京、南の劇都・揚州で巨万の富をなした後、帰郷したと伝えられている。

〝花雅戦争〟真っ只中の北京劇壇に「京劇」創世の風を孕んで安徽省の三慶班が初の北京公演を行ったのが一七九〇年（乾隆五十五年）。この年は〝京劇元年〟とされ、一九九〇年には「徽班進京二百周年記念京劇公演」が市内各劇場で行われた。一八五〇年代から三慶班の座長となった程長庚《ていちょうこう》（一八一一～一八八〇）は「二黄《アルホアン》調（湖北・安徽に育った曲調）」をもとに西皮《シーピー》（西秦腔《シーチンチアン》）の曲調を加え、京劇の別名となった「皮黄《ピーホアン》調」を編み出し、京劇創世記に活躍している。

ここに記された魏長生、程長庚《ていちょうこう》は〝花雅戦争〟の激動期に演劇の革新と創造を進めたアーティストとして記憶され、また、京劇隆盛の後も京劇の名門に生まれた梅蘭芳が京劇の近代化を推進して「梅派」を創始するなど、中国演劇史は今なお多くの名優を輩出しながら革新と創造の途上にあるということができる。

長々と注釈を続けたが、読者諸兄のご示教を待ちたい。本書上巻に収めた作者陳彦氏の『秦腔は魂の叫び』と併せてお読みいただければ幸甚。陳彦氏は秦腔に不案内な日本の読者のために解説文を書いて下さった。

薛桂生《シュエグイション》団長の話はさらに続く。

「魏長生の苦闘の足取りはまさに革新と創造の戦いでありました。かの名優・梅蘭芳においてもまた然り。伝統はそのコピーに終始しているだけでは、いくらその技に熟達しても旧弊に陥るのみ。時代から疎んじられ、遠ざけられるのみです。特に今回のヨーロッパ公演から帰った憶秦娥《イチンオー》をはじめとするアーティスト諸君から秦腔《チンチアン》の生き残り戦術について貴重を提言をいただき、すぐれた作品がリストアップされ、当秦劇院起死回生のレパートリー化されようとしているのであります……」

薛桂生《シュエグイション》団長は『狐仙劫《こせんこう》』の再々演を決意した。再演の無残な失敗の雪辱を果たすだけではない。数十年にわたる演劇人生の集大成、総決算としてキャリアのすべてをこの作品に懸けるつもりだ。

この作品は生命を賛美、謳歌する自由と豊かさに満ち、人間の利害得失から離れ、生きる環境と生態系を守ろうとする多層的な考えに裏打ちされている。すべての生きものが多種多彩、多様な命のつながりの中で生き、生かされている。生物の遺伝子は多様なのだ。この発見がどれほど人類の未来を耀かせ、生きる自信を与えてくれることか。これに加えて、秦八娃《チンバーワー》の台本の力がある。人物像がそれぞれ粒立って活写され、どの場面も人の心を打ち、観客席から自然な歓声と拍手が沸き起こる。これは人類の未来を題材にした作品であり、作者渾身のメッセージでもある。国内だけでなく世界の舞台に打って出て遜色がなく、さらに続演に耐える内容を持っている。世界の演劇マーケットを視野に入れるためにもこの決定には意義がある……。

薛桂生《シュエグイション》に持論がある。一つの劇団が百年に一つでも後世に残る作品を生み出せたら、それで劇団としての責は十分に果たせることになると。彼はいつもの蘭花指を交えながら口癖のように言う。

一つの『遊西湖《ゆうせいこ》（西湖に遊ぶ）』あるいは『白蛇伝』、『鍘美案《さつびあん》』『竇娥冤《とうがえん》』を世に残せたら、納税者には十分申しわけが立つ。数作ればよいというものではなく、当たりを取ればいいというものでもない。要は質の問題だ。だが、我々が作るものの多くは愚作、駄作、凡作、要するにゴミの山だ。しかし、湯水のように予算を使って、たった三日で〝お蔵入り〟では、納税者に合わす顔がない。『狐仙劫《こせんこう》』は自作でもなく、初演でもないが、自分に責任がないとは言わない。陝西《せんせい》省立秦劇院のために、たとえ雪の上でも巨歩を残さなければならない。雪が消えても記憶は残るから。「お猿さんのトウモロコシ」では駄目なのだ。

(注) 雪の上の巨歩　蘇軾の七言律詩『子由の澠池懐旧に和す』から「飛鴻踏雪泥」の喩え。人の営みはコウノトリが雪の上に残した足跡のようなものだ。鳥が飛べば後には何も残らない。

(注)「お猿さんのトウモロコシ」　ある日一匹の子猿がトウモロコシ畑で一本もぎ取って大喜び、帰る途中、大きな桃の木に実が真っ赤に熟れていた。トウモロコシを捨てて実をもいでまた行くと、畑に大きなスイカがごろごろがっている。桃を捨てて、スイカを拾い、また行くと、一匹の子ウサギがぴょんぴょん跳ねている、今度はスイカを捨てて子ウサギを追いかけたが、子ウサギは足が速くてとうとう林の中に逃げられてしまった。小猿は何も持たずに家に帰りましたとさ。

初日を開けたはいいが、即打ち上げだ、舞台の撤収だでは先人の残した傑作群、演劇賞の上に寝そべっているようなものだ。秦腔《チンチアン》の歴史を見ると、どんな傑作であれ、それは集団制作の成果だとも言える。一代また一代と物語を練り上げ、舞台に乗せ、歌詞、台詞、所作、果ては銅鑼、太鼓の間合いに至るまで磨きをかけてきた。舞台形象とはこういった目に見えない細部《ディテール》の集積であり、巨大な砂の塔なのだ。関漢卿《かんかんけい》（元代の劇作家。代表作は『竇娥冤《とうがえん》』など）、湯顕祖《とうけんそ》（明代の劇作家。代表作は『牡丹亭』など）、孔尚任《こうしょうじん》（清代の劇作家、孔子六十四代目の子孫。代表作は『桃花扇《とうかせん》』など）らの作品は、何代も語り継がれた物語が彼らの手によって豪奢な綴《つづ》れ錦《にしき》に紡がれたものだ。それを代々の芸人たちが受け継いで思案を重ね、工夫を凝らし、数百年の光芒を放ち続けている。我々は先人の背中を追い続けてきた。その先達が突然、巨大な記念碑となってそそり立ち、それを乗り越え、追い越すことの至難さを思い知らされる。だが、とんだ思い上がりの狂人が現れるも世の常だ。彼らはおびただしいゴミの山を作り続け、それを革新だ、創造だ、前人未踏の境地だと誇り、一代の驕児《きょうじ》を気取る。似合わない山高帽に窮屈な上着、だぶだぶのズボンと大きすぎる靴、アヒルのようなガニ股で踊って見せたりするが、それも人まね、自分が何者か、ついに分からず終いだ。

演劇の制作《プロデュース》、管理《マネジメント》、一座を率いることの難しさは昔から言われている。薛桂生《シュエグイション》はそれが人間関係の煩わしさだとか、ややこしさだとは思っていない。彼は人からの辱《はずかし》め、嘲《あざけ》り、侮《あなど》り、陥《おとしい》れ、性的少数者であるがゆえの誹《そし》りなどに対し、耐性ができている。恐くない。恐いのは、日々の労苦を〝無駄骨〟に終わらせ、自分を見失うこと、そして業界の日常にかまけ、乱脈に任せて流されることだ。もしかして、それを面白がっていないか。忙しいのを嬉しがっていないか。年間のスケジュールが賞狙いの公演と演劇賞、授賞式の予定で組まれるなら、日常は荒《すさ》むばかりで、毎日が意味もなく、脈絡なく過ぎていく。何のために団長を志願してなったのか。このまま行けば、〝男にして男にあらず、女にして女にあらず〟、〝男半分、女半分二つ合わせて一人前〟など悪口雑言言われっぱなし、ここで引っこんだら、団長になった甲斐がない。廃《すた》るのは男でもなく女でもなく、人が廃るというものだ。

こうして彼は『狐仙劫《こせんこう》』三回目の公演に踏み切った。

今回、薛桂生《シュエグイション》団長は一歩も引かぬ構えを見せた。作者の秦八娃《チンバーワー》に対し、必要に応じた台本の改訂を求めただけでなく、演出、音楽、舞台美術、衣装、さらに小道具、メイクに至るまで、一切の妥協を許さずブラッシュアップ(向上)を図ると宣言し、劇団員に申し渡した。これは巨費を投じて目先のこけおどしや目くらまし、奇をてらうのではなかった。伝統の型や見得《みえ》、睨《にら》みなどの様式にも実際の感情表現の合理性を求めた。伝統のための伝統ではなく、技巧のための技巧ではなく、演技ための演技ではない何か。それは内面を外在化する様式であって、内面を隠蔽する韜晦《とうかい》であってはならなかった。伝統の技法を観客に堪能させると同時に今を生きる観客の生命と精神の律動、躍動を表現するのだ。そのために必要なのが狙いをあやまたない「正確さ」だった。

一言で言えば、薛桂生《シュエグイション》の演劇理論の実践だった。彼は団長として、また演出家として秦腔《チンチアン》の舞台化作業の道筋をつけ、創作過程を精練《リファイン》させることによって、音楽、舞台美術、小道具、衣装の各ジャンルに対して真っ向勝負を挑むものでもあった。定番化されていた背景幕や道具類も彼の目を逃れることはできなかった。何度も駄目を出され、担当者は音を上げた。例えば「キツネの仙人」が用いるこぶこぶとしてねじ曲がった藜《あかざ》の杖もすでに四、五回塗り直され、時代がかった感じを出していた。薛桂生《シュエグイション》はこれを議長が机を叩く木槌のように愛用していた。集会の場で静粛を求めたり議題の決定をするとき、トンボが水面で舞いながら産卵するような、ちょんちょんと尾をつける仕種《しぐさ》がいかにも軽やかでしなやか、いつもの蘭花指にも増しておかしくて会場の笑いを誘うのだった。

(注)藜《あかざ》の杖　軽くて堅いので、仙人だけでなく老人の持ち物とされている。日本でも専門店のほか、「道の駅」などで地元の藜《あかざ》を用いた杖が廉価で販売されている。お試しを。

しかし、薛桂生《シュエグイション》のこんなこだわり、執拗さが舞台の仕込み屋として西安に名を馳せている男の怒りを招いた。その男の名は刁順子《ディアオシュンズ》(本書の作者・陳彦《ちんげん》氏の『装台(邦訳・西京バックステージ仕込み人。晩成書房刊)』に主役として登場している)。彼が率いるのは舞台の背景幕、舞台装置、照明・音響器具などを設置して撤去するまでを手がけるプロの集団で、劇団や劇場からの請け負いを生業《なりわい》にしている。その細心で誠実、迅速な仕事ぶりは誰しもの認めるところで、西安ではこの男の一手販売となっている。北京人民芸術劇院の『茶館』をはじめアメリカやイギリス、ロシアの一流劇団が世界の名作を引っさげて西安に来たときにはまず彼にお声がかかり、雑技や曲芸を専門とする西安省秦劇院内の四つの公演団まで、刁順子《ディアオシュンズ》チームが一手に引き受けている。

　ところが、この西安の名物男と目されいている男が〝ケツをまくった〟のだ。もう秦劇院とはつき合いきれない。特にあの〝薛《シュエ》蘭花〟はご免だと。刁順子《ディアオシュンズ》はもともと親分肌で、人とことを構えるなど滅多にない男だし、薛《シュエ》桂生《グイション》も彼とはうまくやってきた。だが今回、堪忍袋の緒を切って、相手を指弾、難詰する蘭花指の指遣いを習い覚えて薛桂生《シュエグイション》に刃向かった。刁順子《ディアオシュンズ》が蘭花指を交えて言うには、キツネの仙人が座禅を組む座布団を命じられるまま自ら七回作り直したが、薛桂生《シュエグイション》から蘭花指を振り立てて七回突き返された。もうこれが限界だ、これ以上虚《こ》仮《け》にされてたまるかと。

　刁順子《ディアオシュンズ》は配下を全員率いて現場を引き上げた。『狐仙劫《こせんこう》』が駄目なら、『マンマ・ミーア！』があるよというのがこの男のすごいところで、ブロードウエーからやってきたミュージカル『マンマ・ミーア！』の現場がすでにお膳立てされていた。しかも、彼には超美人の女性通訳がつき、ぴったりと行動を共にすることになったという噂だ。

　団員たちは団長に「魔がさした」と言い交わした。これは怨みでもなければ、誹《そし》りでもない。そういった陰口ではなく、むしろさばさばしている。だが、ある者は真っ向から芸術論をふっかけた。自分たちのやっているのは所詮芸ごと、拵《こしら》えものの世界だ。まさか「神舟十号（二〇一三年六月に打ち上げられた有人宇宙船）」を打ち上げるわけではない。団長も一応は陝西省の看板を背負っているが、生きるか死ぬかの国家的任務を背負わされてはいない。さあ、肩の荷をどっこいしょと下ろして下さいよ。だが、薛桂生《シュエグイション》は軽く聞き流した。これは生きるか死ぬかの問題ではなくとも、やはり乾坤一擲《けんこんいってき》、のるかそるかの問題だと。

　困ったのは憶秦娥《イチンオー》だった。彼女は稽古場で小うるさい理屈をこねるタイプの女優ではないが、今回は薛桂生《シュエグイション》と数度激しくやり合った。彼女に言わせれば、一体全体、何どうやっていいのか見当がつかない。歌唱に手は抜けないし、台詞に集中力は欠かせない。技巧に走るなと言われても、何を求められているのか分からない。彼女の芸の質は、むしろひけらかしを得意としている。どんな高難度の技でも、やれと言われれば、やり過ぎるぐらいに名人芸《ヴィルトゥオーソ》をやってのけられる。かといって、技巧のための技巧、アクロバットだなどと言われると面白くない。しかし、技巧を減じられ、見せ場を封じられると戸惑うばかりだ。足が地に着かない。しかし、薛桂生《シュエグイション》の要求は「正確」の二文字あるのみだった。

あるとき、一つの所作、身体表現について話が噛み合わず、一日かけて試行錯誤することになった。立ち稽古では決着がつかず、座りこんで延々の議論になった。歌唱法についてもこれまでの定番がぐらついた。これまで当たり前のようにやってきた息継ぎも、専門の声楽家、ベテランの俳優を招いて討論を行った。専門家の言う「字正《じせい》腔円《こうえん》」は字義通りに解釈すれば、発音・発声が正しく、節回しが滞りないということだが、薛桂生《シュエグイション》がここでも求めたのは感情表現の抑制と「正確さ」だった。憶秦娥《イチンオー》は少し分かりかけたと思った。というのは、歌い手の中にはここを先途と声を張り上げ、喉も裂けよとばかりに声を引っ張る。脳内が酸欠になって目の前が暗くなり火花が散ってもなおやめず、観客の熱狂と拍手を強要する悪習があるのは確かだった。喉に覚えのある歌い手の陥りやすいところで、劇の進行はどうでもよく、歌い手の独擅場《どくせんじょう》となるのだ。

『狐仙劫《こせんこう》』の再々演は八ヵ月の長きに渡る稽古期間を要した。八ヵ月あれば、普通三、四本の作品を仕上げられるだろう。だが、薛桂生《シュエグイション》は首を振り、蘭花指を振り立てて答えた。

「さらにもう八ヵ月あれば、この芝居は半永久的に語り継がれる舞台になるだろう」

今回の公演の反響は、緊張の中ひたひたと押し寄せる潮のように盛り上がり、各方面から確かな手応えが伝わってきた。薛桂生《シュエグイション》団長は秦腔《チンチアン》と並ぶ全国の有力劇種（別格の京劇《きょうげき》、昆劇《こんげき》のほか、川劇《せんげき》、徽劇《きげき》、越劇《えつげき》、晋劇《しんげき》、豫劇《よげき》、河北《かほく》梆子《バンズ》、湖南花鼓戯……）の専門家を招いて感想を求めた。彼らの共通した認識は、秦腔《チンチアン》の新作書き下ろしがついに伝統劇の金字塔を建てたというものだった。

ちょうど同じ時期、憶秦娥《イチンオー》の先輩俳優の米蘭《ミーラン》がアメリカから帰国していた。

米蘭《ミーラン》はアメリカの芸術支援の財団の幹部に名を連ねていた。アジアとアメリカの文化・芸術・学術交流の責を担っていた。今回の『狐仙劫《こせんこう》』の舞台を見て、心中ひそかに期するものがあった。これをブロードウエーに持っていこう。かつて梅蘭芳《メイランファン》がブロードウエーの舞台を踏んだときのように、世界に中国舞台芸術の粋を見せてやろう。それに秦腔《チンチアン》は米蘭《ミーラン》自身が十五年間、青春の血をたぎらせた舞台だ。それをアメリカで再現させてやると。

（注）梅蘭芳のアメリカ公演　梅蘭芳三十六歳のとき、一九三〇年一月から七月までシアトル、シカゴ、ワシントン、ニューヨーク、サンフランシスコ、ロサンゼルス、サンディエゴ、ホノルルなどの都市で七十二日間に渡って公演。アメリカのポモナ大学、南カルフォルニア大学から、それぞれ名誉文学博士号の授与を受けた。

米蘭《ミーラン》に決意を固めさせたのは、やはり憶秦娥《イチンオー》のめざましい進境だった。米蘭《ミーラン》はブロードウエーで少なからぬ舞台を見ている。梅蘭芳のアメリカ公演が中国の伝統芸術と西洋文化の対話を初めて行ったとすれば、憶秦娥《イチンオー》はそれをさらに深めることができるだろう。

米蘭《ミーラン》の一行が今回やってきたのは、アメリカ公演の演目を決めるためだった。同行した芸術監督と老練なプロモーターは『狐仙劫《こせんこう》』の舞台を見てすぐ、これだと同意した。しかし、米蘭《ミーラン》は条件を一つ加えた。

それは彼女と主役を競った胡彩香《ホーツァイシアン》の同行だった。

だが、訪米公演団に寧州県劇団の俳優が混在することは、薛桂生《シュエグイション》団長がどうしても認めようとしなかった。この舞台は俳優たちが心を一つにして長い期間をかけて作り上げたいわば〝一本の木〟。どの役も外部の俳優と取り替えはきかないというものだった。

だが、米蘭《ミーラン》も一歩も引かなかった。胡彩香《ホーツァイシアン》は中国でも得難い俳優、ブロードウエー公演には欠かせない。外国でこそ異彩を放つだろうと。

薛桂生《シュエグイション》は米蘭《ミーラン》の強腰を見て、妥協の余地はないと見た。

しかし、最後に両者が折れ合ったのは、胡彩香《ホーツァイシアン》をバックコーラスのメンバーとすること、舞台転換の作業中、彼女のために見せ場を作ろうとする苦心の妥協案だった。胡彩香《ホーツァイシアン》は小高い山の上に立ち、歌いながら遙か彼方を見晴らすという設定だった。

秦腔《チンチアン》のブロードウエー公演はこのように手打ちが行われた。

三十五

憶秦娥《イチンオー》は米蘭《ミーラン》先生と寧州へ向かった。

米蘭《ミーラン》にとって寧州を離れてから三十数年ぶりの帰郷だった。彼女はまず先祖の墓に詣でてから劇団仲間の先輩、後輩と旧交を温めるつもりだった。母親はすでに世を去っていた。それは彼女が寧州にいたとき、村の急傾斜に土石流が起こって一村の住民や家畜を呑みこみ、ほとんどが行方不明になった事故によるものだった。父親はその日、数十里離れた耕地の水利事業「農田大会戦」に動員され、かろうじて一命を取り留めていた。病弱な父親は農作業に耐えられず、米蘭《ミーラン》に連れられてアメリカに渡ったものの半年ほどで骨癌が見つかり、すでに後期のステージだったからほどなく異郷の死を迎えた。米蘭《ミーラン》に故郷の身寄りはなく、米《ミー》家の墓所は荒れるがまま蛇やネズミの巣と化しているはずだった。遺体の見つかっていない母親の墓は衣服やゆかりの品を葬った「衣冠墓」となっている。米蘭《ミーラン》が行くと、墓を覆う灌木の枝がきれいに打ち払われ、周りの雑草もこざっぱりと刈り取られていて、墓前には手向《たむ》けの品が供えれていた。後で知ったことだが、傷んだ墓は胡彩香《ホーツァイシアン》が自費で修繕していたということだった。胡彩香《ホーツァイシアン》の両親の墓はここから遠くなく、毎年の命日や節句には米蘭《ミーラン》の母親の墓参りも欠かさずに三本の線香を灯し、紙銭《かみぜに》を焼き、爆竹を鳴らしていた。そして口の中で念じたという。

「おばさん、米蘭《ミーラン》は遠くへ行ってしまったから、代わりに私をよこしたの。私を実の娘と思って下さい」

これを聞いた米蘭《ミーラン》は鼻の奥がつんとなって、こみ上げる涙を抑えることができなかった。

胡彩香《ホーツァイシアン》と米蘭《ミーラン》は同じ村で生まれ、育った。二人の農家の少女は幼いころから一緒にブタクサを刈って家畜の飼料にしていた。ブタクサの草いきれと汗の臭いにむせながら草刈りを競い、姉妹のように働いた。同じ小学校に入り、同じ劇団の入団試験を受け、家から穀類、豆類、芋類を持ちこみで劇団の訓練を受けた。同じ『紅灯記』の主役・李鉄梅（上巻三三三ページ「李玉和」の項参照）の座をめぐっては、ダブルキャストのＡＢ班に分かれて争った。こうして唯一無二の親友が芸の道にかけては互いに一歩も引かず、〝不倶戴天〟の敵になっていく。米蘭《ミーラン》は内心、胡《ホー》彩香《ツァイシアン》が急病か乗ったトラクターの転落で死ぬことを願わない日はなかった。彼女が死ねば、主役を争うライバルはいなくなる。まして胡彩香《ホーツァイシアン》は歌にかけては自分より断然うまいのを認めざるを得なかったからだ。この二人を比べると、米蘭《ミーラン》の方がすらりと背が高く舞台映えがするが、歌の方はまあまあというところで、これが当時の先輩たちの評価だった。胡彩香《ホーツァイシアン》はどうかというと、背丈や体のラインは米蘭《ミーラン》に及ばないが、歌わせると衆に抜きん出、余人の追随を許さない。そんな胡彩香《ホーツァイシアン》を支持し、引き立てたのが憶秦娥《イチンオー》の叔父の胡三元《ホーサンユアン》と一部の幹部たちで、主役はいつも胡彩香《ホーツァイシアン》にさらわれていた。一方、当時の劇団主任の黄正大《ホアンチョンダー》とその妻が米蘭《ミーラン》を贔屓《ひいき》にしており、黄《ホアン》正大《チョンダー》の贔屓が過ぎれば過ぎるほど、劇団の反対派が増えていった。一進一退の白熱戦が過熱するにつれ、米蘭《ミーラン》の根《こん》が切れかかっているところに彗星のように頭角を現したのが憶秦娥《イチンオー》（当時は易青娥《イチンオー》）で、次第に二人を主役争いの舞台から押し出していった。当時、米蘭《ミーラン》は胡彩香《ホーツァイシアン》と同じように表面上は憶秦娥《イチンオー》を応援していたが、心の中は複雑だった。直接の競争相手が追い払われたら誰が出てこようと、「ま、いいか」、そんな気持ちもどこかにあった。それに何よりも憶秦娥《イチンオー》の出現は目を見開かせるものあり、文句のつけようがなかったせいもある。

　胡彩香《ホーツァイシアン》に対する米蘭《ミーラン》の感情は、彼女が結婚して寧州を離れ、遠くに去ることで次第にわだかまりがほぐれ、さっぱりとした気分になってきた。今思い返すと、すべては舞台のため、主役を取り、センターを張るため、見る人に「いいぞ」の親指を立てさせるためではなかったか？　もともとは片時も離れられない大の仲好しの二人が「憎さも憎し」の仇敵になってしまったが、これは舞台というこの世の天国の波乱に満ちたドラマなのだ。彼女は思い出しながら思わず声を上げて笑い、そして表情を引き締めると、胡彩香《ホーツァイシアン》が修繕し、すがすがしいたたずまいを見せている母親の衣冠墓と向き合った。

　米蘭《ミーラン》は紙馬《ジーマー》（神仏の像を描いた色紙。仏を祭るときに焼く）を買って胡彩香《ホーツァイシアン》の両親の墓を訪れた。紙馬《ジーマー》を焼きながら満面の涙を流れるままに、激しくせき上げる感情に身を任せていた。

　憶秦娥《イチンオー》はずっと米蘭《ミーラン》に同行し、彼女の一部始終を見守りながら得も言われぬ感動に襲われていた。米蘭《ミーラン》が何を考えているかは分からない。だが、両膝を地面につけ上体をぴんと立て何ごとかを念じている姿に、彼女の内心の激しいドラマ、来《こ》し方の屈曲に満ちた人生行路が伝わってくるようだった。

寧州の県城に戻ったときはすでに宵闇が降りようとするころだった。憶秦娥《イチンオー》は米蘭《ミーラン》にホテルに落ち着いてはと提案した。米蘭《ミーラン》が答えた。

「いや、今夜は胡彩香《ホーツァイシアン》の家に泊まる。彼女にうんとご馳走させ、散財させて、アメリカ行きのことを相談するのよ」

二人はまっすぐ胡彩香《ホーツァイシアン》の家に押しかけた。

胡彩香《ホーツァイシアン》先生は劇団の集合住宅が取り壊しになって県城の外れの仮住居に移っていた。夜になっても外灯のない暗闇の中、憶秦娥《イチンオー》は教えられた住所を頼りにあちこち探し歩いた。もともと県城の中心部にあった劇団だが、開発業者に買い取られ、高級マンションに建て変わろうとしていた。相当な高値で売り出されるというから、購入できるのはほんのわずかな劇団員だろう。『鳳凰巣に帰る（梅蘭芳改編の京劇）』のは困難なご時世となった。二人がやっとのことで探し当てた胡《ホー》先生の家は、しかし、子どもが留守番をしていて、よほど厳しく言いつけられたと見え、知らない人には頑としてドアを開けようとしなかった。なだめすかしてやっと聞き出したのは、留守番は胡《ホー》先生の孫娘らしく、お祖《ば》母《あ》ちゃんは町で涼皮《リアンピー》を売り、帰るのは夜中の十一時か十二時になりそうだという。売っている？どういうことか。

(注) 涼皮《リアンピー》　陝西省起源の郷土料理。小麦粉をこねて二時間ほど寝かし、でき上がった生地を水で洗ってグルテンとデンプンを分離させる。デンプンの溶け出した生地を「皮」のように広くのばして茹で上げる。もちもち、ぷりぷり、つるりとした不思議な食感を味わえる。つけ合わせに、芝麻醤《ジーマージャン》にキュウリとニンジンの千切り、香菜《シアンツァイ》、モヤシ、つぶしたニンニクなどを添える。

二人はまた県城に戻り、心当たりを探し歩いた。県城は青春時代の〝勝手知ったる〟狭い町だ。誰がどこで安酒を飲んで気勢を上げているか、手に取るように分かる。胡《ホー》先生を見つけ出すのは簡単だった。彼女は本当に屋台で涼皮《リアンピー》を売っていた。夫の張光栄《チャンゴアンロン》は客の使った茶碗や箸を洗い、テーブルを片づけ、椅子を並べ直したりしてかいがいしく立ち働いている。米蘭《ミーラン》が胡彩香《ホーツァイシアン》を見分けられなかったのは無理もないが、憶秦娥《イチンオー》もしばらく、まじまじと顔を見て、それでも「まさか」と確信をもてなかったほどだった。西安の秦腔《チンチアン》茶屋で同じ舞台に立っていたのはつい数年前のこと、その妖艶、華麗なメイクは鮮やかに覚えているのに、今見る胡彩香《ホーツァイシアン》先生はその印象を裏切って、まぎれもなく涼皮《リアンピー》を売る屋台のおばさんだった。軒を連ねて呼び込みをしている涼皮《リアンピー》屋台の女主人たちと何ら変わるところがない。両鬢は雪のように白く、病院のスタッフのような白い帽子をかぶっている。胡《ホー》先生の年齢はおそらく六十を超えているだろうが、六十は舞台女優が越えられない年齢ではない。それなのに、主役を張り、劇団の看板女優として娟《けん》を競った面影はまるでない。だが、客を呼び込み、注文を受ける声はほかの屋台より、断然大きく、華やかで張りがある。まるで舞台の一場面を見ていると錯覚するような、その発声は訓練を受けたプロだけができる純正で心地よい響きを持ち、客席の隅々まで通る歌声は正しい抑揚を保ち、楽隊を従えて自由自在に観客の心を支配した。近くにいた酔客がつぶやいた。

「さすが元女優、涼皮《リアンピー》を売る声までが人と違う」

彼女の屋台の前だけがほかよりも客の数が多かった。前に出ようとした憶秦娥《イチンオー》を米蘭《ミーラン》が引き止めた。

「待って。こんなところ、彩香《ツァイシアン》は見られたくないかも」

この二人の〝姉妹〟の関係がどんな心の襞《ひだ》、心の綾《あや》を持っているのか、憶秦娥《イチンオー》には分からない。彼女は動き出した足を止めた。憶秦娥《イチンオー》と米蘭《ミーラン》は胡《ホー》先生からちょっと離れた屋台の前に座った。ここなら灯りも暗く、人の顔の見分けもつきにくい。二人は卵を溶いた醪糟《ラオザオ》（米から作った甘酒）を注文して飲み始めた。ゆっくりと味わっているところへ、突然、胡《ホー》先生の屋台の当たりから秦腔《チンチアン》の歌声が聞こえてきた。秦腔《チンチアン》ほど悲しみを歌うのに適したメロディーはない。

誰かが胡《ホー》先生に歌をせがむと、周りの誰もが「胡彩香《ホーツァイシアン》、胡彩香《ホーツァイシアン》」とその名を連呼した。胡《ホー》先生は歌い始めた。

（台詞）　お前のやることなすこと　ほんにまあ

（歌）　気随気ままの　極楽とんぼ

人の心を　踏みつけにして
何とつれない　お人よのう
この身のやつれは　みなお前ゆえ
純な心を知らぬげに　この罪作り　ろくでなし　こんちくしょう
私を棄てて　今どこの空

一節歌い終わると、客はどっと彼女を取り囲んで涼皮《リアンピー》を食べ、また次の歌をせがむ。

（台詞）この薄情者　とっつかまえて　どうしてくりょか
（歌）ついて行くにも　この足弱の身は
つい恨み節しか　出てこぬが
なお忘られぬ　あの日のお前のやさ言葉
お前は忘れたふりで　今どこの空
千山万水《せんざんばんすい》ところを隔て
寒い夜更けの　風が吹く
広い都を行き暮れて
この身一つで　踏み迷う

憶秦娥《イチンオー》はこの歌を聞きながら、心にしみてくるものは何だろうかと考え、ふと叔父の胡三元《ホーサンユアン》を思い出した。米蘭《ミーラン》先生は聞きながらまた泣き出した。この二人の姉妹の間に流れている感情を、憶秦娥《イチンオー》はやはりまだ十分に理解しきれないと思った。張光栄《チャンゴアンロン》は歌に合わせて浮き浮きと食器を洗い、テーブルの片づけや地面の掃除に精を出している。夫婦の暮らしはうまくいっているのだろう。

屋台の客が少しずつ減っていくのを見計らって、米蘭《ミーラン》は憶秦娥《イチンオー》と一緒に胡彩香《ホーツァイシアン》の前に出た。

二人の突然の出現に胡《ホー》先生は面食らった。第一の反応はまず胸を覆っていた白いエプロンを外すことだった。次いでかぶっていた白い帽子を脱ぎ、戸惑いを隠せずに言った。

「あなたたちったら、もう、いきなり来るんだから。こんなばたばたしてるところへ。おどかしっこなし。ううん、いいのよ。夜はこうして屋台の仕事……屋台ごっこよ。でも、夢みたい。米蘭《ミーラン》が寧州に帰ってくるなんて」

張光栄《チャンゴアンロン》もやってきて挨拶しながら言った。

「こいつは珍客だ。どういう風の吹き回しかな。米蘭《ミーラン》に続いて秦娥《チンオー》まで。さあ、話は家でやってくれ。ここは俺に任せて、さあ、早く帰った、帰った」

米蘭《ミーラン》は何も言わずに屋台に座り、ずっとここにいたかのように話し始めた。胡彩香《ホーツァイシアン》は二人を急かして家へ向かった。

胡彩香《ホーツァイシアン》の仮住まいは七十平米ほどの広さだった。いわゆる二LDKで、今には長いソファと腰掛けがいくつか置かれていた。ソファと腰掛けの上には涼皮《リァンピー》とグルテンの生地、モヤシ、麺棒などが雑然と散らばっていた。胡彩香《ホーツァイシアン》は早速片づけを始め、長いことかかってやっとソファの上のものがなくなった。二人をソファに座らせると、自分は小さな木の椅子にちょこんと座った。薄暗い照明の下で、憶秦娥《イチンオー》は突然気づいた。胡《ホー》先生はめっきり老けこんだと。秦劇院の連中がいつも、もの笑いにしている〝盛りすぎ〟の女優の姿を全部そろえている。肉厚になり、皺が深く、足がぼってり、顔がむくみ始めていた。胡《ホー》先生は決まり悪そうに顔を揉みながら言った。

「あなたたちのお手入れは随分いいのね。私はすっかりおばあちゃんよ」

米蘭《ミーラン》はすぐ言い返した。

「何暢気《のんき》なこと言ってるのよ。定年が新しい人生の始まりなんだから、老けこんでなんかいられない。老けたと思う心が顔に出るんだから、十七、八歳だと思いなさい。そしたら、顔にぱっと花が咲く」

「花なら咲いてるわよ。サツマイモの花にナスの花。触るとぎざぎざして手を刺すみたい。あなたみたいに運の強い人はいい男が見つかって、いつまでももちもちの肌が保たれる。もう一回嫁に行っても、『王老虎《おうろうこ》の略奪婚』をやれるわよ」

（注）『王老虎略奪婚』　元宵節の夜、女装してパーティーの会場に出た杭州の才子・周文賓が、兵部《ひょうぶ》尚書の天王豹に結婚を申しこまれ、その場から連れ去られるという物語。

米蘭《ミーラン》はすかさず言い返した。

「うえー、気味が悪い。何で私が〝女装の麗人〟やんなきゃならないのよ。口の悪さだけは相変わらずなんだから。これが四十年前だったら、あなたの口は靴底で百叩きよ」

二人はのけぞって笑い合い、米蘭《ミーラン》が言った。

「彩香《ツァイシアン》、早くベッドを作って。今日は一日走り回ってもうくたくた。馬の飼い葉桶の中でも眠れるわ」

「やっぱりホテルに泊まったら？　ここはお姫さまの泊まるところじゃない」

米蘭《ミーラン》はどうしてもここに泊まると言い張り、胡彩香《ホーツァイシアン》は仕方なく寝室に新しい夜具一式を取り出し、三人並んで横になった。

三人が横になってなってしばらくして、張光栄《チャンゴアンロン》が帰ってきた。背負っていた屋台の道具類をどっこいしょとおろし、胡彩香《ホーツァイシアン》が手伝って片づけた後、夫に命じた。今夜は隣の楊さんのところで泊めてもらってちょうだい。私たちはここで寝る。あなたがトイレへ行くとき寝顔を見られたくないからと。張光栄《チャンゴアンロン》は一も二もなく「よっしゃ」と返事した。

三人の話は止めどがなく、行ったり来たりしながら、やはり憶秦娥《イチンオー》の叔父胡三元《ホーサンユアン》の件は避けて通れない。張《チャン》光栄《ゴアンロン》のいないのをよいことにして、胡彩香《ホーツァイシアン》が自分から切り出した。

「秦娥《チンオー》は気を悪くするかもしれないけれど、あのとき、あなたの駄目叔父さんの言うことを聞かなくてよかったと思ってる。実は一緒に逃げないかと誘われたのよ。もし、そうしていたら、私たちはどこかで行き倒れの屍《しかばね》をさらしていたでしょう。あなたの叔父さんは手綱のきかない野生の馬、世の中には到底収まらない人。ここ数年、見る影もなく落ちぶれて、ぎらりと鬼の相が現れた。あなたの叔父さんの中には鬼が棲んでいる。鬼が、西北の風に吹かれて旅をしろと命じているのよ。私がもし張光栄《チャンゴアンロン》と別れていたら共倒れ、この世に一つのねぐらも残らなかったでしょうね。張光栄《チャンゴアンロン》は何の取り柄もない人間だけれど、下水管の工事やトイレの修繕はできる。汚れを厭わず、どぶの浚《さら》えもできる。毎日百元の稼ぎを私にきちんきちんと渡してくれる。これで今の暮らしを立てているのよ。昼間働いてくたくたに疲れているはずなのに、夜は涼皮《リアンピー》の屋台を手伝ってくれる。どうしてだと思う？　私がほかの男に誘惑されないためなのよ。こんなおばあちゃんに誰が手を出すもんですかといくら言っても安心できないでいる。私はあの人の目には男をたぶらかす魔性の女、潘金蓮《はんきんれん》だと映っている。だから、そう見せなくちゃ。目からばちばちっと電気を放ってね。秋波を送って秋のホウレン草だけれど、おばあちゃんなんか、やっていられない。楽じゃないよ」

（注）秋のホウレン草　一九九九年、〝中国の紅白歌合戦〟といわれる春節聯歓晩会で北京人民芸術劇院の人気女優宋丹丹《ソンダンダン》が農村婦人を演じ、「秋波を送る」の「秋波《チュウボー》」を秋のホウレン草「秋菠菜《チュウボーツァイ》」とやって笑いを取った。

胡彩香《ホーツァイシアン》先生は、きついことを平気で言うけれど、話を笑いに持っていく名人だ。米《ミー》先生は言った。

「大丈夫よ。そのうるんだ目でじっと見つめられたら、今でも張光栄《チャンゴアンロン》は寝取られ亭主になっちゃうよ」

胡《ホー》先生は米《ミー》先生の尻に蹴りを一発入れて言った。

「ここでの話は光栄《ゴアンロン》に言いっこなしだよ。あいつの耳に入ったら、きっと落ちこんで何日も飯《めし》が喉を通らないだろう。あいつは本当のことは何にも知らない、何も見ていない。私を女神と崇めてる。私は永遠の劉暁慶《リュウシャオチン》（五十八歳で十八歳の少女を演じて〝不老神話〟を持つ女優）、林青霞《リンチンシア》（二〇二二年三月、六十七歳のスナップ写真がネットで拡散、その若さが話題になった）なのよ。この町の男で私を知らない者はいなかった。だけど、今の私を知る者はもうほとんどいない。光栄《ゴアンロン》爺さんがいるだけでもありがたいと思わなくちゃね。夜の夜中まで身を粉《こ》にして働いて、文句一つ言わない。朝の四時にはもう起き出して涼皮《リアンピー》を蒸して、芝麻醤《ジーマージャン》やたれの味見をし、モヤシを茹で、キュウリやニンジンや香菜《シアンツァイ》の薬味、つけ合わせを作る。これがあんたの叔父さんだったら、こんな辛気くさい、面倒な仕事はやりっこない。一日中死んでも太鼓の撥を放さない。茶碗や箸を洗わせようとしたら、その箸で茶碗を叩き出す。涼皮《リアンピー》を茹でさせたら、杓子《しゃくし》で鍋を叩き出す。床を掃除させたら、箒で床を叩き出す。テーブルを並ばさせたら、指でテーブルを叩き出す。何をやらせても何もできない半端物《はんぱもの》だよ。いつも何かを叩いている。死ぬまで手は何かを叩いているのさ。近ごろ叩くものにこと欠いて、助手の太鼓叩きの前歯を何本か叩き落としたというじゃないか。もし、私があいつと一緒になっていたら、私の前歯も危なかったね。きっと河馬《かば》さんの歯にされていたよ」

憶秦娥《イチンオー》と米《ミー》先生はベッドの上を転げて笑った。胡《ホー》先生はさらに言葉を継いだ。

「あいつの前世はカエルかカワウソみたいに指がつながっていたんだ。人間に生まれかわって、動く指がうれしくて動き出したら、今度は死ぬまで止まらない……」

米《ミー》先生は体をよじって笑った。憶秦娥《イチンオー》は最初は複雑な思いで叔父のこきおろしを聞き、手の甲を口もとに当て苦笑していたが、ついに笑いが弾けた。今度は腹を抱えて大声であっはっはと笑った。

胡《ホー》先生はやはり叔父の行方が気がかりと見えて口調を改め、あの〝唐変木〟、あの〝素っ頓狂〟はどこにいるかと聞いた。憶秦娥《イチンオー》は渭河《いが》沿いの宝鶏《ほうけい》か天水《てんすい》の当たりで、素人劇団の太鼓を叩いていると答えた。胡《ホー》先生は言った。

「あのカワウソの生まれそこないが太鼓をやめるときは死ぬかテンカン起こして半身不随になったときだろう。ということはもう二度と帰ってこないつもりかもね」

憶秦娥《イチンオー》はやはり笑いながら、口の悪い胡《ホー》先生のこき下ろしに得も言われぬ感情がこもっているのを感じ取っていた。

憶秦娥《イチンオー》の叔父胡三元《ホーサンユアン》の話が一めぐりしたところで、話題は現在の寧州県劇団の状況に移った。胡《ホー》先生の話によると、団長にはあの恵芳齢《ホイファンリン》がなっているという。米蘭《ミーラン》は恵芳齢《ホイファンリン》を知らない。胡先生が説明した。

「ほら、『白蛇伝』で秦娥《チンオー》の相手役、青蛇をやった子よ。そこそこに器用な子で、あの後、太鼓を叩いたり踊ったりいろいろやった挙げ句、また歌に戻った。歌といっても秦腔《チンチアン》正規の演目はもう流行《はや》らない。寧州県の活動に合わせて観光キャンペーンをやるときは「寧州よいとこ」とか、歌と踊りと寸劇つきのバラエティーだわね。マンションの分譲開始のときには「運を呼ぶ風水の間取り」とか、保険会社の「お手頃価格で大きな保障」とか、どれもキャッチフレーズをちょこっと変えるだけで使い回しできる仕掛け。景気をつけようと思ったら。ジッチャもバッチャもよいよいよいと秧歌《ヤンコー》の総踊り。みんな腹の中は〝醤油を買う（俺には関係ないの流行語）〟と白けてる。要するに劇団はこんなことで小銭を稼いでいるというわけ。ちゃんとした舞台はどうしたって？　手抜き、骨抜き、秦腔《チンチアン》の名が泣く看板倒れよ。会社もそうでしょ、何とか集団、何とか株式会社、何とか公司《コンス》、名前は長ったらしくなったけど、牛の頭に馬の口をつなぐようなものよ」

　憶秦娥《イチンオー》は昔別れた封瀟瀟《フォンシャオシャオ》のことを聞きたくてうずうずしていた。この数十年、彼女の心の奥で固く結《むす》ぼれた苦しみだった。これは明らかに彼女の初恋なのに、恋人と呼ぶには何もかも朧《おぼろ》なまま、時が過ぎてしまった。今どうしているのか？　女たちのおしゃべりは延々十数人を槍玉に挙げて、やっと封瀟瀟《フォンシャオシャオ》にたどりついた。胡《ホー》先生は言った。

「身を持ち崩すというのはこういうことかね。もう手の施しようがない。まあ、それも幸せな生き方なのかもね。一日中飲んだくれて正気がない。しょっちゅう、道端のどぶにはまって寝ているよ。街中の輪タク（三輪車）漕《こ》ぎはみんな知ってる。ああ、劇団の封《フォン》先生だと。有名人だから、彼を見かけると、みんな車に載せて家まで送ってくれる。彼の女房は言ってるよ。ほっといて、どうせすぐくたばっちまうんだからって」

　胡《ホー》先生はここまで話すと、じっと憶秦娥《イチンオー》の顔を見ながた言い継いだ。

「みんな言ってる。封瀟瀟《フォンシャオシャオ》はお前さんを愛して、そしてとうとう自分しか愛せなくて、こうなっちまったってね。どう思う？」

　憶秦娥《イチンオー》は自分の顔が紅潮するのを覚えた。胡《ホー》先生はさらに話し続けた。

「封瀟瀟《フォンシャオシャオ》はそりゃ可愛い男の子だったわよ。水もしたたるとはあの子のためにあるような言葉だった。文戯《ぶんぎ》も武戯《ぶぎ》も何でもござれ、ほれぼれするような北山《ベイシャン》一の二枚目役者だった。それなのに、お前さんが行ってしまってからは飲んだくれてあの始末さ。瞎瞎《シアシア》病（不治の病）だわね。今はアルコール依存症というんだと。不様《ぶざま》さらして、家族は泣いているよ。息子は縄で父親を縛り上げ、酒を飲ませないようにしているけれど、すぐ自分で縄を切って逃げ出してまた酒浸り。病院に入れたこともあるけれど、二、三日で逆戻り、朝目を覚ますと、酒瓶が半分からになっている。誰の手にも負えないね。舞台に立つどころではないだろう。もう廃人だよ」

憶秦娥《イチンオー》はその夜寝つけなかった。自分が関わった男はみな不運に見舞われていく。生まれ合わせ、星回りで〝男を食い殺す女〟がいるそうだが、まさか自分がそうなのか？　劇団の口さがない連中に言わせると、初恋の封《フォン》瀟瀟《シャオシャオ》は廃人になり、劉紅兵《リュウホンビン》も廃人、石懐玉《シーホアイユイ》は〝俗世〟を棄て、山にこもって「白毛女」（悪徳地主の手を逃れ、山奥にこもって白髪となった薄幸の少女喜児《シーアル》）になったと面白おかしく陰口する。米《ミー》先生も胡《ホー》先生も何十年もの長い結婚生活をこんなにうまく乗り切っているのに、自分は石懐玉《シーホアイユイ》との関係でさえ定かではない。どうしてこうなってしまっただろう？

翌日、米蘭《ミーラン》はかつての寧州県劇団の主任黄正大《ホアンチョンダー》夫婦に会いたいと言い出した。胡《ホー》先生は渋い顔だ。だが、何がどうであれ、米蘭《ミーラン》が黄正大《ホアンチョンダー》夫婦によくしてもらったことは間違いない。

昨夜、胡《ホー》先生は言った。黄正大《ホアンチョンダー》は寧州県劇団を去ってからいくつかの機関、企業を歴任したが、どこでも人当たりが悪く、好かれなかった。幹部でいるときは下の受けが悪く、幹部を降りると幹部間の評判が悪かった。定年になってもじっとしていられなく、一日中、上申書を書いている。自分で書くだけでは気が収まらず、組織の人間を巻きこんで連名で提出する。そのためいきなり降格や退職に追いこまれたメンバーは何人もいて、みなきょとんとして「そんな馬鹿な」と恨みの涙を呑んだ。今、年齢はとうに八十を越しているはずだが、人格は円くならず、閑日は、やってこない。自ら立候補して居住区の住民委員会代表におさまると、階上、階下の老人、老婦人たちに働きかけて連日会議を開き、彼が話し始めると、いつまでも一人で小半日まくしたてる。今度はマンション管理会社の幹部を槍玉に挙げた。彼らはポストを独占し続けて不正な蓄財を行っているとして住民の警戒心を高め、戦闘心をかき立てようとしている。管理会社の幹部は何度も首をすげ替えられたが、かえって悪くなっている。黄正大《ホアンチョンダー》はますます闘争心を高め、警察沙汰にしかねない勢いだ。

相変わらず元気いっぱいねと米《ミー》先生は笑って言ったが、胡《ホー》先生はなおも言い募った。

「そりゃもう、お盛んなもんだわ。一昨昨年《さきおととし》、奥さんに死なれたけれど、すぐ五十代の田舎者の家政婦を雇って、いつの間にかベッドの上の世話までさせてとうとう女房にしちまった。赤ら顔をてかてか脂《あぶら》光りさせて元気いっぱいよ」

それでも米蘭《ミーラン》は黄正大《ホアンチョンダー》に会いたいと言い張り、胡彩香《ホーツァイシアン》に一緒に行ってとせがむ。胡先生は「絶対いや」と突っぱねる。町で彼を見かけたら、遠くから道を避け、口をきいたこともないと言った。米蘭《ミーラン》は仕方なく憶秦娥《イチンオー》に矛先を向けた。憶秦娥《イチンオー》はついに根負けして一緒に出かけることになった。

黄正大《ホアンチョンダー》の居住区へ行くとすぐ、その入り口で立ち働く彼の姿があった。人を指図しながら管理会社糾弾のスローガンを大書した横断幕を掲げようとするところだった。

「不正な蓄財をやめろ！　入居者の管理費を返せ！」

老婦人が数人がかりで幕をぴんと張ろうとし、黄正大《ホアンチョンダー》は後ろからもっと高くとか低くとか指示を出している。米蘭《ミーラン》が突然、黄正大《ホアンチョンダー》の前に立った。誰か分からずに戸惑っている彼に、米蘭《ミーラン》は自己紹介をした。彼はぽんと自分の頭を叩いて「おおおお」と叫び、感動のあまり涙ぐんでいる。

憶秦娥《イチンオー》は遠くからこれを眺め、近づくまいとしている。彼女は黄正大《ホアンチョンダー》に対し、好感のかけらも持ち合わせていない。だが、黄正大《ホアンチョンダー》は彼女が来ていると聞くが早いか、大声で周囲に呼びかけ始めた。あの名優憶秦娥《イチンオー》がきているぞと。途端に周りがどっと沸き立ち、彼女を一目見ようと居住区のほとんど全員が集まって来る騒ぎになった。彼女は慌てて逃げ出そうとしたが、すでに遅かった。黄正大《ホアンチョンダー》は得意気に声を高めて呼びかける。

「私がかつて面倒を見た易青娥《イチンオー》が来た。覚えているか？　今や天下の憶秦娥《イチンオー》だ。最初はこの子の叔父からたっての頼みで裏口から入れた。だが、叔父は重大事件を起こし、あわや銃殺になりかけたが、私は彼女を守り通した。覚えているか？　この子をかばうために私はあらゆる危険を冒し、身を挺して万難を排した！　まず厨房にかくまって火の番をさせたのが功を奏して最大の保護措置となった。そうだろう？　その実、ひそかにみっちりと芸の修行をさせた。そうだろう？　秦娥《チンオー》。何と情義に篤《あつ》い子だろうか。天下に名を轟かす大女優になっても、こうしてこの黄正大《ホアンチョンダー》の恩を忘れず会いに来てくれた。こんなうれしいことはない。満足だよ、秦娥《チンオー》。だが、残念なことに、お前を可愛がったおばさん、私の妻はこの世を去った。いたらきっと、米蘭《ミーラン》とお前に得意の卵餃子の腕を振るったのにな。あの卵餃子のうまかったこと、米蘭《ミーラン》が誰よりも知っている」

憶秦娥《イチンオー》は何も言えなかった。黄正大《ホアンチョンダー》は健忘症になってしまったのか、それともぬけぬけとしらを切り通す気なのか？　すでに過去のことになってしまったとは言え、当事者はみんなまだ生きている。どうして白を黒と言いくるめられるのか？　彼女は最初、この場を笑顔で切り抜けようとした。耄碌した老人を相手に昔の修羅を燃やしても始まらないと思ったが、ついに笑顔は出なかった。それにしても、黄正大《ホアンチョンダー》は叔父や自分に恥じる気持ちはないのだろうか？　どうして申しわけないの一言が出ないのだろうか？

黄正大《ホアンチョンダー》のもとを切り上げてから、憶秦娥《イチンオー》はは老芸人の裘存義《チュウツンイ》や厨房の大先輩宋光祖《ソングアンズー》師匠を訪ねたいと考えていた。二人とも彼女が厨房の修行をしていたとき、親身の世話をしてくれた人たちだ。彼女に手取り足取り芸を仕込んでくれた四人の老芸人のうち、この世に残っているのは裘存義《チュウツンイ》一人になってしまった。胡《ホー》先生の家を出たとき米《ミー》先生に伝えていたが、何と黄正大《ホアンチョンダー》との別れしなに裘存義《チュウツンイ》が昨夜亡くなったことを知らされた。享年八十四歳だった。

二人はすぐ予定を変え、何はともあれ裘存義《チュウツンイ》の葬儀に参列してから出直そうということになった。その葬儀の場で、憶秦娥《イチンオー》は封瀟瀟《フォンシャオシャオ》と年来の仇敵廖耀輝《リャオヤオホイ》に出会うことになる。

廖耀輝《リャオヤオホイ》は宋光祖《ソングアンズー》師匠の引く台車に乗せられ、火葬場へ向かう裘存義《チュウツンイ》の葬列に連なっていた。まさかここで憶《イ》秦娥《チンオー》に出会おうとは、彼はぽかんとして憶秦娥《イチンオー》を見つめた。宋《ソン》師匠の話によると、廖耀輝《リャオヤオホイ》はここ数年、寝たきりになっていたが、何としても老友裘存義《チュウツンイ》を見送りたいと頼みこまれたという。廖《リャオ》師匠は言った。裘存義《チュウツンイ》には大恩があり、人生の瀬戸際で何度も出番と見せ場を世話してくれたとのこと。もし裘存義《チュウツンイ》がいなければ、早晩、寧州県劇団をお払い箱になっていただろう。劇団の正規の職員ではない彼が五十年以上仕事を続けられたのは裘存義《チュウツンイ》のお陰だった。彼には子どもはなく、半身不随になってからの起居は劇団の中で宋光祖《ソングアンズー》の世話になっていた。とはいえ、劇団の財政は苦しく、劇団員の給与が三、四割に減らされている中、廖耀輝《リャオヤオホイ》に対する面倒見はそれなりに誠意を尽くしたものだった。だが、医療費は支給されず、劇団員の寄付金、見舞金などが集められて細々と延命が図られているのだった。宋《ソン》師匠は言った。

「廖耀輝《リャオヤオホイ》は自分を責め続けている。お前に悪いことをした。お前の名誉を傷つけたことは、いくら謝っても謝りきれない。俺が病気になったのも天罰てきめん、因果応報だ。光祖《グアンズー》よ、今度あの子に出会ったら、詫びを伝えてくれ。今度生まれ変わったら犬になる。どこかの家の前で尻尾を垂れている犬がいたら俺だと思ってくれと。今はろくに口もきけず、哀れなものさ」

憶秦娥《イチンオー》は、台車に乗って全身を震わせ、涎《よだれ》を垂らしている廖耀輝《リャオヤオホイ》を遠くからじっと見つめた。見ているうちにふっと体が軽くなり、この一瞬間ですべてを許している自分に気づいた。

命とは何とはかなく、悲しいものだろう。

寧州を離れるとき、彼女は宋光祖《ソングアンズー》師匠に千元を渡して言った。

「これで車椅子を買って下さい。宋《ソン》師匠のお手間も少しは省けるでしょう」

宋光祖《ソングアンズー》が何のことか分からないでいるうちに憶秦娥《イチンオー》は身を翻し、涙を見せずに立ち去った。

憶秦娥《イチンオー》は廖耀輝《リャオヤオホイ》の哀れさに泣いているのではなかった。泣いている人間の哀れさ、自分を含めて命の哀れさを泣いていたのだった。

憶秦娥《イチンオー》はまた封瀟瀟《フォンシャオシャオ》も見かけた。彼は立っているのではなく、葬儀場の近くの溝の中で自分の吐いた汚物にまみれ、汚物を食べる犬たちに囲まれ、そこに転がっていた。彼女は涙がほとばしるのを止められなかった。

人って何だろう。初々しく晴れがましく祝福された出会い、歓を尽くした交情があったのに、幕切れはこんなにあっけなく、こんな哀れなものなのか？

米《ミー》先生は最後に胡《ホー》先生に打ち明けた。秦腔《チンチアン》のブロードウエー公演に参加してほしいこと、そして伴唱という形だが、秦腔《チンチアン》にふさわしい輝きを添えるであろうことを。

米《ミー》先生は言った。彼女は十数歳の時から胡彩香《ホーツァイシアン》の歌唱力に嫉妬し続け、今になってもその歌が蘇ると、彼女の体が反応し、心が震えると。

別れのとき、米《ミー》先生はさらに言った。彼女は九歳のときから秦腔《チンチアン》を学び始め、今年六十歳を過ぎてアメリカ暮らしを続ける中、寧州県劇団の舞台で秦腔《チンチアン》を歌っている夢を見る度に、自分がが生まれ育った寧州の秦腔《チンチアン》をアメリカの舞台に乗せる願いを募らせていたと。

彼女を作り、今も彼女の命となっているのはやはり秦腔《チンチアン》の役者魂だった。

寧州を発つ日、彼女は胡《ホー》先生を抱きしめ、敬愛する〝姉弟子〟をアメリカで待っていると言い置き、さらに続けた。

「必ず来てよ。私はね。思いきって言うけれど、私は神さまなのよ。秦娥《チンオー》とあなたを中国から選び出し、連れ出すために天から遣《つか》わされた神、このためには惜しみない力を発揮する神なのよ。秦娥《チンオー》と一緒に必ず来てね。秦娥《チンオー》、あなたは胡《ホー》先生を縄で縛っても必ず連れてきて。分かった？」

憶秦娥《イチンオー》はうなずいた。

「はい、必ず！」

三十六

秦腔《チンチアン》のブロードウエー公演は西安に激震をもたらした。

公演団の出発前から過熱した各メディアはほとんど毎日憶秦娥《イチンオー》を追いかけ、憶秦娥《イチンオー》の写真と〝新情報〟を見ない日はなかった。取材攻勢の〝二番手〟の楚嘉禾《チュチアホー》は、紙面を見ると、「臨戦態勢！　憶秦娥《イチンオー》と狐の仙女たち」の見出しに腹を立て、各紙をすべて引き裂いた。秦腔《チンチアン》といえば憶秦娥《イチンオー》、憶秦娥《イチンオー》といえば秦腔《チンチアン》、陝西省《せんせい》秦劇院といえば憶秦娥《イチンオー》、憶秦娥《イチンオー》といえば陝西《せんせい》省秦劇院、『狐仙劫《こせんこう》』といえば憶秦娥《イチンオー》、憶秦娥《イチンオー》といえば『狐仙劫《こせんこう》』、どうせ、すべては憶秦娥《イチンオー》の一人舞台、一人天下、一人遊び、頼りにならないのは薛桂生《シュエグイション》団長だ。新聞の報道合戦が始まったとき、喜んだ団長は蘭花指をぴんと振り上げ、全紙を切り抜いて掲示板に張り出すように命じた。独占インタビューやすべての取材記事に秦劇院と団長はほんの申しわけ程度に名前しか出ず、実質的に憶秦娥《イチンオー》一人に全紙面が乗っ取られた形だ。

ある日、楚嘉禾《チュチアホー》と主演級の二人が薛桂生《シュエグイション》団長に意見をぶつけた。

「団長、この秦劇院を憶秦娥《イチンオー》劇団と改名したらどうですか？　アメリカ公演が憶秦娥《イチンオー》一人でできるものなら、彼女一人が行けばいいでしょう。何もわざわざ五十人も六十人も道連れになることないじゃない」

〝薛蘭花《シュエランホア》〟は笑いながら言った。

「秦腔《チンチアン》を世界に広めるため、我々は勝利の第一歩を踏み出した！　君たちは毎日新聞を見て、スターのゴシップ、スキャンダルばかりでつまらないと文句ばかり言っているだろう。今回は明けても暮れても秦腔《チンチアン》ずくめ、文句を言うことないだろう。誰か一人だけにスポットの当たるのが面白くないのだろうが、本質から言えば、すべて秦腔《チンチアン》のイメージアップにつながっている。新聞はみんな新しもの好きだ。そうでなきゃ、新聞は売れないからね」

アメリカに着くと、話題はさらにヒートアップした。

公演団の受け入れ条件、待遇は主演の憶秦娥《イチンオー》一人が別格で、女王と家臣団のようだった。マンハッタンのケネディ空港に着陸するや、憶秦娥《イチンオー》にうやうやしく花束《ブーケ》が手渡され、空港に横づけた高級車が憶秦娥《イチンオー》を攫《さら》うように走り去った。ホテルでは憶秦娥《イチンオー》一人がスイートルームで、ほかは全員ツインルームに押しこめられた。公演団を率いる陝西省の幹部、北京の文化省幹部、薛桂生《シュエグイション》団長たちでさえ、訪米団名簿では「出演者」の名義になっているため、この扱いでは情けなく面子の立たない思いをしたに違いない。薛桂生《シュエグイション》は劇中の端役を与えられ、巣穴を追われて落ちのびる狐の老母を演じた。幕間一分足らずの出番で、薛桂生《シュエグイション》が子狐たちを引き連れる〝悲しみの逃避行〟だったが、薛桂生《シュエグイション》が憤懣の蘭花指を逆立てる〝怒りの大行進〟になったようだ。一回目のリハーサルで剽軽者《ひょうきんもの》のチャルメラ奏者がこれを見て、とてつもない破裂音を響かせ、驚いた楽団員は手の銅鑼を取り落としてけたたましい大音響を発してリハーサルはぶち壊しになった。薛桂生《シュエグイション》は失笑を買い、女王然と振る舞う憶秦娥《イチンオー》と好対照を見せた。

楽屋の配分でも団員たちは厳しい階級社会の現実を見せつけられた。憶秦娥《イチンオー》一人に個室の化粧室を与えられたのだ。入り口に守衛が立ち、誰かが入ろうとすると、「ノー、ノー、ノー」と手を振って追い払われてしまう。メイク・結髪の担当者によると、中は豪勢な飾り付けで、部屋いっぱいに生花が飾られ、トイレも専用の個室だという。ほかの俳優は大人数が共同で用を足さなければならないから、混み合うのは目に見えている。薛桂生《シュエグイション》はせめて主演級には彼女の化粧室を使わせてもらえないかと掛け合ったが、劇場の管理人は大仰に肩をそびやかし、両手を広げて不同意を示した。劇場にはトイレの共用を認める規則はない。主演俳優の楽屋は主演俳優のためのもので、主演俳優は安静と休息を必要とし、精神を集中し、台詞を浚《さら》う邪魔になってはならない。そして決め手の一語を言い添えた。

「主演俳優の労働はすべての人から尊重されなければならない」

メディアの取材さえ、〝長槍と拳銃〟で入り口をふさぎ、写真撮影は主演俳優がメイクを仕上げた後に初めて認められる。それ以外は何人といえども、いかなる交流も許されない。取材は公演が終わるのを待たなければならなかった。

今回の訪米公演で、楚嘉禾《チュチアホー》は米蘭《ミーラン》について、あることないこと、さまざまな噂を吹きこまれた。米蘭《ミーラン》と胡彩香《ホーツァイシアン》は寧州県劇団の研究生の時代から主役を争い、火と水のように相容れない仲だった。それなのに、どこがどう筋違いを起こしたのか、突然、米蘭《ミーラン》は胡彩香《ホーツァイシアン》にぞっこん惚れこみ、無理矢理訪米公演団に引っぱりこんだ。わずか数句の伴唱のためにわざわざニューヨークまで連れて来たという。楚嘉禾《チュチアホー》は胡彩香《ホーツァイシアン》がきらいだった。というのも、胡《ホー》彩香《ツァイシアン》は憶秦娥《イチンオー》の叔父胡三元《ホーサンユアン》とできていたと聞いていたからだ。胡彩香《ホーツァイシアン》の息子も胡三元《ホーサンユアン》との間でできた子だとささやかれていた。団員たちはその息子と胡三元《ホーサンユアン》を見比べて、胡三元《ホーサンユアン》の鼻、目、口、耳の垂れ具合まで仔細に点検した。結果、その子は色の黒いのを除けば、何からかにまで〝瓜二つ〟だということになった。このふしだらな女が易青娥《イチンオー》に手取り足取り芝居を教えた張本人だった。その上、あろうことか厨房の竈《かまど》で灰をかぶっていた女の子を西安の檜舞台に押し上げ、秦腔《チンチアン》界の奇怪な伝説《レジェンド》にまでしてしまったのだ。

胡彩香《ホーツァイシアン》は公演団と同行して、恥をかきっぱなしだった。初めて乗った飛行機に怯えて叫んだ。

「アイヨー、鷹に捕まえられて空を飛んでいるみたい。鷹が爪を放したら、まっさかさま、この世とお別れだ。張《チャン》光栄《ゴアンロン》を家に残してくるんじゃなかった」

胡彩香《ホーツァイシアン》は飛行機の上でもっと笑いの種を撒き散らしている。コーヒーを飲むとき、彼女は苦いのが口に合わず、口ゆすぎに別な飲み物をほしがった。乗務員にはっきり説明できずに運ばれてきた飲み物がリキュールだった。一気に飲み干した胡彩香《ホーツァイシアン》は大酔《たいすい》を発してそのままずるずると座席の下に滑り落ち、全身の体形をもろにさらけ出すことになった。それはまさに陝西省秦劇院ではあり得ない体形だった。上半身が長く下半身が短い。腰に余計な肉がつき、顔は大きい。これはどこかの農村の団体《ツアー》で観光旅行に出かけたおばさんが何かの間違いで「中国秦腔《チンチアン》訪米公演団」に紛れこんだとしかいいようがない。

また、飛行機に持ちこもうとした二つの旅行バッグがトラブルを起こした。二つのうち一つがぱんぱんにふくれ上がりファスナーが締まらない。聞くと、米蘭《ミーラン》へのお土産ということだが、品物は黒々とした臘肉《ラーロウ》（豚肉を旧暦一二月の寒風にさらした漬け干しの燻製。高価な貴重品）、もう一つは豚の腿肉で、大きな骨付きの足がカバンからはみ出している。荷物は二つとも大きすぎて両手では持てない。タオルで二つを結びこれを振り分けにして、その豊満な肩に担いだ。当然のことだが、これでは税関を通れない。まず豚の腿肉が没収となった。彼女は怒った。

「関所（実際は税関）の奴ら、何でも没収したがる」

憶秦娥《イチンオー》以外、誰も胡彩香《ホーツァイシアン》と一緒にいたがらない。これでは〝恥と一緒に〟歩くようなものだ。困ったことに、胡《ホー》彩香《ツァイシアン》はそんな目で見られていることに一向気づかない。それに口数が多する。いつものずばずば言う物言いは一旦始まると周りの人間の大爆笑をさそい、旅行社の添乗員から何度も注意を受けた。外国に行ったら道路やレストランで群がらないこと、大声で笑ったり喚いたりしないこと。しかし、大観園に初めて入った劉婆さん（下巻七八ページ参照）のようなおのぼりさんに、何を言っても効き目がなかった。

ニューヨークに着くと、米蘭《ミーラン》は胡彩香《ホーツァイシアン》と憶秦娥《イチンオー》に対して下にも置かぬもてなしぶりだった。同じように楚嘉禾《チュチアホー》と周玉枝《チョウユイジー》にも気を遣い、この二人だけをこっそり個人的な宴席に招いていた。だが、胡彩香《ホーツァイシアン》と憶秦娥《イチンオー》への思いの深さは、これまで隔てられていた距離と時間を一挙に取り戻そうとするかのようだった。何につけ不満を言いたがる楚嘉禾《チュチアホー》に、周玉枝《チョウユイジー》はたしなめて言った。

「米蘭《ミーラン》と彩香《ツァイシアン》先生は互いに競った仲だけれど、互いに姉たり難く妹たり難く、互いに一目置いている関係ね。憶《イ》秦娥《チンオー》はこの二人から可愛がられて育ったんだから、お互い思いはひとしおでしょう。そのとき、私たちはまだ研修生だったんだから、いわば何の関係もなかったのよ。でもアメリカに来て、私たちを一度、ご飯《はん》に招待してくれた。これだけでもありがたいと思わなくちゃ。あなたみたいに一々文句つけてちゃ、エンパイア・ステート・ビルにただで泊めさせろというようなものよ」

憶秦娥《イチンオー》はいつものようにどこにも行かず、寝てばかりいる。舞台が一番大事と言わんばかりにマンハッタンやウォール街の見物にも興味がないようだ。楚嘉禾《チュチアホー》と周玉枝《チョウユイジー》ものんびりとニューヨークの休日を楽しんだ。やたら出歩かず、出かけるときは二人一緒に、ウォール街近くにある巨大な雄牛《ブル》の銅像を見て、写真も撮った。エンパイア・ステート・ビルにも登り、九・一一に崩壊したワールドトレードセンターのツインタワーの跡地にも行った。楚嘉禾《チュチアホー》は仲間とこっそり、ワシントンにも足を伸ばしたようだ。

訪米公演は確かに成功した。本当の意味で成功した。先の欧州三ヵ月公演のときは帰国後の報道に「ヨーロッパに大センセーション」といった大見出しが舞い、当人たちは腹の中で「ふん」と笑った。あれはこれ見よがしの荒技、凄技で相手の目をくらましたに過ぎなかった。今回のブロードウエー公演は全幕通しの大芝居《おおしばい》で、物語のスケール、構成の精緻さ、文戯、武戯、歌唱部分が過不足なく配置された本格舞台だった。二回公演のうち、第一回は八割前後の入り、第二回は満席で札止めとなった。在米華人の入場率は約二割で、現地客の多さが話題となった。閉幕後は五回のカーテンコール、鳴り止まぬ拍手は最長十六、七分の長さに渡った。第二日、アメリカの多くのメディアが中国最古の伝統劇・秦腔《チンチアン》公演の盛況ぶりを一斉に伝え、憶秦娥《イチンオー》の舞台写真と報道記事が全段ぶち抜きで扱われた。アメリカに着くまでさんざん虚仮《こけ》にされた胡彩香《ホーツァイシアン》はブロードのウエーの舞台に立った途端、異才、異能の歌唱力で会場を湧かせ、文字通り震撼させた。米蘭《ミーラン》の一歩も引かぬ要求に対して、〝薛蘭花《シュエランホア》〟はみごとに答えを出した。悲愴美あふれる「苦音慢板《くおんまんばん》（緩徐調《アダジオ》）」という悲しみの曲調を選び、歌詞はたった四句ながらクライマックスの場面で胡彩香《ホーツァイシアン》を登場させたのだ。


狐の仙人の巣は無残に毀《こぼ》たれた。

年古《ふ》りて白銀の体毛に覆われた狐の仙人は、藜《あかざ》の杖を頼りによろめく足を踏みしめながら登場。

廃墟を背に、険しい山頂に立つ。

秦腔《チンチアン》独特の悽愴の気に満ち、剛毅さを湛えた「苦音慢板《くおんまんばん》」の調べに乗せて胡彩香《ホーツァイシアン》が歌う。

テンポは緩徐調《アダジオ》。〝山に吠えるが如く〟雄勁にして気宇壮大、深く沈潜して心情を吐露する。

耐えに耐えた心はやがて勇み、奮い立つ。苦音慢板は悲劇的人物の造形に力を発揮する。

この山高く　この水清し
千秋万代　終《つい》の棲家《すみか》と定めども

天人《てんじん》共に許さざる　この非道　この無残
生き代わり　死に代わり　耐え忍ぶのみ

狐の仙人が踏みしめていく遙かな道のりに、新しい生命の息吹きがほとばしる。

楚嘉禾《チュチアホー》は胡彩香《ホーツァイシアン》に悪意と反感しか持っていなかったが、この「苦音慢板《くおんまんばん》（緩徐調《アダジオ》）」を聴いて心が震え、自分の短見《たんけん》・浅慮を深く恥じた。もし自分に人を見る目、ものを感じる心があれば、いち早く胡彩香《ホーツァイシアン》にしがみついてでも教えを乞うただろう。それなのに憶秦娥《イチンオー》というおべっか使いがしゃしゃり出て自分のものにしてしまった。今ごろ気がついても後の祭りかもしれないが、挽回の手立てはないものか。あの死に損ないの胡彩香《ホーツァイシアン》だって、ブロードウエーという最後の土壇場でどんでん返しを演じ、たった四句の出番で新聞雑誌を味方につけ、一躍〝時のスポット〟を一身に浴びてしまった。今からでも間に合うものなら、どんな手を使ってもやり遂げてみせる。

米蘭《ミーラン》は終演後、舞台に駆け上がって胡彩香《ホーツァイシアン》を抱きしめ、大泣きに泣き、そして断言した。

「あんたは変わっていない。この声なのよ。四十年前と同じ。もう泣けて、泣けて」

楚嘉禾《チュチアホー》はひそかに思う。四十年前の涙と今の涙が同じはずがない。主役を争った者同士にしか分からない心の葛藤、それは肉を切り血を流す痛みなのだ。

帰国すると、憶秦娥《イチンオー》の信奉者たちが空港に押しかけ、凱旋の横断幕を掲げ、銅鑼を叩き、大型のオープンカーに乗せて連れ去った。

楚嘉禾《チュチアホー》は西安に戻って思い知らされた。街は憶秦娥《イチンオー》一色に塗りつぶされ、胡彩香《ホーツァイシアン》のたった数句の出番でさえほめそやされている。だが、ナンバー・ツーの助演として憶秦娥《イチンオー》を支えた自分のことはどの新聞にも一字として書かれていない。彼女の母親は普段からくだくだしい物言いをするが、今回はさらに輪をかけてまくし立てた。

「お前の劇団も妙なところだねえ。アメリカ行きは秦腔《チンチアン》のお披露目で秦劇院の仕事だろう。新聞を見るとまるで憶秦娥《イチンオー》一人のお手柄じゃないか。あの子一人でできるものなら、一人で行って独演会でも何でもやればよかったんだ。ぞろぞろ人を引き連れて行くことはない。その他大勢はみんな木偶《でく》の坊かい？　がらくたの寄せ集めかい？　揃いも揃って不甲斐ないねえ。ちっとは悔しくないのかい？　それはそうと、見たかい？　あの羊飼いの娘の母親、あの老いぼれ婆さんがすっかり舞い上がって、天下でも取ったつもりだよ。あの馬鹿な孫が死んでくれて、さぞせいせいしたんだろう。化粧のけばけばしいこと、むやみやたらに塗ったくって、眉毛はゲジゲジが百匹這い回り、口紅はべたっとはみ出して、孫悟空に出てくる白骨の精の僵屍《キョンシー》（お化け）だよ。一日中はいている花柄のズボン、まるで大根が歩いているようなものだわね。上半身はのインド人みたいなサラサを体に巻きつけて、着ているんだか脱いでいるんだか分からない。西安に出てきた当初は花模様の団扇《うちわ》をばたばたさせて、南城門あたりをおどおど歩きして今にも転《こ》けそうだったのが、今は太々《ふてぶて》しいしいったらありゃしない。娘がニューヨークで一発当ててから人が変わったね。団扇が日傘に変わり、口笛吹いて人前をのしのし歩くのさ。田舎の親戚を引き連れて秧歌《ヤンコー》（田植え歌が起源といわれる農村の祭り歌）を今にも踊り出しそうな勢いだよ。口を開くと憶秦娥《イチンオー》の話ばかり、自分が憶秦娥《イチンオー》の母であることを会う人ごとに吹いて回っている。みっともないねえ。もう、おかしくて死にそうだったよ。お前たちがアメリカへ行った翌日、城壁の下を散歩していたら、また見かけたよ。何と、『白鳥の湖』の「四羽の小さな白鳥の踊り」をやってるのさ。これがバレエかい。『豪傑の歌』（一九九七年放映『水滸伝』の主題歌）だよ。豪傑どもが足踏み鳴らして「大河は東流、またたく北斗星、お頭が死ねと言えば馬前に死に花咲かせましょう」なんてね。あの婆さんが、えっちら、おっちら、ずんどこ、ずんどこやってるのさ。ぴょんと跳び上がったら、ずどんと落ちて城壁に穴があきそうだったよ。ははは、村の洗濯婆さんでも都に入って三年も経つと、こうも変わるものかね」

楚嘉禾《チュチアホー》は自分の母親が憶秦娥《イチンオー》の母親をこんなにも踏みつけにするのを笑いたい気持ちもあったが、やはり笑えなかった。母親の話は際限なく続く。

「憶秦娥《イチンオー》がおとなしそうにしているからって、それは上辺だけのことさ。ちょっとぐらいいい顔をされたからって、その気になっちゃいけないよ。一家あげて田舎を引き払ってから数年、憶秦娥《イチンオー》の姉の方が何やら〝文化と芸術〟に手を出してきた。会社を作ってイベントの請け負いを始めたらしい。結婚式や葬式はお手のもの、会社の行事、パーティーの企画、手配、実施までよろずお任せ下さいってさ。最近はテレビ番組の制作まで手を広げたというから馬鹿にできない。『この街の片隅で』とかいっちゃって、カメラ担いで社会探訪とか称して〝食レポ〟から事件や風俗の覗《のぞ》きまでやっちまう。出演者は憶秦娥《イチンオー》の姉、その亭主、あの婆さんまで一家総出でレポーターっていうんだから笑っちゃうよ。しかし、これがテレビ局に売れている。テレビ局の社外プロダクションだよ。一年間で何十本作って、灞河《はが》（西安の東を流れる河）のあたりに家を買ったというから大した景気だよ。ただ、憶秦娥《イチンオー》の弟というのが札つきの悪《わる》で、太鼓叩きの叔父と同じように牢屋につながれたらしい。それでもインターネットの会社を立ち上げた。人を雇って、秦腔《チンチアン》の演目のダイジェスト版を作っている。省歌舞団の看板女優を恋人にしているってさ。何という時代だ。よく見ておくんだよ。どんな生き方をしても、どこかに食らいつけば生きていける。芝居は舞台に立たなくても飯《めし》の種になる。一家は壊れても家はある。体面はつぶれても気にしなければいい。これがあの連中の生き方さ。憶秦娥《イチンオー》は勿論、周玉枝《チョウユイジー》だって及びもつかない芸当だよ。そうそう、お前の友達の周玉枝《チョウユイジー》の夫婦は息子が生まれ、今度は女の子が生まれたそうだよ（二〇一六年、中国は人っ子政策を廃止し、子供を二人まで容認し、二〇二一年には三人まで認められた）。息子と娘がひと揃いだよ。曲江《きょくこう》（長安の東南にあった池。杜甫の詩でも知られる）に複式《メゾネット》の家を買ったそうだよ。ほら、お前、しっかりしなさい。お前はどんな生き方をしているか、とくと胸に手を当てて考えるんだ。お前を叱っているんじゃない。この世は気丈なだけでは生きていけないということさ。強気を通すだけじゃ、いい男は見つからない。お前の元亭主だって焦って離婚することはなかったんだ。また海南島でまた一旗揚げて、今は億万長者だそうだよ。お前にはもう関係のないことだろうけどさ……」

「もう、うんざり、いい加減にして。このことは私がママに頼んだ覚えはないし、こうなったのは私が望んでしたことでもない。要するに私たちとは関係ない。来る度にぐずぐず言われ、一生言われ続ける身にもなってよ。お願いだから、もう私には構わないで、ほっといてよ。ママはパパの言いなりになっているだけでしょう。確かにパパは銀行の支店長に昇格したけれど、国の等級だと〝主任〟どまりで定年退職じゃない。もうどこからもお呼びがかからず、県の役人だって相手にしてくれないわ。〝主任〟がどうのっていうわけじゃないけれど、何商売もそう。俳優という仕事だって先は読めない。昨日の人気者が今日はスカを食う。誰にもどうにもならないことってあるのよ。だからお願いだから、もう私にはもう口を出さないで」

楚嘉禾《チュチアホー》は泣いた。母親はむっとしてバッグを持って立ち上がり、帰りしなに言った。

「お前は聞きたくないかもしれないけれど、これだけは言っておくよ。お前は自分一人が不幸だと思っているようだけれど、それは違う。お前が芝居で大成しないのはお前の気立て、心がけが悪いから。一人で何かをなし遂げようとしたら、心を広く持ち人を受け入れないと道は開けない。それができなければ、一人で家にこもって泣いていなさい。どうやら、それがお似合いね！」

母親が去った後、彼女は大泣きに泣き、腹立ちまぎれに家の中のものを手当たり次第に投げつけ、叩き壊した。床はガラスや陶器の破片、散乱した本や台本で堆《うずたか》くなった。彼女の怒りに火をつけたのは芝居のことを言われたからではなく、別れた男のことだった。債鬼から逃げ回り、地べたを這いずり回って泥水をすすった数年後、突然、海南島で返り咲いたという。死んだ干物が生き返ってまた水の中を泳ぎだした。再起のきっかけになったのは、建築が中断されていたビルやマンション、草ぼうぼうの空き地に一挙に億の値がついたことだった。すかさず上場すると、今度は十数億の利を生んだ。

これを確認した楚嘉禾《チュチアホー》はすぐに子どもを連れて海南島へ飛んだ。さまざまな言葉の投げ飛礫《つぶて》が彼女に乱れ飛んだ。よくもまあ、おめおめと顔を出せたものだ。夫が苦闘のどん底にあったとき、この鬼嫁は刀で断ち切るが如く、水をかけて消し去るが如く、婚姻関係の解消を迫ったではないか。これは債権者の追求から逃げようとする我が身可愛さの身勝手な行動で、今さら姿を現して泣き落としにかけるのは何たる鉄面皮。しかし、まあ、〝前妻〟であることには違いないから、それなりの〝礼遇〟をもって追い返せ。覆水盆に返らずだ。妻の座は自分一人という思い上がりも改めるがよかろう。とくと見るがいい。嫁の一人や二人、〝身代わり〟はすぐ見つかって、ちゃんと子どもまでも生まれている……。

その〝身代わり〟というのは、楚嘉禾《チュチアホー》の前夫が苦難の時期に救いの手を差しのべた一人の女子大生だった。年齢は楚嘉禾《チュチアホー》より十三歳も若い。気性は激しく、高飛車でずけずけとしたもの言いをする。テレビドラマの『甄嬛《しんけん》』（清朝後宮の権力争いを描いたテレビドラマ『宮廷の諍《いさか》い女《め》』の女主人公。妃が皇帝を殺して皇太后となる物語）を思わせる。楚嘉禾《チュチアホー》は毒気を抜かれて茫然自失、ひたすら恐れ畏《かしこ》み、ほうほうの体《てい》で逃げ帰った。だが、前夫は息子を認知し、引き取って養育したい希望を出した。その方がましな教育環境を与えられるだろう。溺れる楚嘉禾《チュチアホー》は最後まで〝命の藁《わら》〟を放さなかったのだ。

それから数年、楚嘉禾《チュチアホー》に再婚話が降るように持ちこまれた。じかに門前を訪れて、ねばる志望者、ドアを蹴破る狼藉者もいた。だが、彼女の意にかなう男は現れない。彼女はいつも感じていた。自分は歌と演技では憶秦娥《イチンオー》に勝てなかったが、男運では自分の方が勝《まさ》っている。憶秦娥《イチンオー》の夫は二人とも人前で派手な転《こ》け方をして退場した。いい気味だと思う。さまになる男を探すのは、特に自分の年齢に見合った初老、中老の男を選び出すのは、素直でお利口な犬を見つけるより難しい。まともな男はみな家庭を持っている。彼女に言い寄り、つきまとって、わざとらしい愛を誓うのはまだしも、「今の妻と離婚できたら君と結婚したい」などとほざく者もいる。みな彼女と〝寝たい〟一心で口から出任せの戯言《たわごと》だ。だが、一旦関係を持つと、女房と別れるどころか〝二股かける〟百の理由を並べ立て、果ては「君の名誉を守るため」とか、ずるずるべったりの関係に持ちこもうとする。彼女にとって男の手口はお見通しだ。

海南島から帰ってから、彼女の〝婚活〟は困難を極めた。それは人に笑われたくない見栄と、できれば見返してやりたい面子《めんつ》の問題で、要するに格好をつけたかったからだ。この年齢にさしかかっても、〝美バディ〟のメンテナンスに抜かりはなく、すれ違った男の〝ふり返る率〟もまだ高い。彼女の信奉者、支援者の中に彼女の要求を満たす〝高《ガオ》・大《ダー》・上《シャン》〟の男がいた。彼女はあまり気乗りしなかったが、ちょっといい顔見せてやると、飛び上がらんばかりにやってきた。

（注）高《ガオ》・大《ダー》・上《シャン》　高《ガオ》は「高端《ガオドゥアン》」（ハイエンド）、大《ダー》は「大气《ダーチー》」（上品）、上《シャン》は「上档次《シャンダンツ》」（高級）。

そのころ、彼女は一つのことを思いめぐらしていた。それはやはり憶秦娥《イチンオー》のことだ。この女をどうしてくれようか。憶秦娥《イチンオー》のアメリカ公演以来、彼女の信奉者たちの間で突然持ち上がり、大いに盛り上がっている企画があった。それは彼女のために「憶秦娥月間《イチンオーげっかん》」を打ち上げようというもので、ここ数十年の彼女の全作品を一挙上演する大イベントだった。ネットやSNSでさらに拡散し、注目が集まっている。さらに関係団体、機関、協賛会社を巻きこんで「秦腔《チンチアン》皇后杯」の金杯を憶秦娥《イチンオー》自身に授与者にするというところまで発展した。楚嘉禾《チュチアホー》の耳にも入っている。秦腔《チンチアン》業界が色めき立ったのは、「秦腔《チンチアン》皇后杯」というからには「金杯」「銀杯」「銅杯」のランクづけが行われ、自分にも受賞の機会がめぐってくるかもしれないからだ。しかし、楚嘉禾《チュチアホー》がこれを聞いたとき、まるで死んだハエが口の中に飛びこんできたような違和感、不快感を覚えた。小皇后であろうが太后であろうが人が勝手に呼ぶのはご愛敬だ。だが、いくら憶秦娥《イチンオー》の名声が飛ぶ鳥落とす勢いで、業界あげて憶秦娥《イチンオー》に靡《なび》き伏しているとしても、自分から〝皇后〟を名乗るのは、おっちょこちょいとしか思えない。日の当たらないところで秦腔《チンチアン》を支えている無数の芸人たち、あるいは大物芸人たちを何と心得るのか。楚嘉禾《チュチアホー》の心がざわざわと騒ぎ立ち、抑えがきかなくなったとき、彼女の熱烈な信奉者から電話が入った。どこかの所長を務めている〝高《ガオ》・大《ダー》・上《シャン》〟の男だ。よろしければ自宅に参上したいという。男の腹の中は読めている。彼女は笑って「どうぞ」と答えた。

その夜、二人は長いこと話しこんだ。彼女は胸の内の苦しい思いを打ち明け、どうしていいか分からない、所長さんのお考えはと水を向けた。所長は懐の深い男だ。彼女の悩みを悩み、彼女の悲しみを悲しみ、いつか自分の心の火が燃えさかるのを感じた。彼女はとっておきのネグリジェを着てソファに座っている。所長の視線は、開いたり閉じたりしているその豊満な胸から離れない。

彼女は訴えた。憶秦娥《イチンオー》は今度さらに大きな栄誉を授けられると聞いたが、実生活は乱脈を極め、そのふしだら、不品行は目に余るものがある。果たして「秦腔《チンチアン》皇后杯」金杯の受賞者にふさわしいといえるかどうか。所長は「ふしだら」という言葉にぴくりと反応し、どういうことかと尋ねた。楚嘉禾《チュチアホー》は答えた。憶秦娥《イチンオー》は十四、五歳のとき、劇団の飯炊きの男に身を汚され、その後、同じ劇団の二枚目役に身を委ね、その男をアル中、廃人にまで追いこんだ。彼女に芸を仕込んだのは四人の流れ者の老芸人だが、芸だけでなく、ふしだらなことも仕込まれている。西安に移ってからは陝西《せんせい》省秦劇院の単《ダン》団長、演出家の封子《フォンズ》、現団長の薛桂生《シュエグイション》、劇団幹部を次々と誘って〝枕営業〟、主役を次々と我が物にした。派出所の喬《チャオ》署長までたらしこんで、用心棒代わりにこき使っている。喬《チャオ》署長の奥さんは最近、乳がんで亡くなっているが、死ぬ間際まで憶秦娥《イチンオー》に対する恨み辛みを言い続けていたという。憶秦娥《イチンオー》の二人の夫、劉紅兵《リュウホンビン》と石懐玉《シーホアイユイ》も憶秦娥《イチンオー》から利用するだけ利用され、用済みになったらぽいと捨てられて悲惨な末路を迎えている。楚嘉禾《チュチアホー》は一気に憶秦娥《イチンオー》の体の上を過ぎていった二十人以上の男の名前を挙げた。じっと聞いていた所長はついに耐えられなくなり、楚嘉禾《チュチアホー》の体を抱いた。

「分かった、分かった。これ以上聞くと、私まで悪い男になってしまいそうだ」

「あら、あなたはいい人だと思っているの？」

「いい人に決まってる。大丈夫。任せておけ。私ももの書きの端くれだ。ネットに乗せて書きまくる。憶秦娥《イチンオー》はあっという間に炎上、火だるまさ」

言いながら所長は勢いよく楚嘉禾《チュチアホー》をベッドに押し倒した。

彼女も自然に体を開いた。

「本当にできる？」

「やると言ったらやる。細工は流々《りゅうりゅう》、仕上げをご覧《ろう》じろだ。実は何度もやっている。あることないことで世論をあおり、敵を抹殺する。その威力は実証済みだ。私の上司もこれで出世した」

「本当？」

「まあ、見ててご覧」

「今夜はこんなに遅くなって、奥さんには何て言うの？」

「残業さ。職場で今夜から書き始める」

「どう書くつもり？」

「とことん書くよ。相手役をどう悪役に仕立てるか、ここが思案のしどころだがね」

「憶秦娥《イチンオー》がぼろくそになればいいのよ」

「心配ご無用。後はお任せあれ」

「必ず書いて。十四、五歳から転落が始まったと」

「ああ、いい子だ、いい子だ、いい子だ、いい子だ、いい子だ……」

「行って、行って、行って、行って、行って……、さあ、書いて、書いて。ぐずぐずしていると、あの子は本当に皇后さまになってしまう」

「君も変な子だ。憶秦娥《イチンオー》、憶秦娥《イチンオー》、憶秦娥《イチンオー》のことばっかり。俺に君のことを考えさせたいのか。憶秦娥《イチンオー》のことを考えさせたいのか？」

「意地悪。いやな人ね」

三十七

秦腔《チンチアン》愛好家の熱意がここまで推進力を発揮するとは誰にも想像できなかった。憶秦娥《イチンオー》がブロードウエー公演から帰って、「憶秦娥月間《イチンオーげっかん》」が机上のプランから実行に移され、その演目の多さ、一人で演じ切るには台詞が頭に入りきらないなど実際上の問題点も浮上し、また公演時期など具体案がさまざまに検討されて、いよいよ「憶秦娥《イチンオー》舞台生活四十周年記念公演」と銘打ってお目見えすることになった。

ああ、神さま、何で四十年？　と指折り折って数えたのは憶秦娥《イチンオー》本人だった。十一歳のとき、寧州県の劇団に拾われ、あっという間の四十年だった。齢《よわい》も半世紀にを越えようとしており、この歳月は冷や汗の出る思いばかりだ。劉憶《リュウイ》を生んだとき以外は一日も休まず稽古を積んできたその結果でしかない。体形も容貌も正直に四十年の年輪を刻んでいる。正直言うと、「舞台生活四十周年」というのは年齢がばれてしまうので、自分ではあまり喜べなかった。しかし、彼女の後援者たちはすでに沸き立って走り出しており、薛桂生《シュエグイション》団長も好企画と言い、彼女には十分やる資格も実力もあり、やるからには大いに盛り上げ成功させようと請け合ってくれた。陝西省秦劇院が先頭に立ち、劇団関係者、研究者、評論家、制作者たちが馳せ参じ、規模は次第に大きくなっている。特に彼女の〝岩盤支持層〟といえる後援者たちの〝乗り〟はすさまじく、手綱を取るのが大変だった。公演のタイトルも「秦腔《チンチアン》皇后杯憶秦娥《イチンオー》舞台生活四十周年記念公演」とヒートアップさせている。

ただ、〝秦腔《チンチアン》皇后杯〟というネーミングには薛桂生《シュエグイション》団長が首をかしげた。これには人を刺激するところがあり、あらぬ誤解を受けて憶秦娥《イチンオー》にマイナスのイメージを与えかねないと疑義を呈した。だが、運営のスポンサーとなる協賛会社が頑として譲らず、薛桂生《シュエグイション》にも妙案がなかった。団長が憶秦娥《イチンオー》に尋ねると、彼女はいつもの通り曖昧な微笑を浮かべ、五十過ぎの女が手の甲を口もとに当てて〝お馬鹿さん〟のふりをしている。自分は御神輿《おみこし》に担がれているだけ、後は「よしなに」と人任せにしているが、この問題の持つ微妙さ、下手すると災いを招きかねない危険にまだ気づいていない。だが、薛桂生《シュエグイション》団長はもう一度彼女に念押しした。

「この催しは多くの秦腔《チンチアン》俳優は勿論、陝西省戯曲劇院（中国伝統劇専門の劇団）、西安市のスター俳優、大御所クラスも注目している。もし、あなたが〝皇后〟になったら、彼らには〝太皇太后〟とでもお呼びしなければ……」

憶秦娥《イチンオー》も〝皇后〟を返上したいと考えた。だが、後援会組織が承知せず、これは憶秦娥《イチンオー》が心を悩ます問題ではない。憶秦娥《イチンオー》は舞台のことだけを考えていればよいとまで言い切った。

彼女は彼らの言い分に折れた。事実、彼女は舞台のことで頭がいっぱいだった。今回は見取《みど》り（一幕もの）だけでも四十数本を超す。もっとも昔の芸人には通しの大芝居《おおしばい》なら数十本が頭の中に入っていて当たり前、中には百本を超す作品をたちどころに演じてみせる剛の者もいた。しかし、今の俳優はせいぜい四、五本の通しものがやっとで、それでも〝名手〟と呼ばれる。憶秦娥《イチンオー》は今度の公演で与えられた数十本を集中的に演じてみたかった。これは若さが残る今でしかできない芸当であり、〝時分の花〟を咲かせたいという役者の意地でもある。これが数年遅れたら、もはやその体力、気力が残っていないだろう。それは自分が一番よく知っている。

劇団内で〝秦腔《チンチアン》皇后杯〟のタイトル問題が決着がつかないまま議論を重ねているとき、北山《ベイシャン》の秦八娃《チンバーワー》が突然、劇団に姿を現した。薛桂生《シュエグイション》団長が懇請したものだったが、研究生のために新作の書き下ろしを依頼するためだった。憶秦娥《イチンオー》にとってはちょうどよい折で、早速この件で教えを乞うた。

秦八娃《チンバーワー》はやはり古怪、偏屈、片意地としか言いようのない老人だった。

訪米公演のとき、薛桂生《シュエグイション》団長は当然のこととして彼に同行を求めた。作品が行って劇作家が行かないという話は聞いたことがない。アメリカ側の制作者も劇作家、演出家の正式招待は織りこみ済みだった。だが、中国側の事情として、今回は政府側の指導部、有力者たちがやたらと多く、同行の裏方、事務方、スタッフたちにも無理を承知で〝ちょい役〟の出演を依頼せざるを得ず、限られた人員のやりくりの中、秦八娃《チンバーワー》にも「狐軍」の旗手の打診をすることになった。狐の将軍の後ろを二回通り過ぎるだけの出番だったが、たちどころにぴしゃりと断られた。

この顔はメリケンの観客にさらせる顔ではない。〝国の恥〟になると。薛桂生《シュエグイション》団長は言った。

「顔を見られることはありません。旗は先生のお宅のダブルベッドよりもっと大きいですからね。先生は竹竿をこう振る。将軍が戦死する。そこで敵の兵士が先生に一太刀浴びせる。先生はゆっくりと倒れながらも旗だけは死んでも放すまじと英雄的な最期を遂げます。メイクの必要もほとんどありません」

秦八娃《チンバーワー》は言った。

「勘弁して下さいよ。アメリカに行きたがっている人もいるでしょうから、その人に譲ってあげて下さい。それに今は豆腐屋のかき入れどきですからね。私が行ってしまうと、一日百元がところ売り上げに響く。家内は売り上げが減ると途端に機嫌が悪くなって私に当たるんです。実際に暴力行為を伴いますからね。たまったものじゃありません。メリケンへ行くなどと言おうものなら、顔を真っ赤にして怒り狂うでしょう。その恐ろしさ、分かりますか。それに、老人になると、寝床が変わると、眠れなくなるんです。何日も睡眠不足が続いたら、舞台はとても勤まりません。それに、恥ずかしながら、人に言えないこともありまして、眠るとき、家内に背中を掻いてもらわないと、夜中に痒くて目を覚ますんです。アメリカに行ったら、誰が私の背中を掻いてくれるんですか？　やはり行かない方がお互いのためですよ」

旗手の役は劇団の上部機関の幹部でもうすぐ定年になる人物に割り振られた。帰国後、その幹部はすぐ退職の手続きに入った。

秦八娃《チンバーワー》が来るとすぐ、薛桂生《シュエグイション》団長は憶秦娥《イチンオー》の〝皇后問題〟を相談した。秦八娃《チンバーワー》は「四十周年公演」については諸手《もろて》を挙げて賛成し、喜んでくれた。憶秦娥《イチンオー》の中にそれだけの数の作品が仕込まれているということ、それだけでも四十周年の集大成にふさわしい壮挙になるだろうと。だが、〝皇后問題〟については即座に「絶対にそれはならぬ」と断を下した。それをやると、憶秦娥《イチンオー》は一発でつぶされるだろう。小皇后であろうと皇太后であろうと、その称号は後代になって贈られるか、あるいは人々の自由な評価に任せるべきであろう。口に税金はかからないというが、組織がやると、とんでもない高いツケを払わされることになるだろうと言い切った。

結論を持って、薛桂生《シュエグイション》と秦八娃《チンバーワー》は憶秦娥《イチンオー》の家に赴いた。秦八娃《チンバーワー》の口調は厳しかった。憶秦娥《イチンオー》はいつものようにぼんやりと笑っている。彼女はこの問題性、重要性を理解していないのではないかと思われたが、これはすでに彼女の手に負えないところまで来ていた。タイトルのつけ方については後援者やスポンサー企業の思惑が絡み、彼女はもはや後援者たちを説得できない。彼女は一人家にこもって稽古に専念し、この大舞台に備えるしかなかった。この稽古は誰も見ない。人はただ励ますことしかできない。彼女も誰の助けを求めることができず、彼女の半生、いや一生の集大成たる舞台の仕上げに立ち向かうだけだ。小皇后であろうと皇太后であろうと、それはもうどうでもよかった。今が、この稽古の毎日が、彼女にとって日々の積み重ねであり、かけがえのない好日《こうじつ》だった。

彼女の初日に向けた稽古、精進というのが風変わりだった。ヨガを取り入れたという体幹トレーニングだった。体を厚板《プランク》に見立て、これを体の四点で支える。俯《うつむ》きになって両肘を肩から直角におろし、肘も床に対して直角に置く。これと両足の指とで体を支えるのだが、膝をついてはいけないし、尻を持ち上げてもならない。頭から肩、背中、尻、太腿にかけて一枚の厚板《プランク》のように平面状に保ち、首から下はぴくりとも動いてはならないのだ。初めての者は三十秒ともたない。彼女はこれを一時間続け、この間に台詞の復習、歌唱をやってのける。筋肉自慢の弟の易存根《イツンゲン》がこれを真似て、四、五分しか続かなかった。

薛桂生《シュエグイション》団長は彼女の頑張りを関中（渭河流域）の土語で〝牛の睾丸《きんたま》（牛屌《ニュウチュウ》）〟と言った。馬鹿がつくほどの強情っぱりというところだろうが、もし彼女に向かって「馬鹿」と言ったら、彼女は死ぬほど抵抗し、勝つまで諦めない。

彼女の説得を諦めた薛桂生《シュエグイション》団長と秦八娃《チンバーワー》と連れだって、今度は彼女の〝岩盤支持者〟、筋金入りの後援者たちを訪ね、〝皇后問題〟について劇団側の考え方を説明した。だが、後援者たちは骨の髄まで芝居好きで、今回の公演のために三ヵ月借り上げる劇場費、劇団に支払う上演料、諸経費を分担し合ってここまでこぎ着けたのだった。彼らは実質的な興行主で、その本意はとことん憶秦娥《イチンオー》に入れ揚げることにあった。贔屓の役者に入れ揚げて分別を欠くのは今も昔も変わりがない。憶秦娥《イチンオー》を持ち上げようとするあまり、秦腔《チンチアン》界の老大家、煩型《うるさがた》に喧嘩を売ることも辞さない構えだ。意気軒昂、誰の説得にも耳を貸す素振りさえ見せなかった。だが、〝秦腔《チンチアン》の皇后〟を誹謗するインターネットの書き込みが「四十周年記念公演」の開幕を狙ったかのように炸裂し、あっという間に〝炎上〟した。

そのヘイトスピーチはまず憶秦娥《イチンオー》の私生活に対する攻撃から始まった。まず男性が二、三十人、名指しされてずらりと並んだ。廖耀輝《リャオヤオホイ》、封瀟瀟《フォンシャオシャオ》、劉紅兵《リュウホンビン》、石懐玉《シーホアイユイ》らのほか、朱《チュ》某《なにがし》（朱継儒《チュジールー》）、裘《チュウ》某（裘存義《チュウツンイ》）、周《チョウ》某（周存仁《チョウツンレン》）、苟《ゴウ》某（苟存忠《ゴウツンチョン》）、古《グー》某（古存孝《グーツンシャオ》）、封《フォン》某（封子《フォンズ》）、単《ダン》某（単仰平《ダンヤンピン》）、薛《シュエ》某（薛桂生《シュエグイション》）、秦《チン》某（秦八娃《チンバーワー》）、喬《チャオ》某（喬《チャオ》署長）……「某《なにがし》」とはついていても、狭い世界のこと、誰もが「ははん」とすぐ分かる。追求は憶秦娥《イチンオー》の私生活と醜聞を暴《あば》き立てた後、彼女の〝闇営業〟、〝秦腔《チンチアン》茶屋の荒稼ぎ〟に及んだ。それは国民の汗の結晶を乱費し、血涙を持って書き記された陝西《せんせい》省秦劇院の栄誉ある歴史を汚し、その業績を踏みにじるものであり、彼女は虚名と怠惰に安住し、その汚水の中に湧いたボウフラ、秦腔《チンチアン》の寄生虫であり、鬼子であり、モンスターであると決めつけた。内部に通じた者でなければ、ここまで〝克明〟には書ききれない。

憶秦娥《イチンオー》の陣営が手分けして多くの書き込みを読み、仔細に点検し分析した結果、最も悪辣無残《あくらつむざん》に筆を踊らせているのは、その語彙、文体からして同一人物らしい手跡が浮かび上がってきた。寄せ集めの情報を繋ぎ合わせてでっち上げる手法、爆弾の中に〝子爆弾〟を仕込むクラスター爆弾的な手口、その雅号、ネットの世界ではハンドルネームというらしいが、「老幹部」「老党員」「老芸術家」「秦腔《チンチアン》小言《こごと》幸兵衛《こうべえ》」「老いの繰り言」「路傍の石」「秘めた正義」「心の一灯」「秦腔《チンチアン》救援隊」「一筆亭半畳」などとさりげなく小才をきかしている。手練《てだ》れの者が鼻歌でも歌いながら書いたのだろうか、そのしたり顔が透けて見える。絨毯爆撃の波状攻撃からは、何が何でも憶秦娥《イチンオー》の息の根を止め、秦腔《チンチアン》から葬り去ろうとする〝不退転〟の意志がはっきりと読み取れた。それだけではない。その作戦が計画性を持って組み立てられていることだ。憶秦娥《イチンオー》の数十ヵ条に渡る罪状を列記し、二十数ページに及ぶ長大な「糾弾書」が作られて、バイク便を雇って各界に影響力を持つ知名人に送りつけられた。憶秦娥《イチンオー》の私生活の乱脈、芸術を汚す醜行の数々をあげつらい、膏血《こうけつ》を搾り取る「秦腔《チンチアン》の小悪党、道化者」と決めつけ、秦腔《チンチアン》界の敗残者、国民大衆を欺き私腹を肥やすクズ、娼妓と思いつく限りの悪罵を並べ立て〝心ある人士〟の覚醒を促すとしたり顔だ。この糾弾書を送られた中には、憶秦娥《イチンオー》を評価し、誉めたたえ、支援している各界の指導者も含まれていた。憶秦娥《イチンオー》がなおも活動を続けるなら、天人共に許さざる所業であり、必ずや天の鉄槌が下されるだろうと糾弾書は締めくくられていた。

憶秦娥《イチンオー》がこれを知ったのは、寝室でヨガの厚板《プランク》の体幹トレーニングをしている最中で、俯けになって四点で体を支え、当夜演じる『三請樊梨花《さんせいはんりか》』の台詞を浚《さら》っていた。広く親しまれている作品で、演じ慣れた作品だが、彼女は頭にしっかりと叩きこもうとしていた。

(注)『三請樊梨花《さんせいはんりか》』唐太宗の時代、西涼が国境を侵し、攻め入ってきた。寒江守備隊の隊長樊洪《はんこう》は張略に乗せられ清涼に寝返る。樊洪追討の詔《みことのり》が下され、薛丁山《せっていざん》も従軍する。樊洪の美貌の娘樊梨花《はんりか》は武術にもすぐれ、大義を重んじる愛国の女丈夫《じょじょうふ》。西涼の軍勢はさらに侵犯を重ね、苦戦する征討軍は樊梨花の加勢を求め、梨花はみごとに敵軍を蹴散らす。征討軍の将軍は薛丁山《せっていざん》と梨花を結婚させようとしてさまざまな齟齬が生じ、観客をはらはらさせるが、三度目の正直で二人は結ばれる。

そこへ弟の易存根《イツンゲン》がドアを叩くのもそこそこに飛びこんできた。

「姉ちゃん、何を暢気《のんき》にやってるんだ。大変だよ。姉ちゃんがこてんぱんにやられてる。あの野郎ども、見つけ出して、ぶっ殺してやる！」

怒り狂う弟を見ながら、憶秦娥《イチンオー》は厚板《プランク》の姿勢を変えずに聞いた。

「どうしたの？　何を怒ってるのよ」

「どうもこうもない。姉ちゃん、もうお終いだよ。どいつもこいつも寄ってたかって姉ちゃんを苛めてる」

憶秦娥《イチンオー》はまだ厚板《プランク》の姿勢をゆるめない。

「だから、どうしたというのよ」

「姉ちゃんが秦腔《チンチアン》のかす、クズ、売女《ばいた》、ぼろくそだ」

憶秦娥《イチンオー》はばたんとその場に這いつくばった。

「何言ってるんだか。どれどれ」

「見ることない。それより消す方法を考えよう。このままじゃやられ放題だよ」

「一体全体、どうなっているのよ？」

「ほら、こうだよ」

易存根《イツンゲン》は携帯を憶秦娥《イチンオー》に渡した。

憶秦娥《イチンオー》が見るなり、両手がぶるぶると震え出した。壁の鏡目がけて携帯を投げつけ、わっと泣き出した。このとき、母親が部屋に入ってきて、存根《ツンゲン》と二人がかりで彼女をベッドに寝かせつけた。

三十八

ネットの炎上は、薛桂生《シュエグイション》団長も見ていた。心配した劇団員も団長室に駆けこみ、至急、善後策を講じるよう進言した。多くの団員がこの情報、フォロワーの書き込みを見て、さまざまに取り沙汰した。圧倒的に多くが憶秦娥《イチンオー》の不利、劣勢を認め、劇団に対する悪影響を心配している。

薛桂生《シュエグイション》団長は喬《チャオ》署長に電話した。所長も心を痛め、彼の捜査網で洗い出しを急ぎ、しかるべき措置を講じるとのこと。署長の心配は憶秦娥《イチンオー》にあった。彼女はこの事態を受け止めきれずにいるだろうから、まず心のケアが必要であろうと。

携帯を持たず、「微博《ウェイボー》（中国版ツイッター、ＳＮＳ）」の何たるかも知らない秦八娃《チンバーワー》を、団長はホテルで捕まえ、おびただしいツイート、書き込みを読んで聞かせた。秦八娃《チンバーワー》は改めて事柄のややこしさ、途方もない広がり、そして恐ろしい暗がりを感じ取った。

「私は〝皇后杯〟の冠《かんむり》にこだわっていたが、これほどの大事を招くとは思ってもいなかった。私はネットのことは皆目分からないが、このすさまじさ、手強さはよく分かった。もはや理非を論じているときではない。草の根を分けてでもこの害虫を退治しなければならん。だが、その前に〝皇后杯〟の金看板、冠は潔く外そう。これは本来、憶秦娥《イチンオー》の意志ではなかった。彼女は簡単に考えて、自分で判断する意志も能力も持たなかった。つい支援者の熱意にほだされてしまったのが災難となって自分に降りかかってきたのだ。これを仕掛けた連中もまさかこれほど激烈な効果を生み出すとは思っていなかっただろう。薛《シュエ》団長、君を責めるわけではないが、責任は君にある。あの軽はずみな冠を制止できるのは立場上、君しかいなかったからだ。協賛のスポンサーが何を言おうが、もし、この公演が中止に追いこまれたら、憶秦娥《イチンオー》を十字架にかけて火山の噴火口で烤り殺す結果になるだろう」

薛桂生《シュエグイション》は尋ねた。

「どうしろとおっしゃるのですか？」

「すぐあの冠を外すんだ。公演を続けたければ、タイトルは『憶秦娥《イチンオー》舞台生活四十周年記念公演』、これだけでいい。余計な飾りは取っ払うんだ」

「分かりました。しかし、憶秦娥《イチンオー》はやれるでしょうか？」

「やらなければならん。やるだけでなく、みごとにやり抜かなければならん。できなければ、彼女の舞台生命はそれまでだ」

薛桂生《シュエグイション》団長は頭をがっくり垂れてうめいた。

「憶秦娥《イチンオー》には本当に悪いことをしました。劇団のために全身全霊打ちこんでくれているのに……私が至らないばかりに、彼女の足を引っ張ってしまった。彼女に顔向けができません」

薛《シュエ》団長の蘭花指は戦慄《わなな》いてうち萎《しお》れ、目にはうるうると涙の花が開いだ。秦八娃《チンバーワー》は言った。

「行こう。一緒に行って憶秦娥《イチンオー》を見守ろう。彼女は今、耐えるしかない。ほかに何の手立てもないんだ」

薛桂生《シュエグイション》と秦八娃《チンバーワー》が憶秦娥《イチンオー》を見舞ったとき、彼女はベッドに横たわり、目は虚空に見開いて、涙を流し続けている。

母親は寝室のドアを開けるとき、彼らにそっとささやいた。

「あの子は涙を流しているだけなんです。言うのは恨み言だけ。私を責めるんです。なぜ自分を劇団に入れた。ふるさとの山で羊を追っていた方がどれだけ幸せだったか……」

彼らが部屋に入ったとき、憶秦娥《イチンオー》はじっと目を閉じ、まなじりには涙の粒がなお溢れ出ようとしている。息をすると激しくしゃくり上げて全身を震わせた。

彼女の弟の易存根《イツンゲン》が薛桂生《シュエグイション》を見るなり目を怒らせて言った。

「誰がこんな仕打ちを仕掛けたか、奴らを見つけ出して下さいよ。さもなければ、俺は団長室に火をつけてやる」

薛桂生《シュエグイション》は何も言わなかった。頭を垂れてその場に立ちつくしている。

憶秦娥《イチンオー》の母親がすぐさま息子を制した。

「お黙り。団長さんはお前の姉ちゃんのためにお見え下さったんだ。側から余計な口出しをするんじゃないよ」

言い終わると、易存根《イツンゲン》を部屋からつまみ出し、ドアをぴしゃりと閉めた。

秦八娃《チンバーワー》はベッドのわきの腰掛けに座り、ゆっくりと口を開いた。

「秦娥《チンオー》、今何を言っても慰めにはならないかもしれないが、聞いてくれ。君は一人の女性というより、みんなのアイドルなんだ。秦腔《チンチアン》の希望の星でもある。私は山奥の一介の豆腐屋だ。偏屈で押し通し、芝居の台本も書いたりして世の中、多少のことは見てきた。打たれ強くもできているが、私がもし、こんな侮《あなど》り、辱めを受けたらやはり耐え切れないだろう。腹わたが煮えくりかえって首もくくりかねない。まして君の心中はいかばかりか……今回のことでつくづく思い知らされた。人は見えない刀で人を切り、姿を見せずに人を慰みものにして腹いせし、鬱憤を晴らす。活殺自在、魔法の剣だ。これほど効果的な凶器を人間は手に入れたことがない。誰もかなわない、誰も太刀打ちできないんだ。いいか、これは諦めるしかない。だって、君はこんな名声を手に入れた。だが、いかんせん脇が甘い。攻めには強いが守りに弱い。スキがあればつけ入られるのは世の常だ。だが、これは君のせいではないんだぞ。みんな君を〝お馬鹿〟だという。君はこれを言われると嫌がるが、実際に本当のお馬鹿なんだ。お馬鹿だからこそ、この大事業をなし遂げられた。お馬鹿だからこそ、芝居一筋の〝芝居馬鹿〟になれた。ときには苦しんだだろう。辛い思いもしただろう。だが、これが秦腔《チンチアン》にどれほどの貢献をしたか、これは誰も真似できないし、消し去ることもできない。君が作り上げた舞台は観客一人一人の心にしっかりと焼きついている。だが、どんなすぐれた成果、突出した人物もすべての人から認められるとは限らない。ときにはすぐれているがゆえに、突出しているがゆえに狙い撃ちされる。白を黒、鷺《サギ》をカラスと言いくるめる人間が出るのは当然だ。〝事《こと》あれかし〟と待ち望み、何か起これば鬼の首を取ったかのように大はしゃぎで触れて回り、災いの種をばらまく。これが今回の真相だよ。こうと分かれば、こちらも腹を据えてかかろう。私がなぜ君に『老子』を読め、『荘子』に学べと口を酸っぱくして言ってきたか分かるか？　一つのことをなし遂げた人間には必見の書だ。先人は偉大なり。何が起ころうと動じない。なぜか？　すべてがお見通しだからだ。『老子』や『荘子』を知れば、多くの災難や苦しみを事前に避けることができる。何、簡単なことだよ。君は娼婦だと言われたが、君は娼婦か？　私のような、このむさ苦しい老人が秦某《チンなにがし》と祭り上げられ、君を娼婦にしたと連中の仲間入りさせられて、私にとっては名誉だが、一体誰が信じるかね？　私は認めるよ。私は憶秦娥《イチンオー》を愛しているが、その愛は連中が思っている愛では断じてない。君は私の心の恋人だ。秦腔《チンチアン》の恋人だ。芸術の恋人だ。君を秦腔《チンチアン》のクズだ、裏切り者だ、道化師だという者がいるが、君はクズなのか、裏切り者なのか、道化師なのか？　もしそうなら、どうして国内だけでなく国際的な評価が得られるのか？　五十歳になろうというのに、重い鎧を身につけて一日中稽古に励むことができるのか？　演劇界の人づきあいよりも部屋にこもって厚板《ブランク》の体幹訓練に打ちこみ、台詞や歌詞を体に教えこもうとするのか？　伝承が途絶えようとしている秦腔《チンチアン》の古曲を復活させ、現代の秦腔《チンチアン》に活力を吹きこもうとするのか？　すでに四十作もの大芝居《おおしばい》の通し公演を実現し、自らその主役をこなすのは、単なる個人的な欲得、功名心だけでできることなのか？　その上、引退する前に五十作品に挑戦しようとする意欲は何なのか？　そのために今も秦腔《チンチアン》中興の魏長生はじめ、恩師の裘存義《チュウツンイ》、周存仁《チョウツンレン》、苟存忠《ゴウツンチョン》、古存孝《グーツンシャオ》の足跡を求めて、遠く西域行脚を続けているのではないか？　もし、秦腔《チンチアン》の世界に君のようなクズや裏切り者や道化師があと数人いたなら、今さら秦腔《チンチアン》の復興だの振興だのが叫ばれることはなかっただろう。秦娥《チンオー》、君はこの世界ででき過ぎた人材だった。だから、人の嫉妬を買い、いじめ、袋叩きにも遭った。自分が光り過ぎ、人の光を奪った。君を亡き者に、命を取ろうとする者が現れてもおかしくない。それなら今、いま命があるだけ見つけものではないか。ネットの上で小手先を弄し、舞文曲筆《ぶぶんきょくひつ》、曲学弄法《きょくがくろうほう》の輩《ともがら》など何ほどのことがあろうか？　歯牙にかけるまでもない。姿を見せぬ卑劣な連中が相手では喧嘩の売りようがない。これでめそめそ泣いて震意気消沈し、尻尾を巻いて退散するようでは相手の思う壺にはまるだけではないか？　いいか、よく聞き分けるんだ。天には自ずと公道がある。黒は白ではない。白は黒ではない。たとえ白を黒という者がいても、君の芸、秦腔《チンチアン》に対する貢献は誰しも認めるところで、人々の心に焼きついている。それに喬《チャオ》署長が君のために捜査を進め、発信元を洗い出そうとしている。早晩、正当な異議申し立てができるだろう。君の今の悲しみ、苦しみはよく分かる。だが、君に今できる選択は舞台に立つことしかない。歌うんだよ。歌うしかない。いつもよりたっぷりと、いつもより泣かせてやれ。これしかこの場を乗り切る手はない。これができなければ、有象《うぞう》無象《むぞう》が有象無象を呼んでネットは狂乱の巷《ちまた》と化す。君を挽《ひ》き肉機にかけ、君はあっという間に挽き肉《ミンチ》になるだろう。いいか。観客の賞賛がほしければ、客の罵倒を自分のものとして引き受けなければならない。同じように客の罵倒に耐えた者だけが客の絶賛を勝ち取れる。風の中を来た者はまた風の中を去る。これが役者の定めだ。砂が目に入ろうとままよ、目を見開いて行け。心が血を流そうとままよ、飄然と行け。心は酷《むご》く気立ては優しく、これが役者の生きる道、美学なのだ。これができたら、君は筋金入りの役者として大成できるだろう。今は泣いてもいい。泣いた後、涙をぬぐって今夜は平然として舞台に立て。秦娥《チンオー》よ。私がここへ来たのはこれを聞いてほしかったからだ。聞くか聞かないかは君次第だがね」

憶秦娥《イチンオー》は突然、シーツをかぶって大声で泣き出した。

感服した薛桂生《シュエグイション》団長はこっそりと親指を立て、秦八娃《チンバーワー》に見せた。

二人の来客はなおも座り続け、薛桂生《シュエグイション》団長はさりげなく憶秦娥《イチンオー》に尋ねた。

「秦娥《チンオー》、今夜の舞台だが……もし、無理があれば、団として今夜は見送ってもいいと考えている。対外的には電気回路の故障ということにして、点検と修理が必要だと」

憶秦娥《イチンオー》は何も答えなかったが、反対の素振りは見せなかった。

しかし、秦八娃《チンバーワー》が団長を遮って言った。

「私はそうは考えない。秦娥《チンオー》は必ず今夜、舞台に立つ、これしかない。今夜だ。明晩以降なら、〝故障〟でも〝修理〟でも何でもいい」

憶秦娥《イチンオー》はやはり何も答えず、反対の素振りも見せなかった。

午後五時、楽屋入りの時間になった。メークの必要のない団員までが早々と姿を見せ、憶秦娥《イチンオー》に出る気があるのかないのか見届けようとしていた。

薛桂生《シュエグイション》団長も早めにやってきて、舞台装置の点検を口実に、一時間以上舞台、楽屋、客席をうろうろしている。誰かが団長の蘭花指を見て言った。今日はまるで元気がなく、指に張りがない。あれは蘭の花ではなく、剪定前のエンジュ（龍爪槐《ロンチュアホアイ》）の花だと。枝がだらっと垂れて竜の爪のように見えるからだ。

だが、五時を数分回ったとき、憶秦娥《イチンオー》は楽屋に姿を現した。だが、泣きはらした目、顔全体がむくんで憔悴を隠せない。大勢が彼女を遠巻きにして同情の色を見せ、気遣わしい視線を送っている。一人楚嘉禾《チュチアホー》だけがつかつかと彼女に歩み寄り、わざとらしく口を尖らせて言った。

「ひどい、ひどい。あんまりよ。あることないこと言い立てて、ネットって本当に恐ろしい。鬼よ。人間のすることじゃない」

そこへ周玉枝《チョウユイジー》がやってきて、憶秦娥《イチンオー》に熱い蒸しタオルを渡しながら言った。

「地獄の鬼もここまでやらないわ。地獄に堕《お》ちた人間のやることよ」

楚嘉禾《チュチアホー》は何も言わずに引き下がった。

この日の夜は普段憶秦娥《イチンオー》に近づいたり、手伝ったりしない団員までが彼女に気遣いを見せた。急な場面転換のときや衣装の早変わりのとき、彼女にさりげなく手を貸して、彼女にとって劇団員たちの温もりを感じる数少ない機会になった。

彼女のファンは変わりなく熱い拍手と声援を送った。だが、間もなく閉幕という頃合い、暗転を見計らうように誰か黒い影が舞台中央に破《や》れ靴の片方を投げこんだ。照明がぱっと入って光量を増したとき、『三請樊梨花《さんせいはんりか》』の樊梨《はんり》花《か》に扮した憶秦娥《イチンオー》が厚い鎧をまとって登場となった。観客の目はその靴に釘づけになっている。突然、客席後部から拍手が起こった。観客が見つめたのは樊梨花《はんりか》の馬丁《ばてい》を務める若い男だった。彼は宙《まろ》を転ぶようなとんぼ返りを続けざまに決めながら、その足で破《や》れ靴を舞台袖に蹴り込んだのだった。客席は次第に落ち着きを取り戻し、舞台は何ごともなかったように進行した。

この日の夜は喬《チャオ》署長も客席にいて、不測の事態に備えていた。。舞台が暗転するとき、誰かが破《や》れ靴を舞台に放り出すのを確かに見届けたが、飛び出して捕まえるわけにはいかなかった。こうすれば憶秦娥《イチンオー》の心の傷をさらに深くするのではないかと恐れたのだった。

ネットの書き込み、貼りつけはとどまるところを知らなかった。関係部門が削除に躍起となったが、コメントの転送は引きも切らず、応対のしようがなかった。こういった〝ネット荒らし〟の横行は闇夜の吹雪に似て、無数の雪片がひらひらと次の受け手に飛び散っていく。終わりの見えない拡散と循環は捜査の糸口をますます見えにくくしていた。喬《チャオ》署長の前に立ちふさがったネット社会の深い闇に、仕掛け人たちの高笑いが響くかのようで、署長の焦慮もますます深まるばかりだった。

憶秦娥《イチンオー》は何とか持ちこたえ、この夜は終幕まで演じきった。

だが、記念公演の日程が半分ほど進んだとき、彼女はやはり舞台で倒れた。

その夜、『遊西湖《ゆうせいこ》（西湖に遊ぶ）』の『鬼怨《きおん》』から『殺生《せっしょう》』へと続き、火吹きの場で宿敵賈似道《かじどう》を倒したとき、彼女はふと自分も舞台で死ぬのかと思った。

その瞬間、彼女の脳裏に蘇ったのは、恩師苟存忠《ゴウツンチョン》の面影だった。苟老師は北山《ベイシャン》の舞台でやはり『鬼怨』と『殺生』を演じ終え、舞台上で息を引き取った。

彼女は目の端に終幕の緞帳がすとんと落ちるのを見た。そしてばたんと倒れた。

三十九

憶秦娥《イチンオー》が意識を取り戻したのは二日後、病院の中だった。

ずっと悪い夢を見ていた。彼女は手足を鎖で縛《いまし》められ、どこか見覚えのある場所につながれていた。そこは忘れもしない黄河古道、舞台が倒壊して幾人もの子どもが命を落としたあの場所だった。

あの牛頭《ごず》、馬頭《めず》が彼女を引き立てている。牛頭《ごず》が言った。

「ここがどこか見知っておろう。お前はここで地獄の裁きを受け、悔い改めたはずなのに、悪い性根《しょうね》は治っておらん」

憶秦娥《イチンオー》はどうしてかと尋ねた。

「どうしてだと？　いやはや、人間とは度し難い生きものだ。虫けらのくせして、思い上がり、増上慢《ぞうじょうまん》のかたまりだ。ちょっと名が出たと思ったら、言うにこと欠いて〝秦腔《チンチアン》の小皇后《プリンセス》〟だと？　笑わせるな。それでも気が済まず、今度は〝小〟の字を取って〝皇后杯〟だと？　欲とは際限のないものだ。あさましや、たかが芝居をやるのに、そんな〝金看板〟が欲しいのか？」

「私がやったのではありません」

憶秦娥《イチンオー》は弁解した。

「お前がやらずに誰がやる？」

牛頭が言い終わらぬうちに、馬頭が割りこんできた。

「いつもながら、うまい手を考えるものだ。手のやったことを口は知らぬといい、口の言ったことを手は知らぬと言う。悪《わる》どもがつるんで、これを同じ穴の狢《むじな》というんだ。自分が目くそなのに、相手を鼻くそだと笑う。サルも同然、自分の尻《けつ》が赤いのに人の尻が赤いと笑う。お前たちは自分の意志で考え、動いたことはないのか。たとえ少しでも自分の責任を認めようとしないのか？」

憶秦娥《イチンオー》は痛いところを突かれて、ぐうの音も出ない。しかし、何という品のない話し方だ。彼女は牛頭と馬頭を無視することにした。牛頭は言った。

「憶秦娥《イチンオー》、皇后杯を僭称したのはお前の一存ではないというが、お前はなぜそれを止められなかったのか？」

おしゃべりの馬頭がまた口を挟んだ。

「止めるだって？　本人はそれがうれしくて、うはうは舞い上がってんだろうよ」

「それじゃ、自分からやりたくてやったことになるではないか？　閻魔大王は寛大にも、傲慢の罪を病《やまい》と見立ててお治《なお》しになるご所存だ。もう一度だけ機会を与えて、治ればよし、もし治らなければ、役者どもを一斉摘発、一網打尽の挙に出られるは必定《ひつじょう》。大王は最近何度もお怒りを爆発させている。自らの芸に安住して虚名を追い求め、巨匠《マエストロ》然と振る舞う者の何と多いことか。病膏肓《やまいこうこう》に入《い》らば、釜ゆでの刑もやむなし、巨匠連は餃子か肉団子に姿を変えるだろう。その者たちがどのような〝治療〟を施されるか、その目でとくと見るがよい。その面《つら》の皮は、ほかでもない自分の手で貼りつけたものであることが分かるだろう。それが何枚も、いや何十枚もべったりと貼り重なって磨きこまれ、血肉の一部と化してしまった。その治療法は簡単だ。一枚、一枚、ひん剝くまでよ」

憶秦娥《イチンオー》は恐怖のあまり、肺も裂けよと叫び声をあげた。見ると、足元から遥か見晴るかす彼方まで巨匠、名匠、宗匠、師匠、名人、達人、大御所、長老、老大家たちが首を縄で縛《いまし》められ、馬つなぎの杭につながれていた。一人の罪人の前に二人の小鬼が立ち、ある者は手術用の手袋をべっとりと血で濡らし、ある者は刃に反《そ》りのある牛刀を今にも振り下ろそうとしている。一人の小鬼が憎々しげにつぶやいている。

「こいつの面の皮の厚さは七、八十層にもこり固まって、鉄面皮というほかない。最近導入された超精細技術《ナノテクノロジー》がなければ、手に負えない代物だ。こいつはただの大家ではない。尊称、敬称がいくつもあって、その中の一つが〝一《イー》筆虎《ピーフー》〟だ。一筆書きで虎の字を書き、尻尾をどこまでも長く引っ張る。この軸を家の中にかけると、家内安全、疫病退散に益があるという。この名人には手相と運勢見の免許も与えられており、役人や人気俳優が押しかけ、肩や腕を組んだりの記念写真を撮って義兄弟の契りを結んでいるという。どの世界にも、こうした〝てっぺん禿げ〟の周りに群がって、ご威光にあやかろうという浅はかな手合いが後を断たん。見ろ、そのうれしげな顔、満足げな顔、その虚栄の皮を一枚、また一枚と剥ぎ取ってやろう。後に残るのは骸骨だ。その骸骨をありがたく伏し拝めばいいだろう。

ここには「巨匠症候群矯正分院」の看板が掛けられていた。、次に現れたのは「剽窃《ばくり》症候群矯正分院」の掲示が見えた。中から響くぱんぱんと肉を叩くような音、絹を裂くような悲鳴、絶叫が聞く者の身をぞっと竦《すく》ませた。憶秦娥《イチンオー》は中を見るようにと入り口に体を押しつけられたが、馬頭が牛頭を押しとどめて言った。

「ここはこの女には関係ないだろう」

だが、牛頭は言い返した。

「いや、そうでもない。見せておけば薬になるだろう。この女だっていつか歌えなくなったら、やりかねないぞ。早めに釘を刺しておこう」

この分院の馬つなぎにつながれているのは、創作能力の枯渇した者が他人の作品を〝ぱくり〟、あたかも自分が創出したかのように見せる盗用・盗作常習者たちだった。小説、ルポ、台本、論文、報告書のアイデアや表現に窮している者の何と多いことか。自分の頭で考えずに、コピペ（コピー・アンド・ペースト）のキータッチ一つで済まそうとする犯罪者たちが後を絶たない。舞台の世界では自分の地声ではなく〝口パク〟で代用する行為がこれに相当するだろう。この治療法は簡単だ。自分で自分の口と顔を叩き、叩きながら叫ぶ。

「私は顔のない人間、顔なしです。のっぺらぼう、のっぺらぼう、のっぺらぼう、のっぺらぼう……」

顔中が血にまみれたとき、地獄の小鬼が銅製の瓢《ふくべ》で泥水を掬い、その顔に振りかける。血と泥が入り交じって顔にまだらの筋を引くと、患者はまた自分の顔を叩き、呪詛《じゅそ》の文句を吐き続ける……。

閻魔大王の荒療治はこうして続き、〝症状〟の改善が認められると、罪人はこの世に送りかえされて保護監察処分となる。もし、症状が再発したなら、また地獄に拉致、収監され、「私はのっぺらぼう」を叫びながら際限なく自分の顔を打ち続けなければならない。人のアイデアの盗み癖がつくと、なかなか改まらないと見えて、常習者には黒熊にお仕置きをしてもらう。鋭い爪が掻き立てられると、その分厚い面《つら》の顔がめりめりと剥がされ、二度と見られぬご面相に成り果てるのだ。

憶秦娥《イチンオー》は「虚名症候群矯正分院」まで護送され、そこに併設された「剃刀《かみそり》科学研究所」で治療を受けることになった。

ここにも見渡す限りぎっしりと患者がひしめき合っており、彼女は頭が犬、胴体が蛇の馬つなぎに縛りつけられた。「剃刀《かみそり》科学研究所」の所長が四人の小鬼に担がれた輿《こし》に乗って登場した。スケッチブックのような調書を牛頭《ごず》が背中に担いでおり、所長はそれをめくりながら、じろりと憶秦娥《イチンオー》を睨《ね》めつけて言った。

「初犯ではないな」

牛頭は神妙に答えた。

「仰せの通り二度目のお勤めです」

「性懲りもなく。わけを申せ」

「私は……故意でしたのではありません」

彼女は習い覚えた言葉で返答した。

「ふん」と所長は鼻で笑って言った。

「ここに来て故意でやったと誰が申すか。生涯かけて名を売り続け、過去には世に出んがために舞台の崩落事故まで起こし、多くの人死にを出しておる。なのにお前は何の教訓を得ることなく、今度は〝皇后杯〟金看板の詐称事件か。私がやりましたとお前の顔に書いてある。どこまで白《しら》を切り通す気か。どれ、とくと、その嘘の皮を剥がしてやろう」

所長の身振りで二人の小鬼が憶秦娥《イチンオー》の顔の表皮を点検し、一人がおもむろに報告した。

「面《つら》の皮は厚くありません。どうやら自前のものです」

別の小鬼が見解を述べた。

「虚名とは申せ、その実質は当人の血と汗で贖《あがな》ったもの。もとより多くの女人同様、いささかの虚飾の影が認められますが上辺だけのこと、ナノテクのメスを用いるまでもなく、ひとこすりでこすり取れるでしょう」

所長は不満そうに牛頭の顔を見た。馬頭《めず》は弾かれたように小鬼の申し状を咎めた。

「ならば、何故にこの者をこの場に引き連れた？　我らの仕事はかほど閑ではない。昼も夜もなく、一日が二十五時間、一週間が十日に思えるほど、のべつ幕なしの激務に追われておる。幕間劇《まくあいげき》ではあるまいし、何を暢気な戯言《ざれごと》を申しておるか」

牛頭は慌てて弁解した。

「世上、インターネットと申すものが喧《かまびす》しき折、日も夜もなく拡散、炎上しておりますのが憶秦娥《イチンオー》の〝皇后〟金看板僭称問題でございます。彼女はその集中攻撃を一身に浴び、火だるまになっております。閻魔大王はこれを見そなわし、地獄に引き据えるようご決済なされました」

所長は一言命じた。

「再審せよ」

二人の小鬼は憶秦娥《イチンオー》の顔を仔細に点検して言った。

「顔の皮膚はまぎれもなく彼女自身のものです。この肌つやは自らの精進によって身につけたものと思われます。ただ、皮膚の上にいささかの金粉を散らしておりますが……」

所長の怒りは一気に爆発した。

「なぜそれを先に言わぬか！」

一人の小鬼が言った。

「畏れながら申し上げます。我らが申しつかったは表皮の点検にございますれば、表皮に塗布されたものについては承っておりません」

所長は即座に命令を言い渡した。

「剥《は》ぎ取れ、刮《こそ》ぎ取れ、俗世には金粉を顔に散らすなど胡乱《うろん》なる流行があると聞く。我らが良俗にあらず。容赦なく消し去れ、寸毫《すんごう》の痕跡も留めずにな。お前たちに悪い性癖があるのをこの私が知らぬとでも思うか。美しいおなごにはとかく甘く、だらしがない。厳正なるべき刑の執行がいつも手加減されてきた。目を盗んで痛み止めの麻薬などを与えたこと、身に覚えがあるだろう。肝に銘じておけ。お前たちの命の綱はこの私が握っている。よいか、この女に苦痛を与えることはこの女のためになるものと心得よ。心を鬼にして手加減をするでない。今度間違いを起こしたら、そなたたちの胆を引き抜いてくれようぞ」

所長は憎々しげに言い捨てると、次の患者の吟味に取りかかった。

二人の小鬼は気を取り直すと、剃刀を持って患者の女の顔をこすり始めた。女はあまりの痛さに、声を限りに叫びながら全身に玉の汗を浮かべている。

憶秦娥《イチンオー》の意識が戻った。

彼女が目を開けると、周りにびっしりと人が立っていた。母親、姉、弟、宋雨《ソンユイ》、家族だけではなく、薛桂生《シュエグイション》団長、喬《チャオ》署長、みんなぽかんとして、まるで彼女が墓場から這い出してきたかのような顔をしている。母親と姉は泣き出して止まらなくなり、薛桂生《シュエグイション》団長と喬《チャオ》署長は重責を下ろしたような、ほっとした表情を浮かべている。母親は言った。

「お前が目を開いたときはびっくらこいた。腰を抜かしたよ！　どのくらい眠っていたと思う？　医者は危篤だと家族を集めさせられ、いつご臨終になるか分かったものじゃない。何せ過度の疲労で、いつ突然死してもおかしくないと言うんだからね！」

宋雨《ソンユイ》はこっそりと涙を流し続けている。この子は日増しに自分に似てきていると憶秦娥《イチンオー》は思った。いつも感情表現が控えめだ。だが、彼女が受けた驚き、恐怖、悲しみ、恐れ、その心中を思いやると、憶秦娥《イチンオー》はいたたまれずに宋雨《ソンユイ》を自分の手許に抱き寄せた。宋雨《ソンユイ》は引かれるまま憶秦娥《イチンオー》の胸の中に倒れこみ、激しくむせび泣いた。その涙は憶秦娥《イチンオー》の病衣《びょうい》を濡らして彼女の肌に伝わってきた。

億秦娥《イチンオー》の一番の気がかりは中断した公演のことだった。だが、誰も言い出せないでいる。とうとう彼女が自分から言い出した。観客に伝えるよい方法はないものかと。彼女の弟の易存根《イツンゲン》がいきなり大声を出した。

「やっと命拾いをしたときに何を言い出すんだよ。舞台どころじゃない。やめだよ。もう芝居なんかやめた方がいい。姉ちゃんは本当に馬鹿なんだから」

みんな黙りこんでしまった。薛桂生《シュエグイション》団長が口を開いた。

「まずはゆっくりと回復を待って、それから考えよう。対外的には出演者急病のため休演と発表している。これはよくあることだからね。すべては体力、気力が回復してからだ」

だが、易存根《イツンゲン》の気分がどうにも収まらなくなり、また騒ぎ立てた。

「何が休演だい。中止だよ中止。このままじゃ、休演どころか上演中止だよ。芝居なんかやっているときじゃない。劇団はなにをやってるんだ。まだ事件の調べがついていないじゃないか。一体、誰がデマを流したのか、姉ちゃんをここまで追いこんだのか、それが分かれば、警察が動く、真相が初めて明らかになる。それができなければ、姉ちゃんは秦腔《チンチアン》とおさらばだ。永遠に！」

いたたまれずに叫び続ける弟を制して、喬《チャオ》署長が言った。

「かっかしない。みんな、頭を冷やして考えるんだ。まず最初に火の手が上がったのはインターネットカフェだ。攻撃者《アタッカー》はどこの誰かは分からないが、プロの書き手だ。上手に偽装して、なかなかしっぽをつかませない。今、専門官が解析している最中だ」

弟はなおも叫び続けた。

「ネットではデマやらフェイクやらが入り交じっているが、奴らの狙いははっきりしている。作家や評論家や演劇人の文芸団体、マスコミ各社、政府上層部に狙いを定め食らいつくことなんだ。どうして調査できないんですか？奴らはその一方で目くらましのため無名のユーザーを巻きこんであおり立て、火をつけて回っている。実に巧妙で卑劣、悪辣なやり方だ。警察はどうしてファクトチェックができないんですか？」

暴風のように切りこんでくる彼女の弟に対して、喬《チャオ》署長は忍耐強く話して聞かせた。

「発信者は自分はマスクをし、サングラスをかけ、野球帽をかぶって口を拭っている。一方で人を雇って数百のアカウント（ＳＮＳの利用権）を買収している。大がかりと見るべきだ。これを含めて目下捜査中ということだよ」

「見つけ出せるんですか？」

「攻撃者《アタッカー》の心理は暗く、孤独だ。しかし、その手段は卑劣を極め、狡猾の限りを尽くしている。だが、信じていい。狡猾な狐は、狡猾であればあるほど、自分が利口だと思っていればいるほどしっぽを出しやすいものさ。それに、これほどまでに憶秦娥《イチンオー》を恨んでいる者がいるとすれば、犯人は意外な近くにいるかもしれないな。そのうち姿を現すだろう」

「断言できるんですか？」

易存根《イツンゲン》はさらに昂ぶり、決めつける口調になる。

「まあ、落ち着こう。こういうときだからこそ冷静が肝心だ」

「とても冷静でいられませんよ。姉ちゃんは強いように見えて本当は弱い人間なんだ。木石《ぼくせき》やまして鋼鉄なんかじゃない。俺なんかよりずっと弱く、壊れやすいんだ。こんな無茶苦茶なことを受け入れられるはずがない」

易存根《イツンゲン》は声を絞り出すようにしゃべりながら泣き出してしまった。

劇団員や関係者は憶秦娥《イチンオー》攻撃の書きこみ、メールのほとんどを薛桂生《シュエグイション》団長に転送していた。団長の注意を喚起しようとしたのは、これが憶秦娥《イチンオー》を槍玉に上げ侮辱するかに見せかけてその実、陝西《せんせい》省秦劇院を標的にして内部崩壊を企んでいるのではないかということだった。現に団長の面目は丸つぶれ、軽んじられ、疎んじられ、足場が危なくなっているではないか。団長がしっかりしなくてどうする。団長のリーダーシップ、団長の役割が今ほど問われているときはない。演出の封子《フォンズ》をはじめベテラン俳優たちはネットに現れた文言の一字一句を点検して分析を加えた。彼ら一味がある下心を持って準備を重ね、計画的、組織的に進めていることが浮かび上がった。同時にそこが彼らの弱みであり、急所でもあって、そこをぐさりと一突きすればよい。古参の劇団員たちはその部分に赤いアンダーラインを引き、団長に見せた。

「憶秦娥《イチンオー》の栄誉はすべて〝色を売る〟ことによって手に入れている。省秦劇院の責任者、権力者にすり寄り、そのスカートの下にたらしこんだ。男たちは彼女に公金を貢ぎ、各方面に贈賄し、秦腔《チンチアン》の世界にあだ花を咲かせ、とんでもない鬼子を生み出した……」

何と他愛ないことか、ネットの書き込みはすべてこの部分を潤色し、物語《ストーリー》を作り、幾通りもの告発文を作り上げ、絨毯爆撃式に各界各層にばらまき、秦劇院は投稿者を突き止めることができないと高《たか》をくくっている。無名のユーザーは時代好みの作文を貼り合わせた告発文にあおられ、踊らされるまま「ぶっ殺せ」のヘイトスピーチに加担させられている。その一つ一つにもっともらしい理由が添えられているが、その中に伏線のように見え隠れして浮かび上がったことがある。憶秦娥《イチンオー》を〝陋劣愚蠢《ろうれつぐしゅん》なる人物〟とやり玉に挙げ集中砲火を浴びせつつ、彼女の罪状が〝氷山の一角〟に過ぎないとした点だ。これがさりげなく張り巡らされた伏線であり、首謀者の本音であるかもしれない。そして、彼らが図らずもさらけ出した〝尻尾〟かもしれない。これをつかんで彼らを引きずり出し、彼らの目論見をあぶり出せばよい。

薛桂生《シュエグイション》団長は喬《チャオ》署長と相談を重ね、西安市当局に赴いて訴訟の手続きを取った。しかし、捜査は遅々として進まなかった。敵もさるもの引っ掻く者、簡単にしっぽを捕まえられる相手ではなかった。

こういった動きは憶秦娥《イチンオー》に知らせないよう、みんなは気を遣った。彼女をできるだけ狭い、静かな環境に閉じこめて置こうとしたのだが、入院して数日も経たないうちに彼女の信奉者たちが群れをなして見舞いに押し寄せてきた。病室に至る廊下にまで花輪が並べられ、芝居を見たことのない医師や看護師を憶秦娥《イチンオー》って「どんだけすごい？」と驚かせた。

憶秦娥《イチンオー》はじっと寝ていられず、考えることといえば「記念公演」をやり抜くことしかなかった。

薛《シュエ》団長は喜んで再公演の手を打ち始めた。弟の易存根《イツンゲン》は腹の虫がどうにもおさまらず、誹謗中傷の書き込みをすべて集めて姉に見せ、こんな「くそ芝居」に打ちこむ姉の心底を見届けようとした。

憶秦娥《イチンオー》はその一枚一枚に目を通し、見るほどに彼女の心は鋭利な刃物で切られたように血を流し、それは血の涙となってほとばしる思いだった。ほとんどが荒唐無稽の作り話だった。廖耀輝《リャオヤオホイ》との関係についても、未遂の事件を彼女が廖耀輝《リャオヤオホイ》の氷砂糖欲しさに彼のベッドに入りこんだことになっている。忠・孝・仁・義（苟存忠《ゴウツンチョン》・苟存忠《ゴウツンチョン》・周存仁《チョウツンレン》・裘存義《チュウツンイ》）の老芸人にしても、彼女を孫娘のように可愛がって演技の開眼に導いた恩師であり、それを彼女からしなだれかかって惑わしたことになっている。封瀟瀟《フォンシャオシャオ》には確かに恋心を持っていた。それを彼の家に泊まりこんでふしだらな関係を続け、男に飽きたところで今度は政府高官の息子に鞍替えしたことになっている。用済みになった男を足蹴にし、前途有望な二枚目俳優を飲んだくれのアル中にし、ついに廃人にまで追いこんだ〝魔性の女〟とある。秦劇院の単仰平《ダンヤンピン》団長は〝外県〟から転がりこんだ田舎女優を蔑視からかばい続け、ついに劇団を支える看板女優にまで育て上げた。しかし、巡業先の舞台が崩落したとき、残疾者の身でありながら彼女の命を救おうと自ら転落して圧死するという悲運をたどった。彼に残されたのは、憶秦娥《イチンオー》と長い密通を続けた〝色魔〟という汚名だった。封導《フォンダオ》の妻は憶秦娥《イチンオー》が劇団に来る前から病気で階段を降りられない体だった。憶秦娥《イチンオー》は自分を舞台に立たせて欲しさに封導《フォンダオ》につきまとって不義の関係を結び、封導《フォンダオ》夫人はついに再起不能に陥ったということだ。

薛桂生《シュエグイション》団長に浴びせられた中傷もひどいものだった。薛桂生《シュエグイション》は確かに妻を持たない。その理由は知る由もないが、ネット情報によれば、彼は色ごとにかけて男女の見境がなく意馬心猿、憶秦娥《イチンオー》と長い同棲生活を営んでいたという。国民の税金を『狐仙劫《こせんこう》』の再演に湯水の如く注ぎこみ、〝情婦〟の憶秦娥《イチンオー》を〝秦腔《チンチアン》の皇后《エンプレス》〟という触れこみ、金看板で世に送り出した。憶秦娥《イチンオー》は劇団内で色と権力を二股にかけただけでなく、色と金にも二股にかけ、表向きは「秦腔茶屋《チンチアン》」出演に名を借りて金づるの顧客、小金持ち、大金持ちと相手を選ばず懇《ねんご》ろになり、思うさま金品を収奪した。中でも劉四団児《リュウスートアル》という成り上がりの石炭財閥とひそかに誼《よしみ》を通じ、一回ベッドを共にすると百万元という巨額の契約で数千万元にも及ぶ荒稼ぎをした。さらに憎むべきはその道徳的頽廃で、二人の夫を二人ながら遺棄して顧みないという非道を働いたことである。第一の夫は政府高官の子息だったが、父親が定年になって甘い汁が吸えなくなり、加えて夫が病気で半身不随になると手の平を返すように平然と捨て去るという冷酷無残の挙に出たのである。第二の夫は文明社会の洗練を知らぬ未開野蛮の〝野人〟で、憶秦娥《イチンオー》はこれを己《おのれ》の性欲を満たす玩弄物、性獣としてほしいままに弄び、荒淫の生活に飽きると、これを裸同然、元の深山に放逐し、現代版〝白毛女〟さながらの境遇に陥れた。その行方は未だ杳《よう》として知れないという。人の世の醇風美俗は死に絶え、道義は地に落ちたと嘆かざるを得ない。

憶秦娥《イチンオー》の手練《てれん》手管《てくだ》はかくの如し。己《おの》が利益になると見れば、たとえ腐った桃、ぼけた杏お構いなく、口にすれば甘露の如くむしゃぶり尽くす。たとえばその風貌の怪異なること武大郎（『水滸伝』の登場人物で武松の兄、毒婦・潘金蓮の夫。風采の上がらぬ人物の代名詞として用いられる）の如しといわれた劇作家・秦八娃《チンバーワー》でさえ、己がために作品を書かせようと西安に招き、三流ホテル「蠅営狗苟《インインゴウゴウ》（下劣の意）」で終夜食卓に侍《はべ》り、ベッドのお伽《とぎ》をした……。ネットの書きこみの結び文句は、我々はこのような芸術家を必要としているのか？　このような〝皇后〟を必要としているのか？　劇団はこのような金看板を必要としているのか？　彼女はすでに〝社会のゴミ〟、〝反面教師〟にすぎない。いつまでも舞台のセンターを許していいのか？　多くの優秀な俳優が彼女ために道を阻まれて墓場の副葬品になっている。目覚めよ、立ち上がれ、憶秦娥《イチンオー》という娼婦に仕え、その頤使《いし》に甘んじる者たちよ、劇団代表、演劇制作者諸氏、俳優諸氏、演劇愛好家諸氏、今こそ、罪と汚れの巣窟に正義の光を当て、清涼の風を通して積年の腐敗を浄化するときではないか？　共に努力しようではないか。明日の演劇を目指し、晴朗なる青空を仰ぐために！

憶秦娥《イチンオー》は目の前の光景が涙に滲み、輪郭を失うのを感じ、突然叫んだ。

「三元《サンユアン》叔父さん、叔父さんなんかさっさと死んじまえばよかった。私を劇団なんかに引きずりこんで、ろくでもない歌を歌わせ、くそにもならない芸をさせて！」

彼女は突然、目の目にぶら下がっていたリンゲル液の瓶を取って床に投げつけた。

物音に驚いた弟の存根《ツンゲン》が病室に飛びこんで姉を制止した。憶秦娥《イチンオー》は肩を震わせて激しくしゃくり上げ、息を詰まらせている。

存根《ツンゲン》は医者を呼びに行って鎮静剤を注射してもらい、彼女はやっと平静を取り戻した。

憶秦娥がまた目を覚ましたとき、ベットの隣に薛桂生団長と秦八娃先生が座っているのに気づいた。

彼女の足元には養女の宋雨《ソンユイ》が立っていた。

憶秦娥はもう何も話したくなかった。自分のせいで仕事の仲間や家族にこんな迷惑をかけてしまったのだから、自分が騒ぎ立ててどうするというのだ。ふと彼女の脳裏に楚嘉禾《チュチアホー》が浮かんだ。もしかして彼女が？　いや、楚嘉禾《チュチアホー》は自分が海南島でひどい仕打ちを受けた後も、わざわざ果物を持って見舞いに来て。憶秦娥《イチンオー》の災難を自分のことのように憤慨してくれた。周玉枝《チョウユイジー》の話だと、楚嘉禾《チュチアホー》は寧州県劇団の同期は身内のようなもの、兄弟姉妹が一致団結して憶秦娥《イチンオー》を助け、守らなくてどうすると言ってくれた。これを聞いたとき、彼女は心の中がほかほかと温まるのを感じていた。楚嘉禾《チュチアホー》を疑ってはならない。いくら何でも彼女はそんなに悪くない。たとえ打ち殺されたって、あんな文章を彼女が書くはずがない。

薛桂生《シュエグイション》団長は宋雨《ソンユイ》に病室から出てもらい、秦八娃《チンバーワー》、憶秦娥《イチンオー》の三人で犯人のあぶり出しにかかろうとした。だが、秦八娃《チンバーワー》は首を横に振った。

「そんな詮議はもう止めにしよう。何の役にも立たない。憶秦娥《イチンオー》がこんな目に遭うのは、人よりすぐれ、人のできないことをやってのけたから、人の妬み、嫉《そね》み、非難の的《まと》になったのだ。今さらじたばたするな。しばらくじっとなりをひそめていればいい。すると必ず、周りから憶秦娥《イチンオー》を惜しむ声が上がってくる。憶秦娥《イチンオー》はどこだ、憶秦娥《イチンオー》を呼び戻せとな。これしきのこと、どうってことない、〝平気の平左〟と涼しい顔をしていればいい。私は田舎の田子作《たごさく》だから余計思うのだが、こんな空騒ぎ、一文の値打ちもない。せいぜい虫に食われたと思えばいい。ちょっと赤く腫れて、ちょっと痒いぐらいなもんだ。憶秦娥《イチンオー》にとっては屁でもない。これでもって憶秦娥《イチンオー》が駄目になるか？　憶秦娥《イチンオー》が叩きつぶされるか？　再起不能になるか？　そんなことはない。いいか、肝に銘じておけ。自分を駄目にするのは自分しかいない。誰も憶秦娥《イチンオー》に手出しできない。腹立ちまぎれに当たり散らしても、人は陰で笑うだけだ。秦娥《チンオー》、何ごとにも代償、代価はつきものだ。いい仕事、大きい仕事をすれば、その代価もまた大きいと思え。どうしようもない。これは人の性《さが》に付いて回ることだからな。悪人は世界中どこにでもいて、退治しても

退治してもまた湧いて出る。もし、この世から悪人がいなくなったら、芝居の種子《ねた》がなくなり、私みたいな台本書きの仕事がなくなってしまう。そうなったら、まあ、嫁《かみ》さんの豆腐作りを手伝うまでだがね。お前さんだって悪人がいなくなったら、『遊《ゆう》西湖《せいこ》（西湖に遊ぶ）』『鬼怨《きおん》』『殺生《せっしょう》』『白蛇伝』『狐仙劫《こせんこう》』を演ずる必要がなくなる。へこたれるな！　お前さんは秦腔《チンチアン》のためにいろんなことをしてきた。だから、いろんなことをいわれるのは当たり前だ。言わせておけばいいんだよ。秦娥《チンオー》、おまえは〝馬鹿〟だといわれるの嫌がるが、馬鹿大いに結構。どうせなるなら〝大馬鹿〟になれ。何が起ころうと、どこ吹く風、お前はお前の芝居をやるしかない。ややこしいことは〝単純〟に考えるのが一番、これが最後の一手なんだよ」

憶秦娥《イチンオー》は言った。

「芝居は……もう辛いだけ、苦しいだけ」

「芝居をやめたら、お前はもっと辛く、苦しくなる。お前の値《あたい》がなくなってしまう。〝大馬鹿〟ではなく、ただの〝から馬鹿〟になってしまうんだからな」

秦八娃《チンバーワー》の言い方は手厳しく、容赦がなかった。

「私は娼婦とまで言われて、舞台に立てるんでしょうか？」

「娼婦でもいい。格好をつけることはない。陽《ひ》の光のように単純に、あっけらかんと舞台のセンターを照らせ。そこにあるだけ、そこに立つだけでいい。そうしたら、お前に悪意を持つものはたちまち萎《しお》れ、昨夜《ゆうべ》の夢のように青ざめて立ち去るだろう」

「でもどうして、あの人たちはああなんでしょう？　どうしてあんなにああなんでしょう？　私は人に意地悪したこともないし、アリを見たら踏みつけないようによけて通る。それなのに、どうして私がそんな目に遭わなければならないの？」

「主役は誰かにやらされてなるものではない。主役とは自分で自分を火あぶりの刑にするようなものだ。自分の命を燃やして舞台を仕切るんだ。芝居にわが身を捧げ、すべてを受け入れる。すべてを許し、わが身を燃やしてすべての命を照らし出す。これが主役の宿命なんだ。これに気づいたら、お前の舞台は無限だ。無限の可能性を手に入れられるだろう」

秦八娃《チンバーワー》はゆっくりと、そしてきっぱりと言い切った。

憶秦娥《イチンオー》は「舞台生活四十周年」の残りの舞台を演じきった。

四十

薛桂生《シュエグイション》は団長になってからずっと温めている夢があった。それは自分の手で新しい才能を育て上げることだった。あちこち説いて回り、策して回り、身をすり減らし、ついに研修所を立ち上げた。一定数の研修生を確保して数年の研修期間が過ぎ、後は新人の登竜門となる作品次第というところまでこぎ着けた。

憶秦娥《イチンオー》の世代は陝西《せんせい》省秦劇院の殻を破り、秦腔《チンチアン》の人気を全国規模に押し広めた時期と言える。しかし、彼女はすでに齢《よわい》五十の坂にかかろうとして、劇団の存続、生き残りためには後続の新しい力を蓄えなければならなかった。

劇団経営という仕事は今も昔も当たり外れの激しい水商売だが、芝居見物が娯楽の王者だった時代はとうに過ぎ、不景気の風が吹いている。楽器の演奏や演技の修行には世間の偏見がある上、職業としても敷居が高く、敬遠されているのが実情だ。まして主演を張り、独奏者《ソリスト》として独り立ちできる保証はその才能以外に何もない。百人を越す秦腔《チンチアン》劇団の研修生も集団の脱落者が出たりして、将来の見込みがありそうな者は片手で数えるほどの寥寥《りょうりょう》たるありさまだ。たとえ苦労して持ちこたえ、世に名前が出たとしても、多くの助演陣、楽隊、舞台技術のスタッフの待遇は過重労働と低賃金、後継者の確保もままならない。職場として見た劇団はまさに〝ブラック企業〟なのだ。地方劇（伝統劇）の多くも今の世代を限りに廃業に追いこまれている。

薛桂生《シュエグイション》が団長に選ばれて決意表明をしたとき、蘭花指《らんかし》をぴんと振り立てて訴えたのは劇団の〝三大苦〟だった。

資金難、作品難、人材難。

資金難は多言を要しないが、劇場のもぎりをすればすぐ分かる。いくら世評が高くても客席は閑古鳥が鳴き、経営陣は〝逆立ちしても鼻血も出ない〟実情に耐えている。よい作品とはまず集客力があり、息長く上演できる作品のことだ。人材難とは後継者難で、薛桂生《シュエグイション》の見るところ、どこの劇団もそれなりの看板俳優を抱えている。難しいのは〝皇帝〟や〝皇后〟を養成することではなく、それより先に〝皇太子〟を育てることだった。

薛桂生《シュエグイション》団長があちこちで泣きを入れ、ぼやいている〝三大苦〟を彼の蘭花指にたとえるなら、一番高く跳ね上がるのが小指、つまり若手の後継者難ということになる。この長年の風雪に耐えた名門劇団の竈《かまど》の火と煙を絶やさないために、彼は一つの手を打った。それは定年になった有名俳優の欠員を補充せず、そのまま留任させ、〝高給〟で報いていることだった。これが研修生を引き止めるための目に見える力になっていた。研修生を自劇団のベテランがつききりのマンツーマン方式で鍛える。昔の〝徒弟制〟と変わらないとか、古くさいとかいう声も聞こえてくるが、最も効果的で実のあるやり方だった。しかも、大劇団の伝統と風格、そして誇りを次代に伝えることができるのだ。

研修生の養成を始めて五年、彼らの卒業公演と本格的デビューを考えるときが来た。しかし、彼の蘭花指は震え、千々《ちぢ》に乱れる。将来の秦腔《チンチアン》劇団を支え、引っ張っていく主役をこの百人の中から選び出すことができるのか？ 過ぎ去った五年の歳月とこれに費やした資金を思うと背筋が氷る。これが無に帰したなら、この蘭花指をばらばらに切ってお詫びするしかない。

薛桂生《シュエグイション》の蘭花指をいち早くマスターし、蘭花指で器用に話もできる研修生がいた。勘がよく、人の物まねをやらせたら天下一品で、当人より当人らしくやってみせる。少なくとも彼の蘭花指の後継者にはなれ、彼の蘭花指が嘲笑の対象から免れることもできそうだ。薛桂生《シュエグイション》もほかの劇団員もこの研修生に一抹の希望を托していた。

この希望が憶秦娥《イチンオー》の娘宋雨《ソンユイ》だった。

憶秦娥《イチンオー》がまず宋雨《ソンユイ》に手ほどきしたのは一幕見取《みど》り劇の『打焦賛《だしょうさん》（焦賛《しょうさん》を打つ）』で、並行して『遊西湖《ゆうせいこ》』の中の『鬼怨《きおん》』もレッスンに加えた。『打焦賛』は寧州県劇団でも初学者必須の入門劇だった。三十分ほどの作品だが、憶秦娥《イチンオー》は宋雨《ソンユイ》に一年半かけてみっちり仕込んだ。『鬼怨』はまず歌のみの唱功戯《チャンゴンシー》として二十分ほどの作品を一年以上かけた。次に所作を加えてまた一年以上、宋雨《ソンユイ》は「しつこい！」と音を上げた。しかし、憶秦娥《イチンオー》は所作に感情が伴っていないと譲らない。

「あなたのママがこうして一本立ちできた理由は、誰も私を急《せ》かさなかったから。私は一人、何年間も竈《かまど》の前で灰をかぶりながら猛練習をした。いつ誰かの目に止まるなんて考えもしないで。ただ毎日が練習で過ぎていった。芸の道に秘訣はない。勘もひらめきもない。ただ、唱《チャン》（歌唱）・念《ニエン》（台詞）・做《ツォ》（所作）・打《ダー》（立ち回りと舞踊）が立ちふさがっているだけ。技《わざ》を決めようとしたら、万に一つの失敗も許されない。とっておきの奥の手があればねえ。でも、ないのよ。芸の道には、極意も奥義もない。ただ練習とその繰り返しがあるだけ。すると、手は心に従い（手随《しゅずい》心動《しんどう》）、形は意に添う（物随意転《ぶつずいいてん》）日がやってくる。どんな小さな役でも、どんなさりげない仕種《しぐさ》でも、ああこれなんだと思う。これが〝決まる〟ということね。舞台に立つのがうれしくなる。楽しくなる。だって、芸が光るから。でも、芸が決まらないと、舞台に立つことは苦痛以外の何ものでもなくなる。芸人の面目は丸つぶれ、いい恥さらし。この世から逃げ出したくなるわね」

憶秦娥《イチンオー》は宋雨《ソンユイ》にこう言って聞かせながら、近々行われる楽隊との音合わせにも自信を持った。一つは武戯《ぶぎ》（立ち回り）、もう一つは文戯《ぶんぎ》（台詞と歌唱中心の構成）、双方とも何とか見せられるものになるだろうと。

楽隊の演奏を加える音合わせの当日、宋雨《ソンユイ》と研修斑全体の仕上がりは稽古場に居合わせた者たちを愕然とさせ、震撼させた。

研修斑の主任は足が宙に浮く思いで団長室へ走り、ご注進に及んだ。早く、とにかく早く稽古場へと。

薛桂生《シュエグイション》は不意打ちを食らったような衝撃を隠せなかった。彼の蘭花指は度を失い、ただ宙にひらひらと舞った。

「やった、やった。何て子たちだ。一人ができたら、みんなができた！」

このときから誰かが宋雨《ソンユイ》を〝小憶秦娥《イチンオー》〟と呼び始めた。

薛桂生《シュエグイション》団長は手土産を思い切って奮発し、北山《ベイシャン》へ秦八娃《チンバーワー》を迎えに行った。彼を西安のホテルに拉致し、〝缶詰〟にして台本を書かせるためだ。

秦八娃《チンバーワー》は近来、頓《とみ》に忙しくなっていた。彼が何年も前から奔走し、要路に働きかけていた秦家村《チンジャーツン》文化センターの補修工事がいよいよ着工となったのだ。彼はこの工事の請負人でもなければ現場監督でもない。だが、この工事を食いものにしようとしている連中がいるから、建材の横流しや工事の手抜きなど目が離せない。誰に頼まれたわけでもないが、秦八娃《チンバーワー》はそれを自ら買って出たのだった。彼の妻も秦八娃《チンバーワー》を死んでも西安に出したくない理由があった。彼は最近、大きないびきとともに、睡眠中に何度も呼吸が止まる。もともと血圧が高く、狭心症や心筋梗塞、脳卒中の併発が心配されていた。呼吸が止まったまま二度と息をつかないのではないかと、端《はた》の者の誰もが不安の夜を過ごすことになるのだ。彼の妻は言った。

「あなたたち、人の顔を見れば芝居を書け書けと気安くおっしゃいますが、いただいた原稿料は煙草代、酒代、薬代で消えちまって足が出る。夜更かしの油代、ロウソク代はどうしてくれるんですか？　この人は芝居を書き始めると人が変わり、人相も変わる。スッポンみたいな目で見つめられると、ぎょっとするよ。書き始めたら半年がところ、芝居に魂を抜かれてる。豆腐を作りながら自分はお姫さまになったつもり、若さまになったつもり、死ぬの生きるのとまるで上の空、うんうん唸りながらできた豆腐は何てこった、売り物にならない。お得意に怒鳴りこまれたよ。お前のところはいつからレンガを作るようになったのかとね。どうせ貧乏するなら、豆腐作りにも精を出しておくれよ」

薛桂生《シュエグイション》団長は蘭花指の手を胸元に組み、ひたすら上下にゆすってお辞儀のつもり、原稿料の値上げを約束させられて、やっと秦八娃《チンバーワー》を西安行きの車の中に押しこんだ。

何を差し置いてもと『打焦賛《だしょうさん》（焦賛《しょうさん》を打つ）』『遊西湖《ゆうせいこ》（西湖に遊ぶ）』の『鬼怨《きおん》』を見せられた秦八娃《チンバーワー》は、血圧が上がり、頭が割れるように痛いと訴え、病院に運ばれた。リンゲル液の瓶をを吊されながら秦八娃《チンバーワー》は言った。

「お手柄だ。秦劇院はまた人材を出した！　恐れ入ったよ。書かせてくれ。私は死んででももう一度だけ芝居を書こう。とんでもない才能がまた現れた。この年では新作の書き下ろしはできないが、脚色する作品の心覚えはちゃんとある。だが、のぼせたら駄目、徹夜は駄目、脳みそを逆さに振ったら駄目、嫁《かみ》さんの駄目づくしが聞こえてくる。お前さんは前世で役者の糞を食った犬だから、現世でもしっぽを振って役者にすり寄っていく、これが業《ごう》というものだとね。下手すると、これで女房を後家にするかも知れないが、そのときは薛桂生《シュエグイション》団長に全責任を取ってもらうことにしよう。いいかね」

薛桂生《シュエグイション》は蘭花指をぴんと跳ね上げて言った。

「勿論です。喜んで全責任を取らせていただきます」

「全責任だぞ。取り切れるのか？」

秦八娃《チンバーワー》は薛桂生《シュエグイション》に伴われてホテルに入った。劇団で美人の誉れ高い事務局主任がつきっきりで食事や生活の世話をすることになった。今度の新舞台はすべて本《ほん》（台本）のできにかかっている。薛桂生《シュエグイション》の心中に秦八娃《チンバーワー》に勝る書き手はもはや誰もいなかった。演劇界の重苦しい重力圏を抜け出すためには強力な推進力が必要だ。そのロケットエンジンが秦八娃《チンバーワー》だった。研修生を乗せたロケットが無重力の空間に打ち上がれたなら、彼の蘭花指は羽を得たように飛翔し、開花することができるだろう。彼は事務局主任に言った。

「この老人を取りこめば、もう大丈夫。ロケット打ち上げは成功だ」

主任は聞いた。

「団長、これはもしかして美人局《つつもたせ》ですか？」

彼は思わせぶりに目をつぶって言った。

「頼んだよ。あのお爺さんをいい子、いい子してあげて」

このごろ、心の安まるときがなかった憶秦娥《イチンオー》いじめのネット攻撃は、劇団に思ったほどの打撃《ダメージ》を与えず、かえって若手が予想外の働きを見せ、新舞台への資金調達も好転の兆しがある。薛桂生《シュエグイション》はやっと劇団に対して睨みをきかす足場を築けたと思えた。勝算は我にありだ。だが、彼がネット攻撃に立ち向かうには自分にも弱みがあった。一旦反撃に出たら、ネットの鉾先は一斉に薛桂生《シュエグイション》に向かうだろう。ほら見たことか、薛桂生《シュエグイション》は憶秦娥《イチンオー》の言いなりだ、憶秦娥《イチンオー》の雇われ団長だ。果ては憶秦娥《イチンオー》の子飼いの犬だ、ペットだと言われ放題、ここまではまだいい、〝他人の仲ではない〟などと言われたら、踏んだり蹴ったり、何をか言わんやだ。

ここに来て、突然の来客があった。長い間、顔さえ見せず、単仰平《ダンヤンピン》団長のとき『遊西湖《ゆうせいこ》（西湖に遊ぶ）』の李慧娘《りけいじょう》役を憶秦娥《イチンオー》と争って破れ憤然と劇団を去った龔麗麗《ゴンリーリー》だった。今は音響・照明の会社を起こして羽振りよくやっているという。その彼女が持ち出したのは秦腔《チンチアン》の〝ワンマンショー（個人専場《ゴーレンジュアンチャン》）〟をやりたいということだった。

最初、薛桂生《シュエグイション》はこれがよく聞き取れなかった。龔麗麗《ゴンリーリー》夫婦の音響・照明会社が成功して、中国西北部地区の総代理店を営んでいるということだったから「専場《ジュアンチャン》」を「磚廠《ジュアンチャン》（レンガ工場）」と聞き違えたのだ。レンガ工場は農民企業家が得意としている分野だ。今の商売はそんなにうまくいっていないのか、随分稼いでいると聞いたがと尋ねると、龔麗麗《ゴンリーリー》は苦笑して答えた。

「まさか、失礼ね。いくら何でもレンガ工場じゃないわよ。秦腔《チンチアン》の独演会、独り舞台、ワンマンショーをやりたいのよ」

薛桂生《シュエグイション》は蘭花指をぴんと跳ね上げ、「おお」と納得した。龔麗麗《ゴンリーリー》が言うには、秦劇院を離れてから四十年、もう六十の坂にかかったけれど、これからも秦腔《チンチアン》を一生愛し続け、一生恨み続けるだろう。だが、もう一度だけ舞台で花を咲かせたい。秦腔《チンチアン》を心ゆくまで歌い、改めて完全燃焼してから秦腔《チンチアン》腔に永遠のおさらばをしたい。やるからには陝西省秦劇院の名義と冠《かんむり》はマスト・アイテム（必須）、助演者、楽隊、合唱隊、劇場費、音響照明の費用は全額自己負担ということでどうだろうかと。

龔麗麗《ゴンリーリー》夫婦の噂は薛桂生《シュエグイション》もよく聞かされていた。二人で年数千万元の利益を上げ、別荘を世界各地に持ち、子どもをオーストラリアに留学させ、彼女は夫の皮亮《ピーリアン》と共に、冬はハワイ、夏はアイスランド、スウェーデン、フィンランド、デンマークへと渡り鳥のように飛び歩いている。しかし、秦腔《チンチアン》への思いは募るばかりで、もはや抑えがたいものになっていた。確かに彼女は革命模範劇華やかりしころ、『紅灯記』の主人公李鉄梅（上巻三三二ページ「李玉和」の項参照）、『杜鵑山』の柯湘（下巻一九八ページ参照）、『龍江頌』の江水英（下巻一九九ページ参照）を演じているのだ！　当時の熱狂は今も彼女の血をたぎらせ、体を火照らせている。商売で荒稼ぎして、それを面白おかしく遣ったところで、人生何ほどのことがあろう。劇団は彼女の過去の貢献を考慮して、「ワンマンショー」の開催を了承した。これが思わぬ波紋を広げた。麗麗《リーリー》にならえとばかりに「何とか麗麗《リーリー》」が我も我もと名乗りを上げ、劇団に押し寄せた。みな舞台のセンターに立った記憶が忘れられないでいる。悲鳴を上げたのが団長室と事務局だった。人手も時間も追いつかず、お手上げとなって薛桂生《シュエグイション》が矢面に立った。彼は言を左右に、ひたすら逃げの一手で断り続け、秦劇院の歴史上最も頼りない団長として〝薛蘭花《シュエランホア》〟、薛《シュエ》お姐《ねえ》、〝男女《おとこおんな》〟などと陰口をきかれることになった。

しかし、実のところ、ワンマンショーの開催は劇団にとってそう難しいことではない。秦劇院はプロの集団だ。対応やり方次第で難なくこなせ、劇団の収益にもなる。ある希望者は創作劇の大作を申し入れ、演劇祭への参加や演劇賞まで狙っており、薛桂生《シュエグイション》を当惑させた。意外なことに、この話を最も強行に押してきたのが何と楚嘉禾《チュチアホー》だった。

楚嘉禾《チュチアホー》の押しの強さはなかなか侮《あなど》れない。最近、ある私営企業の社長を彼女の後援者の一員に引き入れたようだ。その男は秦腔《チンチアン》を愛すること人後に落ちず、一代にして産をなした奮闘記を劇化し、秦劇院で舞台化したい希望を持っていた。秦劇院は現代劇をプロデュースして数多くヒットさせた実績を持っているし、この冠《かんむり》がつけば箔がつき、観客動員も心配がなさそうだ。何よりも会社の宣伝になる。それに彼は自分の劇的な成功談、立志伝がプロの劇団の作品にも負けず、観客を感動させると信じており、経費のことは問題ないと強気で請け合った。ただ内心、薛桂生《シュエグイション》団長は成り上がりの社長の立志伝など小馬鹿にして洟《はな》も引っかけないのではないかという不安も持っていた。

しかし、プロの目から見ると、素人が何を言おうと作品の出来不出来は一目瞭然だ。だが、楚嘉禾《チュチアホー》は〝プロの眼力〟など意に介しない。プロの目はよく蛇の賢さや奸智に例えられるが、楚嘉禾《チュチアホー》は蛇が冷血動物であることをまだ知らない。何よりも彼女がこの作品に熱を上げ、やりたがっていた。経費の心配はないし、これに反対でもしようものなら、また一悶着起きそうで、薛桂生《シュエグイション》団長は仕方なくこれに同意するしかなかった。

楚嘉禾《チュチアホー》はすぐ彼女と懇意にしている劇作家を呼び、台本化について相談した。この劇作家は、彼女が憶秦娥《イチンオー》に仕掛けた〝幻術〟に少なからぬ知恵を出している懐刀の一人だった。だが、できあがった台本を見て楚嘉禾《チュチアホー》は呆れた。打合せと違っている。主人公は社長なのに、力点は彼女が演じる社長の妻に移っていた。妻は夫の事業を献身的に支えて成功に導く。だが、夫の存在が霞んでしまい、出番がばっさりと削られている。クライマックスの聴かせどころでも歌詞はわずか四、五十句しかなかった。台本は何度も書き直しを繰り返し、楚嘉禾《チュチアホー》は何とか満足したものの、今度は依頼主の社長が不満を露わにした。社長としては彼の輝かしい業績を歌い上げるのが目的で、妻はその添えものに過ぎなかった。まさかのことに、その妻が最初から最後までしゃべりまくり、歌いまくる。夫が添えものになり、ただの木偶《でく》の坊にしか見えない。公演後、客席から聞こえてきたのは、女房がしっかり者で、その言うことさえ聞いていればしていれば、亭主はどんな馬鹿でも社長になり、出世できるという教訓だとの声だった。

あまりの悪評に、社長は幕が下りてもしばらく立ち上がれず、座席にうずくまっていた。しびれをきらした楚嘉禾《チュチアホー》が記念写真を撮ろうと社長を急かし、ついでに感想を聞くと、社長はふて腐れたように太腿をぱんと叩いて立ち上がり、言った。

「呆れかえってものも言えない。俺はいつひもになった？　これから仕事に行く。どうせろくな働きもできないがね」

楚嘉禾《チュチアホー》はメークを落とすいとまもなく劇作家を連れ、社長の後を追った。台本を書き直すこと、すぐにも書き直すことを懸命に訴えたが、社長は何も言わずランドローバーに乗ろうとしたが、足を滑らせ、車の側にあったゴミ箱の上にひっくり返り、何度も転がった。

この後、薛桂生《シュエグイション》団長は劇団員を前に語った。

「芸術には芸術の約束ごとがある。いくら金があっても、駄目なものは駄目。蛇は冷たいものだ。いくら金の力で温めようとしても、蛇は熱くならない」

四十一

「憶秦娥《イチンオー》舞台生活四十周年記念公演」は上々吉《じょうじょうきち》の打ち上げとなり、みな安堵の胸をなで下ろした。彼女はすべての取材とメディアへの露出を避け、しかし平常通りの舞台を勤め上げた。四十ステージの長丁場は多くの観客、特に〝憶迷《イーミー》（憶秦娥《イチンオー》ファン）〟を夢中にさせ、狂喜させたが、憶秦娥《イチンオー》にとっては恐怖と苦しみを内に秘めた舞台だった。

　警察の捜査は一旦収まったかに見えたが、最終段階となって集中的に絞りこまれ、特に陝西省秦劇院内部の聞き取りが頻繁になった。一日中捜査員が出入りし、団員一人一人に聞き込みを続けながら事情を知る者には情報提供を求め、裏づけを急いだ。特に憶秦娥《イチンオー》と摩擦のあった人物、関連するできごとなど〝根掘り葉掘り〟執拗を極め、劇団はぴりぴりした緊張に包まれた。同時に、身に覚えのない団員からは不平の声が続出した。劇団内の空気を察知した憶秦娥《イチンオー》は喬《チャオ》署長や警察幹部に捜査を直ちに中止するよう申し入れた。劇団員の動揺、危機感が次第に静まる一方、憶秦娥《イチンオー》と弟の存根《ツンゲン》は大喧嘩となった。弟は姉の弱気、腰砕けを詰《なじ》り、ここで首謀者を見つけ出さない限り、事情はもっと悪化するだろうと食い下がったが、姉はいつもの通り一歩も引かなかった。

　彼女は思う。これまで受けてきた侮辱に比べたら、これしきのこと屁でもない。秦腔《チンチアン》を知る者は憶秦娥《イチンオー》を知り、憶秦娥《イチンオー》を知る者は彼女が十一歳から受けてきたさまざまな仕打ち、さまざまな言われようをつぶさに見ている。それにしても「憶秦娥《イチンオー》は帯がゆるい、誰でも解ける」だの、「憶秦娥《イチンオー》は破やれ靴。身持ちが悪い、貞操観念がない。誰とでもベッドに入る」だのは一体、何を指し、誰のことを言っているのか？　その真意は何か？　もしかして本当の敵は別にいるのかもしれない。その敵とやらはどこに隠れているのか？　これだけの悪意と憎悪のおびただしい量を、これほどまでに手間暇かけて吹いて回る執念は一体どこから来ているのだろうか？　この膨大な文書の中で取り上げられた男たちはその実、彼女と〝寝る〟ことなど夢にも考えていなかったことは事実だ。そのような男性の名前を挙げろと言われ、そしてもし、彼女の口が軽ければ、百人でも千人でも並べることができただろう。

これまでの彼女の舞台を愛してくれる男性からネットの投稿やメール、電話などで彼女に対する好感の表明、〝曖昧な〟意思表示など多数寄せられていたが、彼女はこっそりとすべてを削除し、目を通さずにいた。もし彼女が〝敗れ靴〟で〝娼婦〟なら、百人、千人の男と誼《よしみ》を通じ、男たちが仕掛けた罠や巻き狩りの囲みに喜んではまっていただろう。男たちがせっせと彼女に言い寄り、捧げようとした途方もないプレゼント――数十万元もするダイヤモンドや豪邸、別荘、高級車のBMWの数々を、ためらいもなく受け取っていただろう。しかし、この記憶はすべて彼女の胸の中に畳まれ、彼女の口から出ることはない。彼女は自分の口の堅さを〝難攻不落〟だと思っている。

俳優とは――彼女は思う。俳優とは大衆の恋人だ。だから自分を持する最低のけじめを守らなければならない。憶秦娥《イチンオー》はゴシップの標的になるのを避け、他人の揉めごとやいざこざにかかわらず、人を貶《けな》さず、人とつるまず、人と馴れ合わず、公演が終わるとまっすぐ家に帰った。公の席を敬遠し、さまざまな名目の宴席にも、心安立《やすだ》てな寄り合いにも足を向けず、家では素っぴんのまま稽古着で通した。常人が三十秒と保たないヨガの平板《プランク》トレーニング（うつ伏せになって前腕と肘、つま先で体幹を支えるエクササイズ）を一時間以上、いや今では一時間四十分もできるのは、彼女が波立つ心を抑え、亀のように身をひそめてぴくりとも動かずにいる修練を自らに課したからだ。家にいてもほとんど口をきかなかった。母親のとめどない饒舌にも一言、言葉を返すだけだった。携帯電話もほとんど切ったままになっている。

彼女が少女期に受けた心の傷《トラウマ》は性《セックス》に対する嫌悪感となり、夫婦の夜の営みも暗闇の中でしか行えなかった。最初の夫劉紅兵《リュウホンビン》は彼女の言いなりだったが、石懐玉《シーホアイユイ》は彼女の閉ざされた心と体をしゃにむに開こうとした。だが、息子の劉憶《リュウイ》を墜落死させてから、彼女の思いはすべて自分を責め苛《さいな》む刃と化した。自分には宿命の淫奔《いんぽん》の血が流れ、それが彼女の魂を愛欲の荒野へと拉致し去り、息子の命を犠牲とした。彼女は自分を呪いながら、石懐玉《シーホアイユイ》を恨み続けていた。しかし、憶秦娥《イチンオー》が荒野の狩人なら、石懐玉《シーホアイユイ》は彼女に使役される猟犬（走狗《そうく》）に過ぎない。息子に刃を振るったのは彼女自身であり、石懐玉《シーホアイユイ》は従犯《じゅうはん》者でしかないではないか。

彼女は次第に自分が許せなくなった。自分を辱《はずかし》めたネットの仕掛け人たちを、自分に片思いを寄せ、行動に出ようとした男たちと比べるなら、一顧の値打ちもないネットのクズだ、ゴミたちだ。彼らが流した〝裏情報〟は彼らが言う通り「憶秦娥《イチンオー》の人生において氷山の一角」でしかないのなら、それは要するに取るに足らない、ガラクタの情報なのではないか。それに引き換え、憶秦娥《イチンオー》に思いを寄せ、あっさり振られた男たちはそれなりに社会的身分を持っていたことも含めて、決して誉められたものではないが、別に悪い男でもない。彼らは仏が説くようにまだ〝悟り〟に至らない煩悩の囚われ人に過ぎない。可愛らしいようなものではないか。彼女は彼らに対して、いつものように〝お馬鹿さん〟の笑いを浮かべ、関わり合いにならないようにしていただけだった。

彼女の中には人の知らない、人に言えない醜い部分が数えきれないほどある。これがもし、彼女を快く思わない人間に知られたら、いくらでも彼女を陥れ、破滅させることができるだろうと彼女は思う。そう言う自分だってちょっとした行き違い、めぐり合わせで逆の立場になり、不心得者の仲間入りするかもしれない。『水滸伝』、『金瓶梅』に登場する潘金蓮《はんきんれん》は武大《ぶだい》の妻でありながら薬屋で大金持ちの色男・西門慶と情を通じて淫蕩にふけり、さらに武大の兄の武松に色目を使った。潘金蓮は稀代の悪女・淫婦とされているが、自分の一生もこの潘金蓮と同じように多くの男女の幸せと安寧を妨げ、潘金蓮より十倍、百倍、千倍の苦しみを与えたのではないか。

ある日、喬《チャオ》署長が憶秦娥《イチンオー》を呼び出し、思わせぶりは表情で言った。

「犯人《ホシ》の目星がついた。捜査網は一人に絞られたぞ。え、どうだ？」

「誰？」

「楚嘉禾《チュチアホー》。同郷のお仲間だ。え！　どうだ。背後の共犯者も割れた。書き手のほかオペレーターがいる。一網打尽だ。ネットの投稿には三人の手跡が認められたが、三人を操ったのは楚嘉禾《チュチアホー》だ。え！　彼女には文章を書く頭はないが、書き手を働かす奥の手があった。え！　男どもは、ほいほい馳せ参じて、せっせと忠義を尽くしたが、その挙げ句まさか〝ご用〟になるとは夢にも思わなかっただろう。捜査史上なかなか艶《つや》のある、味のある事件だった。有名女優がからんでネット社会を賑わせるとは、まさに現代ならではの縮図だからな。これが発表になったら、世の中しばらく騒がしくなるな」

喬《チャオ》署長はさらに言葉を継いだ。

「だが、捜査はもう一歩だ。もっと強力な証拠があがりそうだからな。え！　だが、ネットは尻すぼみ、青菜に塩だよ。楚嘉禾《チュチアホー》は君と何十年、主役を争った仲だそうだな。言わずと知れた犯人だと劇団中から指を指されていた。もうすぐ一件落着だ。え！」

憶秦娥《イチンオー》は黙って聞いていた。しばらく考えこみ、呼吸を整えてから言った。

「もういいんです。署長、捜査を打ち切って下さい。お願いします」

「どうして？」

所長は不可解と不満の色を隠せない。

「どうしてもです」

「君はこの一件で踏みつけにされ、あれほどの目に遭った。なぜだ？　え？　相手は極悪人だぞ。それを許すというのか。え？　どうしてだ？」

「どうしてもです。私はもういやになりました。真相が明らかになったと言っても、一度染みついた汚れは消えない。消せば消すほど広がっていくんです。人は憶秦娥《イチンオー》の名前を聞いただけで憶秦娥《イチンオー》のすべてを知った気になるでしょう。十四、五歳のときに起きたことはもう誰にも隠せない。これからも何十回、何百回りなく繰り返されて話は大きくなっていくでしょう。事実からどんどん離れて、一人の女の一生がどんどん汚されていくんです。何があったのか、弁解すればするほど何が何だか分からなくなって、その都度、憎しみの感情だけが増幅されて大きくなる。だから、もういいんです。私はもう何も言いたくない。すべてを過去のものにしてしまいましょう！　私はもう誰も傷つけたくない。誰が私を傷つけようと、私はその人を知りたくもないし見たくもない。その人たちはきっと私の心の傷よりもっと痛ましい罰を受けるでしょう。でも、私は今、疲れた心を休ませたいだけ。恨んだり恨まれたり、憎んだり憎まれたり、仕返しをしたりされたりはもうたくさん。これからは心を安らわせて静かに生きていきたい。私の心にもう迷いはありません。署長さん、ありがとうございました。ご恩は一生忘れません。派出所の皆さまにもよろしくお伝え下さい。署長さんにお暇ができたら、皆さまのところにお伺いして、お好きな歌を歌わせていただきます。感謝の心をこめて精いっぱい歌います。本当に本当にありがとうございました！」

喬《チャオ》署長は何かを言いかけたが、憶秦娥《イチンオー》は立ち上がり、一礼して立ち去った。

彼女が派出所から帰り、劇団の正門にさしかかったところで偶然、楚嘉禾《チュチアホー》を見かけた。楚嘉禾《チュチアホー》はネット攻撃を仕掛けて以来、憶秦娥《イチンオー》に対してことさら下手《したて》に振る舞っていた。新年を迎えるときも年賀のメール一本寄こさなかったのに、今年に限って「新年大吉」や「万事如意」の賀詞に加え、「行い正しければ人を恐れることなし」とか「雲《くも》路《じ》開いて陽光を仰ぐ」とか書き足してあった。憶秦娥《イチンオー》はこのとき、心を熱くして、持つべきは故郷の友、窮地にあってこそ人情を知ると感激したが、まさかこんな汚水を浴びせられるとは思ってもみなかった。

彼女はくたくたに疲れていた。道路を踏む足がふわふわとして頼りない。自分が何者なのか、何者であろうとしていたのか、これから何をしようとしているのかさえ分からなくなっていた。ただ演ずることしか知らなく、ただがむしゃらに稽古をし続け、舞台に立ってきた。だが、自分の人生はどうして苦しみと悲しみでしかないのか？そうでなければ、息子、家族、そして楚嘉禾《チュチアホー》、石懐玉《シーホアイユイ》……彼女が愛し、そのために生きてきた大事な者、かけがえのない者たちがどうして彼女をこんなに苦しめ、心を乱すのか？　特に石懐玉《シーホアイユイ》。まだ離婚さえしていないのにさっさと秦嶺《しんれい》山脈の奥地に引きこもり、仙人にでもなってしまったのか、今もって音沙汰ない。憶秦娥《イチンオー》にしてみれば、たまったものではない。ネットでさんざんに弄ばれ、踏みつけにされながら、こうして生きている自分は一体何者なのか？　これからどう生きていくというのか？　芝居が一体何だというのか？　今さら稽古してどうしようというのか？　ヨガの平板《プランク》トレーニングにどんな意味があるのか？

ただ、幸いなことに、彼女は今、旧作の散逸を防ぎ、補綴《ほてい》して舞台化しなければならない大芝居《おおしばい》を数本抱えている。これをやり残すわけにはいかない。それに、彼女は自分に言い聞かせていることがある。六十歳になったとき五十本の作品を自在に演じられるようになっていることだ。忠（苟存忠《ゴウツンチョン》）・孝（古存孝《グーツンシャオ》）・仁（周存仁《チョウツンレン》）・義（裘存義《チュウツンイ》）の老芸人は口癖のように言っていた。いっぱしの役者を名乗るなら、百本の芝居が体の中にに入っていなければならない。それができずして役者を気取るな。昔の役者はそれができて当たり前だったと。今は芝居の数が減ってしまったとはいえうかうかしていると、人に乗り越えられ、先を越され、あるいは引きずり下ろされるかもしれない。

　だが、老芸人たちは「力むな」と繰り返し言った。役者は旅の空の下、あの町この村、涙を見せずに「歌いながら」走馬灯のように過ぎて行くものであって、〝がなったり〟〝うなったり〟するものでは決してないということだった。彼女はこの年になって百本の芝居を体に入れることはもう無理だ。しかし、五十本ならできるかもしれない。それにこの年になって実感しているのは、多くの作品に接し、身についてくる数が増えるにつれて、体内に一種〝自在〟の感覚が生まれ始めていることだった。それは老芸人の言う通り、体の力が抜けること、芸が練れること、あるいは芸が枯れるということなのかもしれない。言葉を換えて言えば、よく聞かれる言葉だが、「量が質に変わる」ことだと思った。うまい言い方だと思う。そのためには芝居をやり続けるしかなく、それが意味のある生き方だと思うようになっていた。それが命の空虚を埋め、人を恨まず、自分を悲しまずに生きる道なのだと。

　それに彼女には自分の芝居だけでなく、養女の宋雨《ソンユイ》を教練する任務がある。しかし、今に至るまで宋雨《ソンユイ》を演劇の道に引き入れることに迷っている自分がいたのも事実だ。それは理屈ではなく、子どもを傷つけたくないという母親の思いでもある。主役になればなったで、他人の怨嗟《えんさ》を買い、非難の矢面《やおもて》に立たされる。なれなかったら、面目を失うだけでなく、この先芝居を続けられるかどうか、いや生きるか死ぬかの瀬戸際に立たされる。いずれにせよ、役者というのは古来、愛も憎しみも人間らしく生きられないという因果な職業なのだ。意外だったのは、宋雨《ソンユイ》が二場の見取《みど》り劇を演じて、とんでもない大喝采を得たことだった。研修班の卒業公演は、宋雨《ソンユイ》の身丈に合わせた〝オーダーメード〟で作られると聞いた。どの作品が選ばれるか、秦八娃《チンバーワー》は新作の書き下ろしではなく、見取《みど》り劇の脚色だと決め、『楊排風《ようはいふう》』か『遊西湖《ゆうせいこ》（西湖に遊ぶ）』か。あるいは『白蛇伝』になるか、薛桂生《シュエグイション》団長はなぜか厳重な箝口令《かんこうれい》を敷いている。秦八娃《チンバーワー》老師は一体、どんな脚色を加えるのか、宋雨《ソンユイ》の力に余るものだったら、鶏をさばくのに牛刀を用いるようなことになりかねない……憶秦娥《イチンオー》はそんな思案を重ねていた。

憶秦娥《イチンオー》の精神状態がようやく落ち着いたころ、彼女は秦八娃《チンバーワー》に会いたいと思った。彼女には一つ夢がある。舞台に立てるうちにもう一度、秦八娃《チンバーワー》の新作を演じたいということだった。もし、新たに書き下ろし作品を得られれば、巨匠の三作を彼女一人で演じるということになる。これほど役者冥利に尽きることがあろうか。新作のオリジナル作品を演じるのはどの俳優にとっても〝やってみたい〟魅力的なことだが、特に秦八娃《チンバーワー》の作品は大きな挑戦だった。渾身の力でぶつかり、未知の人物像を彫り上げることほど俳優の表現意欲をそそるものはない。

全国の著名な俳優が秦八娃《チンバーワー》の作品を欲しがっていることは勿論彼女も知っている。しかし、秦八娃《チンバーワー》は自分の血となり肉となっているのは秦腔《チンチアン》だと固く信じ、京劇であろうと、川劇《せんげき》であろうと、越劇《えつげき》、豫劇《よげき》、徽劇《きげき》であろうと、ほかの劇種（地方劇）の執筆には頑として応じない。その土地に生まれ育った者でなければその土地の生活感、そこから生まれた演劇の韻律・声調を表現できないという理由だった。彼は一生かけて秦腔《チンチアン》の作品を書き続け、作品数こそ少ないが、その作品は全国の劇団、俳優たちの垂涎《すいぜん》の的《まと》となっている。ここ数年はもっぱら憶秦娥《イチンオー》のため陝西《せんせい》省秦劇院の座つき作者のような役割を演じている。これまで彼女の方から原稿依頼をしたことはない。彼女の最初で最後のお願いだ。もし、その作品が生まれたら、秦八娃《チンバーワー》にとっても畢生《ひっせい》の大作、そしておそらく彼の絶筆、最後の作品になるだろう。秦八娃《チンバーワー》は最近ずっと西安でホテルの缶詰生活を送っている。彼女がこれまで言い出さずにいたのは、こんなろくでもない事件の渦中の人物となり、揉みくちゃになってしまって秦八娃《チンバーワー》に余計な心配をかけたくなかったし、執筆の邪魔になるのはもっと不本意だったからだ。

喬《チャオ》署長の口から楚嘉禾《チュチアホー》の名前を聞いたとき、彼女は「ああ、やっぱりね」と、かえってさっぱりした気分だった。憶秦娥《イチンオー》はもともと人と争ったり偉ぶったりの性分ではなく、楚嘉禾《チュチアホー》に対しては張り合うというより、別にどうとも思っていなかった。というのも、憶秦娥《イチンオー》はすでに楚嘉禾《チュチアホー》の芸の素地を見抜き、はっきりと見切りをつけていた。楚《チュ》嘉禾《チアホー》はやたら目立ちたがりの出たがりで、配役でも自分の能力とは不似合いな高望みを押し通していた。それでもやりたいのなら、やらせておけばいい、金ぴかの舞台のセンターを取りたいのなら、取らせてやればいいではないか。結果は明らか、漢中《かんちゅう》（陝西省南西部）方言丸出しで、銅鑼の音がやたらガンガンと騒々しい〝桄桄《ガンガン》〟芝居だ。楚嘉禾《チュチアホー》の演技の致命的な弱点として修練と技能の格差がある上に、しっとりとした情感に欠けるものがあった。彼女の演技は上辺《うわべ》に流れ、内実の発露と何の関係も持たない。演出家がいくら口を酸っぱく指摘しても、憶秦娥《イチンオー》を含めて仲間たちが何度助言しても、彼女はいつも心ここにあらざる風で、自分の気に入った言葉でなければ受けつけなかった。演出家の封子《フォンズ》も「だめだ、こりゃ」とさじを投げていた。彼女に理解力が欠けているというのではなかった。彼女は誰よりも弁が立ち、役の分析にかけては一々もっともで誰の反論も封じこめる力を持っている。だが、ひとたび演技すると、〝ぬるま湯〟で、かったるい。芝居の世界ではこれを〝田舎芝居〟と片づける。

俳優という職業は何と残酷なものだろうか。俳優とは生きることそのものが問われ、命の絶えざる〝爆発〟が求められる。こんな職業はほかにあるまい。悲劇の英雄を演じて、その運命を狭い舞台空間から宇宙の大《だい》に映し出すこと、宇宙に向かって全身全霊を投げかけること、それが爆発であり、命の本当のあり方だ。命の爆発がなければ、その俳優に〝つける薬〟はない。

彼女は、はっと自分の気持ちに気づいた。本日ただ今をもって、私、憶秦娥《イチンオー》は楚嘉禾《チュチアホー》と決別する。騒々しい田舎芝居はもうたくさんだ。互いの尻の赤さを罵り合う〝猿芝居〟ともおさらばしよう。

彼女の中に鬼が一匹棲んでいる。彼女をそれを認めようと思った。人は彼女を〝芝居の鬼〟〝小覇王《しょうはおう》〟〝小魔王〟とさえ呼ぶ。これを愛称だと思えばよいではないか。薛桂生《シュエグイション》団長だって〝おばさん〟〝婆さん〟〝姐《あね》さん〟、果ては〝曾《ひい》婆さん〟とまで呼ばれているが、本人はいっこう気にしていない。一方、女の彼女に対して劇団の主《ぬし》のように〝憶《イ》旦那〟と呼ぶ者がいることも事実だ。今や誰もが当たり前のようにそう呼んでいる。何が〝旦那〟かと思うが、〝旦那〟、大いに結構だ。呼びたい者には勝手に呼ばせておけばよい。誰が何と言おうが、彼女は今や陝西省秦劇院の大黒柱として君臨している。もし、彼女をもう一度ネットの中でこき下ろし、彼女を〝黒歴史（アニメ作品の中で用いられた言葉）〟の中に祭り上げたければ、彼女を憶《イ》旦那、小覇王《しょうはおう》、小魔王と呼ぶがよい。悪の伝説《レジェンド》が生まれ、私は新しい憶秦娥《イチンオー》として復活するのだ。

ところが、彼女は自分が制したはずの秦劇院の中に思わぬ伏兵がいることを知らされる。いきなり彼女の椅子が奪われた。いや、ばっさりと斬って捨てられたのだ。

秦八娃《チンバーワー》が研修生卒業公演の台本を仕上げた。それは『楊排風《ようはいふう》』や『遊西湖《ゆうせいこ》』『白蛇伝』の脚色《アレンジ》ではなく、書き下ろしのオリジナルだった。題名は『梨花《りか》の雨』、主人公は女性で、昔の女芸人の運命を描いた作品だった。しかし、主演は憶秦娥《イチンオー》ではなかった。

『梨花《りか》の雨』の主役は彼女の養女の宋雨《ソンユイ》だった。

憶秦娥《イチンオー》はぽかんとして秦八娃《チンバーワー》を見つめ、口ごもりながら尋ねた。

「どうして私ではないのですか？」

秦八娃《チンバーワー》は逆に聞き返した。

「君の娘じゃないか。喜ばれると思ったがね」

「まだ十六、七歳です。主役という大任が勤まるでしょうか？」

「秦娥《チンオー》、忘れたのか？　君がデビューしたのもわずか十六、七歳だったろう！　十八、九で北山《ベイシャン》地区の大スターになっていた。今度の作品にはさらに手を入れて完璧を図る。第二稿が完成したら、宋雨《ソンユイ》は十八歳になるだろう」

憶秦娥《イチンオー》の両手が震えた。

「先生はおっしゃったじゃありませんか。……私のために新作を書いて下さると」

秦八娃《チンバーワー》は狭い両目の間隔を左右に引っ張るように力をこめて言った。

「この作品が君のためでないと言った覚えはない」

「どういうことですか？」

憶秦娥《イチンオー》は打ちのめされた思いで言葉を詰まらせた。

「秦娥《チンオー》、宋雨《ソンユイ》は君の養女だ。あの子が今あるのは二つの見取《みど》りを君が手取り足取り、噛んで含めるように教えた賜物《たまもの》じゃないか。劇団の人たちもあの子を自然に〝小憶秦娥《イチンオー》〟と呼ぶようになった。あの子のために書くことは、あの子を秦腔《チンチアン》の舞台のセンターに立たせるため、これがまさか君のためではないとでも言いたいのか？」

憶秦娥《イチンオー》は何も言えなくなった。

しかし、彼女の体を吹き抜ける風の冷たさ、さびしさは何だろうか。彼女は手足が次第に冷たくなり、心が凍《こご》えていくのを感じていた。

このとき、薛桂生《シュエグイション》団長が突然、秦八娃《チンバーワー》を訪ねてやってきた。部屋に入るなり、憶秦娥《イチンオー》がうち萎《しお》れているのを見て、不審そうに秦八娃《チンバーワー》の顔をうかがった。秦八娃《チンバーワー》はさらに言葉を継いだ。

「秦娥《チンオー》、研修班の子どもたちを育てることは秦腔《チンチアン》の将来のため、宋雨《ソンユイ》を抜擢するのは陝西省秦劇院のためもあるが、それよりも君のため、君の芸を次代につなぐためだ。今日になっても芸の継承は一子《いっし》相伝《そうでん》というか、一種の徒弟制度のようなやり方に頼ってきた。今やっておかないとすべてが手遅れになる。君が六十歳になったとき、この子たちは二、三十歳だ。もう二度と舞台のセンターは取れないだろう。私ももう七十七歳の老人だ。一本の芝居を書くのさえ思うに任せない。だが今回、宋雨《ソンユイ》の舞台を見て、私は奮い立った。この子のために新作を書くことは私の作家生命を全《まっと》うさせることなんだとね。ここには秦腔《チンチアン》に対する私の思い、これから伸びる若木に対する思い、そして誰よりも君、憶秦娥《イチンオー》に捧げる敬意がこめられている！　私の作家生命は君の舞台生命と共にあるんだ」

それはそうかもしれないが、陝西省秦劇院の新作書き下ろし劇の主役はすでに憶秦娥《イチンオー》の手から離れてしまった。彼女はうめくような思いでこの一撃を耐えた。

彼女のかねて薛桂生《シュエグイション》団長に対する尊敬の念は増しこそすれ決して減じるものではなかったが、今日突然、不信の念に変わった。この男はもしかして天下一の陰謀家なのかも知れない。彼の蘭花指は彼の企みを隠す外連味《けれんみ》たっぷりの小芝居なのではないか。秦八娃《チンバーワー》にも油断がならない。秦八娃《チンバーワー》は昔からこんな醜悪な相貌ではなかった。とは言っても、その両の目はある人は〝南北朝の分裂〟だと言った。進化前の古生物みたいに片方は空を仰ぎ、もう片方は地面を走査《スキャン》する。その眉毛は互いに背中を向けて泳ぐオタマジャクシのように勝手な動きをする。そして、道化役のようにガチョウの羽根の団扇を揺らし、顔を隠しながら相手の心を盗み見る。この二人は彼女が伸《の》るか反《そ》るかの命の瀬戸際にあったとき、密談を凝らし、彼女を秦腔《チンチアン》の舞台の片隅に追いやっただけでなく、悪辣無残な手で永久追放の挙に出たのだ。

彼女は絶望した。

宋雨《ソンユイ》は養女というより実の娘のように目をかけて育ててきた。娘がこの道に入ったからには腕を上げ名を上げて劇団の柱となることを望まない母親があるだろうか？　しかし、それは今ではない。母親の舞台に割って入り、主役を奪い、名声を奪い、追い落とそうとするのはいずれ起こり得るとしても、それは今ではないはずだ。その母親はまだ五十歳、まだまだ演ずべき舞台があり、夢もある！　舞台のセンターを譲るのを惜しんでいるのではない。まして自分の娘なら喜んで譲りもしよう。しかし、それは断じて今ではない。今日、いきなり幕を落とされ、カーテンコールもそこそこに舞台を降りろとは、あまりにも残酷、残酷、残酷、残酷過ぎる。彼女にとってネットのどんな悪評、誹謗中傷より身にこたえるものだった。

彼女はゆっくりと立ち上がった。ぐらりと上半身が揺れた。

薛桂生《シュエグイション》団長があわてて彼女を蘭花指で支えようとした。彼女はいやなものを見るような目で〝薛蘭花《シュエランホア》〟を押しのけ、憤然として秦八娃《チンバーワー》の執筆の間となっている客室を出た。薛桂生《シュエグイション》と秦八娃《チンバーワー》の彼女を呼び止める声がしたが、彼女はふり返らなかった。

どこをどう歩いたのか、西安市で最も有名な大学（交通大学と思われる）のキャンパスにいた。ちょうど桜の花が満開で、空を埋めて幾重にも散りかかる無数の花びらが彼女の涙のように降りしきり、彼女を包んだ。

ちょうどそのころ、もう一つの大きな事件が起ころうとしていた。夫の石懐玉《シーホアイユイ》が突然西安に舞い戻り、描きためた絵の大規模な個展を開いたのだ。

石懐玉《シーホアイユイ》は勿論、彼女に声をかけ、見てくれるよう誘っていた。だが、彼女は出かけなかった。どうせ下らない画展、何の興味も湧かなかった。それに、心のわだかまりがまだ解けずにしこっていた。あの夜、彼は彼女が家に帰るのを邪魔し、劉憶《リュウイ》の墜落死を招いたのだ。彼の顔を見たら、離婚話をきっと切り出したくなる。だが、まだそのときではないと思った。身も心もぼろぼろになった今の生活を引きずって、その上さらにくそ面白くもない厄介ごとを背負いこむのはご免だった。

ところが画展の初日、誰かが早速知らせてきた。会場のとっつきに掛かっているのが女の裸の絵で、それは誰が見てもモデルは憶秦娥《イチンオー》だというのだ。これを聞いた憶秦娥《イチンオー》は鳩尾《みぞおち》にずんと重い衝撃を感じた。すぐ習字の練習に使う墨汁の瓶をポケットに入れ、会場の美術館へ向かった。一目で分かった。終南山の別宅《コテージ》で見た悪夢のようなアングルだった。一番目立つ場所に掲げられ、見物人がひしめいて容易に近づけなかった。

彼女は野球帽をかぶり、その中に墨汁をしのばせた。誰も彼女に気づかない。だが口々に憶秦娥《イチンオー》の名をささやいている。ああ、これは憶秦娥《イチンオー》だ、憶秦娥《イチンオー》はこの画家の女房だったんだ……。人垣をかき分けかき分け、絵の前に立った憶秦娥《イチンオー》は、一丈二尺の大画布に向かって墨汁の瓶を十文字に振り回し、ばしゃばしゃと一瓶全部を使い切った。飛び散った墨汁はあちこちに黒い瘡蓋《かさぶた》を作り、筋を引いてぽたぽたと床に滴り落ちた。

その日の夕方、石懐玉《シーホアイユイ》の消息が伝わった。彼は自殺した。場所はあの絵の下。鋭利な刃物で自ら首を刎《は》ねていた。

四十二

この知らせを聞いたとき、彼女は寝室でうつぶせになり、ヨガの平板《プランク》トレーニングに汗を流していた。彼女の憤懣はまだ収まっていない。このむさ苦しい毛むくじゃらがいけしゃあしゃあと人前にしゃしゃり出て、美術館で個展の開催などちゃんちゃらおかしい。だが、開館時すでに一千人の観客が集まっていたという。ネットもこの話題でもちきりになっており、さらに拡散しそうな勢いだ。その作品のタイトルに憶秦娥《イチンオー》の名前は冠されていないが、言わずと知れた憶秦娥《イチンオー》であることは西安市の市民ならみな先刻承知、押すな押すなの盛況だという。

憶秦娥《イチンオー》の記憶力はひと目で読み取っていた。この作品は最初に描かれたものに対して、かなりの修正が施されている。ブドウ棚の下に横たわっていた全身が、今を盛りと咲き誇る野辺の花叢《はなむら》にうっすらと覆われて見え隠れしている。顔は自分のようであり、自分のようでもないが、観客には熟知の顔だ。加えて、画家とモデルは〝そのような〟関係にあったことも周知の事実であってみれば一目瞭然、彼女であることに間違いない。

平板《プランク》トレーニングに余念のない彼女だが、考えれば考えるほど腹立たしいのは、これがもし彼女がモデルでなかったら、この作品は彼女を虜《とりこ》にしただろうということだった。画家が描こうとしたのは愛だ。深い情愛だ。この画展の総合タイトルは「大秦嶺《だいしんれい》の魂」で、彼女をモデルにした作品は「秦魂《しんこん》」と名づけられていた。これについては参観者の中に異論があるようで「ヌードの女性と魂にどんな関係があるのか」という声も聞かれた。これに対する反論もあって「人は万物の霊であり、魂だ。憶秦娥《イチンオー》が秦腔《チンチアン》の精霊であるように、この絵は大秦嶺の霊気を体現している。これは作者が本来意図したものであり、大秦嶺の絵巻の中で最大の傑作であり、最も精彩に富み、見る者の目を奪う」と。

最初の絵が彼女の心を震わせたのは、こんなにも自分に似ていることと、それが神秘的にさえ見えたことだった。ただ、それが一糸もまとわぬ裸体であることに彼女の羞恥心が激しく抵抗する。前作ではブドウの葉と果実で一部隠されているが、新作ではその代わりに森と野辺を埋め尽くす花叢《はなむら》が夢の風影のように咲き競っている。前作では人物がブドウ棚の陰で憩い、安らっていたが、新作は黄金色の光の中で美しさを誇っているかのようだ。顔から項《うなじ》、腕《かいな》、そしてタンポポの花が彩りを添える足の指先まで、今を盛りとする生命の輝きが健康色の肌を内側から透かし出していた。その人物は大自然の花冠、花軸《かじく》、草葉《くさば》、そして泉の水と呼応し、不可分な一体となっているのだった。もし、この作品が自分と無関係の別な絵で、それを鑑賞しているのだったら、画家に対する敬意が粛然と沸き起こっただろう。しかし、ほとんど全裸の女がほかならぬ自分だということが彼女にはどうしても許せなかった。どんな理由をつけようが、この絵が舞台女優である彼女の衣装を剥ぎ取り、またもや公衆の面前にさらすということ自体、この世にあってはならなかった。

憶秦娥《イチンオー》はついに最初から最後まで衆人環視の中で、しかもカメラのフラッシュを浴びながらこの〝犯行〟をやってのけた。観衆の中には何が起きたのか分からず、ぼんやり見ている人もいたが、いち早く見咎めて墨汁の入った大瓶を彼女の手から奪い取り、その場にねじ伏せた男がいた。野球帽を剥ぎ取り、マスク、サングラスを外したその下から現れたのは、ほかならぬ憶秦娥《イチンオー》の顔だった。美術館の空気が凍りついた。

もし、この場に石懐玉《シーホアイユイ》がいたら、憶秦娥《イチンオー》は彼に張り手を食らわすか、頭から墨汁を浴びせるかしただろう。しかし、石懐玉《シーホアイユイ》の姿はなく、これしか彼女の鬱憤を晴らす手立てはなかった。こんなことをしたら全西安がひっくり返るような騒ぎになることは承知の上だ。軽挙であり妄動であるが、これ以上の思案はなく、彼に一生分の償いをさせるつもりだった。だが、彼と刃物三昧の対決に及ぶ前に、彼がまさか美術館で自刎《じふん》して果てるとは夢にも思わなかった。

平板《プランク》トレーニングの最中、友人からのネットでこの知らせを受けたとき、両肘と足指の先の四点で支えていた彼女の体幹がばたんとつぶれるの覚えた。まさか？　床に這いつくばり、床の汗と涎《よだれ》をなめながら、こんなことがあってたまるかと自分に言い聞かせた。しかし、友人はもっと残酷な事実を伝えた。自殺だという。あの絵の下で発見されたとき、彼はおびただしい血だまりの中にいた。美術館の職員がただちに救急車を呼んだが、石懐玉《シーホアイユイ》はすでにこと切れていた。

くそ。この世でこんなことが起きていいはずがない。憶秦娥《イチンオー》は取り乱し、自分を見失っていた。彼女が弟の易存根《イツンゲン》と薛桂生《シュエグイション》団長につき添われて病院へ行くと、石懐玉《シーホアイユイ》はすでに霊安室に移されていた。ただぼんやり突っ立って、上半身を揺らしている憶秦娥《イチンオー》を、弟が懸命に支えていた。

美術館から数人の学芸員がやってきた。薛《シュエ》団長が彼らと話して石懐玉《シーホアイユイ》の個展開催と自殺の経過を聞き出した。

「大秦嶺の魂」展は大きな反響を呼び、特に多くの画家や専門家にかつてない衝撃を与えたという。特に秦嶺山脈という巨大な山域を〝霊なる存在〟としてとらえ、その魂魄《こんぱく》を体得しようと新しい技法を編み出し、その深奥に迫るものと評価された。彼（石懐玉《シーホアイユイ》）が最高傑作と自負する「秦魂《しんこん》」は美的表現の達成度において現代の画壇に屹立するものと多くの美術評論家が認めている。だが、惜しむらくはこの稀有な才能が急逝し、美術史の人物になってしまったことである。「大秦嶺の魂」展の開会式で石懐玉《シーホアイユイ》は繰り返し語った。「秦魂」は会心の作であり、終南山の山麓で試作を描き上げた後、さらに秦嶺の奥地に入って改作を重ね、彼として会心の大仕事となった。彼が〝一世一代〟と胸を張ったときの表情は満足と自信に満ち、誇らしさと晴れがましさに溢れていた。この作品が瞬時に烏有《うゆう》に帰したとき、石懐玉《シーホアイユイ》は天を見上げ、大声で泣き出した。閉館時になって係員が会場に行ったとき、石懐玉《シーホアイユイ》が「秦魂《しんこん》」の下で自ら首を刎《は》ねているのを発見した……。

彼が血まみれになって倒れている傍らに遺書が置かれており、美術館員はまず薛桂生《シュエグイション》団長に手渡した。薛《シュエ》団長は一読し、憶秦娥《イチンオー》の手に置いた。遺書は短く、半ページに満たなかった。誰に宛てて書いたものか分からなかったから、美術館員は先に薛《シュエ》団長に渡したのだろう。


私は十分生きた。これ以上生きる意味はない。完成させるべき作品は完成させた。これを持って別の世界の展覧に供したい。

今回出品したのは三百十八作、今日買い上げになった作品は十一点、金額にして五十五万元になります。この金を次の関係者に寄贈したいと思います。
一、秦嶺雲台道観（道教寺院）に十五万元。ここには長期に渡ってお世話になり、尊師は私を見捨てることなく、衣食住、そして修行の全般にわたってお導きいただきました。十五万元は十数年にわたる食費にも満たない額ですが、尊師にはお詫びの言葉を伝えていただきたい。本来なら私の画料で本殿と道場を新築し、寄贈することを念じていましたが、今の世の画料は真に低廉にて、この世ではかなわず来世にて果たすことを約します。
二、雲台道場山麓の雲台小学校に十万元。ここは在校わずか七人の小学校。校長は私に目をかけて下さり、子どもたちのために美術の授業を任せていただいた。校舎の修繕と生徒一人一人への画材、そして野外の写生のときに用いる日除けの棚を作るのに役立てていただきたい。
三、残余の金は故郷の老いた両親にお手渡しいただきたい。私はこの世で最も親不孝な息子です。数十年にわたり、居所を定めず野人さながらに放浪し、親孝行のまねごともできませんでした。ここまで育てていただいたのに、その万分の一のお返しもできないこと、お許し下さい。
そして、憶秦娥《イチンオー》。私の一生で誰よりも許しを乞わなければならないのは、わが最愛の妻憶秦娥《イチンオー》です。私の愛はその作品の中に托してあります。秦嶺は私の命の源です。初めて憶秦娥《イチンオー》を見たとき、初めて憶秦娥《イチンオー》の秦腔《チンチアン》を聴いたとき、私は秦嶺の魂に触れたと思いました。彼女こそこの巨大な山域、たたなづく大山塊の精霊です。私はこの精霊を、降り注ぐ陽光の下、澄み渡る大気の中で描きたいと熱望しました。彼女こそこの世を照らす光、至高の美なのです。しかし、悲しいかな。この女神にとって私は醜悪にして唾棄すべき劣情の持ち主なのでした。この故に私は彼女の名誉を傷つけ、汚しました。許して下さい。私の最愛の妻、至高の女神、憶秦娥《イチンオー》。もし、彼女の許しを得られるなら、私の絵をもらっていただきたい。お好きな絵を好きなだけ選んで下さい。絵は私の命。私の命が彼女の中で生き続けることができたら、こんなうれしいことはありません。そのほかの作品はこの美術館に収蔵をお願いします。当然、その決定権は憶秦娥《イチンオー》にあります。なぜなら、彼女は今も私の法律的な妻なのですから。

私は行きます。

もうすることは何もありません。

もう描きたい絵はありません。

もしできたら、そしてもし、憶秦娥《イチンオー》の同意が得られたら、私が火葬されるとき、悲しい音楽は不要です。彼女の歌う『鬼怨《きおん》』の一節で私の魂を秦嶺に送っていただきたいのです……。

最後にもう一度私の愛する妻に深く深くお詫びします。私はあなたの息子を死なせてしまい、あなたの名誉を傷つけてしました。私は地獄に落ちて当然です。未来永劫の闇が私の住み処《か》です……。

憶秦娥《イチンオー》は涙と共に叫んだ。

「懐玉《ホアイユイ》！」

彼女は石懐玉《シーホアイユイ》にとりすがり、白布に覆われた彼の毛むくじゃらの顔に別れの接吻をした。

男たちが数人がかりで彼女を霊安室から押し出した。

憶秦娥《イチンオー》の心はあまりにも理不尽な力で揺さぶられていた。これほど愚直な男がいるだろうか。不屈、剛直、頑冥《がんめい》、これほど馴化《じゅんか》されない動物のような男がいるだろうか。ときに手のつけられない粗暴、強暴、獣性のかたまりとなる。それなのに、こんな脆く壊れやすい、ガラスのような心を持っている。一枚の絵に墨汁をかけられたぐらいで決然と自分の命を断つ男の心が分からない。命の瀬戸際でどんな苦しみが彼の心よぎったのか。それは痛みか絶望か、やるかたない憂悶か。そして彼は頸部の大動脈を自ら断ち切った。その血しぶきは信じられないほど遠くまで、まるで意志あるもののように飛んだ。憶秦娥《イチンオー》は死にたいと思ったことは何度もあるが、勿論死ぬ勇気はなく、〝命未練〟で生きている。しかし、石懐玉《シーホアイユイ》はたった一枚の「秦魂《しんこん》」の絵に殉じ、山も崩れよ、玉石共に砕けよと命を断った。あまりにも身勝手ではないか。世の非難や糾弾をものともせず、しかし、彼女にこんな思いをさせても平気なのだ。彼女はどうしても分からない。彼はこんなにもあっけなく、隣の家に行くみたいにあっさりと自殺してのけた。彼の絵のためなのか？　彼女のせいなのか？　それとも、もう生きていけない別の理由があったのか？　命の重みを何と考えているのだろうか？

彼女の母親は言った。

「生きているのがいやになったんだろう。世を渡るのは、えっちらおっちら、しんどいものさ。それをおまえのせいにしているんだよ。あの男は世をすねた風来坊さ。風の吹くまま気の向くままの無責任男さ。具合が悪くなると山の中に逃げこんで、お前の裸の絵を描いてわざわざ美術館に持ちこんで人目にさらす。見る方も見る方だ、あんなもの見てどうするのさ。だがね、自分の女房の裸を人に見せて喜んでいる男がどこにいる？ 私が夏の暑い夜、庭で上半身裸になっていたら、胸にはタオルを乗せてたけれど、お前のおとっつぁんに怒鳴られたよ。道行く人に見苦しいものを見せちゃならないとね。あの男はお前の亭主だよ。それなのにお前の尻や腹丸出しの絵を描いて見せびらかして、それでもお前の亭主かね。そりゃ、どこの家の男もよその家の女の裸を見たがるものさ。でも、自分の家の女はしっかり蓋して鍵をかけてしまっておくものだよ。お前の亭主だけだよ。こんな下品なことをおおっぴらにしでかすのは。思い出すだけで腹が立つけれど、情けなくて死ぬに死ねないね。お前がもし、世の中がいやになって死ぬとする。そしたら山に入って、人のいないところでこっそりと、あり合わせの藤づるで首くくるだろう。それをわざわざ街中へ出て、よりによって街の真ん中でこれ見て下さいと派手に首をかき切るかね？ まったく聞いたことがないよ。秦娥《チンオー》、お前の八字《はちじ》（運気）は強すぎる。〝過ぎたるは及ばざるが如し〟、大吉《だいきち》は凶に還《かえ》るといって、とかく災難がふりかかるものさ」

（注）八字《はちじ》　生まれた年・月・日・時間の四項目をそれぞれ干支《えと》で表すと計八文字になり、これを元に運勢を占う。「八字硬《はちじこう》」は八字の陰陽が最も調和して生命力が最も強いとされるが、強すぎると相手を克する（打ち負かす）こともあるという。

憶秦娥《イチンオー》は母親のおしゃべりを止めようとしたが、もうどうにも止まらず、今度は息子の劉憶《リュウイ》を引き合いに出してなおもまくし立てた。

劉憶《リュウイ》の死は彼女にとっていつまでたっても胸の塞がることだった。だが、そこへ折よく秦八娃《チンバーワー》と薛桂生《シュエグイション》団長が顔を出した。彼女は秦八娃《チンバーワー》に尋ねた。

「石懐玉《シーホアイユイ》が死ぬって、一体どういうことなんでしょうか？」

秦八娃《チンバーワー》は長いため息をついて言った。

「君に責任がある」

彼女はうっと息を呑みこんだ。絵に墨汁をかけたのは確かに彼女が悪い。器物損壊だし、威力業務妨害だ。だが、それでどうして人が死ななければならないのか？　秦八娃《チンバーワー》が言った。

「石懐玉《シーホアイユイ》のことは知らないが、彼の行動を見ると、彼はまさに芸術を命として、芸術のために生きた人間だ。君に出会ったとき、君は終生珍重すべき芸術品と映ったのではないか。君があの絵を駄目にしたのは彼にとって単に絵の問題というより彼の全人格、心の問題だったのではないか。あの絵を彼が「秦魂《しんこん》」と名づけたとき、あの絵は君であり、それによって彼のすべてが満たされた。それはとりもなおさず大秦嶺の魂であり、秦腔《チンチアン》の魂でもあった。この絵を見たある人が数百万元の値をつけたが、この作品だけは非売品ですと断っている。いくら高値をつけられても彼に売る意志はなかった。それを君は墨汁であっという間に台なしにした。彼がその絵を見て、恐らく彼の命に対する君の無残な仕打ちを感じ取ったのではないか。それは彼に死ねと言うに等しく、彼にとって絶望以外の何ものでもなかった。彼があの作品を命と頼んで西安に出てきたとき、頼るあてもなく、まさに孤立無援、八方ふさがりの状態だった。ただ君との再会に一縷の希望を託していたのではないか。彼に死なれてみると、哀れさだけが伝わってくる、何と純な男だ。そして何と鈍《どん》な男だ。常人《じょうじん》をはるかに超えた無垢の魂だ。幼子のような未熟さだ。全身毛むくじゃらの大男のくせして生まれたての赤子のように頼りない。動物界にたとえると、さしずめ真雁《まがん》だ。死んだ連れ合いの側を離れずに守り抜き、自分も衰えて死んでいく……。いいか、よく考えるんだ。あの絵は死んだ。死んだあの絵は、実は君なんだ！　君のとった行動は、君たち二人の感情はもう通わなくなった、死んでしまったという合図だった。むごいことだ。彼を絶望させるのに、これ以上の仕打ちはあるまい。彼は鋭利な刃物を自分の首に当てるしかなかった……」

憶秦娥《イチンオー》はせき上げる悲しみにベッドに突っ伏し、両手を激しくベッドに打ちつけた。薛桂生《シュエグイション》団長は言った。

「何も君を責めているのではない。石懐玉《シーホアイユイ》の性格は私もよく知っている。あの通りの男だ。考え過ぎるな。悲しみもほどほどが肝心だ」

憶秦娥《イチンオー》はこれまで〝八字硬《はちじこう》（運気が強すぎる相）〟だの、〝克夫《こくふ》（夫の運気を損なう相）〟だのを信じてこなかったが、今日はつくづく自分は八字硬なのだと思った。自分を愛した男はみなろくな目に遭っていない。封瀟瀟《フォンシャオシャオ》はアル中に、劉紅兵《リュウホンピン》は半身不随に、石懐玉《シーホアイユイ》は自殺した。封瀟瀟《フォンシャオシャオ》は心の中を打ち明けることなく、寡黙な逢瀬だったが、劉紅兵《リュウホンピン》と石懐玉《シーホアイユイ》は自分の思いをあからさまに語っている。

二人は口をそろえて言った。

「憶秦娥《イチンオー》は天から遣わされた妖魔だ。男を破滅させる妖怪だ。男を責め苛《さいな》み、とり殺す。一度魅入られたら、逃げようにも逃げられない」

劉紅兵《リュウホンピン》は言った。

「君を愛してる。君にいかれてる。もっといかれたい」

石懐玉《シーホアイユイ》は言った。

「君を愛してる。ドアに頭を挟まれたみたいにどうにも抜けられない」

憶秦娥《イチンオー》の手荒さは実際に肉体的な痛みを伴い、立ち回りの必殺技が華麗に炸裂した。回し蹴りや蹴倒《けたお》し、引っ掻いたり、つかみかかったり、番外の荒技も遠慮会釈なく繰り出されたが、彼らはよく耐え、むしろ喜んでいた。彼らは自分の能力以上に彼女に尽くした。一斗《いっと》の能力しかないのに、どこかから借りてまでも彼女に一石《いっこく》を与えようとした。

石懐玉《シーホアイユイ》を失った後、彼女は突然、劉紅兵《リュウホンピン》を思い出した。彼が最後に起こした自動車事故は自分が掘った落とし穴に自分から落ちたような恰好だが、彼もまた身も心も彼女に尽くした一人だった。彼女が急に思い出したのは、彼がすべてを失ってからも息子劉憶《リュウイ》のために無理算段して生活費を送ってくれたことだった。

彼は今、命の火が消えかかっていた。

石懐玉《シーホアイユイ》がいなくなって思うことは、この世に悔いを残したくない、心残りがあってはならないということだった。

石懐玉《シーホアイユイ》の野辺の送りを済ませてから、彼女はまた劉紅兵《リュウホンビン》の見舞いに出かけた。

劉紅兵《リュウホンビン》は目にいっぱいの涙を浮かべて彼女を見つめ、頭を何度も壁に打ちつけた。人はみな悔いを持って生き続けるが、それを言葉で表すのは難しい。

彼女は蓮花寺で修行したとき慧霊居士《えれいこじ》から教わった経文の一部をふと思い出した。

罪障消滅《ざいしょうしょうめつ》　悉皆《しっかい》　空《くう》

病室を離れるとき、彼女は付き添いの男に言い残した。

「毎月の給金を少し増やします。この人が恥ずかしくなく余生を生きられるよう、どうかよろしくお願いします」

四十三

秦八娃《チンバーワー》はついに新作の台本を書き上げた。

民間の伝承文学に精通する彼の知識は驚くべきもので、その嚢中《のうちゅう》から取り出した秦腔《チンチアン》芸人の見聞録、行状記から一篇の物語を紡ぎ出し、波瀾万丈、ドラマチックな一代記とした。

舞台はその一時代を背景にしたいわば〝時代物〟で、数百年来伝わった秦腔《チンチアン》の演技の型、絶技の数々を織りこんで劇中劇とし、一群の秦腔《チンチアン》芸人の生涯に渡る苦難の人生行路を活写している。秦八娃《チンバーワー》の言葉を借りるなら、天地の間《かん》を住み処《か》とし、時の流れに生涯を乗せ、諸国を放浪した旅芸人の意気地、吹っ切れた明るさを描いている。世間から蔑《さげす》まれ、ものの数に入らない存在だが、その生き方は仁義に厚く、きっぱりと筋を通す潔さがある。この民の心が詩となり、歌となり、踊りとなり、そして秦腔《チンチアン》の心となって天地《あめつち》を動かし、鬼神も感ぜしめる。だが、これは決して歴史の表舞台に現れない潜流《せんりゅう》なのだと、秦八娃《チンバーワー》はを大いに論じた。

彼は作者として台本を読みながら何度も感極まって声を詰まらせた。聞かされる方も緊張に耐えられず、途中何度も中休みを求めた。

憶秦娥《イチンオー》は聞きながら舞台がまざまざと立ち上がってくるのを感じ、じっとしていられなくなった。薛桂生《シュエグイション》団長や秦八娃《チンバーワー》につきまとい、主役を自分にとうるさくせがんだ。だが、薛桂生《シュエグイション》はいつもつれなくはねつけた。

「これは研修生のために書いた台本ですよ。主役はもう決まった。あなたの娘じゃないですか。何が不満なんですか」

何といわれようと彼女はこの役がやりたかった。というより、舞台のセンターを譲りたくなかった。突然「そこを退《ど》いて」と言われるのは、たとえ自分の養女のためと言われても我慢がならなかった。

ここ数十年、自分が何もかも一人で背負わされ、「みんな楽して、何で自分だけ」と何度不満をつぶやいたことか。だが、今日分かった。自分はどんな芝居であれ、自分が主役でなければ気が済まない自分がここにいる。まして今回は新作書き下ろし、劇団の重点演目であればなおさらのこと、なぜ自分を抜きにしてことが進められていくのか。自分の身の置きどころがないというこの決まり悪さ、いきなり無重力空間に投げ出されたような頼りなさ、そしてこの失墜感はどうしたことか！　そこへ薛桂生《シュエグイション》団長が蘭花指を振り立てて新しい提案を出した。彼女に〝芸術監督〟就任を持ちかけたのだ。この得体の知れない仕事は何か。これまで舞台のセンターを仕切ってきた人間に何をしろというのか。何かもっともらしい肩書きを与えて顔を立てようというのか。気休めでも気慰みでもいい、何かやらせて格好をつけようというのか。自分はいつからこんな情けない立場になったのか？　彼女はまだ矛を収めるつもりがない。

これ以上薛桂生《シュエグイション》を相手にしていても埒があかないと見た憶秦娥《イチンオー》は秦八娃《チンバーワー》をつかまえて言った。秦八娃《チンバーワー》は彼女の演劇生活をずっと支えてくれた最大の恩人だ。自分はこの役を演ずるために生まれてきたのだと繰り返し訴えたが、返ってきたのは薛桂生《シュエグイション》団長とまったく同じ答えだった。

「秦娥《チンオー》、お前らしくもない。気持ちを大きく持て。度量の広いところを見せるんだ。これから伸びる若い芽を育ててやれ。それはお前の舞台生命を断ち切ることではない、逆に伸ばすことだぞ。そこをよく考えるんだ。ましてお前の娘ではないか。まさかお前は、秦腔《チンチアン》は自分の代で歌い止めとでも思っているのじゃなかろうな」

憶秦娥《イチンオー》はそこまで考えているわけではない。ただ、自分が舞台を降りるのはまだ早いと思っているだけだ。彼女は言った。

「私も若い人を育てることの大事さを知っています。ただ、この役はとても大きくて重い。あの若さでいっときには演じきれない。荷が勝ちすぎます。だから私はあの子を引っ張っていき、要所要所、勘どころを見せてやりたい。それから先はあの子次第です」

「秦娥《チンオー》、お前が名をなしたとき、やはり十七、八歳だった。あの子たちも今、その年齢にさしかかっている。彼らに任せて存分にやらせてやれ」

「私はそれに反対しているのではありません。私はこの台本《ほん》の素晴らしさが分かるだけに、何ものに代えても大事にしたいんです。この中にもう一人の私がいる。その人生をもう一度生き直してみたいんです！」

憶秦娥《イチンオー》は話すほどに胸が熱くなるのを感じた。

秦八娃《チンバーワー》はいとおしいものを見る目で彼女を見やり、自分の気を静めながら言った。

「その通りだ。この劇の主人公は確かにもう一人のお前だ。私がそう書いたのだからな。だが、そうであればなおさらのこと、若い人たちに花を持たせてやれ。お前が宋雨《ソンユイ》の傍にいて、ちゃんと指導をしてやれば、この舞台は決して失敗しない。私はそう信じている」

憶秦娥《イチンオー》はもう何も言えなくなった。秦八娃《チンバーワー》はさらに言葉を継いだ。

「私は一生かけて民間の伝承文芸を研究してきた。だが、この仕事も先の見こみがなくなってきた。だが、秦娥《チンオー》のような若者がたくさん出てきたら、この先大いに期待が持てる。私はお前の気持ちがよく分かる。まだまだ舞台でやりたいこと、やり直したいこともあるだろう。だが、今回のこれはお前の引退ではないぞ。お前の新しい前進だ。お前はこれからも演じ続け、お前の舞台を作り上げる。私も及ばずながらお前のために芝居を書き続けたい。もっとも新作を書く力はもう残っていないがな。だが、宋雨《ソンユイ》がお前の後を継いで名実ともに〝小憶秦娥《イチンオー》〟になったら、お前はこの舞台の上でもっと遠く、もっと先へ、もっと広く生き続けることができるのではないか？　そこのところをよく考えるんだ」

憶秦娥《イチンオー》は薛桂生《シュエグイション》を言い負かすこともできなければ、まして秦八娃《チンバーワー》を説得することなどとてもできない。この芝居の進行を彼らに任せ、自分は芸術監督の座を受けることにした。

秦腔《チンチアン》大型伝統劇『梨花《りか》の雨』の本格的な稽古が始まった。

憶秦娥《イチンオー》は芸術監督として稽古場に招じ入れられ、演出の薛桂生《シュエグイション》から正式な紹介と委嘱を受けた。本読みが始まると、彼女は一字一句、いとおしむように研修員たちに〝駄目〟を出した。彼らのほとんどはまだ二つの見取《みど》り劇をこなしただけで、初歩の型しか身についていない。秦八娃《チンバーワー》の新作を前に彼らの経験、理解力、創造力は赤子のようなものだった。〝優等生〟であるはずの宋雨《ソンユイ》の台詞も歌も憶秦娥《イチンオー》の心に響くものはなかった。彼女は苛立つ前に、四人の老芸人の指南ぶりを思い出した。彼女に対して何と辛抱強く、今にして思うと、〝無私〟と〝真心〟の二語に尽きた。彼女もそれに習って老成の指導者を気取ったが、すぐ化けの皮が剥がれた。自分がこんなにこらえ性がなく、すぐ癇癪を起こすとは思ってもいなかった。時には努力しない子、集中力のない子、さっぱり進歩を見せない子たちに、教練たちが愛用している藤づるのムチを存分に振るい、打《ぶ》ち打擲《ちょうちゃく》したい自分がいたのだ。

宋雨《ソンユイ》は忍耐強く、努力型の子だった。養女としてこの家に引き取ってからもう九年になる。憶秦娥《イチンオー》の母親に言わせると、この子は心の中を見せない、何を考えているのか分からないときがあり、家族とほとんど口をきかない日もあるという。憶秦娥《イチンオー》は宋雨《ソンユイ》の気持ちが痛いほどよく分かる。思春期の心に〝養女〟であることが影を落としているのだろう。憶秦娥《イチンオー》はそれを忘れさせようとさまざまな努力を試みたが、宋雨《ソンユイ》は相変わらず終日無愛想で寡黙な子だった。

宋雨《ソンユイ》の最大の強みは愚直なまでの力、いわば釘で鉄を打ち抜くような貫徹力だ。平板《プランク》の体幹トレーニング一つとってみても、憶秦娥《イチンオー》のように贅肉予防とか体形維持とか意を決してやるものではなく、その年代では何の造作《ぞうさ》もないことのようだ。憶秦娥《イチンオー》は張り合うつもりではないが、こっそり平板《プランク》の持続時間を比べてみた。憶秦娥《イチンオー》は一時間四十分、宋雨《ソンユイ》は一時間四十五分で宋雨《ソンユイ》の勝ちだった。人間の体はぎりぎり撓《たわ》めて、どこまでしなり、どこまで持ちこたえられるものなのか。宋雨《ソンユイ》の耐久力、金属のような靭性《じんせい》（粘り）、可鍛性《かたんせい》（のびしろ）に憶秦娥《イチンオー》は内心舌を巻くばかりだった。『梨花の雨』の「女その一」に宋雨《ソンユイ》は命を投げ出すような打ちこみ方だった。まるで憶秦娥《イチンオー》と瓜二つのように稽古場から帰るとすぐ自室にこもって鍵をかけ、夜中過ぎまでごそごそやっている。憶秦娥《イチンオー》に見られるのを恐れているのか、それとも憶秦娥《イチンオー》がこの役を〝狙って〟いたことを知って、〝養母〟に対する気兼ねやら遠慮やら幼心の戸惑いがあるのか、家にいるときは憶秦娥《イチンオー》を避けてばかりいる。ここで憶秦娥《イチンオー》の内心の声を聞くなら、彼女は本気でいつまでも娘と役を争ったり、娘に焼き餅を焼いたりまるで、〝三文小説〟の役を演じるつもりはない。彼女の一番の心配ごとは宋雨《ソンユイ》の心の状態だった。まるで生き写しの自分を見るように見えてくる。役に全力でぶつかり、同じ力で撥ね返される。その繰り返しで、人にはただの〝お馬鹿〟にしか見えない。昔の彼女のように。

今の宋雨《ソンユイ》に今すぐ必要なのは手引きだ。共に川を渡る案内人だ。河面の照り返しに隠れている深み、早瀬を知った案内人がいなければならない。しかし、それにしてもこの子は一体、何を考えているのか、深い海の底をのぞくようにとらえどころがない。自分の中に閉じこもり、家族の誰とも口をきかなくなった。思春期には誰しもある一時期なのかもしれないが、宋雨《ソンユイ》の心の鎧の厚さに戸惑うばかりの憶秦娥《イチンオー》だった。

憶秦娥《イチンオー》は宋雨《ソンユイ》を心から愛している。彼女の心の中では養子とか実子とか、そんな分け隔てはないが、彼女の母親はまた奇妙な妄想を描いた。一度、息子の劉憶《リュウイ》の嫁にしようなどと企んだことがあったが、今度は末子の易存根《イツンゲン》にどうかと言い出した。成長と共に美しくなる宋雨《ソンユイ》に、易存根《イツンゲン》は落ち着きのない視線を走らせていた。これを知った憶秦娥《イチンオー》は弟を叱りつけただけでなく、母親にも遠慮のない罵声を浴びせかけた。あなたたちは宋雨《ソンユイ》を何だと思っているのか。大事に守ってやるのが家族ではないか。いやらしい考えを起こして、それを世間では何というか分かっているのか。口に出すのも汚らわしい……。だが、彼女の母親は口を尖らせて言い返した。

「あの子はもらい子じゃないか」

憶秦娥《イチンオー》は怒りのあまり、テーブルを叩いて怒鳴った。

「あの子は私の実の娘です。こんなことを二度と口に出したら、即刻、この家から出て行ってもらいます！」

ここまで言われた易存根《イツンゲン》はさすがにしゅんとなった。嫁探しは他を当たるしかない。母親はいまだに憶秦娥《イチンオー》の気持ちを理解できないでいるようだ。確かにこれがふるさとの九岩溝《ジョウイエンゴウ》だったら、もらった養女は養女であり、誰も実の娘とは思わない。大きくなったら、家族と親戚の食卓に置く料理の一つと見なされる。誰がどう食べようと、誰に譲ろうと、誰の嫁にしようと勝手なのだが。

憶秦娥《イチンオー》は心にしこりを抱えたまま、それでも稽古場にでんと座り、芸術監督の〝鬼〟になりきった。さながら〝一子相伝〟の気迫をこめ、この半生に得た芸のすべてを惜しげもなく研修生たちの前にさらけ出すことで宋雨《ソンユイ》を鍛えた。宋雨《ソンユイ》はこの〝しごき〟に耐え、演技の生活実感はともかくとして、天分の閃きを見せた。薛桂生《シュエグイション》団長、秦八娃《チンバーワー》はやっと愁眉を開き、劇団のベテランたちは驚喜して宋雨《ソンユイ》に親指を立てて見せた。今は芸の一子相伝とか門外不出とか言う時代ではないが、自分が受け継いだものを宋雨《ソンユイ》に託すことによって〝衣鉢を継ぐ〟ということの意味が理解できたように憶秦娥《イチンオー》は思った。

　彼女はいつも考えていた。忠孝仁義（苟存忠《ゴウツンチョン》・古存孝《グーツンシャオ》・周存仁《チョウツンレン》・裘存義《チュウツンイ》）の老芸人が芸を伝え、技を授ける妙諦《かなめ》とは何だったのかと。専門のこと以外に彼らが口癖のように言っていたのは煎じ詰めると、舞台を生かすも殺すも人次第だということだった。下手な芸は舞台を殺さなくても、観客がお前を殺すと。彼女はこの言葉を後生大事に温めてきた。宋雨《ソンユイ》に話すときも老芸人の表情や仕種が浮かんできた。我ながら苟存忠《ゴウツンチョン》や古存孝《グーツンシャオ》の顔つきや口ぶりにそっくりで、少し年寄りじみているかとも思った。

　宋雨《ソンユイ》の振る舞いについて、彼女の母親はずっと腑に落ちないでいた。どうも変だ。それが最近ますます目に余る。稽古から帰るなり、ぷいと部屋に閉じこもり、ずっとなりをひそめている。彼女の母親はドアの隙間からそっと中をうかがった。その都度、彼女は携帯で話しこんでいた。声をひそめ、いきなり泣き出したりしている。話の内容はどうやらこの家のことではなさそうだった。だが、その泣き声はあまりに悲しそうで、ときに激しく動揺している。憶秦娥《イチンオー》は言った。十七、八の女の子が友人と長々話しこんで泣いたり笑ったりするのは正常なことだ。別に大騒ぎすることではないと。だが、『梨花の雨』の公演後、憶秦娥《イチンオー》は思い知らされることになる。母親の疑惑はもっともな根拠のあったことなのだと。

『梨花の雨』の稽古は十ヵ月に及んだ。一般公開を前に劇団関係者、専門家を招いてゲネプロ（関係者立ち合いの通し稽古）を三回開いた。修正意見も少なからずあったものの、大勢はおおむね仕上がっているという見方だった。だが、劇団ＯＢの老人組には意外に評判が悪かった。

　よい芝居は最初の一撃で「鼻血ぶーでなければならない」というものだった。つまりこの作品は衝撃性《インパクト》に欠けている。観客に見せるほどのものではない。卒業公演はもともと研修生の練習台で、いわば花嫁が頭にかぶる赤い布だ。なまじ取らない方がよい。取ったら、鼻ぺちゃのお多福揃いで逆に社会に衝撃を与える。研修生たちもショックで数年、いや一生立ち直れないだろう。演劇とは残酷なものだよと。

いつもの薛桂生《シュエグイション》団長なら落ちこむところだが、今回は度胸が据わっていた。さらに一ヵ月ほど稽古を進めるうち批判派や反対派を押さえんで、いつの間にか誰もがこの作品の衝撃性《インパクト》を認めるまでになっていた。いよいよロケット打ち上げのときが来た。薛桂生《シュエグイション》はマスコミ対策から観客動員の手配に至るまで入念な手を打っていた。意外なのは公演のタイトルだった。「陝西省秦劇院研修生卒業公演月間」と〝お堅い〟文字が並んでいるが、一ヵ月の〝通し公演〟が最初から織りこまれていたことだった。この強気は一体どこからくるものなのか？

ついに春節の二月六日に陝西省秦劇院研修生の卒業公演が開幕が決定された。

四十四

憶秦娥《イチンオー》は眠れない日を過ごしていた。とにかく少しでも眠らなければと、睡眠薬を都合してもらっているが、目が覚めると、考えるのは『梨花の雨』の初日のことばかりだった。自分のときより、気が急《せ》き、気がもめる。宋雨《ソンユイ》は初めての大役で初めての大舞台を踏み、その初日を迎えるのだ。何につけ、はっと胸を突かれ、肝を冷やす。自分のときも何度へまをやらかし、どじを踏み、笑い話を撒き散らしたことか。鬘《づら》をつけ忘れたり、舞台で簪をばらばら落としたり、顔から火が出るほど恥ずかしいのはトイレへ行く途中だけでなく、ところ構わず衣装の中におもらししたり、思い出すだけで身悶えしたくなる。思いつく限りのことは、宋雨《ソンユイ》の身にも起こり得る。憶秦娥《イチンオー》はその一つ一つを宋雨《ソンユイ》に念押しした。

開演五分前の一《いち》ベルが鳴ったとき、憶秦娥《イチンオー》の両足に震えがきた。それでも彼女は宋雨《ソンユイ》の両肩を叩きながら「大丈夫よ、慌てないで」とささやき続け、今は心を静めるのよ、客席はカボチャ畑よ、「眼中に人なし」を唱えなさい。こうすれば普段の自分通り、思う存分実力を発揮できるから……。

『梨花の雨』は文戯《ぶんぎ》と武戯《ぶぎ》折中の舞台だから体力の消耗が激しい。憶秦娥《イチンオー》は宋雨《ソンユイ》のために温めた体力増強のドリンク剤を買ってきて飲ませた。これらはかつて忠孝仁義（苟存忠《ゴウツンチョン》・古存孝《グーツンシャオ》・周存仁《チョウツンレン》・裘存義《チュウツンイ》）の老芸人、彼女の叔父・胡三元《ホーサンユアン》、そして寧州の胡彩香《ホーツァイシアン》先生、米蘭《ミーラン》先生が彼女のためにやってくれたことだったが、彼女が多年に渡る経験から気づいたことも勿論含まれていた。それはあれもしてやりたい、これもしてやりたいと精いっぱい体面を整え、装わせて娘を嫁に出す親心にも似ていた。

初日の反応は秦劇院、西安の秦腔《チンチアン》界の誰もが予想だにしなかった〝鍋をひっくり返すような〟騒ぎとなった。鍋には二通りのひっくり返し方があって、一つは大成功、もう一つは大失敗の結果だが、『梨花の雨』の場合は大成功だった。秦腔《チンチアン》の興業は憶秦娥《イチンオー》の人気女優以外はせいぜい二、三ステージで打ち切りになるものだが、この公演は「陝西省秦劇院研修生卒業公演月間」と異例のロングラン体勢が組まれていた。各回超満員、チケットの奪い合いとなることをまるで最初から見越していたかのようなタイトルだった。マスコミは「当世美少女図鑑」「美しすぎる秦腔《チンチアン》女優」「見たら目がつぶれる」など面白おかしく囃したて、各社とも判で押したように「小憶秦娥《シャオイチンオー》」の呼び名を用い始めた。

カーテンコールのとき、観客は寄せては返す波のように舞台に殺到し、声を限りに「小憶秦娥《シャオイチンオー》」の掛け声を競った。舞台に勢揃いしたキャスト、スタッフの最後列に立った〝老憶秦娥《イチンオー》〟は一種の喪失感がやわやわと胸を閉ざすのを感じていた。この小憶秦娥《シャオイチンオー》が彼女の娘であることに違いはないのだが。

彼女の耳に観客のさまざまな感想が聞こえてきた。

「秦劇院の大黒柱　文句なし　この子に決まり！」

「美女偏差値　宋雨《ソンユイ》は憶秦娥《イチンオー》に勝った！」

「ぴちぴちギャル　人気街道驀進中！」

「秦劇院に世代交代の嵐　どうする憶秦娥《イチンオー》！」

「秦腔《チンチアン》がこのような美女軍団で固めれば、もはや観客の心配はない。ハリウッドのスターにも引けをとらない」

西安の仕込み業界のボスといわれる刁順子《ディアオシュンズ》（陳彦作『西京バックステージ仕込み人（原題・装台）』参照）も口を出した。

「これは新旧座長の交代劇だ。無敵を誇った穆桂英《ぼくけいえい》（『楊家将演義』に登場する勇猛果敢な女将軍。中国の時代劇で人気一番のキャラクター）も宋雨《ソンユイ》の登場で旗色が悪くなり、退却だ」

ここまでは外部の雑音だったが、劇団内部の動きが憶秦娥《イチンオー》の想像を超えて急旋回を始めていた。薛桂生《シュエグイション》団長は矢継ぎ早に手を打ち、春節後に決まっていた十数口の地方公演のうち数口が急遽キャンセルされ、『梨花の雨』に差し替えられた。小憶秦娥《シャオイチンオー》に押し切られたか、美女偏差値に押し切られたか、押しとどめようのない力が働き始めている。

憶秦娥《イチンオー》はぼんやりと見守るだけで最初に感じたのは、足元の揺れを感じながら時勢に抗《あらが》えない自分のもどかしさ、そして無力感と恥辱感だった。

ある日、劇団内部で『梨花の雨』の座談会が開かれたとき、彼女は秦八娃《チンバーワー》の隣に座った。秦八娃《チンバーワー》は煙草の箱の裏に鉛筆で何かを書いていた。見るともなく見ていると、憶秦娥《イチンオー》の文字が見えた。彼女が手を伸ばすと秦八娃《チンバーワー》が言った。

「ただの落書きだ。見るな」

だが、憶秦娥《イチンオー》はさっとその紙片を奪い取った。

憶秦娥《イチンオー》、小《シャオ》憶秦娥《イチンオー》に思う

西風吹いて
揺らす緑樹の赤い花
花は揺れども　なお赤く
桃の若木の艶やかさ

今年の春は去年《こぞ》に似ず
時分《じぶん》の花の驕《おご》りあり
ときめく春の驕りあり
春来たれども　早きに似たる
この寂寥《さびしさ》をいかにせん

原稿には手が加えられ、読みにくかったが、憶秦娥《イチンオー》はおおよその意味を察した。

秦八娃《チンバーワー》は以前にも同様の詩を二首、彼女に書いて与えたことがある。だが、今日のこの詩は自分にではなく、宋《ソン》雨《ユイ》のために書いたような気もする。いや、それとも秦八娃《チンバーワー》自身の思い、心情を綴ったのかもしれない。「春来たれども　早きに似たる　この寂寥《さびしさ》をいかにせん」の句は今日の座談会の雰囲気とはまるで違っている。出席者のほとんどが口をそろえてほめ言葉を連発し、憶秦娥《イチンオー》の存在は霞んでいた。「この寂寥をいかにせん」は今の彼女の心境なのかもしれない。

そうは言っても、彼女はうれしかった。何度も流す涙に母親の気持ちが溢れていた。

その一方、彼女の母親がしきりに気遣っていた〝宋雨《ソンユイ》の秘密〟がすべて明らかになった。

『梨花の雨』の公演が始まって数ステージこなした後、憶秦娥《イチンオー》は気がついた。宋雨《ソンユイ》の帰宅が次第に遅くなっている。宋雨《ソンユイ》の言いわけは、同期生たちと集まって喜び合っていたということだ。この興奮は憶秦娥《イチンオー》にもよく分かる。遅くまで遊んで寝不足になり、喉に影響が出さえしなければ、大目に見よう。彼女の演劇生活からすると、俳優の健康の秘訣は「睡眠」の二文字に尽きる。公演期間中、彼女はたとえ雷に打たれようと爆睡の習慣を変えなかった。だが、宋雨《ソンユイ》の帰宅はさらに遅くなり、それが幾晩も続いた。憶秦娥《イチンオー》もさすがに疑いを持った。急に名の出た女優は世間が放っておかず、取り巻きができ、さらに下心を持つ者がつきまとう。誘惑に打ち勝つ定力《じょうりき》（平常心）を持たないと、どんな間違いが起きないとも限らない。まして、宋雨《ソンユイ》はまだ十八にもならない幼さだ。憶秦娥《イチンオー》が監視の目を光らせようとしたとき、彼女の母親が事情をすべて明らかにし、その曰《いわ》く因縁を持ち前の剛力で引きずり出したのだ。

正月の六日、『梨花《りか》の雨』の初日に宋雨《ソンユイ》の祖母《おばあ》、弟、別れたはずの実の父母までが見物にやってきた。それから連日連夜劇場に通い詰め、幕が下りると宋雨《ソンユイ》を待ち受けて連れ出し、実家に戻るよう迫ったという。離れ離れになった一家再会の大団円と愁嘆の場が用意されていた。

出稼ぎに行って失踪した夫、男と駆け落ちした妻という現代の〝スーパーカジュアル〟な夫婦が宋雨《ソンユイ》という〝鎹《かすがい》〟によって感動的な復縁を果たした。現在、西安市内にマンションを買い、夫婦二人で羊肉泡饃《ヤンロウパオモ》（羊肉のスープに饃《モ》＝饅頭をちぎって浸して食べる西安の名物料理）の店を出したという。宋雨《ソンユイ》の弟も西安に出て高校に通っている。いずれ機会を見計らって、弁護士を雇うなり、最悪、訴訟をしてでも実の娘を正式に取り戻す腹らしい。

憶秦娥《イチンオー》が母親からこの話を聞いてすぐ、宋雨《ソンユイ》の祖母《おばあ》、実父母が豪勢な手土産を携え、礼金のつもりなのか、貯金通帳まで持参して彼女の家を訪問し、談判に及んだ。

彼らの要求は娘を認知したいということだった。

当然、彼らは宋雨《ソンユイ》の実の母親は憶秦娥《イチンオー》であることを認めている。

宋雨《ソンユイ》の祖母《おばあ》はここ九年患っているパーキンソン病の頭を震わせながら言った。

「秦娥《チンオー》さん、どうかお頼みします。あなたはわしら宋《ソン》家の大恩人だ！　一生足を向けて寝られない。だがのう、ばらばらになっていた宋家がこうして一つになった。帰って来た両親を、どうか産みの父母《ちちはは》と呼ばせてやってはくれまいか！」

こう言いながら祖母《おばあ》は全身を震わせてひざまずいた。

憶秦娥《イチンオー》はぐったりとソファーに身を横たえ、起き上がれないでいる……。

春まだき、夜寒《よさむ》の中をさまよう憶秦娥《イチンオー》。
西安の灯が一つまた一つと消えていく夜更け。
娘を返せ　頼みます、拝みますと浮き世のしがらみ、
どうして色よく答えられようか。
古都の城壁を一人歩く憶秦娥《イチンオー》。
秦腔《チンチアン》の伴奏で、遠く低く歌声が聞こえてくる。

　夜気《やき》深く　風蕭蕭《しょうしょう》と
　満天に飛ぶ柳絮《りゅうじょ》
　身を切る風の冷たさよ

憶秦娥《イチンオー》　（思いの丈《たけ》を哀切の二六板で）

（注）二六板　上句六拍、下句六拍で、秦腔《チンチアン》のリズムの基本形。シンプルなメロディーに畳みかけるような詞句を盛りこみ、語りや口説き（心情の吐露）、掛け合いなどに適している。

月は悲しみ　面《おもて》を閉ざし
風吹き荒《すさ》び　身は凍り
古城の暗影　心を覆う
舞うは誰　蹌踉《よろぼ》い　蹌踉《よろぼ》う　傷心の舞いを

（転調。激発の導入部からから緩徐調《アダージョ》へ）

五十年の風雨　一身に受け
五十年の艱難《かんなん》　誇るに足らず
五十年の生死《しょうじ》離別　見たれども
五十年の真情《まごころ》は如何にせん

（転調。二六板）

十一歳　涙で別れた故郷の山
十二歳　皮肉に食いこむ藤づるの鞭
十三歳　灰をかぶった竃《かまど》番

十四歳　魔の手はねつけた厨房勤め
十五歳　薪小屋の精進　老師の手引き
十六歳　演技開眼『打焦賛《だしょうさん》』
十七歳　ついに世に出た『白蛇伝』
十八歳　北山《ベイシャン》で一夜明けたら栄光の座

（転調。太鼓が強拍《きょうはく》を連打する。バンバンバン……）
竈番《かまどばん》から人気街道まっしぐら
そこは魔境か　地獄の一丁目
西京の檜舞台に鬼千匹
『遊西湖《ゆうせいこ》』で頭角現し　大見得切って
古都の寵児と囃されど
悪口雑言　誹謗中傷の後ろ指
妬み　そねみ　四方八方礫《つぶて》の嵐
ネット炎上　身は火だるまに

（転調。詞句に合わせて緩急自在。伴奏なし、消音のドラムパッドが二拍子のリズムを刻む）
主役なんてちゃんちゃらおかしい　もうやめた
そうだ　妊娠、出産、子育て休暇　この手があった
逃げても逃げても追ってくる　役者稼業の身の因果
あの台本《ほん》この台本　探し続け　選び続けて四十年

主役とはライトの下の百変化《へんげ》　決して尻尾《しっぽ》はつかませぬ
主役とは有象《うぞう》無象《むぞう》を低く見て　才なき者を追い払う
主役とは天地の祭司　陰陽の相を言い当てる
主役とは生贄《いけにえ》切り割《さ》く破邪の剣　魑魅魍魎《ちみもうりょう》を一刀両断
主役とは命の大河の離れ島
主役とは舞台に浮かぶ根無し草
主役とは巻き道のない山登り
主役とは決して泣きっ面見せぬもの
満場の視線釘づけにして　好《ハオ》の歓声独り占め
もらう花束　茨《いばら》もあれば　毒もある

（転調。二六板）
人のやれない技求め
空しく思案の堂々めぐり
世界で何が起きよとままよ
浮かばぬ思案が癪の種
春の嵐に散りゆく花か　風にまかせた身は旅役者　なんの辛かろ野末の仮寝　里で夜明けて峠で暮れて……

（注）春の嵐に……　この原文は「羊腸たる山道をたどり、山間《やまあい》の集落で吹きさらしの舞台、また寺の一隅を借りて仮設舞台の旅公演を続け、北へ南へまた海を越え……」とあるのを、訳文は西条八十作詞『お島千太郎旅唄』から一部を抜粋）

妖姿《ようし》媚態《びたい》の俏《やつ》しごと（恋に身をやつす演技）、里人は口あんぐりの法悦境、冥土の土産とやんやの喝采、ここぞとばかり役者冥利の見得を切る。
何の役者が冥利なものか。娘を取られ、主役も取られる因果な稼業。結んだ縁《えにし》は水の泡、血肉《けつにく》の誓いも絵空ごと。花火のように燃え尽きて、灯りが落ちたら舞台は変わる。意地を立てても浮き世の掟《おきて》にゃ歯が立たず、仕込んだ芸を返せと言えぬ。恨み辛みは言うだけ野暮、ただ我が身を責めるだけ。ああ、疲れた。私はもぬけの殻。

（転調。明るい調子に変わる。二六板から装飾音が玉を転がすようなコロラトゥーラの絶唱へ）

そうさ　私は舞台のお馬鹿さん
舞台に上がれば気が晴れる
後波《あとなみ》（〝後続者〟の意も）たとえ天を突き
百丈の高みあろうとも　私は舞台に立ち続ける
私は岬の灯台　夜の海に一人立ち
照らし続ける　娘の航路に幸あれと

（転調。哀調に変わる。自在なリズムで打楽器の演奏の中、エンディングへ）

私は娘を嫁に出す　赤い花かごに乗せてやる
赤い花かごなぜ赤い　二人を結ぶ血の証《あかし》
竈《かまど》の灰に涙を拭い　固く結ばれたこの縁《えにし》
冬の氷雪越えた身に　何の寒かろ春の霜
運命が二人を分かつとも　何のこれしき
情けの糸は赤い糸　赤い花かごを紡《つむ》ぐ糸

（合唱隊）

夜更けて　風寒く
有明《ありあけ》の月　城壁に掛かり
誰が弾くのか秦腔《チンチアン》の響き
むせび泣く板胡《ばんこ》の調べ

憶秦娥《イチンオー》は城門の箭楼に立ち、板胡《ばんこ》の調べにじっと耳を傾ける。旧城壁の根方から響くのは秦腔《チンチアン》の古式ゆかしい調べだった。

人集まり　幕開き
名優たちの「時《とき》を得顔《えがお》」
有為転変《ういてんぺん》は世の習い
登場あれば退場あり
開いた幕はまた閉まる

憶秦娥《イチンオー》は涙をたたえた目でゆっくりと城壁を去る。

暗転。

四十五

帰心矢《きしん》のごとし。憶秦娥《イチンオー》はどうしても九岩溝《ジョウイエンゴウ》に帰りたくなってバスに乗った。

もう長いこと帰ってなかった。家には年老いた父親のほか、全員が西安に出ていた。本当は父親も西安に呼び寄せたかったのだが、頑として聞き入れてもらえなかった。あの家、母屋と納屋を守り、一族の墓地を守るのだと。彼女の母親は言った。

「何、本当はあの影絵芝居の舞台を守りたいのさ」

家に着かぬうちに銅鑼の音が聞こえてきた。彼女の耳にはすぐ分かる。これは素人の演奏ではない。しかも、かなり手練《てだ》れの者の手だ。今どき、これほどの腕前を持っている者がどこにいるのだろうか？　あたりには近所の爺さん、婆さん、孫たちが易《イ》家に向かって足を急がせている。

突然、誰かが憶秦娥《イチンオー》に気づき、谷間の村は途端に沸き返った。家々からまず犬が飛び出し、人が後を追って口々に叫び、回りに目を走らせている。

人はさらに増え、爺さん、婆さん、孫たちがはしゃぎ始めた。ただ筋骨たくましい働き手やその嫁らしき女はほとんど見かけない。憶秦娥《イチンオー》は顔見知りの七叔《チーシュー》に声をかけた。

「七叔《チーシュー》、どうしたのさ？　村に若い衆や嫁さんがいないのかい？」

「働ける者はみんな稼ぎに行っちまった。残っているのは三八六一九九部隊だけだ」

「三八六一九九部隊って何さ？」

「何だ、知らねのか？　三八は三月八日の国際女性の日（国連制定）、六月一日の国際子どもの日（子供の福祉世界会議制定）、九月九日の重陽節は国際高齢者の日（国連制定）でないか。今三八部隊も街へ出ていき、六一部隊もわずかしか残っていない。病気で足腰立たないか、死に損ないの九九部隊が村の主力だよ」

「初めて聞いた。だけど九岩溝《ジョウイエンゴウ》は入り会いの山を持って材木の切り出しで食ってきたんでなかったかい？」

「それで一村が食えるものか。知らない町へ行っても住む土地はねえ。みんな高いところに鳥みたいな巣を作って、足が地に着かない宙ぶらりんの生活だ、野菜一つ植えられねえ。ここにみんなが暮らしていたころは、お山に登れば木に銭《ぜに》こがなり、掘れば銭こがざくざく出る宝の山だった。ここで何十代に渡ってちゃんと暮らしを立ててきた。食いものにも着るものにも不自由せずやってきた。だが、今はどこでどう間違ったか、鶏もいない、羊もいない、豚もいない、牛もいない、墓に参る者もいなくなっちまった。まあ、せっかく帰ってきたんだ。ゆっくりしていきな。このために、みんないそいそ戻ってきたんだろう？　この九岩溝《ジョウイエンゴウ》もまんざら棄てたものじゃない」

憶秦娥《イチンオー》は数十人の老人たちに囲まれて、やっとふるさとのわが家にたどりついた。

納屋は母屋の隣に建っている。そこに影絵芝居のスクリーンになる紗幕が張られていた。まず彼女の目に飛びこんできたのは、何と叔父の胡三元《ホーサンユアン》だった。一体どこでどうしていたのやら、ずっと消息を絶っていた叔父が目の前にいた。まさか九岩溝《ジョウイエンゴウ》に帰っていると思うはずがない。

叔父は父親と一緒に影絵芝居の準備に余念がなかった。

憶秦娥《イチンオー》が最初に感じたのは、叔父が年老いたということだった。霜が降りたような白髪の下、火薬の火傷痕を残す顔半分は黒みに黄みが混ざっていた。スクリーンは立ったものの、楽隊はどうするのか。これが彼女の次の懸念だったが、どうやらとんでもないことになりそうだった。

正規の劇団なら、立ち回りの舞台には少なくても五、六人が配置される。指揮格の司鼓《スーグー》が打つ板胡《ばんこ》のほか、大小の銅鑼、大小の鐃鈸《にょうはち》（シンバル）、木魚、大太鼓、戦鼓（腰鼓に似た秦腔《チンチアン》の古楽器）はまず欠かせないところだ。一つの楽器を一人で奏するのが基本で、掛け持ちはまずあり得ない。ところが、この七、八種類の楽器を叔父が一人で受け持とうということのようだ。叔父の前に置かれた打楽器（パーカッション）は板胡、戦鼓、大太鼓だけ。叔父の脇に山から運び出した木が据えられ、切りそろえられた数本の枝に、それ以外の楽器が巧みに懸けられていた。さらに木魚や拍子木は彼の二本の太腿にくくりつけられて、ぶら下がっている。彼の新工夫はほかにもあり、鋤《すき》や鍬《くわ》、鎌、箕《み》、篩《ふるい》などの農具も楽器に仕立て上げようという算段らしい。それだけではない。太鼓打ちがチャルメラ、篳篥《ひちりき》まで用意していることも分かった。戦闘場面が始まると、敵味方の鬨《とき》の声、剣戟《けんげき》の響きに加え、風の音、水の音が凄みを増し、黄砂が舞い、石が飛ぶ勇壮活発な場面が展開する。胡三元《ホーサンユアン》は一人でこの情景をすべて舞台に盛りこもうとしているのだ。スクリーンの前の観客はじっとしていられず、スクリーンの後ろに駆けこんで、この擬音、この鳴り物の正体を見届けようとするだろう。

憶秦娥《イチンオー》の父親はスクリーンの後ろで『白蛇伝』開幕の万端を整えた。

その側に控えた盲目の老人が、やおら月琴を奏で、声を張り上げようとした。

（注）月琴　円形の胴に短い棹《さお》、四弦、八柱。琵琶より小ぶり。京劇を生み出した二大曲調の西皮《シーピー》と二黄《アルホアン》のうち、西皮《シーピー》は魏長生が一派を起こした西秦腔《シーチンチアン》と同義語とされている。西秦腔《シーチンチアン》に用いられる楽器について『燕蘭小譜』は「胡弓（胡琴）を主として、月琴これに副《そ》える」とあり、魏長生の故地四川、甘粛、陝西、湖北にまたがる大山塊との関連を思わせる。

憶秦娥《イチンオー》の突然の出現に易《イ》家の納屋は俄然沸き立った。

彼女の叔父は演奏に没入して彼女に気づかない。

このとき、スクリーンの前後を出入りし、歌い手の老芸人に茶菓の接待をしていた男が憶秦娥《イチンオー》を一目見るなり怯えた声を出し、身を翻して納屋から逃げ出した。その男は薄汚れた野球帽をかぶり、身なりからして土地の人間とは見受けられなかった。憶秦娥《イチンオー》は何のことか分からず、彼を見送った、後から叔父から聞いた話によると、この男は石炭景気で一山当てたあの劉四団児《リュウスートアル》だということだった。その後、鉱山は落盤事故が相次ぎ、加えて不況と石炭価格の暴落で閉山、閉鉱が相次ぎ、政府は業界の再編に踏み切った。劉四団児《リュウスートアル》も債務不履行と取りつけ騒ぎの中、いち早く姿をくらまし、債鬼から逃避行の毎日だった。叔父は言った。この男は九岩溝《ジョウイエンゴウ》でリゾート開発などと大風呂敷を広げ、人の懐から金をかすめ取ろうと悪あがきの最中だと。

彼女の叔父はいつのころからか、老芸人古存孝《グーツンシャオ》に倣《なら》って黄色い外套を羽織り始めていた。劉四団児《リュウスートアル》はかつて伯父の古存孝《グーツンシャオ》に付き添ったように、今度は胡三元《ホーサンユアン》が外套をずり落とす度にそれを拾い、せっせと着せかけているという。

劉《リュウスー》四団児《トアル》のかつて金満にあやからなかった憶秦娥《イチンオー》としては、彼の行方をただ見守るしかなかった。

父は確かに老い、二本の犬歯も失われていた。不思議に思った彼女は尋ねた。

「糸切り歯、どうしたの?」

父はぷりぷりして、しかし情けなそうに答えた。

「それを聞くか。聞きたけりゃ、お前の馬鹿叔父に聞け」

父の犬歯は叔父の撥が稽古中に〝はずみ〟で当たって落ちたというが、実のところ、叔父が父の銅鑼が半拍遅れるのに文句をつけて大喧嘩になり、叔父がまたいつもの悪癖を発揮したらしい。父は叔父を追い出すことも考えたが、思いとどまった。それというのも、父の影絵芝居は今、太鼓の打ち手を喉から手が出るほど必要としており、その道で超有名人である叔父を逃す手はないと辛抱したのだった。父は言った。

「性懲りもなくまた撥を振り回して、馬鹿につける薬はないとはこのことだ。どうしてくれようか、警察に突きだして、また牢屋にぶちこむか?　女房の弟、お前の実の叔父をそうもいくまい。今度入ったら、死ぬまで出られないだろう。生涯女房もなく子もなく、哀れなものだ。これはお前の叔父が悪いのではない。太鼓を叩くその手が悪い、そう思えばいいだろう。どうだ?　太鼓を叩くのと人の歯を叩くしか能がなく、牢屋に入って年を食い、流れ流れてまた九岩溝《ジョウイエンゴウ》に帰ってきた。また縄をかけて牢屋に送り返すわけにもいくまい?　その代わり、一人で何かもやる。当劇団としても人を雇う余裕はないし、好都合というわけだ。いつまた虫を起こすか、一人で太鼓を叩いてる分にゃ害はない。歯を叩きたくなったら、自分の歯を叩くしかないからな。そのうち、歯が全部なくなっちまうかもな」

その日、彼らが演じたのは『白蛇伝』だった。

スクリーンの蔭の人形師(操作員)、歌い手、演奏者、照明スタッフらすべて九岩溝《ジョウイエンゴウ》の地元勢でまかなっていたが、歌い手が足りなかった。憶秦娥《イチンオー》が帰っていると知れ渡ると、喉自慢が遠く蓮花岩《リエンホアイエン》、五指峰《ウージーホンx》、七子崖《チーズヤー》からすぐ集まった。

憶秦娥《イチンオー》も勿論歌う。影絵芝居の歌手はスクリーンの後ろで歌わなければならないが、彼女だけはこの一晩に限ってスクリーンの前に立ち、観客に姿を見せて歌った。このため、村として特別に長年使っていなかったガス灯を用意した。易《イ》家の納屋はガス灯の昼を欺く光に照らし出され、九岩溝《ジョウイエンゴウ》の夜の底にぽっかりと灯った灯りはきっと宇宙からも見えただろう。視力の衰えた老人は思わず感嘆の声を上げた。

「九岩溝《ジョウイエンゴウ》は何と明るい村だろう！」

西湖の山水　いにしえのまま
敗残の身にしむ　満目の秋
紅葉《もみじば》は霜に末枯《すが》れて　寒林《かんりん》痩せ
思うて詮なし　曽遊《そうゆう》の地

ガス灯の下で憶秦娥《イチンオー》は歌った。思いを妨げるものは何もなかった。熱い涙に青白い光が潤んで見えた。鋭く乾いた板胡の音、俳優を自在に操る叔父の撥さばき、このわくわく感は何だろう。差す手引く手、足の運び、目配せが羽を得たように自由自在、呼吸が息継ぎとなって肺腑を満たし、ここだ、思うさま音を引け、トレモロ、ビブラート、コロラトゥーラを響かせろ！　叔父と彼女は今、心が一つだ。命が響き合い、交感し合う。思いが呼応し、共鳴する。名手と名手、喩えて言うなら、ほぞとほぞ穴、扉と框《かまち》、茶壷が茶壷の蓋《ふた》に吸いこまれる感じ。歌い手と打ち手の〝打てば響く〟掛け合いは、融通無碍《ゆうずうむげ》、仙境に遊ぶ心地、至高の楽しみだ。叔父と姪の間でこれまで何度も確認できたが、今日のようにすべてが暗々裏の約束のように運び、しかも心ゆくまま思いの丈《たけ》を尽くしたことはない。幼くして九岩溝《ジョウイエンゴウ》を出た二人の老演者が幾星霜経て故郷へ帰り、やっと会心の共演《コラボ》を果たした。

演じ終えた憶秦娥《イチンオー》はしばらく体の震えが止まらず、涙がほとばしった。彼女はまず父祖伝来の故郷の者たちに対して深々と九十度のお辞儀をし、それから叔父に対して身を屈めた。叔父は黒い顔を手で覆い、声を忍んで泣き、そして言った。

「何てこった。どえらいできだ。これをやっちまったら、後は死ぬしかない」

憶秦娥《イチンオー》は思いがけない故郷の三夜を過ごすことになり、老いた父、老いた叔父と共に存分に歌った。

翌日の昼、彼女は羊を連れて山を登った。父親は娘のためにずっと三匹の羊を飼い続けていた。老いた羊は買い換えて、今いるのは新参の三匹だ。

四日目、喬《チャオ》署長が車を飛ばして九岩溝《ジョウイエンゴウ》にやってきた。娘の姿が見えなくなって母親が取り乱し、一家が集まってあれこれ思案をめぐらして、行き着く先はここだということになった。喬《チャオ》署長は何を置いてもここに駆けつけたのだった。

喬《チャオ》署長は定年退職の手続きを終えたばかりで、無位無冠の身軽な身となっていた。夫人を亡くし、息子はすでに一家を構えてすでに孫もある。こうなったら、芝居を友として生きるほかない。自ら憶秦娥《イチンオー》の〝最強のファン〟と名乗っている。

憶秦娥《イチンオー》は故郷で半年ほど過ごそうと思っていた。三夜の舞台を勤め、三匹の羊の面倒を見た後、蓮花庵の老庵主を訪ねた。そこで四方山《よもやま》話や禅問答をしながら一年ほど過ごすつもりだった。だが、庵主は乳がんを患い、すでに他界していた。彼女は慧霊居士《えれいこじ》の舎利塔の前で泣き崩れ、しばらく立ち上がれなかった。

叔父は彼女を立たせて言った。

「お前はやはり西安に帰れ。帰って芝居を続けるんだ。この間、テレビで見たが、小憶秦娥《シャオイチンオー》が世に出たそうだ。俺たちの子どもだ。めでたいことだ！　みんなそれぞれ進む道がある。お前にはお前の観客、贔屓《ひいき》がいる。お前の芝居は小憶秦娥《シャオイチンオー》がこれから長い年月をかけて学び取り、跡目を継ぐだろう。そしてこの年になったら、名優二人が共に歌ってよし、教えてよし、二つながらこなせるようになる。役者というものは人を仕込み、育ててこそ一人前だからな。胡彩香《ホーツァイシアン》がお前を見込み、仕込んでいなければ、お前はとっくに消えていただろう。もっとも、胡彩香《ホーツァイシアン》はお前や米蘭《ミーラン》にかかずりあったおかげで涼皮《リアンピー》作りがお留守になって、どうなったと思う？　町の芸術学校に引っ張られて、先生と呼ばれる身分になった。今や高給取りだ。張光栄《チャンゴアンロン》の野郎はとうとう胡彩香《ホーツァイシアン》の本当のひもになっちまいやがった。あん畜生、毎日校門までへこへこお伴してやがる。腹立つなあ。さあ、早く帰れ。西安が待っている。俺はこの山里に残る。今日は花咲く谷の底、明日は雲飛ぶ峰の上、川筋、尾根筋分け入って、一生太鼓を叩いて歩く。秦腔《チンチアン》の人気は大したものだ。いくらでも舞台のお声が掛かる。お前がもっと年とったら帰ってこい。一生食いっぱぐれないぞ。叩くものにもこと欠かない。鋤《すき》、鍬《くわ》、鎌、箕《み》、篩《ふるい》、何でもござれだ。ただし、人の歯はもう叩かねえ」

翌朝早くから叔父が叩く板胡《ばんこ》の音が響いた。叔父が手製の藤の撥、鋭く乾いた、小気味のよい音を作り出し、ときに叔父の太腿に吊り下げられた短冊形の拍子木の音が混ざる。アップ・テンポが憶秦娥《イチンオー》を急《せ》かす。これは追い出しの太鼓なのだ。さあ、早く行け。急かされているのは憶秦娥《イチンオー》だけではない。村の子どもたちもこの太鼓を合図に学校への山道を駆けていく。

憶秦娥《イチンオー》もここに残っていられなくなった。

こうして彼女は九岩溝《ジョウイエンゴウ》を出た。ふるさとから第二の出発だった。

彼女はふと歌いたくなった。いや、何か叫びたくなった。

師と仰ぐ秦八娃《チンバーワー》がこう言ったのだ。

「お前はいつか憶秦娥《イチンオー》自身の歌を歌うだろう。そのとき、お前は本当の自分に帰るんだ。歌が面白くなる。ほら、やってみろ」

突然、彼女の口を突いて出たのは、まったくの即興で、題するなら『憶秦娥《イチンオー》、主役でござい』

易招弟《イチャオディ》

十一の春　叔父に連れられ

芝居の修行
竈《かまど》の間に閉じこもり
悲劇は喜劇　喜劇は悲劇

一夜明ければ人気街道ひた走り
易《イ》の字が憶《イ》の字に変わり

広い舞台にただ一人
狭い舞台が何ゆえ広い

彼女は歩き出した。後ろで鳴っている板胡のリズムは「急急風《ジージーフォン》」に変わった。ツァンツァイ、ツァンツァイ、ツァンツァイ、ツァンツァイツァンツァイツァンツァイ、ツァンツァイ、ツァイ、ツァイ、ツァイ、ツァイツァイツァイ……

リズムはさらに急迫の度を加えた。俳優は舞台にいっぱいにぐるりと大きな弧を描く（跑圓場《パオユアンチャン》）。宙を飛ぶような速さだ。しかし、足取りは乱れない。水面を静かに滑る白鳥が決して水面下の足を見せないように。

（完）

後書き

陳彦

私は半生かけて劇作を書き続けてきましたが、最初に手がけたのは小説でした。小説を書いているうちに演劇にはまり、のめりこんで抜き差しならなくなりました。後に『西京故事』という劇作を書きましたが、取材不足が明らかで舞台に乗せることを断念しました。それに、都市と農村の二元構造を十分に描き出すことができず、また小説に逆戻りしました。長編小説は森羅万象何でも呑みこむもってこいの形式で、かくして『西京故事』は小説として生まれ変わりました。これが発表されると各方面からあたたかい励ましをお寄せいただき、これに力を得て勇気百倍、『西京バックステージ仕込み人（原題・装台）』を書き上げました（二〇一九年、菱沼彬晁訳で晩成書房から日本語版刊行）。主人公は〝裏方〟と呼ばれて舞台装置や背景を仕込み、音響・照明とのシステム化を図る専門家集団を率いる男ですが、働き手の多くを農村からの出稼ぎ人たちに依存していました。舞台の裏と表、これが長年奉職し、私の知り尽くした世界です。出版されると以前にも増して好評とご支持の声を数多くいただくことができました。私の腕はむずむずし、次作に駆り立てられました。

実は何年も前、私は陝西省一帯に伝わる伝統劇秦腔《チンチアン》の女形《おんながた》（花旦《ホアダン》）を主人公にした作品書きたいと思ったことがありました。書き始めたものの、すぐ行き詰まって筆を折り、端緒をつかめないままになっていました。演劇界という私の知り過ぎた世界です。近すぎるがゆえに見えないことがあるのではないか？　蘇軾の言葉に「廬山《ろざん》の真面目《しんめんぼく》を識《し》らざるは、ただこの身がこの山中に在《あ》ることによる」という有名な一句（『題西林壁詩』）があります。「木を見て森を見ず」ということでしょうか。枝葉ばかりばかりを茂らせているうちに肝心の果実を腐らせてしまったのです。書いているうちにつまらなくなって筆を置いてしまいました。そうだ、〝廬山〟

を出るのだ。遠く遠く離れて目を凝らしているうちに突然、糸口が見えてきたのです。

　私は劇団をはじめとする文芸団体に勤務して、三十年近く、さまざまな俳優（中国伝統劇の場合、一人の俳優は一つの役柄、男役の生《ション》、女役の旦《ダン》、隈取りをする浄《ジン》、道化役の丑《チョウ》のいずれかを一生演じ続ける）と半生に渡る交友を続けてきました。あるとき、彼らが起こす行動を思い出し、それが奇矯な振る舞いに見えることがあっても、ある種、人を感奮《かんぷん》させるものがあることを考えていました。そこへある友人がウィーチャットでビデオをを寄こし、ある京劇の名優が革命模範劇『智取威虎山《ちしゅいこざん》』（上巻三〇〇ページ参照）の主人公・楊子栄《ようしえい》を演じたときのエピソードを教えてくれました。

　楊子栄はメイクを直し、衣装係が数人がかりで衣装の着替えを手伝っていました。そこへ楽隊がいきなり全軍突撃の雄壮な音楽を演奏し始めたのです。高鳴るホルンが全軍の士気をかき立て、楽屋裏にぴりっと緊張が走ります。しかし、ご本人は衣装の着替えも武器の装着も途中のまま。あわてて虎の皮の袖なし、腰の弾帯、首巻き、帽子ピンマイクなどをすべてを身につけ、舞台へ急ぐかと思ったら、やおら今度は口をすぼめて水を飲み、喉を潤している。周りは気が気ではなく、はらはらしているところへ音響係が楽屋に来てマイクを楊子栄の口もとに差しだしました。彼は衣装を整えながら頭を上げ、胸を反らし、朗々と歌い始めました。

「林の海を貫き、雪原を跨ぎ、意気天を突く……」テンポはスロー、英雄の気概溢れる緩徐調《アダージョ》です。マイク係は慌てず、歌い手も動じない。楊子栄は歌詞の語尾を悠々と引っ張り、これでもかとたっぷり聴かせる。舞台上では司鼓《スーグー》（指揮者格の太鼓打ち）の板鼓が鋭く乾いた急迫のリズムを刻み、「急急風《ジージーフォン》」の早打ちが主演者の登場を早くしろと急かしています。歌い終えた楊子栄は脱兎のごとく楽屋を飛び出し、大股で歩を早め、衣装係は楊子栄に追いすがって軍服の外套を着せかけ、道具係はその隙を縫って楊子栄の手に馬の鞭を握らせました。彼が舞台の入り口に立ったとき、身支度は寸分の隙もなく整っていました。このとき、舞台監督が舞台の袖幕に隠れて楊子栄をうやうやしく迎え、音楽は軍馬の甲高い嘶《いなな》きと共に激越な最高潮に達していました。舞台監督が両手で彼の肩をいたわるように揉みほぐしたかと思うとぱっと両手を広げ、これが舞台に送り出すきっかけとなって舞台に伝わりました。舞台監督のみごとな舞台さばきでした。楊子栄は馬を急がせ、鞭を掲げて照明がかっと照らし出す舞台の真ん中へと飛び出していきました。たちまち、拍手が沸き起こり、潮のうねりのように繰り返し会場を圧した……。

友人からのビデオチャットはわずか二分あまりの短さでしたが、劇団員がまるで皿にのった〝一品料理〟のようにまとまり、水も漏らさぬ布陣を敷いたことはまさに行雲流水《こううんりゅうすい》、淡々と流れる共同作業のようでした。一つの劇団が主役を守って舞台に送り出すのは、まるで嫁に出す娘に対するような思い入れであり、また、自然の情の流露のようにも見え、劇団員相互の暗黙の了解と親和力は一層主役の存在を際立たせるようにも思われました。自分以外は眼中になく、どんな急場でも余裕綽々落ち着き払った様子と人を食ったポーズ、それが板についている小憎らしさとスターらしさ、こういったことが重なり合って主役に対する畏敬の念を生み、カリスマ性を人に印象づけるのだと納得させられました。私はこのような現場で数十年働いてきました。ですから、『主演女優（原題・主角）』を書き始めると、後は一瀉千里、ときとして筆を止めるのは目を熱くする涙、そして主役に対する抑えられない思いでした。

私が書きたかった俳優とは主演女優です。実際には劇団の中で最も風当たりの強い存在です。当然、そこには選ばれてあることの栄誉が伴います。栄誉には嫉妬と怨恨がつきものです。つまり、主演女優は人として生きづらさの苦悩を運命づけられた生身の人間ということができます。その座をしっかりとつかめば往《ゆ》くところ可ならざるはなく、つかみそこねたら、人生はことごとく〝外れ〟の憂き目を見ます。舞台の成功者は三種類に分かれます。一つは蓋世《がいせい》の天分を持って生まれた者です。その才能はまさに〝囊中《のうちゅう》の錐《きり》〟、袋を突き破って尖った刃先をぎらつかせます。二つ目はあらゆる労苦を厭わぬ者。その努力と修練は天を驚かし、鬼神も泣かせて人の上に立つ人間に成り上がります。三つ目は〝（糸屋の娘ではありませんが）目で殺す〟タイプで、（諸国大名の弓矢より確かに）人の心を射抜きます。これを〝おべっか〟とか〝色仕掛け〟とかいろいろ言う人がいます。鳴かず飛ばずでいた人がある日突然、〝鶴の一声〟を発し、この〝一鳴き〟がその人をスターダムに乗せるのです。この三条件が重なれば、天の時、地の利、人の和の相乗効果が得られます。何せ天賦の才能に加えてこつこつと弛《たゆ》まぬ努力の積み重ね、そこへもってきて、横合いからひったくるような力が働いて栄冠を手中にするのです。こうしてたまたま、幸運の女神に微笑みかけられた者だけに与えられるのが主演の座なのです。とても人智、人力の及ぶものではないことがお分かりいただけるでしょう。かほどに主役とは稀有のものであり、枯渇した資源であり、それだけに目を焼き心を焼き尽くす光を発し、たとえ悪魔に魂を売ってでも手に入れたい〝利得〟なのです。これを人に独り占めさせてよいものか？　戦いは舞台の外に移り、いつ果てるともない確執とその物語が始まります。

　まず、一人の俳優が生まれるまでが大変です。現在、映画やテレビで毎日おびただしい数のドラマが量産されています。ろくな演技のできない美男美女が掃いて捨てるほどいて、ゴシップ、スキャンダルだけは一人前でアーティスト風を吹かします。しかし、舞台芸術はどうでしょうか。中国の伝統劇（地方劇）は全国に三百、あるいは四百種といわれ、今も増減を繰り返しています。俳優は生・旦《ダン》・浄《ジン》・丑《チョウ》いずれかの一役を生涯演じ続けますが、大向こうを唸らせる役者は数えるほどもおりません。例えば百人を越える養成所の研修員がいたとして五年、七年経って何人残っているでしょうか。一人前の役者と認められるのは〝鳳凰の毛と麒麟の角《つの》〟――一体、どこを探せば見つかるのでしょうか？　ある研究班はひと皿まるごと〝ゴミ箱〟行きになることも珍しくありません。生き残りの多くは主役を演じるにはせいぜい、二番手、三番手の候補でしかありません。このように〝敷居の高い〟のが中国の伝統演劇です。このマルチメディアとインターネットの時代にことさらに垣根を高くして〝アリの這い出る〟ではなく〝這い入る隙もない〟壁を設けて自ら少数派に成り下がり、繁栄する市場経済の中で萎縮し、舞台芸術の周辺に追いやられて細々と生き残りを図っているのが現状です。華やかに見える現代の舞台芸術界で俳優になり、主役を張るのがいかに至難の業であるか、ご理解いただけたでしょうか。しかし、そうは言っても、中国は先ほど申し上げた通り、秦腔《チンチアン》、昆曲《クンチュイ》、京劇《ジンジュイ》、川劇《チュアンジュイ》、越劇《ユエジュイ》……、全国で数百の劇種を数え、名優と目される俳優を擁してはいても、これから節《ふし》を伸ばし、穂を出し、世に出るには多くの困難を抱えています。だからこそ、戯曲《シーチュイ》（日本語では多く演劇の〝台本〟の意味で用いられているが、ここでは中国伝統劇の意）の火を消してはならないのです。まして、主役を張り、舞台のセンターを占めるのは舞台芸術だけが持つ映像効果ではないでしょうか？　この世に芝居のない国はなく、主役と脇役のない芝居はないのです。

私は陝西省戯曲研究院で二十五年間、劇作に専念してきましたが、これと並行して地方劇団と政府直属劇院の代表を十数年務めました。劇院の規模は大きく団員は六、七百人を数え、演劇の研究機関と四種の地方劇の公演団を擁し、俳優、楽隊、劇作、演出、舞台美術部門のスタッフを抱えていました。錚々《そうそう》たる論客揃いで、日夜「秦腔《チンチアン》の振興」について熱い議論を交わしていました。院長在任の十年間、最も強い印象を受けたのは、中国伝統劇（戯曲《シーチュイ》）部門に百人を超える児童を迎え入れ、その育成に当たったことです。幼童から少年期、青年期に至るまで成長を共にしたのです。平均年齢は十一、二歳、最年長は二十一、二歳でした。私の目には一人一人が芽吹いたばかりの柳の梢のように見えました。春風に揺れ、淡黄色から浅緑に色を深め、やがて蕾をふくらませ、芽を吹き、若葉の香りを撒き散らしました。瑞々しくなよやかな成長期の一コマ、一コマを大写しで見ることができたのは得難い体験でした。

ここでどうしても話しておきたいことがあります。児童がこの劇院に入って来たのは、二十一世紀が始まってわずか三、四年、劇団の外では国を挙げて市場経済、〝商売、商売（全民言商）〟の合言葉が幅をきかしていました。人々の生き方、働き方の価値観が変わり、中国は経済の高度成長に向かって猛烈なドライブがかかっていたのです。

（注）児童の研修生受け入れ　この児童は中国の第二次ベビーブーム（一九八〇—九〇年）の世代に相当。経済の高度成長めざましい中国は二〇一〇年には、アメリカに次ぐ世界第二位の経済大国となって現在に至っている。（成城大学経済研究所研究報告七〇号から）

劇団は児童研修生を外界の動きから遮断するように囲いこみましたが、時代の風雨は容赦なく「急雨は壁を

射《う》ち　穴を穿《うが》って流れこむ」（梅尭臣『得山雨』）状態でした。しかし、子どもたちは閉じられた環境の中で毎日、単一色の稽古着を着て時代からますます遠く、「手眼身法歩」の訓練を怠りませんでした。

（注）手眼身法歩　「五法」と呼ばれる演技術。「手」は手ぶり、「眼」の表情、「身」は所作、身のこなし、「法」はそれぞれの技法の規定、「歩」は歩行術。

子どもたちは隔絶された空間で〝豊かになる〟世の中に背を向け、時代から取り残された古劇の習得に励み、鬼の教練の〝しごき〟を凌いで五年の修行を終えました。卒業公演は『楊門女将《ようもんにょしょう》』でした。当時の平均年齢は幼顔の残る十六、七歳、しかし、彼らの身につけた技《わざ》に揺るぎはなく、しかも少年期ならではの〝水も滴る〟美しさは私の脳裏に焼きついて消えることはありません。公演団は長江の南北に始まって、遠くヨーロッパ、北米、アジア諸国、香港、マカオ、台湾の各地区で絶賛を受けたとき、私は〝少年英雄隊〟と名づけて彼らの自己犠牲的敢闘精神を讃えましたが、これでもまだ誉め足りないと思っています。両親にまだまだ甘えたい年ごろ、家族から引き離され、長夜の寂しさをどれだけ泣き明かしたことか。涙の乾く間もなく仕込まれるのは絶滅に瀕した伝統芸の秘技、絶技の数々、これを一つずつ身につけていく気の遠くなるような修行です。彼らにとって降って湧いた災難、不条理を彼らはどのように自分に言い聞かせたのでしょうか？

特に人々を感動させたのは、官僚は腐敗し、商人道は廃《すた》れ、人々の心は荒《すさ》む世の中で、彼らは痩せた貧弱な体で〝泣いて血を吐くホトトギス〟の如く世の道理と正義を時、人の道、社会の規範を訴えて秦腔《チンチアン》の韻律に乗せました。彼らが修復して世に出した作品は『鍘美案《さつびあん》』（下巻二九五ページ参照）、『竇娥冤《とうがえん》』（中巻二八五ページ参照）、『清風亭』（子どものいない老夫婦が捨て子を拾い、懸命に育てるが、その子の実の母と名乗る女性が現れて連れ去る。その息子は後に役人になって老夫婦と再会するが、他人のふりをする……）、『周仁回府』（秦腔《チンチアン》の古典的名作。影絵芝居の演目を李雲亭が、民国初年に秦腔《チンチアン》の舞台に乗せた。〝忠義〟をテーマとして『忠義侠』とも呼ばれ、秦腔《チンチアン》の代名詞ともされる名作）など。この古典に流れる血を現代にほとばしらせたのです。彼らの犠牲にしてはならない青春を犠牲にさせ、彼らに担わせてはならない使命と責任、また彼らが担うべくもない使命と責任を彼らに担わせたことになります。しかし、彼らはその薄い胸、痩せた肩、か細い喉でそれを引き受け、生命の倫理、世道《せどう》人心《じんしん》、いつの世も変わらない心の価値を呼び覚ましました。彼らを英雄と呼ばずして、一体誰が英雄でしょうか？

ここで私が思い出すのはストウ夫人の『アンクル・トムの小屋』です。

（注）『アンクル・トムの小屋』粗筋　黒人奴隷のトムはシェルビー家から売られていく途中、溺れそうになっていた白人の娘エバを助ける。エバの父シンクレアはその行為に報いるためトムを召使いに雇う。しかし、シンクレアが死ぬとトムは再び売りに出され、新しい主人の残虐な仕打ちで死に追いやられる。シェルビー家の息子がトムを買い戻そうと駆けつけたときはすでに手遅れだった。

私が言いたかったのは、ストウ夫人は自分が担うべくもない黒人奴隷解放の使命と責任を背負ってしまったということです。彼女は黒人の解放者としてあの作品を書いたのではありません。杜甫に『春夜雨を喜ぶ』という詩があります。「好雨《こうう》時節を知り／春に当たりて乃《すなわ》ち発生す／風に従いて潜《ひそ》かに夜に入《い》り／物を潤して細やかにして声無し……」

ストウ夫人は眦《まなじり》を決した解放者ではなく、心が広く黙々と「万物を潤して言挙げせず」、善良で邪気がなく、人への思いやりに富んだ人だったと思われます。読者は心を温められ、わだかまりやもやもやした気分がやわやわとほぐされる、そんな人間的魅力の持ち主ではなかったでしょうか。読者にとっては、その作品を読んだときが「好雨の時節」だったのです。

「好雨の時節」は人さまざまです。私は長いこと、秦腔《チンチアン》芸人の成長の記録——才能を萌芽させた好雨のときとその心の有《あ》り様《よう》を書いてみたいと願っていました。特に幼年から少年にかけての時期を盛りこむのが眼目です。なぜなら、彼らはその時期にその使命と責任を担うべく世に信号を発していたのではないかと考えたからです。たとえ彼らにその自覚がなかったとしても、世の中にその効験《しるし》が至るところ目に見える形で現れていたのです。「ほら、ここに、もう、私がいるよ。見えるかね」と。

そしてついに私の『主演女優』は一人の少女の姿をとり、生きて呼吸を始めました。私はできるだけ自分がよく知った場所、懐かしくなじみ深い土地を選びました。私の内心の記憶と知覚を研ぎすまし、それを皮膚感覚として外気に反応させ、私の中に満ちてくるものを洗いざらいさらけ出してしまおうと思ったのです。なぜなら、当時あんなにも私を揺り動かし、掻き立てたそこでの暮らしは、きっと今も人の心を打つに違いないと信じたからでした。

『主演女優』の主演者は憶秦娥《イチンオー》です。一九七六年に登場したときは十一歳になるかならないかでした。二人の姉妹の妹として生まれました。男の子を欲しがった両親は姉を来弟《ライディ》と名づけ、妹を招弟《チャオディ》と名づけました。妹の招弟《チャオディ》にとって学校の勉強は性に合わず、さっさと家に帰って羊の番をするのが日課でした。町の劇団が見習いを募集していると聞いたとき、彼女は自分より姉が向いていると思いました。姉の方が自分より可愛く、頭もよかったからです。しかし、家には家の都合がありました。姉の方が年齢的に家の役に立ち、働いてくれるからと、無理に妹の方を劇団に送り出してしまいます。この話を家に持ちこんだのは、劇団で太鼓叩きをしている叔父の胡三元《ホーサンユアン》でした。彼は「招弟《チャオディ》」という名前があまりにも封建的で田舎臭く、みんなの笑いものになるからと、最初の芸名として「易青娥《イチンオー》」の名を与えます。これは省都・西安の有名女優李青娥《リチンオー》にあやかったものでした。果たせるかな、頭角を現した易青娥《イチンオー》の舞台は世に認められ、著名な劇作家・秦八娃《チンバーワー》の目にも止まって、その勧めで憶秦娥《イチンオー》と改名します。この方が発音も近く、親しみやすい上に女優らしい花がありました。これを機に憶秦娥《イチンオー》は爆発的な人気を得、スター街道をひた走り、一歩一歩秦腔《チンチアン》界の頂点、〝秦腔《チンチアン》の皇后《エンプレス》〟とまで呼ばれるようになります。

これをただ彼女の奮闘記、成功譚として書けば、この小説は単なる立志伝として終わってしまい、通俗小説の域を出ません。私の考えでは俳優という仕事は永遠に一人だけではなり立ちません。劇場や舞台内のできごとだけではなく、本筋《プロット》以外の物語、いわば本筋《プロット》に付随するクエスト（探索・冒険の旅）群となって本筋《プロット》以上に波瀾万丈の展開を見せ、本筋《プロット》を前進させます。憶秦娥《イチンオー》は探索者、冒険者、そして受難者の風貌を帯び、与えられた役割（使命）を果たすため、困難な試練の旅に旅立つのです。「演劇は時代を映す鏡である（自然に対して掲げられた鏡である）」とシェイクスピアはハムレットに語らせていますが、この作品は芝居と芝居に付随する生活の一部でしかありません。『主演女優』の鏡が映すのはほんの一部でしかありませんが、しかし、それは同時に森羅万象をあますところなく映し出すのです。

『主演女優』を書いているとき、私が奉職している陝西省行政学院に長命な作家王蒙さんを招き、文化についての所懐を語っていただく機会を得ました。

（注）王蒙　小説家、文芸評論家。一九五六年、長編小説『青春万歳』の改訂稿発表に続き、官僚主義批判の短編『組織部に新しく来た青年』で注目されるが、毛沢東の反右派闘争の発動によって〝反革命分子〟とされる。文革終結後に名誉回復して一九八〇年、中国現代史を〝意識の流れ〟の手法で描き出した『胡蝶』が話題となった。二〇一五年、長編小説『這辺風景（こちらの風景）』で第九回茅盾文学賞を受賞。中国作家協会名誉副主席。

私が『主演女優』の〝産みの苦しみ〟を語ると、王蒙さんは大いに私を励ましてくれました。

「思いっきりやれ、思う存分ぶっくらわせ！」

王蒙さんが私の『西京バックステージ仕込み人』を読んだ後もこの激励が続きました。

「刁順子《ディアオシュンズ》は西安の演劇界に一発ぶっくらわした！」

以来、私はこの「ぶっくらわせ」が何を意味するのか、ずっと考えこんでおりました。後に別用で電話したとき、王蒙さんは「人民文学」誌上で『主演女優』の抄録を読んでおり、こうおっしゃいました。

「読みながら泣き、泣きながら笑いました」

そして読みながら憶秦娥《イチンオー》の得意技である二踢脚《アルティージャオ》（一種の跳び蹴り）の技がとても興味深いとおっしゃいましたが、「ぶっくらわせ」については言及がなく、私も聞きそびれてしまいました。

これはつまるところ、『主演女優』執筆中の私は恐れを知らず、演劇界の品の悪さ、卑俗な面をあけすけに描いて一般社会の〝公序良俗〟を逆なでし、世の中に悪い影響を与えたのではないかと考えました。演劇界は際限もなく奥が深く、どろどろとして見通せないところ、蠱惑《こわく》的でのめりこみそうなところ、社会に対してぎらりと凄みを見せるところ、若かった私の成長過程をそのまま映し出した面があります。演劇が時代と社会を映す鏡だとしたら、私はそれを時代を撃《う》つ声として、私の心象風景の中に受け止め、響かせていたのかもしれません。

演劇が観客に永遠に見せ続けるのは表舞台でしかありません。しかし、私は舞台裏のありのままを見てもらいたいと考えました。最初に書いた『西京バックステージ仕掛け人』では、表舞台のきらめきとさんざめきとは裏腹に、舞台裏で道具類の仕込みに携わる〝裏方〟たちの過酷で報われない労働に対して、観客はまったく関心を払わないできた現実を描きました。舞台の下、幕の後ろでは舞台で演じられている人間模様とまったく同じ悲喜劇が演じられています。同様に舞台上で今をときめく華やかさを演じている主役も『牡丹亭』『西廂記』『紅楼夢』の登場人物と同じような栄辱得喪《えいじょくとくそう》、老少不定《ろうしょうふじょう》（人の寿命には老若の定めがないこと）の人生を生きています。舞台の上も下も、得意の絶頂も失意のどん底も、生も死も、天国も地獄も、主役の悟りすました演技があり、脇役の渋い演技に助けられ、そして裏方の仕込み、幕引き、道具方の臨機応変の職人技によって支えられているのです。私たちは日々、自分の運命の主人公であると思って生きています。しかし、永久に主人公で居続けることはできません。ここに文学と演劇の出番があるのではないかと考えています。演劇も文学もまさにこの世の奇妙奇天烈《きてれつ》な代物であると言わざるを得ません。

私の主役・憶秦娥《イチンオー》は当初、主役を張る自覚も意欲もありませんでした。それどころか故郷へ逃げ帰って羊と遊んだり、劇団の厨房の下働きやその大勢の役に甘んじたりします。主役然と振る舞う人に対して持って生まれた気後れ、反感さえ感じていますが、時の流れは苦しみに耐えたこの少女を一歩一歩、主役の座に押し上げていきます。

多感なこの少女は、ときに茫洋としてとらえどころがありません。感受性が強く、人の教えを懐深く受け止めることもできますが、心ない仕打ちが待っています。勇気凜々意気揚々、世の中に打って出ようとしてもすぐ叩かれます。ときに天才的な異能を発揮して人を驚かせますが、本人はすぐ自信をなくします。試練の旅はちぐはぐ続きです。欧米の大都市の一流劇場から秦嶺《しんれい》の山路をたどるどさ回り、一躍スターダムにのし上がったと思ったら誹謗中傷、面目失墜、得意の鼻はぺしゃんこにへし折られます。世の中はつれないものですが、しかし、彼女の運命は三千大千《さんぜんだいせん》世界《せかい》（広大無辺の世界）に通じ、彼女の才能を讃え、言祝《ことほ》ぐ声が天上の音楽のように鳴り渡ります。劇団長、劇作家、演出家、画家、当代きっての才能がまるで予言書に書かれ、彗星に導かれたかのように馳せ参じて彼女を照らし出し、彼女にひざまずきます。

　彼女は人々の耐えられない苦しみを人々になり代わって苦しみ、人々の手に入れられない栄誉、名声を身に受け、その代償としてさらに我が身を痛めつけ、苦しめなければなりません。進むもならず引くもならず、守ることも投げ出すこともできません。主演女優とはタイトロープの上の立ち往生です。命綱はありません。それでも芝居は主役を必要とし、社会にとっても主役はなくてはならない存在です。主役は舞台のセンターを占め、とりをつとめなければなりません。主役になるということは隠忍を身につけ、受難と犠牲の場を自ら演じ続けることの謂《い》いです。私の憶秦娥《イチンオー》は公私ともに影のないスポットを浴び続け、主役の香気と臭気を発散して半世紀を生きてきました。

　中国各地の伝統劇が戯曲《シーチュイ》と呼ばれるのは、歌舞（曲）をもって物語を演ずる（戯）というところからきており、生身の俳優によって演じられ、生身の観客が見ることによって成り立つ総合的な舞台芸術として歴史的な命脈を保ち、その台本、史料は現代に伝えられています。俳優が一人前になり、人前に出る修業は『聊斎志異』（蒲松齢《ほしょうれい》作、清代怪奇文学の傑作）の狐や妖怪や花の精が人間に化けて男を誑《たぶら》かすほどやさしくはありません。大向こうを唸らせる技量の持ち主、プロの芸人は数えるほどもありません。中国戯曲《シーチュイ》の果て知れぬ魅力はこの苦行を経た修行者が負っているからです。芸で身を立てるにはまず頭脳の働きが重要です。それも並みではなく飛び抜けた知力、胆力が求められます。眉をぴくりと動かす程度の小利口、小ざかしさでは役にありつけません。せいぜい通行人か槍持ちか旗持ちの端役がやっとでしょう。大物の俳優になる条件はまず〝大馬鹿〟〝大虚《うつ》け〟であることです。不器用、愚鈍、大いに結構です。

私の憶秦娥《イチンオー》はもし〝お馬鹿〟でなく、小器用、小利口の子だったら、秦腔《チンチアン》の道には入れなかったでしょう。入ったとしても〝皇后《エンプレス》〟扱いはされなかったでしょう。戯曲《シーチュイ》という専門集団が萎縮し、衰退に向かったのは時代の風向きが変わり、さまざまな圧迫要因が重なったためですが、何よりも現役の俳優の中で〝役者気質《かたぎ》〟の持ち主、〝名題役者《なだいやくしゃ》〟格の俳優が姿を消したことが響いています。社会の気風が実質を重んじることなく虚妄、誇大に流れ、小うるさい小理屈を並べて論点をはぐらかすか、やたら世間の受けを狙い、一顰《いっぴん》一笑、人の顔色をうかがって利益の算盤を弾く方向に向かっているからです。芝居談義など閑な話題が入る寸分の余地もありません。一つの業種が衰微するのは、外部環境の悪化もありますが、それよりも自身の血管の老化や血行不良、動脈硬化が組織の壊死《えし》を招くなど、組織内部の自己点検を怠った原因が大きいものと思われます。

演劇は宗教ではありませんが、宗教より生命と心の現象を素早く見抜き、ずばりと言い当てます。宗教は俗界の現象を捨象し純化して、自らを高みに置きます。演劇は自ら大地を這い回り生老《しょうろう》病死、栄辱得失《えいじょくとくしつ》、栄枯盛衰、離合集散を観客と共に生きます。人情と世故《せこ》についても、見性《けんしょう》（人間に本来備わっている清浄心）に感謝し、血を見て涙を流し、精神を尊び、蒼穹《そうきゅう》を見上げて雲の高みに心を馳せるのです。

チェーホフは演劇がなければ生きていけないと言い、ロシア人は劇場を天国と見なし、そこは人間の信仰や信念に答えを出してくれるだけでなく、人間の善良さ、憐憫《れんびん》の情、同情心、他人への思いやりに価値を見出してくれるところだと語りました。私の主演女優・憶秦娥《イチンオー》が死線をさまよって仏門に帰依しようとしたとき、芝居は人を救い自分を救う〝大功徳《だいくどく》〟があると彼女に言って聞かせたのは、尼僧庵の庵主その人でした。大功徳への思慕の念が彼女の迷いに目を開かせます。化人《けにん》とは菩薩が衆生を救うため人の姿になったもの。舞台での化身もまた菩薩道ではないか？　憶秦娥《イチンオー》はこうして舞台への復帰を果たすことになります。

中国文化の中で戯曲《シーチュイ》は主要な血脈をなしています。中国で公理、道義、人倫、価値観とされるものはこの血脈が中国人の体内をめぐり、作り上げたものです。儒教、道教、仏教の中にも戯曲《シーチュイ》の精神が伝えられ、劇中の人物像、人格形成の役割を担っています。観客が陥っている隘路の苦しみや不安、寄る辺ない魂に手を差しのべてきました。

中国の広大な農村地区では教育の機会に恵まれない時期がありました。しかし、彼らは「前世・現世・来世」を知り、礼儀と廉恥《れんち》の心を知っていました。これはほかならぬ戯曲《シーチュイ》の賜物です。人々は戯曲《シーチュイ》を通して人の世の有為転変《ういてんぺん》、諸行無常、盛者必衰の歴史を知り、人情の機微、〝物の道理〟にも通じてきました。戯曲《シーチュイ》は人々にとって〝処世一覧〟であり、生き方の美学なのです。俳優にとって演ずるということは人を楽しませるだけではなく、布教でもあり、自分に課した修行でもありました。私の憶秦娥《イチンオー》は山間の僻村に生まれ、劇団に入ったときも自分の境遇は知っても、なぜそこにいて、何のために芝居を始めるのかを知ることはありませんでした。しかし、多くの試練、紆余曲折を経て〝芝居道〟〝芝居魂〟を身につけました。一つの人物像、一つの人間典型《キャラクター》を演ずることは命の美しさを表現することであり、演者としてたゆまない精進の見せどころだと知ったのです。演技は真実《イデア》の〝模倣《ミメーシス》〟から始まるといわれますが、憶秦娥《イチンオー》にとって、それは観客との魂の対話でした。そのための演技とは見える自分を形作ること、それは自分の中にある相反するもの、いわば悪魔と天使の戦いでもあったのです。

私が推賞してやまないロシアの文豪ドストエフスキーは次のように述べています。

「長編小説で最も肝要なことは〝絶対的に理想的〟な人物を描くことだ。世界でこれ以上に難しいものはない」

私が憶秦娥《イチンオー》を書いているとき、いつも『白痴』の若いムイシュキン公爵を思い浮かべていました。ドストエフスキーは語ります。「良心はいつも悲劇の要素をはらんでいる」と。ムイシュキン公爵最大の特徴は他人を理解し許すことで、人は彼を本当の〝馬鹿〟だと思いました。私の憶秦娥《イチンオー》は馬鹿を装っているのではなく、やはり本物の馬鹿なのです。ときには馬鹿でなくてはいられなくなりました。彼女が〝お利口〟でいる時間はほとんどなく、それはなろうとしてもなれなかったということです。お利口になると、易青娥《イチンオー》でなくなってしまうからです。彼女の前に立ちはだかって邪魔をし、陥れようとする人が現れる一方、彼女を受難者、殉教者の高みに押し上げようとする人も現れます。私は逆境の中から立ち上がって来た人を十分尊敬します。どんなに傷つけられても、心神をすり減らしても、決して怯《ひる》まずたじろがず立ち向かえば、必ず中身の濃い人生が得られると信じています。

ここまで書いてきて、急いで付記しなければならないことがあります。それは「この番組はフィクションです。実在の人物や団体などとは関係ありません」というテレビでよく見かける月並みな注意書きです。この小説もすでに冒頭でにお断りした通り、憶秦娥《イチンオー》とその他の登場人物はどのような姿形で現れようと想像上の産物ですが、さらに魯迅の言葉を引用したいと思います。彼の作中の人物は普段、浙江の言葉をしゃべり、顔は北京人、着ているものは山西風で、要するに寄せ集めの役柄を与えられているというものです。しかし、私の憶《イ》秦娥《チンオー》は大秦国《しんこく》の末裔である「秦人《しんじん》」であり、浙江には行ったこともなく、顔は北京人と似ても似つかきませんが、私の数十年にわたる演劇生活で知った多くの主演女優のそれぞれのタイプが縒り合わさっています。こんな人物造形はバイオテクノロジーの発達した今日、作り出すことは容易だと思われます。

私が書いたのは、まず秦腔《チンチアン》に残された時間は残り少ないという警鐘で、これは現実的な時間の逼迫です。そして秦腔《チンチアン》に対するあまりにも個人的で理想主義的な私の思い入れです。それは千年を超える秦腔《チンチアン》の血脈がさらに後代に伝わってほしいという願いでもあります。多くの名優が主役を務めてきました。しかし、彼らはその歴史を書くことはできません。秦腔《チンチアン》という舞台芸術は荒々しくタフな相貌をしており、一筋縄ではいきません。その力は暴戻《ぼうれい》、無法で暴力的でさえあります。しかし、「秦人」の気性の激しさ、胸をかきむしるような悲愴感、急迫のリズムはいかなる王朝文化も太刀打ちできない民間のエネルギー、命の叫びにも似たものです。秦腔《チンチアン》の一句を山に向かって叫んだなら、あなたの頬を熱い涙が滂沱《ぼうだ》として下るのを禁じ得ないでしょう。秦腔《チンチアン》はまた孜々《しし》として止まない中国文化の営みを極限にまで発揮したものということができます。私の主演女優易青娥《イチンオー》は〝秦腔《チンチアン》の子〟となってその血脈と衣鉢を継いだ苦難の子、そして幸運の子です。柔《やわ》な体に強靭な意志を秘めています。

私は四十年の演劇生活と執筆活動を続けながら彼女の回りを回り続けてきました。書くという作業はその都度竈《かまど》を作り、また壊すようなもの。その竈の火で百人以上の人物を料理してきました。成功作、失敗作、いい味を出した作、ゴミ箱行きの作、売れた作、売れなかった作さまざまです。四十年の集大成として選んだのが憶秦娥《イチンオー》でした。長編に挑戦しました。上中下の三巻、ずっしりと積み重なり、書棚で幅をきかせます。人からさんざんからかわれました。大長編もいいけれど、一体誰が読むのかね？　枕にはなるだろうけれど……。

私はまず大きく網を張り、要旨を絞りこんで一枚のビスケットにまとめる作業を始めました。瘧《おこり》がついたように熱中し、万朶《ばんだ》に露置く朝まだき、風立ち樹影騒ぎ立つ月なき夜も一心不乱でした。最後の改訂作業にかかったとき、南米諸国と文学交流の機会があり、数次に渡る座談会、シンポジウムが行われました。テーマが与えられ、私は二ヵ月以上をかけてラテン文学と演劇のお浚いをしました。以前からよく読んでいたパブロ・ネルーダ（チリの詩人、外交官。一九七一年ノーベル文学賞）、フェルナンド・デル・パソ・モランテ（メキシコの作家、外交官、画家）、ホルヘ・ルイス・ボルヘス（アルゼンチンの作家、詩人）、アグスティン・クザーニ（アルゼンチンの劇作家）らの作品、さらにマリオ・バルガス・リョサ（ペルーの小説家、ジャーナリスト、エッセイスト。二〇一〇年ノーベル文学賞）の『緑の家』、エルネスト・サバト（アルゼンチンの作家）の『英雄たちと墓』などを読み、ラテンアメリカの作家たちが社会状勢に寄せる痛切なまでの意識と関心、社会の反映を自分の任務とする現実感覚と現代意識に驚嘆し、また、自分を中心とする世界像の構築とその技法には正直、首を傾《かし》げざるを得ませんでした。それでもラテン文学の面白いところは「ラテン文学はラテン文学」だということです。その土地を踏んで初めてその地の人文、歴史、地理を体感でき、その思考の必然性が理解できるのだと思われました。チリ、アルゼンチン、ブラジルを訪ねたとき、至るところに「街頭グラフィティ（落書き）」を見かけ、「ストリート・アート」とも呼ばれていますが、チリの首都バルパライソ（楽園の谷）も「落書きの谷」と化していました。この野放図、放縦、街頭ロマン主義はこれらの国の文化的環境と濃密な関係を持っているように思われます。ラテンの風土からラテンの物語が生まれ、中国の風土からは中国人の気質に合った文学が生まれます。

中国的ロマン主義を求めるなら、さしずめ『紅楼夢』の創作技法が中国の作家研究の手引きとなるかもしれません。作品世界の柔らかさ、ゆるさ、盛りだくさん、また同時に粘着性、複雑怪奇な心模様、こういったことが私が思う小説のシーンに合致します。勿論、この味つけ（原スープ）、素材は中国劇同様の緊密な構造、枠組みを持っています。例えば、第一場では壁に鉄砲が掛かっていたなら、第三場でこれが発射されなければなりません。もし、発射されなければ、こんな鉄砲は窓から放り出すか、最初から壁に掛けておかなければいいのです。

これを出版社の立場からいうと、長編は短ければ短いほど好ましい。二巻本、三巻本は重たいし、売れ行きが悪い。今どきの読者はこらえ性、忍耐力がなく、すぐ放り出してしまいます。もし、私があちらを切り、こちらを削りしていたら、脂ののった最上位の部位を棄て、顔半分切り落としてしまうかもしれません。全三巻を二巻に縮めるのは作家にとって自傷行為にほかなりません。この時期、私は腱鞘炎を起こしていました。いっそのこと左腕を豚足のように切り落としてしまいたいと思ったぐらいでした。もし、この左腕を小説の削除された部分と取り換えられるなら、私は惜しむことなく左腕を差しだしたことでしょう。

『主演女優』を書いていた二年間を思い出すと感無量です。もし、突然降って湧いた夏休みと冬休みがなかったら、私はこの仕事を投げ出していたかも知れません。一番時間がいくらあっても足りなかった時期、神のご加護というべきか、突然新しい機関へ転任になったのです。着任の第一日が夏休みの始まった日でした。私は恐る恐る事務局の主任に尋ねました。このまま数十日、休んでいいものでしょうかと。主任は答えました。学校が夏休み、冬休みをとるのは天地の大義、休まなければなりませんと。思わず笑みがこぼれましたが、喜びを押し殺して部屋に閉じこもりました。厳重に鍵をかけてから即席ラーメンにお湯を注ぎ、油茶を振りかけ、どんぶりを囓るようにして麺をすすりながら『主演女優』の〝長征〟が始まったのです。

（注）油茶　中国北方の軽食。小麦粉を炒めてから、バターまたはナッツ類を加えてペースト状に煮て、朝食として食べ

ることが多い。
私は書くことに夢中になっていました。数十年間、蓄積し沈殿していたものが掻き立てられ、舞い上がって、いわば激しいジャブを浴びせかけられる状態でした。私は人づきあいが苦手で、仕事が終わるとさっさと書斎に閉じこもり、目隠しされたロバみたいにひたすら挽き臼を回し続けていました。一年間のうち、執筆の手を止めたのは正月の二日から四日まで三日間だけでした。ここで話はちょっと横道に逸れますが、その何日か、一人の出稼ぎ人が起こした不慮の事故によって私のスマホが大量のメッセージで埋め尽くされてしまったのです。その気の毒な人は妻と子どもに虎を見せようと動物園に連れてきて、自分は百五十元の入場料を節約するために四メートルの壁を乗り越え、落ちたところが虎の檻の中、生きながら虎の餌になってしまいました。もし、彼の手に百五十元のゆとりがあったらこんな情けなく、ぶざまな死に方はしなかったでしょう。このニュースに接した人にやるせない思いをさせたのは、彼の死が同情の声だけでなく、不正入場に対して「自業自得、当然の報い」といった非難の声が集中したのです。銃殺された虎にも「可哀想！」の声が上がり、〝虎さん〟〝タイガーちゃん〟の死を悼み、惜しむ声さえ次々と寄せられました。

　私は筆を放り出しました。人がこんな死に方をしている人がいるとき、書くことに何の意味があるのか？その数日、伝統劇の古典的テーマ、「虎退治」の場面が何度も頭をよぎりました。

(注) 虎退治　明代の伝奇『義侠記』をベースにした『打虎・遊街』が最も親しまれている。『水滸伝』の」英雄武松《ぶしょう》は仔細あって故郷を追われる身。立ち寄った酒場で人食い虎の猛威を聞き、義侠心を掻き立てられる。「弱きを助け、強きを挫く男伊達／追っ手を逃れ他国をさすらう身なれども／世に不満の多ければわが胸の炎《ほむら》おさまらず……」武松は持ち前の腕力で猛虎を素手で退治する。

　何が〝虎さん〟か。人食い虎は昔から英雄豪傑が身を捨てて退治するものと決まっています。まさか、虎の命乞いをすることが〝命の平等〟だとでもいうのでしょうか？　これが生態系のバランスを保つ意識の目覚めだとでもいうのでしょうか？　正月の五日になって、私はのろのろと机に向かい、自分に問いかけ、そして自分に言い聞かせました。何のために自分は書き続けるのか？　人の悲しみを悲しみ、同情の心を持ち、人を愛するがゆえに憶秦娥《イチンオー》は歌うのをやめないのではないか？　憶秦娥《イチンオー》の苦しみ、易青娥《イチンオー》の寛大さ、憶秦娥《イチンオー》の頑張りは、村々の数知れない仮設舞台に集まり、ひしめく人たちのためにあるのではないか？　中国の伝統劇で英雄豪傑が人食い虎を退治するのは古来〝正義〟と〝天理〟に関わるとき、堪えに堪えていたものが立ち上がらせるのではないか。だから数百年来、戯曲《シーチュイ》の幕が開かなかったことがなかったのです。李白の詩の『北風行』に「燕山《えんざん》の雪花、大なること席《むしろ》の如し」の一句がありますが、たとえ蓆《むしろ》のような大雪が降ってこようとも、ものともせずに劇場へ足を運ぶのが観客なのです。彼らは好きな舞台を見るために命をかけます。文学や演劇、すべての芸術は虎に食べられた人の側に立つべきだと私は考えます。動物園のただ見をしようが、不正入場をしようが、盗み見しようがその責任を追及してはなりません。

私の主演女優憶秦娥《イチンオー》は本来、旦《ダン》（女形《おんながた》）の役者ですが、虎退治のためなら武生《ウーション》（立ち回りの男役）に役どころを変え、『武松打虎《ぶしょうだこ》』を演じることも厭わないでしょう。

やたらと長い小説を書いて、その上、後記でもおしゃべりが過ぎました。これにて打ち止め。

（二〇一八年十月、再版の後記）

翻訳余話

菱沼彬晁

異能の老劇作家秦八娃《チンバーワー》がおそらく絶筆となるであろう作品を書き上げます。主人公は天地《あめつち》の間《かん》を住み処《か》とし、諸国を放浪する秦腔《チンチアン》の旅芸人たち。劇団の稽古場で台本の読み合わせが始まったとき、劇作家自ら俳優たちの前で読み聞かせながら何度も感極まって声を詰まらせます（下巻三九八ページ）。その中に「天地を動かし鬼神を泣かせる」という一句があり、よく聞くフレーズなので出どころを検索してみました。すると、中国最古の詩集といわれる『詩経《しきょう》』の注釈書『毛詩《もうし》』の『大序《だいじょ》』に見える一節ということが分かりました。『詩経』は西周初期（前十一世紀）から東周・春秋中期（前六世紀）に至る約五百年間の作品群と推測されています。

『主演女優』の本文は「秦腔《チンチアン》の芸人たちは世間から蔑《さげす》まれ、世の表に立つことなく〝歴史の潜流〟として一生を終えるが、仁義に厚く、きっぱりと筋を通す潔さは天地を動かし鬼神を泣かせるものがある」という件《くだり》で、なぜか出典にまでは筆が及びません。その理由はおそらく紙幅の都合、これ以上ページを費やせないからだろうと私は勝手に解釈しました。というのは、この上中下三巻という長大な小説は「重たいばかりで書棚の場所をふさぎ、枕にはなるだろうが売れそうにない」と出版社を嘆かせていたことを作者自身が「後記」で打ち明けています。作者は身を切る思いで原稿を削りに削り、それでも全九百ページという中国語版は会話文も地の文も行替えなしのべたのページが延々と続き、圧倒的な量感で読者に息つく暇も与えません。「これは辛抱たまらん」と日本の読者の悲鳴が聞こえるような気がして、実は翻訳者自身が辛抱たまらず、作者には申しわけないことですが、適宜行換えを入れさせていただきました。それはさておき。

『毛詩』の『大序』が分かったついでにもう一つ分かったことがありました。それは訳者の浅学を告白するようですが、この一部が日本の『古今和歌集』の序文にも引用されていることでした。『古今和歌集』は日本人なら誰もが教科書で教わった日本最初の勅撰和歌集。醍醐天皇の命により『万葉集』に撰ばれなかった古い時代の歌から選者たちの時代までの和歌を選んで編纂され、選者の代表格はあの紀貫之《きのつらゆき》です。百人一首で「人はいさ心も知らずふるさとは花ぞ昔の香ににほひける」を諳《そら》んじている方も多くいらっしゃることでしょう。この『古今和歌集』の序文には仮名で書かれた『仮名序《かなじょ》』と漢文で書かれた『真名序《まなじょ》』の二つの序文が添えられています。

ここで日中の「序文」を読み比べてみましょう。まず『毛詩』の『大序』です。実はこれを本文中の「注釈」として紹介しようとしたのですが、本編が長い上に注釈までも長いのでは読者にとって大きな迷惑かもしれません。そこで、このページで紹介することにして、『国訳漢文大成』文学部第四部文選下《もんぜんげ》『毛詩序』をもとにして現代語訳を試みました。ここに抄出したのは「天地—鬼神」を含む一節で、原文の簡潔さに比べると、訳文の冗漫さは目を覆うばかりです。

「詩とは志《こころざし》の赴くところのもの。人の心にあるのが志《こころざし》で、その向かうところ、言葉を発すれば自ずと詩となる。人は情動が起これば自然に言葉となって形《あら》われるものだが、それだけでは満足できないのが人の常。それが嘆きとなり、嘆くほどに歌となり、歌うほどに声を長く引き、心をかき立てる。歌っても歌ってもなお足りず、知らず知らず手が舞い、足を踏む。手の舞い、足の踏むところを知らずとはこのことだ。高ぶる感情が声を発し、その声は高く低く文《あや》をなし、韻律を生み出して、これを音楽と呼ぶ。世の中がよく治まり、人々が平和を謳歌する音楽は安らかで楽しい。だが、政治家、統治者に人を得ず、世が乱れ、戦乱が迫れば、音楽に恨みと怒りがこもる。政治が天に背き人心に反すれば、それは亡国の音楽となり、憂愁に満ちる。国滅び、民苦しめば、その音楽は悲しんで古《いにしえ》を思う。故に憤《いきどお》りを発して悪しき政治を糾《ただ》し、世の等しからざるを正せ。この民の心が詩の心となってこそ〝天地を動かし鬼神を泣かせる〟のだ。この比類ない力を持っているのは詩をおいてほかにない……」

『毛詩』の『大序』は中国の最も古く、最もまとまった文学・演劇論とされていますが、その内容の現代性に驚かされます。ここに記されている国情の不安、世の乱れ、平和の危機、政治家の恣意《しい》と独断、文化・芸術の衰退は、二十一世紀の今日、なおも世界各地で繰り返されているさまざまな歴史の理不尽、不条理とオーバーラップします。秦八娃《チンバーワー》が何度も感極まって声を詰まらせるのも理解できるというものです。

『詩経』の注釈書を著して現代に伝えた人物は漢初の毛亨《もうこう》、毛萇《もうちょう》とされていますが、現在まで確定されておらず、『毛詩』が編成されたのは先秦時代（前二二一年の秦による全国統一以前）末期から後漢（二五―二二〇年）末期までと推定されています。私たちが『詩経』と呼んでいるのは、実はこの注釈書『毛詩』のテキストなのです。日本の『古今和歌集』は九一三―九一四年ごろに成立したと考えられています。ほぼ一千年のときを隔てて、『毛詩』の『大序』がどのように『古今和歌集』の序文に伝わったのか、紀貫之が書いた『仮名序』をもとに紀淑望《きのよしもち》が『真名序』を書いたとされていますが、ここでは細部の議論には立ち入りません。

まず『古今和歌集』『真名序』（漢文）を見てみましょう。

「それ和歌《やまとうた》は、その根を心地《こころち》に託《あず》け、その花を詞林《しりん》に発《ひら》くものなり。人の世に在《あ》るや、無為《むい》なること能《あた》わず。思慮遷《こころうつ》り易く、哀楽《あいらく》相変る。感《かん》は志《こころざし》に生《な》り、詠《えい》は言《げん》に形《あら》わる。是《ここ》を以て逸《い》っする（心のままに楽しむ）者はその声楽しく、怨《えん》ずる者はその吟《ぎん》悲し。以て懐《おもい》を述ぶべく、以て憤りを発すべし。天地《あめつち》を動かし、鬼神《きしん》を感ぜしめ、人倫《じんりん》を化《か》（感化）し、夫婦を和《わ》すること、和歌より宜《よろ》しきは莫《な》し……」

『仮名序』は次の通りです。

「やまと歌は、人の心を種として、よろづの言の葉とぞなれりける。世の中にある人、事業《ことわざ》、繁《しげ》きものなれば、心に思ふことを、見るもの聞くものにつけて、言ひ出せるなり。花に鳴く鶯、水にすむ蛙《かわず》の声を聞けば、生きとし生けるもの、いづれか歌を詠まざりける。力をも入れずして天地を動かし、目に見えぬ鬼神をもあはれと思はせ、男女の仲をも和らげ、猛《たけ》き武士の心をも慰むるは、歌なり……」

『毛詩』の『大序』は理屈っぽく畳みかける調子なのに対して、『古今和歌集』の序文は「花に鳴く鶯、水にすむ蛙の声」が聞こえ、「猛《たけ》き武士も心をも慰める」和歌《やまとうた》、〝もののあわれの〟の世界へと誘います。ここまで書くと、江戸時代の国文学者本居宣長《もとおりのりなが》が説いた〝漢意《からごころ》〟と〝大和心《やまとごころ》〟の対比のように思われるかもしれませんが、私はそんなことより両国の詩人の間で働いた〝共感力〟〝共鳴力〟に思いを馳せています。「翻訳」という作業はまさにこの上に成り立っていると思うからです。そして、共感することによって自分の心が開かれて自由になり、自由になった心は思うさま想像力を働かせて相手の心を感じ取り、その考え方や体験を共有できると考えているからです。

今からおよそ千年の昔の平安時代、日本の一人の詩人がさらに千年遡った中国の詩人に触発されて、自分が編纂した詩集の序文にその言葉を引用しました。そして中国の詩人はさらに周代に遡る詩歌、古代歌謡に触発されてその注釈書を著し、その序文は後世『大序』と呼ばれることになりました。「天地《あめつち》を動かし鬼神を泣かせる」詩人の情動《パトス》、受苦《パッション》が時空を超えて日中両国で響き合ったのです。中国の古代歌謡から日本の和歌《やまとうた》の歌人に至るまで共通するものは「人の心」とその働きでした。これがさらに『主演女優』という現代小説を通して「秦腔《チンチアン》の心」を描き出し、日中両国の読者の心を揺さぶろうとしています。

『主演女優』の作者陳彦《ちんげん》さんは訳者の求めに快く応じ、秦腔《チンチアン》という中国最古とされる舞台芸術に馴染みの薄い日本人読者のために『秦腔《チンチアン》は命の叫び』というエッセイを書き下ろして下さいました（上巻巻末）。秦腔《チンチアン》隆盛の歴史は同時に非難と中傷、弾圧と迫害の歴史でもありました。しかし秦腔《チンチアン》の芸人には暗い現実に妥協しないしたたかさ、奔放不羈な反骨精神が脈々と受け継がれ、清朝政府の囲われものや高官たちの愛玩物にならなかったことが秦腔《チンチアン》にとって幸いだったと陳彦さんは言い切ります。

秦腔《チンチアン》〝中興の祖〟と呼ばれる魏長生《ウェイチャンション》（一七四四―一八〇二）が北京を席巻したのは清朝中期の乾隆年間（一七三五―一七九五）。当時北京の劇界に君臨していたのは江蘇省に起源を持つ昆曲でした。繊細優美な曲調、高い文学性を誇る詩藻によって宮廷の貴顕、知識階級に愛玩されて「雅部《がぶ》」の名をほしいままにし、それ以外の地方劇は十把一からげに「花部《かぶ》」といなされ、特に秦腔《チンチアン》は陝西訛りの草芝居と貶《おとし》められながらも満都を魅了し、熱狂させるに至ります。青木正兒《あおきまさる》著『支那近世戯曲史』によると、女形《おんながた》である魏長生《ウェイチャンション》の芸風は〝妖冶《ようや》(妖艶)〟の極み、当時宮廷で絶大な権勢を振るった宰相和坤《ヘシエン》の寵愛を得て、その邸宅に〝車騎列卿《しゃきれっけい》〟のごとく乗りこんだと記されています。しかし、昆曲擁護派の巻き返しにあって、〝見る者の劣情をそそり悪の道に走らせる猥褻な舞台〟のレッテルを貼られて、その弾圧は苛烈、芸人たちは辛酸をなめることになりました。

日本でも歌舞伎俳優らに対する弾圧は、荒事《あらごと》の開祖、「歌舞伎十八番」の創始者、『勧進帳』の初演者として名を馳せた五代目市川海老蔵(七代目團十郎)が天保十三年(一八四二)、天保《てんぽう》の改革の旋風が吹き荒れる中、奢侈禁止令に触れたとして手鎖《てぐさり》(手錠)の処分を受け、さらに江戸十里四方所払い(追放)となっています。これは全国的な飢饉と百姓一揆、外国船の来航などで世上騒然とする中、江戸幕府から狙い撃ち、見せしめにされたとする見方もあり、秦腔《チンチアン》の受難とは同日に論じられません。しかし、江戸を追われた海老蔵は、名前を変えながら関西の舞台に立ち、赦免されて江戸に戻ってからも旅興行を続けたのは持ち前の放縦と反骨精神、役者魂の現れなのか、興趣は尽きません。その面魂《つらだましい》は中国元代の劇作家関漢卿《かんかんけい》に通じるものがあると思われました。

「俺は煮ても焼いても食えない男(銅豆=ブロンズ・ビーンズ)」と嘯《うそぶ》き、己《おのれ》の快楽原則に殉じた生き様は、陳彦さんが本書のために書き下ろしたエッセイ『秦腔《チンチアン》は命の叫び』(上巻巻末)に紹介されています。

清朝政府の秦腔《チンチアン》に対する弾圧はまず北京市内の上演禁止、次いで北京から追放され旅公演も禁止となりました。さらに秦腔《チンチアン》芸人の子孫は三代先まで科挙の試験を受験できず、身を立てる道も断たれてしまいます。身売り同然に身を落とす芸人が後を絶たない中、当時、陝西省華県出身の秦腔《チンチアン》界の大物が科挙の郷試に合格したものの首を切られてしまう事件が起きています。これに抗議した多くの秦腔《チンチアン》支持者、ファンもことごとく厳罰の対象となったということです。

陳彦さんの『秦腔《チンチアン》は命の叫び』の中に「秦川《しんせん》八百里(西安を中心とする渭河流域の関中平原)、関中っ子三千万、風塵に秦腔《チンチアン》を吼える」という言葉があります。秦人《しんじん》の末裔をもって任じる関中っ子は、たとえ黄土高原の猛烈な風砂に吹きさらされようとも口を閉ざすことなく秦腔《チンチアン》を歌い続けるという意味です。秦腔《チンチアン》の喉自慢、トーナメント大会の熱狂と繁盛ぶりは日本の『江差追分』の比ではなさそうです。それにしても陝西人とは一体、どのような気質の人たちなのでしょうか？　『中国戯曲劇種手冊』（一九九一年刊）に次のような分析がありました。

「秦腔《チンチアン》の演目は古都長安のお膝元らしく王朝の交代劇、対外戦争、宮廷闘争など人々の生活に及ぼした影響を多く題材として、秦腔《チンチアン》の音楽も陝西人の誇り高さ、剛直さ、一本気、悲憤慷慨、義に殉じる性癖を表している」と。

本書に作品解説のご寄稿をいただいた中国の文芸評論家呉義勤《ごぎ》さんは、本書の作者陳彦さんをはじめとして陝西省に生を受けた文学者はみな、司馬遷《しばせん》の十字架を背負っていると語っています（中巻巻末）。十字架とは、滅びの道をひた走る受苦《パッション》への衝動にほかなりません。司馬遷は中国最初の紀伝体通史といわれる『史記』を著した歴史の記録者であり、歴史の理不尽、不条理に対して「天道是《ぜ》か非《ひ》か（天に正義はあるのか）」という永遠の問いかけを行った歴史の受難者として知られています。『史記・列伝』の巻頭に書かれているのは、伯夷《はくい》と叔斉《しゅくせい》、二人の兄弟の生き方でした。

殷《いん》の紂王《ちゅうおう》の家臣だった周の武王が主君に反逆して天下を奪い取ります。これに異を唱えた伯夷と叔斉は周の粟《あわ》（禄）を食《は》むのを恥として首陽山《しゅようざん》に隠れ、薇《わらび》などを食しながら餓死します。このように義を貫いた二人の生き方を前に、司馬遷は「天道是か非か」の悲痛な叫びを発しますが、司馬遷自身、友人の李陵《りりょう》が匈奴に降伏したのを弁護したために宮刑（〝腐刑〟とも呼ばれる去勢の刑）という身体的な毀損、屈辱の刑に処せられた身の上でした。この理不尽、不条理に天は沈黙し、この世に悲劇が遍在するのを司馬遷は黙《もだ》し得なかったのです。『伯夷伝』が『列伝』の冒頭に置かれたことについて、老荘思想が重んじられていた時代でしたから、誰を置いても老子を巻首に置くべきとの議論が行われ、事実、老子、荘子と伯夷を併置した古本もあったということです。しかし、司馬遷は『伯夷伝』を書くために『史記』を著したのであって、『伯夷伝』こそ『史記』執筆の志を貫く〝大序〟だったのではなかったかと思われます。陝西省に生まれた文学者にとって、陝西省の大地は〝原風景〟であり、司馬遷の受難は彼らの〝原風景〟でもあって、文学者として生きることは司馬遷の十字架を背負うことだったのです。それにしても、自分の郷土を語ることが同時に中国の歴史の根幹を語ることになる志の壮大さは、仰ぎ見てただうらやましい限りです。

陳彦さんが『主演女優』執筆の追い込みにかかって寝食を忘れているとき、彼の筆をぴたりと止める事件が起こりました。作者の後書きに記された一つの挿話が「天地を動かし鬼神を泣かせる」激しい情動を彼にもたらしました。まさに陳彦さんの陝西人たる所以です。

一人の出稼ぎ労働者が正月の休みに動物園の虎を見物しようと妻と子どもを連れて来ます。妻と子どもを先に入場させ、自分は百五十元の入場料を節約するために四メートルの壁を乗り越え、落ちたところが虎の檻の中で、虎に食い殺されてしまいます。陳彦さんをやるせない思いにさせたのは、そのニュースに同情の声だけではなく、「自業自得」だの「結果責任」だの「自己責任」だのという非難の声、虎を殺すのは「命の平等に反する」などと〝虎さん〟を悼む賢《さか》しらな声が上がったことでした。彼の小説を書く筆が止まりました。人がこんな死に方をしたとき、書くことに何の意味があるのかと悩んだ末に彼は断言します。中国の伝統劇では人食い虎は英雄豪傑が退治するものと決まっている。英雄の虎退治は古来、〝天道〟にかなったことであり、秦腔《チンチアン》に欠かせない主要なキャラクターなのだと。文学や演劇、すべての芸術は虎に食べられた人の側に立つべきである。たとえ動物園の塀を乗り越えようが、不正入場をしようが、その責任を追及するのは人の道に反すると彼は力説します。こう語る陳彦さんの目には陝西人の心のふるさとと黄土高原の村々、秦嶺《しんれい》山脈の奥地を山越え谷越え、嵐や大雪をものともせずに劇場にやってくる観客の姿が見えていたはずです。

さて、私たちの主人公憶秦娥《イチンオー》は傷心を抱え、引き寄せられるように秦嶺山脈の奥地へと帰ります。そこは彼女のふるさとであり、寂寞《じゃくまく》、荒涼、質朴、雄大、朴訥《ぼくとつ》、壮美を一身に体した秦腔《チンチアン》のふるさとでもあり、そのすべての美を憶秦娥《イチンオー》の中に見出した画家石懐玉《シーホアイユイ》にとっては霊感の泉でもありました。彼は大秦嶺の風景の中で憶秦娥《イチンオー》という混沌と不可測の女性を描き続け、終生共に過ごすことを夢見ていたのです。九岩溝《ジョウイエンゴウ》の生家に戻った彼女は行方不明になっていた叔父胡三元《ホーサンユアン》の姿を見て驚きます。胡三元《ホーサンユアン》は太鼓打ちとして彼女の父と一緒に影絵芝居の技と芸を後世に伝えようとしていました。この山里に残り、川筋、谷筋、尾根筋分け入って太鼓を叩いて歩くと決意を彼女に語ります。

中国には「葉落帰根（葉は落ちて根に帰る）」という言葉があります。日本では中島みゆきさんの歌にもなっています。彼女は遠い故郷への思いを歌います。

「樹高は千丈　遠ざかるしかない者もある　落ち葉は遥か　人知れず消えてゆくかしら……」

九岩溝《ジョウイエンゴウ》の村の書記は憶秦娥《イチンオー》に言って聞かせます。

「人間、大本《おおもと》を忘れてはならない。いかに遠くへ行こうとも、いかに高く飛ぼうとも、九岩溝《ジョウイエンゴウ》で生を受け、その懐で育った人間はまたその土に帰るということを肝に銘じておけ」と。

しかし、叔父の胡三元《ホーサンユアン》は憶秦娥《イチンオー》に西安へ戻れと勧めます。

「お前はやはり西安に帰って芝居を続けるんだ。役者というものは後継者を仕込み、育ててこそ一人前だからな」と。

後ろ髪引かれる彼女の背中を押すように叔父の太鼓の演奏が響きます。

ツァンツァイ、ツァンツァイ、ツァンツァイ、ツァンツァイツァンツァイツァンツァイ、ツァンツァイ、ツァイ、ツァイ、ツァイ、ツァイツァイツァイ……

初老を迎える憶秦娥《イチンオー》の再出発で物語は終わりますが、ここで感じる一抹の寂しさは何でしょうか？　唐代の禅僧六祖《ろくそ》慧能《えのう》（達磨《だるま》大師の六代目の弟子）は死期を悟って故郷へ帰ろうとします。引き留める弟子たちにこう語ったということです。

「葉は落ちて根に帰る　来時《らいじ》口無《な》し（もはや語る口なし）」

いろいろ解釈の分かれる難解な言葉ですが、人にとって生死が自然なものであることを諭《さと》した言葉のように思われます。これが『主演女優』の低音のモチーフとなって通底しているように感じました。

この長編を最後までお読みいただきましてありがとうございました。陝西方言をはじめ俗語、隠語、卑語、猥語、流行語の訳出から古籍の跋渉に至るまで、多くの方々のご示教をいただき、また「二〇二二中国絲路書香工程（プロジェクト）B & R Book Program」出版助成金の申請に当たっては中国作家協会、中国文化訳研網（CCTSS）、中国作家出版社をはじめ各方面、各機関のご支持、ご助力を賜って刊行にこぎ着けることができました。この場を借りて馮樹龍さん、李錦琦さん、許金龍さん、湯茹洋さん、任双双さん、阿部亘さんに厚くお礼申し上げます。

二〇二三年三月

［訳者］

菱沼彬晁（ひしぬま・よしあき）

1943 年 11 月北海道美瑛町生まれ。

早稲田大学仏文学専修卒業。

翻訳家、（公益社団法人）ITI 国際演劇協会日本センター理事、日中演劇交流・話劇人社事務局長、元日本ペンクラブ理事・財務室長、北京語言大学世界漢学センター日中翻訳センター長

中国演劇の主な訳業および日本公演作品

▶日本文化財団制作・江蘇省昆劇院日本公演：『牡丹亭』、『朱買臣休妻』、『打虎遊街』▶ AUN 制作：孫徳民作『懿貴妃』▶松竹株式会社制作：孫徳民作『西太后』▶新国立劇場制作：過士行作『棋人』、『カエル（青蛙）』▶ ITI 国際演劇協会日本センター制作：莫言作『ボイラーマンの妻』、過士行作『魚人』、李健鳴作『隔離』▶劇団東演制作：沈虹光作『長江乗合船（同船過渡）』、『幸せの日々』、『臨時病室』▶世田谷パブリックシアター制作：田沁鑫作『風を起こした男—田漢伝（狂飆）』▶豊島区・東京芸術劇場・ITI 国際演劇協会日本センター共同制作：シェイクスピア・方重、梁実秋中国語訳『リチャード三世』

中国現代演劇の単行本、演劇誌掲載作品

▶早川書房刊「悲劇喜劇」掲載：郭啓宏作『李白』
▶晩成書房刊『中国現代戯曲集』掲載：任徳耀作『馬蘭花』／高行健作『野人』（共訳）、『彼岸』／過士行作『鳥人』、『ニイハオ・トイレ』、『再見・火葬場』、『遺言』／孟冰作『これが最後の戦いだ』、『白鹿原』、『市民溥儀（公民）』、『皇帝の気に入り（伏生）』

中国現代小説の訳業

▶友梅作『さよなら瀬戸内海』（図書出版）
▶莫言作『牛』『築路』（岩波現代文庫）
▶過士行作『会うための別れ』（晩成書房）
▶陳彦作『西京バックステージ仕込み人（装台）』（晩成書房）

中国演劇評論の訳業

▶季国平著『中国の伝統劇入門』（晩成書房）

2022 年度参加の国際シンポジウム

9 月「北京文学走進日本」研討会（北京・東京）
12 月「桂林国際芸術(演劇)祭」サミット対話オンライン参加（桂林）

受　賞

▶ 2000 年　湯浅芳子賞
▶ 2021 年　第 15 回中華図書特殊貢献賞
▶ 2021 年　中国文化訳研網（CCTSS）特殊貢献賞

[著者]
陳彦（ちん・げん）Chen Yan
1963年6月、陝西省鎮安県生まれ。小説家、劇作家。
中国作家協会副主席、中国戯劇家協会副主席。
『遅咲きの薔薇（遅開的玫瑰）』、『大樹西遷す（大樹西遷）』、『西京故事』など数十篇の小説を発表、中国文聯・中国戯劇家協会の「曹禺戯劇文学賞」を三度獲得。テレビドラマ『大樹小樹（大樹小樹）』は中国国家広電総局の「飛天賞」を受賞。長編小説は『西京故事』、『西京バックステージ仕込み人（装台）＝菱沼彬晃訳、2019年晩成書房刊』、『主演女優（主角）＝本書』、『喜劇』を刊行。その中で、『装台』は人民文学雑誌社の「呉承恩長編小説賞」を受賞し、国家図書学界の「2015中国好書」と「新中国70年70部長編小説典蔵」（中華人民共和国成立70周年記念して学習出版社、人民文学出版社などの8出版社が共同刊行）に入選。『主角』は「2018中国好書」に入選し、第3回「施耐庵文学賞」、第10回「茅盾文学賞」（ともに中国最高の文学賞の一つ）を受賞。

B&R Book Program

主演女優　下
二〇二三年六月二〇日　第一刷印刷
二〇二三年六月三〇日　第一刷発行
著　者　陳　彦
訳　者　菱沼彬晃
発行所　株式会社 晩成書房
●郵便番号一〇一—〇〇六四
●東京都千代田区神田猿楽町二—一—一六—一F
●電話〇三—三二九三—八三四八
●FAX〇三—三二九三—八三四九
印刷・製本　美研プリンティング株式会社

乱丁・落丁はお取り替えします
ISBN978-4-89380-516-4
Printed in Japan

会うための別れ

過士行短編小説

過士行＝著　菱沼彬晁＝訳

文革と現代社会—人生の不条理な悲喜劇を紡ぎだすメルヘン。

中国演劇界異能の劇作家・過士行、初めての短編小説集。

文革期、多くの都会の若者が、辺境の「生産建設兵団」へ赴いた。

やがて文革は終結に向かい、「知識青年」たちは次々に都会へ戻って行く。

だが、現地で結婚したカップルは規制があって帰還が許されない。

そこで、偽装結婚して都会へ帰ろうとするのだが、
妻に双子の妹がいたことで、話は複雑なことに……。

表題作『会うための別れ』ほか、現実にねざしつつ人生の虚と実、現実と幻想の境界に成り立つ8作品。

●定価＝2000円＋税

晩成書房
http://www.bansei.co.jp

中国の伝統劇入門

季国平演劇評論集

季国平＝著　菱沼彬晁＝訳

古典と現代—演劇観の衝突の中、未来を懸けて継承と発展を模索する中国の伝統劇。
中国戯劇家協会副主席・季国平による現場からの動態報告。

中国伝統劇「戯曲」は悠久の歴史を持ち、独特の様式と上演形態、そして芸術的魅力を備えている。全国的な人気を博している昆劇、京劇、秦腔、川劇、越劇などをはじめ、広大な国土を持つ中国では、その土地に根ざした伝統劇が育ち、その数は百を越え、今なお生きた活動を続けている。特筆すべきは、それぞれの戯曲芸術が根強い観客の支持を受けながら、継承と発展に努め成果をあげていることだ。『主演女優』に描かれた伝統劇と観客の近しい関係をより理解できる評論集。

●定価＝2800円＋税

晩成書房
http://www.bansei.co.jp

西京バックステージ仕込み人［上］・［下］全2巻

陳彦＝著　菱沼彬晁＝訳

舞台裏から見た中国現代化の強烈な光と漆黒の影――


華やかな舞台を陰で支える「仕込み人」たちが抱える人間模様の迷宮……。

かつては長安と呼ばれた陝西省の省都・西京（西安）。その劇場の華やかな舞台を支える裏方集団。

時間との闘いで最新の照明器材や華麗な舞台装置を現場で仕込むのは、中国では農村からの出稼ぎ人たちだ。

劇場管理者、演出家、照明家、美術家らの過酷な要求と対峙しつつ、
裏方集団をまとめて幕を開けるリーダーには人並みならぬ度量が求められる。

舞台以上に劇的でシュールでさえあるその生きざまを描く長編小説。

『主演女優』作者による、舞台を支える裏方「仕込み人」たちの輝きと闇の世界の物語。

●定価＝各2700円＋税